岁月回声

俞画屏 著

上海文艺出版社

让无情流逝的黄金时代的光晕,永远留在我们曾经拥有的年轻文艺的脸上。直到中年过后,我们终于明白了一件事:违天命不可为,为天命不可违。

——题记

人生对爱的完整体验只有一次，
就像生命只有一次一样，
爱是伴随着生命而活的，
爱本身也有自己的生命。
我不可能随便把生命交付出去，
我也不能把爱轻易交付给另一颗心。

爱你却早已超过爱我的生命，
你注定是我今生爱的唯一。
我是因爱你而活的那个人，
只求今生能完整地爱你一次。
我可以在爱完之后马上就死，
只愿爱你的心能够得到永生。

——致我一生的爱人

目录

引子　　灵魂登录赶集网 ／ 1

第一篇　懵懂之爱

第一章　麻烦总是来自于女人 ／ 7
第二章　手抄本的影响 ／ 14
第三章　梅秀管我叫小豆豆 ／ 20
第四章　坐在秋天的田野里哭 ／ 30
第五章　对小外婆滋生情愫 ／ 36
第六章　闲来无事的八月 ／ 50
第七章　征服也是一种贪欲 ／ 57
第八章　大山深处的阿贵家 ／ 63
第九章　那一年犯下第一个错 ／ 74
第十章　老天安排好的命就叫天命 ／ 89

第二篇　青涩之爱

第十一章　我和秦归雁两个人的秘密 ／ 99
第十二章　谈家渡的姑妈一家 ／ 107
第十三章　麦田里的麦穗 ／ 116
第十四章　未曾想到的惊喜重逢 ／ 122
第十五章　脸上焕发着战斗的光芒 ／ 131
第十六章　人们需要精彩的故事 ／ 142

1

第十七章　那幢洋楼里的人 / 154
第十八章　第一次爱情拥抱 / 163
第十九章　海边的旅行 / 175
第二十章　图书馆里的查夫人 / 191
第二十一章　亲爱的,我爱你 / 201

第三篇　隐忍之爱

第二十二章　青春本身就是一种不成熟 / 215
第二十三章　身上有三种颜色的一定是母猫 / 231
第二十四章　好人王叔和他的一家 / 242
第二十五章　眼前的迷人幸福 / 256
第二十六章　不该看的一封信 / 267
第二十七章　柔情留下过痕迹 / 275
第二十八章　心里有异样的声音流动 / 289

第四篇　绽放之爱

第二十九章　仙客来花儿 / 299
第三十章　实迷途其未远 / 310
第三十一章　从内而外再来一回炙热 / 320
第三十二章　不能不爱 / 335
第三十三章　不再是对美貌的倾倒 / 345
第三十四章　躲不开的"暗物质" / 359
第三十五章　嗅到了灵魂深处的味道 / 370
第三十六章　无法信任 / 381
第三十七章　身无归处之人 / 393

第五篇　今生之爱

第三十八章　我的房子 / 405

第三十九章　让阳光进来 / 416

第四十章　爱情有没有未来 / 427

第四十一章　婚姻和爱情这团乱麻 / 440

第四十二章　漂洋过海 / 447

第四十三章　漂泊的孤影 / 458

第四十四章　身归何处 / 470

第四十五章　回家 / 482

第四十六章　今生之爱 / 494

第四十七章　时光缓缓流淌 /505

引子　灵魂登录赶集网

　　玫瑰色的往事清晰如昨，昔日美好的时光好像被注入了神奇的魔力。相信和我一样，在您生命里一定会有值得追寻的关于爱的深刻记忆。虽然，并非每一场爱情都如云垂海立让人心惊，但那些零星的岁月往事，就如同点缀人生的五线谱，时不时地在我们不经意回头的时候叮当作响，声音微弱得也许只有在心里才听得见。我今生所拥有的爱的经历，那份跌宕诡谲已经足够沉重，让我的生命不愿再承受更多了。叙述这些已经成为烟云的往事细节可能有点困难，不可能做到像编制绳索般严谨，但我会慢慢一点点回想，把岁月长河中沉淀下来的那些关于爱的记忆，像珍珠一样，串成一条闪耀着生命之光的项链。

　　光阴就如同捧在手里的水，再怎么珍惜，还是从指缝里无情溜走了。一切都来得太快，一切都过去得太快，那一片颇具魅力、朦朦胧胧的激情岁月就这样变成了白驹过隙。隔着时空，遥听渐行渐远的青春回声，感叹昔日曾经的爱情之梦，恍如人生峡谷中的虚幻蜃景，可以重温，难以重现。

　　所谓记忆，其实是一条没有归途的路。或许青春岁月曾经是奔涌向前的激流，但在进入中年之后，岁月会变成一个无底的地下水潭，记忆从这里慢慢渗漏。不知道您到了某个年纪，是不是也像我这样常常回想一些已经久远的事情，比如今生之爱。我是会的。我往往会沉浸其中，思绪绵绵，爱情的温热余味如同空气中依稀飘来的苦杏仁气息，依旧能够时时闻到。那些爱和与爱有关的往事过去也常常不期而至，在我眼前一晃而过。镜子已经出卖了我：胡须中已掺杂星星白点，眼角几条皱纹像是被刀锋划过怎么也抹不平。我已经老了吗？不，不，虽然我早已不能再归属于年轻人行列，不会再一见钟情，不会再见异思迁，但无论如何，激情始终在我胸中燃烧。那是因为我曾经爱过，而且一直在爱。

可我居然已经开始喜欢回溯往事，并且产生把它们叙述出来的欲望。这种想法曾无数次像鸟儿般扑棱着翅膀从夜空掠过头顶，可每当我想抓住它们时，它们又惊飞四散，只飘下散落的片片飞羽。我面对着电脑，似乎想要通过敲击键盘的方式，把脑海里塞满的那些东西赶走一些，腾出点地方来。心也是。心不能装得太满，心太满容易变脆——仿佛那颗心真的历经沧桑了。如今，当一个人静静坐着的时候，那些日子又回来了。它们就在眼前，清晰明了，正如原本想表述的那样。这里首先要表示惭愧，将要提到的很多事情都和几个女人有关，很担心她们会不会因为读到了这些文字而痛苦。即使被我深爱过的人灵魂已经升到了天堂，总觉得她的眼睛还在天上看着我。

这里陆续要叙述到的这几个女人在我生命中至关重要，爱过我和被我爱过，我不愿意让她们受到一丝伤害，不愿。男人是女人的天，女人是男人的命。我的命运都和她们紧密相连了，我的前半生，还有我的后半生。

这几个女人爱我，并非是因为我在成年之后长相有多么帅气，值得她去爱，多半只是因为我曾经真诚地爱了她们。这里说的成年，应该是指在我大学毕业之后，比您想象的要晚。因为我晚长，十七岁之前发育迟缓。高中毕业时被女同学硬拉着比过个头，还不到一米六十。精瘦矮小，加上皮肤黝黑，那时候很多人都认为我今生注定是二级残废。但是我的母亲小莲一直坚信我会长高。进大学之后我果然开始飞长，四年长了十四厘米，最终定格在一米七三的高度。作为中国男人来说，有这样的高度算是基本达标。我十七周岁那年发现乳头有酸痛感，讲给大学同学听，引起一片哄笑——他们说我的春天来得太迟了。我大学读的是工科，班级里女生统共只有五个,很快被高个子的男同学瓜分一空,所以四年没有捞到谈恋爱的机会。临毕业时有个别女生曾试图反水倒向我的怀抱,被我严词拒绝。那时已经迟了。君子不夺人之爱,我是君子。而且我一直痛恨背叛,背叛情感的人尤其令我难以接受。花言巧语企望取信于我,正好说明她已失信于人,这一点令人憎厌。我在成年之前很少被人爱,都是我爱别人。如果有别人爱我,我一定要搞清楚她为什么爱我。爱,总会和命运联系在一起。

如果您认识我并一直不那么讨厌我,一定知道我第一眼看上去并不帅,肯定不是女人梦想中的大众情人脸,但确实又是越看越帅——尽管这么说会招来几分自恋嫌疑。不认识我也没关系,即使没去过佛罗伦萨美术学院,总见过米开朗基罗的大卫雕像吧?您可以这样想象:大卫的形象就像我,我就是东方的大卫。当然,除了肤色不同之外,我头发也和大卫不一样,一点儿都不卷,除非烫了头发(我年轻时还真烫过)。我请您想象的东方的大卫,也不是指脸部,包括眼睛、鼻子、嘴巴和下巴,那样有立体感,而且曲线优美,我肯定无法拥有那样的英俊美貌。主观上我一直有一种一厢情愿的想法,如果您是一位年轻女人或心理依然年轻,见了我难免不产生情欲——您当然可以嗤之以鼻,但这确实就是我一生感情泛滥的原因。

让光阴流逝,当会看到岁月给我们带来的东西——似乎有位西方名人这样说过。难怪我发现在辨别真爱的过程中一直在走弯路!

聪明面孔笨肚肠,大脑并不能和相貌完全匹配,往往就是这样,我在某些方面反应偏于迟钝。比如数学,学了十几年,几乎从未听懂过老师的课。我学习过机电,却从来装不上掉下来的自行车链条。后来与我有过深交的女人都说过我像个白痴,因为我永远猜不透她们心思。我不懂女人,所以注定会经常遭遇情感危机。我遇事总是黏糊犹豫,很难快速做出抉择取舍。在动笔写这部小说时,我就一直在为采用第一人称还是第三人称而发愁。总结前面几本书写作的经验,权衡利弊。我第一本小说是用第一人称写的,初生牛犊不怕虎,结果引起读者很多猜想,总问我是不是自传。多年要好的朋友还责怪我,为什么没有把他(她)给写进去。恰恰有几位不要好的非朋友主动对号入座,满脸阴云倒也罢了,还有嚷嚷着要打官司讨回名誉权的。所以后来写书都改用第三人称,总觉得下笔不流畅,意犹未尽,许多内心的感受未能清晰表达出来。尤其关于男人对女人的那种感觉,用第三人称是很难叙述的。写这本书,我想来想去,还是决定用我自己喜欢的叙述方式,以第一人称告诉你我真实的感官世界和内心独白。

  这里我所讲述的故事,都和时间一样曾经真实地流淌过,而不会像某些作家矫情辩白的那样:纯属臆想杜撰,跟现实中的你我没有一毛钱瓜葛。我要是也那么说,简直就太无耻了,对不起我爱过的人和曾经爱过我的人。我不能当她们子虚乌有。她们在我的生活中有足够的密度,留在我脑海里中的记忆更是如岩石般难以磨灭。我不能说对她们看不清,看不见。我不能。

  如果您依稀觉得书中的某些人或某些事有几分熟悉,那实在太好,说明我故事编得还挺像回事儿。我说了你也想说的事,尽管我们爱过的不是同一些人。上帝召唤众生的灵魂同时登陆了赶集网,如此甚好。

  人生一辈子,只有出生和死亡是我们所不能接受的,其他万事皆可以宽宥。唯愿天下众生在擦肩而过时保持着一份从容,彼此不再有半点儿伤害。阿门!

第一篇　懵懂之爱

第一章　麻烦总是来自于女人

在十七岁之前我身体发育迟缓,并不等于生理和心理一直混沌未开。事实上,我曾在十五岁那年,受强烈的好奇心驱使扒下秦归雁的裤子,仔细探索了里面的结构,并且差一点做了坏事。这件事对我的前半生影响巨大。目前可以预见的是,也一定会影响到我的后半生。

人生不过百年,这里说的前半生后半生,并没有一个明确的年龄界线,大致说的是五十岁之前和五十岁之后。三十而立,四十不惑,五十知天命,这是中国的圣人孔夫子在两千五百年之前说的。两千五百年过去,每一代人都越来越深切地体会到,这话说得太有道理了,圣人就是圣人。

三十而立时,不知权变之道,可即可,不可即不可。因为少年气盛之心尚存,对未来充满信心,踌躇满志,正是人生最自负之时——"会当击水三千里,自信人生二百年!"总要等到过了四十岁吧,经历了许多人间悲喜,该想的都想过了,也想通了太多想不通的事;能做的都做过了,把诸多放不下的事都一点一点看得淡了。对是非、善恶、好坏、美丑都形成了新的价值判断,自以为已经能够把握事物发展的本质,才慢慢不为年轻时常常疑惑的事情而烦恼。换句话说,你不得不承认青春和激情已经离自己渐渐远去,曾经引以为自豪的棱角都被岁月磨蚀得几乎圆钝了,明白"所有不合理的事物都是合理存在的",所以遇事便如"智者"一般,能应付则应付,能避开则避开,行权之后,无可,无不可。此所谓明辨不惑。四十之后便是"奔五"。度过了年轻时的轻狂与反叛,也经历了中年精神迷茫的危机,在奔向天命之年的过程中,更加领悟到造化原来如此,人生变化的可能性越来越小,早已习惯于趋利避害,趋吉避凶,凡事听天由命便好。到了天命之年,似乎已经没有什么能够动摇你对人生的看法,而且对自己的人生筹码也看得很清楚。不但知道了筹码的重量,也愈加珍惜筹码的数量。许多男人五十岁以后开始戒烟,就是因为他不想再用生命的筹码去换取短暂的快乐了。年轻时常听老人说过的"命里有时终须有,命里无时莫强求"那句话,如窗外的秋风秋雨般挥之不去,时常在耳畔淅沥回响。什么"明天会更好",什么"生命不息,奋斗不止",原来都是说给孩子们听的,现在当然也可以用来对自己的孩子们说说,只是说完之后你会在暗地里莞尔一笑。"盖达尔的烫石头是没有人会去打破的。"你在心里对了自己这样说。至于现在的孩子们知不知道遥远年代(对于他们来说确实有些遥远)的前苏联有位作家盖达尔写过一篇叫做《一块烫石头》的作品,还是别去问为好,省得还要解释半天呢!

  在我年过四十、"无可无不可"的"奔五"过程中遇到了一些危机。因为四十不惑的"惑",并不是诱惑的"惑",而是迷惑的"惑",所以四十多岁的男人可以不被迷惑,却并不能保证不被诱惑。但凡人有一口气在,诱惑便永在。便如渴了想喝水,饿了要吃饭,见了美色渴望亲近,都是活多大岁数也避免不了的。有些道理,我自然是懂的,比如多一事增一事的累,识一人费一人的心。可是有些事,有些人,也不是你想躲就能躲得过的,想避就能避得了的。尤其是女人的事,以及女人本身。所谓清明之气,所谓心光一片,男人(尤其是正当壮年期的男人)一遇到女人的纠缠,顷刻间万物皆混沌。

  我在因"惑"与"不惑"纠结的那些年里曾经因为女人遇到过麻烦。其实我早该预料到的,但总是心存侥幸,过高地估计自己的应对能力。那是中年男人们最讨厌遇到的一个麻烦,让我的精神状态一度接近崩溃。在那些日子里,我老是在大把大把地掉头发。

每天洗澡过后,总能从卫生间的地砖上收集到一大把细碎枯黄的发丝。因为焦虑、惶恐和不知所措,我终日恍恍惚惚,时不时唉声叹气。即使是上海难得一见的最晴朗的天空,在我眼里也是灰蒙蒙的,跟PM2.5浓度超过五百的重度雾霾天没有什么区别。马路边艳红的杜鹃花也变了色,全都泛着一层青紫。连贲梁蜀见了我都吃惊,问:怎么脸色那么差?我禁不住又是一声叹息。不能老叹气,贲梁蜀说,会把财运叹没了!然而现在,我关心的可不是什么财运。财运能顶什么用?许多事情你根本不可能依靠金钱去解决,倒是常常有人想靠金钱来解决你。在这个世界上有许多远比财运更重要的东西呢!比如,名誉,尊严,还有来之不易、值得珍惜的爱情。

我有时候问过自己:为什么男人的麻烦总是来自于女人?其实,你我都应该懂得的,男人的绝大多数烦恼,几乎永远都来自于女人。

作为一个男人,细想一下你这一生,假如没有女人,你又何必衣冠楚楚?没有女人,你又何必温良恭让?没有女人,你又何必理发剃须刷牙憋屁便后擦屎?社会越进化,越是如此。远古时代,一个或几个身强力壮的男人外出狩猎,在林中偶遇一个或一群正在采摘鲜果的年轻美丽女人。赤身裸体的他们彼此面对,不知道将会发生什么。也许什么也不会发生,或许会有一场肉体的交织,最原始的那种。但有一点可以肯定,男人一定从来也不会感觉遇到了什么麻烦。女人所带给男人的,大概只有欢娱。除了欢娱还是欢娱。可是,从什么时候起,女人开始慢慢变成了男人的心头火,甚至梦魇?女人,变成了让男人多么头疼的字眼!作为现代男人的你,如果还会觉得这世上的女人很可爱,那只能说明你生活得很无聊,情感世界平淡而空虚,一直没有碰上过厉害角色罢了。

我的生活一向丰富多彩,感情世界更是风起云涌,所以,算是该着碰上啦!我现在急着想要去解决遇到的麻烦,不等下班时刻的到来,就匆忙换装,擦亮皮鞋,穿上干净的白色衬衫,穿戴整齐,驾车赶往要去的地方。

西斜的阳光总是在傍晚时分让眼前的事物层次变得丰富起来，明亮中透出些许暧昧的橙色，远处大楼的外墙就显得比中午多了几分立体感。有些楼宇因本身的黄色而比平时更加扎眼。太阳就像一个永恒的文身者，每每一到黄昏就为城市刺上斑斓的花纹。宽阔的马路上，大大小小的汽车在红灯前排起了长队，从稍远的高处看过去，像一群会冒烟的立方体状金属动物在排方阵。一旦接到绿灯指令，方阵便开始缓缓前移，渐渐凌乱而淹没于烟尘之中。太多的人和车在这个城市中匆匆地赶路，从东赶到西，从南赶到北，似乎永无安宁的片刻。下班时分尤其如此，每个人、每部车都急于回家。那可能是温暖的家，也可能只是一所冰冷的房子。灯光照亮的可能是满室温馨，也可能是一个人的孤独。但不管你是否愿意，或许某个灯红酒绿的场所能让你麻醉几个时辰，最终你还得回去。人在天黑后必须回家，就像母鸡在主人晚餐前务必回鸡窝一样，似乎没有其他更好的选择。人在面对壮观落日的那一刻，为什么总会有一种渺小感？沧海一粟，井底之蛙，类似的成语会突然从脑海中跳出来。其实太阳每天都在起落，只是浸淫在都市里的居民早已经习惯了二十四小时依赖电灯，几乎差点儿把电灯泡当成了太阳。

"你是谁？从哪儿来？到哪里去？"

开车进入到紫豪帝苑的时候，门卫瞪大眼睛盯着我警惕地盘问。颇显滑稽的是，这位保安在严肃认真发出盘问的同时，脸上居然能挂出某种意味深长的微笑，曾经的职业训练使他显得像英国绅士一样优雅体面。

我感觉大脑瞬间有些短路，一时张口结舌愣了半天。莫名其妙在风度上输给了一个保安，这让我颇有些窝火。

人一到中年，大脑短路就是经常发生的大概率事件。要不然，中国哪儿来的那么多阿尔茨海默病？大脑经常短路，必然导致从量变到质变。我发觉自己近来总是失认、失用、失语并伴随明显的执行功能障碍，似乎神经系统发生严重退行，很符合早老性痴呆的症状。

紫豪帝苑紧挨着西中环线内侧的一个豪华别墅区。上海城区内罕见这样成片的新建别墅群,每幢小楼都是独门独栋的,有着用铸铁栏杆围起来的带花园的小院子。紫豪帝苑,多么俗气的名字,大而无当,浮华心态一览无余,充斥着暴发户的铜臭味,跟上海这座城市的优雅、含蓄和务实一点儿不般配。上海过去那些老式小区的名字是多么好听啊,比如香樟花园、紫藤雅苑,充满恬静意味,充满浪漫风情。还有甜爱路、田子坊什么的,听着就倍感温馨。现在的物业,敢把一幢孤零零的房子叫花苑,找不到一朵花儿;敢把一座火柴盒土楼叫广场,没有巴掌大一块空地。简直恶俗之极。果然是人心不古,世风日下呀!

小区门卫一身黑制服,大盖帽,硕壮的躯体上斜挂着油亮的牛皮武装带,肩章帽徽齐全,乍一看挺像个正牌的警察。可是他站在小区门口执勤,充其量只能算是一个保安。这年头,稍微像样点儿的小区都把保安弄成赝品警察。

"你是谁?从哪儿来?到哪里去?"每个小区的保安在你试图走过门岗的时候都可能这么问你。

我是谁?从哪儿来?到哪里去?

有多少人一直都在思考这个问题。有多少哲学大师终其一生殚精竭虑在探究这个永恒的命题。自打人类学会了思维,有了思想,这个命题就像天空的云彩一样从未真正消失过。

一个小区的门卫,居然一张口就问出了全人类几千年来都难以解答的哲学之谜。这可真是有些不可思议了!

我此刻在心里关心的,不是你是谁,也不是我是谁,而是"他"是谁?这个"他"或者"她",到底有还是没有,目前其实还是个未知数。可是秦归雁说有了,你承认与不承认,都无关紧要了。她说有,那就是可以有。他从哪儿来的?现在也非重点。重点是他将到哪儿去。何去何从,我说了也不算,得秦归雁说了算。按照秦归雁的意思,这就要取决于我接下来的态度。

这个"他",或者是"她",据说目前正待在秦归雁的肚子里,平静欢度着幸福的"?"年。"?"年是个什么年?到目前为止,汉语里并没有给出一个明确的说法。"?"年肯定比童年和幼年早,甚至比襁褓还早,我昏然中给起了个名字,叫"孕年"。

有个美国佬曾经说过,人生的最大痛苦,莫过于心里埋藏着离奇的故事却无从诉说。我在私下里痛苦了很长时间之后,终于出于排泄的心理需要,还是忍不住对贲梁蜀说了。贲梁蜀是我死党,唯一可以诉说内心苦闷的人。贲梁蜀自己的生活永远乱七八糟,像总是从错误的一头挤牙膏,我的这点儿糗事在他眼里根本就算不上什么。

贲梁蜀本来因为我最近总是不停叹气而好奇万分,在听说了秦归雁的事情之后,笑得弯腰弓背像只巨型大海虾。他本来就像只大虾,腿、胳膊和头颈都细长得和身体不成比例,快赶上某种类型的外星人了。

"就这……这也算个事儿?"情场上身经百战见多识广的贲梁蜀牙疼一样歪嘴。"在关键的岗位上有了自己的人,你马上就要升级了!恭喜你又一次成为准爸爸!"

"滚!滚滚!"我冲着他瘦骨嶙峋的屁股猛踹一脚,然后恶狠狠地点火发动了车子。虽然一百个不情愿,可我还是必须、及时、坚决地向秦归雁表明自己的态度。

逢场作戏,节外生枝,是许多不安分的男人都遇到过的事儿。问题是,秦归雁眼下一直在死盯着我不放,说是要个态度。有时候在电话里要。有时候坐在我的办公室里要。有时候干脆跑到我家里来要。其实,我早已经把自己的态度用自己的方式不很清晰但很坚决地表达出来了,然而并没有用,因为表达出来的态度很不端正——根本就不是秦归雁所要的态度嘛!

眼下的这个秦归雁,是一盏我在某个黑暗的夜晚点错的灯。麻烦就出在这儿了,是灯就省不了油。何况秦归雁也不是路边的野花,更不是花瓣上的露水,风一吹,雨一打,就会消失得无踪无影。她是我的乡里,从小看着长大的邻家女孩,长大嫁作商人妇。然后呢,似乎从小到大也没有从我的生活中消失过——简直就是上天派来消遣我的!在她七岁那年,我就曾扒过她的裤子,带着兴奋、刺激和好奇,看过不该看的地方。这件事一直都让我觉得自己很无耻。请你暂时原谅一个懵懂无知而鲁莽好奇的少年,十五岁,半大不小。但我显然无法自谅,越是渐渐长大越是如此。无论如何,这是我自认为一生中做过的唯一一件突破道德底线的糗事。那件事发生之后,我见了秦归雁总是尽量能躲则躲。但是仿佛一块难以启齿的脏斑污秽,就像少年白色内裤上的黄褐斑块,永远留在了记忆中,多少年的时光流水也难以洗濯掉了。

七岁的女孩已经开始记事,这样的事情当然要记上一辈子。果然,N年又N年过去之后的某一天,秦归雁堆出一脸的坏笑,眼神暧昧地凝视着我,语气缓慢但态度明确地说:

"谅子哥,其实我打小就是你的人了。你可不要不敢承认哦!"

那一刻,我如同在南京路上遇见恐龙,脸色惨绿,像抹了一层菠菜汁。

"你,现在来跟我扯这个……这个里格隆,到底要干啥呀?"明知问了也等于白问,还是要作无谓的挣扎。

男人哪!你大可不必在女人面前煞费苦心寻求真理,她只是要你对她俯首称臣罢了。既然她已经认定你只有在威逼利诱之下才会走上正路,就没有对你放任自流的道理。

"干啥?嘻嘻,您自己慢慢想呗!等您想清楚了过来找我吧!"秦归雁走时留下一个极其狐媚的笑。假笑。

紫豪帝苑十九号,到了。一幢两层楼带复顶的欧式别墅,白墙红顶,四面一圈网格状的栏杆围住一片小花园。我的手臂举在了半空,呆呆地望着那颗小小的红色门铃按钮,长时间犹豫不决。

第二章　手抄本的影响

　　我叫穆宇谅，打十二三岁起开始向往女人的身体。说起来，这也不是什么很难为情的事情，属于一个发育中的男孩自然而然的生理现象。即便像我这样因营养不良、肠子里爬满蛔虫而发育迟缓的农村少年，到了产生荷尔蒙的年龄，一切该来的好奇还是会来。就算没有荷尔蒙的作用，那些早于我发育的大孩子也会用各种语言或行为激发我的新奇欲望，让我从内心深处产生朦胧的探究冲动。长大成年之后的我一脸浓须，女人的手一旦触摸上了就如同被胶水粘住，再也挪不开。那些手往往摸着摸着就沉重起来，直接往下垂落，到了要命处。但在十二三岁的时候，我唇上甚至连细绒的黑须还没有长，屁股上挎着一只背带过长的土黄色帆布书包，有红色毛主席头像的那种，一颠一颠地在乡下的烂泥路上跑来跑去，去滚水坝公社莲花桥大队公办的学校上学，或在放学后回家。学校离家约莫三四里地，没有食堂，中午吃饭得回到家里，吃完了再赶去上课。所以在路上的时候特别多。正是爱幻想的少年，来来回回的路上就成了幻想的好时光。

　　某一天，书包里忽然多了一本手抄本，是同桌的家伙刘嘈虎悄悄塞进来的。刘嘈虎比我大三岁，因为一直留级，就和我同班了。他的眼神十分奇特、紧张、慌乱而又闪着火一样的炙热。手抄本当年很热门，比如《一双绣花鞋》、《绿皮肤的病人》等等，很多人都在看，看完后抄一遍，再借给最好的朋友看。手抄本之热一直延续到著名的《第二次握手》流行之后才绝迹，那已过了很多年。手抄本

《少女之心》绝对热门的地下名著,不知道有多少热血少年因受到这本书的启蒙而一夜间变成了雄心勃勃的男人。我在放学回家的路上,躲在一处坟地里贪婪地阅读,口水把胸前的衣服湿透了一片,咬指甲咬到见皮。坟地是比较隐秘的地方,躲在这里阅读不用担心会被什么人发现。

天空晴朗无比,阳光灿烂而略显灼热。坟堆与坟堆之间爬满结着扁豆荚的青蔓,青蔓上盛开着白色或粉红色的细碎小花。绿油油的肥厚叶子下面,是黑蚂蚁和瓢虫的乐园。黑蚂蚁美美地啃我的脚指头,我全然不觉。有一条"火赤链"花蛇本来正在怡然自得地悄悄褪着黑红相间的外皮,因为我忽然侵入它的地盘而十分恼火,昂首吐信示威了半天,最后无趣地游开。

看完手抄本的所有章节之后,我手心里全是汗水,把书的封面也弄潮了,很担心刘嘈虎会不会因此加以责怪。我当时没有想到手淫,因为还没有经验,也没有那种感觉和需要,只想马上赶回家喝上一大碗大麦茶,凉水也成,只要能败火。刚一踏进家门,立刻挨了母亲一通臭骂,因为今天到现在还没有割猪草。天色已经向晚,再提着竹篮出去割猪草也来不及了。平常割的猪草大多是野生的水芹菜,也可以是水浮莲,长在河边、水沟和湿地里。黄昏后去割这些猪草会有危险,容易遭遇喜欢傍晚出洞觅食的"土闷子"毒蛇的袭击。猪圈里的那两头黑母猪已经把前爪搭在土坯矮墙上发情一般嚎叫不绝。装在猪圈旁边麻袋里的草糠也不多,拌在泔水里稀溜溜的一片,恐怕很难填饱两只大黑猪的肚皮,这让我这个十二三岁的少年很犯愁。

我的母亲,是个一辈子被人叫作小莲的小个子女人,甚至后来活到八十多岁还是叫小莲。小莲说:"你今天晚上不要吃饭了,把饭省下来给大黑猪吃吧。你少吃一顿又饿不死,那两头黑猪可是要在过年前赶着出栏的。"小莲甚至从床上拿起枕头砸我的脑袋——如果不是断了腿骨,一定要满世界追赶着痛揍一顿。老天爷似乎总在和小莲的双腿过不去:一次被公路上急转弯失控的卡车撞断;一次从装满谷草的拖拉机顶部掉下来摔断;这一次,是因挑粪时滑了一跤而磕碎膝盖骨，只能暂时卧床不起。

我提起竹篮，撅着嘴巴到蔬菜地里捋山芋藤时，在那儿碰到了妹妹穆宇采，我们叫她采儿。十来岁的采儿正领着邻家一个四五岁的小女孩秦归雁站在树下捕知了。捕知了可以有好多种方法。一种是用网兜罩，用旧蚊帐碎片做的纱布网或干脆用塑料袋将知了当头罩住。再就是用带粘性的水面筋黏知了的翅膀。采儿现在用的是另一种方法，手里举着根竹竿，竹竿顶端用牛尾巴毛系了个活扣，活扣套住趴在树干上的知了，轻轻一拉就扣住了一只。采儿每次踮起脚尖捕住一只知了，小归雁就发出一阵欢叫。归雁手里的一只塑料袋里已经装了四五只那样的大飞虫。接下来两个小家伙会把这些唧唧叫的虫子放到煤炉上烘烤，然后剥开后背，吃里面烤熟的肉。归雁会送一块虫子肉过来，奶声奶气地叫道："谅子哥，给你吃一块。吃吃看，香不香？"知了背上肉的颜色是暗红色的，虽然只有指甲大小，但是鲜美无比，可香了！

我拿刀剁碎了一竹篮子山芋藤，和上米糠，费力地搬到猪圈里。刚倒进食槽，两只黑母猪就呼呼扑过来，然后哼哧哼哧享用得十分幸福。猪幸福了，人才有幸福可言，一家子人都指望着杀了它们过年呢！一群草鸡先在猪圈旁边"咕咕咕"叫个不停，然后心有不甘地在主人家的门口转了几个回合，看看小主人是否赏几把谷粒，结果失望之极，咕噜咕噜发泄着不满，踱着方步回鸡舍。一只刚刚长出红冠不久的小骚公鸡试图往母鸡们身上爬，爬了几次都被闪开了，十分气恼地把脖子伸长，如弓一般弯而挺，连打了几个响亮的鸣，也悻悻然回鸡舍去了。最后进去的是两只大麻鸭，肥肥的屁股优雅地一晃一晃，颇有绅士风度。我走过去用木杠子把鸡舍门插牢，以防黄鼠狼半夜偷袭。在关上鸡窝门之前，我会习惯性地把手伸进去摸一摸，一般总能摸到一两枚鸡蛋，运气好时会更多。鸡蛋握在手里热乎乎的，在让人体会到母鸡辛劳的同时，也有了一份生活的温暖。我那时知道，这些鸡蛋大都要卖到集市上去，用来换取柴米油盐。小莲只把那些小的或不那么圆的鸡蛋留下来。它们虽然卖相不佳，但可以用来招待偶尔造访的来客。等我忙完了这些，然后才开始打开煤炭炉子的风门，将奄奄一息的火苗捅得旺旺的，动手准备一家人的晚饭。

乡下人的晚饭通常是稀溜粥汤拌面疙瘩糊糊，也可能是拌燕麦饼。有时候粥汤里放些菜叶，韭菜叶或剥了皮的山芋茎。夏天里会有螺蛳肉或蚌壳肉，下河摸来的。春秋时节也可能有盐水煮的鱼和虾。鱼虾钓起来并不很困难。当年的河水要多清有多清，猫儿都能守在岸边用爪子捞鱼。最紧要的是白米，锅里碗里都见不着几粒。家里的白米总是不够吃，因为公社里按照人口和劳动力指标配给的计划定量很少。地里的粮食本来是丰收的，即使没有报纸上"放卫星"报出来的产量有每亩几千斤，填饱肚皮应该没有太大问题。问题在于报纸上放了"卫星"之后上面要求兑现。我们一家有四口人要吃饭，却只有母亲一个劳动力，本来粮食定量就少得可怜，还要先紧就着一位被叫作"半条命"的哮喘病人——我的大哥穆宇凡。

穆宇凡的哮喘病是打小犯下的，几乎每月都要发作一两次，一犯病就上不来气，要叫救护车补给氧气。每次救护车鸣哇鸣哇开进庄子上，不用说，那准是半条命又犯哮喘了。小归雁总是第一个跑过来报告，救命车来你家了！救命车来你家了！那时候的秦归雁，四五岁的小人儿，两条小腿风火轮一样跑得飞快，脸蛋儿总是红扑扑的。哮喘病人除了对气候敏感，对食物也过敏，吃不得粗粮——毫无疑问，白米粒儿先舀进了他的碗里，好让他吃完了坐着喘气。干活更指望不上了。我有时候真希望这个病人能早点儿死掉，好让我们也顿顿吃上白米粥。反正是要死掉的，还是早点儿死掉好——这就是一个孩子的真实想法。

穆宇采小我三岁，喜欢牵了归雁的小手用指甲花儿染红，染完了手指甲染脚指甲，最后染脸蛋。我们的父亲老穆头一年才回来探亲一次，他是从上海到贵州支内的职工，远在几千里之外。家里的一切靠我小小的肩膀支撑着。早晨五六点钟，哪怕是三九严冬，天再寒地再冻，我也得起来生好煤炭炉子，烧上早饭，人和猪都在指望着我。菜地里如果干旱了，还要等着我挑水浇地，否则连山芋叶子也没得吃了,人和猪都会闹饥荒。穷人的孩子早当家,我早在几年前就习惯了。菜肥草长的季节里,我甚至还捎带着饲养了几只长毛兔,可以剪些兔毛来卖钱。

晚饭后的安排一般是一家人围坐着搓草绳。草绳在集市上可以卖到七分钱一斤,质量好的加一分,八分钱一斤,是家里很重要的收入来源。如果光指望着父亲老穆头每个月从贵州寄回家的十五元钱,要养活四口人还是有些艰难。每次米缸见底,母亲小莲总要嘀咕道:"瞧瞧老穆头给你们取的好名字!穆宇凡,没余饭;穆宇谅,没余粮;穆宇采,没余菜。没饭没粮没菜,存心要把我们娘儿四个嘴巴吊起来饿死!"其实父亲大字不识一箩筐,只是某军工厂理发室的一个剃头师傅。但是他交的几个朋友全都是文化人,不是医生就是老师。父亲每次往家里写信,都是找他的文化人朋友代笔,开头总是:"吾妻吾儿及小女,见字如晤……"我在读信给母亲听的时候,老是别扭得忍不住要笑出声来。

母亲坐在床上搓草绳,两儿一女坐在床下,或坐在踏板上,一边听小莲唱歌,一边比赛,看谁能先完成每人两斤草绳的定额任务。一盏昏暗的煤油灯把几个人的影子放得很大,投在四面的墙壁上。归雁在晚上常常过来凑热闹玩耍,小手里握一把浸过水的稻草,你一根他一根地分发,乐不可支。归雁的头发有些自来卷,两只眼睛又弯又黑,跟电影里的玩具娃娃一样,很讨人喜欢,大家都叫她"小卷毛"。母亲喜欢寻她开心:"小卷毛,你知道你是从哪儿来的吗?是你妈妈早起捡粪的时候捡到的哩!"

归雁撇嘴反驳道:"瞎说,我妈妈是当权派,从来就不捡粪!我妈妈也不早起,总是睡到天大亮才起床,早饭还是我爸爸做的呢!"

大家就笑,齐声唱歌羞她:"你有一个懒妈妈,名字叫做当权派!你有一个懒妈妈,名字就叫当权派!"

母亲又说:"小卷毛,那你就是你爸爸秦麻子捡粪捡来的!"

归雁急了,涨红脸说:"瞎说瞎说,我爸爸是大队长,怎么可能捡粪呢?"

大家又笑:"那你脸上为什么没有麻子呢?"

秦归雁愣了一下,似乎从来没有想过这个问题。

"我哥哥脸上也没有麻子呀!"她想了一下说。

"为什么你哥哥比你大了十三岁呢?反正你不是秦麻子的女儿,是捡来的。我们家丢了个小妹妹,被你们家捡去了。"

归雁嘟着嘴说:"那你们再把我捡回来就好了!"

母亲看看时间很晚了,催着归雁早点儿回家睡觉。小丫头嘟着嘴就是不走,一个劲地摇头。实在赖不过了,盯着我谈起了条件:"谅子哥,你明天带我到池塘里摸大草虾好吗?我最喜欢吃生的草虾肉了!"我只好连说好好好,总算把她给哄走了。

这一天晚上搓完草绳躺到床上之后,我又悄悄把手抄本拿出来,躲在被窝里就着昏暗的煤油灯看了几页,拣最精彩的几处看。母亲是个文盲,以为儿子在用功看作业,恨不能用身体发电让电线上的灯泡亮起来。我看完手抄本后横竖睡不着,满脑子都在想象男女光着身子睡在一块儿的场景。最难想象的是女人的身体。奶子肯定是见过的。归雁躺在她妈妈当权派怀里吃奶,我就见过不止一回两回呢。主要是女人的下面,长成什么样子就没有见过了。肯定和穿开裆裤的小女孩那地方不一样,有黑黑的毛。黑黑的毛下面都有些什么呢?《少女之心》中所描述的不止那么简单。过去也曾从某本书,比如《生理学常识》上看到过女性构造图,可惜是平面的,线条也简单,根本看不出任何名堂。真正脱光了衣服的女人活生生的身子,我还从来没有见过,所以也无从想象。我忽然觉得无限痛苦,恨自己还要等待很多年。至少十年,甚至更久,才有可能看见完整的光身体女人,简直就无法忍受。刘嘈虎曾悄悄跟我说过偷看女人洗澡的事,当时我觉得很不齿,现在反而羡慕。我又到哪里去找着这样的机会呢?

无论如何,我决定把这本《少女之心》抄下来。那上面有很多对女人身体的描写,可以一点儿一点儿先记着,日后有机会再对照。找谁来对照呢?我想到了坐在教室前排座位上的梅秀。

第三章　梅秀管我叫小豆豆

　　过了很多年,也就是在四十多岁之后,感情生活基本稳定下来,我常常喜欢一个人独自盘点这一生中曾有过情感纠葛的女人。事实上,也不止一次有不同的人在不同的场合问过我这个问题:"你一生中有过几个女人?"我每次给出的答案都不相同。什么叫"有过"?怎么定义呢?狐朋狗友的执酒胡侃和红颜知己的揪耳相逼,自然不可能作同样回答。按照时间的顺序,掰着手指头,一个一个计算过去,重温那些让人耳热心跳的细节,每回第一个想到的总是梅秀。

　　上天赐予了本人一副不算太差的皮囊。中国人说男人漂亮,往往用貌若潘安来形容。我不知道潘安长什么样,但我相信母亲小莲说过的话:"我儿子比年画上的赵子龙还俊!"小莲有个特点,什么都是自己家的最好,从不肯输给别人。"我那二伢子呀,眉是镰刀眉,眼是汤勺眼儿,唇红齿白的!"她也真是会形容!小莲不知道有座大卫雕像,否则她一定会说:"我儿子比大卫还俊!"稍成年之后,我的下巴中间多出一条很肉感的凹槽,平添了几分男人的刚毅,所以这辈子总有女人纠缠不休。这些女人,有我爱得七荤八素的,也有爱我到神魂颠倒。有柏拉图式纯精神恋爱的,也有肉体互相迷恋到痴醉的。单相思的时候倒不多,为伊消得人憔悴的女人更加屈指可数。梅秀算是我第一个单相思的对象,也是时间跨度最长的那一个,几乎贯穿了整个小学生涯。

　　少年的迷醉,荒唐而真实。如果一个人过了三十年乃至四十年之后,还能清晰地记得少年时心如蚁爬的慌乱,算不算也是一份刻骨铭心的记忆呢?

小莲每天要在生产小队里出工收工,像城里的工人上班下班一样,挣工分养家。她无暇照顾三个孩子,希望能够进学校上学的都早点儿去上学,所以,我在虚岁才六岁的那年,就被大了七岁的大凡子领进校门。大凡子扔下我转眼就没影了。老师问我几岁,我按照母亲教的,谎称七岁。老师明明知道我虚报了年龄,也无所谓,问我姓名,我说我叫穆宇谅。老师就登记了"莫月亮"三个字。莫月亮这个名字被我一直用到小学毕业。大家都认为这个名字挺好听,不觉得有错。小莲因为目不识丁,不知道有错。已经读五年级的穆宇凡不愿让别人晓得我是他的亲弟弟,很高兴将错就错。不过这个大名平时很少被人叫起,大家都习惯称呼我小豆豆。因为班主任老师第一次见到我时嘟囔了一句:"这么小的屁孩儿,像颗小豆豆一样!"他让我明天带张板凳来上学。那时候的农村学校,课桌是砖垒泥坯的,板凳则要自己从家里带来。在班上排座位的时候,身材最矮小的"小豆豆"并没坐在第一排,而是坐在倒数第二排。因为我从家里带来的板凳腿太高了——小莲特意对四条腿做了加长。个子比我高出许多的梅秀反倒坐在我前排。梅秀虽然只比我大了一岁,但因为个头高挑,很快就被老师任命为班长。老师说,班长要多关心弱小的同学,比如像小豆豆这样的。小豆豆的外号就这样叫出了名,几乎伴随了我一生——五十岁那年回趟老家,池塘边遇到正在用两根竹竿绞纻丝的当年的班主任老师,他还是这样称呼我。

梅秀生长发育得比别人快,是班级里个头最高的,属于早长的那一类。梅秀两只眼睛乌黑溜圆,一双大辫子长而油亮。更多的时候,她喜欢把长辫子盘在头顶上,加上头颈颀长,更显得比同学高出一头。我很快喜欢上了梅秀的嘴唇,鲜艳肥厚,总是让我想到栀子花的花瓣。起初,我见了梅秀总是怯生生的,不敢跟她说话,又总喜欢看着她跟别人说话。她的嘴唇实在是太好看了,颜色跟傍晚雨后天边的云霞一样。我甚至因此而讨厌自己的嘴唇,怨恨自己的母亲,把两片太薄的唇线不走样地遗传给了我。那时候的我根本不可能意识到,这样的唇线长在一个成熟了的男人脸上,对世间的女人具有多么巨大的魔力。当年谁见了我都说长得太像小莲了,儿子像母亲,长大有福气。可是梅秀那样的肥嘟嘟的嘴唇,在我眼里,那才叫有福气呢!母亲左边额头发际处有一块亮亮的疤痕,偏偏我发现自己的左额同样位置也有一块。在多少年过去之后,我都一直误以为是人类的遗传基因太强大了,连疤痕都能遗传。小莲从未解释过,等于是默认儿子的说法,因为后来的二儿子一直是她一生的骄傲,所谓疤痕的遗传似乎成了足以令母亲自豪的资本。直到小莲后来过八十寿辰时才揭开谜底——幼年时,我的左额长了一个疖子。眼见脓包一天天肿胀,大得像只桃子了,却无半点破裂。小莲急了,用烧热融化的松香去拔脓头,结果连毛皮一起拔掉了一大块。这种事儿小莲过去从来都不提起,很老了之后才在饭桌上一桩桩回忆出来。比如我的大哥穆宇凡为什么会打小犯下哮喘病,她也是在八十岁寿宴上才揭秘——都是我们那位死鬼父亲风流成性欠下的孽债!那时父亲老穆头早过世很多年了,说出来也不再担心有人笑话。小莲说,老穆头当年与长嫂通奸,抱着儿子大凡子作掩护。奸夫淫妇在被窝里快活了一夜,大凡子被扔在过道里让寒风吹了一夜,因此落下了病根。而松香拔脓包留下的疤痕也伴随了我一生,以致我从未敢留过短头发,尽管板寸头其实很适合我的饱满头形。

  小学时代,我在梅秀面前的自卑,一多半因了疤痕的存在——梅秀比我高呢,眼睛总是正好看到我额头处。我喜欢梅秀不时从座位上回过头来叫我:"小豆豆,作业本交了吗?快给我。""小豆豆,你削笔刀带了吗?借我用用。""小豆豆,老师这次给你的作业批了个'优'。全班就你一个人得'优'哎!"这时候我故意仰着脸,感觉上目光能直接看到梅秀头顶的盘发了,因而变得十分开心起来。

  梅秀比我大了一岁,又是班长,但并不意味着学习成绩就比我好。有很多时候,梅秀要回头讨教作业题怎么做。有一次她干脆把整个身子转过来,与我面对面、头顶头地趴着做功课。我嗅到梅秀头发上的胰子香味,立刻心猿意马。忽然,盘在梅秀头顶的辫子从前面掉下来。那天她的辫子大概没有扎牢,头发一时全松散开来,铺撒在课桌台面上,像一大堆乌云,把我的双手全埋在了里面。发梢在下滑的过程中拂我的脸颊,一阵抑制不住的酥痒像通了微电流一样令人兴奋。我第一次因为女人脸红耳热。那时候我大概过了十岁了,已经到了小学高年级,对女孩刚刚泛起朦胧的感觉,如此近距离的触碰让我心跳加快。一种奇特的体验由此而产生。

每年的冬天,天寒地冻时节,我的手脚上总是长满了冻疮,难看得像野地里开裂的槐树皮。尤其是脚后跟上边的脚踝处,因为冻疮反复溃烂,流脓,结巴,再溃烂,白森森的骨头都露出来。一方面当然是因为天气实在太冷,那时候动辄连续半个月零下十几度!另一方面,我穿的袜子都是粗棉线手工织出来的,不跟脚,袜套总是自动往下褪,一直能褪到脚板下,脚踝都暴露在寒冷的空气中。鞋帮在冻疮处反复摩擦,走路都免不了一瘸一拐。再小的孩子也知道要形象好看,这一瘸一拐的多丢人哪!冬天总是那么漫长,对缺衣少袜的穷人家孩子来说,多么希望温暖的春天能够早点儿到来啊!

那时候,即便是农村的学校也要响应伟大领袖毛主席的号召,备战备荒为人民,其中有一条备战措施,就是组织孩子们进行军事式的长跑集训。当时的长跑集训和后来人们熟悉的马拉松长跑可不一样。马拉松长跑是健身运动,为的是增强体质。以备战为口号的长跑集训是拉练式野营训练,以吃苦为标志,以磨炼意志为目的。参加马拉松是自愿的,你不感兴趣可以不报名。野营集训是强迫的,凡能喘气的都得领个号,被编进某个队列。马拉松是白天跑,备战集训是在夜里。有时候是晚上,有时则是凌晨。记得有一次是半夜两点钟集合。这就意味着大冬天里要在一点钟左右爬出被窝,迎着凌厉寒风摸黑赶到学校。这对十来岁的孩子来说,既是巨大的痛苦,可也觉得新鲜刺激!发令枪一响,所有人在"一二一"的口令声中出发。领跑者口中含着金属哨子,"呋呋、呋呋"吹个不停。一开始大家还很兴奋,说说笑笑气氛欢畅。黑暗中什么也看不见,只远远地听见前面后面都是哇啦哇啦的喊声,搞不清有几百个人在一起跑。总之队伍很长,蔓延一两里路。但是你不晓得今天要跑多少路,跑到几点钟才能结束。其实这时候所有人就跟草原上的牛马羊一样,没有思考,没有智商,无意识地跟着领头的那个身影在跑。到后来,队伍越跑越慢,战线越拉越长。脚步声不再那么整齐,听上去踢里塔拉的。与其说是在跑步,还不如说是快走,顶多算是做个跑步的样子。跑着跑着,曾经被强迫撑走的睡意重又回来附身,眼皮渐渐沉重起来,撑不住往下耷拉。别人怎样不知道,反正我后来是跑着睡,睡着跑。前面被人拽着,后面被人推着,一路跌跌撞撞。梅秀在后面不时用小拳头捅我的腰杆,一边着急地说:"小豆豆,别睡啦,这个样子要摔跤的!"我忽然"哎哟"一声呻吟,大叫道:"疼死我了!"闪出队伍,弯腰屈腿扶住脚后跟处,龇牙咧嘴发出"呲呲"声。梅秀也闪身跟过来,不停地问怎么了,声音里透着关切。她用手摸摸我的脚,奇怪地问:"这大晴天的,你怎么会穿着高帮雨靴呀?知道是出来长跑集训,你就不知道穿双解放鞋吗?"梅秀说的解放鞋,是当时解放军部队穿的那种帆布胶皮式样的运动鞋(这种鞋曾在中国流行了几十年,直到进入二十一世纪后还在农村很常见。城里人常常通过这双鞋子来判定它的主人的农民工身份)。我当时疼得眼泪淌了满脸,说:"解放鞋帮口低,就更不能穿了!袜子老往脚板下掉,鞋帮把冻疮都磨破烂了。雨靴帮高,还可以御寒。"梅秀伸手到我的雨靴后帮里一摸,摸到一把黏糊糊的东西,知道是脓血,顿时心疼得不行。慌忙给我脱了鞋,又脱了袜子。她脱下自己脚上的尼龙袜,硬给我套在脚上。我哪里肯依,一双小脚闪来闪去不愿意让她套。梅秀吓唬我说:"你再不穿上袜子,这双脚就被冻残废了。你想变成瘸子呀?快点儿!"我一听有些害怕,依了梅秀。第二天上学,梅秀从家里带给我一双崭新的尼龙袜。那时候的尼龙袜可真算得上奢侈品,稀罕程度远远超过现在人拥有的爱玛仕服饰。这样的温暖,让一个很少被人如此关怀呵护的十来岁毛孩子感动得连一句"谢谢"都说不出来。我几乎哽咽了,不敢让喉咙发出任何声音。我努力控制着不让泪水溢出眼眶,只能选择快速跑开来逃避。在我的心里,一遍一遍喊着梅秀的名字,亲切地叫她"好姐姐"!

梅秀家的条件当然不错,她的父亲在公社里当治保主任哩!我偶尔见过梅秀那身躯魁梧的父亲几回,总是胆战心惊地飞快绕道逃走。因为他每次总是抓了什么人要开批斗大会,有几次就批斗我们的算术老师。然而梅秀不一样,比她的父亲可亲多了,尤其笑起来的样子,多暖心啊!

我们的算术老师姓南,头顶半秃,因为是从扬州城里下放来的右派,常常被作为揪斗的对象。在这个穷苦落后而又缺少文化人的地方,要找一个像样的右派来批斗也真不是件容易的事情。记得那一次学校操场上又开批斗大会,照旧是姓梅的治保主任主持。那天是大雨过后天刚放晴,满地泥泞湿滑。师生们每人搬一条小板凳在操场上排队坐好,板凳的四条腿陷进烂泥里拔都拔不出来。治保主任梅胡子(他长着满脸的络腮胡须,总是刮不干净)端坐在主席台上,气势威严地大吼:"把又臭又硬的反革命右派分子南……南……"他一时忘了算术老师的名字,憋了半天,重新吼道:"把又臭又硬的反革命右派分子南秃子……南霸天押上台来!"教算术的南老师从此变成电影《红色娘子军》中的南霸天了。

"南霸天,你老实交代,为什么要散布谣言大肆污蔑革命造反派校长?"每次开大会,总要寻找一个可以批斗的理由。

"我没有污蔑。我亲眼看见刁校长手持猎枪追赶野鸡,把田里的麦秆踩倒了一大片。这是在糟蹋庄稼!"

一身泥点的南老师犟头倔脑地辩解着,明显不服。他早就是"老运动员"了,态度好坏已经不重要,反正是死猪不怕开水烫啦。他也知道,农村人只是开会斗他,而且是文斗,并不体罚。批斗会之后大家还是和往常一样尊敬他,因为他是稀罕的文化人,孩子们的希望都寄托在他身上。南老师的每次辩解总会引发一阵稀里哗啦的哄笑。

"胡说！"梅主任手起掌落，差点儿拍散了主席台。他分明是在操练着青天大老爷手拍惊堂木的架势。"野鸡在偷吃麦子——偷吃麦子就是偷窃革命群众的胜利果实。刁校长打野鸡是为民除害！"不容分说，梅主任右手握拳奋力向天一挥："打倒南霸天！"

　　一时间，几百只大大小小的拳头如森林一般竖起，在阳光下摇摆起伏，闪耀着金黄色的光芒。这样的场面着实令人兴奋。

　　"打倒南霸天！打倒南霸天！打倒南霸天！"

　　声浪如山呼海啸般翻滚不息。这种场面已经演练过无数次，所有的人都自觉而默契。不过今天的口号有了新意，让喊口号的人们觉得滑稽而振奋，仿佛刚刚又看了一场《红色娘子军》电影。梅主任双手伸向半空，手掌向下猛地一按，会场顿时一片安静，鸦雀无声。

　　"下面，开始揭发反革命右派分子南霸天的滔天罪行……谁先上来？"梅胡子目光炯炯巡视全场，问道。

　　半响，会场还是一片安静。大概是没有准备，或者因为揭发的次数太多而临时找不到新的材料，一时间没有人说话，批斗会陷入短暂的僵局。

　　"谁来揭发反动右派分子南霸天的反革命罪行……谁先上来？"梅主任有些着急，加重了拍桌子的分量。

　　坐在旁边的梅秀悄悄推了我一把："小豆豆，你去。"

　　我傻看着她："我？我说什么呀？"

　　"你就说……"梅秀放低声音，套着我耳朵，"你就说，你听见南老师跟别人说起，林彪是坏人！"

　　"啊？！"我大惊失色。

　　林彪是国家副主席，是伟大领袖毛主席的亲密战友，是毛主席的接班人。林彪是坏人？这话能随便说吗？这罪行可比打破一只毛主席的瓷像要大了不知多少倍了。

　　"去呀！听我的保证没有错！"梅秀拽着我的胳膊硬往上提。

　　"小豆豆要揭发！"梅秀红着脸叫喊一声，过后马上低下头去，众人的目光便都盯在了我身上。

"小豆豆，上台来！"梅胡子很高兴女儿及时为他救了场，待我一跛一滑走到台上，他和蔼地问道："小豆豆，你要揭发什么？"

我当时脸蛋儿早已经红得像鸡冠花，结巴了半天，说："是她说的，梅秀说的，南老师跟别人说的，说……林彪是坏人！不是我说的！"

犹如一声惊雷在头顶炸响，震得全场所有人目瞪口呆。南老师更是脸色煞白。

过了好一阵子，梅胡子才缓过劲来，尴尬地连拍了几下桌子："反动透顶！反动透顶！反动透顶啊！"

我急急忙忙往台下逃。快到自己的座位时，脚下猛一滑，整个人儿趴在了梅秀的身上，脸蛋埋在了梅秀的脖子里，惹出一片哄笑声。

当时我并不知道，就在前一天晚上，林彪叛逃温都尔汗机毁人亡的消息已经在公社干部之间私下里传得沸沸扬扬，但是未经文件证实，谁也不敢在公开场合乱说。所以梅主任那时只能用一句"反动透顶"来慌忙抵挡。批斗会是如何结束的，我根本没有在意。我只记得梅秀的脖子好烫好烫。

又一个暴雨如注的中午，我放学后回不去家啦！我带来的雨披破得不能再破，抵挡不住外面的风和雨。不能回家也就意味着中午不能吃到午饭，得饿着肚子撑到下午放学。虽然这已经不是第一次了，但多少还是感觉有些凄凉。毕竟同学们都急急忙忙地回家捧上热乎乎的饭碗了——尽管只是一碗菜叶面疙瘩糊糊。又是梅秀，瞧，她给我带来了什么呀？满满的一钵子猪油馅汤圆！谁的家里平日里能吃上猪油馅汤圆呢？梅秀家里当然才有这样好的条件。可是，她专门给我带了一陶钵的汤圆！

"快吃吧！"她说，"冷了就不香了。"

我含着泪吃完了这辈子也忘不了的汤圆，并且就此认定，这世界上最好吃的东西就是猪油汤圆了。

此后的几个月，学习成绩一落千丈，因为我的小魂灵儿都不由自主整个儿攀附在梅秀身上了。我心里过早地长出了一棵不该长的小苗儿,而且很快长大,迅速地撑满了小小的心房。我开始像一个能够分泌荷尔蒙的男人一样幻想我的爱情,并且不间断地沉湎于这种飘忽不定的甜蜜幻想中,放任自己享受起幼稚的白日梦来。除了对梅秀花瓣样的嘴唇着迷,对她那圆润的腮线,白皙的脖子,一样如饥似渴,有着强烈的亲近欲望。上课的时候,我看似目不转睛望着前方的黑板,并且充满了渴望和热情,天知道,视线仅仅止于梅秀那乌黑的大辫子。我的思想的世界全在那一片混沌的黑云里了。我臆想着把自己的鼻子、嘴巴和整张脸儿都埋进去,嗅着玫瑰花香一样的胰子味道,一个祥云飘忽的美丽幻境便诞生了。我和梅秀手挽着小手徜徉其中,听布谷鸟儿唱歌,看梅花小鹿欢奔,追逐着斑斓蝴蝶跑向水边天际。那真是一种十分新鲜的迷人体验。偶尔,当梅秀回头说话的时候,我会突然害羞快乐得飞红了脸,喉咙一阵发紧,感觉脖子上的汗毛竖了起来,手掌也潮湿了,腹中如有一堆东西在煮沸。如果是梅秀叫我去做什么事情呢,我会因双腿不自觉地哆嗦而迈不开步。少年怀特的烦恼也不过如此!乡村小学苍白的读书生活,因为梅秀的存在而明亮起来。我常常忘记了因脚上冻疮带来的痛痒或母亲责备造成的烦恼,整日里兴高采烈,并感染到周围的每一个人。自然,我的所有同学和老师,谁也不会把这种无忧无虑的快乐和少年的怀春联系起来——这样一个小不点儿,咋懂得什么叫怀春呢?可是,千真万确,我已经把这种心情愉悦理所当然地等同于爱情了。

梅秀自己感觉到什么了么?一定有。有几次,她忽然连着许多天不和我说话了哩!而且分明有意躲着我,冷落我。我为此而伤心、痛苦,小模样儿可怜巴巴的。忽然,她又对我好了,比过去更好了,摸我的脸,拍我的头,掐我的小细胳膊,还冲我不停做鬼脸儿乐呢!

我想过牵她的手,抱她的头,搂她的腰,甚至想过和她睡在一条被窝里。天可怜见,我从没有想过梅秀的身体如何如何,胸脯长什么样儿,连屁股的大小也没有留心观察过。即便在反复看过几遍手抄本《少女之心》后,我唯一很想知道的,是梅秀两腿之间的女人器官长得好不好看,有没有长着浓密的黑毛。那本被翻得破破烂烂的《生理学常识》中,有一幅详细解构女性生殖器官的插图也被我看了无数遍,那上面也仅仅是画着一些弯曲复杂的线条而已,看过之后对提高认知基本毫无帮助。

"谁若能在长大后娶上梅秀做老婆,那一定是这个世界上最幸福的男人了!"

在放学回家的路上,我这样一遍一遍地对自己说。说完后伸手到下面摸一摸自己的小东西,觉得很不够争气,弱而不壮,更没有毛,因此有点儿恼火。那个最幸福的男人肯定不是我!我沮丧地嘟哝着,甩脚踢飞路边的砖头。我说那个最幸福的男人肯定不是我,并不是因为年龄上我比梅秀小。女大男小,这在农村里不是什么障碍,而是一想到公社治保主任抓人开批斗会的凶煞模样,我的肩膀就情不自禁地颤抖。梅秀是一尊近在眼前而不可触及的女神。至少也是一只美天鹅。而我,穆宇谅,一粒不起眼的小豆豆,恐怕连癞蛤蟆都比不了。

有些人,有些事,是注定一生不能忘情的。无论过去了多少岁月,每当回味曾经的恋爱史,我总是第一个想到梅秀。"我的早恋是从小学开始的。"我不止一次这样对自己说。是否也曾对别人这样吹嘘过,已经忘记了。那是带一种自豪感的。自豪的是情窦初开竟如此之早,超过世上所有的情圣。没有功利,没有肉欲,没有杂念,只有一往情深,那才是真正的爱情,最最崇高而纯洁的爱情。早晨总是第一个进教室,为的是早点儿看到她。放学总是磨磨蹭蹭不想走,为的是能再跟她多待上哪怕一秒钟。经过一段短暂的低谷后,我的考试成绩排名飞快往前窜,就是为了赢得她一声夸赞。割猪草时忽然割破了手指,也是因为想她的容颜而走了神。这样的状态不是恋爱又是什么呢?当然,说恋爱了是有点儿夸张,说暗恋更加恰如其分。但是早恋是肯定的,单向的早恋,单相思。一个小毛孩子自我烦恼的所谓爱情,就这样,含着青橄榄、泛着柠檬酸的日子,持续了好几年。

第四章　坐在秋天的田野里哭

我一生中最值得自豪的选择,就是走了考大学跳龙门这条路——这在当下听来似乎毫无英明之处,十三亿中国人,谁都会无一例外地为自己的孩子选择这样一条道路。这几乎是踏上人生康庄大道的唯一出路。但在二十世纪七十年代末期,问谁也不会有一个人想到过,小豆豆后来竟然考上了大学,成为那一代人中的天之骄子,而且是恢复高考制度后全公社凭此跳出农门的第一人。

说起来,这样的成功应该归功于我父亲的那些朋友。前面说过,老穆头的那些朋友全都是一些很有文化的人。从一九七七年恢复高考一开始,老穆头的朋友就开始相互关心对方的孩子,他们帮着出了个好主意,将我的户口从录取分数线极高的高考大省江苏,迁移到贵州遵义的某个山乡,那里正是父辈们工作的三线军工企业所在地。那个山乡,离红军长征中经过的著名关隘娄山关很近,属于典型的"老少边"地区。这样做的风险当然很大,万一考不进大学,户口就再也迁不出来了,要一辈子做山民。好在老穆头无知无畏,坚信儿子的高智商。一生中没有办过什么大事的父亲终于为儿子办成一桩决定终身前途的大事:拎着两瓶酒两条烟敲开了当地村长家的大门。村长只说了两个字:"要——的!"这让已经在农办中学读到初二的我,在十三岁时成为中国第一代高考准移民。在大西南深山老林里的军工厂弟中学里重读两年初中,后又完成两年高中学业,我终于顺利考进了一所全国重点大学。

在农办中学和老师同学告别之后,回家的路上,我坐在秋天的田野里大哭了一场。哭得昏天黑地，哭得莫名其妙。庄稼地里黄一片绿一片，正是等待收获的季节，空气中弥漫着稻米灌浆时特有的清香和瓜果成熟的气味。花花绿绿的蝴蝶成群结队翩翩起舞，从水稻田飞到棉花地，又从棉花地飞往蓖麻树丛。和煦的阳光如金子般洒在一望无际的旷野上，催生着万物一天比一天更加饱满、成熟。麻雀们像过节一般叽叽喳喳欢叫着在田埂上跳跃，又一阵风似的飞往远处的桑树林。田鼠们也忙碌个不停，探头探脑溜进水稻田里，把灌满浆汁的稻穗一根根咬下来拖进阴暗的地洞中，为漫长的冬天储备足够的食物。阴险的水蛇则悄悄蛰伏在洞口旁等着，好一口将肥壮的田鼠吞进肚子里慢慢消化。丰收的季节让所有的生命都生机勃勃，尽情享受着大自然的馈赠。

我从下午一直哭到傍晚，天色都开始转暗，这才爬起来擦干眼泪回家。天空的云彩渐渐失去原有的乳白色，在晚风的吹动下加快了西移的速度，像一条条黑色的鲸鱼列队游动。白色的鹭鸶鸟扇动闪亮的翅膀，一只接着一只飞向远处高大的板栗树顶端，准备归巢歇息。收工的农民清洗完脚上的泥巴，扛着镰刀和铁锹三三两两走在回家的路上，不时和同伴高声告别。听着那些告别的话语，我的眼眶中又一次盈满了泪水。

在学校里和大家告别的场面一点儿也不像我预想的那样伤感壮观，没有依依不舍的拥抱，没有人流泪，老师连一个像样的告别仪式也没有组织。大家只是笑嘻嘻地跟我挥手道再见，然后各自散去。梅秀甚至提前领着书包回家了，临走时揪了一下我的鼻子，问："小豆豆，你会给我们写信吗？"我鼻子一酸，用力点了点头，刚要说什么，梅秀已经跑得没影了。我的手插在裤兜里，手心汗津津地握着一张纸——昨晚花了很长时间写的信呢！本来还想无论如何要跟她单独说几句话，把信悄悄地塞给她。当然也不能算情书，只是表达不舍和预期的怀想、思念而已，竟然没有送出去。

我在田埂上失魂落魄地走着，把叠得整整齐齐的信纸撕碎，再撕碎，撕得更碎，抛撒在风中，如一阵白色的雨点。一个懵懂少年长长的生涩爱情之梦，就这样随风飘逝了。

在开往贵州的火车上，我还在不停地思念梅秀，心里空落落地难受，好像什么宝贝被别人活生生抢走了。

在离校的前一天，我还是忍住了，没有把即将告别的消息对任何人说。我不想人们对我过早地问东问西，更不想让梅秀提前知道。我不知道该怎么面对她的询问，好像我是个逃兵、叛变者。一整天，我看她的眼神都有些慌张，她好像一点儿也没有察觉到。那天下午的最后一节课上，我在她的文具盒里放了一样东西。那东西是我之前一天晚上在母亲的藏宝箱里发现的。

我本来是要找一样容器来藏我的手抄本，找来找去就打开了母亲的藏宝箱。藏宝箱是一只式样老式的木盒，外表漆着暗红的油漆，边框和四角用带花纹的铜皮包着，有锁扣，但是锁扣早就坏了，很容易打开。里面有一些丝绸和手帕什么的，还有几张发黄的旧照片和一沓家信。我在箱子找到了一只样子纯朴而精致的瓷罐。那只瓷罐的表面底色是宝蓝色的，有的地方带点绿和灰。罐底有红字印着几个字：江西景德镇。我把它拿在手里把玩了一会儿，掀开盖子，盖是空心的，里面落了些薄薄的灰尘，应该是很久没有人擦拭过了。靠近罐口和罐底的地方有两道淡黄色的曲线形装饰条，当中则是由灰紫的细线框出的两面椭圆形的空白，一面画了红袖执扇的仕女图，另一面画了鸳鸯嬉水。我发现它的肚子正好够把我的手抄本塞进去，而且盖上盖子后也不易被人发现，很得意地那样做了。在关闭上藏宝箱之前，不经意间又发现了一只铜镏子，葫芦造型，大小粗细跟我的大拇指差不多，有几分光泽，甚至有点儿闪亮。葫芦口上有细孔可以用来穿线，应该是让人挂在脖颈上玩的。这小东西拿在手里有点沉甸甸的感觉，便让我产生了把它送给梅秀的念头。我总该送样物品留给她做纪念呀！

我把铜葫芦放进了梅秀的文具盒里，只说了句："送给你玩！"没有作任何解释。她拿起铜镏子看了看，说："哟，上面还刻着字呢！""是吧。"我随口应了一句，扭头看看四周，很担心会被其他同学发现。"这一面刻着'吉祥'，另一面刻着'如意'。吉祥如意呀！不错。"直到她合上文具盒，我的心跳才渐趋平缓。

火车在一片崇山峻岭中穿行,刚刚从一个长长的山洞中钻出来,很快又进入了另一个更长的山洞。我自小在平原上长大,从来没有见过这么多的山,连绵起伏,通向遥远的天际。山上的树木青翠葱茏,如绿色的海洋。有一些山崖高高耸立,裸露的石头在阳光下闪耀着红色的光芒。苍鹰在远空悠闲地翱翔,好像它们永远也不知道疲倦。见惯了人烟稠密的苏北平原,我很为沿途的荒无人迹感到惊奇。走出家门,才知道这世界多么广阔无边。十三岁的我第一次出远门去那么遥远的地方,小莲本来希望老穆头能够回来接儿子,但是老穆头并没有回来。我一个人拎着母亲打理的包裹就出发了。小莲在我的包裹里装了太多的煮鸡蛋,吃得我呕了一路。家里除了煮鸡蛋之外也实在没有其他东西可以带着上路了。从此以后许多年,我就再闻不得鸡蛋的腥气味道,每次一闻到就想吐。剩下的最后两只熟鸡蛋被我放在车厢靠窗的茶几上,一只剥去了壳,却一口也咬不下去。火车头烟囱喷出的浓烟从窗户外随风飘进来,蛋白上已经染上薄薄一层黑色的煤烟灰——那时候的火车还在用燃煤蒸汽机做动力。山和山之间有连片的水稻田,在阳光下泛着碧油油的亮光。

我趴在火车上回想九月的那个下午,我们全班同学在老师带领下参加支农劳动。劳动的内容是下秧田薅稗子草。那些已经结籽的稗子草在秧田里东一簇西一簇地长着,个头明显比秧苗高出一截。如果不把这些稗草及时薅去,将来脱粒后的稻谷里就会混进又硬又糙的稗籽。这些稗籽不仅不能被碾米机碾碎,而且混在白米里很难再被清除干净,煮出来的白米饭就会硌牙,连猪都嚼不动。所以薅稗草是收割前的一项很重要的前期工作。这项劳作不需要花太大的力气,很适合孩子们去做。几十个孩子划分好承包地块范围,在秧田里像麻雀一样散开来,愉快地开始劳作。男生们一边薅草一边嬉笑打闹,互相用拖泥带水的草把扔来扔去。女生们则轮番唱歌,从《插秧号子》到《拔根芦柴花》,一首一首唱过来,都是些父辈们集体劳动时爱唱的苏北民间小调。

支农劳动的秧田离我的家不远,能看得清我家屋顶的圆弧形小瓦片,甚至能看得清大门上挂着的铁锁。母亲出工去了,大哥和妹妹都在学校里上课,家里没有人。家中的那只大花猫应该正趴在无花果树下的阴影里思考生命的意义。在这个庄子上,大部分的房舍都是茅草屋顶。能有半草盖脊半瓦遮檐的便是条件不错的人家,像我家这样全瓦盖顶的房子就很稀罕了。父亲当年造这三间瓦房花了一千元钱,很是轰动了乡里。我特别想指给梅秀看:"喏,那就是我家哩!"可是,梅秀与我之间隔了两三个同学,而且女生们一直在唱歌,没有机会。梅秀的嗓子很好,她放开了喉咙唱着:"小小的郎儿来,月下芙蓉牡丹花儿开……哎嗨呦!"

　　成群的蜻蜓贴着秧苗飞来飞去。那些蜻蜓有着几乎透明的翅膀和暗红色的尾巴,看上去十分漂亮。本来瓦蓝的天空不知从何时起乌云密布,风儿也一阵紧似一阵。像那个季节经常发生的那样,暴雨说来就来了。大风裹挟着蚕豆大的雨点劈头盖脸狂扫大地,四下里到处是噼里啪啦的声响。孩子们一声惊呼,纷纷拔腿逃到田埂上。往东五百米处有一个打谷场,打谷场旁边搭了一排牛棚。同学们都跑向牛棚避雨,但衣服在半路上早湿透了。我一个人往自己家的方向跑。梅秀大概看见我跑的方向和大伙儿不一样,着急地跟在身后喊:"小豆豆,小豆豆!你去哪儿?"一路跟着追。直到见了我拿钥匙开门,才知道原来那就是我的家。

　　两人进了屋,弯下腰喘气,然后扶着门框看外面的雨势。大花猫"妙唔妙唔"地叫唤,弓着背在我俩的脚边绕来绕去,它显然在等待着大雨停止后好到溢水的池塘边去抓鱼。那时候池塘里的鱼儿都喜欢翻越塘埂往水田里跳跃。外面的雨水已密不透风,看不清几米外的地方。狂风一阵比一阵大,像一个发了疯的强盗想把能带走的东西都带走。然而没过几分钟,像台风季节常见的情形一样,暴风骤雨在纵情发过一阵淫威之后,似乎很快精疲力竭,风势减弱,雨点也变细。远处小河边的芦苇像绿云一样模糊可见,一叶孤舟静静地飘着。篱笆墙根下,美人蕉花儿的鲜红身影渐渐清晰起来,肥大的叶片上也重现丰盈的厚绿。长得很胖的石榴树上挂着一个接一个的青青红红的石榴,像受了莫大委屈那样都垂着头静静地淌泪。

葡萄架下的几株兰花草矜持依旧,一袭青衫里裹着绝尘的清高,兀自婉婉婷婷。看风景的人湿答答的衣服贴在皮肤上,有些冷。我注意到梅秀连打了几个喷嚏,嘴唇渐渐变成紫色,连忙进东厢房里翻箱倒柜找干爽衣服。"来,先换上我哥的衣服穿吧。把湿的衣服脱下来,我放煤炭炉边上烘一烘,很快就可以烘干了。"

梅秀接过我找出的几件宽大男装看了看,皱着眉头。那都是我哥哥穆宇凡的衣服。她撅着嘴巴进西厢房更衣。我也在东厢房里把一身上下全换了,感觉到粗布的清香与温暖,整个人儿总算缓过神来。无意中看见抽屉里有一件花格子确良衬衫,是母亲小莲的,给梅秀换上应该比穿大哥的衣服更加合适吧,便拿着给梅秀送去。我在推开西厢房房门的时候,偏偏就看见了梅秀白花花的光溜身子。亮光一闪,我仿佛看到了一条刚出水的翘嘴大白鱼,有些发懵。梅秀的胸口处有两块包子一样隆起的肉团,像两只水蜜桃那么大,扎眼得很。那只讨嫌的大花猫绕着脚跟进门槛,"妙唔"叫了一声。当时梅秀擦干了上身正准备擦下体,两只手搭在腰部要往下褪短裤,忽然间被我给吓着了,发出惊叫。我慌忙扔了衣服,脸红心跳退出来,不料脚后跟绊着门槛,仰面摔了一跤。梅秀又气恼又好笑,一股气流呛在喉咙口,连着好一顿咳嗽。慌忙换好衣服后,梅秀在我脑门上作势一通拍打,连骂了几声"不要脸不要脸"。我一边揉着肿起的后脑勺一边叫痛。没心没肺嬉闹了一通,傍在煤球炉子旁边把湿透的衣服烘烤至干爽。此时外面雨势已经彻底止住,天色重又放亮。两人锁上门复去寻找班上的同学。

趴在火车座位上打瞌睡的时候,这段回忆被我反复咀嚼,越咀嚼越觉得回味无穷。当时要是再晚个十秒钟推开西厢房的门,我就能清楚地看到梅秀脱下碎花布裤衩后的样子了。这件事后来一直让我懊恼不已。多好的机会呀,就这样冒冒失失错过了!我甚至还幻想过,如果当时坚持要让梅秀脱下短裤,或者自己帮她去脱,梅秀会怎样反应呢?说不准,梅秀真让我看呢!再想想似乎又不大可能,梅秀多半会请我吃耳光,左边一记右边一记。无论如何,错过了这一次,不知道要等到哪年哪月了!

第五章 对小外婆滋生情愫

再浓艳的爱情色彩也经不住时光流水的洗刷,慢慢就像窗帘上的花布图案一点一点褪去了颜色。在贵州那个全新的环境里读书,我一天天淡出了对梅秀的思念,却又一步步陷入了另一片感情的泥沼。如果不是因为后来出现了一些意想不到的变故,我简直不知道该怎样把自己拯救出来。一颗多情的种子,随便抛在哪里都会随风生长,并且因为情感的养分过于丰富而长得枝繁叶茂。

爱情真的是一种本能,"要么生下来就会,要么永远都不会。"有一本书上就是这样说的。在子弟中学的教室里,并肩而坐,日日相伴,我对身边的一个女同学情愫滋生。直至如害病一般,呼吸时都必须嗅到她身上的气息,否则便血脉不畅,憋闷窒息。那时候上海有一本叫《青年时代》的流行杂志,销量很大,据说比《故事会》和《读者文摘》销量还大。《青年时代》正在某专栏讨论一个话题:在人的一生中真正的爱情是否只会出现一次?我马上写了一篇长文来证明这一点,真正的爱情当然只有一次,譬如我现在的爱情,对同桌的不可自拔的爱恋!在当时,即使我偶然想起梅秀这个名字,想起曾经对梅秀有过的缕缕不绝的依恋情怀,也断不承认那叫爱情!我第一次向杂志社投稿,虽然用了个信手拈来的假姓名,却带着灼热的真情实感,用诗歌一样的抒情语言,表明了海枯石烂矢志不移的无悔之心。如果可以,我愿意用血管里的热血来书写这些文字。文章在杂志上一刊登,马上引来了跟风争论,以致该刊物连续几个月销量大增。当时的情景,颇有点儿像后来的网络炒作,一篇奇文引来跟帖者不断。杂志的编辑和读者都还不知道,我当时才十四岁。如果有人知道是一个十四岁的毛孩子写文章证明爱情的"一次性",并且引来无数争论,一定会笑掉大牙的。从此以后,我渐渐习惯了向杂志社投稿,这为我日后成为真正的作家打下了基础。

前面说过,自打看过《少女之心》手抄本之后,我始终没有放弃过对女人生殖器官的好奇。依我当年的认知水平,男人和女人唯一的不同,就在于两腿之间的局部构造。初中的班主任是位女老师,教语文。语文老师站着读课文时有个习惯,喜欢把两腿之间的部位顶在课桌的转角处。读到物我两忘时,腿部有往前轻轻一拱一拱的连续动作。这个无意识的动作,不知何时被哪个促狭鬼发掘了特殊的含义,激发了正处于启蒙时代的男生们无限的想象力。虽然对于男女之间的事情懵懵懂懂,但某个特定动作代表某种特殊含义,我们还是略知一二的。很小的时候,我在某个深夜突然间惊醒,就曾经被床上另一头出现的一幕吓得不敢喘气——昨日刚刚探亲回家的老穆头正骑在小莲身上,有节奏地不停拱动,震得大床吱嘎乱响。在偷看了几秒钟之后,我当然很快就明白发生了什么,因此赶紧闭上眼睛假装沉睡。第二天早晨醒来,我猜想老穆头和小莲一定会因为昨晚长时间的搏斗而变成仇人,至少相互之间不会再说话,也不能坐在一张饭桌上吃饭。最终发现竟然一切如常,从他们的脸上看不出丝毫仇恨或羞愧的痕迹。这是我对男女房事的首次发现,相信我的同学们一定也有同样的经历。班主任女老师的一个习惯性动作让我们私下里兴奋不已,发明了一些只有小伙伴之间才懂得的手势符号,替代不可说出的龌龊语言。比如,用并拢的四指不停地左右扇动,等等。每一次的手指扇动,都会引发一阵私下的窃窃笑声。老师和女生们常常会被我们笑得莫名其妙,而男生们则更加得意——如此下流的手势,如此猥亵的淫笑,她们竟然都不懂!真是妙不可言!

我的新同桌,一个叫潘兼郅的女生,死活非要问出个结果来:"笑什么呀?你们到底在偷偷地笑什么呀?"我当时趴在课桌上已经笑岔了气,鼻涕抹了一手,实在回答不了她的问题。"这个傻姑娘!"我在心里骂她,"关你什么事情呀!""讲呀,讲呀!"潘蒹鄞抱着我的胳膊不停地摇,"小穆头,快讲给小外婆听嘛!"

在这里没有人叫我小豆豆了。我的父亲人称老穆头,我自然就被人称作小穆头。小穆头就是小木头的谐音,叫小穆头和叫小木头听起来都是一样的。可是潘蒹鄞问的问题是一个不能回答的问题,永远都不能回答。这不但关系到女老师的名誉,也关乎男生们的品格。

潘蒹鄞从书包里拿出一小包盐津枣,讨好地推到我面前。盐津枣的包装纸花花绿绿,并且有金线一样的东西在闪光。盐津枣通常都是从上海带过来的,潘蒹鄞的书包里从来都不缺这些花样繁多的小零食。她和这个子弟学校的大多数学生一样,父母都是从上海支内过来的。我的父亲虽然也是来自上海的支内职工,但我却是从农村来的,乡下孩子,说一口苏北话。有一次语文课上,老师让我站起来朗诵课文,是毛泽东的《沁园春·雪》。我开口刚读了三行:"北国风光,千里冰封,万里雪飘……"教室里忽然爆发出一阵地动山摇的哄笑。这帮上海出生的孩子们,从来没有听过有人用苏北话诗朗诵哩!我一下子满脸通红,窘得无地自容。好在我很快以优秀的学习成绩赢得了同学们的尊重。连老师们都在说:"剃头师傅老穆头文盲大老粗一个,养个儿子倒是聪明得要命哩!"所以我很快就摆脱了自卑的阴影。

"吃呀!"披着瀑布般披肩长发的潘蒹鄞含情脉脉看着我,"以后小外婆每天都给你带盐津枣,还有别的好吃的。"

我忽然感到有些不自在。潘蒹鄞据说是从上一届留级下来的,整整大了我两岁。十六岁的女孩子,身体发育良好,完全具有了成熟女人所拥有的一切的美。老师所以把她安排与我同桌,主要是考虑了两个因素:一是因为我学习好,可以帮助差生提高成绩;第二个因素嘛,可能是觉得让潘蒹鄞坐在我身边比较安全。

安全。很有意思。为什么老师会觉得让她和我坐在一起就比较安全呢?

在所有老师的眼中，甚至在很多同学，尤其是女同学眼中，包括潘蒹鄞的父母、同事和学生家长，几乎都把潘蒹鄞看成了一个不安全的人。她外表看上去似乎远远不止十六岁，更像十八岁，二十岁，或者更大一些。问题是，她的身上似乎天生带着让所有男人女人都感到不安的危险因子。如果说奥黛丽·赫本带给男人的是赏心悦目，玛丽莲·梦露带给男人的就是欲望腾升。潘蒹鄞显然属于后面一种。潘蒹鄞有一个叫得很响的外号：外婆。不知道这个外号是怎么被叫响的。反正，一个十六岁的小姑娘，被人叫作"外婆"，且成了响当当的名号，一定不会那么简单。什么样的人才会被人称作外婆呢？有了辈分的，儿孙绕膝的，受到敬畏的，见过世面的。偏偏潘蒹鄞总是张口闭口小外婆我这样小外婆我那样的，谁也拿她没有办法。有一群半大小子，成天围着她身边转，陪她打羽毛球，打康乐球或斯诺克，甚至不知从哪里搞来几支霰弹猎枪，带她进森林里打猎。总之，她的身边总是三五成群的，从来没有落单的时候，而且永远有人尖声高叫。她身上的行头似乎每天都在翻新，今天用电火钳把头发烫成大波浪，一身曲线毕露的旗袍，像电影里见过的旧上海百乐门舞女；明天又把长发高高地绾起来，腰里扎一根宽宽的黑色皮带，妆扮得跟苏联克格勃女杀手似的。口红的颜色也不断变，今天粉色明天紫色，偶尔还抹过黑色的，与聊斋里的女鬼无异。总而言之，一个问题青年。久而久之，还成了一个绯闻主角。

我那年刚满十四岁，身高一米五四，体重六十斤，比毛猴子还精瘦，与潘蒹鄞同桌，所以才令所有人都觉得很安全。

那种感觉究竟从什么时候开始的？谁能说得清草坪上的花儿是在哪一天清晨突然开放的？谁又知道那一朵蒲公英是被风儿吹走还是被鸟儿叼走的？在森林的边缘总能找到一棵茂盛的相思树，在后山的灌木丛里总有隐秘开放的野蔷薇。春天的风里面总有些青涩的味道，澄澈的天空中总有无拘无束的云彩在流浪。少年，哪怕只是一个十四岁的瘦小少年，谁又能阻止他变成一只小小的相思鸟儿？像嘴里始终含着一粒苦楝子，我开始品尝每天放学后怅然若失的滋味。这种滋味只有我自己心里清楚,别人连注意到的可能性都没有。早晨,太阳升起,我的心里也照进了一片阳光。我将和一个活泼美丽的姑娘坐在一起,坐上一整天。我甚至希望不要有下课休息的时候,因为潘蒹鄞在下课时会离开座位,东窜西跑,让我的视线追赶不上。而每到傍晚,太阳将落山,我心头的光亮也一点点黯淡下去。有时候,从教室的窗口看见潘蒹鄞一点点走远,天空就会变得一点点暗下去,如尝哀梨的滋味也一点点从心底泛起。尽管远山还沉浸在夕阳最后一抹余晖里,在我看来,那景色一点儿也不美妙,因为漫长而孤独的黑夜就要这样无聊地开始了。日子一天天过去。很快,到了初中阶段的最后一个学期,老师要求我们做好中考冲刺的准备,并增加了晚自修课程。

  在一个普通的初夏夜晚,我上完晚自修课后走回父亲老穆头住的集体宿舍。

  白天刚下过阵雨,天空的月亮显得格外皎洁。贵州的天气就是变化快,从晴空万里到乌云密布只要很短的时间。而从云开日出到天高云淡也用不了几分钟。白天毒辣的日头可以把所有植物晒得蔫头耷脑,晚上滋润的露水又让一切充满盎然生机。从学校到工厂宿舍区要经过一座八九百米长的石拱桥。我们的学校建在一座铲平了的山峰之上,这座石拱桥就搭建在两座低矮的山峰之间,是回工厂宿舍区的必经之路。夜风湿润,犹如山林的呼吸,轻悄地穿过幽暗的山谷和溪流,抚摸到人的脸上,感觉凉意阵阵。实际上,这里的风景在白天看起来非常迷人,远看山茶流红,春潮带雨,翠色空濛,青烟迷离;近看清流急湍,如膏似玉,草地绿润,梅花飘香。只是天天在这里走来走去的人,常常因为对这一切太熟悉而忽视了身边大自然的美丽。

  在这个山区军工厂里生活的大部分人,他们从内心深处并不喜欢这里的一切。曾经出生并且长期生活过的那个城市——上海,才是他们理想的家园和一心要返回的地方。待在这样一个穷山恶水的高原上,深山里,多半是出于被迫和无奈。当年的一时冲动,响应组织的号召支援大三线建设,让他们一辈子被困在了与世隔绝的高山密林深处,并且让他们的下一代也无法看到返回上海的希望。他们的痛苦和渴望被埋进了心里,只能靠一年一次的返沪探亲来稍作舒缓。他们的希望全寄托在孩子身上,高考是孩子们回到上海的唯一出路。每年的七月,对于整个〇六一工业基地的上海人来说都是十分重要的月份,谁谁谁的儿子或女儿考上大学了,尽管那并不是自己的孩子,他们也一样高兴,像是圆了自己的一个梦。

我的父亲本来在这里待得很习惯,也没有什么梦想。当年,老穆头所在的国营理发店领导动员他到贵州支边,曾经承诺他只要答应支边就可以入党。他从没想过,像他这样的文盲大老粗也能够加入伟大的中国共产党。凭着一份纯朴的感动,他很是兴奋地一口答应了。来到贵州之后,入党的承诺虽然没有被新的领导兑现,可是对他的生活影响也不大,只是探亲的路途更加遥远了一些,如此而已。白天给同事们理发,晚上的业余生活就是找人下象棋。这里的棋友显然要比在上海时更多了,因为绝大多数男人们基本上无处可去。老穆头泡在棋局里活得很滋润,儿子小穆头的到来也没有给他增添什么麻烦,反正吃在食堂,住在宿舍。至于儿子能不能考上中专甚至考上大学,老穆头一点儿也不担心。那位子弟中学的何校长——他最好的棋友和哥们,已经拍着胸脯说了,如果小穆头只求跳出农门,考个中专技校什么的,简直不算个问题,一切尽管放心,都包在他身上了。如果何校长知道老穆头的儿子小穆头除了高智商外还具备高情商——天生的一个情种,一定不会让潘兼鄞和他同桌,更不敢轻易对老穆头拍胸脯打包票。

我在皎洁的月光下走向石拱桥的桥头,心里牵挂着桥对面球场上的露天电影。什么时候开始放的,放到哪一段了。我对看电影十分痴迷,下午五点钟不到就用板凳在球场当中占了个好位置。今天放映的是罗马尼亚电影《多瑙河之波》,里面有个大眼睛的女演员十分漂亮,还有接吻的镜头。当然是曾经看过的,可是还想看。远处的那一片亮光和喇叭里传出的声音告诉我,电影刚放到一半,于是我加快了脚步。一个人影从楼角幽暗处忽然闪出来,拦在我前面。很快看清楚了,那个人是潘蒹鄞。

我心头一阵发颤。那种感觉很特殊,就像一片平静的湖面上突然被扔进了一块石头,涟漪一圈一圈扩散开来,心房就随着那涟漪颤动。这个美丽得有些妖娆的姑娘,还是头一回在离开教室之后这样私下里和我单独见面。我曾在图书馆的画册上看到过意大利画家波提切利迷人的画作《维纳斯的诞生》,画上的维纳斯就是这样略带疑问地侧头,面露羞涩的微笑,在如水的月光下有着初生般的纯洁。连被吹起的长发也很相似。不同的只是身后的背景——画中人物身后是灰绿色的大海,潘蒹鄞身后是碎银子般的月光和稀疏摇曳的树影。

"小穆头,跟侬商量一桩事体。"潘蒹鄞说,声音里带着几分颤抖。

我见到潘蒹鄞时十分高兴,当然也注意到了潘蒹鄞一脸的紧张,忙问:"啥事体呀?"

"侬可以晚点儿回去吗?"潘蒹鄞忧心忡忡地朝石拱桥那头看了看,"我是说,我不想从这桥上走回去。阿拉可以从别的地方绕过去,走那条山坳里的小路。"

走山坳里的小路,也就意味着,要从学校所在的这座山峰走到山脚,从一排石墩子上跨过山涧的溪流,经过一条曲折蜿蜒的羊肠小道,绕上一个大弯,再从盘山小路攀上另一座山峰,到达工厂家属区。这条路是同学们闲暇时走着玩的,没有四十分钟到不了对面的厂区。

我看了看桥那头正在放电影的球场。四十分钟之后,电影就该结束了。我对放弃《多瑙河之波》中的接吻镜头多少有些不甘。但是活生生的潘蒹鄞站在跟前,似乎更具诱惑。

潘蒹鄞苍白的脸色即使在月光下也能看出来不太正常,她显然被什么事儿给吓着了,有些惊慌。走山坳里的小路,这么做一定有她的原因。再说了,我当然愿意陪着潘蒹鄞一起走,哪怕走上四个小时,甚至更长时间,即使冒上什么风险。还有什么会比陪着心仪的人儿在月光下夜行更浪漫、更刺激呢?

不过，我也同时从风中嗅到一股怪异的味道，隐约感觉今天这事儿有些风险。会有什么风险呢？倒也一时儿说不清楚。

"好吧。"我说，"现在吗？现在就走吗？"

我好像比潘蒹鄄更加迫不及待。

"走。"潘蒹鄄身体哆嗦了一下，但是语气很坚决。她伸出右手一把拉住我的手，出逃似的急急忙忙往右侧下山的小路方向跑，脚步明显慌乱。

潘蒹鄄的手很柔软，此时凉凉滑滑的似一块软玉。我被她的手拉着，心里很受用。远离了学校建筑物周围的路灯，月色变得更加纯净如水，并且充满凉意。月光下隐约可见桥下的溪水平静缓慢地悄然流淌，蜿蜒流过绿茸茸的一大片长满水草的洼地，与远处郁郁的树荫交相掩映，然后缓缓地转了一个大弯，流到山坳的另一面去了。山里的小路毕竟高低坎坷，白天走起来也很费力，不要说夜间了。潘蒹鄄穿的又是高跟鞋，因此拉着我的手一直没敢松开过，一半是拉扯扶持，一半也是为了壮胆。这一片荒山野岭常有野兽出没，遇见独狼豪猪什么的都不是新鲜事，连持枪的猎人夜行都要十分小心哩。一阵跌跌撞撞之后，总算行到山脚下，两人背靠背坐在溪流边的石墩子上歇脚，这样可以看清楚周围的环境。

大概是出汗了，潘蒹鄄身上的香气在空气中弥漫开来。

"香！"我闭上眼睛脑袋略向后仰，鼻子嗅了嗅，"有点儿像小时候闻惯的栀子花的味道。"

"是玉兰花香！"潘蒹鄄用后脑勺轻磕了一下我的后脑勺，"香水味道侬又不懂咯！侬是一个乡下人！"

我此时倒不生气，她说我是乡下人，语气里带着亲切呢。她总是在心情好的时候才说我是乡下人。而且，现在我们的身份几乎同等了，都是山里人。我已经隐约猜到了她今晚遇到的麻烦，问："谁在桥的那头堵你？"

潘蒹鄄半天不吱声，呼吸有些不均匀。背靠着背，我也能感觉到她的胸脯起伏得很厉害。我转过头去看她，潘蒹鄄的脸色甚至比之前更苍白。这让我想到童话故事里的公主。童话里的公主都有一头披肩长发，一双会说话大的眼睛，细巧的鼻子和翘而尖的下巴，脸色都是苍白的。

"霍大胖那头猪猡！"潘蒹鄢恨恨地用力啐了口吐沫，"呸！"

那就是了。我基本已经猜到，就是那个人，霍大胖。一个痞子，二流子，无赖坏子，像绿头苍蝇一样招人厌烦的恶少。他正在读高二，却不准备参加高考，一门心思等着父亲退休后顶替进工厂上班。霍大胖身边总有一帮小混混儿围着，长期在厂区聚众寻衅，无端滋事。不要说学校校长管不了，连厂里的保卫科长见了他也摇头。潘蒹鄢这回是真的惹上麻烦了。我即便有英雄救美的万丈豪情，也当不了护花使者，更做不了守护神。眼下唯一能做的，也只有陪着叹气。

山里的气候多变，白天和夜晚的温差很大，在石头上坐久了便感到凉意阵阵，有股子寒气直往骨头里钻。虽然树梢摇动得并不很厉害，但是从两座山峰之间峡谷里穿行而过的风声里却裹挟着瘆人的呼啸，让人不自禁打战。巨大的石头和浓密的树林造就了大片黑黢黢的阴影，如同怪兽张着的嘴巴。如果不是为了潘蒹鄢，我无论如何也不会长时间待在这样的鬼地方。

"你可以告诉你爸爸，让他……"我本想说让你父亲揍霍大胖一顿，又一想似乎没有可能，这个厂里能揍得过霍大胖的人还真不多。我想到自己的父亲老穆头，有着花和尚鲁智深一样的大块头，"由"字形的硕大脸庞，秃顶。但是老穆头绝对不可能去揍霍大胖。

潘蒹鄢怔了一怔，忽然双手掩面。风儿穿过山谷，有呜呜的呼啸声，像是有人在山野里轻声哭泣。我注意到身旁的这个女孩肩膀在抽动，哭泣的分明是她了。不知道自己说错了什么，我一时无措，用手指轻轻撩了撩女孩的发丝。

"你不晓得，我爸爸早就死了。"潘蒹鄢抹着眼泪说，"我从小就是个拖油瓶，跟着妈妈改嫁过来的。"

"那就告诉你妈妈，让她跟……跟你的继父说。"

"我妈妈！"潘蒹鄢苦笑一声，"我都已经四五年没她的音讯了！当初,她天天跟继父吵架,吵啊吵啊,忽然有一天就失踪了。只给我留下一封信,说恨透了这里的大山,恨透了这里的工厂,恨透了这里的人,恨透了这里的一切。她要逃离这个监牢一样的地方,不再像劳改犯一样活着。我妈妈,我那个狠心的妈妈,她也不想想我该怎么办,就扔下了我——跟着继父生活!她说我将来好顶替继父进工厂上班,能够有份正式工作养活自己。这就是她的安排!她就把我一扔了之,再也不管了!"

潘蒹鄄的眼泪像关不住龙头的自来水哗哗流淌着。

苦命的人儿!我在心里对她说。我虽然长得瘦小单薄,看上去青春期迟迟不来,可也有了怜香惜玉之心,恨不能伸手替她擦眼泪。但是我没有这样做,只是像个小傻瓜一样看着她,两只手在自己的腿上不停地搓来搓去。

"那……我去跟你的继父讲。"我愤愤地嚷道,"霍大胖这个王八蛋,总要有人请伊吃生活!请伊狠狠吃顿毛栗子!"我右手中指弓起,用力做了几下敲脑门的动作,好像我就是潘蒹鄄的继父。上海人把敲脑门叫做"吃毛栗子",大人们最喜欢用"吃毛栗子"来吓唬小孩子。

"你怎么去跟他说?我继父他,早就关在监狱里坐牢了。"潘蒹鄄又在苦笑,然后一声长叹,"他,也就是个畜生!"

"啊——?"我嘴巴张成了鸭蛋,惊讶得不知道再说什么好了。愣了半天,还是傻乎乎地追问了一句:"为啥呀?"

"是我把他告进去的。"

"你?你……告了你继父?"

"我!"潘蒹鄄一撩肩上的长发,站起身来,"我才十二岁的时候,他就钻进了我的被窝。还说我就是我妈妈的替身。"穆宇谅听见她咬牙切齿的声音,几乎要把牙齿咬碎。"他就是猪猡、恶狗、野狼!连禽兽都不如!"她说。

我们开始沿着铺设在山涧里的石墩子过溪水。一轮明月挂在空中,山里的一切变得如梦如幻,好像浮在一个水底世界。涧边的一棵棵大树仿似一个个熟睡的幽灵,沐浴在野花散发出的暖香里。

昼夜的温差加上山林的湿雾,在石墩子表面积了很多水分,踩上去很是滑腻。我走在前面领路,小心地拽着潘兼郢的手,一步一步向前跨。我让潘兼郢把高跟鞋脱掉,穿这样前滑后尖的鞋子走夜路实在太危险了。潘兼郢脱鞋后光着脚丫试了试,摇摇头又重新穿上鞋。她说石头表面太阴冷,受不了,会进寒气。寒凉脚下起,最容易得病。我一边嘲笑她娇气,一边无奈地小心搀扶她。一只无名大鸟不知受了什么惊吓,从不远处的林梢"泼剌剌"腾空飞起,在寂静的夜晚尤显骇人。

正像我担心的那样,潘兼郢在一声尖叫之后"扑通"跌进了溪流中,拉也拉不住,差点儿把我也一块儿扯倒。这下可好,潘兼郢全身上下通湿,狼狈自不必说。凉风也欺负人,似乎比刚才刮得更大了些。潘兼郢把上身的衣服脱下来拧水,只穿着胸罩。胸罩当然也是潮湿的,可是不能再脱。裤子上的水就直接绷在腿上用双手去拧,拧掉多少算多少。我还是第一次看见潘兼郢半身雪白的肌肤,滑如凝脂,犹如玉兰花的花瓣白嫩馨香。她的腰身细得简直可以一把握住,胸脯看上去却胀鼓鼓的,至少有一半袒露在外面。难怪男人女人都觉得她危险。我意外地发现自己忽然就有了反应,小萝卜一下子胀大了好几倍,直直地往前挺起,裤子前面撑起一小片帐篷来。我慌忙用双手去捂住那个地方,脸蛋儿像被电暖器烘得滚烫。这在我来说还是第一次。九月雷雨天的那个下午,在意外看见梅秀换衣服的时候也没有过。梅秀的胸脯比潘兼郢的要小多了。梅秀的奶子像两只桃子,潘兼郢的奶子像两块烘熟的圆面包。此时,我忽然就想起了那本《少女之心》手抄本。

  ……少女在月光下脱得一丝不挂,安静地平躺在草地上,让男人的手从上到下一遍遍地抚摸……女人快乐地发出呻吟……

我看过好多遍。可惜女人的结构我还是没有搞清楚。潘兼郢是少女,可是潘兼郢不是《少女之心》中的少女。如果潘兼郢是那个《少女之心》中的少女,我就变成了《少女之心》中的男人。可惜潘兼郢不是。

正在这样胡思乱想着,听见潘兼郢磕碰着牙齿说:"冷死我了!冷死我了!"

尽管我从内心并不是那么十分情愿,还是把自己身上的拉链夹克衫脱下来给潘兼郢穿上。这件夹克衫是何校长送给我的礼物,因为何校长是老穆头的好朋友,老穆头的好朋友给小穆头送礼物是应该的。衣服穿在我身上偏大,正是期待我发育的意思。穿在潘兼郢身上却正合身。我当然不是心疼衣服,而是潘兼郢穿上了衣服就没刚才有看头了。潘兼郢手伸进衣服里面捣鼓了一阵,原来是把湿漉漉的胸罩也解开了。她甚至还让我帮忙拿一下胸罩,因为她试图拧干短裤上的水分。我此刻脸上的尴尬引起了潘兼郢的注意,她低下头,用手指在我撑的帐篷的裤子前面刮了一记,讥讽地调侃道:"公鸡雏儿要打鸣啦?我还真是小看你了呀!"过了一会儿,又说:"其实你也不算小了,就是长得有点儿太不着急。我都替你着急!"臊得我恨不能找条地缝钻进去。

接着是一段上山的羊肠小道,照例是一路磕磕绊绊,走得困难。潘兼郢总算把高跟鞋脱了,否则脚脖子肯定脱臼。停下来喘气的时候,我问她:"躲得了初一躲不了十五。霍大胖明天还会照样堵你,你该咋办呀?"

潘兼郢说:"我从明天开始不上晚自修课了。反正我也考不上中专技校,大不了连高中也不读了。混一张初中文凭就算拉倒啦!"然后问:"你呢,怎么打算的?是先考一个中专学校跳出农门再说,还是继续读高中准备着参加高考?"

"这个……"我犹豫着不知如何回答,"我还是得问问我的父亲。"

"这件事情是个大事儿,关系到你一辈子的前程,我觉得应该由你自己做主。"潘兼郢说,"咱们班上谁的学习成绩有你好呀?好多人都跃跃欲试着读高中考大学呢!你功课这样优秀,如果只是选择读个中专,那就太亏了!太亏了,将来你要后悔一辈子哩!"

"可是,我父亲坚持要我先考上中专再说。他说了,读了中专,两年以后就是国家干部,能挣工资了。读高中还要花钱,读大学更要花钱呢!他供养了我这些年,已经厌烦了,只希望早点儿把我送走。他已经做好了提早退休的打算,好让我哥哥来这里进工厂顶替上班。"

"噢……"潘蒹鄿有些失望,"我还是希望你能读高中。如果你读高中,我就再陪你读两年。我们还做同桌。"

"……好吧。"我显然很愿意和她继续做同桌。"我尽量争取说服我爸爸。实在不行,我请何校长出面劝他。"

转过一处山脚,终于重又看见了工厂家属区路灯的光亮。有几个闲人正躲在鱼塘边的灯影下偷钓。这个鱼塘在白天里是有人看着的,到了晚上就没有人管。一些飞蛾像芭蕾舞娘似的绕着路灯的灯泡翩翩起舞。这里很安静,甚至能听见四脚蛇在石头堤坝上爬行时碰到枯叶发出的沙沙声。

我们在鱼塘边悄悄挥手告别,分头而行。我心里打着小鼓,因为担心刚才有人看到过我和潘蒹鄿在一起。半路上,我一直提防着有人会突然跳出来拦截,幸好没有。但是一想到霍大胖的凶煞模样,腿肚子还是一阵阵发软。

回到宿舍里,看见老穆头正在准备钓鱼的工具,整理鱼线和钓钩,把煨炒过的香喷喷的米糠捏成一团一团装进塑料袋里。钓鱼是老穆头除下象棋之外的另一大嗜好。老穆头平常也就是这两项业余爱好,下棋和钓鱼。老穆头专心致志地做着他的事,光秃秃的脑门泛着油亮,对小穆头的推门而入无动于衷。我也早就习以为常了。

"明天,要我陪你一块儿去钓鱼吗?"我问。

一同晨起进山垂钓,是我们父子俩生活中常有的节目。记得有一次我跟着父亲去山里钓鱼,起得很早,天色还麻黑麻黑的。我们从林地边缘摸索着往水潭边走,脚下寻找着可以落脚的凸起的石块。我紧跟在父亲身后,基本是踩着他的脚印在走。明明看见父亲走上一条细细的凸起的田埂状的小路,便跟着一脚踏上去,脚底却感觉软软的,肉肉的。父亲突然尖叫一声,飞快跳起来跑得老远。我一惊之下也跳到一边,因为我明显感觉到了脚下的蠕动。那是一种毫无防备之时突然出现的骇人的蠕动,整条"田埂"缓慢地移动起来——那田埂状的小路,原来是一条夜宿在山坡上的硕大的蟒蛇身躯!

老穆头继续忙着整理手中的鱼线,也不抬头看一眼,垂着眼帘说:"离考中专的日子那么近了,你还有心思想着玩儿?"沉默片刻,又说:"你若是考不上中专,丢我的老脸倒无所谓,可你这一辈子就出不了这片大山,要变成地道的阿贵了!"厂里那些上海人喜欢把当地贵州人称做"阿贵"。

我低声嗫嚅,声音如蚊子般轻到几乎听不见:"我不想考中专。"

老穆头的耳朵尖得很,眼珠子差点儿从小眼睛缝里蹦出来。老穆头的眼睛因为长期患结膜炎总是糊着厚厚的眼屎,但他从来不去医务室配眼药水。这个人天生对医院充满憎恨,一生中几乎没有找医生看过毛病。如果这次眼珠子真的掉在地上,不知道他会不会还是坚持不去医院。

"你想找死吗?"父亲恶狠狠地瞪着我,"我已经养你到这么大了,还要再花钱供你读高中?上大学?"猛吐一口唾沫之后,又添上一句:"你以为大学是谁都能考得上的?"

我不敢再吱声。

老穆头又说:"你听见何校长说了吧——就凭咱们子弟中学的师资水平和生源质量,今年参加高考怕是要全军覆没哩!"

我赶紧逃开,乖乖地坐到一边书桌旁做功课。

第六章　闲来无事的八月

八月初,通知书拿到手中,我被家乡的一所水利学校录取。小时候我常跟着小莲去水利工地,看惯了农民们开河挖渠的辛苦。三九严冬,寒风呼啸,个子矮小的小莲在人群中挑着一担河泥,吃力地从河底爬上堤坝,常常累得满头大汗。工地上最神气的属那些水利技术员,裹着土黄色的军棉大衣,兜里揣把卷尺,站着河堤上指手画脚。工地上所有人,包括那些公社干部,见了技术员没有不点头哈腰的,时不时还要递上一支烟。因为施工的土方量全在他们嘴里,能挣多少工分由他们说了算。我从小羡慕死了水利技术员,所以一门心思在中考第一志愿里填报了家乡的水利学校。

总算跳出农门,小穆头从此就将成为国家干部了。老穆头高兴地请何校长和其他几位好哥们喝酒,直喝到酩酊大醉。老穆头喝醉之前还说,要把当地的村干部请来再喝一顿,因为当初迁小穆头的户口时请村干部帮过忙。何校长忙拦住,说大可不必。感谢这些当地的阿贵是应该的,但也就是两瓶酒一条烟的事儿,用不着兴师动众摆什么酒席。再说,阿贵喜欢吃辣,尖辣,巨辣,跟上海人没有办法吃到一块儿。老穆头依言。何校长的话总是对的,老穆头没有一次不听。

我坐在树荫下的石凳子上,读着妹妹穆宇采写来的信。八月初的天气变得异常炎热,时而吹起的强风把路边的玫瑰都吹倒了,衬衫从晾衣绳上给吹飞到空中,像断线的风筝一样找不到踪影。裹着热气的大风可以吹上一整天,直到把一切都制服,让人变得失去脾气。厂区空旷而不见人踪,风一直在持续敲打着门框,弄得窗户哐当直响。那是个周末,忽然慵懒下来的人们只有躲在关着窗的房间里睡觉,避开室外太阳的炙热。

家中的来信现在都由采儿执笔了。穆宇凡显然不屑于做这类事的。采儿曾在几个月前的一封信中问起我,是否见过母亲藏宝箱里的一只金葫芦?说母亲急死了,猜想可能被我带来贵州了。金葫芦?我脑袋一懵。这么说,我随手赠送给梅秀的那只铜镏子竟然是黄金做的?这下祸闯大了!我马上回信说,我不知道那只镏子是金子的,以为就是只普通的铜葫芦,那东西早已经被我跟走街串巷的货郎换麦芽糖吃了。然后我惴惴不安地等着采儿的回信。路途遥远,信件来回要一个星期。采儿来信说,母亲听说我把金葫芦换了麦芽糖,当即趴在桌子上哇哇痛哭。她说那是父亲当年送给她的定情信物。老穆头当年在上海的赌场上把一切都输得精光,就剩下了那只金葫芦。那是家中唯一一件最值钱的物件,本来预备着将来传给儿媳妇的。小莲指的儿媳妇也就是指我的媳妇,她从没指望过穆宇凡这辈子还能娶上媳妇。我后悔死了,因为我知道我不可能娶到梅秀做媳妇。

这回知道我就要回家了,采儿又写了一封长长的信过来,兴奋地说了许多家里的事儿。有一件事是告诉我,那年我随手种下的那棵无花果树苗,现在已经长大,枝干丛生,茂叶葱郁,结满了无数青中泛红的果实。这些无花果在当地是稀罕物,已经引起了众多邻家小孩的注意。为了保护无花果不被偷窃,她正在动员妈妈在屋后砌一堵围墙,并且要砌得很高很高才行。另一件事,说的是家里那只与她同龄的大花猫阿花。信中说:

> 有一天傍晚,我看阿花精神萎靡,神情很不妙,就预感到要发生什么事。因为我从它身上闻到一种奇怪的气息,像是死亡的味道。我"阿花阿花"地唤它,它不睬我,也不肯进屋。我把它抱到草窝边上,端了两只碗过去,一只碗盛吃的,一只碗盛水。我拍拍阿花的脑袋,它偎依着我,有气无力地"喵

喵"叫了两声,便闭上了眼睛。第二天早上醒来,发现两只碗全在,食物和水都没有动过,阿花不见了。我心里非常难过。阿花就这样永远地消失了,让我心里说不出是什么滋味。连续很多天,我的心都一直在颤抖不止。

  这个消息让我也悲痛了好一阵。那只大花猫今年十二岁,跟采儿一样年岁,简直就是我们家的一员,跟亲人一样。这让我心情很沉重。我知道猫有一种特殊的本领,能知道自己什么时候寿终。到了此时此刻,它绝不会待在主人家里,让主人看见死猫感到心烦或感到悲伤。阿花在最后时刻逃了出去,到一个最僻静、最难找的角落里,等待死神来把它悄悄接走了。阿花走得那样干净利索,一点儿痕迹也不留。在这一点上猫比人干脆多了,不需要谁为它开追悼会,更不需要遗体告别仪式。

  手里捧着采儿的来信,发了半天呆。因为大花猫而联想起了梅秀,想起前年九月那个下着雷阵雨的下午,还想起梅秀胸前的两只小桃子。

  潘蒹鄿过来找我。她上身穿一件松松垮垮的翠绿色长T恤,下身一条淡黄色薄得几乎透明的长裤,手里拿着红封皮的初中毕业证书。她能混到初中毕业,委实很不容易。看她愁眉苦脸的样子,似乎遇上了什么不高兴的事儿。

  "他们把我毕业证上的名字写错了!"潘蒹鄿气呼呼地说,翻开证书的内页。"你看,他们把有草字头的'蒹'写成了兼并的'兼'。还老师呢,就这么没文化呀!"

  我探头一看,证书上的姓名果然写成了"潘兼鄿"。

  "那怎么办呢?"我深表同情地看着她,"你也太粗心了,发毕业证的时候也不仔细核对一下。只好再找班主任改一下呗。"

  "班主任回上海休假了。只能去找何校长,但我又不知道校长家的门朝哪开。"潘蒹鄿向后撩一撩长发,堆出一脸狐狸样的媚笑。"你认识的。你带我去呗。"

  我带着她去敲校长家的门。何校长看上去正在午睡,睡眼惺松地开了门,看不清来人是谁,又急忙回头去找眼镜。他的眼镜片比酒瓶底还要厚,近视程度据说超过了一千五百度。

潘蒹鄄说明来意,请他看毕业证书上写错的名字。何校长特别认真,一边嘴巴里念叨着:"潘蒹鄄。哦,蒹鄄。冷僻字,冷僻字!"一边找来一本特别厚的《辞海》来查寻。他按照拼音搜索,口中不停地发音"JianYin,JianYin。"手指头划拉到某一处,说找到了,又连说不对不对。潘蒹鄄和我都看到他的手指停在"奸淫"那个词条上,所以连声说不对。潘蒹鄄脸腾地红了,替他找到了那个"蒹"字。何校长"哦"了一声,道:"我说呢,潘奸淫,多难听呀!还不如叫潘金莲哩!"潘蒹鄄更加脸红得像熟了的洋柿子。

喜欢咬文嚼字的何校长继续研究相关词条的解释:"蒹,没有长穗的芦苇。葭,初生的芦苇。蒹葭苍苍,白露为霜,所谓伊人,在水一方。溯洄从之,道阻且长;溯游从之,宛在水中央。这几句出自诗经秦风,用现代诗歌表达出来的意思是——"

博学多才的何校长扔下手中的《辞海》,背着手踱着方步走到窗前,面对远方的大山很抒情地朗诵道:"河畔芦苇碧色苍苍,深秋白露凝结成霜。我日思夜想的人儿,就在河水对岸一方。溯流而上寻她芳踪,道路险阻而且漫长。顺流而下再三寻觅,仿佛就在碧水中央。"吟咏至此,何校长似被深深感动,长叹一声:"唉——多么美好的诗句,多么……"

潘蒹鄄实在按捺不住,急忙打断深陷梦境的诗人:"何校长,我毕业证书上的名字要改过来才好。"

何校长脸上一惊,仿佛被人活生生从佳人身边拉走,依稀有万般不舍。"哦,改,改!就正式改名叫潘蒹葭。"他忽然一把紧紧握住潘蒹鄄的双手,神情复现痴迷,分明又要重回梦里:"蒹葭萋萋,白露未晞,所谓伊人,在水之湄……"

潘蒹鄄急忙将手用力抽回,又羞又恼地拽着我摔门而去。

走到楼底下,潘蒹鄄气得嘴唇直哆嗦:"你说这老东西咋这么不着调儿?整个儿一老色鬼,老混蛋!"

我慌忙摆手,示意当心楼上听见,急拉她走远几步。潘蒹鄄依然羞愤难平:"在他家里就待了这么一会儿工夫,就给我改了三回名字!一会儿'潘奸淫',一会儿变成'潘金莲',最后又改成'潘蒹葭'了。还蒹葭哩,我夹你妈的祖宗八代!"

我也觉得很好笑,不住地摇头。然后劝她,改名字的事还是等班主任从上海回来后再说。潘蒹鄞说也只好如此,反正初中毕业证书现在也派不了任何用场,她还要继续读两年高中。厂里说了,她现在还不满可以顶替上班的年龄,让她再等上两年。

沿着梧桐树下的树荫走了一段路,到了岔口处准备分手,两人站下。

"下个学期我们不能再做同学了。"我有些伤感,嗓音透着变声期的沙哑,"我马上要回家乡去了。"

"可惜了。"潘蒹鄞摇着头。

似乎一时找不到什么话可以接着说,两人就那么站着。有几个"阿贵"扛着锄头从我们身边走过,抽着当地的旱烟,烟味随风飘过来,味道怪怪的,刺鼻呛人。路口有老乡摆了西瓜摊,一个西瓜只卖一角钱。阿贵们放下锄头,买了西瓜蹲在路边大快朵颐。我很想请潘蒹鄞吃西瓜,可是口袋里连五分钱也没有。

"后来,霍大胖没有为难过你吧?"潘蒹鄞看着我,目光里带着几分歉意。

"那倒没有。"我忽然有点不放心,问:"他是不是又来烦你了?"

"何止是烦,简直是讨厌死了!"潘蒹鄞脸上拂过一阵阴影,脸色变得很不好,忽然泛出苍黄之气。"要不,我们出去玩一次吧。你这一走,怕是这辈子不大可能再来贵州了。"

"好啊!"我一阵惊喜,"去哪儿玩?你说!"

"去……娄山关,怎样?"

娄山关是个好地方。因为毛泽东的那两句词"雄关漫道真如铁,而今迈步从头越"而闻名于世。而且,娄山关离我们这儿应该并不是很远。

"好,就去娄山关!"我高兴得差点儿跳起来,"什么时候去?"

"现在就去。"潘兼郫说。

"现在?"

"现在!"

这两个无所事事、满心空虚的少年,立即向高坪镇方向出发。只是凭着判断,认为从高坪镇那里应该可以乘上开往娄山关方向的火车。我们像两片本来在天空无聊漂浮着的风筝,忽然发现原来被并没有任何线绳牵扯着,可以向任意方向自由地游荡。天空是那么宽阔高远,我们可以像鸟儿一样飞向想去的地方。这种感觉是多么美好啊!

一路走到镇上的小火车站。两人在站台上你看看我,我看看你。乘火车是要买票的。可是,我难为情地抿了抿嘴,没有钱。潘兼郫说,我还以为你身上带了钱呢! 就是说,她身上也没有带钱。

围着小火车站转了一圈,发现一辆闷罐子铁皮车,车头是朝着娄山关方向的,似乎很快就要开动,我俩钻进了其中一列车厢。关上车厢铁皮门之后,才发现了一件很糟糕的事情:车厢里面装满了一大群体格硕壮的黄牛。这片大山里盛产黄牛。在平日里,山坡上、山坳处,四处可见悠闲吃草的牛群。当然,也能见到一些毛色暗淡的水牛和有着黑白斑纹的奶牛。高原山区,养牛是山民重要的收入来源。正像人们常常形容的那样,贵州是典型的"人无三分银,天无三日晴,地无三尺平",山里常有暴风雨突然来袭,牛群时有被雷雨惊吓得四处奔跑的情形发生。牛在山坡上奔突,免不了失足,滚落到山沟里,摔死的就不止一头两头。山里交通不便,牛肉运不出去,大多就地在路边贱卖。一般的牛肉卖一角五分一斤。腱子肉才卖到两角钱一斤。有时候,整条牛腿连同牛掌,剔去大块精肉后,给五角钱就扔给你了。拿回家后仔细刮剔,可炖出一大锅肉来。我这两年正处在发育长身体阶段,谢天谢地,正是这些廉价的牛肉给了我身体和大脑足够的营养。

眼下,一整车厢的黄牛瞪着圆嘟嘟的大眼睛,警惕地注视着突然闯入的两位不速之客,不时发出"噻噻"的低沉叫声,似乎在表示抗议。有几头黄牛同时把头转了方向,弯曲而尖锐的牛角正对着我们。数不清的牛虻嗡嗡飞舞着在狭小拥挤的车厢里乱窜,煽风点火般制造着紧张的气氛。这样的场景多少令人胆战心惊。但是我俩也顾不了那么多了,只能哆哆嗦嗦在靠门的角落里坐下来,暂时与这些不太友好的庞然大物为伍。火车开动之后,车厢在不停地摇晃,发出哐当哐当的巨响。车厢里闷热难耐,黄牛们在随意拉屎撒尿,骚气熏天。我们缩成一团,精神紧张地观察着牛群的动静,生怕它们会突然发疯,感觉一路上都在冒险。再后来,潘兼鄄紧张得身体有些发抖,有一阵子把头埋进了我怀里。我第一次感觉自己像个男子汉,保护女人是我的天职。

好在路途并不很远,终于盼到火车到站停靠,像是到了目的地,我俩飞快逃离车厢,沿着铁轨溜出小站。找个当地人一问,才知道这里根本不是什么娄山关,而是一个从未听说过的小地方。当地人说,娄山关那地方不通火车,倒是有汽车可以过去。我们千恩万谢搭上了一辆卡车,开了不知道多长时间才到娄山关山脚下。谢过司机,开始上山。

苍穹寥廓,蔚蓝的天空上白云朵朵,一如散放的羊群。山里空气十分清新,混合着泥土、树木和野花的香味。风依然有点儿热,但是不再让人烦躁。淙淙作响的溪流边,橙黄色的向日葵孩子似的排队站立。叶子稠密的灌木长在岩壁上,泛着油油的绿光,风从上面拂过,便有银雨般的光点闪动。崖头苍翠的树丛,不知隐藏了多少深不可测的故事,枝枝叶叶间,怯生生传出几声鸟叫,更加渲染了几分神秘气氛。远处山谷里有烟雾在袅袅升腾中扩散,不知是炊烟还是篝火,总之让眼前的画面生动了起来,便多了几分人间的真切,还有几分热烈的意思。路途渐显陡峭,阵阵凉风透着寒意,正是娄山关到了。

第七章　征服也是一种贪欲

大教育家梁漱溟曾经说过，一切贪皆从身体来。人活着，但有凡体肉胎，就有贪欲。正如孔子曰："食色性也。"欲而不贪，做到节制，便是向圣人迈进了一步。无奈这世上圣人总是少数，凡人常常因欲而贪，难免犯错误。而犯了错误又常常要承担责任，付出代价，偏又心有不甘，所以挣扎纠结。我站在秦归雁跟前，面对秦归雁欲加征服的眼神，心中的挣扎和纠结真是难以用言语来表述。

征服也是一种贪欲。秦归雁现在的欲望就是征服我，并且想牢牢控制住我的身心，这就是贪。我早就一再表示认输了。可是光认输还不够，还要把自己身心无期限地交出去，永远接受她的支配，听从她的召唤，这就难了。

坐在紫豪帝苑十九号别墅宽敞的客厅里，看着这里的一切光彩照人仿如世外桃源，可以感受到秦归雁曾经享受或正在享受优越于普通市民阶层的富裕生活。那间客厅被主人布置得井井有条，美轮美奂，展示出一派精美细腻的豪华，与那种在暴发户家里常见的粗俗富贵气大不相同。客厅一角布置了一处迷你假山，人工喷泉造就的潺潺水流声不绝于耳，像闺蜜之间的窃窃私语。另一角则布置了一个灰白色的帕罗斯岛大理石壁炉架，当然不可能生火，完全是装饰用的，上面摆放着波希米亚玻璃饰品。至于"帕罗斯岛"和"波希米亚"这样拗口的名称，我原本叫不上来，全是听了秦归雁不无炫耀的介绍才知道的。墙上张着红色天鹅绒帷幔，饰着很宽的金线。地上铺着的地毯据说来自土耳其。豪华精致的枝形吊灯从天花板垂落下来，闪耀着星星点点的光斑。欧式风格的家具全是紫颜色的，说不清是什么材料，但透着高贵典雅的气派。旋转扶梯是橡木雕花的。连天花板上也雕刻着白色的葡萄和藤蔓图案。还有那些挂着繁杂流苏的紫色窗帘，面料考究厚实。墙上有胡桃木做的镶板，一扇非常宽大的格子窗上安装了五光十色的染色玻璃。虽然这一切都因有了一些年头而略显陈旧，但正是这种半旧的风格更能彰显某种华贵与根基，让来客感觉到主人家曾经有过非同一般的经济实力。半旧本身就是一种底气，至少穷门小户的人家摆不出半旧的像样物品。小户人家即便咬牙置办几件像样的新东西，因为没有好的底料，禁不起日月一天天地磨，也是很快从鲜艳沦落到破烂。

"这么大的房子！"我感叹一声，"总是你一个人在这儿住呀？"

秦归雁眼睛直勾勾地盯着我："你希望我是几个人住啊？"又撇嘴一笑，"我倒真是盼着你能早点儿搬过来跟我一块儿住，你有这个胆量吗？"

当年那个满脸鼻涕、整天拽着我的衣摆在乡间野地里疯跑的小跟屁虫，长着一头小卷毛的黄毛丫头，如今变得完全像个上海滩上层社会的小妇人——从形象到气质都显出优雅高贵。如果说，小时候的秦归雁只是一棵田边地头不起眼的野生水芹，现在的她更像是一株生长在水晶花瓶中的百合花，或是一朵郁金香。只是她的脸上多少透着些许无聊、空虚，对着我说话的时候，眼神里充满了诱惑。但你不能因此就说她淫荡，至少我不愿意这么说她。她在任何公共场合举手投足都显得端庄而得体，眉眼之间娴静而柔顺，怎么看都是贤妻良母型的良家妇女。她虽然美丽但并不张扬，也很少将自己装扮得香气袭人或光彩夺目。她的美基本上来自天然，正如那一头自然卷曲的柔软黑发，发际处形成了一个个菊花样的小圈圈。长长的发丝总是从两鬓梳理得整整齐齐，看上去如微风拂过水面形成的涟漪。身材高挑而匀称，是那种出生农家才特有的健康。宽而圆润的肩膀上，头颈颀长。一张朴素本色的脸呈瓜子形，皮肤非常白皙细嫩。她的额头光洁明亮，腮线柔和圆润,眉毛修长弯曲。一双弯月形的眼睛仿佛湿地清泉般永远水润潮湿,总像刚刚被什么事物感动过,看着你时,瞳仁里便隐约如有星光在水波中闪动。鼻梁稍塌,却因此显得不那么高傲孤冷,平添了几分亲和。最有杀伤力的是她的嘴唇——上唇微薄下唇略厚,嘴角微微上翘,一副含娇带嗔、欲言又止的模样,带着几分俏皮。从来不抹唇膏,却总是那么鲜艳——男人见了不免心猿意马,幻想艳遇可期,能够凑上去吻上一吻。

我心里很清楚,自己被她俘虏是必然的事。即使时光倒流,将所有的过程再来一遍,结局依然如此。我从未后悔自己做过的事,没有觉得荒唐,更没有愧疚,只是怨恨她的不依不饶。原以为自己不过是她的一个欲望,正如她也是自己的一个欲望。一个人活在世上总是不断地产生欲望,有了欲望便痛苦,满足了欲望便无聊。人生就是在痛苦和无聊这两极之间不停地像钟摆一样徘徊。谁料想秦归雁的欲望竟像钱塘江的潮水一样泛滥,后浪推着前浪奔涌不息,无休无止。

"这么大的房子,这么多的房间,就我们两个人住还是太冷清了。"秦归雁在客厅中央展开匀称而修长的双臂转了一圈,踮起脚尖展现了一个如孔雀开屏般的舞姿。"等我肚子里的儿子生下来,我们一家三口住在一起。到时候再养一条宠物狗——就是叫博美的那种小狗,永远也长不大。我给它取个名字叫阿美,让它叫我妈咪。那时候就热闹了!"

我知道她在自说自话。她老是喜欢这样不切实际地自说自话,把心中幻想的场景描述出来,以为真的能变成现实世界。我只能目瞪口呆地看着她。

当年十五岁的鲁莽少年,在七岁的秦归雁身上犯下了第一个错误。这件事情虽然并没有第三个人知道,可是我始终认为,天知道,地知道,我自己的良心知道。那错误简直是不可原谅的,必须忏悔终身的。现如今,秦归雁紧紧抓住了我犯下的第二个错误,似乎要和当年的第一个错误捆绑在一起加以清算。只给出路,不给退路。我感觉自己像一只掉进猎人陷阱里的困兽,仿佛走投无路了。当然,困兽会充满绝望与恐惧的,因为只有死路一条。而秦归雁的意思,似乎只要我缴械投降,她还是会仙人指路。

眼下,这座别墅的客厅即便打开了所有的灯光,在我眼里,依然显出有几分阴森气息。说阴森也许不那么贴切,说妖气可能更合适一些。这个秦归雁身上总是带有几分妖气。

桌子上放着两杯咖啡,起先还飘着丝丝缕缕的热气,现在已渐渐冷却。淡淡的芳香依旧在弥散,但不是那种温馨的味道,只剩下苦涩的气味。

"我已经再三说过了,这是根本不可能的。"这些话我不知道说过几遍了。在沉默过一阵之后,我依然是这么问道:"你到底还想要怎么样啊?"

秦归雁照例在鼻子里"哼哼"两声,伴随轻蔑一笑。嘴角向一边咧了片刻之后,缓缓地道:"谅子哥,我想要怎么样,你心里还不清楚吗?"

我只能垂下眼帘,双手托腮,低头不语。

秦归雁款款走到我跟前,温柔地伸手触摸我的头发。我被她的亲近吓了一跳,仰头向后躲闪,怕烫着一般。秦归雁大概觉得我的样子很可笑,咯咯笑出声来,身子越发朝前靠。她的胸衣开得那么低,又穿了一件领口宽大的宽松 T 恤,此时胸前峰谷起伏风光无限,带着无法抵挡的诱人光泽和肌肤的馥香。我已经不止一次吃过那胸脯的亏,所以实在不敢多看,只好把眼睛轻轻闭上。

"你装什么和尚呀?我打小就是你的人了。"秦归雁拿手指戳我的脑门。

"我打小就是你的人了。"翻来覆去就是这一句话。第一次听见秦归雁说这句话时,我被吓出一身冷汗。现在,秦归雁只要一重复这句话,足以马上抽掉我的脊梁骨,令我垂头丧气,像一只被拔掉气门芯的轮胎。

"外面夜色多好呀!"秦归雁说,"我们出去走走吧。"她拽住我的胳膊。本来也无所谓情愿不情愿,我顺势站起来跟她走到外面的院子里。果然月色撩人,在草坪上倾泻了一地的细碎银光。东南风带着些潮湿的气味,空气比白天清新了很多,能闻到淡淡玫瑰花香,很适宜散步。秦归雁挽住我的胳膊,我本想轻轻挣开,但是没有。

沿着小区里的林荫道随意走着,听见高大的梧桐树上叶儿发出轻微的簌簌声响。轻柔月光和路灯的光亮照在地面上投下了许多斑杂的影子,使得脚下的路也添了几分梦幻。经过一处会所,门口停了不少高档轿车。会所里灯火通明,有不少打牌的、打球的和喝茶的人在高声说话,声音热闹。折进一条小道,通往一处长满荷叶的水池边。说是水池,面积却不很小,堪堪也占了好几亩地,应该算得上一片人工湖。高低参差的荷叶布满了半个湖面,在月色的清辉下泛着朦胧的斑驳陆离的微光。有一座带栏杆的曲桥,通向湖心的一座小小六角亭台。亭台边倒是无人,清净得很,很适合久坐。

虽说算个作家,我偶尔也爱写几首小资情调的酸诗,但此刻心中却无诗,只有杂乱。偏偏秦归雁心情颇好,听见她依着临水栏杆,轻声吟道:

现在的整个世界,全埋在月光之中,笼罩世界的安宁,是多么幸福无穷!月光是如此温存,风儿也闷声不响,它轻轻吹了一阵,终于遁入了梦乡。

在白日暑气之中,有些花没有开放,现在都打开花苞,在夜晚散发清香。我脱离这种安宁,时间已多么久长?愿你能伴我一生,做我亲切的月亮!

我真是吃了一惊。起先以为她在自言自语,后来才听出她在吟诗。不知道她记忆力这么好,竟能背得下这么长的诗句。

"好诗!"我不由赞道,"谁写的?"

"喜欢吗?是德国诗人施托姆的著名诗篇《月光》。"秦归雁回答,"台奥多尔·施托姆,你熟悉吗?"

"台奥多尔·施托姆。"我摇摇头,"没听说过。我从来记不住外国人的名字,太拗口了。"心里却说,只有无聊又虚荣的人才会去背那些东西。

"人家是花了半天时间专门背下来给你听的呢!——喂,别像只癞皮狗似的提不起精神!面带苦涩——又没人要吃了你!"叹一口气后,秦归雁换了一种温柔的口吻,"你老是那么心思重重的,在想什么呢?"

"小时不识月,呼作白玉盘。又疑瑶台镜,飞在青云端。"我微闭双眼回忆着什么。"我在想……小时候,那个夏天,在咱们村庄的池塘边……"

"那个夏天,你在池塘里游泳,沿着岸边的水花生丛摸草虾。每摸到一只,就剥开虾壳,剥出鲜嫩嫩的虾肉塞到我嘴里……"

"我说的不是那个事儿。我说的是后来,很多年以后……我大学的最后一个暑假,回到咱们村庄度假,在一个清晨时分来到池塘边钓鱼。你呢,蹲在池塘边上,手里拿条毛巾擦洗身体。你撩起上衣,露出两只奶子,不停地洗,洗了很长很长时间。那时候,你也就十三四岁吧,奶子却已经长得饱满结实,像两只落秧的白兰瓜一样大了。"

"所以——"秦归雁说,"你从此在心里就放不下我了?"

我仰头不语,看着饱满而皎洁的月亮在云层里穿梭,面色有些伤感,仿佛不忍回首时光的流逝。

"应该更早些吧——"秦归雁脸上露出顽皮的笑,用手指摩挲着我的鼻尖说,"那年我不过才七岁,你不是就……"

那个夏天的诸多细碎的往事本来已经褪了色,像珍藏过久的旧相片上的人脸,面目早已模糊不清。偏偏秦归雁很有耐心,逼迫着我给记忆一点一点重新着色,让尘封的过去再次鲜活回来……

第八章　大山深处的阿贵家

那个夏天,在即将离开贵州返回家乡之前,我和潘兼鄞一时兴起,扒火车到娄山关去玩耍。

所以选择了娄山关这个地方,是因为语文教科书上有一篇课文,毛泽东的《忆秦娥·娄山关》。娄山关离父亲的军工厂所在地不过三十公里路程,并不太远。1935年2月间,长征途中的中国工农红军第一方面军二渡赤水后回师黔北,在娄山关处遭遇国民党军凭借天险地形据守。娄山关北距巴蜀,南扼黔桂,为黔北咽喉,素为历代兵家必争之地,《明史》中即有"一夫当关,万夫莫开"之谓,号称天下第一险要,十分易守难攻。工农红军采用正面仰攻、两翼包抄的强大攻势,并派出奇兵攀岩突袭,终于奋勇夺取关隘,一举歼灭黔军六百余人,取得了中央红军长征以来的第一次大胜仗,并就此揭开了遵义战役的序幕。此一战在中共党史、军史、战史上均具有重要的意义。当年,刚刚在遵义会议上获得红军军事指挥权不久就遭遇土城惨败、折兵数千的毛泽东,因为此战终获胜利而十分兴奋,站在主峰笋子山峰顶举目眺望,面对四周群峰插天、绝壁千仞的巍峨壮景,吟下慷慨悲烈、雄沉豪迈的《忆秦娥·娄山关》一词:"西风烈,长空雁叫霜晨月。霜晨月,马蹄声碎,喇叭声咽。雄关漫道真如铁,而今迈步从头越。从头越,苍山如海,残阳如血。"如今,毛泽东的著名词句手迹被镌刻在关口东侧山崖之上,大赤金箔贴字,形成了长二十五米、高十三四米的雄伟词碑,成为登上关口之后映入人们眼帘的第一道风景。词碑南北两侧修建有护墙,苍翠挺拔的松柏如卫士一般精神抖擞地列队守护。

我和潘蒹鄄沿着盘旋于谷中的渝黔公路抄近路而上,直达关口。又攀上笋子山,扶岩歇气,俯瞰群山。但见山势凶险,千峰万仞,重崖叠嶂,峭壁绝立,若斧似戟,直刺苍穹。关隘四周均是郁郁葱葱的茂密森林,长满百年千年的古树、繁茂的箭竹和各种原生植被,树丫斑驳,藤萝缠绕。正是夕阳西下时分,可可赶上领略"苍山如海,残阳如血"的绝妙佳境。山下正当酷暑,山上却是凉风习习,空气清新,犹如天然之氧吧,避暑之天堂,令人恋恋不舍。

转了一圈,重新回到毛泽东手迹词碑前,禁不住吟咏一番,感受伟人情怀。潘蒹鄄说:"你还是用苏北话朗诵呗,更有味道呢!"我当下兴起,真的改了扬州方言复咏一遍,果然别有气势。两人哈哈大笑,你拍我一记,我打你一下,然后一路疯跑了一阵。潘蒹鄄忽然问道:"为什么叫'忆秦娥'呀?这词中哪儿有秦娥啊?"我轻轻刮她脸颊,说:"你语文课怎么上的?老师不是解释过嘛——'忆秦娥'是词牌名。这叫双调,仄韵格,全词双片四十六字。"潘蒹鄄撅嘴道:"什么双调、仄韵的!除了你这样的小古董,谁会懂这个呀!我还以为秦娥是个女人的名字,毛主席过去的情人哩!"我借机又刮她鼻子:"还真让你说对了,秦娥的确是个女人的名字,'忆秦娥'或许就是纪念昔日情人的意思。不过秦娥可不是毛主席的情人,她是古代秦国的女子,本名叫弄玉,是秦穆公的女儿,后来嫁给了传说中的仙人萧史。'忆秦娥'这个词牌名最早出自李白的词《忆秦娥·箫声咽》,你应该听说过的吧?"潘蒹鄄瞪眼娇嗔道:"你刮我鼻子干嘛?我又不是你的秦娥!"我脸霎地一红,兀自转过身去,面朝群山林海吟咏:"箫声咽,秦娥梦断秦楼月。秦楼月,年年柳色,灞陵伤别。乐游原上清秋节,咸阳古道音尘绝。音尘绝,西风残照,汉家陵阙。"潘蒹鄄虽然不懂词中深意,但见我充满稚气的脸上竟流露惨淡迷离之慨,似有凄动心目的伤感,由衷钦佩道:"真服帖你了,这些饶舌绕口的古词你竟然全背得出来!"我说:"这可是唐五代词中最为脍炙人口的作品,被誉为百代词曲之祖。你连李白的这些名句都记不住,可见读书多不用心!"潘蒹鄄撇着嘴道:"我记这些酸溜溜的古董有什么用?反正是连中专也考不上的,更别指望考大学了,将来总是当工人阶级劳苦大众的贱命。"

看看西方云霞如火烧一般,天色有渐渐向晚之意。我们各折一根树枝在手,你前我后追逐嬉戏着奔山下而去。两人正是活泼好动的年龄,又是难得出来野玩,不走大路,只管沿崎岖小径胡乱钻行。潘兼鄄还学着电影中的刘三姐对着山峰唱起了山歌:

当年我从桥上过,山歌一唱流成河……哎,流成河!

四周都是茂密的树林,山中特别寂静,只有归巢的鸟儿叫声清晰可辨。头顶上的那片天空,随着所在山势的高低不同,时而开阔时而窄小。开阔时,能看见西边夕阳因缺少了亮丽云彩的陪伴,正在安安静静地下沉,留给天际一抹庄严紫色。在远处的山峰顶端,到处闪耀着红宝石一般的光辉,或更像是火炉中燃烧的火焰。头顶正上方的天空,光线越来越柔和,也越来越幽远,原本蔚蓝且夹杂着大理石般白色,此时逐渐转成铅青色。而东方那一片天空,则展现出另外一种美丽——湛蓝而充满魅力的苍穹之上,隐约能见到几颗暗淡的孤星,正等待着与月亮的约会。林中山道七转八拐,又何止九曲十八弯,两个在山中乱钻的孩子渐渐归途无觅,方向全无。所到之处,但见山高林密,光线愈来愈昏暗,却始终找不着上山时走过的那条通汽车的公路。连汽车喇叭声也听不见了,更看不到一处房舍人烟,只有暮色笼罩四下。不由得嘴上叫苦不迭,心里忐忑慌乱,脚下加紧,只管往低处先疾走再说。

下到一处山洼里,山道旁多了青苔的痕迹,但因天气的热和干而显得不那么翠绿。耳畔隐约听见小溪的潺潺流水声,但又不明来自何处。两人内心的焦急此刻越发加剧。潘兼鄄说:"小穆头,这可怎么办呀?天色暗成这样,连路都看不清了。难不成今夜要困在这荒山野谷?"

我觉得自己是个男人,不能表现得过分慌张,故作镇定地说:

"大不了就在这草地上睡一夜,权当是野营了。"在我心里,或许真有些期待,与喜欢的人并肩在山野坐上一宿,那也很浪漫。

潘兼鄞紧张兮兮道:"那怎么行?这山里水深草长的,蛇虫百脚、野猪饿狼多得不得了,到处危机四伏呢!"

听她这么一说,我倒一时也怕了。看到前面有一排结着许多青色柚子的柚树,我方才感觉口干舌燥,喉咙冒烟。忽然又见着好大一片西瓜地,翠绿浑圆的西瓜大大小小滚了一地,闪耀着诱人暗光。我忙不迭先破了一只,掰给潘兼鄞一半,呼哧呼哧啃了个痛快。潘兼鄞犹犹豫豫张望四周,说:"千万不要给阿贵逮住了,吃一顿揍!听说阿贵打起人来可凶了,会把你捆起来吊在树上,手里拿着铁链条狠抽!"一句话提醒了我,喜笑颜开道:"好了,既然有西瓜地,附近就必然有人家了。有了人家就好了!"

西瓜解渴,却添了饿,饥肠辘辘声隔着肚皮都能听见。抬头四处张望,远远地觅着一处炊烟,正在西边山坡之上,一条窄窄的崎岖山路蜿蜿蜒蜒通向那里。那模糊的山里人家屋舍的影子,于暮霭之中若隐若现,此时便似天堂一般令人兴奋神往。

"哦——!"两人同时欢呼一声,击掌相庆,往西边山坡爬去。

因为阳光的威力退去,山中起了雾气,空气中添了几分湿润,山峰和天际交接处的线条也变得祥和而柔美。头顶上空出现了一轮月亮的轮廓,此时像云彩一样苍白,还没有变得明亮起来。那是一段约呈四十度角的上坡路,爬起来不是那么省力。路两边都是长满庄稼的田地,有满地攀藤的地瓜秧、半人多高的玉米秆和三三两两直立并耷拉着大脑袋的向日葵。眼见得山里人家的屋舍越来越近,我俩顾不得擦把汗,加快速度继续往上爬。

突然,猛听见从头顶上方传来一声尖利而凶残的咆哮!那声音频率极高,声调变化凄厉瘆人,带着呜咽,充满愤怒!犹如古罗马决斗场上传出的受伤斗士垂死前的哀号,更像是死神的呐喊!远处山崖峭壁传来的回声越发带着鬼魅般效果,加重了令人浑身颤抖的恐怖气氛。在山路的顶端——也就是我们要去的那个山坡之上,出现了一个身形庞大、浑身披着棕色长毛、露出锋利獠牙、令人毛骨悚然的可怕动物！一条狗吗？分明是一条体格硕壮如恶狼一样的猛兽！有着长长的毛发和巨大的脑袋，远比平常的狗要巨大得多，简直就像一头狮子！不，一头疯狂的血脉贲张的魔王！

那是人迹罕至的大山深处、深居简出的山里人家用来看门护院的纯种狼狗，只要在它守护的疆域之内出现来历不明的陌生人，马上就会变得警惕、焦躁、狂怒，充满攻击和撕咬的欲望。不需要任何人的指令，它就会不顾一切地猛扑上去，保卫主人领地的财产和安全不受侵犯。它是主人的忠实奴仆，更是贸然来犯者的天敌。

巨大的犬吠声在暮霭的群山之间引发出一连串骇人的回音。

那吠声十分深沉，很符合它巨大的躯形。巨犬在一阵短暂长啸之后，以迅雷之势从山坡高处直扑而下，如一道棕色闪电划破昏暗的暮色。那身影裹挟着一阵狂风，山坡上的石子碎沙都随狂风飞舞。潘蒹鄞和我都猝不及防，耳边犹如听见一声炸雷，惊惶失色之下掉头急往山坡下狂奔。我虽然双腿乱抖，毕竟比潘蒹鄞跑得快些。眼看大狼狗的身影刹那间扑到了屁股后面，潘蒹鄞"妈呀"一声失魂惨叫，转身跳入路边的庄稼地里。路面比庄稼地高出了一米多，这一跳下去站不稳脚跟，踉跄之下，一股巨大的重量直接压在后背上——狼狗也跟着直扑下来了。这一次潘蒹鄞再也喊不出声来——她在感到屁股上一阵撕裂般剧痛的同时，眼前骤然一黑，心里暗叫：我完了！我的末日到了！我连滚带爬地跑出好远，差点儿一头掉进山涧里摔死。听听后面忽然没了动静，回头一看，狼狗和潘蒹鄞都不见踪影，方抱住一棵山毛榉树喘气，这才发现脚上的一只凉鞋不知何时跑丢了。低声唤了潘蒹鄞几声，不见回音，只好壮起胆子调头寻找。那惊魂一刻使我一颗心跳动得无法控制，似要从喉咙口直蹦出来。"潘蒹鄞！潘蒹鄞！"连着叫了好几声，声音越叫越大，依旧听不见应答。不争气的眼泪立刻盈满了眼眶，一种闯下大祸的念头让我脑袋快要爆炸了。

怎么办？怎么办？潘蒹鄞让狼狗给咬死了！那东西是狼是狗也说不清，没准就是狼了！潘蒹鄞是跟着我一道偷偷从厂里跑出来的，跟谁都没有提起过，现在可好，连尸体都找不到了！一定是被狼狗或狼叼着尸体拖走了,拖到阴暗的森林深处,连皮带骨头吞进肚子了,血也被喝干了!我还怎么回到厂里去?怎么面对老穆头那又气又急凶巴巴的目光?怎么面对学校老师和同学们的追问?还有霍大胖和他的拳头……耳畔忽然听到一声呻吟。很轻,游丝般飘忽而过,如风声中的杂音,如幻觉。凝神再听,又是一声呻吟。这回清晰了很多。不远,就在附近了。寻声摸索过去,果然见到倒地不起的一个黑影,不是潘蒹鄄还能是谁!

"潘蒹鄄!"我一把扑倒在她身边,急切地问道:"你怎么样了?"

"哎呦!我的屁股!我的半只屁股没了!"潘蒹鄄哭喊道。

"啊?!"我急忙伸手去摸她的屁股。裤子果然撕破了一大块,但屁股依然浑圆,似乎并没有缺少什么。感觉手心摸到一把黏糊糊的东西,放到鼻子底下一闻,有一股浓浓的血腥味。

潘蒹鄄一把抱住我的头,哼唧哼唧抽泣。她把满脸泪水都涂在了我脸颊上,弄得我手足无措。拍脸摩肩安慰了一阵,我问她:"很疼吗?还能不能走路了?"

"我看是不可能马上走路了!"回答我问话的不是潘蒹鄄,而是来自旁边的另一个声音。这声音嘶哑、苍老,带着浓重的鼻音和拖腔,分明发自一个老人喉咙,而且是一个当地阿贵。

我俩同时被吓了一跳,转头看发出声音的地方。

距离我们不远处,站着一位身材矮小的老头,正探头向这边张望。此刻,天空明净如水,云朵排成一列列长队随风缓动,月亮洒下宁静的光芒。月光下不能完全看清他穿的衣服颜色,但猜想应该是深色的,黑色或者藏青色。当地阿贵永远都穿着这种黑乎乎的衣服。很热的夏天,他的头上依然裹着白布头巾。不用说,那白布头巾早已经很脏了,几乎看不出是白色的,这从远远闻到的汗骚味上就能猜到。据厂里的老人们说,阿贵的头巾一年到头从来不洗,到了他们过年的时候就换一条(阿贵以苗人居多,他们所谓过年的日子可不是汉人的春节)。这话当然只是一种带有歧视性的猜测,从来也没有人真正核实过。

此时老人布满皱纹的脸上满是关切,问道:"女娃儿,被狗儿咬得重不重哇?我看,还是先到我家里歇气哈!我家里有伤药,我堂客会帮你看好的。"

受伤不轻的女娃儿带着哭腔问:"你家在哪儿呀!"

老阿贵伸手指向西面山坡:"上边就是咯!"

潘兼鄞吓得急摆手:"不去!不去!"又说:"那就是你们家呀!那条狗就是你们家的呀!"

老阿贵说:"娃儿莫怕!莫怕!狗儿听主人话,有我在,它就不会再咬你喽。"

好说歹说,道理说了一箩筐。经不住我和老阿贵连拉带拽,总算把潘兼鄞劝动了身子。我背着潘兼鄞来到阿贵家,在门口又遇到了刚才行凶的罪魁祸首——那条足有半人高的褐毛猎狗。猎狗竖着两只尖尖的耳朵,獠牙外露,半尺长的舌头耷拉在外边,口中依然"呜呜"有声。潘兼鄞紧闭双眼,手指紧紧揪住我头发,身体颤抖不止。老阿贵冲着猎狗一声呵斥:"阿黄,走起!"阿黄立即低眉顺眼,夹着尾巴退缩到墙角。

进屋之后,把潘兼鄞放倒趴在床上,我才发察觉自己出了一身大汗。一位白了一半头发的老奶奶紧张地跟过来张望,老阿贵让她赶紧去烧一锅热水,并找一罐盐巴出来。白发奶奶一迭声答应着去了,腿脚看上去倒很利索。潘兼鄞趴在床上呻吟,闭眼皱眉痛苦万分。我打量着屋子,发现这户人家真是穷得可以,几乎完全配得上"家徒四壁"那句成语。除了一张面板凹凸不平的饭桌、两条歪七扭八的长条板凳、三四张树桩样的小矮凳和靠墙立着的一只摇摇欲坠的破旧木柜,再就只剩下这张床了。床也是用粗糙的木头拼凑了一个架子,上面铺几块木板和一张草席。堂屋和卧室之间仅用板壁遮挡了一半,另一半完全敞开着,没有房门。一道简易的扶梯通向二层,上面是一个阁楼。沿扶梯墙壁上挂了一长串红辣椒。墙根下则堆了一堆地瓜。比较稀奇的是,在堂屋正当中用石头砌了一个火塘,火塘里堆放着一堆松木柴爿,红色的火焰正熊熊燃烧,烟雾腾腾升向屋顶。难怪这屋子里所有的东西全是黑乎乎的,看来都是被这烟雾给熏的。因为有火塘的光线照亮,屋子里连一盏灯也没有点。事实上,房梁上并没有电灯电线之类的现代照明设备,一切处于原始状态。房屋的四面都是用厚厚的木板做的墙壁,没有采用一块砖石。显然在山里边木材随手可得,比砖石更好找。朝北一面的墙壁上开了一扇很大的窗户,窗户边上挂着一支老式双管猎枪,一定是发射霰弹的那种。枪管擦得乌黑铮亮,是屋子里除了火光之外唯一发亮的东西。可以猜想主人每天都端着它进山狩猎,猎狗阿黄紧紧跟在后面。老阿贵指挥着白发奶奶给潘蒹鄿脱下裤子,用盐水清洗伤口。两人你叫我应,声音洪亮。再仔细看看两位主人,年纪其实并不很大。男的应该不会超过六十岁,女的更小一点,才五十出头吧。之前因为光线昏暗,加上山里人面色黝黑、皮肤粗糙,衣着又很破旧,初看之下错当成是七老八十的爷爷奶奶了。

屋里有一股腊肉的味道,但更多的是萝卜味。那只被叫做阿黄的猎狗悄悄溜进屋里,鼻子东嗅西嗅,似乎对空气中的血腥味很感兴趣。男主人把一块破布样的东西扔在它头上,阿黄立即夹起尾巴后退几步,不甘心地围着火塘绕了一圈,悻悻然越过高高的门槛到屋外躺下了。它把下巴搁在门槛上,眼睛依旧朝屋里张望着。还好潘蒹鄿此时正撅着屁股面朝床板躺着,否则又该被吓得哇哇尖叫了。

男主人出去了一会儿。大约一刻钟之后又回来,两手捧着一大把叶片肥厚的绿色植物,有点类似于栀子花的枝叶,五六片椭圆形的叶片连在一起长成巴掌样形状。他让女主人快拿去清洗,给女娃儿敷在伤口上。我猜想那一定是某种草药,向老阿贵讨问它的名字。

"三七,三七哟!"老阿贵说,"三七是个好东西,去瘀生新,消肿定痛,能通能补,止血不留瘀,行血不伤新。可以生吃,可以熟服。敷了它,你姐姐的伤口两天就好咯!"

女主人把三七叶片用刀反复剁得细碎,像一堆黏稠的泥浆。她让我帮忙,将药泥在潘蒹鄿脱得光溜溜的屁股上敷了厚厚一层,再用布片包住。布片是从木柜里找出的旧衣服上撕下来的,还算干净。敷药的时候,我借机对潘蒹葭雪白的屁股多看了几眼。长这么大还没有这样真切地看过成年女人的光屁股,那么肥厚,那么鲜嫩,滚圆而结实,在火光的映照下反射出微微的红色光泽。虽然屁股的左边被猎狗咬出了几道深深的牙齿印痕,但看上去一点儿也不丑,依然像成熟的白兰瓜。我甚至闻到白兰瓜的香气,有点儿陶醉,有点儿眩晕。最要命的是,我的小萝卜又撑了起来,拼命地往上竖。这种情况已经是第二次发生了,若是被潘蒹葭看见又不知该如何羞我。说实话,我可真不想立即给潘蒹葭重新穿上裤子,多看一眼也是好的。我意识到心里有这样的想法很龌龊,不是一个好学生应该有的念头,更非正人君子所为,因此心跳得厉害,脸上滚烫滚烫的。好在这件事也只有我自己知道。

主人家表现出山里人特有的热情、好客、大方和爱心,为我们两个学生娃疗伤、做饭、洗漱,并安排好休息的床铺。他们坚持让我近距离靠近火塘烤一会儿火,哪怕只烤上五分钟。据说这是山里人的待客之道,是规矩。我当时十分不解,这么炎热的夏天烤啥子火呀?主人说,山洼里有很重的瘴气,客人一路走来,瘴气吸进肚子里,身体最容易得病,必须通过烤火出汗的方式把身体里的瘴气逼出来。我好奇地问:"那,这个火塘就一年四季也不熄灭吗?"老阿贵说,只要是有人进山,回来之后火塘的火就得生起来。

主人招待客人的晚饭是面条,搁了大量的辣子——是那种特别尖辣的红辣椒,让你吃进第一口就眼泪鼻涕一齐进出来。山里潮湿,寒气重,这也是逼出身体里寒湿气的最好方法。让我们特别感动的是,主人从火塘上方屋梁上取下一大块熏肉,配上野菜制作了一道丰盛的美味。熏肉平时用铁丝悬挂在高高的屋梁之上,正对着下面的火塘,每日接受油松的熏炙,天长日久,油松的香气就一点一点渗透在里面了。外人又哪里能吃得到这样香的熏肉!看看这户人家的境况,穷苦是不必说的,用"人无三分银"来形容并不为过。那熏肉悬在屋梁之上乌漆麻黑的一团,也不知道挂了几个月或者几年,主人平时是一定不舍得割来吃的。想到这些,我和潘蒹鄄眼窝都有些潮湿。

　　主人认定我们是姐弟俩,就安排我们在楼下的大床上过夜,他们自己爬上阁楼去睡了。我俩你看看我,我看看你,谁也没有提出否认的意思。潘蒹鄄只能侧卧或面朝下趴着,我就躺在她旁边。火塘里的火苗被压小了,几乎看不见火焰,只有丝丝缕缕的青烟向上升腾。月光透过宽大的板壁缝隙射进屋子,在地上照出一道道银亮的白线。屋外偶尔传来一两声"呒呒"的低沉叫声,听得出是主人家养的牛儿在反刍。风儿在不远处的丛林树梢上掠过,传出潮水冲击海岸般的刷刷声。真是一个令人难忘的夜晚!

　　我暗自庆幸,能有机会和一个美妙的女孩儿这样同床共眠。有几次几乎要伸出手去抚摸她的身体,哪怕只是摸摸她那匀称的胳膊,但最终还是克制住了。要命的是,《少女之心》手抄本中的许多描写一次次进入我的脑海,侵犯着我的思维,刺激着我的神经。那些幻想过无数回的场景一遍遍在大脑中重演。而我的身边,就躺着一位比书中女孩更可爱的小美女,激发着我的冲动。那顶"小帐篷"朝气蓬勃地鼓胀了一夜。我甚至有些遗憾,遗憾猎狗阿黄没有咬破潘蒹鄄的大腿内侧。如果潘蒹鄄在摔下庄稼地的时候仰面朝天,猎狗阿黄就只能正面扑过去,张口咬住的就是大腿内侧。那么,在给她敷草药的时候,或许就能看见……

　　整整一夜,我能够感觉到潘蒹鄄始终没有睡着——她的呼吸很不均匀,而且时有轻微的叹息声。而我,拼命抑制着怦怦乱响的心跳,并为之感到害羞。我们就这样一直躺着,直到银亮的月光渐渐灰白,听见雄鸡引吭高歌的声音,知道天色快要亮了。我大着胆子摸了摸潘蒹鄄受伤的半边屁股,潘蒹鄄身体像被微弱的电流击中,轻轻一抖,但是没有吱声。我小声问:"还那么疼吗?"潘蒹鄄点点头。我再问:"你估计能走得了路吗?"她又点点头。我说:"我们该走了吧!"潘蒹鄄默不作声翻了个身,皱着眉头轻轻下床,试着走了几步。我跟着起床,轻轻挽住她胳膊。潘蒹鄄终于又用力地点点头,表示可以走了。

　　我俩不打算再惊动主人,轻手轻脚拉开门闩,蹑手蹑脚走出门去。猎狗阿黄趴在离门口几米远的一片干草上,看见我们出来,似乎已经认可了这两位是主人家的贵宾,喉咙里含糊不清地发出几声"呜呜"声,算是打了个招呼。但因为跟我们不熟,它并没有起身靠近的意思。心有余悸的潘蒹鄞见了这头巨兽还是有些害怕,紧紧揪着我的胳膊。我冲着阿黄做个鬼脸,拉起潘蒹鄞匆忙离去。

天色越来越亮。山间空气无比清新,混杂着野花香气和树果的青涩气味。月亮移到了西天,脸色变得很苍白,发着细微弱光,正准备藏身到远方的山峦背后,另有一些细碎的小星星紧随其后。东边那一片山峦颜色墨黑,全如剪影一般竖立着,晨曦就从那边呈扇面状洒向人间。耳畔有阵阵微风,但是不足以刮动树叶沙沙作响,听不见婆娑声,只有早起鸟儿的清脆叫声在四下里此起彼伏。

走出很远之后,我俩回首望了望那个山坡之上,孤零零的瓦舍已经渐渐被缭绕的山岚隐没,似有一缕炊烟正袅袅升起,看起来主人已经起床生火做饭了。潘蒹鄞说,他们起来后一定在到处寻找我们,"娃儿,娃儿"地叫过好多遍!我感慨地说,好心的山里人啊!潘蒹鄞说,好心的阿贵!

"也许我们这辈子再见不着他们啦!"潘蒹鄞显然也在心里怀了感动,有几分伤感,几分不舍。

我跟着伤感,忽然间冒出一句话来:"你跟我呢?我们这辈子,今后也许就再不能见着了!"

潘蒹鄞愣了一愣,待听清我话里的意思,很快泪流满面。她从脖子上取下随身佩戴的一块虎头玉,默默地套在我头颈里。有一片火辣辣的红晕泛起在她脸颊上。一阵清风吹来,仿佛让人闻到了森林内心的芬芳。她说:"小穆头,你记得要给我写信啊!"

"好!"我哽咽着拼命点头,对着太阳看那块翠绿翠绿的玉佩。从正面看它是一只虎头,从背面看,它就像一片绿色的云朵。

"你也是,一定要记得给我写信。"

第九章 那一年犯下第一个错

我回到家乡,准备去水利学校报到。然后,我就是正式的中专生,有城市户口,三年以后毕业,是吃皇粮拿工资的国家干部。再不会面朝黄土背朝天做一辈子农民,不用挑粪担水浇地,不用在寒风暴雪天挖河开渠,也不用担心两条腿因天天负重而变成罗圈腿。光明的前途,美好的未来,已经在我面前铺就一条金光大道。多么幸福而荣耀!算得上衣锦还乡了。

走下长途汽车,第一眼看见的还是村庄东头打谷场边上的那棵老槐树。在许多人的故乡里都有一颗老槐树,那似乎是故乡的标志。我的故乡的老槐树有上百年树龄了,枝叶参天蔽日,如一把巨大的绿伞,在场地上投下一大片阴影。和许多人故乡的老槐树一样,那上面照例吊着一口锈迹斑斑的铸铁大钟。当年生产队长召集社员集体出工或者召开社员大会,就以敲钟为令。离地五六米高的树干上用粗铁丝绑着一只高音大喇叭,用来传达毛主席最高指示和人民公社时事要闻。早些年从大喇叭里听到最多的几句话是"伟大领袖毛主席教导我们"、"千万不要忘记阶级斗争"、"实行无产阶级专政",还有"要警惕走资派还在走"等等。大喇叭音质不太好,回声很大,偶尔还有啸叫,听久了耳朵很不舒服。打谷场永远是乡下最热闹的地方,每当开大会或脱粒扬谷的时候,全村庄的大人小孩都集中在这里。白天人声沸腾,晚上灯火通明。记得有一次秦归雁的父亲秦麻子在打谷场上和我的母亲小莲打赌,说小莲如果能一口气吃下两斤糯米饭,他就当场再奖励小莲两斤糯米。在缺粮少油的当年,两斤糯米的诱惑不是一般人能够抵挡的。小莲歪着脑袋问:"秦麻子,说话可算数?"秦麻子说:"我是大队长,说话当然比小队长还算数。我说奖励肯定奖励!"小莲绿着眼睛又问:"我要是能够吃下更多呢?"秦麻子吃惊地看着矮小瘦弱的小莲,双目瞪得牛眼一样圆:"那,吃多少就奖励你多少!"结果,全庄上百口子人都给小莲围观加油。小莲不负众望,一口气把满满一锅三斤半糯米饭全吞进了肚子里。此事成为轰动三乡的大新闻,小莲也在全公社一举出名。

看见老槐树,我眼眶有些湿润。每次梦见故乡,总是首先梦见这棵老槐树。

到家是傍晚时分,炊烟从几户农家的房顶上升起,袅袅款款,如梦如花。离开两年多,家乡的面貌看上去改变不大。但也有些细微的变化,在一路往家走的途中还是能够感觉到——农民们的精神明显比过去好了,腰杆直了不少,见了村干部不再拼命点头哈腰献殷勤。他们少了叹息,多了希望。家家户户都养了成群的鸡鸭和大白鹅,而不是过去三三两两的几只。猪圈都扩大了好几倍,因为养的猪数量多了。庄子边上甚至建了两座砖窑,一直在冒着黑色的浓烟和白色的热气。从邻居家的院门前经过,看见乡亲们有的在院子里用竹片编箩筐,有的在用麻草织草席,脸上都漾着欢欣的笑容。

妹妹穆宇采正爬在家门口的一棵高高的桑树上摘桑葚果子。她从小像个野小子,下河摸螃蟹,上树掏鸟窝,都是家常便饭。有了几十年树龄的老桑树每到夏天都会结满拇指大小的桑葚,红红紫紫挂了一树。那些熟透的果子,颜色变黑之后全都掉在地上,密密麻麻铺了一层又一层。艳红的桑葚是酸的,黑紫的桑葚是甜的,半紫半黑的桑葚最可口,酸中带甜。穆宇采爬在树杈上,将采摘的桑果一把一把往下扔。小卷毛秦归雁站在树下,脸朝天空仰着,两只小手将衣襟尽量往前拽,用来兜住从上面扔下来的果子。她的十指、嘴巴和脸颊上,满是紫紫黑黑的桑葚汁迹,一看就知道先前已经吃了不少。我悄悄走过去,双手蒙住小归雁的眼睛,仰头大声叫着:"采儿!"穆宇采吃了一惊,激动得先是捂住嘴巴,然后三下两下遛下树,飞快地直扑过来,两只手臂吊住我脖颈拼命摇晃,像摇一颗桑树。她长高了不少,但看上去没有小时候漂亮了,脸黑了些,嘴唇也有些外突。十二岁了,有了一点大姑娘的样子,但还是那么顽皮。"二哥,你的嗓音全变了!"她说,"跟大哥的声音一模一样。"又说:"可惜你好像没怎么长高哎,人也太瘦了!爸爸在贵州总不给你吃饱饭吗?"说得我很没面子。然后,她拉着我去看后院里的无花果树。两三年的时间,树冠长得像一个墨绿的硕大草堆。肥厚宽大的叶片背后结满大大小小梨形的果实,有的已经青中泛红,裂开口子,显然可以吃了。后院果然新砌了一圈高高的围墙,并且用瓦片盖了顶,孩子们肯定是翻不进来了。看来妹妹为保护这些果实真是费了不少心思。穆宇采摘了一个最大最红的无花果递给我。我尝到了一股清香甜蜜的味道,赛过世上的任何美味。浓浓的亲情和甜美的思念,还有关于儿时的诸多回忆,都在这味道里了。小归雁馋巴巴地站在一旁看着我,一双弯月样眼睛扑闪扑闪的。她把微黄的卷毛梳成两条小辫子垂在胸前。她穿的连衫裙像布口袋,一看就是用大人的衣服改的。针线活手艺倒不错,还有打褶的皱边。前身两排褶子,娃娃领口。下身拼幅缝成喇叭形,腰间甚至还有镶着斜边的腰带。简直就像一件"时装"。我挑大个的摘了两个无花果给她:"小卷毛,你尝过吗?"归雁撅起嘴巴,囊着鼻子说:"宇采姐姐可小气了!她说,在谅子哥回来之前,谁都不准吃哩!"我笑了,微曲中指在她小脑袋上轻轻敲上一记"毛栗子"。这是在贵州工厂里学来的,那里的上海人,大人招呼小孩子都是敲"毛栗子"。

母亲收工回来得很晚。太阳都已经落入地平线以下了,西边的半个天空出现大片的火烧云,母亲才手拿草帽一边扇着风一边往家里赶。她的脸早被晒得黝黑发亮,并且比两年前多了不少皱纹。"谅子到家啦?乖乖!"她嘴里亲切地招呼着,但是并不走过来拥抱,甚至都没有伸手碰一碰我。在我的记忆里,好像也没有留下过被母亲拥抱的印象,只记得小时候小莲一直喜欢拿根细竹竿追打我。离家两年多了,每次想起母亲,更多想到的不是眼前这个风风火火的小个子身影,而是墙上挂着的那张全家人合拍的照片。那是我们家唯一的一张全家福,后来再也没有拍过第二张。照片上的小莲比现在看上去要年轻漂亮得多,但是她板着面孔,衣服穿得很胡乱,神情恍惚。她好像没有站稳,一点笑容也没有,看上去有点着急,只求照片快点拍下来。拍照片的时候一定天气炎热,她看上去和现在一样,疲惫无力,心情烦闷。我们三个孩子衣服也穿得乱糟糟,全是一副倒霉鬼模样,明显看得出处境不佳。小莲的神态似乎在说,她已无力给我们买衣穿衣,无力给我们梳洗,甚至无法给我们吃饱饭了。我所熟知的母亲就是照片上那个样子,每天都挣扎在灰心失望之中,绝望的心情连绵不断,而且绝望是那么彻底,似乎对"楼上楼下电灯电话"的共产主义向往早已失去耐心。在她的眼神里,一切都是问题:生活成了问题,丈夫成了问题,这几个孩子也是!

小莲先到猪圈那边拎起泔水桶哗啦哗啦喂了猪,然后抓几把稻谷,口中"谷——咕!谷——咕!"叫唤着,给即将归窝的鸡群喂食。我远远站在一边看着,不知道是该跟母亲说点儿什么,还是该帮着做点儿啥事。小莲忽然想起什么,高声问道:"大凡子呢?卖屎养的大凡子呢?都这么晚了还没有回家吗?"

西首山墙那边听见两声咳嗽,有一个人肩上扛着钓鱼竿回来了,手里还提着两样东西:一只竹编鱼篓,一块白条猪肉。

"我让你去买肉,你却又去钓鱼!"母亲埋怨着,"钓着了吗?"

"钓到好几条大鲫鱼呢!"穆宇凡得意地晃了晃鱼篓。

早就听采儿在信里说过,大哥已经二十多岁的人了,却一点儿农活也干不了,整天除了睡觉,唯一的兴趣就是画一些没用的铅笔素描,偶尔也钓钓鱼,活得很苦闷。他个子更高了些,超过一米七十了,因为哮喘引起鸡胸,背显得有点驼,很瘦。

"采儿,快去搬些柴禾,生火做饭。"小莲叫道。

采儿快乐地朝归雁挤弄眼睛,说:"今天有肉吃了!"

归雁只好打算回家,临走时歪着脑袋道:"我们家明天也吃肉——明天有贵客临门！谅子哥,明天我们家来的客人,你还认识呢！"

两句关于吃肉的对话让我心酸——农村人还是把吃肉当成大事哩！至于"明天来的客人你认识"那句话,我一时也没往心里去,兴许是儿时的玩伴吧,我想。

趁着小莲和采儿在灶台忙碌的那会儿,我在家里翻箱倒柜。我把所有的抽屉和能藏东西的柜子都打开来寻了好几遍,折腾得满头满脸都是汗水,还是没有发现要找的东西。主卧室里的家具还都是父母二十几年前结婚时置办下的,胳膊腿早就松动了。抽屉木板更是用力一拉就散架,抽出来容易,再推回去就很费力气。抽屉里面还保留着许多儿时玩的玻璃弹子和刮片,看样子平常也没有谁愿意花心思去整理。但是几块有袁世凯头像的银元不见了踪影,猜想是被穆宇凡另外收藏了。柜橱里的衣服没有几件像样的,只胡乱堆放着,混杂着淡淡霉味和樟脑丸气息。我失望地皱着眉头,竭力去回想两年前是否把东西放在了别的什么地方,但是很快否定了这种可能性。我清楚记得东西就是塞进瓷罐里的。

大哥走进来看了我一眼,然后去了自己的卧房。再回来时,手里拿着一本发黄的毛粪纸笔记本,问:"是找这个吗?"

我脸刷地红了,一把夺过来转身就走。

"注意别给采儿看见。"大哥追在后面压低声音说,"采儿已经长大了!"

采儿在大灶肚堂里塞了几根粗大的柴禾,然后腾出手来卸门板。穷人家的孩子早当家,她是要把门板用两条长板凳搁在门外的空地上,准备一家人吃晚饭的地方。吃完饭后,一家人或躺或坐在门板上摇着芭蕉扇乘晚凉。小莲照例要坐在门板边搓洗全家换下来的衣服。屋子里不但闷热,蚊子还多,根本待不住人,除非你早早躲进蚊帐里。外面当然也有蚊子,但是可以在上风口点燃一堆潮湿的碎稻草,浓浓的蚊烟能把蚊子熏跑。如果点燃的是艾草效果会更好。躺在门板上看繁星闪耀的银河,是一件很惬意的事。当年小莲也给自己的儿女反复讲过许多回牛郎织女和北斗七星的故事。如今这些故事早没人听了,大凡和采儿放下饭碗都去邻居家串门,小莲也懒得再讲。

小莲盯着我问一些贵州厂里的情况,关心和老穆头要好的那些老朋友最近怎样了,包括他们老婆的近况。她有好多年不曾去贵州了,有些想念那里的熟人。

"胡莺还在食堂里做吗?"

"哪个叫胡莺呀?"

"就是在食堂窗口打饭菜的那个女人,鼻子尖上有颗红痣的。"

"你说胡阿姨呀?她还是老样子,依旧在食堂窗口打饭菜。"

"是不是每次都会给你爸爸多打一份荤菜,少收钱,甚至还倒找饭菜票?"

"嗯……反正我每次去都这样。"

母亲叹一口气,恨恨地骂一句:"骚狐狸精!"顿时没了说话的兴趣。

我一个人看着从堂屋横梁上吊下来的电灯泡发呆。家里总算告别了煤油灯,开始用上电灯了。记得上小学时,有一次晚上问母亲:"妈妈,老师今天给我们说将来会实现共产主义。什么叫共产主义呀?"小莲一边挑着用空墨水瓶改制的煤油灯灯芯,一边无限神往地回答:"伢子,共产主义就是八个字:楼上楼下,电灯电话!等到哪一天,我们能够住上楼房,点上了电灯,还安装了电话,那就是实现共产主义啦!"母亲关于共产主义的朴素定义让我一直深刻铭记。我甚至认为,小莲的这个八字定义简直就是解释共产主义的标准答案。什么是共产主义?不就是你所能想象到的人类社会最美好的生活吗?谁说共产主义不可能变成现实?我们的生活不是正在一天比一天变得更加美好吗?为实现共产主义伟大理想而奋斗,这绝对不是一句空话——谁不在为实现美好生活的梦想而奋斗呢?讲政治课的中学老师啊,您讲了那么多空洞的大道理,远不如一个农村妇女说出来的平平淡淡的八个字更让人对共产主义理解深刻啊!

我从门板上跳下来四处走走。走到水秧田边,听"咕咕呱呱"的蛙声鼓噪得热烈,远远近近,此起彼落;看星星点点的萤火虫散淡得潇洒,三五成群,东游西荡,觉得心情甚好,不由自主地在心中憧憬未来。我甚至感觉到共产主义已经离我很近,三年之后,五年之后,十年之后……到我二十五岁的时候,楼上楼下,电灯电话,这八个字一定已经成为生活中的现实了。

穆宇凡很晚了还没有回来睡觉。采儿白天时曾意味深长地暗示,大哥和邻庄的桃红要好得很,最近常偷偷见面。估计今天又去约会了。我找出那本毛粪纸笔记本,躲在蚊帐里翻看。当初手抄这本《少女之心》费了我不少工夫,珍藏起来的时候还是新的。现在,笔记本纸页已略微发黄,边角也有不少卷曲处,看来被大哥翻看过不知道多少遍。我此时一边重温那些描写,一边把穆宇凡和桃红想象成手抄本中的男女主角。桃红我是认识的,住在不远的刘庄,挺漂亮,身材丰满,脸颊总是布满潮红。想象此刻大哥正趴在她的身体上……这想法有点猥琐,也有点遗憾——大哥太瘦了,还鸡胸,胸前鼓起的全是一根一根的肋排骨。这样想着,身体就有些亢奋,翻来覆去地很难睡着。毕竟和两年前初看时感觉大不相同,虽说身体发育的痕迹还不是很明显,体内的荷尔蒙已经在孕育了。大哥下半夜回来的时候,我只能假装打呼噜。

第二天,我首先想到的是藏好手抄本。依旧放在瓷罐里是肯定的,但是瓷罐不能继续放在藏宝箱里了。那个箱子不安全,采儿有可能打开它。在房子里转了几圈,我决定把瓷罐扔进主卧室大床底下。那地方黑乎乎的,采儿怕脏,一般不会爬进去。

在一日三餐粥当家的那个年代,腌萝卜干是农村人家的主菜。每逢萝卜上市季节,家家户户都会备集大量鲜活水灵的胡萝卜、白萝卜,用于腌制成各种干制品或放入泡菜坛中制成泡萝卜。萝卜干制品种类很多,有的是直接腌制不用调味,如胡萝卜线、白萝卜条、干罗卜丝等等。有的是在腌制时先调好味,腌好了就可以食用,如酸辣罗卜干、糖醋萝卜条、五香萝卜丝,还有醉萝卜、酱萝卜、醋萝卜、罗卜鲊等等。腌萝卜干是一项技术活,尤其罗卜鲊的制作过程最为复杂，需要有猪头肉丝和鲜辣椒丝，加入蒸肉米粉、精盐、味精、白糖、白酒、八角粉和花椒面，拌匀，放入倒扑坛内腌制半个月。一般庄户人家备不齐那么多的配料，轻易不会做。母亲小莲做得最拿手的是腌萝卜片。先将新鲜白萝卜切成一厘米宽的长片，在阳光下晾晒，收干七成的水分，然后在大缸里层层码实，洒上盐巴，再用大石头压紧。一天后翻缸，将其翻入另一口干净缸内，铺一层萝卜洒一次盐。一周后再翻一次缸，洒一次盐。两次翻缸的目的，一是为了释放腌制过程中产生的热气，二是为了让咸味均匀一致。第二次翻缸两周后，就可以将萝卜片取出来，在阳光下反复晾晒，收干八成的水分。此时的腌萝卜片卷曲成弯弯的半月形，很像人的耳朵。腌制后的萝卜片色泽黄亮，脆嫩清香，咸中透甜，鲜爽可口。晾晒的过程很有讲究，既要有阳光，又不能长时间暴晒，最好是选在上午八点到十点之间或下午三点钟过后晾晒。也不是将一坛子萝卜随便一摊开来了事，而是要将每一片萝卜一片一片扶正，竖着放，不能躺下，让带皮的一面背光朝下，目的是避免萝卜皮被阳光晒老，影响脆嫩口感。所以，晾晒是一件功夫活儿。我正在专心致志地一片一片竖着人耳形的腌萝卜干片，小归雁忽然悄没声地走到身后，"啪"地一巴掌打在我的光脊背上。

"谅子哥，你快看看，是谁来啦？"

我在扭过头来的那一刻，惊讶得有些眩晕。简直不敢相信自己的眼睛，归雁带来的客人竟会是……会是……梅秀！

两年多没见，梅秀已经完完全全出落成了一个大闺女。她的个头已经接近一米六十，该发育的地方都发育了，胸脯变得饱满而高挺，屁股圆滚结实得跟其他农妇没有什么两样。脸盘看上去比过去变大变圆了，两边的酒窝也变深了，还是那么好看，皮肤健康红润，一双大眼睛水灵水灵，清澈明亮。原本长及腰部的乌黑长发剪短了，理成齐耳短发，给人一种很干练的感觉。尽管在我潜意识里一直喜欢长头发的女人，但那一刻她的短发也很让我喜欢。她上身穿一件崭新的蓝格子的确良衬衣，下身穿着黑色长裤而不是花裙子，如果在腰间扎一根皮带，就很像电影里常见的女民兵队长了。在扭头看见她的那个瞬间,早晨九点钟的阳光穿透老桑树的枝叶照射在她的侧面,恰好在她的脸颊、颈部和肩膀之间形成了一圈迷离的光晕和许多跳动的斑驳的光点,这让她的出现带着梦幻和神秘的色彩,因此留在我脑海中的印象非常深刻。在过了多少年之后,每次只要一想起梅秀,这一定格在脑海中的影像就会立刻浮现在眼前。电影《洪湖赤卫队》里的韩英,《红岩》里的江姐,还有《五朵金花》里的金花,这些人物的形象后来都被我想象成了梅秀。甚至某一年我在偶尔看到一篇介绍出演过《五朵金花》和《阿诗玛》的女演员杨丽坤因患精神分裂住院治疗的文章时,心里忽然感到阵阵刺痛,仿佛那个被江青逼疯的人就是梅秀似的。

梅秀此刻大大方方地站在我面前,面带微笑。"小豆豆,你还是没长大呀!"她瞪着银铃一样的圆眼睛说。她伸出了右手,大概想和过去同学时一样摸摸我的脑袋,但现在忽然觉得有些不合适了。想握个手吧,又太正规拘束,最后还是用手指点了点我。

回想起来,我当时非常自惭形秽。在明艳照人的老同学——而且还曾是我日思夜想过的女孩面前,明显感到了自己的矮小、猥琐和不争气。我个子始终比她矮着半头,而且还一副娃娃相。考上中专的自豪感也并没有能抵消这一切。

"你,你怎么来了呢?"我结结巴巴地问道,慌乱地搓着手。我手上沾了腌萝卜干的盐渍,有一股很怪的味道。

"谅子哥,你还不知道吧?梅秀是我们家亲戚!"归雁抢着说。

"你们家亲戚?"我疑惑了。从来也没有听说过呀!

"她姐姐嫁给了我哥哥。梅秀现在是我姐姐了!"

"哦!"我想起来了,归雁是有一个大了她整整十三岁的哥哥。

"你……还在上学吗?"我问梅秀。其实我不知道此时该说些什么好。

"不上了。"梅秀说,"我们农村人,混到初中毕业,认识几个字,会写个信,能算算账,也就可以了。难不成还要读高中考大学呀?哪来的那个福分!我们公社——现在改叫乡了,我们乡办的那所高中,老师里头都没有一个大学毕业的,全是土生土长、自产自销的民办教师。他们自己想考大学还都考不上呢,哪能教出考得上大学的学生嘛!读那样的高中还不是浪费时间!我们又没有你那么好的运气,摊上个好父亲,培养你考上了中专。如今你跳了龙门,可不要瞧不起过去的老同学呦!"

"看你说的!"我脸红了。忽然想到自己的父亲真是傻人有傻福,本来在上海那样的大城市里待得好好的,却被领导莫名其妙骗到了遥远的贵州大山里。原来是命里安排好了要给他儿子一个好出路。他若是一直留在上海,我是不可能有机会到上海去借读的,将来就只能也是修地球的命了,跟梅秀他们是一样的。

"那你,现在做什么呢?"我问。梅秀小小年纪就这样扛起锄头去种地,我觉得太可惜也太残忍了。可是身为农村孩子,上完学之后不种地又能干什么?

"我本来在学着做裁缝。"梅秀说,"瞧,归雁身上的几件连衣裙都是我做的呢!"见没有得到我的表扬,脸上反露出几分惭愧来,接着说:"我姐我姐夫他们办了个砖瓦厂。他们今天叫我过来,就是要请我做砖瓦厂的会计呢!"

"做会计?做会计好哇!"我发自内心地祝福她。至少不用"锄禾日当午,汗滴禾下土"了。想起进庄子时看到过的冒着黑烟和热气的砖窑,原来那就是归雁的哥哥嫂子开的砖瓦厂了。"想不到现在都允许农民办厂了!"我感叹道,"想当年,庄户人家多养了一两只鸡鸭,归雁的父亲都要带着民兵上门拿刀扑杀哩!"

"不光归雁的父亲,我父亲当年也尽干这类事情。"梅秀笑着说,"你还记得吧,有一天,我父亲半夜带人冲到你家,把你养的几只长毛兔给摔死了!"

"记得。"我说。很难忘记那个在睡梦中被砸门声吵醒的深夜,满脸杀气的大胡子治保主任突然带着几个民兵闯进家门。"他们半夜冲进来,说我们家私藏稻谷,翻缸倒柜地好一顿折腾,连床底下都搜了几遍。结果什么也没有搜到,就顺手把我养的兔子都摔死了。我心疼了好些日子呢!"

"那是因为有人举报,说你妈带着你半夜到稻田里撸稻穗,有这回事吧?"梅秀捂住嘴笑个不停。

我脸又红了。这可不是什么光彩的事儿。碗里老不见白米粒,母亲也是被逼得没路走了,只能带着儿子半夜里干一些见不得光的事。"这事儿你知道啊?从来都没有听你提起过。"

"我还晓得你妈妈把稻穗藏在了灶房的柴禾堆里,所以才没有被民兵搜到。"

"嗯?"我瞪大了眼睛。柴禾堆里的稻穗没有被发现,母亲庆幸得在家里又烧香又磕头的,感激祖宗保佑。可是梅秀又怎么会知道这个秘密的?家里绝没有人敢把这件事儿透出去半点。

"我父亲当天回家后就告诉我了。"梅秀继续抿嘴笑个不停,"他早就发现了那个装稻穗的麻包,所以故意支走别人去搜其他的地方,还在麻包上加盖了一堆稻草。"

"你是说……你父亲当时帮了我们?"我很不解,"没有道理呀——他跟我们家不熟,更非亲非故,按理说,没有这份交情哪!"

"这你就该感谢我啦!谁让你是我的同学呢——我爸认出你了。"

"你爸怎么会认识我?"

"你忘了?有一次开批斗会——批斗算术老师'南霸天',你上台揭发他说'林彪是坏蛋'。有过这回事儿吧!"

"哦!"我想起来了。记得当时一个滑脚跌倒在梅秀怀里,引起会场一片哄笑声。

就这样你一句我一句,两个老同学聊起了过去的许多事儿,聊过老师聊同学,再聊这两年的变化,整整聊了一上午。真是兴奋呐!可惜吃中饭的时候到了,我们不得不挥手告别。我忽然想起了那只金葫芦,很想问问她那东西还在不在,知不知道那其实是真金做的,很值钱呢!几次话到嘴边又咽回去了。我怕她会误会我,以为我想要回来。实际上我也真想要回来。或者不要回来也行,她得答应给我做媳妇。这话儿就不太好直说。

梅秀走后,我到河边用竹竿绞起了两大箩筐的绗丝。这些绗丝外形类似于小一号的莲盘,拿刀剁碎了就是喂猪的好饲料。饭后先睡了个午觉,然后又下河游泳,顺便摸了不少河蚌——全家人晚餐的主菜就靠它了。接近黄昏时已经闲得无聊,早早把门板卸下来在门口搁好,打着赤膊坐在上面听树上的知了不知疲倦地唱歌,看西天的晚霞在地平线上变幻出各种色彩。远处的水田里传来几声"苦哇苦哇"的叫声,是一种名字叫苦哇的鸟在叫。小莲说过,那种鸟是一家有钱人家的受气小媳妇死后变的。受气小媳妇委屈寻死后变成了苦哇鸟,整天向活在世上的人诉苦。

大哥宇凡和妹妹宇采都不知道去了哪儿玩了。反正母亲收工回家之前,这两个人是不会在家里老实待着的。我无所事事,又想起了梅秀。我还想找梅秀问问当年同桌刘嘈虎的近况,上午忘记说到他了。毕竟刘嘈虎那年偷偷借给我看过手抄本,就凭这份情谊,找天该抽空去看望他。

秦归雁的家就在庄子南头,不远,隔着一小片竹林,再穿过一块芝麻地就到了。她家的大门关着,但是没有铁将军把门。推了一下,里面似乎插着门栓。庄户人家的习惯,只要家里有人,一般总是大门敞开,任人进出。只有夜里睡觉了才会插上门闩。我判断她家里应该有人,就转到了后院。后院有道一人半高的围墙,是干打垒砌成的那种土墙,最上端盖着长瓦片用来遮雨。围墙早已年久失修,有几处被雨水冲刷形成的豁口,豁口下方是粗大得可以塞进拳头的裂缝。我从豁口处踮着脚尖向里面张望,忽然,血液一下子涌到了脑门上。

梅秀正在后院里洗澡呢!夕阳的光辉此时犹如淬炼钢铁的火焰,把院墙和土地都照成明晃晃的橙红色。院墙长长的影子正好把梅秀站着的身体分隔上下成两半——腰部以下被阴影罩住,腰部以上则是光闪闪的白亮。她站在一口大木盆里,正拿着脸盆将洗剩下的水从头到脚往下浇。水流形成银色的短暂瀑布发出哗哗声响。我此刻看到的是梅秀侧着的身体,双手高举,头颈后仰,胸部前挺,后臀翘起,所有曲线都在那一刻展现得曼妙无比。我看见了那只金葫芦,那只用红绳子系着的金镏子,像个乖巧的拇指姑娘,安静地躺在她胸前的山谷里,享受着夕阳光辉的抚慰,本身也闪耀着金色的光芒。原来她一直戴着它呀!真希望时间就这样永远定格。我如遭雷击一般呆在那儿不能动弹,脑门滚烫并且满脑子嗡嗡作响,心跳得几乎要从胸腔里蹦出来。我的目光很快死死咬住了梅秀肚脐眼下方那一块黑颜色的地方。"转过来,让我看。转过身来,让我看得清楚一些。"我这样在心里一遍一遍暗暗叫着,并且焦急地期待着。

"你趴在那儿干嘛呢?谅子哥。"小卷毛秦归雁不知道什么时候出现在了我身后不远处。她好奇的目光让我顿时紧张得恨不能立刻变成隐身人。梅秀若是听见了她刚才问的话,一定能猜到什么,我这辈子怕就没脸再见到她了。

"捏糖人儿嘞——!换麦芽糖嘞——!"西边小道上传来一阵吆喝声,"牙膏皮鸡胗皮,破铜烂铁旧锅断锄头,都可以拿来换麦芽糖嘞!有现捏的糖人儿——三打白骨精的孙悟空,还有猪八戒和沙和尚。捏糖人儿嘞——!"如遇到救星,我一把拖住小卷毛就跑。"走,哥带你去捏糖人儿,现捏的孙悟空。""真的?"小归雁顿时欢欣得不行,忙大叫:"嘿,货郎!嘿,货郎!"

回到家中,钻进床底下东翻西找了半天,总算找到一把铜锈斑斑的马桶箍。小时候我常常拿着马桶箍滚圈儿玩,如今也没用了,正好拿它换糖人儿。小归雁不知什么时候也跟着淘气地钻进了床肚底下。她双手捧了那只瓷罐左看右看,揭开盖子向里面张望。我吓了一跳,赶紧抢过来扔回原地。

"瓷罐可以换糖人儿吗?"

"瓷罐没用,人家只要破铜烂铁。"

货郎歇下挑子坐在门口等着。这个货郎和我小时候见过的那些换糖人没有什么两样,甚至可能就是同一个人,上了点年纪,穿一身洗得发白的旧军衣,系一条看不出什么颜色的长围裙,肩上扛着的挑子里,一头是加热用的炉具,另一头是糖料和工具。糖料由蔗糖和麦芽糖加热调制而成,分盛在三个铁皮格子里,有棕黄色、红色和绿色。工具是小勺子,小铲子,剪刀,筷子和竹签之类。记得小莲在第一次给我用旧铁锅换糖人儿时说起过,捏糖人儿祖师爷是刘伯温。据说朱元璋为了能将皇位一代代传给自己的子孙，就造了座"功臣阁"用来火烧功臣。刘伯温侥幸逃脱，得到一个挑饴糖担子的老人救助，两人调换了服装。从此刘伯温隐姓埋名，天天挑着担子走街串巷。在卖糖的过程中，刘伯温创造性地把糖稀加热变软后，经过吹、拉、捏等方式塑造成不同形象，有各种糖人儿，也有小鸡小狗什么的，煞是可爱，小孩子们都争相购买，从此在中国北方地区形成了一种传统的民间工艺。还有的货郎带着一个画着花鸟兽虫的圆盘，交换以后可以转动圆盘上指针，指针指着什么就做什么，以此来吸引孩子们。经过和货郎一番讨价还价，说好用一个铜箍换三个糖人儿，一个孙悟空，一个猪八戒，外加一只兔子。货郎手很巧，动作娴熟，先用吹糖的方法迅速吹了一只兔子。他将饴糖加热到适温时，揪下一团，揉成圆球，用食指沾上少量淀粉压一个深坑，收紧外口，快速拉出，拉到一定细度时，猛地折断糖棒。此时，糖棒犹如细管，再立即用嘴吹气造型，手指配合扭捏，一只栩栩如生的兔子就成了。但他很狡猾，捏孙悟空时企图让他穿很朴素的衣服，而不是齐天大圣的行头。我立即纠正了他，他才老老实实给孙悟空披上了长袍，并且头上也插了两根长翎毛。小归雁在一边急不可耐地看着，激动得小脸蛋儿绯红。

　　货郎离开后，我看看天色已经不早，估计离小莲收工回家还有个把时辰，赶紧到灶间生火做饭。坐在大灶台后面的矮树桩上，我一把一把将柴草送进灶膛。归雁像只小猫似的偎在旁边，沉浸在把玩糖人儿的喜悦之中。灶膛里的火光把俩人脸膛映照得红彤彤的。我又开始回想刚才看到梅秀洗澡的情景。十分遗憾的是，还没有等到梅秀把身子的正面转过来，就被归雁给发现了，最终还是没能看到最想看的地方。想着想着，身体不自觉膨胀起来，一个邪恶的念头竟陡然而生——我一把将归雁按在稻草上，心慌意乱地扒开了她的裤子。

　　归雁一时不明就里，略带惊恐地看着我，问："谅子哥，你干什么呀？"我喘着粗气，说："小卷毛，哥给你换糖人儿，对你好不好？""好！"归雁点点头。"那你听哥的话，别吱声儿！"我说。归雁又点点头,快速地忽闪着双眼。我低下头仔细盯着研究了半天,终于还想做进一步尝试。"孙悟空有一根神奇的金箍棒是不是?"

"嗯哪。"

"金箍棒能伸能缩,一会儿很短,一会儿很长。一会儿很细,一会儿很粗。是不是?"

"嗯哪。"

"哥身上也有一根金箍棒,这会儿也变化了。你不用看,会吓着你。哥只是让你感觉感觉。"说这话的时候,我一边脸热心跳地向门口张望,确定没有人进来,一边双手颤抖着解开自己的裤带。

归雁的小脸立刻红得像鸡冠。她似乎已朦朦胧胧地意识到了我想做什么,摇摇头,但是并未做任何挣扎,分开两腿听话地躺着,一动不动。我小心翼翼在她两腿之间试探了几次,终于感觉没有实现的希望。她到底还是个小孩子,太小了。我最后只能放弃。在我穿上裤子之后,秦归雁迅疾地爬起来,像只受惊的小蝙蝠一样飞了出去。

我怔了怔,开始担心一件事:小卷毛回去之后,会不会把刚才发生的事儿告诉家里的大人?这一担心让我痴傻了一个晚上。沸腾的粥汤把锅盖顶开,在灶台上瀑得一塌糊涂我都不知道。小莲正好进门,见状哇哇乱骂,我也只当做没有听见。上床睡觉的时候,另一个担心又开始了:归雁或许会告诉梅秀!这样担心那样担心的,就是一整夜没法睡着。

这是我犯下的一生的错误。我的道德和良知,在此后不同时期的许多日子里都这么提醒我,应该会直到我生命的末日。

第十章　老天安排好的命就叫天命

我最终未被水利学校录取。在中考冲刺的那几个月,我严重缺少睡眠。归途中在火车上一路晕车,呕吐了两天没有进食。回到家的这几日,晚上因燥热的天气和扰人的蚊虫而无法入眠。加上痒夏引起胃口欠佳……我身体本来就瘦弱得厉害,这下体重更是减轻了许多,最终没有能够通过体检那一关。

"才三十一公斤?也太轻了吧!你真的有十五岁了吗?"

给我过磅秤的那个人,似乎不太相信自己的眼睛。那人是水利学校教务处处长。"你是虚报年龄呀,还是冒名顶替呀?"处长不可思议地直摇头。

这一摇头,就把我成为中专生的希望给彻底摇成了泡影。根本没有人听我辩解,也没有多少机会可以辩解,因为我很快就拿到了一张体检不合格的通知。

只能选择再次回到贵州去。一天也不能在家乡多待了。小莲说,她这回在四邻八乡面前丢份子丢大了,简直都没脸出门。我也很害怕会再次见到梅秀。穆宇凡自告奋勇提出送我上路,先坐长途汽车到上海,然后再从上海乘火车去遵义。穆宇凡当然是只送到上海,送我上火车为止。

到了上海后,我们兄弟俩先去外滩,在附近的黄浦公园里转了转。外滩当年有闻名中外的"情人墙",谈恋爱的男女围成人墙挤在一处亲嘴。黄浦公园里面更是了不得,目光所及之处,全是搂的抱的。长椅上的情人们还要过分,男人直接趴在躺倒的女人身上,而且手脚和嘴巴都很忙碌,完全旁若无人。很明显,这些情人们相当饥饿。心饿,嘴巴饿,手饿,肌肤饿。我虽然没有切身的体会,但还是能看得出来。据说,这都是上海人让窄小的住房给逼的。家家都是几代同室,一间屋子睡两三对夫妻,恋爱男女完全找不到可以亲热的地方。老实说,待在这样的地方我很害羞,眼神慌慌张张,心跳咚咚如鼓,恨不得早点儿离开。穆宇凡则显然有目不暇接之感,面色坦然大饱眼福。我因此很怀疑他提出给我送行的动机。可惜我们兄弟俩年龄相差太悬殊了,不能彼此交流感受,只是默默看看西洋景,做不成评论家。

进了火车站,我早早上了列车,坐在靠窗的座位上。大哥站在站台上,等着火车开。我俩从小到大很少有语言交流,思想交流就更谈不上,所以时间流淌得很慢,很怀疑被什么东西给固结了。终于看到远处有穿铁路制服的人在吹哨子,并且挥动手中的绿色三角旗,表示列车马上要开动了。这一去相隔千山万水,火车要开几十个小时呢。

穆宇凡忽然伸出手指敲了敲窗子,微红的眼睛正视着我:"谅子,我有句话要跟你说。"

我鼻子一酸。从小到大,大哥几乎没有用这种口气跟我说过话。"谅子,我有句话要跟你说。"他过去才不会这样呢。他总是眼睛看着别处,用鼻子哼着:"嘿,饭烧好了吗?"或者"快去点蚊香!"诸如此类。此刻,我赶紧把头伸到窗外,竖起耳朵等着。

"你要保证,必须考进大学。"他说,"你只有背水一战,没有退路!"

我当然地认为他在给自己打气,眼窝一下子热了。长这么大,还没见大哥如此关心过自己。我觉得与大哥的心一下子拉近了许多。这使我感觉自己也快变成大人了。

"有件事必须和你说清楚,"大哥又说,他的语气很急促,很像是憋足了气一样,"你不能指望父亲退休后你可以顶替进工厂上班。要顶替也是我去顶替,没有你的份儿!"

列车已经在缓缓移动。大哥说完话就站住了,然后掉头朝相反方向走。我顿时眼泪夺眶而出,再也不能止住。我长时间趴在小方桌上无声地哭泣,全然不顾旁边的旅客用异样的眼光看我,一直哭到外面天色完全黑暗。

再次回到贵州,回到那个熟悉的大山坳里,继续我的中学生涯。我情绪低落了一阵,但很快又重新振作起来,回到从前的状态。在我的生活中发生了两点变化。一是父亲的脸色比过去阴沉了许多,更加沉默寡言。二是潘蒹郸从此消失了,或者说失踪了。

先说潘蒹郸的失踪。

刚一回到同学中间,我就立刻听说了这件令人震惊的新闻。本来,回贵州的路上还在心里安慰自己,至少有一桩值得让人高兴的事情,就是又可以再见到潘蒹郸了,说不定还能与她保持同桌。这样的学习生活至少不会枯燥。分别那么多日子,我这才想起来居然没有给她写过信,也没有收到过她的信,真是有些伤感。在我思想深处,曾经以为这辈子再无见面的缘分了。明知不可能再见还要通信,除了矫情之外几乎没有任何意义。想着老天安排我们马上又能见面,禁不住心口怦怦直跳,有些急切。我把那块已经收好的虎头玉重新找出来挂在脖子上,待老穆头上班之后,立刻到厂区里走动,东张西望,寻找她的身影。很可惜,过去一直没有留心过潘蒹郸住在哪一幢楼里。见到了几位同学,还是那些熟悉的脸。我们围在一起打康乐球,边玩边聊,聊起很多事情,就是一直没有好意思问潘蒹郸,怕被别人猜到心思。同学说到高一班级的新名单,一个一个报过去。去掉几个考上中专技校的,还是初中时的那些人,再加上隔壁厂子里转学过来的几个。但没有人提到潘蒹郸的名字。

"外婆呢?"我终于忍不住问道,"她技校中专一样都没有报考,难不成连读高中也放弃了?"

"你说潘蒹郸呀?"一个同学神情怪怪的,有些戚然,有些诧异。"你,真的还不知道吗?"

"怎么啦?"

"她闯下大祸啦,逃跑了!"

"什么?"我惊讶得差点被口水噎死,"咋,咋回事儿?"

"她拿刀捅了霍大胖的肚子,差点儿要了他的小命!"

那些同学终于想到我刚刚才回厂里,在发出了一阵像老鼠样的窃笑之后,立刻一个个变得兴奋起来。他们满脸绯红地拼凑了一个比我想象之中更为复杂的故事。这个故事的发生已经有不少日子了,推算起来应该就在我刚刚离开这里回家乡之后。故事很显然被许多张嘴巴演绎过了,有许多细节和推测,加上一些绯闻。故事里有乱伦,有三角恋,有奸情,有遗弃,有仇恨,有争风吃醋,有纠缠厮闹,有谩骂争吵,最后发展到血腥凶杀。可惜,这些同学当时都不在凶杀现场。现场除了潘蒹鄩和霍大胖之外并没有第三个人,也没有目击者。军工厂保卫科在把霍大胖送进内部医院之后,并没有向当地警方报案,也没有向外界公布案情。没有人再见到过潘蒹鄩。我听得一颗心怦怦乱跳,生怕听到某句和我有牵连的流言。我不知道我和潘蒹鄩的那次娄山关之行到底有多少人知道,会不会被霍大胖听到过什么风声,或者成为某根导火线。故事的结局很令人失望,霍大胖经医院抢救没有死掉,潘蒹鄩从此人间蒸发。剩下的就是众人竭尽所能发挥想象力,努力编撰了一个既耸人听闻又合乎逻辑的故事脚本,并在流传的过程中不断加以丰富。

潘蒹鄩就这样消失了。逃了,或者死了。没有人说得清楚。只有各种涂染了暧昧和侮辱色彩的谣传。这些谣传令我内心刺痛。

没有了潘蒹鄩,我的整个高中生涯几乎没有任何色彩,一切乏善可陈。天空是什么颜色,冬天有没有见过雪花,哪些人喝酒猝死,厂里又开山造了几幢高楼,这些我都漠不关心。我的任务是迎接高考。用穆宇凡当初的话说,是背水一战,没有退路。

还得回头去说说父亲脸色阴沉的事。老穆头八月底收到小莲寄来的家信。这回他不必再找有文化的朋友,我就可以读给他听。其实给父亲读信是一件很别扭的事,就跟后来老被女人逼着说"我爱你"一样别扭。我情愿父亲拿去找别人读,读完后给我看一下就行。不看也没关系,反正都是些老话套话,诸如汇款已经收到,身体都还健康,新养了三头小猪……诸如此类。内容正如我过去听小莲口述代为执笔寄往贵州的家信一样。现在那些家信都由穆宇采执笔了,唯一的变化如此。但是这次的来信不同。

来信的第一句就说:家里出大事了!

采儿的信是重新誊写过的,我认得出她的字迹,尽管难看,却很工整。如果她只是跟着小莲的口述直接写出来,一定会反复涂改,看上去乱糟糟。但是现在信纸上干干净净,每一行字都排列整齐。采儿一定能猜到,信是由我来读给父亲听的。

读完家信开头的第一句话,我心里一咯噔,停顿了一下,猜想可能会出什么事儿。老穆头原本眯缝的小眼睛顿时像两颗绿豆一样瞪得溜圆,眼角照例布满眼屎。又是结膜炎惹的。我一直怀疑我是不是老穆头的亲生儿子,我模样儿一点儿也不像他。他眼睛那么小,而且昏暗浑浊。我眼睛那么大,明亮有神;他身材魁梧,大头大脑。我小模小样,尖头削脑。我是小莲的儿子,这一点确信无疑。小莲那里会出什么大事呢?

原来,穆宇凡突然离家出走了。按照信上的说法,大凡子在一周前的某个早晨离开家门。他穿着日常的单衣,没有带任何东西。如果他带了包裹之类,采儿一定会发现。他身上甚至没有多少钞票,最多只带了三毛六分钱——这是小莲的估计,她前一天晚上检查过大凡子的口袋。然后他再也没有回家。所有的亲戚朋友那儿都问过了,打那天起没人见到过他。在采儿的提醒下,小莲起先怀疑过大凡子会不会和刘庄的桃红私奔。她去刘庄找过桃红,人家好好的,坐在家里结毛线,红着脸否认知道穆宇凡的下落。一周过去了,小莲一天比一天着慌,不敢再对老穆头隐瞒,所以赶紧让采儿写信来告知。小莲很怀疑大凡子是偷偷前往贵州去找老穆头了,或许已经到了。"这个卖屄养的什么事都敢做!"信上就是这么写的。一定是小莲逼着采儿原封不动照样儿写。信从家里寄到贵州也要五到七天的时间,照这样算,穆宇凡离家大概有两周了,可是并没有见到他出现在贵州——要到早该到了。

这一下老穆头着了慌。他第一想到的是拍电报回家,告诉小莲"凡未至黔"。然后怀疑穆宇凡是去了上海。老穆头的亲妹妹,也就是我们的姑妈,家在上海。老穆头许多年前和我们的这位姑妈因为什么事闹翻了,曾发誓永不来往。如今也顾不上了,他给上海发了电报,很快得到回音:"未见。"这位姑妈还真是惜墨如金。

过了几年我初到上海,第一次见着姑妈时,心里边只打鼓,以为她一定是位冷漠寡情的人,后来发现其实并不是。姑妈远比我想象中的要热情,对我的关切并不比对自己的儿子逊色。姑妈亲口告诉了我当年她和兄长翻脸的原因——老穆头竟然想带着情妇住进她的家!这对思想一贯传统保守的姑妈来说,简直就是天大的侮辱!她丝毫不给兄长面子,把老穆头的行李直接扔到了门外,堵在门口指着他的鼻子高声怒骂,骂他不要脸,败坏穆家门风,将来无脸再见穆家祖宗,让他滚,再不许踏进她家的门槛。她的骂声全世界都听见了,只有小莲没有听见。小莲远在三百公里之外。在乡下的小莲不知道他们兄妹闹矛盾的原委,反而偏听了老穆头一面之词,以为她瞧不起乡下穷亲戚,因此心里记恨了这位小姑二十多年。所以姑妈从来就不认识我们。我到那时候才知道姑妈有多么冤枉!

当时凡能够打听到的途径都打听过了,谁也不知道穆宇凡去了哪里。老穆头还特意赶回扬州一趟,无果而返。就这样在焦急中熬了两个多月。

十一月初的一天,已经是晚秋时节,穆宇凡突然出现在了贵州的厂里。

那天,老穆头正在理发室给厂里的军代表刮胡子。他在军代表的脸上涂了层厚厚的肥皂沫,右手握着一把老式的折叠式曲柄剃须刀,正一下一下认真地来回刮动。门口突然出现的那个人影让他的手猛地抖了一下,军代表的脸上就像盛开了一朵鲜艳的海棠花。

门口站着的那个人满脸污秽。他身上的衣服破烂不堪,肮脏得根本看不出原来的颜色,而且还是单衣。那人的双腿在寒意渐浓的秋风中簌簌发抖,像快撑不住就要跌倒。尽管阴着天,门口的光线不那么明亮,老穆头还是一下子认出了。

"我的伢子!"老穆头失声叫道。

这么多年我一直相信,老穆头只把他那个大儿子叫作"我的伢子"。他通常都是这么叫的。在朋友们面前这样叫,在家里也是。在不得不提到我和采儿的时候,他说:两个小的。母亲从未因此指责过他。母亲知道他是因为内疚。他当年的风流一夜,换来了大凡子哮喘一生。他把他看着"我的伢子",对此我深有体会:自从穆宇凡到了贵州,老穆头常和他低声交谈,而置我于无物。在他们眼里,我就好像是看不见的,犹如空气,没有密度。或者只是一个看不清、看不出的影子。这一情况从穆宇凡一到贵州就开始了。

没有责骂,只有庆幸。穆宇凡受到了很好的接待,洗了澡,换了衣,吃了饭。然后,老穆头和声细语地慢慢询问他这些天去了哪里。回答是一路流浪。从扬州到南京。从南京到上海。从上海到武汉,长沙,贵阳,遵义,一处一处流浪过来。为了讨钱,蹲在路边给人画过素描,用废纸片折叠风轮儿摆过地摊。扒火车逃票挨过揍。饿晕了倒在路边被人送到收容站,再逃出来……问他为什么要离家出走?他说待在家里没意思透了,像等死。问他怎么会想到来贵州?他的眼睛一下子发亮了——

"我要来顶替,进工厂上班!"他说。

老穆头无语。

我也很无语。

一个月之后,老穆头正式向厂里申请提前退休。厂里考虑到他的特殊情况,予以特批。那年,老穆头五十三岁,把工作让给大儿子,宣布退休回乡养老。十四年后,老穆头在麻将桌上突感胃部剧烈疼痛。再半个月,老穆头去世,小莲成了寡妇。我们都成了失去父亲的孩子。

父亲退休后,大凡子先在理发室当了半年学徒,然后调去车间当了钳工。这期间他谈了一场轰轰烈烈的恋爱,与同厂的一位女工。几年后,就在谈婚论嫁准备成家之前,他突然宣布辞职回家乡经商。被遗弃的那位女工最终被人送进了遵义的精神病医院。那时候，我早就离开贵州，故事是在二十年后的中学同学聚会上听别人说的——穆宇凡本人从未提起过。他在贵州那些年最大的收获，是四季如春的滋润气候让他自小犯下的哮喘病不治而愈，并且再也没有复发过。贵州给了我考上大学的机会，还给了大凡子第二次生命。老穆头当年选择离开上海的那个看似愚蠢的决定，同时拯救了他的两个儿子——天命就是如此！

我在一九八一年参加了全国高考，总成绩是遵义地区第五名。在看到考分的那一刻，我突然感觉像猛一下被发射到了宇宙太空，脚下有无穷的能量在推进。我脚尖轻轻一弹，人就跳起老高，一步可以跨出去好几米远。我沿着一条坡道一路往山下跑，越跑越快，越跑越快，无法控制脚步让自己慢下来。四周全都是旋转的物体，树在转，路在转，山在转，天空在转，整个宇宙都在旋转。我让自己变成了一颗出膛的炮弹，从山坡一直往山下高速飞射，处于极度的危险之中。我最后连着抱了十几棵女贞树才强迫身体摆脱了疯狂。

天哪，天哪，我考上大学啦！

这是我一生之中最兴奋的一天。那种极度的快乐，无法形容的如同进入仙境一般飘飘然的感觉，似乎后来再也没有重现过。

我最终被一所全国重点大学顺利录取，进的是能源系。尽管我热爱生物化学，填报了大量与生化有关的专业，诸如野生动物研究和植物学、遗传学之类，但最后还是被能源系录取。我向往将来在野外工作，不喜欢大城市，但四年后却被分配到上海工作。我渴望能在某个工厂里每天和朴实的工人们"满身油腻地大干"，却被推荐到能源学院做老师。这一切都非我心所愿，但一切都是天命，老天安排好的命。

到了上海之后，我第一次见到了姑妈一家。

第二篇　青涩之爱

第十一章 我和秦归雁两个人的秘密

说起来真是有些羞愧。你看我在叙述从少年到青年这一段成长往事的过程中,多次提到女人裸露的身体。有梅秀的,潘兼鄄的,还提及秦归雁的隐秘私处。好像我这人满脑子都是这类龌龊下流的思想,一提起女人来就抑制不住激动之情,说来说去兴奋点都集中在那些记忆上了。不是的,不是这样的。肯定不是这么一回事儿。需要再三表白的是,十七岁之前的我,对于女人身体是否裸露,并没有太大的兴趣,最多也就是有几分好奇。

我一直强调,我的成人是在十七岁以后。成人才是上帝要造的人。当初上帝造人,造了男人和女人,造了亚当和夏娃,就是为了让他和她能彼此吸引,把他和她的命运紧密联系在一起。男人或女人,都会被对方的身体诱惑,也会用身体去诱惑对方,这是再正常不过的事情。身体是无罪的,迷恋身体也无罪。身体是灵魂的载体,是情欲的载体,是性欲的载体,是为渴望而存在的。上帝造出人的身体就是为了让你去看,让你去抚摸。用眼睛,用手,用思想——去抚摸。一定是这样的。我们爱一个人,一定是从爱他(她)的身体开始,然后爱他(她)的声音,爱他(她)的呼吸,爱他(她)的思想,爱他(她)的灵魂,爱他(她)的一切,包括爱他(她)的爱。我是这样,你也一定是这样。我看过不少名人大师的传记,他们都不止一次有过沉湎于异性身体或肉欲的经历。即便庄严如季羡林先生这样的神圣老古董,也曾在《清华园日记》中这样记录:"所谓看女子篮球者实质就是去看大腿。说真的,不然的话,谁还去看呢?"他还提及:"今天看了一部旧小说,《石点头》……不知为什么总引起我的性欲。我今生没有别的希望,我只希望,能和各地方的女人接触。"可见,大师亦是凡胎肉体,谦谦君子焉能免俗。我如今之所以老是盯着这几个女人以及她们的身体说事儿,是因为她们对我的前半生影响巨大,几乎左右了我一生的命运。

你看,我还是要说一件同样的事儿,又跟秦归雁的身体有关。

在去上海能源学院报到上班之前,我当然得先回老家和家人见个面,让他们一同分享喜悦。尽管小莲很惋惜说我没有能回扬州工作。老穆头则似乎痛恨上海,并说应该设法分配到南京上班。大家毕竟还是很高兴。穆宇采忽然已经怀了孕,尽管她刚刚满十八岁。

采儿的怀孕跟小莲介绍给她的对象有关。她的对象是个小石匠——虽然还在学徒,每天挨师傅的板子揍,但将来肯定要做石匠,替别人雕琢石牌呀墓碑呀啥的。采儿的对象虽然只是个石匠,但石匠的父亲是东村党支部书记,含金量因此陡升。小莲对此很中意。采儿在上回来信中提起过小石匠,说他各方面都还不错,就是"人品差了一点儿"。我当时吓得不轻。人品差了,其他还能有什么好? 回家问过后才知道虚惊一场。家乡人习惯把人的相貌叫作"人品",好像指物品的品相的意思。人品差就是说相貌普通。采儿在撒娇呢! 她已经做好了近期结婚的准备,不能等到别人从肚子上看出来说闲话儿。采儿十八岁,小石匠也才十八岁,都未到法定婚龄,暂时还不能去民政机关登记。事实上,直到今天——我说的是进入到二十一世纪后的今天,穆宇采还从未去领过那张结婚证书。这在乡下也不算稀罕事。但酒席是一定要隆重排场的,毕竟是村支书家娶媳妇。采儿说,已经讲好请秦归雁做伴娘。"小卷毛啊?"我问,"能行吗? 她才多大呀?""别看人家才十四岁,已经长得完全像个大人啦!"采儿说。我这才想起是有两年没见着归雁这丫头了。她好像在扬州城里借读,九月份就升初二了。

小莲说趁谅子在家,人多手多,要给家里来个大扫除。要把家里彻底扫一扫,用水冲洗一次,洗洗干净,消消毒,清凉清凉。我知道母亲的想法,过几天我一走,采儿再一出嫁,这家里就只剩下她和老穆头两个人,马上要冷清了。她想用某种方式把家里翻天覆地折腾一次,热闹一下。那感觉就是,这家人家要彻底翻身了。否则,不逢年不过节的,又是大热天,要搞什么大扫除啊!

这幢房子的年龄和采儿一样大,十八年,已经很旧了。房子里的家具就更旧了。大扫除有些费力。好在家里的东西并不多,也不值钱,尽可以用水冲洗。这房子高出周围的平地一大截,从来不窝水,也少了蛇鼠之害。而且,老穆头退休后做了一件好事,给三间正屋的地面铺了青砖,更加不怕潮湿(那只装着《少女之心》手抄本的瓷罐因此也失踪了)。我们把粮食搬进大缸,把板凳全部放到桌子上,只管用大桶大桶的清水冲洗,把整幢房子里里外外冲得水淋淋的。我们甚至打了赤脚,用大块的肥皂到处擦洗,然后一遍一遍地浇水,让自己溅满一身水。整幢房屋开始散发肥皂的香气,洗干净的木头的香气,伴随重新摆放的樟脑丸的香气,还有特意囤积的艾草的香气。就好像暴风雨过后潮湿庄稼地上各种好闻的香味混在一块儿,特别令人感觉欣喜无比,神飞意扬。我们因此有了一种幸福的感受,感到家里充满了纯洁的、良善的气息。全家人都非常高兴,脸上满是笑容。母亲开始掸尘时头上还蒙着一条湿毛巾,后来干脆把毛巾扔了,便洗刷边唱歌。她唱的是当地的民歌《茉莉花》:"好一朵美丽的茉莉花,好一朵美丽的茉莉花……"嗓子还像年轻时那么清亮,那么婉转,比电视里面唱的更纯正、更亲切。她的歌声让我想到了梅秀。梅秀也唱过《茉莉花》,在水秧田里,薅稗草的时候。梅秀现在不知道怎么样了?我好像很久没有想起过她。如果不是回老家,我大概已经忘记她了。

我是多么健忘啊!我们一旦长大就会忘记很多东西,很多人,很多事。有新的生活在等待着,我们就把过去抛得远远的,忘了。但总有一天我们又会想起来。就像现在,我又想起了梅秀,觉得她很遥远。有六年时间没有见到了。从十五岁到二十一岁。遥远的六年。空虚的六年。苍白的六年。这六年让我什么也回忆不起来。对这六年的回忆就像白布,旧的白布,灰暗的白布。因为没有爱情，所以没有色彩。一切就像灰霾天气，看不清任何风景。我在大学里一个人去爬山，钻树林子，排遣青春的惆怅。我吟诗，唱歌，仰天长啸，因为我心里空无着落。空旷的心里竟无一人出现，所以没有风景。一直没有。没有。

我们家添了一个新的成员，小石匠。采儿领着小石匠来认识我的时候，我刚刚刚从池塘边回来，手里领着鱼篓。鱼篓里有几条鲫鱼，两三尾翘嘴白条，甚至还有一只螃蟹——误打误撞，到我的鱼钩上来插科打诨的。我对这点儿收获很不满意，因为有一条大鱼儿跑掉了。跑掉的总是大鱼。钓鱼的时候，最恨鱼饵老是被小鱼儿盯上。小鱼儿衔住鱼饵，大鱼就不来上钩了。大鱼儿只能在一边看着，它失去了机会，你也失去了机会。如果你拿自己当饵，你看上的那条鱼不过来，却被别的鱼儿咬了，你会觉得很受伤。遗憾，窝火，甚至愤怒。这就跟爱情一样。你等待爱情就像在垂钓时等待鱼儿。你满心希望地等待，充满喜悦，带一点淡淡的忧愁，对未知的水面充满幻想。你期待，在神秘的时间和空间里期待。最终的结果怎么样，你不知道，无法预料。但你一定会高兴或者失望。抑或在高兴中有一点失望，在失望中有一点高兴。大部分人总能得到一个结果，但不一定是每个人想得到的那个结果。

采儿得到的结果是小石匠，一个十八岁的毛伢子，娃娃脸，稚气未脱，却马上就要做丈夫和父亲，成为穆家的姑爷。为了显得成熟，他留了唇髭，因此看上去有点儿倔，梗头梗脑。小石匠方脸，不帅却也不丑。他目光游移躲闪，大概是见到我这位大学毕业在上海工作的二舅爷，多少带有几分自卑。我随便询问了几句，路上，远不远？学徒，苦不苦？他回答得胆怯，一个字，两个字。问到采儿肚子里的孩子，他马上昂起头，自豪感顿显，很爷们。那是他的种，龙种，他的。他不是善茬儿，不是省油的灯，不是，那时候我就知道了。其实我当时心不在焉，在想池塘边的事。一大早，池塘边，迷雾腾腾的水边。

清晨。乡下的清晨。夏天的清晨。离太阳升起还早，空气潮湿滋润，晨雾弥漫如乳白的细纱披在葱绿的田野上，有轻轻拂动的感觉,有温柔惺忪之美。鸟儿的叫声清脆,从花香里穿越而来,声声拨动人的心弦。我起得很早,来到池塘边的时候,听见庄子东头有几只雄鸡还在引吭高歌,但音量渐低,尾声潦草。池塘就在庄子边上,有石板铺的水码头,供农家洗衣淘米。此时还没有人出门走动,只偶尔听见吱呀呀的开门声,不见有人头探出来,随后是几缕炊烟升起,袅袅旭旭。我站在一棵巨大的水柳树下垂钓,人不动,心也不动。我的身边茂盛地生长着半人高的芦苇,一直延伸到水码头那边。水柳树与水码头隔着池塘的转角,不远,也不近。过了水码头,没有了芦苇,只有大片大片的粗勒草,密密扎扎长满了塘埂。人,树,草,水面,此时看上去就像一张静止的相片。终于从某家院门里走出来一头水牛,鼻孔里喷着热气,脚步缓慢,一步一步走向长满绿茵的塘埂。相片变成了动画。水牛背上没有坐着人,没有牧童。水牛是悠闲的,自由的,就像自由的微风,自由的秧苗,自由的田野。这种自由的状态,只有在乡下才有。自由与不自由,要看你的选择。乡下,自由;城市,不自由。谁都会向往自由,选择自由,但多少人又常常不得不放弃自由。自由在哪里都有它的代价。牛鼻子上的缰绳就是代价的一种。一旦缰绳被牵动,劳苦就开始了,背上的重轭就被驾上了。谁的鼻子上没有被一条无形的缰绳牵着? 又有几人能摆脱被缰绳摆布的命运? 水牛,自由。缰绳,不自由。我们都是水牛,要自由吃草儿的水牛,鼻孔上却被拴了缰绳的水牛。

水面扩起涟漪,圆弧状的,一圈,一圈。涟漪推动垂钓的浮标,轻轻波动,一下,一下。我以为那是风,微风。直到听见一声咳嗽,低沉的,不经意的,才看见水码头那儿蹲着一个人,低着头,用毛巾轻轻地拂动水面。

我认出那是小卷毛,归雁。

水码头上蹲着秦归雁。她是什么时候开始蹲在那儿的,我一点儿也没有注意到。不知道。她手里拿着条毛巾,在水面上轻轻地拂动,无声地拂动。

我想叫她,跟她说话儿,可是没有叫。她蹲着,我看不出她有多高。她低着头,我能认出她的脸。她撩起了衣衫,撩得很高。她把衣衫的下摆全部撩到脖子,用下巴抵着。她垂着眼帘,在用池塘里的清水擦洗身体,上身。她反复擦洗的是胸前,好像那儿堆满了汗水,一整夜的汗水都在。没有胸衣,也许她从来就没有用过。她微微前倾着身体,雪白的粉团形态就很显著地凸起。乳房不是很大,但是已经成形,像两只扣着的瓷碗。看不清,不是看得很清楚,但是外部浑圆的形状很诱人,粉琢似的,可吞吃的。我不敢看,不敢看,但还是看了。隔着游丝一样的水雾看了。水面发出奇幻的闪光,如有鱼儿的肚皮白亮亮地游过。这样无邪的年纪,皮肤就柔腴得如同白兰瓜熟透的表皮,几乎透明,若有若无。我一时觉得,万物之中上帝拿出来最美的东西,就是在眼前呈现的了。这种不可比拟的调和一致的流线外形奇异极了,没有比它更神奇的了。我只能屏住呼吸,佯装我不在,佯装她不知道我在。我不知道她知不知道我在。如果我真的不在,她也应该不在。我假装看不见,假装,没看见。这是我当时唯一能做的。她一定是希望我这样,看见了,假装没看见。

秦归雁蹲着的那个地方,那个水码头,我差点儿就死在了那里。不是说今天,不是现在。现在我还不至于,尽管我现在呼吸很困难。我说的是许多年以前,我六岁的时候,那时候还没有秦归雁。六岁的我被穆宇凡和一帮大孩子带到水码头来游泳。游泳是他们的事,我是嬉水。他们在水里翻滚,拍打,溅起无数的水花,发出欢乐的笑声和尖叫。热闹过后,他们纷纷上岸,离去。我想去追赶他们,但脚下踩了个空。我就在那个空洞里挣扎,浮沉,两只脚无望地踩空,踩空。穆宇凡忽然想起,他带来的脸盆忘在了水码头,返身来找。他没有想起他的弟弟。他注意到水下有一团黑乎乎的东西忽隐忽现,还是没有想起他的弟弟。他仅仅出于好奇,揪住那团黑乎乎的东西往上提,就揪住了弟弟的头发。我已经双目紧闭,腹胀如巨鼓。我被人扔在牛背上,横趴着,腹中的水被倒出来,倒空。我睁开眼睛——其实我一直神志清醒,哭泣。然后受到的是威吓,不准告诉妈妈,不能让小莲晓得。等到风声传到小莲耳朵里的时候,听到的是另一个故事,一个惊险故事。弟弟贪玩落水,大哥舍命相救。弟弟是顽童,大哥是恩人,救命之恩,救命恩人。这个故事在后来的几十年无数次被人复述,有时是穆宇凡,有时是小莲,有时则是穆宇凡后来娶的媳妇。如有需要,比如大哥经商失败需要接济,侄女上学需要赞助,故事总被提起——这些当然是后话了。

　　秦归雁蹲在水码头擦洗上身的时候,我因为几乎窒息而突然回想起了几年前的事。那种窒息的感觉很相似,都是要死的感觉。我差点儿就死在了那里。

　　后来我跳进了水里,来不及脱鞋子和衣服。我不是迫不及待地要从水里游过去,游向水码头。我还没有那么激动,也不可能那样大胆。那时候我还很羞涩,也害怕吓着归雁。她还是个孩子,虽然长成了大人的模样,毕竟还是个孩子。我跳进水里是因为一条大鱼咬了钩子。那条大鱼起码有一斤多重,也可能是两斤,或者更重。反正后来也没有机会称它,只在水面见着了它的身影——长长的青色的影子。鱼竿弯成了弓,鱼线绷得笔直。我站在树下,活动的余地不够,只能匆忙下水陪着它游弋。归雁想看不见我也不可能了,我已经两手拽着鱼竿靠近了水码头。归雁站起来表示惊讶,用手势为我加油。她真的长得很高了,应该赶上了采儿的身高。她的脸上有着胭脂一样的红润。她并没有把衣摆从脖子处放下来,而是换了牙齿咬住,就好像她洗浴的过程还没有结束,还要继续下去。她眼下只是暂停,并且也不打算避讳我。她只是个孩子,没有什么需要避讳的。许多年后,当我第一次吞吃她那更加丰满的乳房的时候,我问她:"那天你就是故意的吧?"秦归雁倒也坦率:"你以为我二呀?十三点呀?难道换个人我也会让他看哪?"又说:"你不是一直想看我的身体吗?你不是在我七岁的时候就扒了我的裤子吗?我就让你看看我长大了是什么样!我要让你看到我的全部!我就要让你一直记得我!"我那时感动得差点儿哭了。就跟我在那条大鱼脱钩以后差点哭了一样。我遗憾错失了一件宝贝。我浑身水淋淋地爬上岸,满脸沮丧。归雁终于放下了衣摆,依旧兴高采烈,她说:"谅子哥,你看上去很神采奕奕啊!"我倒被吓了一跳。只听说过"伟大领袖毛主席神采奕奕",还没听过形容别人也可以用这个词。这丫头看起来学习成绩不咋地。我知道她是在夸我精神状态很好,比以前见到我的时候更好,但明显用词不当。哪怕用容光焕发也比用神采奕奕要好。听上去这个词只会用在伟人身上,而且这个伟人早已经死了。

  这件事我跟任何人都没有提起过。这件事我只跟秦归雁在一起时回忆过。这件事让我印象深刻。这件事属于我和秦归雁两个人的秘密。

第十二章　谈家渡的姑妈一家

我到了上海,并且一辈子就这样待在了上海。在当时,这既不是我的愿望,也不是我的选择,更不是我的喜欢。请不要说我矫情。不是矫情,我还没有学会矫情。矫情是高于艳俗和优雅的更上层次,我至今连优雅都没有完全学会。我爱上上海,并且留恋上海,那是后来的事。爱上一个地方可以有很多的理由,这里有自己的家——仅这一条就足够了。

中国有太多的人,尤其是年轻人,他们向往北上广,削尖了脑袋要挤进去。即便早在一九八五年或者更早,上海依然是、一直就是中国最具吸引力的大都市,是繁华的象征,是前卫的代表,是梦想中的乐土,是理想中的天堂。时髦,神秘,国际,商业中心,摩天高楼,遍地黄金……都是人们脑海中的上海印象。两百年过去了,上海永远都是,依然还是。这充分说明了上海的魅力。魔都。上海就像个魔女,美丽,妖冶,神奇,迷倒众生毫不奇怪。只要你是个俗人,就难以抵御她那充满诱惑的眼波。我说不喜欢上海并不是表白我就不是一个俗人,甚至想标榜有多么超凡。正好相反,我自卑,从未想到过能得到来自魔女的垂青眷顾。我一定是被她冷落的,边缘化的,垫底的,连牺牲的机会都没有。我不是那种胸有大志的人,不适合待在人类文明最前沿的地方。上海是一条奔腾前进的河流,我无意中蹚进这条大川,却迟疑着何时能遨游其中。过去我曾经来过上海,印象是外滩和黄浦公园,感觉那些与我无关。现在我在这里定居,似乎深深为这个城市的地域庞大而惊叹不已:

街道之外还有街道,高楼之上还有高楼,人群之外则是更多的人群!但外滩的万国建筑与我无关,黄浦公园的爱情与我无关。我和在贵州大山里的那些上海人一起生活过四年多,从没有想过和他们是同一类人。他们眼中的上海和心中的上海,从来都跟我没有关系。这一点在我下了火车之后很快就又一次感觉到了。

我从火车老北站一路走出来,看到的是破烂的民居,肮脏的街道,狭窄的马路,拥挤的人流和灰蒙蒙的天空。我觉得上海一点都不美好,甚至看上去还没有贵州的工厂好。早年跟闭塞偏僻农村的联系在我心里养成了一种对现代城市生活的恶感,近于偏执又无法克服。我乘坐公共汽车到能源学院去报到,一路被人推搡,气闷,晕车,呕吐,心情压抑,毫无兴奋和激动之情,只有憋屈和诅咒。能源学院地处大杨浦,属于上海的老区,位置偏远。周围的建筑和环境,似乎几十年没有改造过,从抬头望见的乱如蛛网的电线上就可以看出来,没有任何现代气息可言。或许,上海除了外滩之外,还有淮海路、南京路和徐家汇,但它们离我太远,太远。它们只是说给外地人听的,像个传说,与我好像有一点相关,但我其实是被遗弃的。

能源学院刚刚从大专院校升格为本科院校,所以几乎也是被遗弃的,不为人知,不被接纳。说起来,它从中专学校升格为大专院校也没有几年,升得太快了,没有脱胎换骨,一切还是老样子。校区很小,足球场只有一个,跟我原来就读的大学根本没法相比,云泥之别。我读书的大学,校区里有连绵的山峰,校门外是辽阔的大湖,风景好极了。我当时住的学生宿舍区,三月里有樱花落英缤纷,十月里有枫叶红如火焰,而这里什么都没有。外地随便找一所好一点的中学,看上去校园规模都要超过它,比它美。我毕业时没有选择留校,不是为了来这里。我从来没有想过要当老师,却偏偏要来这里教书。全是阴差阳错,一张报到通知书,一张纸,就把我驱赶到这里来了。

说来说去,还是当初高考时填报志愿留下的遗憾。我填了那么多喜欢的专业,关于动物的,关于植物的,甚至还有地质勘探,都是适合在野外工作的。我天生喜欢大自然，山川、河流、丛林以及原始的旷野。我觉得在那样的环境里舒心，欢畅，无拘无束，放浪形骸，一切归真。我喜欢在晴朗的天空和明媚的阳光下东跑西颠，也情愿每天感受飓风、暴雨、冰雪和严寒，就是不想整日被关在房子里，尤其不想待在被钢筋水泥包围的高楼里。我崇尚生命和喜欢一切有生命的东西，上海拥挤了那么多和我一样的生命却让我猝不及防，难免心烦（就像我崇尚爱情却被后来所见泛滥的爱情搞得晕头转向一样）。我填报那些理想专业的院校都是普通大学，可最终却因考分太高被重点大学录取。我又因学习成绩太好而被送到上海，当大学老师。真是不知道说什么才好！总之还有人羡慕我，让他们去羡慕吧，我不感到上海有什么好，大学有什么好，当老师有什么好。

第一次到姑妈家，看到的境况比我预想的还要不如人愿，可以说是糟糕。真的，很糟糕。我不知道他们一家这么多年是怎么生活过来的，在那样破旧的房子里，那样逼仄的空间里。

姑妈家住在沪西一个名叫谈家渡的地方，紧挨着苏州河边，紧挨着一座桥洞，属于典型的"下只角"。地址是母亲从乡下老柜里翻找到后给我的。二十年没有人用过，纸片又脆又黄。母亲偷偷给了我那个陌生的地址，嘱咐我千万不要让老穆头知道。我按照地址赶去那里，几乎要穿过整座上海，从沪东到沪西，乘公共汽车要转三部车。但我不能不去，那是我在上海唯一的亲戚，有我的亲人。事实上，我后来有一阵子几乎每个星期天都去。我是个单身汉，平日里实在太无聊了。我在上海的活动范围，有很长时间，都是从大杨浦的下只角到谈家渡的下只角。淮海路、衡山路那样的上只角，其实与我无缘。

我走进的是一条狭长的终日不见阳光的弄堂，铺碎砖路的那种，两个人对面走必须侧身相让的那种，稍宽一点的地方挖着一口水井的那种。姑妈家就在水井旁，一幢四层高的屋子，每层只有一间屋，烧饭炉子和洗漱的水龙头都在室外，上面用油毛毡遮着。那只能算屋子，不能算楼。一眼就能看出是违章搭建的，挤在其他楼房的夹缝里。你在上海能够见到的最破的石库门,也比那幢屋子要好上十倍。每层屋子之间根本就没有楼梯,只有一道一尺来宽的木扶梯,陡而窄的,顶端开一个方的口,供人上下爬行,像练杂技。当年苏北人逃难或拾荒到上海,只能在苏州河边搭这样的屋子,薄砖砌墙,先是一层,然后两层,三层,四层。如果能够搭建到五层而不倒,他们早就搭了。几十年,几代人就在里面安居乐业,生生不息。

这就是上海,我所能亲密接触到的上海。这里住着我的亲人,穆家的亲人。

当然,我自己现在连这样的屋子也没有。我住集体宿舍,四个人一间屋,睡上下铺,十六平方米。而且,我很快就听说,我们的教研室主任,一家三代四口人,住九平方米。所以,领导说了,我们要知足。

我不认识姑妈一家,这一家人当中也没有人认识我。事先没有去过信,也没有电话可打,我就这样去了,突然而然地造访。正是吃中午饭的时候,我堵在狭窄的门口,把屋子里一点可怜的光线全部遮住了,吓了这家人一跳。

"我是谅子。"我自我介绍,用上海话。

我以为到了上海一定要讲上海话。在公共汽车上买票,就一定要讲上海话,否则要遭白眼。说苏北话更不得了,简直要被鄙视,仿佛乞丐。进这个弄堂时,我曾听见有人在说乡音,感到亲切,但是没有在意。我说的上海话让他们猜错了方向,我穿的长袖衬衫又让他们很狐疑。在当年,上海人夏天是不穿长袖衬衫的,他们穿短袖衬衫。只有初到上海的外地人才会穿长袖衬衫。这是当时的时髦,平民都赶得起的时髦。和后来的有钱人有身份的人爱穿长袖衬衫不同,后来你穿了长袖衬衫,表示你居屋有空调,出门有轿车。

我穿着长袖衬衫,这让姑妈很快就反应过来了。

"是我侄子,亲侄子呀,乖——乖!"她一把攥住我的手臂,眼眶迅速就红了。她说一口纯正的扬州话,那一声"乖乖",叫得感情饱满,抑扬顿挫,听得我鼻子都酸了,差点儿流出泪来。我一路上都在担心姑妈不喜欢我,就像她不喜欢老穆头一样。

"谅子,都长成这么大个子了!孃孃还从来没有见过你哩!"

"孃孃!"我羞涩地叫道。

我迅速被引见。姑父,大表哥,大表嫂,二表哥,二表嫂,表妹。还有一个小姑娘,四五岁大,文静怯生。她是大表哥的女儿,叫我表叔,我很惭愧没有给小孩子准备礼物。

他们都坐在一张圆桌上吃饭,正好拉我入席。桌上有一些熟菜,猪头肉,烤麸,花生米,还有几盘炒菜。男人们在喝啤酒,女人和小孩们喝果汁。问我喝什么酒,我说不喝。姑父不由分说倒了一大碗啤酒推到我面前,说男人哪有不喝酒的!我只好笑纳。他们尽量说扬州话,但是两位表嫂说得不太像,有点洋泾浜腔调。两位表嫂应该是正宗的上海人。

要我把姑妈一家一个一个介绍过来也挺烦的,但是不介绍又似乎不合适。毕竟我后来跟他们很熟,他们又都对我那么好。姑妈和姑父,后来多少年一直对我比对他们的亲儿子还亲。我的表哥表嫂和表妹,始终拿我当亲兄弟。早些年前,曾有位高仙给我算过命,说我"父子寡情,兄弟反目",那是基本都被印证了的。但是高仙没有算过我的亲戚。我的亲戚待我亲如家人。

姑妈高大肥胖,姑父矮小瘦弱,他们的情况和我的父母正好反过来。姑妈看上去有一些浮肿,还患有甲亢,血压也略微偏高。她说话快人快语,声音洪亮,一看就是爽朗个性。我把我后来知道的都在这里先说了吧——她在国营的废品收购站做会计,算是肚子里有点儿墨水的人。据说姑妈在弄堂里很有威望,谁家兄弟吵架,父子分家,都是请她去出面调停,在小巷里居然有"院长"之称——就是民间法院院长的意思。姑父老储原本在棉纺厂上班,因为患有严重心脏疾病,经过几次手术,搭过桥,长期病休在家。他的日常生活就是看报,喝茶,再就是和老友坐在弄堂口下象棋,其他什么也干不了。他说话轻声慢语,但是在儿女心中很有分量,大家言谈中都十分敬重他。

大表哥储志身材消瘦,长手长脚,人高得厉害。他站起来敬酒的时候,明显高过我一头还多,应该有一米八五。他刚到中年就谢顶了,前脑门光光亮亮的一大块。但后脑门毛发浓密,有点儿自来卷。加上眼窝微凹,鼻子坚挺,看上去有些洋人模样,像贝多芬。大表嫂看上去比他老,身材微胖。大表哥话多,大表嫂话少。大表哥两只手不停比画的时候,大表嫂静静坐着,眼里含笑,不时给女儿搛点儿小菜。我听姑妈说,表嫂大了大表哥九岁呢!姑妈说着说着叹了口气,似乎对这桩婚姻有些不怎么称心。我理解她的意思,好端端的一个上海滩美男子,偏偏找了个大了九岁的大娘子。用后来姑妈自己的话说,叫好男经不起赖女磨,让大表嫂捡了个大便宜。

"还好,孙女乖!"姑妈说,"可惜是个女伢子!"

总之,还是不太称心。

"幸亏他现在当了厂长,总算搞了套房子,搬出去住了。"姑妈说,"要不然,全都挤在这里,日子有多难过啊!"

我很羡慕,问姑妈,大表哥是什么厂的厂长。

"一家小印刷厂。"姑妈这才显出几分自豪,"他也算是正科级干部了!"

二表哥储明在派出所当民警。能在这个小弄堂里穿一身警服走进走出,也算很神气了。也难怪姑妈能成为小巷法院的"院长",看来跟二表哥的身份不无关系。二表哥身材体貌都和老穆头很像,大块头,魁梧。

"外甥像舅舅,真是一点儿不假。"姑父难得插个话,"他们舅甥两个就像一个模子里刻出来的,活脱脱不差分毫!"

我看着也是。大凡子看着也没有二表哥那么像老穆头。我就更不像了,我还是像小莲多一些。

二表嫂人很漂亮,小嘴,尖下巴,脸上化着淡妆,眉毛描得细细弯弯的。她笑起来的时候,脸上有两个酒窝,很深。看得出她和二表哥恩爱有加,在饭桌上还拿着纸巾帮他擦嘴。她嗲嗲地自我介绍,说在南京路第一百货商店当营业员,需要买什么紧俏商品可以找她。我谢谢她，说我现在还没想到要买什么，我没钱，一个月工资才四十八元五角，买不起什么。

她笑了，很妩媚，说："快得很，过不了几年你就会求我了。你总得结婚吧？结婚总要备齐'三转一响'吧？"

大家都笑了。二表哥说："还什么'三转一响'呀！你以为还是你结婚的时候啊？早落伍啦！现在流行的是数腿——家具多少条腿，沙发多少条腿，还有那什么……多少多少条腿！"

他们说的"三转一响"，我现在具体也记不清楚了。"三转"好像是指自行车轮子转，缝纫机转，手表指针转什么的。"一响"大概是指电视机或者音响。在当时应该算落伍了，即便农村里结个婚，这配置也嫌太低档了。

关于二表哥和二表嫂的事，我在后来去谈家渡的日子里也陆陆续续听到过一些。总之是二表嫂结婚几年一直没有怀孕，姑妈因此不太喜欢她。姑妈的心思很简单，既然大儿子已经生了个女儿，小儿子就该生出个儿子来。娶个不会生孩子的嗲妹妹，整天花瓶似的供着养着，不见结果，不是成心要他们老储家断后嘛！这事儿真成了姑妈一家的一桩大心思。不过几年之后，这事儿也算彻底有了个了结。二表嫂遍访名医，吃了不少药，千辛万苦，一心想让自己怀上。可老天不待见，偏偏让她遇上宫外孕，大出血送医院急救，差点儿送了性命。二表嫂彻底丧失了生育能力，姑妈也就彻底死了那份抱孙子的心，反倒对这个媳妇倍加疼爱。这又是后话。

在饭桌上，起先一直不言不语的，是我的表妹储惠。表妹储惠长相普通，五官略显平淡，脸上还遍布零星雀斑。这些雀斑倒使她看上去和蔼，容易亲近。因为天气太热，她把头发在头顶扎成一束，直直地垂下来，直至腰部，平添了几分少女水样的温柔。女孩就应该留长发，有韵味，我从来都这么认为。长头发永远比短头发好。从姑父口中得知，表妹与我同年，只比我晚生了五个月。表妹高中毕业后一直没有工作，后来自荐到儿童福利院上班，做了保育员。那工作就是照顾残疾儿童的生活起居。应该很辛苦吧，我不合时宜地说，一般人恐怕不愿意去，避之不及。储惠轻声细语地说,她心疼那些孩子——那些说是被人送来寄养实际是被遗弃的孩子,那些身体存在各种障碍的孩子。她要做上帝派去的天使,拯救那些弱小可怜的生命。她说她有很多事情要做,要学很多技能,比如康复训练技能,心理辅导技能,还有唱歌,舞蹈,等等。她说,在儿童福利院的工作,让她觉得人生很有意义,忙忙碌碌,无比充实。她就那样语速很慢地一句一句地说,但加在一起,就说了很多很多。这让我诧异——我还以为她不善言辞呢!她说到那些孩子的疾苦,脸上充满同情,泛起潮红。那是天使的红光!我渐渐有些敬重她了。

后来,他们问起我乡下的情况,问大凡子的工作和他的哮喘病,问采儿的对象,问小莲种了几亩地,还问起其他的一些亲戚,就是没有人问起我的父亲。他们像约定好了一样,没有人问起老穆头。他们都避免提那个人,看上去集体无意识,其实是小心翼翼,不提。我大概是肚子里啤酒灌多了,脑门一热,犯了禁忌。老穆头是我的家庭成员,我话说多了,就不能不提到他。我话说得又不怎么得体,说他对上海有成见,不希望我来,甚至不肯告诉我谈家渡的地址。我显然不明就里,话刚一出口就明显触动了某个开关。我的话题像引爆了雷区,很快引出一片轰炸声。

"你还是不要提他,我不要听!"姑妈的情绪忽然变得十分激愤,"他根本就不是个人,是畜生!"

"喝酒喝酒!"姑父慌忙朝我使眼色。

"他风流成性,不思悔改,害人害己,辱没祖宗!"姑妈把筷子重重地拍在桌子上,"他当年就害大凡子得下哮喘病,终身受罪。为了给大凡子看病,我跑过多少家医院?花过多少钱?流过多少眼泪?他却眼睁眼闭,心安理得!他害得你大伯离家出走,害得小莲半夜里寻死上吊,害得大凡子成了半条命的废人,他害了姓穆的一家人,却从来不知道羞愧!……这样的魍魉鬼怎么配做我的兄长?怎么让我叫他哥哥?怎么还要舔着脸又领着不知哪里来的荡妇进我的家门?!"

听了姑妈一番痛骂,我暗自心惊。难以想到,看上去老实巴交的老穆头竟会有如此诸般罪孽！这倒让我想起了老穆头经常自我吹嘘的荣耀历史。他曾得意地说起过，在解放前，他在上海滩给流氓头子当打手的时候，要多威风有多威风。

"老子穿着绸衫进赌场，口袋里赢来的金银珠宝装不下！老子光着膀子逛妓院，从来没有哪个老鸨敢收一文钱！"

原来或多或少以为他在吹牛。老男人都爱重提当年勇。现在看来，倒像有几分是真的。

那他，又怎么会在农村娶了目不识丁的小莲呢？我忍不住，还是很幼稚地问了这个问题。在我们穆家，从来就没有人谈父辈的事情，我们严重缺乏交流。

"哼！狂嫖滥赌，钱输光了不算，还被人逼债，只好逃到乡下。"姑妈说，"他娶了小莲，不好好过日子，又去勾引良家妇女，被捉奸在床，遭人家丈夫追杀，再逃回上海。最后，躲在一条小弄堂里学剃头。这就是你那个混蛋父亲——一辈子品行不端，德行无良！活脱脱的无赖坯子！"

我真是无地自容，只能用灌下一大碗啤酒来掩饰当时的尴尬。过去我很少饮酒，从不知道自己酒量深浅。那一天我喝了很多啤酒，但是毫无醉意，只觉脸红耳热。从那以后的每个周末，我都去谈家渡喝酒。夏天喝啤酒，秋天喝黄酒，冬天改喝白酒。我每次拎着几瓶酒走进长长的弄堂，从不空着手。

我曾一度把谈家渡当成了自己的家，只是晚上从不睡在那里。

第十三章　麦田里的麦穗

谈家渡那个弄堂里的人，姑妈一家以及他们的邻居，那些操着一口苏北口音被我视为同乡的人们，很快就和我混熟了。他们和我打招呼，聊天，玩牌，然后开始关心我的未来，我的感情生活，有没有女朋友，想找什么样子的，等等。

有一天，姑妈拉着我说悄悄话。

那天她刚刚骂完二表哥储明，因为储明开了一部警用摩托车回家，停在弄堂口被人偷了，怕是回派出所要挨处分。她心情不太好，连着对我诉说了心中的种种不如意……储志找了个年长九岁的大娘子，还是生的女伢子！储明讨了个不会生育的嗲女人，一身的富贵病和妇科病！老头子心脏里安装的是国产起搏器，保不准哪一天说翘辫子就翘辫子走了！还有一个储惠，傻丫头，做什么儿福院的保育员，自讨苦吃！然后就冷不丁冒出一句话来，很是吓了我一跳：

"你要是愿意娶了阿惠，我倒是很高兴！"

张口结舌，我眼珠子差点儿就弹落到跟前放着的茶杯里。亲爱的孃孃，让我说您什么好呢？您肚子里不是还有几分墨水么，怎么也会像封闭山乡的农妇一样，说出如此不开化的话来？这都什么年代了呀，还有没有一点儿基本科学常识啊？我和储惠，我们是表兄妹，亲爱的表兄表妹，我对储惠的感情如亲兄妹一样的，我怎么可能娶她为妻呢！

"这个……恐怕，不妥。"不能直接一口回绝，那会让姑妈难堪的,我尽量斟词酌句,"婚姻法有规定,三代以内近亲,不允许通婚!"

"毫无道理!"姑妈说,"亲上加亲,我觉得就挺好。"

"民政局婚姻登记审查那一关,首先就通不过的。"

"民政局那边没有问题!"姑妈笃定地摆摆手,"阿明不是在当警察嘛——如果连这点儿小事都搞不定,他还当的什么警察!"

在姑妈的观念里,家里出了个警察,简直就是神通无边了。

"不是这么说的,孃孃!我们是近亲,近亲联姻违反婚姻法……"

"你们姓的又不是一个姓,你姓穆,她姓储,自己不说,谁又晓得你们是表兄表妹?"

"问题不在这儿。问题在于,我们是三代以内的血缘近亲,一旦通婚,将来出生的孩子会出现麻烦,可能先天弱智、残疾,存在各种意想不到的缺陷。阿惠自己就在儿福院上班,您应该了解,她那儿的孩子……"

"不会那么巧的!过去有那么多表兄妹结婚的,我见得多了,生出来的孩子不是都挺好?真有缺陷的,那也是少数,少数。"

"可是,我们不能心存侥幸啊!孃孃……"

"谅子!"姑妈的脸一下子拉得老长,眼帘低垂,目光愤怒。"你要是不喜欢阿惠,可以直说,不必找那么多理由。你是不是觉得自己读过大学,眼界高了,连自家的表妹也看不上了?"

她生气的时候脸色真可怕。怪不得父亲平常连她的名字都不敢提起。在他不得不提到姑妈这个人的时候,总是用"上海"两个字来代表,上海那边如何如何,反正小莲能听懂就行。

"我很喜欢阿惠的,孃孃!"意识到这样硬顶下去要顶出麻烦来,我决定采用缓兵之计。我可不想让她从此也讨厌我,甚至把我和老穆头联想到一起。"先让我跟阿惠谈谈好吗?我想听听她本人的意思。"我想表妹毕竟是受过高中教育的当代青年,一定明白这其中的道理。

"阿惠会有什么意见呢?她是我的老幺,我当然了解她。她一定会很高兴。她高兴还来不及！你到上海来之后我就看出来了，她喜欢和你待在一起说话，比和任何人说的话儿都多。你去找她吧，不要怕难为情。表兄表妹的，亲亲热热，恩恩爱爱，有什么好难为情呢？去吧，去吧，跟她说你喜欢她，她会高兴死的！"

姑妈的脸一下子放晴了，冲楼上正在读报纸的姑父大叫："老储，我去菜场买菜啦！你今天想吃点儿什么？我去买只大白鹅。伢子们都爱吃红烧鹅！"

姑父在楼上"哦"了一声，未置可否。

姑妈兴冲冲出门之后，我从扶梯爬上二楼。姑父眼光从老花镜上方瞟了我一眼，什么也没说，但是示意我上楼。我继续爬到三楼，见到在趴着看书的表妹。她腼腆地朝我笑笑，给我让座，然后做个鬼脸，说："别听我妈瞎说，她老思想！"原来她都听见了。姑妈的嗓门总是那么高，这屋子又不隔音，既然姑父都已经听见了，她怎么会听不见呢！

我只能耸耸肩做个无奈的表情，摊摊双手，意思是有点儿麻烦。

"我有男朋友了，只是他们还不知道。"储惠说。

如释重负，事情就这样解决了，简单。我朝她笑笑，感谢她帮我解了围。

"本来还想过一段时间再说呢。现在看来，也只能让他早点儿亮相啦！反正，早晚总要过这一关的。"储惠瞧着心思重重的，"下个星期天我就带他来上门。你也过来吧，到时候也好帮帮我。"

"有什么问题吗？"

"他，比我大……大很多。"

我问她大了多少。她说大了十七岁。我一呆。这麻烦可小不了！

"他还有个儿子，今年都十三岁了。"

天！姑妈会杀了他的。

储惠要拉我做救星，就把他们的情况说得很详细。她的那个他叫傅德忠，是个乐器爱好者，尤其擅长拉二胡，口琴呀手风琴呀等等当然也不在话下,锣鼓家生都敲得好。傅德忠是街道里的文艺爱好者,常常组织各种民间演出。儿童福利院请他们去义演过几回。她本来很喜欢唱沪剧,《金丝鸟》、《为你打开一扇窗》什么的,孩子们喜欢听什么她就唱什么。有时她也唱越剧,像《梁山伯与祝英台》里的《十八相送》,《红楼梦》里的《天上掉下个林妹妹》,都是经常给孩子们演的。他给她伴乐,他拉琴,她唱歌,每次都很开心。他们在一起充满欢乐,也给孩子们带来极大的快乐。他喜欢她,她也爱上了他。就是这样,爱了,分不开。

可是,他们要想结婚,那是有难度的,会遇到阻挠、障碍。要征求家里人同意,取得父母的理解和支持,不会那么容易。还有世俗的偏见,弄堂里邻居的议论,甚至讥笑,都不能不考虑。他们在一起的决心越大,要考虑的因素就越多,包括傅德忠儿子的抗议。他们需要外援,而我,眼下就是其中之一。

我很愿意。我说。我知道,我应该帮他们,我已经被他们感动。虽然我还没有见过傅德忠,但我相信他一定是个亲和的人,有爱心的人,好人。一个能无私地爱那些有缺陷的孩子的人,就一定是好人。何况,帮他们也算是帮了自己。

惊讶,气愤,难堪,矛盾,冲突,哭泣……一切都在意料之中。但最后的结果——那么快,就有了结果,却在预料之外。我那天性正直善良的姑妈,外表强大而内心无比柔软的姑妈,终于做出了让步,接受了这个事实。她接纳了那个三十八岁的中年男人傅德忠,一个像书生一样文弱的男人。她流了眼泪,默许他留在家里吃饭,算是认了这个女婿。

从此以后,在她的唠叨中,又多了一件不太称心的事儿。

姑妈没有忘了关心我。有一天,她忽然问我,隔壁胡阿姨家的阿芬怎么样?对阿芬有没有感觉?又说,胡阿姨已经托人来传话了。我这才意识到事情有些麻烦。怎么刚刚才过去一个阿惠,马上又来了个阿芬呀!

阿芬我当然认识,而且和她已经蛮熟了。隔壁住着的胡阿姨老两口,因为膝下无出,便从安徽老家的乡下认领了自己的侄女阿芬做过房女儿。我每次过来,都见到她蹲在弄堂里的水井旁洗衣,洗菜、淘米,或者在用力地拧干拖把布上的水分。她脑后拖着一根粗黑的大辫子,开口说话时乡音很重。有时候,看见她站在门外炒菜,边炒边哼黄梅戏,还是蛮好听的。她显然努力在让自己表现得出色,能干,会操持家务而且听话。大概她很怕被胡阿姨赶回乡下去吧。我闲来无事,会在一旁跟她说上几句话。我说的是普通话,她却努力用没有学到家的上海话来应我。我们聊得还算投机,因为她长得端正清纯,我挺愿意跟她聊。聊着聊着,她有时会突然脸红,然后就进屋去了,半天不见出来。

姑妈忽然问到我对阿芬的感觉,还说胡阿姨传了话,弄不好就有她本人的意思在里面,那问题就严重了,让我紧张慌神。我可不敢说我喜欢她,其实我内心是有些喜欢。我若说了喜欢,可就麻烦了。面对一个没有城市户口,没有工作,只能算是寄居在上海的农村姑娘,我不敢冒这个风险。我始终感觉自己也像寄居在上海,一切都没有着落,不可能再找一个寄居者和我绑在一块儿。我对她最多只是有好感,有好感和有感觉那是不一样的,差远了。慌神归慌神,回答倒是丝毫没有犹豫,因为一旦犹豫就后患无穷。我对姑妈现编了一个谎,说我眼下喜欢上了单位里的一位姑娘,也是大学刚毕业的。姑妈"哦"了一声,一点都不勉强,只是说了句:"这种事儿,当然要你自己做主。"往后也没有再提起过。

我感觉到了,姑妈实际上并不希望我和阿芬处对象。既然我和储惠没有成,她也不希望我去找那个阿芬——就是这么回事。

我和阿芬后来做了几十年的普通朋友,经常碰到,每次见面总是在相视一笑中完成某种精神交流。她表面看上去屈从世俗,却没有叫人讨厌之处,反而处处显出隐忍和退让。我给她看我写的书,她告诉我一些遇到的人和事,我们交换某些看法。她找了份制鞋厂的工作,随后嫁给了厂里的货车司机,很快就有了儿子,放心地让我抱着玩耍。她一直都顺顺当当,家庭和睦美满,脸上总是洋溢着幸福笑容。她老公来弄堂里做客时,永远穿戴得干净整齐,神态平和安详,两个人走在一起十分般配。

我有时候真是羡慕他们,觉得自己的生活远不如人家如意。甚至不免设想过,如果时光倒流,让我再回到那个选择的时刻,我又该如何?我那个时候或许应该犹豫一下的,如果犹豫了,机缘就会出现变数,后来的人生道路就可能完全不同。

人总是这样的,让你在麦田里选一颗最大的麦穗留下,不能回头,你总是要等错过了,才知道已经错过。但是你很快又寄希望于前面还有更大的麦穗。要想不被金黄的麦浪闪花了眼,保持一颗平常心,那是需要多么坚强的意志和非同一般的定力啊!这样想想,不免独自怅然。

第十四章 未曾想到的惊喜重逢

　　我也一直在留心寻觅值得喜欢的姑娘,不是没有发现,是暂时没有找到。学院里自然有很多美丽的女孩,就像公园里必然有无数艳丽的花朵,我很快就发现了她们,可是缺乏结识的机会,接近不了。我平时能接触到的也就是本部门的那么几个人,同教研室的,一下子就风光全无。这里基本属于中老年世界,我不想多说她们,因为乏善可陈。

　　得知被安排在能源实验室工作,我很恼火,但是无法抗拒。只拥有本科学历的老师在高校里境况很尴尬,上讲台受到严格限制,只有去读研才有出路。前辈们都劝我快去拿个硕士文凭,将来好评副教授、教授,可是我没那个兴致。在这个毫无感觉的所谓专业上浪费了四年时间,总算换得个上海城市户口,我觉得已经很值了,不必再去浪费三年读研光阴。我现在的志向是早日成为作家,写诗歌、散文和小说,出文学作品。在二十世纪八十年代,文学是许多人的热爱和梦想,人们见面大谈文学,是非常时髦和高尚的事情,不谈文学的人简直就是个怪物。那时的征婚启事上,最热门的用语是"喜好文学",否则就无法让人引发美好的想象。如果当时让我登征婚启事,我一定会细化到"热爱舒婷"。我知道那些在读高中和大学的妹妹们,没有人不热衷于谈论朦胧诗。北岛、顾城和舒婷,几乎成为整整一代人的偶像。人们竞相用诗歌来装饰煞有介事的灵魂,就像进入二十一世纪后人们竞相选用名牌服饰来装饰自己的周身一样。在那个时代,文艺不文艺,非常重要,就像二十一世纪后有钱还是没钱一样重要,关乎美丑冷暖——听上去很讽刺,但确实是一个文学的奇迹时代,人们的精神因此而富有。可以想见,抱着这样文艺的心态,我在冷冰冰的实验室混得有多么糟糕。前面也说过,我严重缺乏动手能力,连掉下的自行车链条都装不上,却要带学生做那些训练动手能力的实验,结果有多么的差强人意。我的部门主任渐渐对我失去了耐心,跟我说话时眉头越皱越紧,脸上分明写着"朽木"两个字。她有五十多岁了,正是脾气最大的年龄,她皱紧的眉毛让我忧心忡忡。有一回,我搞错了试验程序,烧毁了一台电子谐波仪。还有一次更糟,我错把高压线直接连接到没有绝缘保护的操作面板上,差点儿让一位女大学生触电身亡。

半年之后,我从实验室调到成人教育中心,重新安排工作。这很好,我可以走上讲台,给那些成人大专班的学生们上课,这活儿我能胜任。我还兼做了职工中专班级的班主任,给他们训话,做思想工作。我的这些学生,都是能源局下属企业从应届高中毕业生中招录进来的,定向培养,虽说将来享受不了干部编制,但收入应该差不了。借着晚自修开班会的机会,我还给他们介绍一些伟大的作家和文学作品,自认为那也是在丰富思想品德教育的内容。老师的使命,除了教书,不是还有育人嘛。我这样做,一方面是因为自身爱好,另一方面也是想借此吸引女生的目光。我相信这些学生之中必有文学青年,女生中则更加存在这种可能性。那时候,社会上有一种说法,把文学成才之路称为"独木桥",青年们都在往上挤,想成就自我,想一举出名。我拥有了一座金矿,当然不想放过挖掘的机会,这是我的一点私心杂念。

我甚至给其中一位叫常姝婷的女生写过一封信,因为她样子有点洋气,眼窝深凹,略大的嘴巴唇线优美,表情丰富。她坐在台下看我的时候,双眸里满是星星在闪耀。我坚信那就是崇拜,而我很需要崇拜。不看见她没什么,一看见她总有些想入非非。我打算试一试。信写好了,但不能直接交给她,也不敢放在收发室,怕引起怀疑,被人偷看。我得让信到邮局去兜一圈,盖上邮戳。可见我当时追求姑娘多么胆怯，非常小心翼翼。终于收到了回信，也是在邮局里转了一圈再回来的。口吻很客气，语气很委婉，意思却很明确——她早已心有所属，劝我另觅芳草。"天涯何处无芳草"，这话听上去何等空洞！这个世界当然是很大的，充满了各种机会和可能，但在我的经历中，可能变成了不能。我很受打击，失望至极。我怀疑写给某个人的私密信件是否已经在班级里广为流传，先女生中，然后全班，成为众人的笑柄。这使我在学生面前失去了优越感，并且再也不敢有第二回类似的想法。我当时就是那么敏感，我正处在最敏感的年岁。

有很长一段时间，上海的姑娘和上海这个城市本身一样，只是让我远远地好奇，观赏。我观赏她们就像隔着显微镜或望远镜。我和她们没有亲密接触，任何具体的个体都接触不到。偶尔，我也在某种场合结识一些女孩，和她们在"上只角"聊天，吃饭，甚至有情有调地散步，最后交换电话号码。我只能留下学院办公室电话，我住在那里，生活和工作都在那里。她们一看见我留的号码就心生怜悯，那个六位数号码的开头数字是她们怜悯的原因。"大杨浦的呀！"她们这样感叹一声，毫不掩饰脸上的失望。我知道她们在心中遗憾甚至可怜——这么出色的男孩，怎么偏偏就来自"下只角"呢？我很想对她们说，你不应该说是"大杨浦的呀"，应该说是"高校园区的呀"。可是有什么用呢？那个电话号码转身就会被人家扔进垃圾筒了。

一九八六年那个初夏，仿佛喜从天降，我竟在上海市端阳诗赛上获了大奖。对于刚刚参加工作不到一年的我来说，可算是生命中浓墨重彩的一页，报纸上登了，广播新闻里也播了。朋友们知道了，单位里同事也知道了，好像地球人都知道了。可见在当年，文学的影响力有多大。那时候没有网络，连电视机也不是每家每户都有，大家都在关心文学。理所当然，我一时就成了众目关注的对象，像二十年后的网络红人那样，一夜蹿红。

那是一个很值得人们怀念的年代，各种各样的变化每天都在发生。农村在包产到户，城市在企业改制，整个国家都在经历改革开放大潮的洗礼。国门打开之后，人们敞开胸怀迎接八面来风，思想、文化、观念不断在更新，传统的、僵死的东西被批量抛弃，一个新的时代如新生儿在躁动不安中诞生。人们的心思也变得活跃而烦躁起来，总觉得自己要做点儿什么，生活中要改变点儿什么。艺术家忙着创作大量的文艺作品，歌星影星纷纷在一夜间星光灿烂，公务员寻思着要下海经商，厂长经理们想着要收购承包，技术员和工程师们谋求向外企跳槽，在校大学生们忽然又热衷于自我创业，刚毕业不久的年轻人梦想着出国留学……总之，每个人都开始不安于现状，有天将降大任于斯人的紧迫感。而我，虽然平时像只青蛙似的在能源学院那口枯井的井底里坐着，也能感受到不时从井口吹来的一丝非同寻常的新鲜空气。

上海能源集团在组建一周年之际，打算拍摄一部电视专题片，反映上海能源工业的发展新貌。我被借过去撰写脚本。他们需要一个既懂能源专业又有出色文采的执笔人，我当然是合适人选。同事们都很羡慕我——那是在南京路上班呢！紧靠外滩的南京路啊！他们劝我抓住这次机会，想办法调进能源集团——新集团正在四处招聘人才，听说收入也高。我本来并没有这方面的想法，听多了也就有了想法。也许比待在学院里做个半吊子老师强，关键还在于，可以从此远离"下只角"了呀。

拍摄工作由能源集团党委宣传处负责牵头，我就被暂时借到那里上班，听领导谈思路，收集素材，和写作班子一起完成脚本创作。所谓写作班子，实际也就两个人，韦习成和我。韦习成刚刚从处长岗位上退下来，曾经做过华东能源管理局的修志办主任，据说满肚子的能源历史。领导谈话的时间很短，提了思路要求，明确了交稿期限：三个月。然后就留下韦习成和我商量具体分工。

韦处长两鬓斑白，眼泡浮肿得厉害，说话时不时用手指揉眉心，好像那里长了怪东西。说老实话，我内心不太喜欢他，因为他头皮屑多得吓人，黏在油腻腻的头发上，老让我想起小时候在乡下抓虱子的情形。他不洗澡吗？我心里暗问。在大谈特谈了一番政企分开的背景和意义之后，韦处长揉着眉心说，他很快就该退休了,没有革命斗志了,写脚本的事就基本上拜托给我了。我请他相信,一定会竭尽所能。他说名义上还是他领衔,创作的责任主要由他承担,我尽管放手大胆去写就行。我说我明白,脚本的署名您必须排在前面。韦处长笑了,很高兴我这么懂事。他把事先准备好的一大摞资料推到我面前,让我花几天工夫好好看看,先搭一个文字框架让他审。接着说,这一周他要陪住院的老父亲,下周开始家里要装修房子,这两三个月恐怕够他忙的,有什么需要帮助的事情尽可以找小潘帮忙。我心里有点着凉,听见他朝隔壁办公室叫道:"小潘!你过来一下。"

　　门推开,有一阵香气被外面的风吹进来。紧跟着是一头大波浪,小心地往里面探了探,然后轻轻转进来一个婀娜曼妙身材的女孩,穿着高跟鞋,发出轻微的哒哒声。这样时髦的办公室女性,我一般是不敢多看的,目光一扫而已。小潘轻轻掩好门,双手拘谨地交叉在腹前,笑吟吟地弯腰问候:"韦处,您找我呢!"

　　小潘脸蛋标致白净,鼻梁上架着一副无框眼镜,上身穿一件尖领的素白衬衫,下身着一条黑色长裙,看上去干净利落,又不失活泼。她的打扮和气质,与能源学院的那些年轻女老师大不一样。那些女老师要么朴素到土气,要么花哨到妖冶。而她,整个人儿都透着清爽。

　　"过来,我给你们介绍一下。这位是小穆,借来写电视脚本的笔杆子,很有名气的文坛新星,诗人。这位是党委宣传处的小潘……怎么,你们认识吗?"

　　认识吗?我们认识吗?这个小潘,就这样忽然如从神话中走出来闪亮登场的仙女,是我认识的那个人——那个曾经让少年的穆宇谅魂牵梦萦的女孩吗?

　　在那一刻,我目瞪口呆,感到的是地动山摇,浑身一震,已经满脸惊讶得不知道说什么好了。应该说,我的五脏六腑在那一刻已经支离破碎。

　　而她从看见我的第一眼起,脸上的怀疑、犹豫、惊喜,各种混杂出现转瞬变化的表情,已经丰富得无以复加了。

"你是……小穆头?"

"你是……小外婆!"

哎呀,哎呀呀!我们同时尖叫起来,身体不由自主地向对方扑过去,几乎成拥抱姿势。

"是你呀!"

"真的是你呀!"

"早就认识,那就太好了,这个世界真是小得很哪!"韦处长很高兴地用手掌轻轻拍击桌面,"那你们好好聊聊吧。我出去办点儿事情。"他拎上包走了。

当房间里只剩下我和潘蒹鄞的时候,我真恨不得扑上去抱住她。谁能想得到啊?谁能想得到呀!我竟然会在这里与潘蒹鄞重逢,宛如梦幻!

她好像比在贵州时长高了,线条更加分明,身材更加丰盈,脱去了少女的稚气,多了一种成熟的矜持,她的美丽也因此更为纯净,就像一朵盛开的美人蕉。

我们握着手,紧紧地相握着,久久不放。

"你到上海来啦?"

"你早就回到上海啦?"

一时都不知道该从哪里问起好,不知道说什么好。

"想不到你会长得这么高!那时候,你个子多矮呀!"她用手比画了一下。"你过去要比我矮半个头,现在至少超过了我半个头。若是走在马路上,面对面碰上了,怕也不敢相认哪!"

"你变化也太大了,我一时真的不敢认哩!"

"我前一阵子在报纸上看见了你的名字:穆宇谅!我当时就在想——那是你吗?会是你吗?是小穆头吗?原来真的就是你呀!我对自己说——那一定就是你嘛!你语文那么好,一心想当作家,能获得诗歌大奖的,当然就是你嘛!今天一见,果然就是你呀!"

"都几年没有见面啦?六年,不,七年啦!我都担心死你了!快给我说说,你离开贵州,后来去哪儿了?怎么来的上海?小外婆,他们,我们的同学们,全都说你失踪了,还有人说你死了的——太不是东西了!你怎么会死呢!但是你一点儿音讯也没有,还真让我急死了!你怎么也不给我写封信呢?你晓得我后来又回到贵州到高中了吧?你大概不晓得吧?你以为我回老家读中专了。你不晓得我考上大学又分配到上海工作啦!"

"我晓得了,我晓得了!新闻里提到你的名字,我就晓得你来上海了!"潘兼鄞兴奋得直打转,"所以我跟领导举荐了你,请你来撰写电视片脚本。要不然,我们又怎么能在这儿见面呢?"

"原来是你跟你们领导说的呀!"我恍然大悟,"我还纳闷呢,能源集团怎么会想到找上我,我名气有那么响吗?我在这儿根本就没有熟人哪!"

"别谦虚了,你的名气已经够响亮了。不过,你还是要谢谢我!"

"当然,晚上我请你吃饭。你还是没有告诉我,你怎么来的上海?还混得这么好,都到能源集团机关里来上班了!"

"我只是暂时借到机关工作,还没有正式调过来呢!"潘兼鄞摆摆手,有点不好意思。"哪能跟你比呀,大学生,天之骄子!你可别瞧不起我呀,我不过是技校毕业呢!我现在的关系在杨浦能源站,只是一名普通的管道维修工。"

"杨浦能源站呀,那就在我们学院隔壁,靠得那么近哪!"

"所以,我都差点儿准备着要去找你呀!而且,我的家也住在那条街上。后来想想,让你来这儿见面,有多意外呀!很惊喜吧?"

"喜出望外啦!"

我们就这样一直聊啊,聊啊,从下午聊到晚上,从办公室聊到回家的路上。我们在公共汽车上面对面站着,手拉着扶杆聊。我们坐在弄堂一样狭长的小饭馆里,喝着啤酒聊。真是没想到,一千个没想到,一万个没想到。分别七年,我们又见面了,有太多的话要聊啦!

她告诉我,当年她在贵州,因为实在忍受不了霍大胖的纠缠,一时愤怒之下,才拿切菜刀捅了他。

"霍大胖这头猪猡,不知道从哪里听说了我跟你去娄山关的事——我相信一定不是你说出去的。反正他有一帮狗腿子,消息灵通。他满脸铁青地来找我责问。我说,你是我什么人哪?有什么权利来干涉我自由啊?我跟谁出去玩耍,关你屁事啊!我即使跟人家在外面过夜,还睡在一张床上,你又能咋地呀?你是我亲爹呀还是我外公哪?我小外婆的事情用得着你来管?他跪在地上,求我跟他相好,不要跟别人瞎七搭八——多恶心哪!我说你做梦!他火了,先打我耳光,后来手脚就不干净,惹恼我了,我用切菜刀戳了他的肚子——他都追到我家的厨房间里了。鲜血流了一地,我不知道他会不会死掉。真出了人命我就完蛋了!我只能跑了,离开那个鬼地方了。反正我恨死了那个鬼地方,那个穷山恶水的该死的地方,那个巴掌大的只有工厂没有大商场、没有影剧院、没有舞厅的与世隔绝的令人讨厌的永无希望的地方,我再也不想待在那儿了!"

"那你后来去了哪儿呢?"

"当然是回上海啦。我回来找我妈。我是她亲生的女儿,她总不能不管我!"

"找着你亲妈了?"

"找着了!我要是知道她的情况,早就该回来找她了——她重新嫁了个男人,是个大人物——当年的南下解放干部,做着某个大局的党委副书记哩!你说她的命好吧?竟然找了个大干部当靠山,本事大吧!我有了这样一个继爹,还用担心什么!继爹先安排我进能源技校读书,接着又给我找了份好工作。瞧,就是现在这样啦!"

"有关贵州那边的情况,你后来就再也没有打听过吗?"

"我都恨死了,那里的一切人和事,我都不要知道!我继爹派人通过关系去贵州调我的户口档案,我关照他们务必严格保密,千万不要泄露半点关于我的消息。毕竟是犯了凶案的,万一霍大胖不肯善罢甘休呢?上帝造人的时候总会犯下错误,造出一些比绿头苍蝇还要招人讨厌的渣滓——霍大胖就是这样的人渣。谁知道这个畜生会做出什么疯狂的事情来！"

"真没有想到，还能又见到你！"

"要不怎么说呢——世界真小啊！"

"现在，我们可以天天见面了。"

"是啊，天天见面，真是太好了！"

那一天，我们聊到很晚，简直依依不舍。那天没有月亮，但是路灯光线明亮而柔和，有着玫瑰一样的光泽。我送她回家——她现在的家，一直送到家门口。果然离能源学院很近，几乎只隔了一堵围墙而已。

她家住在一幢有点历史的小洋楼里，灰色小砖砌墙，墙角和门窗的边框则是褐色的砖。门和窗户上端都有圆拱，红瓦盖顶，还有尖顶的气窗。夜色中看不出花园有多大，只见树木高大茂密，略带几分阴森，透着神秘。一看就是当年资本家留下的遗产，多半也只有南下解放干部才够资格住上这样的洋房。

"多漂亮的房子啊！"我羡慕地说，"你们家太幸福了！"

"这就叫革命的胜利果实！"潘蒹鄄骄傲地仰着头。如果不是在夜深人静，我怀疑她会不会仰天大笑。"前辈打江山，后辈坐江山，该着老天爷要补偿我。"

我朝她摆摆手，她也轻声道再见，然后看着我走。我走出很远，回过头去，望见她依旧站在柔和的灯光下，默默注视着我，心头便一热。我心头好久没有这么热过了。

那一夜，几乎通宵不能入眠。兴奋的感觉让我浑身一直发烫，汗水流个不止。我找出当年在贵州分别时潘蒹鄄送给我的那块翠绿色虎头玉，放在手心里摩挲了又摩挲，最后戴在脖子上。过了不一会儿，汗水就把红线弄湿，并且很快它又断了。我坐起来，拉开抽屉东翻西找，想重新寻着一根红线把它结好，偏偏没有这样的红线。简易钢丝床被我不停折腾弄得咯吱作响，引来了室友的骂声。

第十五章　脸上焕发着战斗的光芒

　　有一种不真实感,是关于潘兼鄣的出现和她的变化。不仅仅在于形象变了,脸上忽然多出一副眼镜,言谈举止也像变了一个人。上海,果然是个改造人的地方,城市的文明改造个人的文明,把放纵粗野隐藏起来,展现斯文高雅的一面。还有那幢洋房,主人的身份让她变得高贵起来,距离感也随之产生——我和她的距离,似乎我们不再是平等的,不属于同一个阶层。在贵州的时候,我们原本就不是同一种身份,但那时候是不是又有什么关系呢？现在的距离才会产生内心的隐痛,那种障碍有时候是跨不过去的。
　　我被借到能源集团来写脚本,她说是因为她向领导作了举荐,我对此倒很是感激。但是在我们重逢的那一刻,她脸上表现出那样的意外、惊讶,又不像是有精神准备的。她本不是个擅长表演的人,智商和情商都不会进步得那么快。唯一的解释,只能是我外在的变化实在太大了,超出了她的预料。她应该是个简单的人,不会那么复杂。
　　坐在党委宣传处办公室里,我翻看着韦处长留给我的那些资料,潘兼鄣从隔壁过来给我倒茶。我们相视一笑。我总觉得她的笑容也有变化,拿捏过的,热情得体的,却不是温暖轻松的。这种笑容很适合展现在机关里,但不是出现在我和她两个人之间。毕竟分开了那么久,重逢才是昨天的事。有些生分也是正常的,不会在一夜之间消弭。
　　"你眼睛变近视了？"我望着她的眼镜问。

"有一点点,度数很浅。"她轻轻甩一下头,"我戴了眼镜不好看吗?"

"挺好看!"我说,"我记得,你过去的视力很好。是不是这几年用功学习了,把眼睛也弄坏了?"

"哪呀,装装样子罢了——戴了眼镜不就显得有知识有文化嘛!我学历太低了,才技校毕业,到了机关里怕让人小看了。我正打算报读党校的函授大专班,也混个大学生的身份。你到时候可要多帮帮我!"

"别那么说!你和我,谁跟谁呀?"

午休的时候,我们去逛南京路,从外滩一直逛到西藏路口,再反方向逛回来。那个时候的南京路还没有改造成后来的步行街,车流人流都拥挤得壮观。尤其是西藏路口那一圈,看上去全是黑压压的人头,好像满地球的人都来这儿参加某种游行集会了。我们在人堆里钻过来挤过去,完全没有闲逛的感觉,老是担心被人潮冲散。我们紧紧手拉着手,身体贴着身体,呼吸着彼此的气息,表情无奈而内心充满喜悦。

什么也没有买,什么也没有做,只是在芸芸众生中拥挤了一回,就重新找回了当年的那份亲近感,在贵州时的亲近。真好!

我草拟好了一份几页纸的脚本文字大纲。我给专题片起名叫《上海的心跳》。我将用抒情的文字和优美的画面来展现能源对上海发展、对人类文明的重要意义。下班的路上,我带着几分兴奋和得意,把大纲拿给潘兼鄞过目,仔细作了一番讲解。那时候我们已经步行到了外滩,正准备乘坐二十二路或二十八路公共汽车。身边的黄浦江上百舸争流。

"真是叫人佩服!"她说,不像是故意奉承。"我一直就觉得,你是个与众不同之士,奇异,灵敏,孤独,但却自信。"

我微微一笑,目光中一定流露了某种自我嘲讽,但片刻就消失了,装作漫无表情。潘兼鄞脸上的一本正经有些陌生。

"我可没有戏弄你的意思!"她说,"你这人很让人捉摸不透。乍一看,你生机勃勃,阳光灿烂。但在你内心里,却像这江面上的空气一样,青烟缭绕,迷雾蒙蒙。"

"有什么不对吗?"我奇怪地问。她的言词忽然变得华丽起来,好像语言水平有过突飞猛进的提升。她想说什么呢?

"你是想借此机会来一次炫耀吗?对自己的炫耀,还是能一时抓住大众的炫耀?你以为领导会给你这样的机会?"她目光咄咄逼人,"兄弟呀,这可不是你个人的某件作品,更不是文学艺术作品。这应该是上海能源集团企业文化的产品!聪明人,你应该能明白'作品'和'产品'二者之间的区别吧?"

"你是指脚本……你认为我目前搭的这个框架有问题?是什么问题呢?太个人化?或者说太个性化?"

"是根本不接地气!"潘蒹鄄做了个斩钉截铁的动作,跟某位大领导的动作很像,仿佛她就是那位领导。"你应该把那些公司文件、简报、企业新闻和领导的讲话,都好好在肚子里慢慢消化,吃透精神。你还要到基层去,到班组去,到一线工地去,爬上高高的烟囱、铁塔,钻进黑暗的竖井、管道,脸上流着汗,甚至心里流着泪,看看工人们怎么干活,听听车间里有哪些声音。你要去采访劳动模范,了解员工的心声,发掘他们内心的正面能量。除此之外,你还要把党的十一届三中全会的精神融入进去,让人们听到上海改革开放的浪潮声,能源工业发展前进的脚步声。你必须少一些文绉绉的浪漫抒情,多一些大气磅礴的讴歌赞颂!你还要少一些小布尔乔亚的呻吟,多一些布尔什维克的呐喊!要紧贴时代脉搏,反映政企分开给当代工人阶级带来的精神裂变……"

她一口气说了很多很多,双目炯炯,红潮满面,神情严肃,激昂亢奋。她就像一位演说家,不,政治家,口若悬河,滔滔不绝。满口都是"精神"、"时代"等等政治用语。真是士别三日当刮目相看,现在的潘蒹鄄和过去的小外婆已经根本不能同日而语,完全不是一个人了。她脱胎换骨了。中午逛街的时候,我还把她当作小外婆,现在,我却不得不重新审视她,用看我们实验室主任的目光来审视她。

"好吧。"我声音有些沮丧,无可奈何,"你的想法或许是正确的。我会换一个思路，回去之后重新再拟一份大纲。"

她注视着我的眼睛，镇定的目光里有一种探究的成分，比刚才略柔和了些。

"我知道你一时可能不肯接受我的观点。你天性桀骜不驯，非常特立独行！"

"我……有吗？"我认为她说话夸张了点，我还从来没有到过那样的高度。

"带着这样的个性，一定写不出企业需要的东西。比如你起的那个片名就得改，什么'心跳'呀之类的，不行，肯定枪毙！按我说，干脆直白，就叫《上海能源在前进》。我们的领导就喜欢这一类的片名——主题鲜明，有力！"

我听了直摇头，不能不摇头。我来就是写这个的吗？巧语妙答不是我的强项，我语气生硬地说："太干巴无味了，像革命口号！不，不，我不能接受。苍白，死板，听上去就虚脱！怎么能起这样一个无趣的名字？在我的脚本中，任何这样沉闷的语句都是要被删除的……"

"怕显不出你的文采是不是？"她粗暴地打断我，"你以为真有人稀罕你的那点儿所谓的艺术细胞？别再执拗了，一定要听我的。我好歹也比你早上了几年班，对社会，对企业，对领导，肯定要比你更了解，更熟悉。我是向领导举荐了你，但我又很担心你写不出他们需要的东西。他们需要的是一个有水平的作者，而不是需要作者有多高的水平。你得采纳我的意见，不要让别人失望！"

我许久无语，觉得她用大头棒敲了我脑袋，从精神上已经做好了被缴械的准备。真是的呢，那些文件，那些简报，那些新闻报道，枯燥，乏味，无聊，空洞，毫无情趣可言，确实早就被默认的，被他们赞许的，一遍又一遍展现在人们麻木的目光前，成为定式。我又何必别出心裁幻想着去改变！我不过是他们雇来临时打工的，是机器，文字组合机。按照他们要求的去做就是了。

我终于想通了，这只是一次执笔，连枪手都算不上，更不是写作。写作是人类最后一件值得骄傲的事，其余的都是一派胡言。

后来的事实也证明了,潘蒹鄄的说法是对的,我按照她说的去做也是对的。我用一个月时间撰写出来的脚本,搁在韦处长那里被修改了一个月,最终被改动了几十个文字,颠倒了四五句话的顺序,顺利获得了领导的审查通过。在定稿会上,集团党委书记大手一挥:

"上海能源在前进!好,好,有气势,有力量!非常好!"

尽管暗自在内心流泪,脸上呈现出一种孤独的苍白色,但我却笑了,和潘蒹鄄、韦处长一样,笑得像一群傻瓜。

我们跟着从电影制片厂请来的某知名导演和几位摄影师一起去现场拍片。出动了三部汽车,蔚为壮观的大队人马,灯光师、剧务、场记、道具……什么都不缺。我们下到企业、车间、班组、工地,选取场景,架设机器,组织群众演员,采访领导和先进人物。我们像潘蒹鄄曾经说过的那样,爬上高高的烟囱和铁塔,钻进阴暗的竖井和管道,搞得满身油腻和汗水。我真是大开眼界,并且不断地被感动。我被上海感动,被热火朝天的建设场面感动,被劳动者感动,被感人的事迹感动。我一直是多么无知啊,对城市,对工厂,对工人,对行业,对上海,对社会,都很无知。我十几年在书本上学到的那点儿知识,和我这些日子的所见所闻一比,简直就一文不值,狗屁不如。我以为我知道繁花似锦的江南,知道荒凉苍茫的大漠,知道人类五千年的文明历史,知道弗洛伊德的精神分析学说,其实我什么都不知道!那些电焊弧的刺眼光线,那些震耳欲聋的大锤撞击声响,还有那些从满脸油污中朝我漠然一瞥的目光,深深震撼我的灵魂。生活,工作,工作中的生活,生活中的工作,是多么艰难而沉重!我差一点把它们想象成了风花雪月,剧场里的故事;想象成一块布,偶尔织出点冒险的花朵。我知道大错特错了。我那点儿对生活的肤浅认识,就像烟似的飘来飘去,太虚无浅薄了。一日又一日,一年又一年,日子不会如蝴蝶般在翩翩起舞中飞走,消失,而是在厚重浑浊的洪流中挣扎,喘息。我们所面对的,原来是这样的一个世界,疲惫而忙碌的世界。而这些,当我趴在桌面上堆砌那些文字的时候,完全没有想象到,也根本体会不到。过去有人说,文人骚客们都有些云山雾罩,我觉得我也是,从没有接过地气。

也许潘蒹鄄是对的。她说的那些话是对的。在她身上发生的转变也是对的。

拍摄是艰苦的,有时候需要持续到很晚,深夜。休息的时候,我们坐在一起说话。我还是愿意说一些轻松的话题,关于我们两个人的,或者我们的过去。潘蒹鄄则显然沉浸在现实中,沉浸在当下,她把拍摄这部电视片看成了严肃而崇高的使命。看得出来,她的脸上焕发着战斗的光芒,即使在看起来温柔文静的时候,也像个颇具古代女武士之风的女子。在整个拍摄过程中,她一直十分忙碌,东跑西颠,手里拿着聚光灯的灯架或拎着沉重的电池板。每一个现场都有她的身影,哪怕端茶倒水,总可以让人注意到她。她,在忙,忙个不停。她的眼里都是活,袖口永远是往上撸着的。不知道什么时候,她已经把那头大波浪剪掉了,变成了齐耳短发,看上去精干利索。小外婆的泼辣之风又在她身上重现,但却是一心扑在工作上,让人钦佩。她眼下的样子肯定让我喜欢,真的喜欢,很喜欢。我喜欢她脸上焕发的光芒,喜欢她脸上流淌着的汗水,喜欢她从身边经过时朝我不经意看过来的目光。过去的小外婆是稚嫩而令人担心的,现在的她多么老练而成熟啊!

"还有不多的几组镜头,这部片子就要杀青了。你的作品就要问世了!"

我苦笑:"你不是说过,这不过是产品,不能叫作品吗?"

现在拍摄的这些镜头,其实在我的头脑里原先空无一物。我想要表达的思想和情感都不在里面。

"如果领导认为它是作品,那它就是作品,电视艺术作品呀!"潘蒹鄄拍拍双手,好像上面还沾了好多灰尘。"我们的观念就是要有进有退,能够感动人心的东西就是艺术。艺术的重要性也正是来源与此,它能够让我们的感动脱离平庸,远离腐朽,引向某一种高度。哎呀,你以为只有那些虚构的小说和戏剧化的故事才是艺术吗?不错,小说能够挑起虚假的喜怒哀乐,戏剧能够使最龌龊的感情变得崇高,但只有彻底纪实的东西才是社会的真实写照,真正不朽的作品啊！"

"天哪，你活像个思想家，哲学家！这些话，是你自己脑子里想到的还是……"

"是那位导演说的呀！人家可是名人呢！我不过是鹦鹉学舌罢了。"

"你学得倒是真快！"我不无讥讽地说。

"近朱者赤，近墨者黑。跟你这样的文学青年在一起，不学点高雅的，哪能聊到一块儿呀！导演说，大俗的可以成为大雅的，而大雅的一定是不俗的……"

"是啊。"我打断她，不想让她再重复那位虚假名人故弄玄虚的陈词滥调。我们需要有自己的思想。"俗和雅本来就是很难从表面来界定的。静坐白云观骗取铜子的道士俗吧，换成老子就是大雅；在街头摆摊卖卜的江湖客俗吧，成为周易就是大雅；祈财求福的三姑六婆和秃头肥脑的蠢和尚俗吧，上升到佛学就是大雅。但是俗如何变成雅，并不是靠自我吹嘘包装出来的。那位导演，是个沽名钓誉的江湖老手。这个一眼就能看得出来。"

"瞧你这话说的！"潘蒹鄄有些不高兴了，好像我贬低别人，把她刚才学舌的一番话也跟着贬了。"你自己眼高手低，可也不能瞧不起人家！知道他导演这部片子能得多少酬金吗？"她用手指比画了一下。"真是吓死人嘞！你能有本事在两个月里挣到这么多银子呀？"

话不投机，只好暂时陷入困境。我们在夜色中沉默着，呼吸着郊外的空气。真有些后悔刚才最后说的那两句话，让她不高兴了。我想让她高兴起来，却一时找不到合适的话题。她坐着，静静地坐着，像含着怒气的花朵，让我想亲近又畏首畏尾。她伸手到脑后撩了两把，空撩。她一时忘记了已经把头发剪短，以为长发还在，做着习惯性动作。女人还是应该留长发，长发永远比短发好。现在的女人越来越男人化了，短发会加重这种感觉。她往脑后撩长发的动作使她有女人气，令我心旌摇动。我真愿意替她重新把长发接上，恢复原来的样子。她原先可不是这个样子。她好像很喜欢变化,变给谁看呢?比如她脸上多了一副眼镜,原本是可戴可不戴的,但是戴上眼镜,在她看来似乎显得知性一些,总之是可以掩盖掉什么。变化总是令人产生陌生感,我是不希望她变的。她还是在变。她的变与不变,并不会跟着我的希望走。

我们坐在正在建设中的宝山能源基地工地上,旁边是一条很宽的河。这条河向东而去,不远处就是长江和大海的交汇口。白天能见度高的时候,能看见东面那一片茫茫水色,还能看到鸥鸟成群。现在什么也看不见,只能想象那一片空旷,无边空旷。上海,海上。上海到处都是人,海上什么人也没有——这世界真有意思,人不扎堆,就活得没劲儿似的。工地上有体积庞大的锅炉、电机,弯曲蜿蜒的粗粗的管道,还有高耸入云的烟囱,烟囱上画着粗粗的白线。这些庞然大物在夜色里影影绰绰,沉寂无声,却令人敬畏。这些巨大的物体,全是由人类建造起来的,但人类在它们面前又总是显得十分脆弱和渺小,仿佛不堪一击。唯一能够真正强大的,是我们的内心。我们思考,然后强大,藐视一切。

可以藐视一切,但你却不能藐视你身边的每一个人。在短时间里,他们可能让你愉快或者不悦。长远看,他们可以影响甚至改变你的命运。你身边的人,那才是你的世界。

"我说到处都找不到你们两个呢,原来是在这儿躲清闲!"一个大嗓门的男人走过来,"夜深秋风寒,当心别着凉啊!"

来人是几位摄像师中的一位,我们叫他叫王叔。王叔有五十多岁了,人高马大,在集团新闻中心做专职摄像。他背有点儿驼,因为腰椎不太好,每天扛着很重的机器要连续拍摄好几个小时,有时候很吃不消。我看他慈眉善目,脾气好,喜欢跟在他身边帮着拎拎箱子,有时给他捶捶腰,这段时间相处得还不错。我跟着王叔也算找到点事儿做,省得让别人看上去游手好闲。他好像挺喜欢我的,常常问起我的个人情况,爱好呀,工作呀,老家在哪儿呀,家里有几口人呀什么的。他还打听我有没有女朋友,我跟他说没有。他就朝潘兼鄞那边看一眼,目光有些意味深长。我猜想他是个热心的好人,一定是想做红娘,心里不免存几分感激,虽然并不希望他多事。他好像挺在意我和潘兼鄞两个单独在一起的,目光总是有意无意跟着我们,但肯定没有恶意,只是关心而已。总之,我觉得王叔是个投缘的人,成为忘年交也不错。

"老王爷叔,累了吧?"潘兼鄞热情地和他打招呼,"这一整天扛着摄像机,您也真够辛苦的!"

"老王爷叔"是上海话的叫法,在北方话里就是"王叔"的意思。王叔拍拍屁股在边上找个地方坐下,放松地叹口气,道:"我们年纪大了,不像你们年轻人精力旺盛。每天都这样连轴转,一忙就是深更半夜的,还真有点儿撑不住哩!"

"你们新闻中心平常活儿就多,要现场采访、拍摄,还要策划,写解说词,完了还有配音、剪辑和后期制作。要拍成一部片子,多不容易呀!"

"小潘,还是你理解我们。我们难哪!现在的领导个个好大喜功,恨不得每天都有成堆的新闻报道宣传他们!何况上镜头露脸,又是人人争先恐后的事情。若只是忙一点儿倒也罢了,可现在大大小小的领导实在太多,我们最苦的是镜头永远摆不平。"王叔伸手撸把脸,仿佛脸上有看不见的蜘蛛网。"别的领导且不说,单单党委书记和总经理这两个人之间的平衡,就让我们头疼死了!上面有句话,现在企业实行的是'党委领导下的总经理负责制'。是党委书记大还是总经理大?谁才是一号人物?我看都没有人能说得清。"

"当然是党委书记大!我们是党领导下的社会主义国家嘛!"潘兼鄞插话。

我很理解她的心情,她现在有个继爹靠山,就是做党委副书记的。

"新闻里报道的都是企业生产上的事儿,镜头里是党委书记先露脸还是总经理先露脸?弄得不好,就有一个不高兴!"王叔苦着脸笑笑。"党委书记的露脸镜头如果是四十五秒,总经理的露脸镜头就不能是四十四秒,否则就捅娄子了。审片的时候,会有好事者拿着秒表掐时呢!审片那一关是最难熬的,你都不知道得罪谁了,反正横改竖改就是通不过。修改意见听了一大堆,最后还要看主要领导的脸色。要是党政主要领导意见相左呢?我们常常就死路一条了。唉,新闻这碗饭,难吃呀!我反正也到了这个岁数,能混过一天是一天,就这么地混着吧!"

"您得考虑有个帮手,收个年轻人做徒弟什么的,凡事多少能挡着点儿。"潘蒹鄞关切地朝他那边靠靠,"您看小穆咋样?他大学毕业,脑子好使,文笔那么灵光,正好帮你写写本子搞搞策划。"

"哟,小潘,你抬举我了!我要是能做主,明天就立马把小穆给调过来!"

"您跟新闻中心主任推荐推荐,翘翘边,说不定你们主任会听了您的建议!"

"我看小穆不一定愿意呗,啊?"王叔转过头来看着我,"在大学里做老师,挺好的,多体面的职业呀,何苦来我们这儿当小三子遭罪?"

"我……"我一时倒不知道该说什么好。

"王叔,您傻呀!"潘蒹鄞抢着替我回答,"大学老师能有什么出息呀?拿的是一份死工资,收入怎么能和能源集团相比呢?将来的薪酬差距会越来越大,过几年就是天上地下啦!再说了,大学里待着也当不了官,最多混到个副教授,碰天了弄个教授身份,也得等胡子白了的那一天。这社会还看不明白吗?谁有本事谁抢钱!谁能抢到更多的钱呀?还是得当官哪!"

"要说也是,在大学里当个教书匠,收入是很难上得去。"王叔开始附和她的观点,"小穆,你过不了几年就要结婚,分房子,一切都靠白手起家,经济上的压力肯定小不了。"

潘蒹鄞忽然想到什么,扭头问我:"小穆头,你入党了没有?"

我摇摇头:"我连入党申请都没有打过。"

"为什么?"潘蒹鄞显得非常失望,"我还一直以为你是个进步青年呢!"

"不入党就是落后分子吗?"我挺反感,反问道。

现在都二十世纪八十年代末期了,我说,加入中国共产党在大学生当中早已经不是一件很被热衷的事情。尽管我们班到大四那年已经有了自己的党支部,而且七位班委中已经有六位加入了党组织,我依然不为所动。我最要好的那几位哥们,整天都在骂那些入了党或正在申请入党的同学,是政治投机家、小爬虫。我一旦打入党申请,这些好哥们多半都会和我绝交。我会马上被他们瞧不起。大学里和社会上一样,不时能听到一些骂共产党腐败的声音,认为共产党应该把管理国家的权力交出来。似乎在党中央那样的最高层里面,也有一种自由的倾向,提出"改善党的领导",要实行"党政分开",让企业党组织"属地化",等等。据说,将来党员过组织生活都不能占用工作时间,必须放在下班后的业余辰光。还有一种说法,说将来党组织的书记不算任何职务,也没有相应行政级别,都是在普通党员中随便找个人兼职一下,即便看门房的也能当书记。

"入党不入党,对人生真有那么重要吗?"我白了潘蒹鄞一眼。心里说,别以为你继父在党内做了个高职,就看我们这些党外人士跟不在同一个阶级似的。

"当然重要,眼下就十分重要!"潘蒹鄞用不可救药的眼神看着我,"你看,如果你现在是党员,我们处长觉得你又才华横溢,一高兴,说不准拍完这部电视片就能把你调过来了。但你不是党员,还怎么调你?这可是党委的宣传处呀!你不是白白错过了这个好机会吗?"她大概看出我眼中有几分不屑,紧跟着又加了一句:"如果我们能天天在一块儿上班,该有多好呀!"

她最后的那句话,倒是很打动我心思。是啊,如果我能和潘蒹鄞天天在一块儿上班,该有多好呀!

我看着她。她的目光里多了几分柔情,我也是。无论怎么说,她是关心我的,而且出于真诚,这一点不可否认。我真的很愿意和她在一起,每天见到她。在这个让我倍感孤独的城市里,她的身影就如一道温暖的阳光,驱散了我心中冷寂的愁云,正是我所渴求的。

王叔做了个起身的手势,说:"导演在叫我们过去了,走吧。"

第十六章　人们需要精彩的故事

转眼已是深秋,早晚添了几分凉意。上海成了世界上最美的城市,外滩路边的花坛里菊花的品种多了起来,大的如绒球,小的如纽扣,每一朵菊花都像一张张笑脸,瞅着就舒服。在能看到银杏树的地方,你会发现树叶已经悄悄染上淡黄色,在微风的吹拂下犹如一只只金色蝴蝶翩翩起舞。在不下雨的日子里,天空比夏季时明显晴朗了许多,蓝得有些不真实。白云的姿态也更加变化万千,东边的云朵像一簇簇的棉絮,西边的云层又如波涛汹涌的海洋。城市中心的上空,你平常很难见到那些洁白的云彩能如此地自由而奔放。

在拍完所有的素材后,我们的电视片经过初步后期制作,进入了毛片审查阶段。正如王叔当初说过的那样,审片过程是艰难而令人头疼的。领导多,意见多,而且想法变化无常,是反复开会、反复修改的主要原因。那个导演和几个负责后期剪辑的人也真够可怜的。好在没有我太多事儿,我只是把领导的新想法改换成新的解说词,仅此而已。潘蒹鄄每次开会都在场陪听。我看着她表面认真严肃的样子,独自偷笑,她本来应该是最超脱的,却偏偏做出一副肩负重大责任的姿态。她也太擅长作秀了!

最后的一场审片会,在华东能源管理局大楼里召开。因为上海能源集团是一年前刚从华东能源局分离出来的,华东局是老子,上海集团是儿子,儿子的事都得经过老子点头。据说,那一天华东局一共来了十六位局级干部参加审片会,可见重视程度之非同一般。

审片会午饭后开始。我们去会场的时候,先从南京东路上走了一段。那天是周末,恰逢南京路上正在举办某项大型庆祝活动,也不清楚是为什么事情庆祝(我们早就习以为常了),反正是组织了一场声势浩大的管乐大巡游,把从外滩到西藏路的一段路全封了,不让任何车辆通过,只允许乐队和行人通行。有好多支管乐队呀!一拨一拨地演奏着欢快嘹亮的进行曲走过去。除了解放军乐团和海军乐团外,还有中学生乐团。后面过来的不少队伍里,又全都是外国人面孔,好像亚非拉欧美都来了。他们的服装鲜艳明亮,或排成整齐的方阵,或组成五角阵形,脚步声响亮而整齐。他们有的鼓起嘴巴吹着长长的圆号或弯曲的萨克斯管,有的敲着节奏感强烈的鼓点,还有人吹着长笛、黑管或打着军擦,看上去那么英姿飒爽,神采飞扬!我们经过的时候,听到中国乐队演奏的是《歌唱祖国》,而奥地利乐队演奏的是一曲《拉德斯基进行曲》,听得人人热血沸腾。这里乐声震天,自然把周边街道上的路人全吸引了过来,站在道旁驻足观看。一时人山人海,处处拥挤不堪,行人几乎无法行走。我们费尽九牛二虎之力,总算挤过了这一段路程,个个汗流浃背。潘兼郢的衬衣因被汗水浸湿而半透明,深色的文胸轮廓清晰可见,我恨不能哈口气给她吹干。

到了华东局会场,马上像是进入了另一个世界,安静,阴森,甚至有些冷酷。因为主要领导全都板着脸,其他人也就不敢随便说话。毛片放完之后,冷场了很长时间,似乎在集体默哀。也只能集体默哀,因为华东局的党政一把手都已经用鼻子表了态——冷笑。冷笑,频频出声的冷笑,嗤之以鼻的冷笑。

那几乎是一场火力迅猛的批斗会。指责、抨击、讥笑、非难……披着斯文外衣的恶言恶语铺天盖地而来!自吹自擂、歌功颂德、目无上级、贪天功、摘桃子……各种大逆不道的罪名蜂拥而至!真是言者动容,闻者戚然。在场诸君,大概只有在下一人能做到心情平静,神情漠然。这一切关我什么事!与我无关。与我无关。我只是一个局外人,一个被人请来的操刀手,一个所谓的大学里来的老师,一个文学青年。我很快就要回去了。回去后,这里的事儿,跟我什么关系也没有。

我逃出会场,待在装修豪华的盥洗室里消磨了很长时间,像个自恋者对着镜子照来照去。参加工作不久后我便开始有自恋倾向,喜欢对着镜面物体或可以看见人影的明亮玻璃(比如商店的橱窗或电梯边框)驻足顾影。我发现自己原来颜值不低,几乎能称英俊男子,皮肤白皙红润,头发柔软黑亮,胖瘦适中,体格健美。除了面部表情常有些放松不开的羞涩拘谨之外,外表算得上潇洒而阳光。我已经能操一口娴熟的沪语,从口音上一点儿听不出来自苏北。唯一让我自惭形秽的是衣着,好像总比身边人低了一个档次。因为经济拮据,南京路上模特儿身上的那些服装总是可望而不可及。我的消费习惯还没有跟上,农民习性从我的衬衫、长裤和皮鞋上一览无遗,廉价,低档,归属于外来户的层次。我知道这是个问题,但短时期内无法改观,我实力不够,只能先将就着。我希望潘蒹郓别老盯着我的衣着看,只看我的脸就行。她应该是喜欢我的,喜欢我的脸和身体。别管衣服。我的脸已经和上海这座城市接轨了,而内心依然和衣着一样带着自卑,不自信。

回到会议室,发现坐在一旁的潘蒹郓依旧自始至终满脸紧张,大气儿不敢出。她手里拿支钢笔,在小本子上不停地记录着,哪怕漏了一句话也不成。她目光在华东局领导、上海集团领导和宣传处处长的脸上不停地逡巡,观察他们表情的每一个变化,大有同悲共戚之态。

有一个人的脸上从头到尾堆着笑。假笑。肌肉僵硬的笑。谄媚讨好的笑。就是那位导演了。他在所有领导讲完话后,迅速做了个简洁而高效的表态:问题严重,责任在我;调整思路,端正心态;保证改好,不负错爱!我以为这二十四个字就是他的结束语,想不到,他为诠释这二十四个字又费了整整一个小时的口舌。他谈古论今,纵横捭阖,口若悬河,唾沫四溅,殚精竭虑地推理着这样一个观点:历史是英雄造就的,群众是真正的英雄;群众是由领导引领的,领导才是引领历史的英雄。

"导演可真有水平啊!"潘蒹鄞由衷地赞叹道。

我并不认同她的话,但我认同从她身上散发出来的气味,温热、馨香、舒服、令人迷醉。

导演最后说,从明天开始,我们的中心工作,就是给在座的每一位领导补拍镜头。"有一点请在座各位放心,我会保证每位领导的镜头在电视中出现的时间不少于三十秒!"他在脸边竖起三根右手手指,像是对着老天发誓。"我认为这样做是无可非议的!领导的工作就是企业的中心工作,领导的风范就是企业的风采,我们应该解放思想,大胆展现,大胆丰富!"

我惊讶得目瞪口呆。他不是一直在口口声声要坚持作品的艺术操守吗?为何翻手为云覆手为雨?总该有块遮羞布吧,哪怕算是给这些位高权重的领导们一个面子!如此出卖艺术、出卖灵魂的赤裸表白,他竟全然不加任何掩饰,其奴颜婢膝的功夫,足以叫人大跌眼镜了!

再看看在场正襟危坐的华东加上海共二十来位局级干部们,之前还风云诡谲,有的满面怒容,有的义愤填膺,有的惶恐不安,此时忽如一阵春风拂面,竟然都渐渐表情舒缓,若有所得,神态平和而安详。电闪雷鸣转化为风和日丽,他们接受得如此心安理得!有几个人开始发表意见——

"我看导演的态度还不错!"

"只要能改好,我们也不是要一棍子打死。"

"其实华东能源和上海能源本来就是一家子,分什么彼此你我呀!"

"凡事都要靠沟通嘛……"

"高人哪!"潘蒹鄞如释重负地轻声感慨,"高明的人,高贵的人!一个高明的导演,一群高贵的领导!他们阐述思想的方法是多么艺术,他们处理问题的手段是多么老道!他们都是令人敬仰的高人!"

"你在说什么!"我有些生气,简直都被她的混乱逻辑给搞糊涂了,反驳道,"你知道什么叫高贵吗?高贵,不是因为你拥有多少金钱、做了多大的官或处在多高的地位而昂着脑袋！高贵,恰恰是因为你不肯轻易低下头,不愿为了得到某种利益而放弃原则和底线！"

潘蒹鄿白了我一眼。她的眼白太多了,我心被刺痛。

"行了行了,你就别假清高了！"她口气轻蔑地说,"只有让这些领导们高兴了,心情好了,我们付出的努力才能得到肯定。要不然,我们这几个月不是白忙活了嘛！领导首肯了,你才有机会留下来,调到能源集团来工作。即使宣传处不方便调你,你还可以到新闻中心编报纸,到办公室做秘书。再不济,到团委当干事也好呀！我这几天正在向各个处室部门的领导推荐你,你可别不识好歹呀！千万争口气,别老把清高挂在脸上,拿自己当李白杜甫似的！"

咦——！我被她数落得马上没了脾气。是啊,我连求人家都够不着门槛,还有什么资格妄自评价人家的高低?

这时候,从门外进来一位办公室秘书,神情严肃地走到集团总经理身边俯身贴耳说了几句话。总经理脸色顿时一凛,马上对华东局领导汇报说:"局长,出大事了！"

所有人都是一愣,大气不敢出。

"出什么事了?"局长面部肌肉抽动了两下。

"北郊能源站发生重大人身伤亡事故！两死,一重伤,还有一个轻伤。"

"啊！"会场一下子像炸开了油锅。

"群死群伤啊！"

"重大安全责任事故啊！"

"这下捅了大娄子了！"

"今年的安全指标一下子全砸锅了！"

"到底是怎么个情况?"华东能源局局长皱着眉头厉声问道。

"事故刚刚发生在二十分钟前。据口头报告,是工人现场作业时误碰了高压带电设备,触电引起伤亡。具体书面报告还没有出来,我们马上去现场了解。"集团总经理忙着收拾桌面上的本子。

"伤者的伤势怎么样? 严重吗? 及时送医院抢救了没有?"局

长转而问刚才进来报告情况的秘书。

"有一位只是被高压电弧灼伤,应该没有生命危险。"秘书低着头汇报,"另一位……据报告说,看上去十分严重,两条腿全灼黑了!这两人都已经被迅速送到能源医院烧伤科抢救了。"

"走,我们都去看看!"局长恨恨地从鼻孔里喷出一股粗气,起身向外走去。

其他人急忙跟在后面往外走。偌大的会场一时显得空荡荡的,只剩下王叔、潘蒹鄄和我以及为数不多的几个局外人。

我们也都灰溜溜地各回自己的办公室。

这件事情对我来说,只是工作中的一段见怪不怪的悲伤插曲。安全事故在能源行业每年都会发生多起,只是这一次伤亡人数较多。上头若是较真追究,有一批责任人要受到严肃处理,反正是够领导们喝一壶的。

我坐在办公室里无事可干,翻看了一会儿当天的报纸,有心想着早点儿回去算了,又不知道潘蒹鄄今天有什么安排。我们这些天早来晚去都一起走,已经成了习惯。潘蒹鄄一个人坐在办公桌前眉头微蹙,若有所思。看见我走近,忽然问我,想不想跟她到几个部门转一转,见几位处长主任?我傻乎乎地问她,去见那些人做什么?"去寻找机会呀!"她没好声气地说,"你现在上班什么事情也没有,自己倒一点儿不着急呀?就那么甘心灰溜溜地回到学校里做老师吗?"

我心里嘀咕,什么叫"灰溜溜"地呀?我本来做老师就做得好好的!

她摊摊双手,说:"宣传处看来是没有指望能调你进来了,谁叫你不是党员呢?咱们总得再找别的部门碰碰运气吧!"

我突然觉得这件事情好无聊,真的是无可无不可。没精打采地跟着她去了几个事先想过的处室,自我感觉像个行乞者。潘蒹鄄颇具开茶馆的阿庆嫂范儿,天生就有见人自来熟的功夫,到哪儿都能嘻嘻哈哈热乎上一番。几位部门当家人看上去都很愿意给她面子,但一说到要调人,全觉得为难。"哎哟,可不是那么容易的!

我跟领导提一提看呗,也只能说试试,成不成的,那全得看运气了!"全都是这么一个结果。他们意味深长地多看我几眼,又朝潘蒹鄄眨眼睛,这时候我如有芒刺在背,浑身不自在。潘蒹鄄装痴卖傻地伸手推搡他们肉乎乎的胸脯,娇嗔道:"您不要七想八想哟——当领导的可不兴这么庸俗!"领导哈哈一笑,嘴巴里说着"有数,有数",笑嘻嘻起身送客。

转了一圈回到办公室,潘蒹鄄似乎一直心神不宁。她把一支圆珠笔含在嘴巴里咬了很长时间,好像那是一支巧克力棒,然后似乎下定了某种决心,说:

"我想马上去能源医院走一趟。"

"嗯?去看触电灼伤的伤员?"

"对!特别是那个双腿灼黑的重伤者,我要去看一看。然后,我还想去发生事故的北郊能源站,了解些具体的现场情况。"

"安全事故归安监处管。好像跟宣传处没有什么关系吧?"我觉得不解。

宣传处是专门做正面宣传的,一般出了好人好事才会出场。安全事故是负面新闻,即便要写报道,也是由新闻中心出面。

"我预感到这里面或许有故事!"她快速地用笔尖敲击着桌面,"你不想跟我一起去看看吗?"

"要我跟你一起去?好吧。"我随口答应下来,其实内心毫无兴趣。我只不过是想尽量和她待在一起罢了。

"走吧。"

我们匆匆赶到医院时,那位双腿被严重灼焦的伤员还在手术室里抢救,而且一时半会儿出不来,根本不会有机会见着。医生说,即使见到,他也可能会长时间处于严重昏迷状态,类似于植物人。至于什么时候能完全脱离生命危险,现在还很难说。倒是那位轻微烧伤者小马,刚刚经过一番清洗上药和包扎处理,已经在观察室病床上躺着了。我们赶紧跑到观察室,在门口正好碰到安监处处长老许,他带着一名手下也守候在那儿。潘蒹鄄和许处长低声打了个招呼。许处长说,既然党委宣传处也关心此事,就一块儿进去问问吧。"

躺在病床上的小马,头部和左臂都缠满了白色的纱布绷带,只露出眼睛和嘴巴在外面。尽管看上去吓人,其实伤情应该不算很重,神志清醒,可以自由活动,只是说话稍微有些困难,似乎脸部的疼痛影响了嘴巴的功能,不时皱眉。他目光时而躲躲闪闪,时而呆滞,对下午刚刚发生的灾难显得心有余悸。从他惴惴不安的眼神中,不难看出其内心是很惶恐的,像个闯下大祸的孩子一般。

小马刚刚二十出头,个子瘦小单薄,从眼神看上去也确实像个孩子。他介绍说,还在抢救中的那位是他工作上的搭档,叫邢勇,今年才二十七岁。

"邢勇惨了,他这一辈子就这样毁了!"小马忽然流出了眼泪。

"你真该为自己而感到庆幸!"潘兼鄄拍着他未受伤的那只右手说。

"能给我们详细说说当时的情况吗?"安监处长老许板着脸,例行公事进行他的调查问询,"事情是怎么发生的?说得越详细越好。"

"因为西郊能源站要进行部分工程改造,需要在近期拿出一个设计方案,我们四个人今天下午就进入现场实地测量尺寸。"小马断断续续地开始他的叙述,当中不时地抽动右半边脸部,显得十分痛苦。

"在现场的高压舱,地面和空中共安装了两对电桩,这你们知道的,是二十二万伏的超高压电桩。工作仓位里还有大量的带电设备和绝缘装置。我们进入仓位前,由邢勇通知并陪同操作电工拉断电闸,防止触电。可是,不知道怎么搞的,本来应该拉断的是地面那条线的电闸,操作工却错拉了空中那条线的电闸,出现了误操作。这本来是绝少会发生的事情,竟然偏偏就发生了,而且也没有被及时发现,没有得到纠正。我们四个人就这样毫无防备地走进了一个极端危险的地方。而且那两个人,小田和小刘,还一人拽着钢卷尺的一头,蹲下身子贴着电桩测量尺寸。悲剧,悲剧就这样无法避免地发生了!"小马不由自主地哽咽抽泣。"他们……他们,小田和小刘,一男一女,刚才还有说有笑的,一瞬间,就一瞬间的事,顷刻化为了两堆黑乎乎的焦炭!"

说到这儿,小马泪如泉涌。潘兼鄄赶紧拿出纸巾替他擦拭。

"那,邢勇和你,当时是怎么回事儿?人站在哪儿?怎么被灼伤的?"许处长面无表情地继续追问。

"当时,邢勇站在小田和小刘的中间,在内圈。我站在外围,离他们几个稍微有点儿距离。只见一道强烈而炙热的弧光一闪,我感觉仿佛被雷劈了一样,一股巨大的力量把我击倒,短时间内失去了知觉……情况基本上就是这样。我只能说是上天垂怜我,让我保住了一条小命,而且伤得还不算太严重。我真是幸运!邢勇就惨了,邢勇他……这一辈子就这样彻底毁掉了!"

"很显然,这是一起典型的安全生产责任事故!"许处长背着手愤愤地在房间里走动了几步,面容痛苦地说,"无可争议,属于责任事故!"

"那个邢勇,怎么会如此不小心呀,连拉错了电闸都没有发现!唉——!"潘兼鄄万分同情地长叹了一口气,"小马你也是的,就一点儿没有意识到那种高电压场所有多么危险嘛?按照安全规程,在进入工作仓位之前,应该首先做验电试验的嘛!"

"我……我当时看到高压舱里有一条很长的青蛇的尸体,有一米多长,被吓了一跳。心里恶心了一阵,有一种很不好的预感,但没有说出口。谁知道……很快就出事了!"

"青蛇?"潘兼鄄对那东西好像很感兴趣。"你是说,舱位里发现一条一米多长的青蛇?"

"是的,已经死了。估计是之前某个时候被电死的。"

"蛇从哪儿来的呢?"

"鬼知道从哪儿游进去的,那东西无孔不入!西郊站的周边全都是庄稼地。"

"如果那青蛇是活着的呢?你们会怎样?"潘兼鄄继续追问。

"那是必须要被打死的!无论如何都要除掉它!"小马紧张地说。

"为什么呢？为什么一定非要将蛇除掉不可？"

"那东西出现在高电压舱位里太危险了！"

"怎么个危险法？青蛇不是无毒蛇吗？江南一带水乡里到处可见这种蛇类，虽然模样瘆人，毕竟是伤不了人。"潘兼鄞好像很缺乏这方面的常识。如果不是听了她后面说的那些精彩的话，我差点儿以为她毕竟只是个热力管道维修工，对电力线路很外行了。

"可是它们在带电设备和绝缘装置之间爬来爬去，身体又特别细长！一旦蛇的身体同时触碰到被绝缘子隔开的两相高压电路，就会像导体一样引起短路。"我替小马解释说。

"两相超高压电路，二十二万伏特，一旦发生短路，那将会怎样？会引起一连串的电闸跳闸和变压器烧毁，整座变电站停电，继而引发供电网络系统崩溃！"许处长显然在这方面更是专家，他补充说，"北郊站是个能源中枢站，它一旦出了问题，上海将有五分之一的城区遭遇大面积突然停电，市区北面的几个区县都会在顷刻间陷入一片黑暗之中！"

"那将会是十分灾难性的后果，啊？"潘兼鄞脸上泛起一片红光，好像突然间遇上了什么高兴的事儿，一副幸灾若祸的表情让人实在无法理解。"对于一座现代化城市，从重要性讲，电，仅次于空气！一座没有电的城市，马上就会变成一座死城。想想吧——所有的医院突然停电，不知道有多少正在手术中的病人刚被剖开了肚皮却无法缝上，是不是？市区北面有多家大型钢铁冶金企业，沸腾的钢水因突然停电无奈凝结在了炉膛里，是不是？吴淞码头上刚刚被起重机用电磁吸盘吸在半空的重物，突然从半空中垂落，砸向地面上作业工人的脑袋，是不是？还有，更多高楼里的人被突然困在了行至半空的电梯里无法解救，是不是？这样的场景难道还不是灾难吗？五分之一上海的灾难！啊？"

啊，她像演讲一样，像朗诵一样，说得太严重了，太夸张了，太激情了，听起来叫人不寒而栗！大面积的城区突然停电，自然是一场后果严重的灾难性事故，但她居然说得这样玄乎，在我听来倒还是第一次。我可真是领教了她的渲染能力！

如果这时候有一面镜子,我一定会发现自己早已变得脸色苍白。

"小潘,你把话题扯远了。"许处长粗暴地打断她,"我们现在调查的是人身伤亡安全事故,跟大停电没有关系!"

"许处长,您调查的目的又是什么呢?"潘蒹鄄问。

"职责所在。"许处长一脸肃然,"逐级通报事发案情,层层追究事故责任,处罚责任人,加强安全教育,举一反三,汲取教训,杜绝此类事件再度发生。"

"紧接着,就会有很多人,一批的人,包括各个层级负有管理职责的领导,他们再也无法淡定——无疑将受到严肃处理:通报批评、扣钱、记过、甚至革职,这些都成了板上钉钉的事情。是不是?"

"那是自然!"

"有人会高兴吗?"

"没有人高兴!"许处长明显不耐烦了,"出了这么大的事故,谁还会高兴?"

"事物总是辩证的,问题是可以转化的。如果能把坏事变成好事呢?"

"好事?什么好事?"

"如果能从一次严重事故中挖掘出一个感人故事呢?"

"把事故说成……故事?"许处长说,"小潘,你开什么玩笑!"

不光许处长糊涂了,我们全都被搞糊涂了。这个潘蒹鄄,她在想什么呢?

"那两位已经死去的人,小田和小刘,我们完全可以称他们为烈士!"潘蒹鄄表情也肃然起来,一点儿不像是在开玩笑。"他们是为了捕捉那条该死的青蛇而死的!在发现长蛇即将引起电路短路的千钧一发时刻,他们奋不顾身地冲了上去。来不及拉电闸,来不及寻找工具,什么都来不及做,根本来不及,只有冲上去,冲上去!为避免上海遭受一次灾难性的大面积停电,他们毫不犹豫让自己身处险境,最终不惜献出年轻而宝贵的生命!他们用自己的牺牲,换取了五分之一上海城区几百万市民的平安。他们——生得伟大,死得光荣!"

精彩。意外的精彩,机智的精彩。

瞒天过海的精彩,无耻到极点的精彩!

但是多么巧妙,这正是很多人所盼望的,让人在心底窃喜的,而且是一个足以教世人信服的精彩故事。

知道真相的人,他们会感激涕零。不知道真相的人,他们会感动万分!

毋庸置疑——领导会需要这个故事。许处长也需要这个故事。死者更需要这个故事。还有死者的单位和家属,都需要这个故事。

不需要这个故事的,大概只有我,我是这里知道真相的唯一局外人。我与这个故事一点关系也没有。故事的任何版本对我都没有影响。令我不解的是,潘蒹鄞为什么非要绞尽脑汁编造出这样一个故事?她真的也那么需要吗?

现在,故事的框架已经出来了。而接下来讲述这个故事的人,将换成现场的目击者、故事的参与者、故事的幸存者——小马。小马和邢勇无疑将成为故事中的核心人物,故事的灵魂,成为受人敬仰的救难者,成为完成壮举的英雄!这是多么光荣的好事啊!

"小马,你行吗?"潘蒹鄞向他倾过身子,轻声细语地问道,"能讲好这个故事吗?"

瞧,小马早已经泣不成声!他哭了。毫无疑问,他被这个精彩的故事深深感动了,被自己和同伴大无畏的精神境界感动了,被从天而降的命运转机感动了!他的泪水把脸上的纱布全都浸湿了。

"小马一定行的!"许处长拍拍小马的肩膀,很有信心地鼓励道。

第十七章　那幢洋楼里的人

这一年的冬天似乎比往年多了些喜庆。冬至刚过，就迎来了第一场大雪，而且飞飞扬扬连下了两天，在上海可以算得上一件稀罕事。

上海的冬天难得见到雪花踪影，有时候一个冬季再加上春天也不一定能见到一场雪。在大多数的冬季里，即便偶尔飘上几片稀疏的雪花，也是刚一落地就融化在泥水里，根本堆不了白。瑞雪飘飞，并且在地上堆积了厚厚的一层，这可让上海人高兴坏了，纷纷走出家门，来到大街上踏雪行走，观赏银装素裹的白亮世界。孩子们也在欢天喜地堆雪人，打雪仗。这个城市拥挤惯了，到处是黑压压的人头和喷着浓烟的车辆。也肮脏惯了，随处可见尘土漫天的建设工地。一片茫茫白色暂时掩盖了街上所有不洁的东西，让早上出门的人眼睛一亮，看到了一片清明。身处南方的人们每次看到白雪皑皑总会觉得心情好起来，默默感谢大自然的赐予。雪是一种古老而神秘的吉祥物，是可以寄托悠悠情思的纯洁信物。白居易有诗云："绿蚁新醅酒，红泥小火炉。晚来天欲雪，能饮一杯无？"千百年来为无数后人反复吟唱。我们的前辈总是能够把周围的环境伦理化、诗意化，保持着人跟环境的调和一致。可是现代人不行了。现代人放眼皆是陌生的事物，早已经忘记了如何亲切地去联想。有人就曾经这样发出疑问："古人看见比目鱼想起夫妻恩爱，今人看见热带鱼能想起什么？古人看见团扇想起团圆离别，今人看见冷气机能想起什么？古人看见野草想起乡愁，今人看见高尔夫球场的草坪能想起什么？古人夜半听见秋虫的鸣声想起纺织婆娘，今人夜半听见货柜大卡车的喇叭又能想起什么？"唉！难得人们看见雪还能想起生活的美好，想起家门之外还有快乐！

天气暖了，热了，凉了，寒了，四季快速变化着。一九八七年转眼就到了，接下来就是春节，人们都在心头期盼着什么。生活似乎变好了一些，物质比过去丰富了许多。粮票、布票、糖票这些东西都在渐渐从日常生活中退出，鸡蛋票也可有可无，只有香烟票还被人们像宝贝一样积攒着，毕竟在过年的时候还需要拿出好烟来招待亲友。政府在年底前普遍给干部和职工加了工资，但是物价似乎涨得要更快一些，让人心里有些着急，有跟不上的感觉。报纸上说，社会主义市场经济就是这样，将来一切都由市场来定价。人也一样，将由市场来决定你的身价，所谓的干部身份和级别都将不再那么吃香了。我的月工资也从六十一元涨到了七十八元，但是忽然发现，一年积攒下来的钱只够买一件雪花呢大衣，连回乡下过年给父母兄妹买礼品的钱都犯愁。早就想着换一双新皮鞋了，还是得再忍忍。这样的生活过得多少令人忧虑，不知道未来会怎样，什么时候才能让境况有大的改观。同事中已经有人辞职出国，说是到日本打工能挣大钱，背几年死人回来也能成大款。可是我好像一时找不到这样的门路。再说，我的心吊在潘蒹鄞身上也放不下，她对我一直关心有加。如果不是心里装着她，我在这个城市里大部分时间就像孤魂野鬼，出门不知道要去哪里，不出门又无家可待。人心是不能放空的，心一放空就像遭到世界的遗弃，剩下一具虚无的躯壳毫无意义四处游走。

在潘蒹鄞的热心奔走和不懈努力下，总算将我的工作关系调到了能源集团旗下。遗憾的是，最终还是没有能够留在机关，我去了能源干部学校当老师。还是当老师。潘蒹鄞说，这次先把关系调进来再说，将来可以再寻找机会挪动。树挪死，人挪活。人往高处走，这道理错不了。虽说整个过程我从未主动过，但最后还是依了她。不依她不行，她为我的事已经费了那么大的劲儿！她甚至为我调动的事借用了她继爹的影响力。她之前提出让我到她家里去一次，和他继爹见一见面，我倒是先被吓得不轻。我承认，我当时过于天真，有些想入非非了。

"见你的继爹干什么？"我涨红着脸问，紧张得要死。

"瞧你，别胡思乱想！你还当是毛脚女婿上门哪？"她用力在我脑门上敲了一记"毛栗子"。"就是一次礼节性的拜访，请他老人家帮忙，给我们集团领导托句话儿。我继爹说一句话，比我说一千句话都管用。"

"啊哦！"我故作轻松。其实是想掩盖内心的紧张。

真要上她的家门，我的心像悬在了半空，童年时代被小莲拖着向客人行礼时常有这种感觉。我肯定很怯场——谁让我满怀说不出口的心思呢！

"我……"我犹豫着。

"你怎么？不愿意呀？"

我低头看看自己的衣着：泛黄的跑鞋，蓝粗布的牛仔裤，土里土气的黑滑雪衫，心里惭愧得紧，连身像样的做客行头都没有。潘蒹鄞明白了我的意思，拉着我一头扎进华侨商店，从大衣外套开始选起，羊毛衫、裤子、袜子、皮鞋，一整套全配齐了。我被标签上的价码吓得几乎瘫痪，说什么也不肯往身上套。潘蒹鄞真的发火了，口中"乡下佬"、"土老帽"、"外地巴子"骂个不停，惹得女营业员一直在边上掩嘴偷笑。拗不过潘蒹鄞，我只能把衣服鞋子全穿上，过去照着镜子。

"你看看，你看看，多帅气，多精神哪！简直就跟进来时完全换了个人似的。要不说人靠衣裳马靠鞍呢！这位小姐可真是有眼光，会选衣服，更会选人！这小伙子哪儿像个外地人哪？长得比外国人还英俊哩！"女营业员站在旁边只管拣肉麻的话奉承。

潘蒹鄞很满意自己的杰作，抿着嘴角边笑边点头。忽然又觉得少了什么，过去选了一条灰白格子的毛料长围巾，在我脖子上左缠右绕，端详了好一阵。

挺好！她说，有点像个五四革命青年了。

我说，五四青年就五四青年，干嘛还加上"革命"两字呀！

她不再理我，掏出皮夹子去账台付款。我灰溜溜地跟着，感觉像给她做了回面首，鼻子脸都不知道往哪儿放。

"等我攒上几个月，我一定把钱还给你。"我气呼呼地说，那样子倒像是她欠了我一大笔钱。

"你省省了！"她狠狠地翻了翻白眼，在我肩上猛推一把，"走吧，乡巴佬！"

我在晚饭之后去了潘蒹鄿家里。毕竟不能去吃饭的，只能假装拜访老同学。白天曾下过雨，但此刻天上已经有月亮，只是时时会被乌云遮住。乌云有好一阵子徘徊不前，就像一只黑色的手掌遮住了月亮的脸庞。她家的院子树木茂盛，道路两侧的高大樟树伸开赤裸的黑色肢体，枝条交叉错杂并相互偎依，形成奇特的拥抱，在头顶上空构成了一个形似教堂拱顶的穹窿。房子边上还有一些阔叶的梧桐和翘曲的榆树，以及一些巨怪似的灌木丛。洋房的墙壁上爬满了常青藤，一股股、一绞绞的藤蔓在月光下如巫婆脸上的皱纹透着神秘。我从潮湿的条纹状篱笆上摘下些蔷薇花的叶子，然后走进那座人字形洋房。我感觉腿有些软，毕竟心里缺底气，按门铃时手也哆嗦。说起来我们都是无产阶级劳动人民，可我和住这种房子的人家真是处在同一阶级吗？这使我无法自信。自信是我一生都十分珍视的品格，可我的自信心却偏偏长久无法建立。先前回了家的潘蒹鄿给我开门，她换了一件嫩鹅黄的高领粗线羊毛衫，摘了眼镜，越发显得目光清澈发亮，看上去活泼而青春，跟在单位里的模样判若两人。我在客厅里见到了潘蒹鄿的继爹，一位年近六十、头发花白的老干部，宽脸小眼，穿着烫得笔挺的中山装。潘蒹鄿说她妈妈不在家，饭碗一推就出去找邻居打麻将了。

客厅面积很大，约莫有四五十平方米，这在当时的寻常人家很少见。深色的柚木地板当中铺了大花图案的羊毛地毯，墙壁上贴着带纹格的墙布，窗帘布的面料厚实考究。房间里沙发、电视、音响等摆设齐全，还放了一张十分宽大的桌子。奇怪的就是那张桌子和一圈的沙发，都是深黑色的，宽大、笨重，散发着油亮的暗光，完全不同于一般家居的日用摆设。桌面上整齐堆放着《参考消息》《红旗》杂志和各种带红头的文件，还插了两面小红旗，一面是党旗，一面是国旗。刚一进门，我还错以为是进了某个领导的办公室呢。在沙发上落座之后，发现了更为惊讶的事：对面墙壁上竟然整齐悬挂着一排世界无产阶级领袖画像。从左到右，马克思、恩格斯、列宁、斯大林、毛泽东，五位伟人依次排列，宛如"文革"时代常见的场景。

潘蒹鄚看出了我的惊讶，挤眉弄眼嬉笑着说："小穆头，让你大开眼界了吧？我爹就是喜欢这样的风格呢！他喜欢把客厅布置得跟机关办公室一样，坐在家里也可以找到当领导的感觉。你瞧，他可不喜欢坐在这边的沙发上，总是爱坐在大桌子后面的靠背太师椅上——家里来了客人时总是这样。你习惯了就好了。"

我赶紧点点头，毕恭毕敬地朝大桌子对面欠欠身子。"伯父好！"

难怪呢，坐在自己家里还要穿着衣缝笔挺的中山装，连风纪扣都系得紧紧的，气派的大背头梳理得纹丝不乱。他的眼泡肿得厉害，脸上的威严堆得堪如铁锅底灰，刀刮不掉。要想比他的神情更高贵、更空洞，也难。

"嗯。别客气，叫我谭书记就行了。"他用口音极重的山东官话说。鼻音很厉害，像是患了重感冒。

潘蒹鄚忙悄悄捏一把我的胳膊肘，低声说："他喜欢人家这样称呼他。"

"谭书记好！"

"小穆，今年多大啦？"谭书记和蔼地问。

听我报过年龄，他笑了，一只手拍打桌面，好像那上面有蚊子、蟑螂什么的。"我了解像你这种年龄的人。人在这样的年纪，都难免自信而固执，好像未来的路上有一千个妖魔鬼怪也不会感到恐惧。可惜，我回不到当年了！"

"我听蒹鄚说起过，谭书记当年是南下的解放干部吧？"我想和他拉拉近乎，"在上海，我可见过不少老干部都是从山东过来的。"

"嗯。俺们山东是出了名的革命老区，山东人民为共产党打江山立下过汗马功劳啊！"

"是的！"我说，"是的！"

"虽然已经过去了几十年，我还是经常会回忆起战争年代的那些峥嵘岁月。"他站起身。他的身体高大健壮，确有老干部的气势。他从书架上取下一摞盒装录像带。那些全是经典的战争片，有《地道战》、《地雷战》、《南征北战》……一共有十好几盘。"现在，我只有靠看看它们来回忆啦！嗯。"

潘兼鄞补充说："我爹爹现在最大的爱好，就是每天晚上看上一盘战争题材的录像片，百看不厌！"

"我们共产党打天下不容易呀！"

"真是不容易！从一九二一年算起，打了二十八年哩！"

"之前听我们家小鄞说起过你。你是个大学老师，有文化，很好！可为什么到现在还没有入党呢？嗯？"他目光严厉，炯炯如炬注视着我，"你们年轻人政治上不求上进，我们辛辛苦苦打下的江山，将来交给谁来接班哪？嗯？"

我惭愧地低下头，双手放在膝下不停地搓。我当时畏葸端坐、哑口无言的样子一定显得特别古板拘谨。

"小鄞就听了我的话，在技校上学时就入了党。要不然，你们集团党委宣传处这次也不可能把她从能源站里给调上去。嗯，我还听小鄞说，如果你是党员，宣传处本来也是可以留下你的。可惜了！嗯，年轻人哪，不要受那些西方自由化思潮的蛊惑，以为在中国可以让共产党放弃政权，或者搞多党制轮流执政，会变色变天？笑话！当然，这也不能完全怪你们。你们年纪太轻，幼稚，容易受人蒙蔽。要怪，怪上面，上面有责任！"他伸出一根食指用力指了指天花板，我还傻乎乎地仰头跟着往上看了看。"我们中央高层的意识形态安全面临着严峻挑战！"

他换了一种深邃莫测的眼神，好像渐渐在进入某种角色，把办公桌当成了主席台，把自家的客厅当成了会场，把我和他的继女当成了部下。

"在当前复杂的国际国内环境下，西方国家的所谓民主输出正在对中国政治思想构成威胁。以美国为代表的那些国家,利用电视广播等现代传媒和文化产品的输出,大肆宣扬他们的那套价值观念,质疑中国的改革开放,质疑中国的社会主义性质和社会主义道路的正确性,目的十分险恶,就是为了与西方国家和平演变战略相匹配,以瓦解国际社会主义阵营。嗯,我们要保持高度警惕,警惕西方国家文化霸权对社会主义价值观瓦解渗透。美国那些家伙,他们通过出版物、影视文学和教育等等多种途径,强行向世界推行资产阶级的意识形态,对中国的生活方式、文化思潮形成了极大影响。嗯,他们一方面使部分中国民众在文化上造成崇洋媚外的心理,另一方面还利用宗教渗透的势力进行别有用心的煽动和欺骗,企图影响和改变中国民众的价值取向,干扰中国主流意识形态的主导力和辐射力。嗯,这就是当下中国共产党面临的政治环境,必须要引起警觉。否则,我们稍一松懈,结果将会是什么?嗯,亡党亡国,亡党亡国!"

说到这里,他高昂着花白的头颅,紧闭双眼,一脸痛心疾首忧国忧民。

潘兼鄞赶紧把一壶刚沏好的花茶端过去。"爹爹,您喝口水!"

"小穆啊,我跟你们说这些,你可能不爱听啊!嗯。"他拿起茶壶盖一下一下刮着水面上的茶沫,嘴巴转着圈吹了吹茶壶上的热气,像是在吹生日蜡烛。

"哪里!听您一席言,胜读十年书!"我看看潘兼鄞,"我还说呢,这才几年不见,小鄞就进步得这么快,原来是经常有机会聆听您的教诲。"

我说话的声音显得过于粗糙,那是当人在处于不安状态下故作镇静的反常声调。我太年轻了,还不擅长说那种老江湖的应酬辞令。

谭书记面露得意之色。他那包着晃晃荡荡的眼皮的眼睛里射出一种奇特的光芒。"你们既然是老同学,就更应该互相帮助,共同进步。小鄞几次跟我说起你,夸你文采飞扬,才思敏捷,堪称可造之才,将来的前途应该无可限量。"他起身踱了几个方步,左手撑腰,右手向空中夸张地用力一划,表情也比平时来得严厉。"我一再对小鄞说起,你将来要嫁人结婚,必须找一个党内的人,一个坚定的布尔什维克,一个绝对忠诚的共产主义战士!"

潘蒹鄞又在悄悄掐我的手臂,我往边上躲了躲。从内心深处产生了一种无法认同的反感,讨厌他把爱情婚姻同政治信仰捆绑着一起。但是此时不能在脸上表现出来,不能。为了潘蒹鄞,也许我可以考虑写一份入党申请。动机纯与不纯,现在已经变得不那么重要了。我也可以对着某个组织一脸虔诚地表示我的忠心。装呗! 为了潘蒹鄞,哪怕违心伪装一回呢。

"爹爹,小穆最近替我改了好多文章呢!"潘蒹鄞对我的态度有些担心,连忙说,"我连续发表了五篇报道邢勇先进事迹的文章,都是小穆给润色加工的?"

这次轮到我用力掐她了。我什么时候为她改过那种材料呀? 那分明是一场瞒天过海的无耻骗局,掩盖真相,胡编乱造,无中生有,无限拔高,哗众取宠,恬不知耻……每次潘蒹鄞将新写好的稿子拿给我看,都被我毫不客气地扔到一边。可是,那些文章最后还是在能源报上刊登出来了,而且几乎每周都有一片后续报道跟上,都开始说到邢勇初中时勇抓窃贼的壮举了。看这样子,过不了两个月,他就会变成活着的雷锋、罗盛教、欧阳海……一个新时代的榜样人物即将诞生,成为供世人学习崇拜的楷模。

我竭力朝老人家做了个笑脸。可惜硬装出来的笑容应该连小孩子也骗不过。

"嗯,你说的邢勇,就是那个……那个……断了双腿的英雄?"谭书记好像很感兴趣,"他目前的情况怎么样了?"

"他做了双腿截肢手术,现在恢复得还不错,已经能够垫着上半身看会儿电视了。我每次去采访他,都能挖掘到一些新鲜的题材。"潘蒹鄞说,"他所在的单位党支部已经在病房里为他举行过庄严的入党宣誓仪式了。"

"哦,哦。"谭书记频频点头,显得很高兴。"党内又增添了新鲜血液啊。"

闹剧。我在心里说,一场滑稽的闹剧,只能让知道真相的人啼笑皆非。但是在我们的生活中,这样的闹剧却常常在上演。人哪,利欲熏心的人哪,当他们把信仰当作秀旗的时候,脸上的羞耻也就全被秀旗遮盖住了。

"嗯,邢勇眼下是最需要人们关心的时候。而你,小鄄哪,还有你,小穆,嗯,你们现在是最了解他最接近他的人了,一定要从生活上、政治上、思想上给予他最无私的、无微不至的关心、关怀、关爱!要给予他和病魔勇敢做斗争的勇气,要鼓励他坚强地生活下去!嗯,断了两条腿有什么关系?保尔·柯察金不但全身瘫痪还双目失明哩!张海迪不也是轮椅上的英雄嘛!"谭书记语重心长地说到这里,忽然想到什么,略略停顿了一会儿,接着又说:"你们两个要在邢勇这个人身上再多花点工夫,做足文章。嗯,单单像现在这样零打碎敲做系列报道还不够,应该整理出一篇有分量的长篇报告文学出来。嗯,我到时候帮着向团市委推荐推荐,争取把他的事迹给发表到团报、党报上去。一个新的张海迪就将诞生了!英雄是靠塑造出来的嘛,而你们,恰恰注定是这个新时代英雄的塑造者!"

听了这位长者的一番话,我感觉就像是……被人硬往嘴巴里塞进了一只苍蝇,说不出的呕心。看着潘蒹鄄眉飞色舞、满脸兴奋的样子,真不知道接下去该说什么好。我不想说话了,不说话为好,以免不慎失言。我的脸一定是像一张梦游人的脸。我感到如坐针毡般的难堪,胸腔憋闷,几乎要窒息了。

这个世界,熙熙攘攘,名利纷扰。无处可逃,也无法喜悦。没有净土,也无法静心。没有如愿,也无法释然。我又一次感受到内心的孤独,与这一切格格不入。在我和住在这幢洋楼里的人之间,已经筑起某种可以称之为屏障的东西。我知道这屏障既无法拆除,更无法穿越。我所能做的,就是早点儿告辞,离开这两个人,离开这间屋子,离开这片充斥着虚伪谎言的空气。尽管察觉到潘蒹鄄有一万个不高兴,我还是很有礼貌地和他们父女俩说了再见。潘蒹鄄说要送我一程,被我坚决阻止了。这个晚上,我头一回看着她有点厌烦。

第十八章　第一次爱情拥抱

去能源干校正式报到上班的那天,天空飘着鹅毛大雪。大雪让冬天变得更富有冬天气质,叫人难以忘怀。空气清新湿润,我的心情也因为漫天飞雪的关系而变得无比愉悦。记得作家陈丹燕曾经对大雪这样描写:"大雪总有魔力,将世界上熟悉的痕迹抹去,这让世界好像刚去过神父的小屋子告解了的人一样新鲜,而且欢欣。"我一直就喜欢这样的句子,并且记在心里。潘兼鄞特意请了假陪我过去报到,她甚至还帮着我忙上忙下搬那些为数不多的行李。我愿意把这一天看成是一个新的开始:新工作的开始以及我俩的关系进入新阶段的开始。虽然我和她从未正式进入过谈情说爱的实质性阶段,但难舍难分已经显而易见。

干校派了一部桑塔纳轿车来接我过去,这是很有面子的,说明上面已经有人给他们提前打过招呼。从车上下来和我亲切握手的是位女同志,穿一件草绿色军大衣(这种军大衣流行了多少年哪,男人女人都爱穿),健康,阳光,朝气蓬勃。她看上去很年轻,岁数应该和我差不多。但人家是领导,团委书记兼人事科副科长。她自我介绍叫辛小擎。我说辛科长好,她嘻嘻一笑:还是别那么称呼,叫我小辛或者小擎都可以。辛小擎高挑个儿,长相十分养眼,属于走在马路上回头率很高的那一类。她嘻嘻一笑,甜甜的模样很可人,让人联想起某款西洋蛋糕。她将头发在脑后简单扎了一把马尾辫,小脸盘儿洁净滋润,像刚刚用热水焐过,依稀可见皮肤下面的丝丝毛细血管。她说话的时候,露出满口洁白整齐的牙齿,略带几分顽皮。老实说，和她握手的时候，我有些心猿意马，忍不住盯着她多看了一会儿。如果不是潘蒹鄞就站在身边，可能会看得更久。注视她的眼睛，就像在草原上意外发现两汪清泉似的，让你的心一阵惊喜，抑制不住想靠近。还有那两道细细弯弯的眉毛，也很赏心悦目。总而言之，我是一见面就对她产生了好感的，心房里有根纤细的弦轻轻颤动了一下。我当然不会轻浮到会对她产生什么想法，那也未免太花心了，我身边有潘蒹鄞陪着呢。

干部学校所在的地理位置离市区更加偏远了一些，这让我有些失望，所幸环境还不错，周边是一片天然湿地，树林茂密，花木繁多，即便在冬天也可见到大片郁郁葱葱的绿色。校园内还有一条小河经过，河边造了些假山，假山边上有一排长长的玻璃花房。花房里盆景摆得很满，有成排的水仙，还有冬青、绿萝、红烛和造型弯曲的矮松。在几盆较大的盆景里栽种着一些石榴和金橘，果实依旧在上面悬挂着。零星可见几朵红色和黄色的鲜花，好像是月季和君子兰什么的，在冬天里灿烂盛开，应该是有人精心照料的。这样的地方安静优雅，像个世外桃源，倒很适合学习与休养。

集体宿舍就在花房西边，一幢两层的白色小楼。楼下是职工浴室，楼上有几间屋子，但是看上去几乎没有人住，冷冷清清。辛小擎把我引进其中的一间。里面有一个人正躺在其中的一张床上睡觉，被我们进门的声音惊醒，吓得猛地跳起来。他只穿了一条白色的三角内裤，瘦骨嶙峋地站在床上，肋排骨像琴键一样排列着，个子特别高，感觉头快碰到天花板了。我注意到他的内裤上污斑点点，很不雅观。他惊讶地看到门外进来了两位年轻漂亮女士，忽然感到难为情，急忙弯腰去找衣服穿，那模样儿滑稽得像只大白虾。

“你们怎么不打招呼就夜闯民宅呀？”他一边套毛衣，一边哇哇大叫。

“还夜闯民宅！这都几点了？快到午饭时间啦！”辛小擎抢白他。

看上去他们彼此很熟。辛小擎先介绍了我的名字，然后指着他说:"你的舍友,贲梁蜀,经济学老师,研究社会主义市场经济的专家。"

"社会主义经济学专家,简称射精专家!"贲梁蜀做着鬼脸,初次见面就口无遮拦,咧着一张大嘴巴胡说八道,看来不是个什么好鸟。

辛小擎过去捶他。"呸,龌龊鬼!下流坯!你就永远没有正经的时候!"

潘蒹鄄装着什么也没有听见,默默去收拾另一张床,皱着眉头用毛巾揩拭灰尘,把我的行李打开,往外拿东西。我环视了一下房间,十二三个平方米的样子,只住两个人,还算宽敞,比在能源学院集体宿舍里四个人挤一间屋强多了。只是满屋子的灰尘,像是从没有人打扫过,脏鞋子、臭袜子扔得满地都是。空气中弥漫着一股尿骚味。

辛小擎吩咐我空下来后到人事科办个报到手续,然后告辞。贲梁蜀已经穿好长风衣,看上去还有点儿人模狗样。他急忙跟着出门,冲着我们挤眉弄眼道:"我也要出去,至少两个小时不会回来。你们小两口可以尽情乐呵!如果不嫌脏,睡我的床也没有关系,我那床鸭绒被子很暖和呢。"

辛小擎在他背上用力拍了一巴掌。"走吧,贫死你了,一张臭烘烘的烂嘴!"

他们走了之后,我开始四处收拾。这屋子真的脏到家了,乱作一团的床单,四散拖地的毛毯,横七竖八的枕头,污秽的床边柜上沾着厚厚的灰尘,泼翻的茶叶到处都是。桌子上乱七八糟摊着各种报纸,看过胡乱一折就扔在那儿了。封面残破不全、纸页卷了边的武打小说和美女杂志做了伴。我扫过地,端了一盆水清洗桌子、板凳和床架。床头上放着一只硕大的玻璃烟缸,但是烟蒂依旧扔得到处都是,烟灰也无处不在。我讨厌烟味,但是看来今后不得不每天与它为伴。我只是一个流浪的迁居者,从一个暂时栖身之地搬到另一处临时栖身之所,从一张床搬到另一张床,没有喜悦,只有落寞。这样搬来搬去,只会让人变得更加孤独。孤独是一个男人内心强大的必由之路,必须却又叫人伤感。突然停电了,日光灯熄灭了,一片昏暗笼罩了这间我还没有来得及熟悉的屋子,让人一时手足无措。不知道是临时计划停电还是事故断电。这让我想起了邢勇,想起那几个死伤的事故受难者,想起潘兼鄞曾经描述过的灾难。真的会有那么多的灾难吗?我看了看潘兼鄞,她一个人静坐不动,面带沉思之色。她大概有些疲乏,脸上微露倦容,静静地坐着。难得见她有这样的安静。她在想什么呢?是在想,她从此也会和这个地方关系密切吗?或许她心里有着一丝委屈呢!一束幽长的光线从未拉严实的窗帘缝隙中透进屋子,照在她略显苍白的脸上。她的脸就像一朵白花意韵幽幽地开着,带着禅定般的静气。人一静谧,风韵自来,如皎皎明月。而我的心开始飘忽不定,渐渐迷乱如江面晨雾,被一股涌动的力量搅扰着,翻滚着欲望。这么多日子以来,我俩还是第一次这样在一间不会被人打扰的屋子里独处,放松的空气里充满了甜蜜,安静无声,与红尘隔绝。

　　黑暗给了我黑色的眼睛,我在黑暗中寻找光明。原来黑暗是一种兴奋剂,会让人的某种欲望膨胀起来。我从背后展开双臂抱住她的身体,将她的肩膀揽在怀里。起先,她轻轻颤抖了一下,后来就再也没有动弹。我也没有动,静静感受胸腔里那股滚烫的气流在翻腾。我们像两尊静止的雕像,紧紧靠在一起,默默倾听着对方的心跳。眩晕。眩晕。持续的眩晕使得我无法动弹。

　　这是我第一次因为爱情拥抱女人。尽管我的心已经像蛋清拥抱蛋黄那样拥抱了她的全部,但不得不说,拥抱的身体姿势却很不得章法,有些紧张,有些僵硬,而且是从背后偷袭,不够光明正大。如果是面对面站着,正视她的目光,我恐怕会肌肉萎缩,连胳膊也无力举起。我大概只会像根树棍一样直直地倒在她的怀里,然后自燃,直至烧焦,像邢勇的两条被截掉的残肢。爱情就像超高压电弧,一瞬间就会将肉身化为乌有。面对爱情,我心虚胆怯,像企图偷盗宝物的窃鼠一样猥琐不堪,贼头贼脑。

　　迄今为止,我从未用言语表明过心迹,诸如我爱你我想你我喜欢你之类,似乎一切水到渠成,我们就应该在一起,拥抱在一起。

这拥抱一直迟迟未来,今天来了,终于来了,出人意料地来了,幸福地来了!我等待这一刻,已经很久,等来了,终于幸福地等来了!谁说幸福仅仅是一种思想状态、一种心境?幸福肯定是一件值得珍藏的占有物,只有将之拥抱在怀才能深切体会。我愿意这世界永远停电,让她看不见我,我也看不见她,我们只需要这样融为一体,让我们的血液也交融到一起吧!

潘蒹鄠低低呻吟一声,轻轻扭动了一下肩膀。犹如触动了我身体中的某个开关,或者类似于踩了一下油门。我浑身更加充满力量,紧紧地箍住她,喘息像内燃机尾管排出的热气,急促滚烫。我试图把头埋进她的头颈里。她的头颈是多么芳香而温暖啊,简直就是充满柔情蜜意的梦乡,叫人迷醉的天堂!我从未体验过天堂是什么样子,但我相信天堂是有的,一定有。那一刻,我就在天堂里!

潘蒹鄠喘了一口粗气,发出类似于沉重叹息的声音:"你放开我。我给你看一样东西。"

"等一会儿再看呗。"我舍不得放开她。

"你现在就看。"她坚持说。

我只好松开。她站起身,走到窗前拉开窗帘,让光线照进屋子里。外面的雪花还在飘飞,真是一个浪漫而诗意的日子。我跟着她走到窗前,故作夸张地深吸一口气,伸个懒腰,好像刚才的拥抱是一次熟睡。我睁大眼睛,迷惘地看看窗外苍茫的世界和冷漠昏暗的天空,这与我心中的那片阳光灿烂的晴天是多么不同!她从大衣口袋里掏出三四页信笺样的纸。从折叠的纸面上,可以看到上面写满了字,是她的笔迹。不会是给我写了情书吧,还这么长!我自作多情地想,马上又否定了。我都还没到给她写情书的地步,她就更不至于了。

"是什么呀?"

"入党申请书。"

"嗯?"

"替你写的。"

"嗯?"

"你只需照着重抄一份,签上你的名字。等会儿去办正式报到手续的时候,把这份入党申请书在第一时间交上去。"

"这……"

"怎么了?"

"未免也太……做作了吧!"

"这是做作吗?这叫表明态度!"潘兼鄞目光坚定地正视着我,"你已经错过了那么多年,不能再耽误了!你现在到了一个全新的环境,必须在第一时间给组织留一个最佳的印象,这才是最要紧的。我当年就是听了继爹的话,在年满十八岁的生日那天,一大早就向技校党支部递交了入党申请。后来,我成了技校那一届学生中的第一个中共党员。"

无语。我刚刚拥抱了她,做好了把自己的肉体交给她的一切准备,她却要我向组织交出精神,交出信仰(我有信仰吗),交出灵魂。(在十年之后的某一天,当我经过了深思熟虑之后郑重地向我所在的党组织交上第一份入党申请书的时候,又记忆犹新地回想起了这一幕,方才体会到当时的她和我是多么傻,多么可笑。精神,信仰,灵魂,对于一个人来说,是最为宝贵的东西,它们首先必须依托在神圣的使命之上,才不会是空虚的、假装的、迷茫的!她的急功近利让我反感,我的迟钝幼稚也真是令她恼火,同样都是不该犯的错。)

"听我的,不会错。"她轻轻拍我的肩膀,跟我说再见。

我默默地接过那几页纸,已经没有了挽留她的心情。她开门出去,我甚至没有想到要送送她。我连一个假装的笑容都没有给她,任凭她略显孤单的脚步声渐行渐远,消失在走廊的黑暗尽头。

贲梁蜀一直到第二天下午才回到宿舍,他好像冷得不行,脸色青灰,一回来就钻进被子里睡觉。我在食堂吃完晚饭后他才醒来,房间里一只圆盆样的大功率电炉将铁丝烧得通红,也将房间里照得一片红光。他好像又恢复了精神。

我问他:"看你一回来就睡觉,今天没有授课任务呀?"

他摇着头晃着头说:"上个屁课!我早把课时都卖给财经学院的老师了,谁替我完成半天授课,就给五块钱。他们都抢着来呢!"

我说:"你把课时都卖啦?够阔的!你自己靠什么活呀?"

他一抽鼻子,说:"兄弟,单位里的这点小钱,贲哥我根本就不放在眼里!我在华侨商店门口做了打桩模子,炒外汇,一天挣的比这儿一个月工资还多呢。你如果有兴趣,贲哥我带你入行。谁叫你我有缘,同住在一个屋檐底下了呢!"

我知道,打桩模子就是黄牛,干的是违法乱纪营生。他这么没遮没拦地张扬,这单位里的领导就不管他吗?仔细想想也是,现在都八十年代末了,能挣钱那叫本事,谁钱多谁是大爷,谁还管得了谁呀!

"穆老弟,你昨天带来的那个妞儿不错。看来你的品位和眼光都不差!她是你的唯一,还是之一?"

我说:"什么唯一之一呀?什么一都不是。她就是我一中学同学。"

他夸张地扬眉瞪眼,故作惊讶道:"我靠!她都跟你进房间了,这里床和被子都是现成的,你昨天没有搞定她呀?我都帮你把电闸拉掉了,你还守身如玉?可惜了,可惜了!你放句话,需要贲哥怎么帮你?尽管言语!你们在里面生个孩子出来,贲哥也能替你照看着,洗尿布,报户口,都包在我身上,没二话!"

我冲他做了个表示友好的笑脸。昨天的停电原来是他搞的鬼。初次相识就这么无厘头,真是个胡闹的家伙!

他一边抽着烟,一边动作迅速地穿好了长裤、毛衣,外面套一件灰呢子大衣,又在脖子上绕上一条蓝格子长围巾,一会儿就将自己打扮得山清水绿。很难相信他是刚刚从那张狗窝一般的床上钻出来的。被子至少十年没有洗过,散发着熏人的酸臭。他抽着烟,并且手指随意乱弹着,那闪着火星的烟灰就像雪花似的在周围撒了一地。

"又要出去啦?"我问。

心里盼着他快点走。我暂时还不适应和他长时间待在一起。

"叫了几个做生意的兄弟晚上喝酒。你想一块儿去吗？正好认识认识。"

我摇摇头，说今天有事。我要赶一篇构思已久的文稿，《青年时代》杂志编辑已经在催了，等着要排进下一期的版面。

文章刚开了个头，听见敲门声。会是谁呢？在这儿我还没有认识什么人，不会是那位辛小擎科长吧？开门一看，很高兴见到的是潘蒹鄿。我一把拉住她，很自然想拥抱入怀。有过昨天的回忆，现在面对面我也能心理无障碍地拥抱她了。她轻轻挣开我，走进屋子里看看有没有人，在我亮着台灯的桌子前坐下，放下肩包，读我刚写好的那几排文字。

我给她倒了杯热水，充满柔情地看着她，说："正在想你呢！"

她作势翻个白眼，撇嘴道："分明又在构思你的小资文章，还说什么在想我！"

我说："就不兴边写边想嘛！"

她从肩包里拿出几只柑橘，用长相很美的手沉静而有条不紊地剥开其中一只，与我分食。柑橘很甜。她抬起头来朝我莞尔一笑，更甜。

"去办过报到手续了？"

"嗯。"

"入党申请书也交了？"

"……"

"没交？"她扭过头来看我。

"嗯。"

"为什么？"她生气了。

"不为什么。"我回避着她的目光。本想支吾过去，可是她好像不依不饶。只好说："到该交的时候我自然会交的。只是现在……总之我不想自欺欺人！"

"你怎么会这样想？"她明显提高了嗓门。

"本来就是这样！"我嗓门也高了起来，"你总得让我有个思想准备的过程吧！我为什么要加入中国共产党？我对这个组织有深厚的感情吗？我愿意为共产主义事业奋斗终生了吗？"

"你！……"潘蒹鄄气得有点儿哆嗦了。"你是共青团员是不是？你生在红旗下、长在甜水中是不是？你受了共产党十几年的教育是不是？共产党让你从一个农村穷孩子成长成了大学生是不是？让你从一个乡下农民变成了在上海大城市工作的国家干部是不是？这些还不够吗？你不知道感恩吗？你不想追求美好的人生理想吗？你就一点儿也不思上进吗？"

"这是两码事！"我没好气地说，"我想上进，我有自己的理想，我想当作家！但这些都和政治信仰没有关系！"

我差点儿就想对她说：拜托，请别拿你继爹的那套说辞到我这儿来鹦鹉学舌！

"想当作家，这跟入党有矛盾吗？"她激动地站了起来，目光朝我乜斜着，但光芒四射。"奥斯特洛夫斯基不也是布尔什维克吗？他的《钢铁是怎样炼成的》这本书写得多好，激励了多少热血青年哪！我今天正好带着它呢。"她真的从随身的肩包里拿出那本书来。"《钢铁是怎样炼成的》这部小说的最大成就，就是成功地塑造了保尔·柯察金这个在布尔什维克党的培养下、在革命烽火和艰苦环境中锻炼出来的共产主义新人的典型形象。保尔是一位自觉的、无私革命战士，他总是把党和祖国的利益放在第一位。他以爱憎分明的阶级立场、崇高的道德风貌、高昂的革命激情、奇迹般的生命活力和钢铁般的坚强意志，谱写了把一切献给党和人民的壮丽诗篇。他勇于献身，努力工作；他酷爱学习，如饥似渴；他疾恶如仇，爱恨分明；他不畏艰难，挑战病魔；他永不言败，顽强生活……这一切都是多么的可歌可泣！我今天来，就是特意把这本书带给你的。你好好看看吧。"

我拿起小说在手中快速地翻页，冷冷地告诉她，这本书我早就看过了。我确实曾被这书中的事迹感动过，被保尔的斗志激励过，为革命者的命运感叹过。

"那你知道保尔的名言吗？"她问。

有几个人不知道呢？和那时的大多数青年一样，这段话我早就背得滚瓜烂熟:"人生最宝贵的是生命。生命对于每个人只有一次。人的一生应该这样度过:当他回忆往事时,不会因为虚度年华而悔恨,也不会因为碌碌无为而羞愧;在他临终之时,他能够说,我的整个生命和全部精力,都献给了世界上最壮丽的事业——为人类的解放而奋斗!"

"是啊是啊,说得多好!"潘蒹鄞激动地看着我,"你也可以写一篇这样的小说,写出新时代的保尔,用于激励世人。"

我弱弱地告诉她,我是写不出的。到我人生晚年回首往事的时候,我大概能够这么说:我这一生自食其力,问心无愧,没有自欺欺人,也没有伤害过任何善良的人。这就已经够牛逼的了。保尔不是我擅长塑造的人物类型,我身边也没有这样的典型。我没有原型,没有体会,没有感同身受。我能见到的身边人个个都世俗无比,为金钱而忙碌。我知道的大部分中国人都没有信仰,不信上帝,不信耶稣,不信圣母,不信真主,不信菩萨,不信神仙,无知无畏,连鬼也不信,只崇拜金钱。金钱,金钱,一味的金钱,疯狂的金钱。所有人都在想着怎样当大官,怎样当老板,怎样挣大钱。我的身边有好多人自印了名片,上面的抬头一律都是总经理。我只相信活着的当下,所有的人都在浮躁地寻找着发财致富的门路,我要写也就写这些。

"你不知道张海迪的故事吗?没有听过她做的报告吗?"潘蒹鄞的肩包仿佛是个百宝箱,想要什么都能从里面变出来。她先拿出一张《中国青年报》,很旧了,是一九八三年某月某日的,上面刊登了一篇文章《是颗流星,就要把光留给人间》。当时我们在大学里都学习过,这是一篇对张海迪不凡人生进行大篇幅报道的特稿。接着,她又拿出一本书《闪光的道路——张海迪事迹选》。我知道,张海迪的名字早就成了"身残志坚"的代名词,她是"中国当代保尔"、"新时代的活雷锋"。

潘蒹鄞呀,潘蒹鄞,可真是一个少有的有心人!她从哪儿找来的这些宝物?

"你是要让我写张海迪吗?"我很不解地问。

"张海迪离你也太远了。但可以考虑写你身边的张海迪呀?"

"嗯?"我奇怪地看着她。

难不成她要让自己高位截瘫?我被自己的念头逗笑了,无声地咧开嘴巴。

她错误地理解了我的表情,很得意地跟着我笑,然后又拿出了一沓报纸,每一张上面都有宣传邢勇事迹的专题报道,一共有六篇。这些都是她在无数次采访邢勇本人、邢勇所在单位的同事和领导之后呕心沥血撰写出来的。我说她呕心沥血,因为本来实在没有事迹可挖、没有任何有价值的材料可写,完全靠人为拔高,无限放大,然后发挥丰富的想象,把其他人的点点滴滴好事都算在邢勇的头上,重新造了个假人。就像他本来是个事故责任人忽然摇身变成救险英雄一样,他从一粒灰不溜秋的沙砾转眼变成了闪着耀眼光芒的钻石,这全都归功于潘蒹鄿的呕心沥血。假话说上三遍就变成了真理,邢勇,现在已经是全国能源系统名副其实的大英雄了。

"材料我都替你准备好了,接下来就靠要你的如椽大笔妙笔生花。"她语重心长地说,"希望你带着一颗同情心去写,创作出能激励人的作品。你可以用你的才华,把人们的思想从腐朽的东西处拉开,用热情引向新的地方。你有敏锐的感悟。写吧,用你的感悟之涛,潮起潮落,将世人的思想净化更新!"

我摇摇头,迟缓却坚决地摇摇头。"张海迪靠艰苦自学掌握了德日英俄四国外语,还翻译了百万字的小说《海边诊所》。邢勇,他,他会什么?"

"他就不能是技术专家?他可以搞发明创造、工作创新呀!"潘蒹鄿显然早有准备,胸有成竹。"你可以写他从一进单位就拜师学艺,在练兵比武和技能竞赛中艰苦训练,弃家舍亲,最后屡屡夺冠……"

"屡屡夺冠?他屡屡夺冠了吗?你就不怕知情人笑掉大牙!"我讥讽道。

"这已经不是你应该考虑的。他的英雄形象早就成功地树立起来了,没有人再会去斤斤计较这些小节。现在,我们需要的是一个血肉更加丰满的英雄。血肉丰满,更加真实可信!所有的人都需要英雄,就像所有人都喜欢钻石一样。"潘蒹鄞继续着她的天方夜谭,"他在医院病床上还在关心创新团队的工作进展。出院第一天,他就摇着轮椅赶到班组现场,和同事们一起科研攻关。他领衔发明的铁塔异地升高技术获得了全国职工优秀技术创新成果大奖。因过度劳累,他旧伤复发,几次在鬼门关前徘徊……"

天才!我第一次发现,潘蒹鄞可真是个编造谎言的难得天才。

看着她满脸绯红、越说越投入、越说越激动的样子,我知道,今天这一关恐怕是很难逾越了。如果我僵持着强拗下去,结果肯定将是不欢而散。而我,是多么害怕看到她美丽的脸蛋上阴云密布啊!

"给你提个建议吧。"我说,"你先把这六篇通讯稿综合衔接一下,组成一篇长篇报告文学,或者类似于先进事迹演讲稿什么的。这样相对比较现实一点。我可以帮你进行文字润色。至于其他的一些想法,以后再考虑。你看这样行吗?"

潘蒹鄞咬着嘴唇思索了一会儿,点头表示认同我的想法。她笑了,一副云开雾散的样子。"我就晓得你比别人头脑活络!"

我内心苦笑,其实肠子都在泛酸了。多么无耻啊!为了迁就她,原来我也可以跌破自己的底线。

她说她差点儿忘记了告诉我一个好消息:我们马上就要到海南三亚去旅游度假了!我们,她和我,还有《上海能源在前进》电视片摄制组的全班人马。最终播放的专题片获得了高度认可,领导一高兴,就专门赐予了这样的奖励。

真是一件十分令人兴奋的事情。海南,海天之南,多么令人神往,我还从没有去过那个美丽的地方呢!

第十九章　海边的旅行

　　头顶上空,有一群鸽子在鼓翅盘旋,能听见它们的咕鸣声,柔和,自得,充满友情,这声音在阳光强烈的午后给人以祥和宁静和舒适凉爽之感。鸽群噼噼啪啪鼓动翅膀掠过楼顶,掠过高高的椰子树丛林,反复盘旋了许久,终于渐渐远去,飞得无踪无影。阳光继续在瑟瑟作声的棕榈树叶上编织着图案,不远处海水冲击海岸的哗哗声响此起彼伏。一切犹如梦幻,我们真的到了三亚,从宾馆的窗口已经能够望见波光粼粼的蓝色大海和月牙形的金色沙滩了。
　　一行共七个人,韦处长、王叔、潘兼鄞和我,还有一位摄像师和一名剪辑师。另一位中年女同志不认识,据王叔悄悄说,那是华东局某位领导的夫人,大家都叫她查夫人。我不清楚是她本人姓查还是她丈夫姓查,只在心里暗暗叫她查特莱夫人,就是劳伦斯笔下的那位寂寞偷情的拉格比庄园女主人。查特莱夫人应该是有个情人的,可惜这种场合她大概不能带来。查夫人穿着时髦高贵,一路上神情高傲,目光冷漠,几乎不和我们说话,但凡逮着空闲,总是不停地借助小镜子在脸上补妆。她脸上的白粉早已经厚过墙灰了。从上海出发的时候,我们都穿着厚厚的冬装,一到海南岛马上全都换成了短袖短裤的盛夏衣衫。原先单调的以黑色、藏青等深色为基调的服装颜色突然之间丰富起来,变成了鲜红、淡蓝、嫩黄和白色等各种浅艳色彩的快乐组合。王叔和我住一间客房,摄像师和剪辑师住一间,潘兼鄞热情地邀请查夫人和她同住,因为只有她们两个是女的。这一路上也只有潘蒹鄄和她说话,并且明显带有巴结的神情。查夫人脸上挂着不悦,从她嫉妒地看着韦处长的眼神就知道了,韦处长一个人住了一间。当我们走出宾馆奔向海滩的时候,人人又都换成了泳装,光着大脚丫子,身体最大程度地暴露在阳光下,抖着一身明晃晃的白肉去拥抱卷着浪花的海水。阳光灿烂,海风欢快地吹着。潘蒹鄄浑身涂抹了防晒霜,临出门时还用防水口红在柔软的嘴唇上勾出血红的弓形线条,并且再三用镜子看化妆的效果如何。她穿一套三点式比基尼,露出细长粉嫩的大腿,屁股圆而翘,小腹平坦结实,腰身曲线优美,胸部饱满高挺(比基尼的布片仅仅包住了它的三分之一),肩骨呈现出性感的三角形,头颈更显颀长优雅。她一身惊艳地出现在了金色的沙滩上,她的美丽在辽阔的海天之间得到了最好的展示,招来无数羡慕嫉妒或贪婪的目光。

海水是那样的晶莹剔透,加上被朵朵白云渲染的蓝天,随风摇曳的翠绿椰树,以及绵延的细白沙滩,处处风景如画。无数泳装的游客在海滨竹棚、凉篷下晒太阳,喝啤酒,听海浪,或者坐上一种细长的小船儿荡漾在蓝天碧水之间,或者潜入海水中追逐五彩斑斓的热带鱼,享受着度假的时光。陌生的水,陌生的地,带给我奇妙的想象。蓝天白云和带着腥味的海风,原来有着实在的质感和气味。一个在内陆平原或山区长大的人,能拿什么去填充想象中的这片丰沛的海?浩渺的远方,山影绰绰,薄雾笼罩,天地一统,一个广阔的美丽世界。大海的魅力既在于其原生、诡奇的风光,又更像一处有着绵长人文积淀的伊甸园。她自古就是野生的,有着野性的;她现在又是熟热的,有着异质的熟热,与内地的大山大川一样熟热。骄阳透过云层照在海面上,呈现出大片波光粼粼的美,海岸线显得静谧迷人,如一幅天堂里的图景。

天高云淡,太阳永远那样耀眼,我们在海水里游泳、嬉戏,乘坐香蕉船,然后翻掉,又坐上摩托艇去乘风破浪。一身肥肉的王叔始终跟着我和潘蒹鄄,他动作笨拙,什么都不会,只有跟着我们才能分享到快乐。他乐呵呵地看着我们玩着各种花样,像一个慈祥的父亲看着一对调皮的儿女,然后跟着傻笑,像从中体会天伦之乐。真是一个奇怪的快乐三人组合,我们默契地形成一个小团队,形影不离地黏在一起。我和潘兼郧不想分开,所以很需要王叔作掩护,否则就太扎眼了,总不能让别人对我们皱起眉头说闲话。王叔是个很识趣的人,每当我和潘兼郧的身体贴近的时候,他就会不经意地离开我们一些距离,偶尔远远地看我们一眼,直到我们欢笑着重新奔回到他的身边。

这儿的悠然自得,与烦人的乱糟糟的上海相比,是多么可爱呀!毕竟,晴朗的天空几乎可以说是生活中最重要的东西。我们晒着太阳,呼吸着带咸腥味的空气,做着海水浴,躺在沙滩上,寻找着贝壳,乘船远游,种种迷醉,再加上和喜欢的人朝夕相处地黏在一起,我迷醉满意得到了无以复加的地步。

王叔和我一样没有在身体上涂抹任何防晒用品,但是他的皮肉太白太肥,所以很快就几乎被太阳灼伤了。经过一天暴晒之后,他那体无完肤的样子,应该说是被太阳烤熟了才更为合适。我和王叔住在同一间房,早晨我看见他对着镜子一边照着身体一边龇牙咧嘴,然后考虑穿什么衣服遮挡阳光。我们决定上午不再下水,叫上潘兼郧,三个人穿了夏季的薄衣东游西荡。三亚的海滨,到处是被阳光晒红了皮肤的身体,就像无数前来围聚配偶的海豹。我们坐了划船再乘汽艇,玩了降落伞再坐轮船,王叔总是抢着埋单,不让我担心口袋里有限的钞票花费得太快。我们喝啤酒,嚼冰块,畅饮芒果汁,用疙疙瘩瘩的英语和金发碧眼的西方人哈啰哈啰打着招呼,闻着海鱼的腥味吃着各种烧烤零食,像有钱人一样休闲享乐。晚上,我们进了一家爵士舞厅,贴着肚皮摇头晃脑乱跳一气,然后毫无节制地灌下过量的啤酒和号称鸡尾酒的那种难喝的液体,像在身体里灌进了大量的麻醉剂。这是我们需要的。我们需要享乐,需要麻醉。我们这些来自都市的游乐者,寻欢者,在炎热的夜晚钻进成堆成堆差不多赤裸裸的人肉聚合里,释放着被压抑太久的激情,让自己变得声嘶力竭,筋疲力尽。

走出舞厅,大街上黄灿灿的灯光亮得耀眼,喧嚣声依旧刺激人

的神经。我喷着酒气,冲着行人高声朗诵莱蒙托夫的诗歌《莫要相信自己》:

> 你看看,在你面前,世人照样
> 悠然自得地走着习惯了路
> 在他们快活的脸上焦虑依稀可辨
> 看不见一颗不大体面的泪滴
> 然而在他们当中,未必有一个人
> 不在沉重的折磨下精疲力竭
> ……

潘蒹鄄大声骂我像个疯子。我们哈哈大笑着,一路歪歪倒倒跌跌撞撞。时间愉快地溜走着,我们并不想马上回宾馆睡觉,不甘心愉快的一天就这样不够尽兴地收场,选择了又一次奔向海边。

我终于有了和潘蒹鄄单独在一起的机会。深夜在沙滩上散步到一半,大概是酒意消退了,王叔忽然说他急着要去给家里人挂个长途电话,说这话的时候略微挤眉弄眼了一番,好像在说"你懂的",然后就匆匆跑得没影了。剩下我和潘蒹鄄两个人,我们沿着卷着细碎白浪的海湾散步,信手捡起薄薄的石片用力飘向水面,看见一道优美的弧线迅疾地划过海水,然后消失。海滩上此刻已经不像白天那么热闹,远远能看见几个漫步的人影,走动缓慢而随意。海水拍击海岸的刷刷涛声也比白天温柔了许多,海风里不再裹夹着热度,吹在身上倍感凉爽。月亮像个大银盘在云层里钻进钻出,月光变幻莫测,照在远处的海面上光斑点点。山崖和岛礁此刻都影影绰绰犹如虚幻。

潘蒹鄄在一块礁石上坐下来,轻松地晃着两条腿。我也随意坐下。她说希望最好在这儿能待上一个月才好,简直都不愿回上海了。我说上海真没有什么好,虽说也有海,海水却浑浊不堪,我在东海滩游泳的时候连嘴巴都不敢张开。而且上海的海边没有沙滩,没有岛礁,更没有山,也没有高大的椰子树,几乎毫无风景可言。上海那地方可真是没什么意思！潘蒹鄞歪着脑袋轻蔑地嘲笑我：

"乡下人，上海是中国最繁华的城市啊！你怎么能瞧不起上海呢？你不喜欢上海吗？你要在上海找对象，谈恋爱，结婚，生孩子，生活一辈子呢！"

南海犹如一张起皱的大图纸，铺向水天相连的远方地平线，浪花拍击着不再凹凸分明的海岸线。岸边亮着昏暗灯光的房屋像是圆形洞穴里的贝壳在静静昏睡。月色在多处投下斑驳模糊的阴影。月光像水一样流动。

潘蒹鄞的表情像在梦游。她眯着眼，眼神幽幽地看着我，问道："小穆头，跟外婆讲讲，你打算在上海找个什么样的姑娘呀？"

我倒噎住了，心里说，干嘛偏要这样问？你难道不知道我想找的就是你吗？尽管我从未用任何语言表达过，但应该是彼此心知肚明的呀！我拥抱过你，你只当那是偶然的轻佻举止吗？她不怀好意地鬼笑着，又说："像你这种从小地方来的人，要在上海找个门当户对的姑娘，恐怕不是那么容易哟！"

我脸色有点僵，搞不懂她为什么要这么说。她那漫不经心的语调和莫名其妙的笑容刺痛了我，让我恼火。不管诗人曾经如何描写初恋，我的初恋确实头脑狂热而内心负担沉重。人们在二十几岁上总是敏感又缺少勇气，自尊心很容易受到伤害。她的话因为明显带刺而让我受不了，我不是那种动辄生气的人，但依旧从她的话中听出了不祥之音，不敬之意，感受到灼人的耻辱。我张了张嘴，仿佛舌头在痛，舌尖受着炮烙般的苦刑。

月亮鬼鬼祟祟躲进一片峥嵘的乌云中，大海顿时变成一片墨色，涛声听上去有点狂怒，海风也清冷了许多。

她什么意思呀？是暗示我跟她门第不相当吗？难怪总是如此：我试图前进一步，她却堵住我的去处。我两眼困惑慌乱，双颊发烫，应该是一副气急败坏的鬼样子，口气生硬地反问："啥叫门当户对？一定得门当户对吗？只要两个人真心相爱，在一起感到开心，其他的又有什么重要！"

不用给我一面镜子我也知道,此刻我的脖子已经涨得通红。

她收回本来撑在腰后的手臂,坐直了身体,好像要和我认真讨论这个问题。月光印着她光洁的额头,她说:"只要两个人真心相爱?对,相爱,两个观念相近的人的结合。两个怎样的人才能观念相近呢?无非是指生成环境相近、经济实力相当的两个人,各类观念才容易接近,一起'正确'、一起'错误'的概率大,冲突也就小了,互不相欠。爱,是可以在一起活到一百岁都永远觉得快乐,前提是什么?是两情相悦,相看两不厌。可如果你老是觉得那个人欠了你什么,或者反过来呢?那会是什么感觉?门第底的那一方必然会欠另一方的,这是没有办法的事情。欠人的日子很难过,在烟杂店,你少一分钱都拿不走别人的香烟。陌生人是这样,熟悉的人其实也一样。你爱身边的这个人,要比爱陌生人多一百倍,可是你不能说因为我爱你就可以欠你。不相欠,才是爱情的基础。欠不了陌生人,就去欠身边的爱人,难道爱人比陌生人还不如吗?爱情不是诱饵,不是养料,爱人也不是捕捉的对象。如果欠人的一方不能迅速成长或拥有过人实力,那样的磨合一定是十分痛苦的。拖得越久,欠的利息就越多,被欠的一方迟早会厌烦,爱情就会在磨合中消退。这是很浅显的道理吧!"

她的一番话,说得我当场羞愧不已。我知道自己的卑怯被识破,因羞愧而增加了愤怒,抬头恼恨地看着她。我咬着嘴唇沉默了一阵,突然揪心地意识到横在两人中间的沟壑。她依然用鬼笑在告诉我那是一条鸿沟。我既然清清楚楚听出了她的想法,就没有必要把痛苦的情感再封锁在内心里。我不说,不流露,也不倾诉,一直在心底埋藏着悄悄萌生的爱情的秘密,是因为不知道她的确切思想。我从来没有具体而真实地爱过一个人,从来都是在憧憬中幻想,原来不过是海市蜃楼。现在,我们的友谊就此完了,我绝不想原谅她,她成了一个陌生人。我弄不明白自己为什么傍着她坐在这海边。我挺直身子,并最终站立起来,尽量表现出小男人那一丁点儿可怜的尊严。泪水则很不争气地取得了胜利,欢快地涌上眼眶,又顺着脸颊淌下。我被迫背过身体,并且不敢动手擦眼

泪,那定会遭她发现,只得听任泪水横流,让那咸味儿灼我的嘴唇,体验着极度的羞辱。我说:

"潘蒹鄄,你什么意思呀?你是想说,我就是那个欠人的一方?因为我是一个小地方来的人,没有门第?我的自尊无用,因为我没有过人实力?我若是去追求你,必然遭遇痛苦的磨合?如果我的猜想没有错,你刚才说的那番话大概就是这些意思吧!老实说,这是我过去没有想到的……"

她从礁石上跳下来,伸出手摇摆着,似乎想要解释什么。我阻止了她,面对着突然变得黑暗的大海,我继续说:

"潘蒹鄄,自打我们认识这么多年,和你在一起的时候,我一直认为自己是幸福的。在贵州的那些年,我自卑,贫穷,低俗,我不断地贬低自己,从来都觉得你高不可攀。但我的心是亲近你的。我在那些孤独的黄昏,欣赏美丽的天空和远方山谷的时候,总会看到你的脸庞,因为那已经深印在我心里。在上海能够又遇见你,我曾经以为是上天的安排,是老天眷顾我,垂青于我,我一次次感谢上天的恩赐。我后来在梦里无数次回到过贵州,回到我们一起读书的学校,回到娄山关的险峻隘口,回到那个山坡上养着大狼狗的、冒着袅袅炊烟的阿贵家,都是有你和我在一起。每一次从梦中醒来,我都感觉到快乐、安心和满足。我让自己屈服于你的美丽,你的优雅,你的魅力,你的柔情,你的点滴关心,不作任何斗争地陷入温柔的爱的陷阱,还当作是熟睡于满是鲜花的地方,不愿再睁开清醒的眼睛。我喜欢你,并且为能够和你在一起而骄傲,这是从没有过的。每一个清晨,我的清晨因为想你而明亮!我一个人想你的时候,时而开心得浑身发烧,时而难受得浑身战栗,甚至哭泣。我为你写诗,然后大声朗诵:微风和煦,露水芬芳,有个姑娘占据了我的心房……我从来都没有去发表过那些诗,因为那只是写给你一个人的,我想着将来要一首一首当面念给你听!每一次写完那些情诗,我都会发现自己的肉体失去了最后一丝力气,如同被扔进炉火里的一棵草,只剩下精神在控制我的灵魂。而我的灵魂自由、狂野而坚定,带着庄严的胜利感。我的精神,因为想到了你而充满强烈的意志力、充沛的活力和高尚的纯洁感。现在呢？现在,你刚刚说的那番话,将我的精神和灵魂都一下子同时抽走了,让我听到了灵魂离去时沉闷而令人心碎的哭泣声,只留下一丝余香。我的精神像被下了咒语,突然间僵尸一般干硬了,很快就要被埋进与魔鬼同在的墓穴中吗？潘兼鄄,你根本就不了解我,你一点儿也不了解我的爱是怎样的。算了,算了——"

我推开她伸过来的拿着手绢的手。"不用你帮我。就让我的眼泪肆意流淌吧,我情愿这眼泪想流多久就流多久……"

连我自己都很吃惊,竟然一口气说了那么说话。我并不是一个很善言辞的人,尤不善于用语言来表达内心的感受,除非先在纸上用诗的形式写出来,然后大声朗诵。这样感情丰富、如波涛汹涌的长篇大论式的近乎演讲的表白,真是出人意料,那一定是内心过于激动所致。我都不知道,爱情会赋予我这般超常的演说才华。更不清楚,原来我竟是如此一心一意痴迷斯人到伤心欲绝的地步。当忽然意识到我们之间的鸿沟张着大嘴,从来没有像此刻这么不可逾越的时候,她仿佛背向我站在了辽远的彼岸,我被迫发出凄切的大声呐喊。我深感自己卑贱而渺小,孑然一身,惶恐无助,再也顾不得颜面和可怜的自尊,只管臊红了脸,像失宠的鹦鹉一样饶舌,像流浪的夜猫一样哀鸣,像受伤的独狼一样号叫。我想起了莎士比亚戏剧舞台上的罗密欧,捂着胸口,对着苍天,大声责问着:这是为什么呀？为什么?!

不知道什么时候,潘兼鄄从背后紧紧抱住了我,然后用手绢帮我擦拭脸上的泪水。她的眼泪也哗哗流淌个不停,泪水打湿了我的后背。

"对不起,小穆头,对不起！我不该说那样的话,我不该伤你的心！我不是成心要让你难过,我只是和你说着玩的。我就是想和你讨论一些概念,关于爱情的世俗说法,随便说说而已。不知道你会这样敏感,这样认真。真的,原谅我,我再也不说那样的话了。原谅我,好吗？原谅我！"

她一遍一遍道着歉,一遍一遍替我擦眼泪。她转到我前面来,泪光莹莹地仰头望着我,眼神充满歉意和柔情,像母亲看着一个受了委屈的孩子。她伸出手臂环住我的脖颈,吻了我两边淌着泪痕的脸颊。自然而安静的亲吻,使我僵硬的身体从上到下渐次软化了。女人的泪花加上蜜糖一样的亲吻,可以软化世界上最坚硬的石头。她扶着我在礁石上坐下,抱住我的腰,双膝跪在我面前,身体瘫软,将头埋进我怀里。我感到全身骨头麻酥,真是不争气,心里一下子就舒服了。

我低下头,吻她的黑发,嗅着发丝里的香气。这样的吻不带任何冲动,也压根儿没有爱情书本里写过的那种戏剧性,仿佛这不像是爱情。我抱住她的肩和背,轻轻抚摸,感觉我俩的关系变得自然而无拘无束,一切都简单多了。两人当中的沟壑终于填平,当然轮廓还在,可是有什么关系,已经挡不住我们随时牵手拥抱。月亮出来逛了一圈,重又钻进厚厚的云层背后,光线阴暗了许多。她的面貌隐晦,肤色不清,但秀美难挡。她的秀美是永恒的,从过去到现在,永远都是。我们就这样保持着依偎的姿势,听海涛的声音反复在耳边回响。

时光在我们身边流淌着,一点一点流淌,静静地流淌。我情愿永远这样,不再有任何变化,天永远不要亮,明天永远不要来,上海永远不要回。

"你真的很多次梦到过贵州吗?"她依然在我怀里埋着头,轻声问道,声音听上去像从某个地方传来的回音。

"嗯。我怀念那个地方。"

"我恨那个地方。"她说,"谢天谢地,我和那儿再也没有任何关系了。"过了一会儿,她又梦呓般问道:"你还都梦见些什么了?"

"无数只圆圆的牛眼睛?"

"什么?"

"铁皮火车车厢里的那些黄牛呀,全都瞪着大大的圆眼,敌视着我们,好恐怖!"

她好像笑了笑,应该记起了那次娄山关之行。"我吓得躲进你怀里了。"

"对,就像现在这样。"

"还有呢?"

"还梦见我们读书的学校楼去人空,教室里和操场上一个人影也没有。厂区里也是一片荒凉,到处长满比人高的荨麻和其他杂草。家属区的楼房墙壁开裂了,灰色的砖石在梦境的月光里显得白蒙蒙的,窗户玻璃全都支离破碎,所有的门也都洞开着,房间里结满蜘蛛网。整个厂区阒寂无人,没有一丝生气。车道上的那些大树都在疯狂地生长,梧桐树、橡树、榆树、樟树,还有巨怪似的灌木丛,在静谧的土地上黑压压势不可挡地到处挺进。树枝倒垂下来,挡住了所有的去路。那些树根的样子很可怕,节瘤毕露,活像骷髅的魔爪。荒寂芜杂的林莽,无人照管的弃园,常春藤和各种杂交植物填满了所有的过道。我受困于一片混沌杂乱的荒野,心儿在胸中怦怦剧跳,眼眶里泪花滚动,有着说不出的异样痛楚⋯⋯"

"那就是贵州。"潘蒹鄄说。

"我梦中的贵州。"我说。

"可也是现实中的贵州。"她说,"事实上,你的梦境跟现实是多么吻合——山沟里的那些军工厂很快就要彻底关闭了。厂里的上海人都在想尽办法调出来,提前退休、买断工龄、留职停薪⋯⋯总之,几乎没有人上班了。回不了上海的,都在想办法往镇江、常州、苏州调动工作,只要能离上海近一点儿。我们班的女同学,还有那些学姐学妹,都纷纷嫁到昆山、嘉兴或南通来。贵州,我们记忆中的贵州,很快将成为一段荒凉的历史了。"

"难怪,我大哥穆宇凡也正吵着不惜辞职回扬州重新找工作。我爸爸为此还发了大脾气呢!"

"我们真是幸运!"

"是啊,真是幸运!"

我双手捧她的脸,在她额上轻轻印了一个吻。本来还想继续往下,吻她的唇。我们到现在为止还没有接吻过一次呢。没有接吻,这算什么爱情呀?可是,她更用力地低下头,粉碎了我的企图。她的脑袋往下拱动,趴在我小腹上,大腿上。

月亮在云层里反复地钻进钻出。我抬头望望天空,天色此时变得十分灰暗,空中出现了大量鱼鳞状的云块,一层一层飞也似的聚拢来。

过了一会儿,她忽然发问:"你怎么一点儿也不兴奋呢?"

她的语调有些怪异。

"嗯?"我不解,"我很开心呀!"

"我是指你的身体。"

"身体?怎么——你想这会儿下海吗?"

"傻瓜!"她的脸在我的腿上左拱右拱,扭过来蹭过去。"你的小雀雀,小鸟儿,一点儿也没有兴奋的意思呢。"

我没有想到她指的是这个,脸上顿时烘热。她可真是一个魔鬼,诱使我去闯这思想的禁区。我本来一点儿也没有那个念头,只是一心一意享受着精神上的爱之沐浴,忘记了感官本能。我的小鸟儿和她的脸、唇,只隔着一条面料单薄的沙滩裤,始终昏睡得那么安静,确实有些不正常。被她这么一提醒,一种新知觉的小小火焰,骤然点亮,精神和肉体之间仿佛经过了一次时空穿越又组合到一起,心中出现一个春光明媚的早晨,梨花李花都突然绽放,奇艳的花瓣比比皆是。小腹之下那一片,变成了春意盎然、充满欢快的土地。温暖生动的接触之美,比之视觉感觉之美要深得多,是莫名其妙的惊心动魄之美!迷醉的接触!

"我就知道你不会让我失望。"她喃喃自语,迷恋不舍。"你一定是个伟男!"

她坐到我身上来,双手环住我的脖子,发烫的脸颊紧贴着我的耳朵,呼吸急促粗重。我喜欢,极致的喜欢,就像是一个自己与另一个自己在光阴里隔世重逢。这真是一种生命内里的黏附与吸引。我愿从今日开始与这个女人永远执着相守,一生深情对望。

有两三个游客经过我们的身边,边漫步边轻声嬉闹着。潘蒹鄮像受了惊吓一般从我身上跳下来,惊惶地看着那些人。我不知道她为什么会那么紧张。她向脑后理了理头发,对我说:"回去吧。"

沿着海水弯曲的边沿往回走,海水不时悄悄匍匐过来吻我们的脚趾。走过一段海滩,穿过马路,绕过一片矮生的植物丛,很快到了宾馆。夜深人静,游人稀疏,我们分手说再见。潘兼鄞忽然悄悄在我耳边说:"明天晚上找个机会,我想办法把查夫人支出去,你来我房间吧。"

我不假思索一阵高兴,忙不迭点头说好。回房后,见王叔鼾声大作,早已在梦乡中呼风唤雨。我一点儿也不怨,因为我今夜根本不可能入睡。

第二天的一天都去了哪些地方,看见了什么风景,玩了些什么,我现在都想不起来了,只记得从早餐起就在盼着快点儿天黑。如世俗中的恋爱中人一样,爱情的潮水如同在我心田新开辟的喷泉,不断喷涌,甜蜜得水花四溅。我已经深深沉溺于痴心妄想中无法自拔,心底的一点儿稚嫩的克制的萌芽都被淹没了,感觉一天二十四小时的每一秒钟都如同梦幻,而我成了梦幻舞台上的幸福王子。热带风光带给人们的最大乐趣,在于茂盛的植物、高大的树木和丰富的色彩中到处洋溢的富有生命力的热闹。风在大海上自由自在地咆哮,然后朝岸上拂面而来,树叶集体刷刷作响,绿藤也跟着婆娑起舞,全是充满激情的欢快的动静。如果有人把手指按在我的脉搏上,就请你感受一下它是用怎样的节奏跳动吧!这一切都因为我眼中的那个人,她的眼波,会意一闪的眼神。她和我形影不离,我所呼吸的空气与她所呼吸的空气交织在一起。空气就像含有可卡因的蒸汽,吸一口就精神亢奋,全身毛孔都舒张开来,注满了青春的血液。这发自肺腑的欢愉喜悦一直延续到晚饭之后,潘兼鄞终于用宾馆内线打来电话,让我马上去她的房间。

推开房门,原来门没锁。她换了一身紫红色的绸缎睡衣,睡衣上闪着流水一样的光波,胸前双乳浑圆神奇。她依窗坐着,目光兀斜,似乎正在探看某种我无从察觉的正在发生、正在迫近的事件。只一眼,我的魂魄都飞出了体外。那种飘逸,那种美雅,那种柔媚,那种迷惑,那种看似无枝可依的姿形意态,那种容颜眉眼表现出来的风情,让我都不敢靠近。她生成就是这样,无论是什么只要和她

一接触,就永远成为这种美的组成部分。我傻傻看着,半天,才小心翼翼问道:

"查夫人呢?出去了?"

潘蒹鄄诡秘一笑,道:"我告诉她有个地方的珍珠项链特别好,价格又很便宜。她是个珠宝迷,不逛上一两个小时不会回来。"

我放松地吹了声口哨,还是她主动迎上来——应该说是扑上来。很快,我们就滚到了一起。那张床几乎没有硬度,没有质量,是腾空的,我们是在云里,完全失去依托,上下翻滚。这与我在书上看到过的爱情描述全然不一样,没有深情凝视,没有缓慢贴近,一切呆板的过程都被省略,潦草一吻之后就疯狂得头骨都炸了。我闭着眼睛,耳边听见有乐声在一艘黑暗的大船上向四外扩散,仿佛是上天发出的一道命令,也不知与什么有关。又像是上帝降下旨意,但又不知道它的内容是什么。因为我一时无法断定她是不是曾经爱过我,是不是用她所未曾见的爱情来爱我。此时此刻,爱情那种东西忽然消失在云雾里,消失于历史,就像水消失在沙中一样。仿佛从四面八方,从世界深处,欲望的火焰突然汹涌而至,把我淹没,将我卷走了,我什么也不知道,除了欲望我已经不存在了。是怎样的欲望,这是怎样的欲望,我也不知道。我相信这是一种全新的东西,我竟完全不认识它。抑或这本来就不是我的欲望,而只是她的欲望,我一切都只是在迎合她的欲望,让她把我捕捉而去,让她要我。这样的意念在我心中闪过,如一片蓝色闪过深邃邈远的天空,蓝光笼罩了天地。

迷迷糊糊中,她把我拽进卫生间,给我洗澡,冲浴,给我擦身,给我冲水,她又是爱又是赞叹,然后恨不能将我吞噬。我低了头,几乎不敢看她,晃眼。她重新把我拖到床边,问道:"你东西带了吗?"

"什么?"我不解,愣了一下,"什么东西?"

"工具呀!"她说。

我依旧茫然。我真是个雏儿,完全没有风月经验,一时不明白她说的工具是指什么。她好像很失望:"我昨天就已经跟你说好了,你就一点儿也没有准备吗?"

我红着脸摇摇头,像个犯了错的孩子,听任她责备。这里,和外面的那座城市,只隔着这透光的百叶窗和一层布窗帘。没有什么坚固的东西把我们和他人隔开。我又听见了外面城市的喧嚣声。奇怪,这么嘈杂的声音前面怎么一点儿也没有听见?

她轻叹一声,重新吻我,吻在身体上,催人泪下。也许,那是一种慰藉。

我终于感觉到了,她的肌肤有一种五彩缤纷的温馨。

"那——你能控制住吗?"她含糊不清地问。

"控制什么?"

"控制在外面呀!"

我又一次变成傻瓜,僵在那里,注意看着她,等她继续说话。

她目光奇异地看我,像看大街上的陌生人。不,那目光告诉我,对她来说,此时我已经不复存在,什么也不是了。我成了烧毁了的废墟。

"你不是一个负责任的人。"她推开我,"你想让我怀孕吗?"

"我没有。我没想那样。"

"那你为什么就不能做到控制?"

"我……我不知道该怎么做。"

"你不会是想告诉我,你一点儿经验没有,长到这么大,还是第一次?"

"……本来就是,我从来没有过。"

她向我投来大惑不解的质疑目光,这回是重重地叹了口气。她的眉头微蹙着,仿佛有什么事情拿不定主意,需要好好思考一番。而我则被她的样子吓得像是害了热病,心如刀割般难受,呆头呆脑,手足无措。忽然回想起来,她有个"外婆"的外号,人生经验当然要比我丰富得多,我只有自愧莫如。我惶然坐于一侧,手揣在怀里,脸上挂着尴尬僵化的表情,等着她发落。

"真想不到,我这个小外婆还得在这种事情上做一回你的启蒙老师!"她带着讥讽的口吻吩咐道,"你抓紧时间下去一趟,看看大堂里有没有自动售卖机。如果大堂里没有,那就要去街上买,药店和超市里都有卖的。动作要快一点儿,我们剩下的时间可真不多了!"

我赶紧穿好衣服往下跑,在宾馆大堂里苍蝇一样转了几圈,没有找到目标,然后飞奔到大街上,远远看到一家药店的标志,百米冲刺般跑过去。买那小盒子的时候脸红耳热,根本不敢看营业员,完全像在做贼,拿了就逃,连零钱都不知道找要了。气喘吁吁回到宾馆,待要敲潘蒹鄢的房门时,发现门是开着的,里面有人在说话。

"嗨呀,别提有多扫兴了——我这肚子就是这么不争气,晚餐多吃了点儿海鲜,马上就闹腾开了。若是不赶紧回来吃两片止泻药,恐怕这一夜都不会消停。哪还有心思再看什么白珍珠黑珍珠的……咦,小穆?"脸色苍白的查夫人忽然发现我站在门口,就像在马路上冷不防地发现了一只野猴,惊奇地扬起眉毛。

"你是来找小潘吗?"她问。

我的天哪,我就像一个差点儿被人逮了现行的毛贼,结结巴巴地不知说什么好。记得小时候,有一次爬到邻居家的树上偷摘毛桃子,不巧被邻居发现了,当时的窘态就跟现在差不多。

"我……哦,是的。"我说。

进也不好,退也不是,好像也只能硬着头皮戳在那儿。我如芒刺在背,浑身紧张,目光向潘蒹鄢求救。潘蒹鄢向我丢了个警告的眼神,抿着嘴不吱声儿,好像也还没有从查夫人突然回归的变故中缓过神来。

查夫人忽然总算明白了什么,目光意味深长地瞥了瞥凌乱的床铺和四处沾了水迹的地板。

"瞧我这个人有多傻!"她拍着脑门,平常十分矜持冰冷的脸上,竟嘲笑般做了个滑稽的鬼脸,"我回来得真不是时候。你们给我两分钟时间,就两分钟,我很快就好了。"说完后急忙走进卫生间,匆匆关上里面的门。

她此刻的样子看上去一点儿也不凶,反倒显出几分亲切和蔼,不似往常那样冷漠高傲。看样子,潘蒹鄢这几天已经跟她建立了挺不错的关系。

潘蒹鄄悄悄朝我竖眉瞪眼,戳着我的后背来到走廊上。

"多悬哪,差点儿就被她撞上了!"她满脸惊惶,眼神像个担惊受怕的孩子。"走吧走吧。"

她使劲推我的后背,我只好垂头丧气地离开。

回到自己的房间,王叔不在。我一个人先是坐在床上胡思乱想,既懊恼,又庆幸,好像刚刚避免了一桩丑闻发生一样。心犹不死,把和潘蒹鄄抱着翻滚等等诸多细节细细回味一遍,忽然又想起少年时看过的那本《少女之心》手抄本。原来临场实战的感觉和看书幻想的感受完全不同。记得当年看那本书时,我一直都在想象女人的结构,期待着将来有了临床机会一定要好好研究一番。而实际上,我之前面对着一丝不挂的潘蒹鄄,竟然大部分时间都双目紧闭,满脑子充满宇宙爆炸的碎片,根本没有可能对任何结构凝神审视,真是白白错过。东想西想,时间过得极慢,手表上的指针如停滞一般。百无聊赖地走到窗前,倚着窗框,眺望外面的风景。楼下是马路,马路对面是一片黑乎乎的树林,树林那边就是大海。此时的大海一片昏暗,有令人望而生畏之感。风有些大,能够想象翻腾的巨浪扫过海峡处的灯塔,汹涌冲进海湾。浪潮撞上海湾里的礁石,发出轰然巨响,接着又急骤浩荡地涌往平缓倾斜的海滩。大海的吼声即使站在这里也听得见,低沉而忧郁,一刻不停,单调而反复地持续着。此时此刻,大海的喧哗声在我听来有些悲伤,时而隆隆,时而嘶嘶,不断地折磨着人的耳鼓神经,叫人有些受不了。

我们很快就要离开这里,告别这里的一切,真有些不舍。可是和所有的旅途一样,快乐总是那么短暂,我们总得回去,回到过去单调刻板而无聊的生活中。有人说,人生本来就是一次旅行,最终找回归宿。可我觉得两者还是不太一样。人生中的欢乐时光总是那么少而又少,而旅行中的快乐则无处不在。人生,有时候不得不顺从上帝之言:"若有人要跟从我,就当舍弃他自己,背起十字架不知疲倦地一路跋涉。"而在旅行中,我们彻底放下了十字架,只管享受喜悦就好了。多么美妙的旅行呀!可惜,就这样转眼间便结束了。

第二十章　图书馆里的查夫人

　　回到上海,气温一下子降下了好多度,心中的热度也随之渐渐降下了。但我对潘兼鄞的思念不减,这思念不是阳光就能驱散的迷雾,也不是狂风就能吹散的沙雕,它如同刻在石碑上的碑铭,注定了要同石碑一样存在久远——深扎在我心里。我相信生活给了我全新的希望,绝不会只是一道闪光,不会随着时间的推移黯淡下去。蜡梅开了,报春花也开了,接着就是白色的玉兰花和红艳艳的杜鹃到处吐露芬芳。这一年的春天与往年多么不同,天空总是透着璀璨的宝石蓝,太阳也总是洒下金色的光芒。干校的那片草地早早就复苏了,草叶尖儿像苔藓一样细嫩,如绿宝石一般翠绿,走在上面软绵绵的,感觉特别舒服。偶尔还能看到零星几朵小花,有黄色的,还有粉色的,如同星星装点着一大片绒毯一样。我喜欢在晚饭后坐在草地上遐思,听蜂群在周围的花丛中嗡嗡飞舞,想象着潘兼鄞在做什么,有没有像我想她一样想我。

　　潘兼鄞最近成了大忙人啦。关于邢勇感人事迹的那篇长篇报告文学已经印成小册子,在全国能源系统内部发行,获得了极大反响,用"轰动"一词来形容一点儿也不过分。各省各市很多能源企业都在请她前去做专场报告。她精心打造并终于竖起了一面标杆,又亲手高擎着它,乐此不疲,风光无限。她是邢勇先进事迹巡回宣讲团的主要成员之一,另一名成员就是邢勇本人——坐在轮椅里,肩膀上斜披着宽宽的、带闪亮金边的红色绶带,歪咧着大嘴巴不停地接受人们献上的一束束鲜花。我虽然起初对于这件事十分反感,但是看到她专注于一件事并且取得成功还是很高兴。当一个人专注于做某件事的时候,无论如何,总是充满某种说不清的无穷魅力,久而久之,这件事本身是否正确已经不那么重要了,重要的是她在做这件事,并且事实上赢得了无数欢呼声。

全国巡回宣讲这件事,来得太快,有些突然。因为某个大领导发了话,而且报纸上声势造得轰轰烈烈,潘蒹鄿一夜之间蹿红,几十个省市单位同时伸手在抢。事实上,她还没有来得及在上海做过一场正规报告,从海南回来后不久便被北京方面接走了,然后是天津、石家庄、大连、长春……行程似乎越走越远。总之,已经好几个月了,我只能蹲在传达室的墙根下,在长途电话里跟她说说话儿。就连这样也渐渐成了奢侈,因为她四方游走,行踪不定,我只能等她主动打电话过来。每天吃过晚饭之后,我就不敢轻易出门,只能在校园里待着,并且要把行踪及时告知门房大妈,好让她在第一时间叫得应我。起先几次通话,新鲜感十足,兴奋不已,她总要不停地说上好长时间,沿途见闻,人物风光,受到的隆重接待什么的。慢慢地,慢慢地,随着时间的推移,她大概也渐渐疲了,倦了,累了,烦了,电话里的声音常常有气无力,停顿的时间越来越长,然后是沉默,说再见,挂了。第一个星期里电话每天都有,后来变成隔天一次,然后就是三天一次,每周一到两次,现在基本上固定在这个频率,而且约定在周末。这样也好,有个盼头,有个念想,却也不用着急上火。等她回来,回来之后,一切自然就好了。

她走的那天我去火车站送行。为她送行的人太多了,简直没有我可以靠近的时候,我只能游离在人群之外远远地注视她,带着关切而不舍的目光。我的身边是熙来攘往的各式人等,他们都与我无关,只是碰巧与我一起同时出现在这个星球上,如此而已。笨重的火车车厢慢腾腾地爬行着,空气中夹杂着废纸屑、橘皮、脚汗和焦炭的烟气味。潘蒹鄿兴奋得满脸泛着红晕,两眼熠熠生辉,不时倒也想起瞅我一眼,但总是隔着诸多领导的背影。她一双手忙个不停,和这个握,和那个握,就是没有和我握。我们之间握手多做作呀,我情愿不来这一套。

我当时有一种莫名其妙的担心，担心她这次出门会遇到什么事情，类似于不测之事。在望着她的身影消失在一片乱哄哄的人流中时，我表面装着若无其事，一颗心却在胸口怦怦乱跳，似乎真的感到此别或许成为永诀。真是可怕，而且我的心在痛。以后再也见不着她啦，有个声音这样对我说。我把这种不测想象成一场车祸，仿佛当我回到干校那冷冷清清的宿舍，见到满脸紧张的贲梁蜀突然从外面奔进来向我告知噩耗，说某个领导已经接到不幸的电话。"你千万要挺住！"他会这么说，"事情恐怕比你想象的还要糟糕，你得准备好承受巨大的打击。"接着又仿佛是辛小擎来了，他们陪着我一起赶到某个不知道在什么地方的医院，潘兼郢已经处于弥留状态，认不出我来了。后来就是催人泪下的葬礼，一幕又一幕悲伤的情景。我亲手在花圈上写下惨戚的挽联，比如"天妒红颜，驾鹤西去"之类，当然得写得像诗一样。这一切就像真的要发生一样。我在返回的途中一路胡思乱想，回来后连晚饭也没有吃，而且一直竖起耳朵，生怕错漏了来自传达室大妈的叫唤。

第二天晚饭后，传达室真的有我的电话。我飞奔下楼，不慎猛摔了一跤，直到亲耳听见了潘兼郢的说话声，才大大松了一口气，再没有眩晕欲吐的感觉。

"喂，你好吗？"

"我很好，一切都好。"

心中阴霾一般的疑惧豁然驱散，如见到安然归航的船只靠岸，满怀开释。我甚至顿时感到饥肠辘辘，想起这几顿餐都没有好好吃过，等一下要拖上贲梁蜀去找个好地方大快朵颐。她在遥远的地方，我终于又听见了她的声音，浑身莫名其妙感到快活，然后就是一阵轻松。心头不禁油然而生一种无拘无束的自由感，大有无牵无挂一身轻的味道。这段时间我可以想干什么就干什么，就像小学生被通知放假，既不用上课，也不用读兴趣班，爱怎么玩就怎么玩，可以穿上运动球鞋，在同学的窗户下大声唤他们下来去草地上踢球。好久以来都没有过这样的感觉了，真不明白这是怎么回事。放下电话，我一路碎步蹦跳着在干校的院子里瞎溜达。很多花儿在开放,有些早开的花儿甚至已经开始凋谢,云南黄馨皱巴巴的褪色残花零落飘散在长满青苔的碎砖地上,捡一片放在鼻子底下闻,上面飘散着带点苦涩的泥土气。河边高高的树上栖息着几只苍鹭,偶尔还在扑腾几下翅膀。湿地良好的生态让这些鹭鸶鸟儿胆子变得愈来愈大,都敢到校园边上来筑巢了。学员和老师们都回家了,四周一片恬静宁谧。我感到奇怪,为什么当你子身独处时,同样的环境竟会显得那么可爱。我在草地上躺下来,仰望一会儿星空,然后闭目养神,嘴里还嚼着一根青草。周围没有一丝风,也没有一点月光,一切都空无缥缈,很适合一个人冥想。我耳边又响起海南岛沙滩上的潮水声,潮水奔涌不息,水面卷起一层白色的碎浪,我的爱情从那里扬帆启航,幸福开始了。

等她回来,成了一种期盼,一种希望。希望这种东西是多么的神奇,一旦你拥有了她,就不会觉得现在的日子有多么艰辛或者枯燥和无聊。因为希望让我们相信明天会变得更好,今天经受的困境就是为了等待明天的美好。但是希望也会害人,她让你把"现在"当成了可有可无,专心执着于"未来"。好像"未来"是个理想的恋人,已经答应了总有一天会嫁给你,所以身边的"现在"对你再好也引不起你的热情,你的精力和热情都不愿为她付出了。

我调来干校后一开始被安排在校办做秘书,专门做会议记录整理文字纪要什么的。但是参加了几次办公例会,发现校长总是在听汇报时张着嘴巴打瞌睡,那两个副校长,一个习惯两眼朝天,另一个则喜欢闭目养神,总是由着校办主任和总务科长为诸如教室装修或车辆调配之类的琐事争吵不休。这个岗位让我倍感无聊,便申请到教研室里当老师,教大专和中专班的动力学课程,还兼了一个大专班的班主任。这样的工作既不忙碌,也不是无事可做。每天与很多学员打交道,既热闹又充实。我原先都不清楚干校是做什么的,过去听说过"五七干校"之类的说法,好像是指专门改造犯了错误的右派干部们的地方。现在那些右派们早平反了,干校也言归正传地成了培养干部的地方。现在的干部们都急需文凭,所以干校就办起了大、中专学历班,帮着那些有希望提拔的干部们解决历史欠账。后来，干校的门口多了一块牌子，叫党校，同样是培养干部，听上去档次更高了一层。党校眼下的最紧迫使命还是解决干部的学历，但发出来的证书很硬气，是中央党校的函授毕业证，可以直取本科。所以，在这个单位当干校老师或者叫党校老师，倒也很有几分荣耀感呢。

只要是被叫做学校的单位，一般都有一个叫图书馆的地方。书这样东西是知识的载体，也是知识分子的装饰物。好比化妆品之于女人万万不可少一样，老师和学生的手中千万不可无书，也不可一日不看书。我认识的有些人，即便一日二十四小时从来与书报无缘，家里也专门装修了一间气派堂皇的书房，各式书籍从地上一直摞到天花板，当然绝大多数的书从来没有被翻开过扉页。那是专供宾客参观的，为的是听到几句啧啧赞叹声，主人顿感身价倍增。图书馆对于学校之意义非同一般，绝非可有可无，而是一定得像模像样，藏书量必须以万册计，书库、书架、检索台、特藏室一应俱全。所谓特藏室通常是用来珍藏镇馆之宝的，孤本、珍本、绝版本之类，比如清朝某线装古籍或者二十世纪初的《申报》等等，即使再藏上几百年不派半点用处，也一定得恒温抽湿妥善保管。但是在干校这样的单位，因为学员大多是已经当了领导或将来预备当领导的，对于取得工作实绩的急迫性远远大于了汲取知识营养，所以几乎无暇光顾图书馆这样的地方。被互相尊称为老师的那些员工，也因为看熟一本教科书可以站在讲台上混一辈子，所以几乎不必再找新的书看。他们压根儿也不相信在那些堆满古董般枯黄旧纸的书架上能有什么意外发现。位于西南角大楼底部的图书馆那一隅，通常是只闻鸟叫不见人迹，甚至显出几分阴森。我调来这里工作了都快半年的时候，有一天突然百般无聊，想到要系统读一遍《中国通史》，偶尔兴起，走进了那个充斥着浓重发霉气味的门洞。

在经过一条灯光昏暗的长廊之后，感觉渐渐进入一种阴凉、清爽、安静的环境之中——正是读书人希冀的必然之境。我看到有个管理员坐在查询台宽大的桌子后面，正低垂着脑袋，专心致志地在一块铺在膝盖上的麻布上穿针引线,那块画着方格子细线的麻布看上去是一件刺绣作品。每天八个小时坐在这阒无一人的门厅里,确实需要有极好的耐性和某种可以打发无数光阴的消遣。听见走道上响起迟疑犹豫的脚步声,她似乎吃了一惊,先用眼梢向走道方向瞟了一眼,然后抬起头来看着不期而至的我,一副老式的黑框眼镜挂在鼻子尖上,两只眼珠子在镜架横梁上方瞪着,像两粒随时准备向我发射的玻璃弹子。

"是小穆啊,穆宇谅!"她似乎松了口气,听口吻倒好像老朋友一般。"难得,你还是第一次来这里呀!"

声音依稀熟悉,一时竟想不起来。直到她取下脸上的镜架,并且站起身来迎接我,我才认出来,并且比她刚才看见我时的样子更加吃惊。

"查夫人!"我绝没有想到会在这里又遇见她。真是个意外!

她穿了一件蓝大褂,衣着朴素黯淡,跟那个旅途中时髦的贵妇完全判若两人。

"他们都喜欢这样叫我,好像我没有自己的名字!"查夫人似怪非怪地板了一下脸,马上又轻轻微笑,"我姓杭,叫杭大菁。你叫我小杭好了。"

我张了张嘴巴,似乎不敢那么叫。怎么看她都分明比我年长不少,我哪能造次叫她"小杭"。

"你也可以称呼我杭老师,虽然我从来不给学生们上课。"

她看上去似乎很乐意在此刻见到我,又好像一直就在期盼着这一天的到来。她现在的表情充满善意,可一点儿不像在海岛上的时候,那会儿她对我总是爱理不理的,从来没用正眼瞧过我。我还记得被她发现出现在潘蒹鄞房间门口时的窘态,后来我一直尽量避着她。我差点儿都忘记了世界上有过这样一个人。

"你……你怎么会在这儿呢?"我还是不明白,疑惑已经写在了脸上,索性直接问了出来。

"我在这儿上班呀!我们俩是同事哩,却彼此不认识。我也是从海南岛回来后才知道的。你是堂堂老师身份,自然也瞧不起我们图书馆里做小小管理员!"她轻轻撇了一下嘴角,"要知道,我早年也是大学生,化学专业学士毕业,只是如今在这儿派不上用场罢了。"

"哪里的话!"我难为情地绞动着手指,"查夫人,哦,杭老师!我也听人说起过您。您是华东能源局查副局长的夫人,我可不能跟您比。我……我真不知道我俩原来还是一个单位的,要不然……"我想表达一下对她更加尊重的意思,却又不知道该如何表达。我的嘴巴真是笨死了!

"也许我们俩真有些缘分,坐吧。"她抿着嘴巴乐了一下,拍拍旁边的一把椅子,"来借书看哪?"

我点点头,很是拘谨地坐下,心里还在想着海南岛上发生的事情,总有几分不自在。"我想看看咱们图书馆里有没有《中国通史》。"我绞着手指说。

她眼睛瞪得老大。"《中国通史》啊?那可是大部头书。在书架上码了老长的一排,每一册都这么厚!"她叉开手指比画了一下,"那些书翻完一遍至少得花上半年时间,还从没有人来借过,你是第一个。这么有空闲哪?"

"最近没有什么事情做,闲着也是闲着。先借一本慢慢看着呗。"

"哦。"她忽然明白过来,"你那位潘蒹鄄去外地了,有好几个月了吧?"

我羞涩地笑笑。不用解释,她倒是什么都知道。

"你俩的关系敲定了?"她扬起眉毛,目光朝上盯着我看。

我搓搓手,不知该如何回答这个问题。"我们是中学同学呢!"我咽着唾沫含糊不清地说。

"哦。"她身体向后靠了靠,似乎要坐得更舒服一些,然后若有所思地点着头,"青梅竹马,两小无猜。"

"反正……在一起有很多年了。"连我自己都不知道这样说意思是否准确。在一起很多年是什么意思呢?什么叫做在一起?她一定会联想到宾馆里那张被弄得很凌乱的床铺。

"阿姐多嘴问一句：你们打算过什么时候结婚哪？"

"这个……这个还没有说起过。"我有些心神慌乱，"我们从来没有说起过。"

"哦。"她脸上透出几分失望，"这种事情总要抓紧些才行。拖着没什么好处，夜长……梦多！"

查夫人从抽屉里拿出一面圆镜子，对着自己的脸左看右看，大概是想在脸上找回自己青春恋爱时的影子吧。看了一会儿，仿佛对这张长了细微皱纹的面孔不太满意，开始不停地往面颊上抹着白粉软膏之类。在海南岛的时候我就常见她这样，那时候觉得她把自己脸上的人情味都抹得荡然无存了。现在再仔细看她，其实本来还挺妩媚的，只要不将脸挂着，也能算得上资深美女。

墙上的挂钟指针走得特别响，滴滴答答的。好安静呀。

我起身进书库，去书架上找到了一长排竖着的《中国通史》。书库很大，书架排列得整整齐齐，而且十分干净，几乎一尘不染。我抽出其中的第一册，交给查夫人办理借阅手续。

"你从能源学院调到干校来，对这里还适应吧？"查夫人重新戴上黑框眼镜，一边在卡片上登记着什么，一边没话找话地问我。

"还好吧。"我敷衍道，"干校里的人都还不错的。"

"没准你将来有一天会后悔。"她头也不抬地继续说，"能源学院才是适合知识分子待的地方，当个大学老师挺好的。可是干校这儿的人——怎么说呢，高也不是，低也不成，难弄。一院子的人，全都是人才，个个都觉着自己怀才不遇的，可不那么容易相处。其实这儿的老师都是伪知识分子，带着文化人的帽子，却对文化知识没有多少兴趣。你看这儿冷清成什么样儿就知道了，一个星期也难见有人过来借本书。不喜欢学习还觉得自己才高八斗，不都是假清高还是什么？……你待的时间长了，慢慢就有体会了。"

她把书交到我手上，眼珠子从镜架横梁上方向上翻着看我。我能听出她口气里多少有些愤世嫉俗，也许第一个因怀才不遇倍感委屈的就是她本人，但她此刻看着我的眼神满怀关切之意，让我稍有几分温暖。

"谢谢你,查夫人!"我说。

"你那位潘蒹鄞,她什么时候回到上海呢?"她此时真是变成了一个热心人。也许在我走了之后,这一天都不会再有人走进这条楼道,她要抓紧时间和我再扯上几句。

"快了。"我很高兴她能说起这个话题。"她说第一轮的巡回演讲已经基本告一段落,最快下个星期就能回来了。"

"又可以花前月下了。"她羡慕地看着我,取下眼镜,"甜甜蜜蜜,恩恩爱爱,多好!"

我羞怯地笑笑。花前月下,甜甜蜜蜜,恩恩爱爱,我和潘蒹鄞在一起,这样的时候好像并不多,但往后肯定会经常这样。

"那丫头长得挺漂亮!"她说。

我"嗯"了一下,心里美滋滋的。

"你一准是吃定她爱死她了!"查夫人似乎很想就这个话题继续发挥下去,"你们年轻人总是把外貌放在第一位。其实,结了婚之后,就是居家过日子,长得好看不好看没有那么重要。关键是相看两不厌,对脾气才最要紧。你们俩的脾气还合得来吧?"

"还算……行吧。"我支支吾吾。

"你这个人脾气还不错,虽说有点黏糊,但是十分温文尔雅。这个我看得出来。"她说,然后犹犹豫豫地看着我,"有句话,不知道你是否嫌阿姐多嘴——潘蒹鄞那丫头的脾气恐怕没有你那么好。那小妮子性情多少有些乖张古怪,你将来肯定是'妻管严'!"

"嗯?"我皱起眉头,毫不掩饰脸上的不以为然,"你是说潘蒹鄞脾气不好吗?这个我倒是没有觉得呢!"

"情人眼里出西施!"她垂下眼帘,摆出一副过来人的神情,"我说句你不爱听的话,现在的你正是智商最低的时候,怎么看她都是千般好,当然不会觉得。女人看女人就不一样了。跟她在一起住了几个晚上,大致能将她看透八九不离十。"

这个女人当真令人讨厌!怎么在她眼睛里天底下都是有问题的人?她的心态大概很成问题吧!我可实在再不想跟她多说了。我脸上的不高兴肯定也藏不住。

"谢谢!"我用冷淡却又不失礼貌的语气对查夫人说,喉咙有被卡的感觉。"等潘蒹鄄回到上海,我一定带她过来拜访您。"

"那倒不必,我跟她还没有变成朋友。"她应该是觉得我有些不识好歹,也换了一种跟之前截然不同的疏远口气,"我只是好心提醒你,潘蒹鄄这丫头不那么好相处。你就当我是臭嘴巴,她是那种……那种……怎么说呢——很难让男人平心静气的女人!"

说完这话,查夫人重新戴上眼镜,手里拿起了那块绣到一半的麻布片儿。她只要收敛起笑容,脸上的颧骨就明显鼓凸出来,那样子正颜厉色,令人生畏。

我头也不回地走了。我很讨厌这走廊里的阴暗氛围,还隐隐散发着一股发霉的气味。这地方阳光永远也照不进来,是很不适合让人久待的。

一边走,我一边回想着查夫人最后说的那句话:"她是那种很难让男人平心静气的女人。"查夫人才是个喜怒无常的女人。她为什么要那样评价潘蒹鄄?她们俩在一起才相处了短短几天,竟然像闹出深仇大恨似的。女人和女人,大概永远无法平心静气相处。女人和男人毕竟不同,男人们在一起相处越久,友谊越深。而女人之间几乎没有这种可能,除非她们是耳鬓厮磨的闺蜜。

回到宿舍,把刚刚借来的书扔在一旁,随手拿起放在桌上闲时翻看的一本《圣经》。《圣经》上说:

> 不要试探上帝。去试探上帝,上帝在试探之下可能根本不存在。但是你坚信上帝,上帝就存在于你的心中。

转而想到爱情也应当是如此——爱情是勇往直前、绝无顾忌的,需要全副心神地投入。

第二十一章　亲爱的,我爱你

去食堂早早吃过晚饭之后,我去河边堤坝下采了一大把勿忘我花儿,带回宿舍插在玻璃瓶里。蓝莹莹的勿忘我,迷人的小花儿,散发着淡淡的幽香,此刻成了我的最爱。随后我捧着巨砖一样的《中国通史》坐在宿舍靠窗的椅子上翻阅。想起查夫人说过的话:"不喜欢学习还觉得自己才高八斗,不都是假清高还是什么?"觉得蛮有意思的。干校的老师竟然不喜欢学习?似乎不可思议。老师不看书还配叫老师吗?我虽然是个教授专业课程的老师,平常也阅读各类杂书。书是人类进步的阶梯,以我个人的感受,书还是思想的肥料,可以促进人类思想的茁壮成长。书是人大脑空洞的填充物,人在不阅读不思想的时候,大脑常常会空洞无物,阅读书籍能引发充分的思想,把那些空洞填满。而那些历史书籍,往往更加能够帮助人们打开思想的空间,上下追索,纵横八荒,穿梭千年。翻开史书,凝神聚气之间,灵魂跨上思想的骏马,从现代穿越到远古,在苍茫浩渺的岁月长空里遨游,又从古代返回到当下,心中的寂寞一扫而空或者是更加寂寞,之后是一声感叹,甚至两行热泪,这便是读史带来的快乐。可是今天不知怎么,一本《中国通史》搁在面前,枯坐许久竟然一页也翻不过去。书中文字里的东西古老悠远,离我相隔幽幽几千年,实在没有丝毫引人入胜之处。除了催眠,那书捧在手里大概起不了其他作用。窗外暮霭苍茫,晚霞映染的天空逐渐黯淡下来,星星已经在高高的苍穹上闪现。玫瑰园后面的林子里,归巢鸦雀的叽喳声渐归平静,间或有一只大鸟横空而过,随后落脚在那片林中,响起轻微的鼓翅声。窗帷随风来回微微摆动,朦胧的暮色在地板上投下奇形怪状的影子。从海南回来都几个月了,我还会时常幻觉窗外不远处传来大海的涛声,那是海潮从铺满圆卵石的海滩退出去时发出的轻柔咝咝声。贲梁蜀一直没有回宿舍,他忙得很,挣钱,挣大钱。"没有办法,金钱是谁都永远无法抗拒的东西!"他说,"路人熙攘,皆为利往。挣钱是人的天性,弄钱是人的本能,这是没有办法否认的,是每一个活着的人永不会停止的事情。只有挣钱才最令人兴奋,而一旦开始就会上瘾,钱越挣得多越上瘾,无法自拔。"他的床铺空着,肮脏得不成体统,因为洗床单被子不能挣钱。我把书丢在一边,伸开四肢,舒服地躺在床上,用胳膊蒙着眼睛,昏昏沉沉地接近迷糊之境,一点一点进入梦乡。

我总能在梦中很快见到潘蒹鄞。她喜欢穿着薄如蝉翼的透明衣衫,走路姿势飘逸不定。我每次都跟在她后面,伸出一只手让她牵着,然后是爬不完的草坡,穿不完的树林。树枝上绽开着粉色桃花,伸手轻轻摇动,花瓣如雨一般飘落,随风而去。我们就在花雨中相拥而坐,唇齿相贴,头发上沾满花粉。她身上的香气和桃花香味混为一体,香甜迷人。我真喜欢就这么挨着她的身体,头靠在她的肩上,悠然闲适,如痴似醉憧憬未来的日子。"穆宇谅,穆宇谅。"谁在叫我,我可不想理睬她,谁也不要在此刻来打扰我。"穆宇谅,穆宇谅,下来接电话!"是门房郭大妈在楼下喊,一声高过一声。我惊得跳起来,飞也似的冲下楼去。潘蒹鄞来电话了。潘蒹鄞来电话了!

她说她就要回来了,终于要回来了。声音好喑哑,有气无力,充满疲惫。我心痛。幸福的心痛。我说我去火车站接你。她说不行,会有很多人在站台上等候,我俩怕是连说话的机会都没有。我说我去你家等你。她说她还不能马上回家,有一个隆重的洗尘晚宴等着她,集团领导和报社记者都会出席。我说那我就等你来找我,我等着,再晚也等着。她说第二天一早她就会来干校,领导早安排好了,上海能源系统首场盛大的报告会将安排在第二天举行,邢勇先进事迹报告会,地点就在干校大礼堂,到时候我们就可以见面了。我焦急地说不行,我等不及,等不到第二天,我会疯的。她叹口气,说:"好吧。那你记住,提前到酒店等我。他们会把我从火车站直接送到世纪皇冠酒店歇脚。在晚宴正式开始前,我应该有个把小时休息的时间,你到时候看好我住在哪个房间,然后悄悄溜进来,不要让任何人发现了。"我连连说了一串"噢",兴奋得像浑身充了气,快活无法形容。

  接下来的时间过得有多慢!漫长的黑夜,漫长的上午,漫长的下午。按照潘蒹鄞事先关照的那样,中午饭吃过后不久,我就早早猫在了世纪皇冠酒店大堂的一角,身子埋进沙发里,伸长头颈不停地向大街上张望。世纪皇冠酒店是上海最早的五星级酒店,一般平民百姓那时只敢从门外偷偷向里面窥探一下,连走进去的勇气都没有。我也是咬牙买了培罗蒙西裤和缀着鳄鱼标志的T恤,才穿着新衣壮胆迈进大堂的。进进出出的多是红毛绿眼的老外和头发油光可鉴的香港老板,再就是一些大腹便便官员模样的人。我贼头贼脑坐在酒店大堂简直像个瘪三,老是担心会有保安过来盘问,紧张得心怦怦乱跳。

  下午五点钟左右,有两辆黑色轿车一前一后停在旋转门外面。从前面车上先下来一个人,打开车门,然后就看见潘蒹鄞从里面弯着腰出来。她真够风光的,出入高级酒店,前呼后拥,像个成功人士。不得不承认,她确实获得了惊人成功。成功,这个被作家劳伦斯称为婊子女神的东西,此时正跟随在潘蒹鄞的身后,徘徊着,咆哮着,保护着她,把所有人都镇住了,连同我。我其实也想卖身给成功,这个婊子女神,只要她肯要我。服务生过去帮着拎行李,很大的一个包和一只黑色拖箱。光线不是很好,很难看清她的脸色,只注意到她穿着白色衬衫和黑色长裙。潘蒹鄞进门后四处张望了一阵,但是不可能一眼看到我。我躲在很远的角落里,脑袋尽量缩进沙发里,活像个小丑。有个人被人从后面车里抱出来,是个脖子上扎着领带的成年男人,很奇怪。直到这个人被放进一张轮椅推着走进大堂,我这才一拍脑袋——他就是失去两条腿的邢勇了。

我只见过邢勇的照片,没见过活人,对他的五官也没有任何印象,眼下还是看不清他的脸。有两个人把他直接推进电梯上楼去了。还有五六个人围着潘兼鄞说话,握手,又不住地关照着什么,潘兼鄞不停点头,继续四下张望。她一定是在担心我不知道她歇脚的房间号。其实她对男人太不够信任了,这点儿小事能难住我吗?

那些人陆续离去,在她进到房内半分钟后,我推开了半掩着的门,像泥鳅一样滑溜进去。她正站在盥洗台前放水洗脸呢,我从背后一把紧紧抱住她。

她轻微呻吟一声,脸扭过来埋进我脖子里。好香,比梦里的桃花香味还要好闻得多。我们接吻,第一次正式像接吻一样接吻,像从来没有接过吻的情人一样接吻。我来不及看清她的模样,接吻的幸福使我的双眼一直紧闭。我们再也无法分开身体,连脱去衣衫的时间都觉得浪费得可惜。身上的汗腥味好闻,很好闻,根本没有必要冲洗。不用洗,没有时间洗,来不及洗。我们必须紧紧纠缠在一起,彻底纠缠在一起,不能分离。她弄疼我了。原来男人的身体在绷紧的时候也会疼。她太疯狂了,疯狂地扭动,疯狂地颠簸,嘴角肌肉抽搐,口中咿呀不清。我绷紧的身体上好像有一根筋断了,就像张得太满的弓断了一根丝弦一样。当然,断了一根丝弦并不会影响到弓的力度,箭在弦上,不得不发。我发箭了,穿云破雾,凌空而去,响起畅快的呼啸声。潘兼鄞一把捂住我的嘴巴……

太短暂了。短暂的一刻,人生匆匆翻过了新的一页。"恭喜你,你和童男告别了!"有个声音对我说。现在和刚才不一样了,今天和昨天不一样了,明天也不会再和过去一样了。我仿佛刚刚从一个动荡紊乱的梦之深渊里醒来,睁开紧闭许久的眼睛,失神望着周围陌生的环境。雪白的床单看上去多么温馨舒适,简直赏心悦目。傍晚时最后一抹霞光透过窗帘的缝隙照进来,空气里有一种甜滋滋的味道,我贪婪地嗅着,心里默默感激着什么。潘兼鄞侧身躺在一旁看着我,她那双眼睛此时看上去特别大,眼眶四周围了一圈阴影,那阴影在苍白并泛起红晕的面容衬托下益发显得明显。她累了,她太累了。

"这块玉佩……"她伸手抚摸我挂在胸前的虎头玉,"这么多年了,你还一直保留着?"

"嗯。"我把她的小手用力按住,紧贴在胸脯上,"这是当年在贵州分手时你留给我的念想,我一直都戴着呢!"这谎话扯得太不高明。

"瞎讲闲话!"她轻轻刮我鼻子,"在海南岛的时候,我就没看见你戴着它。"

"那是……"我辩解说,"那是我怕带到外面万一弄丢了。"

不想告诉她实话,这一年来我一直都找不到这块玉佩藏在哪儿了,不久前才好不容易从初中毕业证书的塑皮封面夹层里把它翻出来。之前从没有戴过它,是因为还没有养成往身上套挂件的习惯。就是用来系它的红绳子,也是昨天费了好大劲才买到的,我为此跑了不少地方呢,还受了贡梁蜀的讥笑。"嘿嘿,临时急着要戴这玩意儿,一准是定情信物吧!"他冷言嘲讽。这家伙眼睛还是够毒的。

潘兼鄄把玉佩举到高处,眯起眼睛对着灯光看里面绿色的翡翠絮团。灯光晦暗不明,絮团也模糊不清。"玉是样好东西。"她感概说,"玉养人,人养玉,你戴在身上时间愈久,它就愈加玲珑剔透。"

"玉也是爱情的象征呢!"我迫不及待地表白,"冰清玉洁,象征着爱情纯洁;守身如玉,象征着爱情忠贞;艰难玉成,象征美好的爱情历经磨难……"

潘兼鄄轻捂我的嘴:"好啦好啦,你歇会儿吧,就你会'咳珠吐玉',生怕别人不知道你是个文人才子!"

拉上的窗帘隔开了外面的市井喧闹声,屋子在灯光下倒更像舞台上的布景,像两场戏之间布置就绪的场景。现在是场间休息,我在幕后客串了一回,观众都看不见我,我是专为角儿预备的点心。下一场戏即将开场,一声沉闷的巨响仿佛在宣告。潘兼鄄被响声吓了一跳,她光着身子,光着魅力四射的洁白身子,从床上起身,走到窗口,掀开窗帘向外张望。我魂不守舍地跟过去,站在她身边，一起看外面。盛夏时节天气多变，原本晴朗的天空此时忽然变成一片铅灰色，阴云密布，锯齿状闪电在远方不停地撕裂着翻滚的乌云。刚才那声巨响就是焦雷发出的声音。滚滚雷声连接不断响起，但是没有起风，行道树都纹丝不动，树叶低垂着头，似乎在等待着什么。潘蒹鄞又轻手轻脚走到房门后面，侧耳谛听走廊上的动静。我没有再跟过去，不远不近地默默看着她。她转身，起步，走动，低头，谛听，一举一动似乎都含有某种特殊的意义，似乎这些印象将永远刻在我的记忆里，好让我在多年以后的某一天感叹一句：此情此景历历在目，永生难忘！

　　有人打电话进来。潘蒹鄞接起听了几秒钟，说："好，我马上下来。"然后对我说："领导到大堂了。你赶紧走吧，别让什么人撞着了。"我心里颇不以为然，心想：撞着又怎么了？你是我的未婚妻呢！在我们乡下，别说在一张床上睡过，哪怕只是亲过一口，也是赖不掉的未婚夫妻。何况我是一个负责任的男人，又做不出那种始乱终弃的事来！始乱终弃，这个词用得可不那么妥当，什么是"乱"？我们"乱"了吗？如果一开始就"乱"，早在当年山里人家阿贵家的床上我们就"乱"了，何至于等到今天。至于"弃"，我又怎么可能"弃"她而去——这么胡思乱想，半天踌躇不动。潘蒹鄞神情颇为紧张，往外推我。我重重用力搂了搂她肩膀，说声："明天见！"然后做贼一般溜了出去。

　　不巧得很，第二天上午前两节课恰好轮到我授课，潘蒹鄞他们进干校大门时，我只能被锁定在教室里无法脱身。我一边在黑板上写着枯燥的热力学公式，一边竭力竖起耳朵听大礼堂那边的动静。尽管一夜没有入眠，头脑一点都不昏沉，我表面平静，内心情绪却异常激昂。兜里揣着昨晚刚刚写成的一首情诗《亲爱的，我爱你》。仔细回想起来，我和潘蒹鄞在一起相处这么久了，有过了实质性的肌肤相亲，彼此却从未正正式式向对方说过一句"我爱你"。也许，这才是最深沉的爱情。大恩无谢，大爱无言。情到深处，所有语言都显得过于轻浮。但是，用诗歌来表达爱情，却是人类几千年的传统。诗是多么高雅和高尚，还有什么能比诗歌更能打动人心的!

亲爱的,我爱你

亲爱的,我爱你!
你是阳光,是我眼睛所见的唯一光明。
一天不见你,我的天空阴翳密布,
一月不见你,我的躯体会散发腐朽的气息,
若是有一年不见你的踪迹,
我的世界终将会沉没于黑暗
走向毁灭。

亲爱的,我爱你!
你是水,是我一腔热血的唯一补给。
三餐不饮你,我会饥肠辘辘魂不守舍,
三日不饮你,我会神志恍惚近乎行尸,
若是有七天不能接近你,
我的眼泪将伴随着干渴的肉体
趋于枯竭。

亲爱的,我爱你!
你是空气,是我吐故纳新的唯一所依。
一秒钟没有你,我感到呼吸不畅肌体不适,
一分钟没有你,我感到郁闷憋屈崩溃降至,
若是有人将你我长时间隔离,
我的心脏跳动将永远停止
不再想你。

亲爱的,我爱你!
你是阳光,水和空气,

我的生命和你须臾不能分离。
拥有你的时候或许我不知道珍惜,
失去你才意味着一切灾难的开始。
我一无所求,只想每时每刻都和你在一起,
拥抱你,亲吻你,呼吸你,
……

今天,我把这首情诗带在身上,会亲手交到潘蒹鄄的手里,让她真切地感受到我的真爱。

隔着一幢教学楼,大礼堂方向传来的声音隐隐约约。八点半,音乐声响起。是某支进行曲的调子,应该是领导们进场了。九点整,掌声如雷。领导作开场白:今天,我们在这里隆重召开邢勇先进事迹报告会,这是全国巡回报告的第×场,也是在上海正式开始的第一场……领导总算讲完了话,邢勇肩膀上斜披着宽宽的、镶闪亮金边的红色绶带登场亮相,他坐在缓缓移动的轮椅里被人推到了台前。邢勇的自我告白总是这样开始:感谢党和人民的多年培养,感谢各位领导的厚爱和同志们的亲切关怀,才使我有了今天这样的荣誉……九点十分,又是一次长时间的热烈掌声。邢勇自我告白结束,领导在他胸前别上红绸带扎成的篮球大的大红花。轮椅向右挪向台角,满面红光的潘蒹鄄站在了会场中央,面对高高竖着的立式话筒——不知道她是否还能保持满面红光,这些天她太累了,也许她可以在脸上抹些胭脂……我虽然从未有机会目睹过一场报告会,但对其套路已经十分熟悉,潘蒹鄄在电话里为我描述过多次,每次都是这样一个固定模式。好容易熬到九点五十分,下课铃声响了。我竟连一声"下课"都忘了对学生们说,夹起讲义就奔出了教室。

走出教学大楼,我发现今天的天气十分特别,浓浓的迷雾竟差点儿让我不辨方向!盛夏季节何来这样的浓雾?竟然浓得几步之外便看不见东西!团团水汽不但弥漫四周,而且翻滚涌动,令人有置身湖面或者大山深坳的错觉。多少年未见过的迷雾,好像舞台上人造的特效场景。这迷雾让我又想起贵州,只有在贵州的山里才常常有这样的大雾——迷雾中伴随着致命的瘴气,山里人对此都十分小心。看似外表清新的东西往往暗藏杀机!

这场迷雾留给我的印象深刻,经年难忘。当年我们从未听说过"雾霾"一词,迷雾就是迷雾,只有干净的水汽,根本没有叫做"霾"的那种脏东西。人心干净的时候,世界也是干净的。人心脏了,空气也会跟着变脏。人怨天怒,总是有着必然的联系。二十年之后我发现,环境暴戾的程度和人心变得乖张的速度是成正比的,这一点已经被历史所证明。

我匆匆从草坪上践踏而过,草叶上积了一层霜一般的银色露珠,不远处的树丛隐没在白茫茫的雾色里。清新的微风中竟夹着些许寒气,与这个季节很不相符,使人在安谧中感到一丝萧瑟。一只黑鸟不知从哪里闪出身影,忽然窜到草坪上来,不时地停下身子,用黄色的尖喙叨啄泥土,差点儿被我一脚踩死。人都去哪儿了?为什么路上没有见到一个人影?全都到大礼堂里听潘兼鄄作报告了吗?在我奔跑的过程中,身边的浓雾化作团团微云,向空中升去,水汽在我头顶如烟圈般打旋。都快十点钟了还看不见太阳,也许太阳正挣扎着想穿透雾蒙蒙的天空而不能得逞。

我从侧门大步跨进大礼堂,礼堂里坐满了人,黑压压一片圆圆的脑袋瓜。台上挂着巨幅背景墙,上面书写着"时代英雄,能源卫士——邢勇事迹报告会"会标。潘兼鄄身穿一件大红色短袖旗袍,亭亭玉立的形象犹如待嫁的新娘。她从未提起过有这样一件旗袍,或许就是为了今天让我有一个惊喜吧。她的声音通过扩音器充斥着每一个角落,响亮而稍显刺耳。王叔今天也来了,当然还是担任摄像师,此刻他正聚精会神地将一张国字脸贴在摄像机后面。我看见贲梁蜀的身边空着一个位置,也许是他特意为我留着的,赶紧跑过去坐下。贲梁蜀拍拍我肩膀,辛小擎从邻座向我投来友好的微笑,她就坐在贲梁蜀旁边。贲梁蜀和辛小擎,他们两个都知道,台上正在作报告的是我的恋人,因此都对我作了友好的表示,更像是在赞许台上的那个人。那个人,是我的潘兼鄄。

如果允许,如果给我机会,有人给我勇气,我会走上台去,面对着潘蕖鄄,当着这里所有的人,朗诵我的诗:

亲爱的,我爱你! 你是阳光,水和空气,我的生命和你须臾不能分离。
……

又一次热烈的掌声响彻全场。我抬头远远看着台上,潘蕖鄄脸上化了浓妆,颧骨处一片胭红。她声音充满激情,眼中分明闪烁着泪花。她在演讲,不,她在朗诵,不,她在抒情——她深情地用呐喊般的语言感动着全场的所有听众:

"……邢勇,一个普通的名字,一个闪亮的名字,为了避免一次灾难性的大面积停电事故,他毫不犹豫地扑向了最危险的地方,献出了自己宝贵的双腿。他就是从我们身边平凡岗位上走出来的不平凡的英雄! 他身残志坚,自强不息,在与吞噬生命的病魔搏斗中,他多次令死神望而却步,创造了'起死回生'的奇迹! 他忘我献身,努力工作;他酷爱学习,如饥似渴;他嫉恶如仇,爱憎分明;他不畏艰难,挑战命运;他永不言败,顽强生活。他有着钢铁一般的意志和毅力,他有共产党人崇高的道德品质。他顽强,执着,刻苦,奉献,勇敢,奋进,他是当代工人阶级中的优秀杰出代表! 他是我们心中的一面旗帜,是所有中国能源工人的骄傲! 他是中国活着的保尔,他是从能源行业中诞生出来的又一个张海迪! 他,邢勇,是我们这个时代最最可爱的人!"

掌声,雷鸣般的掌声。我也跟着鼓掌。说得多好啊,真是感人! 这一段话在报告文字里我可没有帮她写过。我如果这样写的时候,一定会觉得有点肉麻。可是潘蕖鄄说得多么自然。她继续着:

"……邢勇,我心中的伟大英雄,多么值得人们敬仰! 多么值得大家爱戴! 他的精神照亮了我们每一个人的眼睛,也照亮了我爱慕的双眼。他已经成为我心中的一盏共产主义事业灿烂的明灯！我愿意这盏明灯永远陪伴我,照亮我今后的人生道路。我,我愿意成为他事业的拐杖、生命的轮椅。我愿意……我愿意用一生陪伴他走完人生的全部道路,我愿意,愿意做他的人生伴侣。我愿意,愿意嫁给他,做一个英雄的妻子!"

潘蒹鄄朝台下缓缓地弯腰一鞠躬,然后款款走到停在主席台右侧的轮椅前,低低地俯下身子,嘴唇印在邢勇的额头,献上深情的一吻。

寂静。偌大的礼堂,陷入死一般的寂静。错愕写在每一个人的脸上。然后,大约是几秒钟,或者几十秒钟,或者几分钟——谁知道是多久呢,掌声几乎掀翻了屋顶,伴随着尖利的唿哨声和热闹的叫好声。像是在剧场,名角儿登场了,聚光灯一闪,一个漂亮的亮相,全场喧闹。

潘蒹鄄像个谢幕者,摘下脸上的眼镜,躬身接受崇拜者的鼓噪。她眼里噙满泪花,因为受到崇拜而感动。

我情愿当时不在这里。我情愿从未走进过这个礼堂。如果我正在另一个地方吹着口哨散步该有多好。

我的脖子好像被一双铁手掐住,呼吸沉重,像垂死之人那样冒着虚汗,凄凉和焦虑弥漫开来,只觉得空气好冷。不明白这是怎么一回事儿,不明白泪水为什么会糊住我的双眼。像中了邪一般,我痴呆地东张西望,完全不清楚这几百个人同时在发什么疯。有人在拉我,我像个顽皮的孩子赖在座位上不动,好像是贲梁蜀用他那长长的胳膊紧紧夹住了我的身体,拖着我走出会场。辛小擎只是默默地盯着我的脸瞅了有几秒钟,目光中充满怜悯。王叔似乎想要朝我这边走过来,偏偏又被什么人给叫住了,只好向我这边挥手打招呼,我面无表情,没有理会他。我可不希望他这个时候过来唠里唠叨。他妈的这会儿谁也别过来跟我唠叨!贲梁蜀这个王八蛋带我走的什么路呀,怎么道路的两边都是满脸哭丧相的绣球花?蓝色的花球从背后的绿叶中探出头来,分明是不怀好意,幸灾乐祸。装什么花姿秀美的样儿?再怎么看都是阴森森的,悲哀、肃穆,就像外国教堂墓地上放在玻璃棺材底下的花圈。这一路上全都是绣球花,就像青面獠牙的巨大鬼怪在小道两旁列队看着我通过,讨厌死了!

事实上,当一个人在猝不及防之际突然遭遇巨大打击时,他起初是没有感觉到。比如有人猛地砍掉你的一只胳膊、一条腿,或一只手什么的,几分钟之内你大概意识不到缺少了什么。你会很奇怪那东西怎么会不可思议地离开了你的身体。看着你的脚带着飞溅的血迹躺着一边的地上,你会照样觉得脚趾健在。你把脚趾一个又一个张开,在空中前踢后踢,其实啥也没有,没有脚,没有脚趾。

我回到宿舍坐在床上,目光呆滞看着某一个地方发呆,一时像是完全麻木了,既不觉得悲伤,也不觉得痛楚,心头没有一点戚戚然的感觉。看到一只苍蝇在窗玻璃上无望地撞来撞去,我思索着要不要过去帮它一把。贲梁蜀拎起热水瓶给我泡茶,瓶里没有开水了,我犹豫着要不要到锅炉房跑一趟把热水瓶灌满。我还想着王叔或者辛小擎他们等会儿会不会过来做客(潘蒹鄄自然是不会来了),我的茶叶罐好像见底了,是不是要到街上去买点儿茶叶回来。我对刚才发生在大礼堂里的变故竟如此无动于衷,保持着超乎寻常的镇静,丝毫不觉得有什么烦恼,对此,我也莫名其妙。我对自己说,怪事儿,今天真的发生了怪事儿,我恐怕一时理解不了,也不想去理解了,就这样了吧。好像一张本来看上去美好无比的画像,突然掉在地上,碎了,变成了一地的拼图碎片。我可不想马上去做那个拼板游戏,试图把一块块图板各归其位,再凑合成某种图案。就让那些碎片躺在地上吧,我想睡觉了。

"我想睡觉了。"我对贲梁蜀说。

其实我唯一确切的感觉就是希望自己死掉。

这一睡,就连着昏睡了两天两夜。

第三篇　隐忍之爱

第二十二章　青春本身就是一种不成熟

　　这一页就算这样翻过去了。骤然心痛的时间好像很短暂，但是记忆深刻，那是一种钻心噬骨之痛，仿佛迈不过去的坎。在一点一点恢复了感觉之后，在意识到双手汗津津、黏糊糊、又有了热气之后，我感觉血液长时间地老是直往脸上冲，双颊烧得火辣辣的，嗓门很久都被哽塞着。这样的失恋带着耻辱的印记，无比耻辱。击败我的对手竟然是一个身体不健全之人，一个瘫子，坐在轮椅上的可怜虫。而且，他根本就不是什么时代英雄，更不是所谓的当代保尔，只是一个彻头彻尾的冒牌货，一个本应该受到惩罚的事故责任人，一个欺瞒了天下所有人的大骗子。最为可恨的是，我曾经亲手参与了对这个诈骗犯的精心包装，用我的满腔热情和所谓的文学才华为他织就了一件瞒天过海的锦衣。潘兼郢竟然选择了嫁给他！她亲手往一个丑陋不堪的泥人身上抹上欺骗世人的金粉，然后尊之为菩萨顶礼膜拜，最后委身于斯，这真是天底下最恶心的玩笑！我为此而痛恨，猛抽自己的耳光，直抽到满脸血印为止。

　　人生中总会遇到这样一些事情，当时觉得天崩地陷一般重大，压力无边，仿佛世界从此黑暗，再无希望可言，十年二十年（也许用不了那么久）过后，回首往事，也只不过是一段小小插曲，谈笑间轻轻带过的事儿。痛得咯血的心，伤得再重，即便破成碎片，也会被时光慢慢治愈。年轻人只要曾经年轻过，谁没有经历过失恋的伤痛呢？有人说青春是一种财富，意味着无拘无束，无忧无虑，为所欲为。我现在不这么看。我觉得青春本身就是一种不成熟，甚至残疾。你对世界懵懂无知,无能为力,而世界对你也不屑一顾,残酷不堪。青春得到的收获远远少于曾经体验的阵痛和遗憾。在青春离我越来越远的时候,我才渐渐体会到,一个男人总要被若干个女人伤害过才会变成熟。一个女人在选择离开你的时候,你最先想到的是应该感激她,她用一个女人最美好的时光来教育你,是她再一次造就了你的优秀。如果一个男人最重要的几年中,你投资的是一个女人,那么以后的几十年里,你将会被这个女人深深地套住,求她不要离开你,并且等待她的回报,大多数情况下等来的是失望。如果你投资的是自己,那么剩下的几十年里,你会很顺利地收获真正属于自己的东西,爱情也是其一,并且顺理成章自然降临。

但是当年的我显然还不可能会有这样的体会,我在突然失恋的打击下选择了昏睡,被贲梁蜀叫醒,吵醒,我痛骂,怒吼,继续昏睡,表现出一个被彻底斗败的懦夫最常见的不争形象。我甚至不知道好心的王叔来探望过我,走了,再来看望,又走了,一路摇头。因为我一直用被子蒙住头,谁也别想扯开被子。据说辛小擎以团委书记的身份也来关心过,对着空气很失望地谴责了几句,然后走了。她谴责了谁?我,还是潘兼鄞?抑或是邢勇?这似乎一直是个谜,贲梁蜀当时没有说清楚,辛小擎自己很多年后回忆这一幕也记不清楚。总之,昏睡两天以后我自己从床上爬起来,宿舍里当时并没有一个人在,贲梁蜀早不知道死到哪儿去了。我干渴无比,饥饿难耐,嘴角起了大片燎泡,下楼梯时摔了个狗啃泥,这一切全都没有人看见。

原以为会咽不下饭菜,可是我竟然吃得很饱。当时还远未到午饭时间,饭馆里没有一个顾客,只有我一个人埋头猛吃,我的饭量让服务小姐惊讶得直翻白眼。我头发蓬乱、脸色青灰、两眼通红的形象也让她受惊不小。回到干校校园里,学员们都在教室里上课,教师们也不见走动的人影,操场上像水洗过一样干净寂寞。我坐在草地上打着饱嗝,百无聊赖四下张望。雾气正在消散,像是也和我一样刚刚昏睡过两天两夜,我看到草坪尽头的围墙和围墙外的林子都没有任何变化,世界依旧。头顶之上,惨淡的太阳正挣扎着想穿透雾蒙蒙的天空。天气好像更加热了,闷得人透不过气来。一只蜜蜂嗡嗡飞过我的身旁,独自吵吵嚷嚷,东闯西撞一阵之后,循着花香而去了。我目光一直跟着它,看见它钻进一朵花蕊里采蜜,嗡嗡叫声戛然而止。有个园丁弓着身子向这里接近,握着割草机的手柄,沿着草坡慢慢往前走。割草机已经开动,嗖嗖作响的刀片转动声惊吓了一只长尾鸟,朝着花棚那边一溜烟飞去。草屑和蓝色的小花四散飞扬,微风吹来,带着温热的清香和迷雾的潮味。这一切我都清晰地感受到了,包括胸口隐隐的疼痛。世界依旧,没有任何改变。

忽然间记起来,现在是上午上第三四节课的时间,本来今天排了我的课,而且正好是我担任班主任那个班的课程。既然世界没有改变,课程表应该也没有变。我已经两天没有见到我的学员了,奇怪,竟然没有一个人来找过我!这些学员都是工作了几年的成年人,很多人年龄比我还大,他们平时如果来找我,不是因为碰到了什么困难,更多是出于友谊,或者沟通的需要。可是现在连着两天没有一个人来见我,原因恐怕有些复杂。多半是这些人已经听说了什么,很识相,不来主动打扰。我和潘兼鄄的关系原本也不是秘密,变故一出,消息自然传得飞快。多么戏剧性的故事啊,够大家眉飞色舞说上一阵子的!真是要多丢人有多丢人,现在见到我的学员们,不知道会发生什么,我该怎么做,怎么说。装作若无其事?编一套外交辞令?王顾左右而言他?好像不符合我一贯的性格,也显得做人太不真诚。可我还真没有想好该怎么应付那一屋子学员复杂的目光。如果他们关切地询问起来,哪怕只是流露出一点点同情,我脸上的肌肉随时可能开始抽搐。还有眼泪,不争气的眼泪,谁知道能不能控制得住!我还没有成熟到像电影中的政客那样,可以不动声色地掩饰内心的惊涛骇浪。我不行,我做不到,一定会出洋相的,一定!

脑袋现在沉甸甸的,太阳穴不停地抽搐,像有锤子在擂击,四肢酸痛无力。可是课程表排在那儿,我不能不去,不能让一个班级的学员坐在教室里"开天窗"。我匆匆跑回宿舍洗了把脸,夹着讲义硬着头皮走进教室楼。在走廊上我放轻了脚步。教室的门关着,里面没有预想中的哄闹声,很安静。我想象着推开门之后,学员们齐齐抬起头来看我,班长会像往常一样过来帮我泡一杯茶,在靠近我身边的时候轻声问一声:"穆老师,你好些了吗?"也难保不会有人不知趣地直接问道:"穆老师,听说你失恋了,是真的吗?"

然后,教室里就炸了锅,一连串类似的问题炮弹一般横飞而来——

"那个潘蒹鄄,就是你的女朋友吗?"

"你们在一起相处多久了?听说有很多年了?感情很深吗?"

"她真的要跟你拗断关系,嫁给邢勇那个残疾人吗?"

"真是太不可思议了,她究竟为什么要那样做呢?"

"穆老师,你说吧,只要你发句话儿——要我们怎么帮你?"

……

天哪!一切都将不可收拾。我真是无法跨进那道门。我没有勇气。

我选择了轻轻推开背朝学员、面向黑板的教室后门。门刚打开一条缝,我就像看到救星一般幸福无比——讲台上站着一位仙女,一位菩萨,一位白衣白裙的观世音!在她身后的黑板上醒目地写着讲课的题目:上海新能源未来的发展前景。这是辛小擎开的一门选修课。辛小擎,是她,在我最需要帮助的时候赶过来给我救驾了!辛小擎讲课的声音好听极了,一口标准的普通话,口齿清晰,语态从容,音色悦耳,真如天籁之声:

"在上海的东部,有一座名字也叫做佘山的岛屿,距离海岸线大约有五六十公里远。从东海岸到佘山之间,这一片海域的海水其实非常浅,完全可以筑起一道堤坝将之围隔起来,形成一片广袤的湿地。这里地域辽阔,无遮无拦,东海海面吹来的风力常年保持在四到五级,这片湿地就将是上海风电场开发建设的最佳选择地点……"

说到这儿,辛小擎脸上表情微微一怔,目光向后门这边不经意地轻轻一瞥。没有人注意到这一细节,学员们个个伸长了脖子聚精会神地听她讲课。只有我自己吓了一跳。"她看到我了。"我心里暗说,然后慌忙关严教室后门,蹑手蹑脚溜走。一路上,我都在心里充满感激:哦,辛小擎,我的救星!我命中的观世音活菩萨!

好吧,该说说后来的事了。后来的事其实没什么意思,很没意思,一提起来就烦人,但还是先在这里交代一下为好。我不说,大家都以为这事儿就这么结束了。我当时也以为这件事就这么结束了。我不是个喜欢拖泥带水的人,遇事喜欢干净了断。过去了就过去了,一切重新开始,或者说,生活翻开新的一页。但是生活中的事不像书中的故事那么容易收尾,有时候那尾巴会拖得很长很长,长到你几乎无法预料。

"后来,实际上是我甩了她。"我这么对贲梁蜀说。

当时我们正在宿舍里一起就着崇明毛蟹喝高粱酒。失恋的打击我早就挺过去了,现在的情绪丝毫不受影响。

"你甩了她?"贲梁蜀口中的蟹渣顿时喷了一地,"阿Q吧!"

"真的!"我知道他不信,解释说,"她打传呼到门房间,是郭大妈硬叫我接的电话。我估摸就是潘蒹鄩打来的,本来想不接,想想还是接了。你猜怎么样?"

"怎么样?"贲梁蜀斜眼歪嘴边喝酒边蔑视着我,"潘蒹鄩乞求你原谅她?"

"我对着话筒说了声'喂',那边半天没人说话,然后就是一阵抽泣声。我大声对着话筒嚷:'说话!'我必须要尽量表现得潇洒些,那边终于断断续续说了三个字:'我错了!'"我很爽地饮了一大口酒。

"潘蒹鄩在电话里对你说'我错了'?"

"是!我当时冷笑一声,再次大嗓门故意问道:'你谁呀?'那边就接着说:'宇谅,请你原谅我!'我'啪'地撂了电话。"

"就这样?"

"嗯,就这样!不信你去可以问郭大妈,她在旁边听得真真切切。"我重重地把酒杯顿在桌子上。

"你就是这么地——甩了她?"贲梁蜀不怀好意地讪笑。

我说:"没有完,你听我接着说下去——

"她后来又非要约我见面。我坚持不见,可她都找上门来了,人坐在门房间里,郭大妈硬拖着我去见。我们在对面的街心花园里站下。

"我恶声恶气地问她:'找我什么事?'我当然不会对她有什么好声气。

"她还是先哭泣,然后说:'我错了,宇谅,原谅我!我当时是一时冲动,一时糊涂。过后我后悔死了,我怎么能让自己嫁给那样一个人呀——邢勇,只剩了半个身子,那能算是一个人吗?在大礼堂台上做报告那会儿,我说着说着就激动了,一激动就把自己给绕进去了。我当着几百个人的面糊里糊涂说了傻话,然后我自己也傻了。泼出去的水收不回来,我现在怎么办哪?我不知道怎么办才好,我来找你就是要和你商量,你快帮我想想办法吧!我心里想的是和你在一起,可是我的嘴巴闯下了大祸。我知道你一定伤心死了,宇谅,我对不起你,只求你能原谅我,帮帮我,让这场噩梦早点儿过去!'

"'噩梦?'我打断她,'你现在觉得那是噩梦?我怎么觉得那是你的美梦呢!多好啊,多光荣啊,嫁给一个全国知名的先进人物,成为新时代道德楷模的妻子,无上荣光啊!你就等着升官晋级吧!怎么能称之为噩梦呢?你的思想觉悟都哪儿去了?你的崇高境界都哪儿去了?你继父灌输给你的人生哲学都哪儿去了?'

"'你别再说了!'潘蒹鄞攥着我的手求我,'我妈妈都把我骂死了。她气得血压升高卧床不起,眼睛哭肿得跟核桃似的。'

"'可你继父一定竭力支持你!他应该很为你感到自豪呢!'我讥讽道。

"'别说了,求你别说了!'潘蒹鄞不停地摇着头,'为了我的一时糊涂,他俩现在是整天吵架,已经是家无宁日了。'接着又是不住地哭,哭个没玩完了。"

"你没有心软?"贲梁蜀看着我,"人家都已经真心悔过了,你干嘛不顺水推舟?"

"顺水推舟?喊!我是那样的人吗?好马不吃回头草,让我再跟她重归于好,我还真丢不起这人!"我大概已经喝高了,舌头开始打结,"我对她说:'覆水难收,覆水难收!这话你前面也说了,不可能再有任何改变了。你的豪言壮语,你的伟大壮举,报纸上登了,新闻里也播了,大概全国人民都知道了,你还怎么后悔?去吧,嫁给他吧,嫁给邢勇,尽快兑现你的诺言。嫁给他,好让大家知道你是个有情有义、言而有信的人。'我一把扯下那块挂在脖子上的虎头佩玉——就是你见过的所谓定情信物,使劲儿塞到她手里。'我们之间已经结束了,全都结束了。就当我们从来没有认识过,没有做过同学,没有做过朋友,更没有做过恋人。我们从来就不认识。我们从此就是陌路人,彻彻底底的陌、路、人!'

"'别!'潘蒹鄞还想抓住我的胳膊不放,被我果断地甩开了。我抡起胳膊,作了个猛向后甩的姿势,"就这样,我甩了她,头也不回地走了。"

"牛逼!看不出来,你还这么牛逼!"贲梁蜀朝我跷起大拇指。他脸已经红得跟螃蟹壳一种颜色了。

"全结束了。"我说。我们来了个响亮碰杯,喝尽了杯中的最后一滴酒,四仰八叉各自往后倒。

贲梁蜀似乎意犹未尽,咬着舌头问:"你,和潘蒹鄞,你们之间都有过什么?"

"什么有过什么?"我反问。

"就是,除了拥抱、打啵,还干过别的什么?"

"你想问什么?做爱?性交?算了,还是称之为交媾比较好。"

"交媾?跟她交媾,嘿,那一定很带劲!"

"去你妈的!"我扔过去一只枕头砸向他脑袋。

尽管当时我已经快要醉得不省人事,但还是管住了自己的嘴巴,把有些话咽进了肚子里。关于交媾,这个话题我是绝不能跟贲梁蜀说的。因为潘蒹鄞后来紧紧拉住我,恳求我不要那么绝情,她希望我至少能与她长期保持交往。我听懂了,就是希望保持与她交媾的关系。因为如果她嫁给了邢勇,邢勇是没有交媾能力的,他根本做不了男人。

"他最多只能做我名义上的男人。"记得潘兼鄄当时急切地死拽着我,"宇谅,你才是我真正的男人。我要你做我的男人,一直做到有一天我和他离婚为止。我肯定会和他离婚的,只要你愿意等,我永远都是你的。请相信我!一定要相信我!"

"等?你?嘿嘿,嘿嘿……"我苦笑着往后退,恨不得在她的漂亮脸蛋上狠抽一巴掌。"我凭什么要等?你值得让我等吗?配让我等吗?你还是快点儿滚吧,我根本就不想再看到你!"

但是这些话我不能对贲梁蜀说,他一定会笑话我曾经找这样一个人恋爱过。这简直太可耻了,对我来说是不能忍受的侮辱。我发誓,绝不要再和潘兼鄄有任何关系。这些天,只要一想起她来,我就腹泻、吐绿水、晕头转向。忘掉她,彻底忘掉她!(那块最终并没有还回去的虎头玉也被我彻底放进箱底了。)

所以,当郭大妈又来叫我接听传呼电话并且称是个女孩的时候,我明确地说我不听了,让她直接把电话挂了。可是郭大妈说,电话里那个女孩声音听上去不像是潘兼鄄,她自称是我妹妹。

采儿!我吓了一跳。采儿怎么会打电话来呢?当然,采儿知道我这儿的电话号码,可她从来就不会轻易打电话找我。一定是家里出了什么大事!我心里冒出了一种不祥的感觉,像子弹飞一样奔到门房。我可不想总是遇到不顺心的事儿。

"喂,采儿吗?"我喘着粗气问。

"二哥!"电话那头传来采儿欢快的叫声。

我这才心稍安定些,应该不会如我预想的那么糟糕。

"鬼丫头!什么事儿那么高兴?"

"我现在人都到上海啦,而且在一家台资企业上班啦!"

"什么?你在哪儿上班?上海?"

"对呀,我们的工厂就在南翔镇。离你那儿应该不会很远吧?你快过来看我们吧!"我都能听到她在那边双脚蹦跳的声音。在我心中一直都长不大的死丫头,竟然出来做工了,而且到了上海,离我这么近,我当然要赶紧过去看看她。

"我们?除了你,还有谁呀?"我听出来她不是一个人,心里又觉得安慰些。

"我暂时不告诉你,等你来了就知道了。保管是一个你绝对想不到、又特别惊喜见到的人!"

"又来这一套。小心见了面我把你鼻子拧下来!好,你把详细地址告诉我,明天我就过去找你。"

第二天,我对着采儿给我的地址先查了地图。从地址上看,那是在南翔镇郊的某条铁路边,但又没有具体门牌号,只说是在"某某基地"西侧两百米处。乘坐两部市区公交线还到不了,必须再转乘郊线车。且不去管它,要紧的是不能空着手去,得买点儿东西带着。

进了商场才知道,我这个人原来是不会购物的。面对满屋子满柜台的商品,我就像刘姥姥进了大观园,头晕目茫,根本不知道该拿什么。印象里,我好像从来没有一个人逛过商场,有限的几次购物都是和潘蒹鄞一道去的,主要是她在选购,我只在一旁陪着,从不拿什么主意。如今孤身一人在货架之间转来转去,还真有些手足无措,好像不适应在这样的环境里待着。在见到潘蒹鄞之前,我只在街边小店或地摊上寻找明确的目标,比如一双跑鞋或者一条牛仔裤什么的,象征性讨价还价一番便成交了。这种习惯还是从小在乡下赶集时养成的,到了繁华都市里也并没有多少改变。我常常私下里觉得,我这个人是没有多少物欲的,在上海这样的大城市占了一席之地倒真有些浪费。我情愿待在深山老林或旷野湖畔,过一种最简单的村夫生活,只要衣食无忧便可。但如果是对了某个人这么说,就似乎有几分矫情了,反倒显得不厚道。男人不喜欢逛商店购物,大概也不止我一个。贲梁蜀就曾说过,他的前任女朋友就是因为这个原因和他告吹的——贲梁蜀的话姑且听过算过,并不一定可信。但男人的前生前世肯定是个猎人,目光永远循着枪管的方向寻找跳动的目标,树上那些累累的果实总是留给挎着竹篮的女人们采摘的。所以,男人们总在奔跑中获得快感,女人才爱在驻足挑选的过程中品尝喜悦,这也是天性使然。

转来转去,最终还是挑选了几样副食品。女人肯定爱吃零食。采儿从小又是个惜财如命的主儿,嘴巴馋死了也不舍得乱花一分钱,我这个当哥哥的,这次得好好慰问她。临走时,又想到一个问题:采儿都已经是当妈妈的人了,儿子都两岁了,不知道带出来没有?她昨天在电话说到"我们",另一个人会不会就是指的儿子呢?我好歹也当了舅舅,还得给外甥买几件小衣服。也找不到一个人可以在一旁参谋,这又是个麻烦事儿。当时脑子里再次忽闪过"若是潘兼鄞在"这样的念头,转手自赏了一个嘴巴。

吃完午饭后出发,花两个多小时,费尽很大周折,总算循着纸条上的地址找到南翔镇郊的那条小路,来到"某某基地"西侧。不敢相信,沿着铁路围墙排开的那一溜低矮破败的房子,就是采儿电话里所说的什么台资企业。这里是南翔火车站的交换枢纽区,每分钟都有火车紧贴着房子轰隆隆开过,震得地皮一直都在不停地抖动。这帮台湾巴子也真会找地方开厂,怕是连鬼在这儿待久了也嫌吵得慌,更别说在晚上能睡得着觉了。如菜市场一样洞开的厂门口,没有门牌,没有厂名。进去问过才知道,这儿原来是一家制衣公司。台湾人在周边地区招用了大量农村姑娘作为廉价劳动力,她们整天趴在各式缝纫机上手脚不停地赶活。"按件计酬,多劳多得。"这就是采儿告诉我的,好像她发财的梦想就寄托于其中。

采儿并没有做了妈妈的样儿,拉着我的手还是连蹦带跳,带我走进她们的集体宿舍。就是那一排墙裂瓦破的平房中的一间。没有窗户,灯光昏暗,大约有十平方米左右。墙上糊满旧报纸,应该是为了防止火车开过时的震动引起的墙灰散落。从床铺数量上看出,里面一共住着五位姑娘。除采儿之外,我还见到了其中的三位。她们都皮肤黝黑,甚至多少有些蓬头垢面,见来了客人,转眼间都识趣地跑出去了。我很快就见着了另外一位,她站在窄窄的门口,身体挡住了外面微弱的光线。那天天气阴沉,又值黄昏时分,她堵在门口半天不动,房间里的微弱光线让我一时无法看清她的脸。但是我心跳还是一下子加快了。

现在我知道采儿昨天在电话里说的那个人是谁了。采儿说她是我"绝对想不到、又特别惊喜见到的人"。

就是了,梅秀!

我想不到会在此时此地见到梅秀——我的老同学,一个曾经在心里暗自喜欢过多年的女孩,后来又成了我们穆家人的邻居。当时的感受,是根本来不及高兴,反觉得有一股悲凉之气直透后背。多么无颜以对,又多么叫人失望啊——我和她们,采儿,梅秀,在上海见了面,地点竟然是在这样一个荒凉残破的铁道边的小破屋里!我大学毕业,人模狗样混在上海,听上去还有一份体面工作,却让我的妹妹和我喜欢过的姑娘在这龌龊之地打工,与那些来自安徽山区或别的什么贫穷地方的女孩们一起,给黑心的台湾工厂主没日没夜地卖命,挣一点微薄可怜的所谓"按件计酬"的血汗工钱。她们是我最亲爱的人,我的亲人,依然是这社会底层最苦命的穷人,来自农村的贫困打工仔,我丝毫帮不了她们。我不能不感到阵阵愧意。

"老同学!怎么,看到我们乡下人,不认识了?"梅秀大方地伸出手来。

"什么话!"我难为情地和她握手,"我真没有想到会是你!"

这么多年了,我们还是第一次这样两手相握。她手很细柔绵软,看样子从来就没有做过庄稼活。

还好临来时我想到要在这里吃晚饭,提前买了几包熟菜,无非是酱鸭、鸡爪、咸猪耳和花生米之类,现在可以拿出来招待她们了。没有带啤酒和饮料来,光那些东西一路上已经拎得我够呛了,将就着喝白开水吧。

边吃边问了采儿家里的情况,说是都还好。父亲母亲身体健康,一切还是老样子。自从公社改称乡,大队改叫村之后,生产小队也改叫组。不过乡亲们还是不习惯叫某某组,依旧称做某某庄。庄上的田地早都按人口分到户了。我们家只有小莲一个户口,才分得二亩一分地,加上一点边角菜畦,庄稼活儿不算累。现在,庄上的好多土地都划给外面的人开工厂了,租的卖的谁也说不清。反正农民们年底还能分到一点土地补偿金,大家觉得挺高兴。现在谁还指望靠种地养活自己呀!我问,穆宇凡是不是吵着要从贵州厂里跳出来,回扬州重新找工作?采儿皱着眉说,父亲都为这事骂过好几回了。重新找工作,哪有那么方便的?现在找工作要么靠关系,要么凭技术靠本事,你一没关系二没本事的谁肯接收呀?"不谈他。不谈他。"采儿摆摆手说,"大哥这个人一辈子作天作地,过不成太平日子,谁也烦不完他的神!"我又问起她儿子小龙的情况,她眉飞色舞描绘了老半天,关于学走路啊呀呀学语啊什么的——做母亲的一旦说起自己的孩子,总是那么兴奋!现在小龙是交给公公婆婆带着了,她要出来挣钱。"女人不挣钱,在家没地位呀!"采儿感叹了一声,然后又说一些关于小石匠的事,话里话外,觉得这个丈夫有些窝囊。

梅秀一开始都没有怎么说话,忽闪着一双大眼睛不时看看我,浅浅笑一笑,低头撅一筷子菜,放在嘴里慢慢细嚼。我想起她好像还比我大了一岁,今年虚岁应该二十有五了,一张口冒失地问了一句:"你嫁人了没有?"梅秀脸腾地红了,使劲摇头。采儿马上怪我鲁莽,说哪有这样问话的?还大学老师呢!梅秀替我解围说没有关系,我们都是老同学,彼此关心也是应该的。我问她,原先不是在姐夫开的砖瓦厂里做会计嘛,怎么也想到跑出来打工了?梅秀说,她跟姐夫吵了一架,会计做不成了。我说,一家人吵个架也不算什么大事情,何必赌气。她说,你不懂,我那个姐夫不是个东西,心里总惦记着我。惦记你?我一时没有听明白。采儿帮着她解释,说:"小姨床上睡,姐夫装酒醉——说的就是这个呢,这回懂了吧!"梅秀伸手过去拧她的嘴巴。两人嘻嘻哈哈扭成一团,显然早成闺蜜了。

我再次皱起眉头,看看她们居住的局促环境,又仔细问了打工的收入,愤然大骂台湾商人简直是吸血鬼,这儿就不是人待的地方,劝她们还是早些另做打算。梅秀叹口气:"本来只听招工的人说,这里是家台商制衣厂,想着先过来挣些钱,顺便学点裁缝手艺——还以为台湾人总有些时髦的东西呢！现在看看,也学不到啥,就是流水线上的简单劳动。眼下正在思量着,到哪里去另谋出路好呢?"

一时静默。三个人都撅着嘴巴,想不出什么好主意。

采儿忽然感叹一句:"想想这人活在世上,也当真没有什么意思!"

我惊讶地瞪着她。她才人生刚起步,比别人早一步生了孩子,刚把儿子带到两岁大,怎么就开始厌世了?竟然说出质疑人生的话来,听上去有些"危险"。

过了一会儿,梅秀说:"我还是想自己开爿裁缝店,给城里的男人做西装,给女人做裙子。不知道能不能成?我跟专业师傅学过做西装,手艺没有问题。我也会做很多种样式的裙子。"

听口气,这个想法应该已经在她心里藏了很久,现在才说出来罢了。

"好啊好啊!"采儿拍手赞成,"我给你当徒弟。你当老板娘,我当下手,当小工。我缝个裤脚,整整烫烫什么的,肯定能做吧!多好的主意呀!为什么不呢?"

"得找好个地方,有间门面。"梅秀犹豫着说,"我们在上海人生地不熟,上哪儿去找门面呀?"

采儿拍着脑袋"哦"一声,指着我说:"这事交给我二哥呀!就在他们单位附近找间门面房租下来。我们还能天天见着,彼此也能照应,多好!"

梅秀静静地看着我,两眼满是期待。我知道这事不能推辞,否则还算什么家乡亲人呀? 我说:"我可以试试。不过,我单位那儿比较偏僻,恐怕生意不会太好。"梅秀说:"地方偏僻一点儿也有好处,房子的租金自然就便宜。我和采儿才两个人四只手,一个月忙死能做成几件衣服呀? 生意太火了还怕赶不过来。我们靠质量吸引顾客,只要有回头客就行。"我看着梅秀,她一副信心满满的样子,显然在心里筹划过不是一天两天了。也许,今天叫我上这儿来,就是她鼓动采儿打的电话,其实为的就是说这件事儿。

"要不，这件事就这么定下了。"我说。我答应回去之后就打听，看单位附近哪儿有合适的门面房。

这件事情，后来很轻易就解决了。我托了传达室的郭大妈帮着打听，郭大妈一肚子热心肠，说我算是找对了人。

"干嘛非得要街边的门面房呢？"郭大妈摇晃着肥胖臃肿的身子说，"不就是架两台缝纫机做衣裳嘛，我看在对面弄堂里租一套带厅的两居室就行，连开店带吃住全都解决了。只要在弄堂口挂上个醒目的广告牌，上面写上'定制西装、中山装、各式衣裙'，不怕没有顾客上门的。门面房的租金贵着呢，得是居室租金的好几倍，我觉着不划算。"

这个提议倒是不错，之前怎么就没有想到呢？我赶紧谢过，问她是否知道有合适的。她说巧了，她外甥下周就要去日本留学，有套两室一厅的房子正好空出来，也是该着我们两个投缘，省得费劲四处打听。我表现出很高兴的样子，说声"太好了"，跑到隔壁烟纸店买了支冰激凌慰劳她。郭大妈一边喜滋滋地吮着冰激凌，一边给我出主意，怎样尽快找到光顾裁缝店的顾客。

"你先给自己做套西装，然后穿在身上给你的学生们看，向他们介绍说这是你妹妹的手艺。人家学生都是明白人，一听自然就懂了。谁会不买老师的账呢？上海学生都是很拎得清的，他们的考试成绩和期末评语都攥在你手上呢，就怕你没有事情相求。你们做老师的人脉资源最多了，这个时候不用上，岂不是白白浪费了？"

我听了暗自在心里嘀咕，觉得这样好像不太好。做老师的都有些假清高。不过，我也没有在脸上表示出异议来。郭大妈接着又说：

"我呢，就先在你妹妹那儿订做一套连衣裙，然后每天上班穿着，坐在这儿，也算是给裁缝店做个活广告。每天打这门里进进出出的有几百号人呢，人家一夸我，我就用手一指对面弄堂：'喏，就是在那家裁缝店里做的。全是穆宇谅老师妹妹的手艺，精湛着呢！'如果价钱上再比别人优惠点儿，还愁没有人上门光顾？"

"郭大妈,你真是太好了!"我虽然心疼她的身材可能要费别人双倍的衣料,还是做出恨不得上前搂她的热情姿态。"你放心,我妹妹做出来的连衣裙,一定保证让你看上去年轻十岁!至于钱,那是肯定一分也不会要你的。你肯出面给免费做广告,我们不出广告费已经很占便宜了。这件事就全仰仗你,说定啦!"

一切顺利得很,仅过了半个月,裁缝店就在马路对面正式开张了。广告牌也是郭大妈热心找了里弄物业给做的,挂在弄堂口又醒目又专业。梅秀选上好的蚕丝水洗纱面料,给郭大妈赶制了一套长到膝下的宽松连衣裙。郭大妈套上后对着镜子左照右照。边上人夸她风度比俄罗斯大妈还好,简直洋气得像欧洲贵妇,她喜欢得合不拢嘴。果然天天穿在身上上班,见人就拉住人家问衣服好不好看,然后指着对面的广告牌不厌其烦地推荐,少不了说几句"穆老师妹妹的手艺巧得不得了"什么的。第一个被郭大妈说得动心的,是辛小擎。辛小擎上门先订了一套夏装,想想又说:"马上天气就转凉了,再做一套秋装吧。"这可真是开门大吉呀!采儿后来对我说:"你们学校的辛老师这个人,脾气真是爽得很呢,竟然连价钱都不问一声!都说上海人爱斤斤计较,我看她就不像上海人。"

我说:"人家本来就不是上海人。她跟我一样,是外地分配来的大学生,听说老家好像在陕西,应该是西安人吧。"又说:"人家辛老师是领导,当着人事科副科长呢!下次再来,你们可要客气一点儿。"

梅秀在一旁吐着舌头:"还是个领导?倒是一点儿也看不出。她那样子也不过才二十多岁吧,就当领导了,城里人就是福气好!"

采儿说:"她还问了我今年几岁呢!我告诉她我儿子两岁了,把她给吓了一跳。嘿嘿!"又说:"二哥,你们这位辛老师人长得可真是标致,仙女似的,皮肤雪白雪白,都让人羡慕死了!我刚才给她量尺寸,就没有见过三围这么标准的。那腰身细的,两手一叉就能拢住……"她也眼看着我,"你就没有试过——嗯,追她做女朋友?"

我在采儿头顶赏了一记"毛栗子",潇洒地抖着肩膀转了一圈。"上海滩美女多了去了,你二哥我追得过来吗?"转过身警告她:"下次见着辛老师可不许瞎说,人家今年年初时就结婚了,听说是嫁了个老板,很有钱。唉——"我长叹一声,心里像被什么硌了一下,隐痛,只为又想起了负心人。"像我们这样的穷小子,没房没存款,想追美女也是白日做梦!"

梅秀一声不吭动手给我从肩膀处开始量尺寸。她已经备好了衣料,华达呢的。我长这么大,还从来没有穿过这么好面料的正规西装。

眼看着就是秋天了,但愿裁缝店的生意能一天天红火起来。

第二十三章 身上有三种颜色的一定是母猫

潘兼鄞确定在国庆节举办婚礼，这个消息是王叔告诉我的。

当时，我们教研室一帮教师正围成一圈组织政治学习，听主任戴着老花镜一字一句地艰难读着《人民日报》上的新华社文章。干校有个规定，专职教师平常可以不用坐班，但是周二和周四下午必须到校，集中半天时间开展专业研讨，另一个半天就是政治学习时间。目的是防止教师业务落伍，思想掉队。读报纸是政治学习最主要的形式，本来可以随便找个年轻人来读，但我们主任每次总要身先士卒，自己先读上一篇，以示对学习的重视，然后才一篇一篇分派任务，大家轮着转。党办主任总是会在学习开始后两个小时带着秘书过来巡查，监督大家对学习不可放松懈怠，不可提前结束。我觉得《人民日报》这张报纸很有意思，它应该是全世界发行量最大的报纸，但似乎又是专为全国人民进行政治学习而印的，因为平常谁也不去主动翻它。两个小时坐着不动，很容易令人感觉疲惫，所以没有人能够始终保持端坐姿态。事实上，大多数人在学习开始一刻钟之后便前趴后仰，其形各异，满脸倦容。

我那时正迷上魔方，开会的时候手里总少不了它，颠来倒去转个不停。发明这玩意儿的人真是天才，用一堆小方块就可以让人意醉神迷。人活着原来那么无聊，常常需要靠这种白痴游戏打发时光。记得学生时代总是听老师和长辈们板着脸训斥，说什么要珍惜时间，不可虚度光阴。如今才知道真他妈扯淡！时间就是用来浪费的，光阴就是拿来虚度的，要不然，这一天一天的怎么熬？

熬过七天算一周，人生就是一个七天又一个七天。

忽然想起采儿的那句感叹："想想人活在这世上也真没什么意思！"这句话其实是她对既有生活的一概否定。否定代表着一种反思，经常反思是重要的。我们从小就被学校和家庭教育高度统一了思想，认定了一个人生原则：认真学习，找一份好工作，拥有一个幸福人生。但什么样的人生才是幸福的？什么样的人生是我们想要的？没有人告诉我们。现在的人生适合我吗，我不知道，也似乎从没有觉得这很重要。对于很多人来说，熟悉的痛苦比陌生的机会更踏实、安全。就像现在，我手里玩着魔方，坐着，开会，如同待在一个隐形的牢笼里，被自己对世界的胆怯囚禁，放弃了生命和生活的其他各种可能性。采儿和梅秀却比我勇敢，她们至少在质疑生活和战胜迷惘之后选择了挑战。我呢？我需要爱情、金钱、房子……需要很多东西，却不知道什么才是我应该做的，没有行动，只是无聊地玩着魔方。

这个时候电话铃声响了。大家都抬起头来，盯着办公室里那部唯一的电话机。谁都盼着那个电话是打给自己的，好打岔分神过去闲扯一通，也算是提神醒脑。偏偏是找我的。几乎从没有电话打进来找我，因为我在上海的社会关系最简单了，没有给什么人留过办公室电话。将信将疑且接过来听，是王叔。王叔可以从集团内部通讯录上查到我的办公室电话，这当然不算奇怪。奇怪的是，王叔有什么重要事情要找我呢？王叔告诉我，潘兼鄄要结婚了。然后，他停顿了一会儿，好像在等我的反应。我能有什么反应？你们说我能有什么反应？火冒三丈？还是当众痛哭？我冷冷地回应王叔，说："我早知道了。"我当然知道，全世界的人都知道了，她要嫁给那个没有腿的男人。真想一把将话筒摔了。可是我不能这么不给王叔面子，王叔一直对我多好呀！再说，当着一屋子的同事摔电话也有失风度。我捏着话筒不再说话。王叔着急了："喂喂，你在听吗？"声音一下子高了很多，我真担心旁边的人会听见。"听得见。"我说，用耳朵紧压住听筒。"你什么时候知道的？潘兼鄄说你不知道，她特地让我来告诉你。"王叔真是个迂人，在电话里说这种事情干什么？真是迂得可以。"婚礼定在国庆节。"王叔说，"潘蒹鄄已经把请柬发到我手上了，她请我做婚礼现场摄像师呢！给你的请柬，现在也在我手上，她让我一定要转交给你。""我不去！"我断然回绝。"她说请你一定要出席，务必出席。"王叔着急地说，声音又高了。"哎呀，我不会去的！"我愤然摔了电话。我还是摔电话了，摔得很响，忘记了风度。

心情一下子糟糕透顶。本来以为这件事已经过去了，就这么结束了，时间会为我疗伤，抚平心上的创口。谁知伤疤未愈又被揭开，心又开始流血。为什么总是没完没了，像阴魂不散？我脸色一定发青了，因为其他人都在看我，目光怜悯退缩，像看着一只龇牙咧嘴的末路独兽。我甩门而去。

回到宿舍，把自己一头摔在床上，蒙上被子，目的是防止亮光把我的眼泪逼出来。头脑昏沉，然后就是噩梦，又是噩梦！已经不止一次堕入噩梦深渊了，总是充满动荡又紊乱不堪。邢勇的脑袋肥大臃肿，面目模糊，得意洋洋地狞笑着，幻化成猫头鹰模样，发出暴戾的尖叫声。周围是乱草丛生的花园，婚礼就将在那里举行，许多人正在几米高的荨麻秆上张灯结彩，布置霓虹灯和血红缎带。潘蒹鄄让我帮着她写请柬，还提出措辞要有文采，每一位宾客的邀请内容都不相同，这可难死我了。我把一张张写好的请柬撕碎，藏起来，骗她说所有请柬都寄出去了，然后对着镜子检查自己的脸。镜子里有个人正盯着我看，阴险诡笑着，眼泡和腮帮子上的肥肉渐渐浮肿起来，牙齿快速地伸长，最终整张脸在大笑中破碎。我吓得跑到花园里，发现天空正变化着各种图案，一会儿暮色苍茫，一会儿夜色沉沉，蓝光像鬼火一样闪烁。潘蒹鄄推着空空的轮椅跟过来，站在一人多高的荨麻丛中，问我要不要坐进轮椅里去。"不！不！"我大叫。然后暴雨如注，淋得我通体透湿。我撩开被子，坐起身子，感觉全身都是汗水。

王叔真是个执拗之人，不达目的誓不罢休。他竟会在晚间来找到我，拿出潘蒹鄄的婚礼请柬，硬往我手里塞。那红色多么刺目，跟我心里流淌的血是一个颜色。我随手扔到墙角。还是那句话:"我不会去的。"王叔好像很焦虑,两只手不停搓来搓去。

"我知道你心里不好受。"王叔说话和以往一样,总是重复唠叨,"无论摊上了谁,换作别人,谁又会觉得好受呢?谁都一样,都会很不好受。小潘这孩子,她真是糊涂,一定是被鬼迷住了心窍!话说回来,我看得出来,小潘对你应该是真有感情的。她当着我的面,哭得跟个泪人似的。她求我,再三地恳求,我又能怎么办?她说我无论如何要把你请去,要不然她会痛苦死……"

"这叫什么话!"我粗暴地打断王叔,"我去了她就不痛苦了?我看着她嫁给别人就不痛苦了?她为什么不找个比我强的人结婚?有钱的,当官的,华侨,外国人……至少也是个四肢健全的吧,偏偏找一个废人!谁能体会我的心情,我输给了一个废物!非得看着我痛苦她才会体会到幸福?多么荒唐!多么可恶!"

"她说有很重要的话要对你讲呢!"王叔继续搓着手。他手里没有东西。我连一杯茶水也懒得给他倒。

"我与她之间已经没有什么话好说了。一切早都结束了,什么都不再重要。"

"可是……她说她确有无法对别人言说的难言之隐,必须对你说,也只能对你一个人说。我……我也不知道她指的是什么?我猜不到。看她那样子,十分急切为难,还说什么'如果这件事情不能亲口告诉宇谅,我连死了的心都有'!你看这可怎么好……"

"就让她去死好了!"我愤然吼道。不争气的眼泪,偏偏要爬到脸上。

无论我态度怎样坚决,王叔却像一团棉花糖,柔软,黏糊,叫你甩不开手。这个人脾气就是这样,老好人的性格都是这样,真拿他没有办法。直到贲梁蜀回来要睡觉了,王叔才停止劝说。我送他离开,刚到楼梯口,他又旧话重提,搞得我烦不胜烦。"我到时候让车弯过来接你,你就跟我一块儿去。"王叔握着我的手不放,"我要带着摄像机,还有电池板什么的,总是会有一部车子跟着。就这么说定了。"我挥挥手说"走吧走吧",连再见也懒得说。

日子过得真快,一转眼就到了国庆节。国庆有假期,要是能出去玩有多好。可是采儿和梅秀才过来个把月呢,我不能抛下她们一个人离开上海,这会让她们感觉失落的。我的西装终于做好了,真是漂亮,穿在身上像完全换了一个人,精神得跟南京路上的男模特似的。我原来有那么帅呀!国庆节前一天下午,我假装不经意地问梅秀,能不能赶在节前做好西装?其实是在催她了,明天就是国庆节呀。采儿意味深长地瞥我一眼,这死丫头一定在猜测我假日里有什么行动。我暗骂自己,催她干什么呢?她这阵子够忙的了。梅秀熬夜做好衣服,一早就急忙送到宿舍来让我试穿,扯扯领口,拉拉袖子,捏捏裤脚,端详半天,终于"嗯"一声,算是对自己手艺的赞赏。贲梁蜀从梅秀进门那一刻起就突然噤声,像八哥害了嗓子眼儿说不了话儿。我打算听他发表意见的时候,发现他正目不转睛盯着梅秀的脸发呆,痴梦人一般。

"啊,啊,好看,好看。"他像忽从梦中惊醒,口齿木讷,"还用说嘛,当然,没话说的,好看!真好看!"

我差点儿忘了,他俩还是第一次见着面儿。前几次梅秀来我们宿舍时,贲梁蜀都不在。我给他俩作了介绍,梅秀点头笑笑,算是打过招呼。贲梁蜀说:"早就听说你们来了,一直也没空请你们吃个饭。就今天吧,今天正好过节,举国同庆,中午我请客了,咱们撮一顿儿。我也算尽个地主之谊。"

我心里又像被什么刺了一下,却是没有人知道。举国同庆,潘蒹鄩倒真会选日子,让全国人民和他们一起同庆!看来这一天我是逃无可逃了。

中午时,我提议多喝些啤酒,可是梅秀和采儿都不起劲,最终还是没喝出气氛来。贲梁蜀一个人成了话痨,指天说地,谈猫话狗,俨然一个无所不知的杂学大家。在连续灌下五瓶啤酒之后,他舌头已经大得在嘴巴里包不住——

"我跟你们说,有些事情是一定的——凡是身上有三种颜色的猫,那一定是母猫。毋庸置疑!很多事情都是一定的,比如我们的人生只有九百个月,就是只有这么一点儿时间。你可以在一张白纸上画格子,横着三十格,竖着三十格,你的一生就都在上面了。

每月一格,打个勾就算度过了。一张纸勾完,你的一辈子也就过完了。所以,人生苦短。短,短哪!所以,该吃就吃,该喝就喝,该穿就穿。活在当下,这才重要!来,梅小姐,我还是敬你——"

这个丢人现眼的家伙,他一顿午饭已经敬了"梅小姐"不下八百次,然后自管自地往喉咙里倒啤酒。采儿直冲我挤眼皱眉,我可不想理她。我心里犯上了嘀咕:贲梁蜀这王八蛋难道是迷上了梅秀?这可麻烦着呢!梅秀算什么呢,一个没有上海户口的乡下外来妹,贲梁蜀偏要迷上她做什么?真要整出一段始乱终弃的风流韵事来,怎么收场不说,我又如何向家乡父老乡亲交代呀!心里有些后悔叫出来一起吃饭,伸手要拦他,被他一巴掌打回。

"梅小姐——你不让我这么叫,我还是要这么叫!你的裁缝手艺没说的,佩服!"贲梁蜀跷起大拇指,动作夸张变形了,"你给我做两套——不,四套!西装、中山装、夹克衫,还有……青年装——我毕竟还是青年不是?反正,你看着给我做,我今后的衣服就全让你包了。你给我做,做……欧!欧!"

我冷笑一声,等着他说出"你给我做上一辈子"之类的话来,看他如何收场。梅秀大概是被他的话感动了,走过去扶住他,然后求救似的看着我。女人就是容易被感动,也容易受骗。但是,女人的感动是最不可信的,轻信女人的男人才会倒大霉!我不就是那个倒霉的男人吗?在这世上,你能相信谁呀?

我们一起把癞皮狗似的贲梁蜀架回宿舍。然后,我也躺倒在自己的床上,喷着酒气呼呼大睡。下午五点钟光景,王叔过来把我拽醒。他的车子过来接我了。我穿上新西装,昏头昏脑跟他上了车,好像从来没有说过我不去。我只记得潘蒹鄄今天有重要的话要跟我说,会有什么重要的话呢?一路上我都在想这个问题。

车子从城市东北角出发,穿越市区向东南方向开,七弯八弯转了无数个弯。路边布满五颜六色的鲜花,街道两边的杆子上悬挂着成排的国旗。我们在车水马龙中穿行,听见公共汽车驶过时发出的隆隆声,出租车喇叭的嘟嘟声,这是上海无法规避、永不停息的喧嚣。我们都属于这个嘈杂的世界,从来无法找到另一片清凉、安宁、岑寂的乐土可以休憩。我靠在椅背上,闭起眼睛,真奇怪,心头的重负忽然间一下子卸去,好似脓肿一下子穿过了头——这就是几天来内心挣扎纠结的结果。譬如英雄就义时赶赴刑场,真有一种无法消受的轻松之感。人们有时为什么会想不通呢?只不过是因为思想的管道暂时堵塞住罢了。我和王叔就这么坐在车里,将什么也不放在心上。车里的气氛安宁、愉快、友好,真让我感到舒服安适。我过去只不过是经历了一场恶作剧,从今天开始,再没有谁会来捉弄我了。

车子开到衡山路,在香樟花园酒店门口停下来。衡山路,上海城区多么高档的地段,潘蒹鄩把婚礼选在了这里。霓虹灯闪烁个不休,像四处挤眉弄眼的小眼睛。进门是一片绿色葱茏的小园林,有一片开阔草地。花架和红毯早就布置好了,还摆放着一些台子和许多椅子。酒宴大厅就在旁边,灯火通明,喜气洋洋,柔和的轻音乐反复回旋。来宾众多,依次经过入口向新人贺喜。真是一对不同寻常的新人:一个娉娉婷婷站着,另一个坐在轮椅里。轮椅里的那位长得肥头肥脑,像半头猪猡装在某个箩筐里。我眼睛模糊了一阵,朦胧中看见新娘一袭白纱,却看不清她的脸。真像是皮影戏里的两个滑稽的影子,一高一低,一瘦一胖,无数次做着相同的动作。我不能走过去,不能走得太近,只好远远地逃到树底下,避开所有人的视线,把自己隐藏在阴影里。

真不知道他们邀请了多少宾客,迎宾的时间长而又长。来宾中当然有我熟悉的人,比如许处长、集团的几位领导等等人物。人物!我在心里冷笑着,人物人物,人加物也,关键不是看人,而是看物。刘邦没有坐龙廷的时候,谁也没有瞧出他算个人物,不过是个偷鸡摸狗的二流子罢了。苏秦在身佩六国相印之前,妻嫂不认,亲爹不理,与叫花子无异。人物人物,人全依仗物,古今皆如此。

我还看见查夫人也来了,手臂挽着查副局长的胳膊,浅浅微笑,款款而行,如同巴黎上流社会的贵妇。这些领导很快都聚到潘蒹鄩的继父身边,口中高声叫着"谭书记",一片恭喜之声。谭书记衣着光鲜,满面春风,两只手不停地划来划去。旁边那位面色平淡的中年女人，应该就是潘蒹鄞的生母了，拘谨地站在一边，倒像个局外人。我听见查夫人走过去和潘母说话，特别恭喜她女儿升任了集团团委副书记，还说了将来一定前途无量之类的话。潘蒹鄞当上集团团委副书记了？这个消息我还是第一次听说。

　　王叔早已经扛起摄像机，曲腿弓背仰拍了好久，他也不怕累着了！我看见潘蒹鄞东张西望了一番，忽然抛开来宾，提着裙脚急步走进酒宴大厅，在里边匆匆转了一圈，又回到门口。她在花园里走动了几步，四下看看，然后跑到王叔身边耳语一番。王叔也四下里张望，朝她点着头，似乎在肯定什么。我把自己藏到树后面，捂着脸。那样子真是可笑可悲，像只见不得光的耗子。如果当时的样子被人看到，一定以为我是个窃贼之类的丑角。曾几次想一走了之，又几次犹豫着不甘心。直到露天婚庆的仪式正式开始，我溜到了最后一排的座位边上，找个角落坐下。

　　潘蒹鄞当上团委副书记的消息，让我心里一时五味杂陈。这么说，她已经在官场上迈出了第一步，应该归功于勇嫁英雄的壮举吧。那晚我的心情非常复杂，所以，关于婚礼的整个过程，在经过了二十多年后已经记不清多少了。反正是司仪主持、证婚人致辞、新人家长答谢来宾之类的套路，好像还有人在台上唱了几首歌。有香槟酒喷出老高的汽柱，还有伴郎伴娘向空中抛洒亮晶晶的花雨样彩纸碎片。我那会儿自我感觉肯定有点反常，仿佛在原地踏步挨时间，像坐等在牙医诊所的候诊室里，应该是等着出事儿，某种未能预见的意外，比如突然天降暴雨什么的。层层叠叠的云块遮没了整个天空，阵阵轻风迎面吹来。一片树叶从头顶落下，掉在我手上——这些微小细节倒是记得十分清楚，因为我心头充满着一种异样预感，说不上祥与不详，总之是等着什么事儿到来。

　　我等来的是漫天礼花。焰火筒一只接着一只飞快地蹿入夜空，拖着"咝咝"的长音，然后"嘭"地炸开，化作一串色彩绚丽的巨大花朵。夜空金紫交辉，光华如翡翠。酒店高楼的每扇窗子都在闪闪发光，四周墙壁也被五颜六色的礼花抹上一层华彩。草坪上人头攒动，炸开的焰火照亮了一张张仰望的脸。人群中有人在欢乐地大叫,也有人鼓掌,纷纷发出啧啧赞叹声。我看到本来一直保持着矜持的查夫人挤到最前面,脸上显出急不可待的神情,每落下一朵礼花都要评论一番:"哦,真是太美了……多像是一朵莲花啊!快看那一朵,啊,婀娜多姿,像蟹爪菊……那一朵没爆开,当心,别炸到我们头上!哦,美极了……"当最后一束焰火放完,人们的欢笑声渐次消失时,美妙的秋夜似乎一下子冷清下来,天空成了一张凄清惨淡的灰幕。散落在花园里的客人茫然若失了几秒钟,纷纷走向宴会厅准备饱餐一顿。我感觉有人拉住我的胳膊。

"宇谅,我一直都在找你,却怎么也找不到。真担心你会不会是离开了呢!"不知何时,潘兼鄞换上一身红色旗袍,孤身一个人站在我旁边。她身边簇拥着的那些人呢?伴郎,伴娘,还有轮椅上的新郎呢?她什么时候把他们都扔下了?而且,花园里已经几乎也没有其他人了。

"有事吗?"我抑制住内心的情绪起伏,尽量保持语气平静。其实,就是在我的胸中灌满熔铅,也没有现在这么痛苦。我甚至试图装出一个笑容,但我所能做到的,只是勉强让嘴角往上翘了翘,样子应该难看死了。

"我有话要对你说。"她拉着我走到花架后面。两三米高的花架把灯光挡在另一边。她的脸上化了很厚的浓妆,眼影深黑,似乎变了一个人,让我感觉陌生。但是她鼻孔里呼出的气息依然熟悉。

"说吧。"我眼帘低垂,避免直视她的脸。"是等我祝贺你吗?祝贺你新婚,还是祝贺你官场荣升?"

"宇谅,我很后悔,一直后悔,到现在还后悔!"她语气急切,还试图拉我的手,被我甩开,就一把拽住我胳膊。

"你现在来跟我说这个,还有什么用?"我冷笑着。

"如果你肯原谅我,永远都不嫌晚。"她眼中闪着祈求的光,"宇谅,我是你的人,永远都是你的。过去是,现在是,将来也是!这一点你要相信。"

"算了吧。从今天开始,你就是邢勇夫人了。"我退后一步,向她鞠躬,"邢夫人!"

"别这样,你不要这样!宇谅,我已经够伤心了。我情愿你说一句话,叫我跟你走,我会不顾一切跟你走的。只要你还愿意要我,我任何时候都愿意跟你走!"潘蒹鄄用手捂着胸口。可我怎么都觉得她像是戏剧舞台上的演员,她不过是在背台词罢了。很老套的台词,被别人用过无数遍的台词。

"现在吗?"我用鄙视的目光看着她,"那么好吧,脱下你的婚纱。现在!"

潘蒹鄄愣了一下,转过头去看着右边灯火辉煌的婚礼宴会厅,那里宾客满堂。她犹豫着,嘴唇颤抖着问:"宇谅,你是要我跟你一起……逃婚吗?"

我摇摇头。"不,不是逃婚,是退婚!"我用手指向婚宴大厅,"潘蒹鄄,你现在就走过去,把司仪的话筒拿过来,对着所有的宾客,宣布——这场该死的婚礼,无效!你可以说,这是一件不该发生的事,一次开得太大的玩笑,一个不得不纠正的重大错误。你现在宣布退出了……你有勇气过去吗?你做得到吗?我就站在这儿等着你呢!"

她的脸霎时僵住了,像日本艺伎的面孔一样僵硬。脸上的那层白粉,惨白惨白的粉,似乎在簌簌直往下掉。她双手紧紧掩住面孔,泪水从指缝里溢出来。"我错了!我清楚地知道我是做错了!"

我对她的表现很是失望,发出一声嗤笑:"错了?哪儿错了?"

"在这儿,还有这儿!"潘蒹鄄回答道,一只手拍着自己的额头,一只手拍着胸房。"在我的灵魂里,在我的心坎里,在灵魂居住地地方,内心的召唤明明白白告诉我的。我现在深深地苦恼着——我知道你痛苦,可我的痛苦和你是一样的。我清楚在我之外,还有一个我。老天把我造出来干什么呢——应该还有一个我。假使老天把那个我给毁了,那整个宇宙就全都是陌生人了,我的生命也就没有一点意义了!"

然后,她一把拽过我的手,按在她的肚皮上。这个动作让我猝不及防,也吃惊不小。我不明白她想要怎么样。她满是泪水的脸上忽然漾起一层幸福的光泽,似乎是某种奇特的微笑。她轻声说:"我们有孩子了。"

我愣住了。不明白她为什么要告诉我这个。

"这么快……奉子成婚?"我有些张口结舌。

"这不是他的。你还不明白吗——邢勇他不可能!"

"为什么不可能?"我皱着眉,"他只是少了两条腿而已。男人应该还有第三条腿。"

"他没有。他没有。"潘蒹鄄急切地表白,"你知道这是你的。有两个多月大了,是你的儿子。也许是女儿。总之是你的。你和我的。我们的!"

我内心猛然间掀起惊涛骇浪,差点儿让我无法站立。天哪,她直到今天才告诉我这个。这就是她要说的重要的事!身上有三种颜色的一定是母猫,很多事情就是一定的。为什么不早点儿让我知道?我又怎么晓得这是不是真的,一时又如何能分辨得了真假?

"我不知道!"我歇斯底里地冲着眼前的这个女人吼叫。真是让我气昏头了,她在胡说什么!肚子里带着我的孩子嫁人?也亏她说得出来!

这个女人,她多么会来事啊!忽然说从肚子里冒出个孩子来,多么滑稽可笑!我早就不会再相信她了,她是不可相信的。

很多人一下子拥过来,把我们团团围住。不知道世界上哪来的这么多人!

"总算找到新娘子了,原来是在这儿!"听见有人七嘴八舌地叫着,"快点儿进去吧,大家都饿瘪了,等着开席呢!"然后,我们就被不由分说地拉扯进酒店里去了。

潘蒹鄄被一群人簇拥着走向那只孤单单的轮椅。我则被王叔强行按在一张桌子边上坐下。然后,喝酒。

第二十四章　好人王叔和他的一家

睁开眼睛醒来时，发现自己躺在一张完全陌生的床上，周围环境让我全然摸不着头脑。脑袋像被火烤一般疼得厉害，几乎快要裂开。依稀记得昨天晚上好像是酒喝得太猛，高了。然后踉跄着摸到卫生间，把头伸到水龙头下面冲了有一两分钟，随后就势瘫倒在水斗旁。再后来发生过什么就不知道了。

房门关着，窗帘也拉得严严实实。光线是从窗帘和墙壁之间的缝隙里透进来的。这是一间面积约十多个平方米的居室，有一张床，一张书桌，还有一张梳妆台和两只床头柜，梳妆台前放着一把高背椅子。因为房间不大，书桌挨着床并排横放，这样就可以坐在床边看书或者写东西。事实上，书桌上并没有摆放什么书籍，只有茶杯、点心盒和剪刀之类的零碎物件。这间屋子看上去显然是某位姑娘的闺房，因为空气中弥漫着带有少女特质的气息，墙上贴满了阿兰德龙和秦汉之类的男影星剧照，梳妆台上有一堆香水瓶和化妆品，电吹风的电源线还插在插座上。在靠窗那边的床头柜上，摆放着一张镶在木质相框里的照片。照片上的姑娘大约二十来岁，一身摩登打扮，应该就是这间屋子的主人了。

我翻身下床，脚一落地，像是踩在了棉花里，原来骨头都是软的，酸痛遍布全身。耳朵里灌进一阵风雨声。我过去拉开窗帘，雨点敲打窗户玻璃的声音更响了，噼里啪啦，一阵紧似一阵。从窗框缝隙里传进来狂风怒吼的声音，这声音令人情绪沮丧。我回忆起来，在清醒之前好像刚做了一场可怕的噩梦——草莽之中，有一条身体长着斑斓花纹的蟒蛇一直在追赶我。我害怕,着急,却怎么也迈不动腿,无路可逃,无处藏身。那条蟒蛇从我的腿脚开始缠起,盘旋而上,一路把我勒得喘不过气来。动弹不得,呼吸困难,欲喊无声,这就是梦中的窘境。现在,我醒了,但想起那个梦还有冷飕飕的感觉。面对外面恶劣的天气,我麻木地站着,脸在战栗,牙齿咬紧,双目酸涩。后来,仿佛从四面八方,从世界深处,悲痛突然汹涌而来,把我淹没。感觉是被悲痛卷走了,除了悲痛我已经不存在了。是怎样的悲痛,这是怎样的悲痛,说不清楚。

我打开房门向外张望,看到的是一间客厅,空无一人。客厅面积不超过二十个平方米,装修十分简陋,白色涂料粉刷的墙壁上,挂了许多尺寸大小不一的风景照片,几乎再没有其他装饰物。没有铺过木质或塑料地板,也没有铺大理石地砖,就是经过无数次拖洗而显得光亮洁净的水泥地面。一张麻布面料的三人长沙发靠墙放着,前面是一张矮脚玻璃茶几,然后是四方桌和几只高背椅,再就是一台十八寸电视机——陈设朴素得略显陈旧。

然后,就在阳台那边,我看到了一张轮椅。又见轮椅,在那一瞬间,差点儿让我怀疑是不是到了潘兼鄄新婚的家里。这当然可笑,因为我马上看见,轮椅上坐着的是一位上了年纪的老妇人,头发盘在头上犹如一堆白雪。她此时背对着我,似乎正在仔细观察阳台外面的风雨,右手伸向半空,优雅细长的手指间夹着一支冒着袅袅青雾的香烟。大概是听到了动静,她回过头来,朝我这边露出一个淡淡的微笑。那是一张菊花一样满是皱纹的老人的恬淡笑脸。然后,她用手转动轮椅,把身体正式转过来,声音柔和地向我问候:"早上好!你醒啦?"

我点点头,赶紧回礼:"您好!"但是无法掩饰脸上的错愕。"我这是在哪儿?"这句话只是写在脸上,没有说出来。

老人右手把香烟缓缓地在左手端着的烟灰缸里揿灭,看着我说:"嘉良他们出去一会儿,很快就会回来。我该叫你穆老师吧?"

嘉良?哦,是了,王嘉良,王叔。原来是这样,这是在王叔的家里了。我昨晚喝醉了,到现在胃里面还像装满了碱水。是王叔把我带到了他自己的家里,让我睡下——睡在他女儿的闺房里。想到这儿,我有点不自在,再次环视了这三室一厅的房子。眼前的老人应该是王叔的母亲。我赶紧过去靠近她一些。

"您老人家叫我小穆好了。我应该叫您——奶奶?"

"哎——叫奶奶,叫奶奶!"老人高兴地伸出手来拉住我的手,目光慈祥地打量着我的脸。"小伙子长得多俊哪,这眉清目秀的,奶奶一看就喜欢!多大啦?有二十出头了吧?"

"二十四了,奶奶!"我老实回答。

"二十四,二十四。"老奶奶象征性地掰了两根手指头,"属龙的,比旭旭大三岁。旭旭属羊。"

她所说的旭旭,一定是王叔的女儿,照片上的那位摩登女孩。

"女人属羊不好,十羊九不全,命苦!"奶奶接着说道,"男人属龙好,大气,有出息。这龙啊,他也不欺负羊。"

"奶奶今年高寿?"我问她。

"九十四。"她自豪地扬了扬眉毛,神情像个孩子。

"哦!"我惊讶地瞪大了眼睛,仔细地打量着她。

老人家头发虽然全白,但纹丝不乱,显然梳洗时抹过发蜡,亮晶晶地闪着光泽,整整齐齐梳向脑后,盘了一个大大的球状发髻,用黑丝线的网兜兜住。她有着一张瘦长的瓜子脸,脸上的皮肤,虽然难免因近一个世纪的岁月雕琢而沟壑纵横,但依然白皙干净,没有一丁点老人斑或者其他瘢痕。从她和我对话的过程可以听出,她的听力依然良好,嗓音也柔和悦耳,毫不喑哑。她的双眼虽然已不再像少女那么清澈,但也绝没有半点浑浊,依然癯亮有神,只是看上去稍干,不够湿润而已。她的双手尽管不再细嫩,却白净修长,应该是长期保养得极好。可以想象当年,仅凭这双曾经美轮美奂的玉手,在男人面前一伸出来,就足以令对方神魂颠倒。九十四岁,几乎可以称之为人瑞了。高贵依旧,风韵犹存,七八十年前的尤物,当今的人瑞!

老人转动轮椅,她在拿烟盒。我赶紧跟过去给她点烟。打火机式样老旧笨重,像个古董,让我很是着急了一会儿,因为我拿着那东西在手上根本就玩不转。最后还是她自己点着了火,动作熟稔优雅。我难为情地笑笑,凑趣说:"奶奶的烟瘾不小啊!"

奶奶摆摆手:"抽了六十多年,戒不掉,也不想戒了。如果是从吸鼻烟开始算起,加上嚼烟,那得有七十年了。"她向空中老练地吐了口又大又圆的烟圈儿。

我伸了伸舌头,开玩笑说:"乖乖,那您的肺……一定是黑得像烟囱一样了。"

"管它呢——黑肺白肺,不还是活得好好的?只要不影响喘气就行。我压根儿就没指望活到这么大岁数,都快成妖精了!"她的话把我一下子逗笑了。她又说:"淑杰,就是旭旭她妈,吕淑杰,她老想着劝我戒烟,可是嘉良反过来叫我不要戒,说猛一下子戒了烟倒容易生病。我不是说我那个儿媳妇不好——你吕姨这个人哪,她哪儿都好——她是怪我带坏了旭旭——旭旭也跟着我学会了抽烟,进门就先叼上一支再说。我说这也不能全怪我,你们的宝贝女儿还喝酒呢,常常醉醺醺地回到家来!我可是滴酒不沾。"

我拿过浅灰色的烟盒翻看,是大前门牌的。烟味倒是不呛人,不像贾梁蜀喜欢抽的外烟,七星牌香烟,有股子药水臭,刺鼻子。我外行地说:"可以抽好一点的牌子,少抽一点。"

"这大前门的烟,我打解放前就抽它,习惯了。尽管现在的味道大不如以前,我还是就跟它有感情。"奶奶又惬意地吸进去一大口,"我最早的时候也抽过其他牌子,有北洋烟公司的龙球牌,民众协记烟厂出的九龙牌,合同烟公司的飞凤牌,复兴烟公司的三狮牌,还有……和记本社烟厂的鹤亭牌,南洋兄弟烟公司的金马牌、长城牌,福新烟公司的勇士牌……可多了!那时候,我们家里什么样的香烟没有啊!除了国产烟,还有各种外国牌子的舶来品,有大英烟公司的八卦牌,惠尔斯烟公司的白锡包,美国老晋隆洋行的品海牌——这些都是老标啦,你们这些年轻人怕是从来都没有听说过呢!"

我真佩服她的记忆力!她说了这么多香烟名字,我都是闻所未闻。这些香烟牌子已经消失快半个世纪了,她竟然还能如数家珍,连各自的生产厂家也记得一清二楚。多么神奇的老人哪!

"我只在电影上才见过一些,"我说,"听说过最多的有老刀牌呀,还有哈德门牌什么的。"

"老刀牌,那本来叫海盗牌,也是英国惠尔斯烟公司生产的。至于哈德门嘛,那可是颐中烟公司的品牌,当年在大街上卖得最火了。但是我始终情有独钟大前门牌的,自从嚼烟彻底消失了以后,我慢慢就只吸大前门了。"

我对"嚼烟"感到十分陌生。我听说过鼻烟,没听说过什么"嚼烟"。

"奶奶,您说的'嚼烟'——到底是个什么东西呀?"

"当然就是放在嘴巴里嚼的烟嘛。"奶奶说,"也难怪你们都不知道,那东西自打一次大战以后就不大见得着了。也有好多品种呢,有'扁塞烟','细切烟',还有'烟草卷'。我最早嚼的那种叫'水兵烟',浓味大麦色的烟草块儿,加了甘草、桂皮和糖蜜酒的,嚼起来香中带甜。我们那时候一帮秦淮河上的姐妹们都爱嚼'水兵烟',就像后来的南方人爱嚼槟榔一样,时髦着呢!"

我听她说到秦淮河,再仔细品味了她的口音,似有几分乡音的味道,冒昧问道:"奶奶的老家不是在上海吧?"

奶奶忽然收住了口,慢慢灭了手中的烟蒂,眼睛里像起了一层雾。她缓缓地说道:"我从小在南京长大。到上海来,也是后来的事情啦。"

我刚要接口再说什么,忽然一股浊物从胃里直涌上来,一下子堵到喉咙口。赶紧跑进卫生间里,对着抽水马桶"哇哇"一通呕吐,然后气虚力竭地趴在那儿大喘气。空气里弥漫起一股酸臭味。我按下抽水开关,费力地站起身来,漱口洗脸。听见客厅那边传来开门声,有两三个人从外面陆续走进屋子,亲切地和奶奶打着招呼。我赶紧擦干手脸跑出去。

"王叔!"我先和王叔打过招呼,然后转向那位身材微微发福的中年妇女,怯怯地叫一声:"阿姨!"同时眼光瞥了一下她身后跟着的女儿。他们三个人的手上都提着大包小包的东西,我手忙脚乱地帮他们接过来放在桌子上。

"穆老师起床了?"吕姨和善地看着我,两手捋着头发上的雨水,眼光将我从上看到下,弄得我都很不好意思。

曾经听人说过,夫妻之间如果感情很好,长期的共同生活会使两人产生夫妻相。看来这话在吕姨和王叔身上得到了验证。吕姨眼里的笑意让人心里暖暖的。

"这是什么鬼天气呀!"旭旭边换鞋边一个劲地嚷嚷着,"手里拿着这么多东西,又是衣服,又是从菜场里买的菜,根本就没有办法撑雨伞。奶奶,你看看我身上,全都湿得一塌糊涂啦!"

"我就叫你们不要出去嘛,你们偏不听!"奶奶假装生气,却掩饰不住见到儿孙归来的高兴。"过来,旭旭,这位是穆老师……"

实话实说,我打第一眼看到旭旭的时候,心里动了一下,仅此而已。说不上是喜欢,更谈不上产生爱慕之心或者有过多的想法。男人就是这么没出息,见着美女难免心神微漾,但我那样的表现明显和一见钟情之类的感觉有本质区别。所谓一见钟情,分明就是见色起意,这可不是我的为人。我想要说的是,旭旭不是那种姿色平平、让男人见了无动于衷的女孩。她除了身材苗条些,其他地方都长得酷似母亲,眉眼和口鼻都很舒展。只是埋了过深的眼线,眉毛也是经过了人为加工的,失了些自然的纯真。话说回来,这样年纪的女孩,谁不喜欢打扮呢?看上去她比照片上的样子还要漂亮些。现在,她一头冲进卫生间,"嘭"地关紧了门。

"旭旭——,这死丫头!"吕姨朝卫生间那边皱皱眉,"和穆老师第一回见面,连声招呼也不打!"马上又笑眯眯看着我,关切地说:"穆老师,肚子饿了吧?来,我给你带了些早点回来。有热豆浆呢,可以帮助酒后暖胃。"

"谢谢吕姨!您还是叫我小穆好了。"

我充满感激地吃了一个豆沙包,快速喝下了一大碗豆浆。胃里当真舒服了许多。吕姨进房间换了件干衣服出来,去阳台上收拾。王叔却一头扎进厨房里不再露面。奶奶打开本来一直关着的电视机,里面跳出的第一个画面,是重播昨晚央视国庆晚会的节目。有意思的是,奶奶很快把频道转换到体育台,那是一场欧洲两支劲旅之间的足球比赛。奶奶开始评论球星的场上表现,她好像对两支球队的队员都很熟悉,很快说了几个人的名字,然后征求我对他们的看法。她还以为我和一般男人一样会喜欢足球,可惜我对任何体育项目都不感兴趣。我只是礼节性地附和着,哼哼呀呀的,像害着牙周炎。

旭旭从卫生间里出来,径直走到奶奶身边取了一支香烟叼上,摊开手掌:"奶奶,打火机!"奶奶在她手心拍了一巴掌,朝她翻起白眼。旭旭撅着嘴巴从奶奶手里抢火,两人像孩子一样闹着。

旭旭说:"奶奶,你的烟谱里面可没有说这会儿不宜吃烟。"

奶奶说:"穆老师是头回来家里。当着客人的面,你也不知道矜持些!"

旭旭说:"烟有宜吃者八事——'对客宜吃'!"

我起了好奇心,问道:"原来奶奶还有个'烟谱'?我倒是头一回听说。"

奶奶说:"也不是我的烟谱,是清代文人陆耀留下的《烟谱》。旭旭吃烟不懂规矩,我就拿《烟谱》管束她。"

我用目光向旭旭请教,其实是看她吃烟的样子。她左手托着右臂的胳膊肘,右手贴在腮边,五指成兰花状夹住烟棍儿,倒颇有几分旧上海百乐门风尘舞女的优雅——只可惜眼下穿的不是旗袍。旭旭朝奶奶努嘴道:"别看奶奶年纪大了,记性可是好得很——让她说给你听罢。"我笑看奶奶。奶奶道:"这陆耀的《烟谱》里说呀,烟有宜吃者八事:睡起宜吃,饭后宜吃,对客宜吃,作文宜吃,观书欲倦宜吃,待好友不至宜吃,胸有烦闷宜吃,案无酒肴宜吃。"

我问:"既有宜吃,一定也有忌吃了?"

"当然还有忌吃。"奶奶接着说,"忌吃者七事:听琴忌吃,饲鹤忌吃,对幽兰忌吃,看梅花忌吃,祭祀忌吃,朝会忌吃,与美人昵枕忌吃。"

我听得愕愕然:"不知道吃烟原来还有那么多讲究!"

旭旭说:"何止这些——还有'吃而宜节者七事','吃而可憎者五事'——奶奶的套头可多者呢!你若是整天跟奶奶待在一起,每天的学问都见长。"

吕姨在沙发上坐下,接过话头:"小穆老师,王叔一直夸你是个有学问的文化人。奶奶最喜欢与文化人聊天了,跟你一定投缘。你以后常来家里,有空了就来坐坐,周末就过来吃饭。你父母兄妹都在外地,上海又没有个家,就当这里是你的家呗!我们都是很随和的人,你也不会觉得拘束。我们家旭旭,还指望你今后能够多帮着她一点——她没有什么学历,读了个职校才毕业,交往的朋友层次都不高……"

"老妈!"旭旭恼怒地打断母亲的话头,"你老糊涂了,尽说些不上台面的事情!"跺着脚跑进自己房里去了。

看看手表,都过十点钟了,我说:"奶奶,吕姨,王叔呢?我该走了。给你们一家添了这么多麻烦,真是不好意思,谢谢了。我得走了,改天再来打扰。"

我心里想着,到周末时要买些东西过来,好好谢谢这一家人。

"唉,别走!嘉良——"吕姨赶紧冲厨房那边喊:"小穆可不能就走了!嘉良,你快出来劝劝!"

王叔急忙跑出来,边在围裙上揩着手,边堵在我面前:"怎么能在这个时候走呢?中午饭无论如何要在家里吃的!"

奶奶也摇着轮椅转到我面前,诚恳地挽留:"小穆,不管怎样,咱们认识一场,还投着缘分,你要陪着奶奶吃顿饭。我们家虽说条件不是太好,也就是家常便饭招待一下,但多少是个心意,你就留下来吧。"

"简单,简单,四菜一汤,很快就能烧好了。"王叔向厨房那边张望着,厨房里冒着腾腾热气。

"要不,你陪着奶奶下两盘西洋棋——国际象棋?中国象棋我可不会走。"奶奶拉住我的手。老人的眼光几近祈求,让我根本不忍再拒绝。我点点头答应留下来。老人高兴地吩咐旭旭把国际象棋拿出来摆上。我说要先给妹妹那边打个传呼电话,免得她们吃午饭时会牵挂。

电话打通。采儿在电话里说,贲梁蜀半个小时前到了她们裁缝铺里,告诉我一夜未归的消息,探听是否知道我去了哪里。

"……他倒是一直还待在那儿。嘴上说是中午要和我们一起上饭店吃饭,心里边其实是打着梅秀姐的主意——傻瓜在旁边都看得出来!"听采儿的语气,好像很有些担心。"二哥,你可要警告那个姓贲的,问问他存的什么心?他能看上一个没有上海户口的外来妹吗?如果他是下了决心将来要娶梅秀姐,那倒成了佳话哩。怕就怕他只是玩弄感情,将来免不了甩手一走了之,梅秀姐岂不是被他害惨了?我这边也会时刻提醒着梅秀姐,不至于让她被姓贲的那家伙花言巧语骗昏了头——这么不靠谱的事,谁敢拿终生幸福去开个大玩笑!"

当着王叔一家子在,我没法跟采儿多说什么,只低声劝她,暂且不要瞎想,先观察一阵子,看看事态的发展再说。我答应她,下午会回去。

奶奶早已摆好了棋盘,急不可待地等着我过去。那黑白两色各十六个棋子还是楠木做的呢,个个通身暗亮,一看就是老物件,被人手无数次摸光了的。我有些紧张,贸然答应了陪她下国际象棋,却根本没有棋艺。还是在大学里和舍友交战过有限几回,哪有和生手对阵的资格?且承让选了可以先开局的白棋。白后摆白格,白王摆黑格,双象两边放,一象靠王,一象靠后,依次在摆好双马、双车和八个小兵。忽然,那六十四个黑白相间的格子,上下空间和左右位置在我眼前都错乱起来,不停地自行来回漂移,走马灯一般。眼前似有无数金色的小虫子拖着长尾巴窜动,桌面也有颠簸的感觉。我伸手去选执一子,却跟着碰倒一片。奶奶用手过来挡,无意中碰到了我的手,"哟"地惊叫:"你的手——这么烫人!小穆,你一准是发烧了吧?"

吕姨慌忙跑过来摸摸我脑门,然后脸色也紧张万分,跑到厨房门口说:"嘉良,你快别烧饭了,先陪着穆老师去医院看看吧,他体温高得吓人呢!"

看见窗外雨势瓢泼，我忙拦住王叔："不碍事不碍事，哪里用得着跑什么医院！我这人小毛小病的从来不进医院门，病历卡至今全是空白的。真没有大碍，至多睡一觉就好了。"

王叔还在坚持。见我态度坚决，吕姨只好说："那——嘉良，你赶紧烧一碗姜汤，给小穆发发汗。待吃完了午饭再看情况吧。"

王叔"哎"一声，重又系上围裙去厨房里忙着切姜片。奶奶收了棋盘，说："下棋太费神，还是等下次，下次呗。先坐下看会儿电视，歇一歇。"

我喝过姜汤后，觉得胃里暖和了好多，头上也出了些细汗，边看电视边和吕姨聊了一会儿。吕姨本来想看文艺频道，奶奶却给调到新闻台。她主观认为青年人应该对时事新闻更感兴趣，还不时对国际形势作着评论。她对天下大事可比我关心多了！

也没过多少工夫，王叔把四菜一汤端上了饭桌，红红绿绿，热气腾腾的。这就算午饭开席了。有糖醋小排和松鼠鳜鱼，都是我爱吃的。我虽然并无胃口，但尝过之后还是直夸王叔好手艺，说有机会要拜他为师。王叔说："我这辈子啥都做不好，就长了点吃的本事。你穆老师是做大事的人，千万别跟我学。要是嘴馋，就天天来家里，随时来。这做饭的人啊，最怕自己做的东西没人吃。"吕姨也说："以后要是想吃了，就来。家里条件说不上有多宽裕，但每天都会烧几个小菜的，多一个人吃饭多一份热闹。奶奶最喜欢人多热闹了。"奶奶不停往我碗里搛菜。我做出吃得很香的样子，又夸了一遍王叔，说他的手艺可以开饭店做厨师。王叔说："再别夸我了。说真的，一个大男人，除了会烧几个小菜，其他方面都是草包，这哪算优点啊？我听了都脸红。"我感慨地说："一个幸福温馨的家里，总有一个人在默默付出，甘当配角。"旭旭忽然停下筷子盯住我看，目光里似有些深意，但说不清是什么深意。吕姨淡淡一笑，说："我们家旭旭呀，打小就是因为她爸太宠着，家务事做得太少——以后可要多学着做点事了。我们总有一天要老去，谁也不可能照顾谁一辈子。穆老师你呢，以后多带着我们旭旭……"旭旭重重顿了一下筷子，翻出一大块眼白，不高兴地说："妈，你老往我身上扯什么嘛？好像我是个反面典型似的！"奶奶赶紧也给她搛了一筷子菜："吃菜，吃菜，多吃点儿菜。"

吃完午饭后，我再次提出告辞，被这一家人坚决拦住。吕姨说我身体病着不能再淋雨，奶奶提出我该再捂上被子出一身汗，王叔说他等会儿会到医院里去配点退烧药回来。我当真感到体乏无力，但想到又要在旭旭的闺房里睡觉，很难为情。旭旭连说没有关系，她已经约好了朋友在外面打麻将，我可以想睡多久睡多久。她的话让她的父母都不很自在，全在拿眼睛斜她。

没有料到的是，我这一躺下去，竟昏昏沉沉睡了近二十个钟头。再次睁眼，一看表，已是第二天上午，八点钟都过了。我心里有些内疚，很自责地一声长叹："唉——"起身走出房间。身上的酸痛感似乎减轻了不少，头也不再那么沉重。客厅里寂静无声，还是只有九十四岁的奶奶孤身一人坐在空空的露台上抽烟。外面天气完全放晴了，阳光像金子一样洒满了露台。奶奶正在专心享受早晨阳光的沐浴，背微微弓起——这是一个沉浸在精神世界里的人身体最舒服的姿势。我暂时忍住不去打扰她，轻手轻脚在沙发上坐下。然后就那么坐着，好像在等待着什么。

等待，等待墙上挂钟的指针跳过一格，又跳过一格，再跳过一格。有时候，我们等待的不是什么人，什么事，我们等待的是时间。等时间，让自己改变。我的心在等待中突然安静下来，好多天来从未像现在这样踏实过。前天参加的那场婚礼，仿佛是上一个世纪的事，而且与我也没有太大的关系，我只不过是一个过客，远远地在一旁张望过一眼。这个世界上每天都在发生许多事，凄楚的，热闹的，伤心的，兴奋的，就像电视剧里的剧情，有时候免不了古怪飘忽，让你误入歧途沉浸其中，但只要你冷静独坐并且等待之后，终究没有什么是难以忘怀的。

我就那么散漫地坐着，两臂左右撑开，上半身晃晃悠悠，月渡迷津般恍惚着，在平和、超然的心境中，享受着那种等待的逍遥感。

等待，等时间，让自己改变。原来人是会很快改变的。两天前，我还深陷于抑郁、焦虑、暴躁和惊慌的情绪中无法自拔，现在，却把回想那时的情景当作了一种怀旧。花园,草地,婚礼,焰火……一切都成了怀旧。

挂钟旁边的墙上,挂着一张放得很大的黑白照片,那是一株向日葵的特写。仿佛是生长在沙漠上的。向日葵的背后没有一棵树,一根草,干干净净的背景,空旷透明。黑白的,没有任何色彩。但是你依然能感觉那圆圆的一圈花儿在灼灼燃烧着,像火苗一样扑腾着。

奶奶不知何时来到了客厅,手里拿着一只刚削了皮的苹果递给我。我不知所措地接过苹果,感觉到那上面还有她手心的体温,一股暖流在心里涌动。多好的老人,给我削苹果!她注意到我刚才正看着墙上的照片,说:"向日葵,多么神奇的花儿呀,太阳在哪,花朵就朝着哪!——这还是我很多年前在新疆旅游时偶尔拍下的。"她眯起眼睛,一时陷入回忆之中。"那天早晨,我碰巧经过了一处种植着大片向日葵的地方,顿时就被惊呆了。那种金黄,简直让人束手无策。成千上万朵脸盘样的花儿,面朝东方,似乎可以听见轰轰烈烈燃烧的声音,如火如荼,连沙漠都要被花儿点燃啦!"

"而且壮美!"我由衷感叹道,"有一种野性的美。太美的东西,有时候都让人感到自卑。"

奶奶笑了。"难怪嘉良说过:'穆老师这个人很文艺呢!'我们俩可算是有共同语言了。"

"奶奶的摄影技术不错啊!"我夸赞道。

"喜欢罢了,谈不上有什么技术。"奶奶轻轻摆着手,显然因为受到表扬而高兴起来。"我一直都很喜欢拍风景照的,花草树木、山川风月什么的。从来不拍人像。我始终觉得,光阴里一定藏着某些我们不知道的秘密,草木知道,天地知道,而我们未必知道。苍茫大地,草木才是主人,我们只是过客啊!"

看着眼前这位老人,这位差不多走过了将近一个世纪的老人,面目清爽,因为精神世界的丰富而充满了清新脱俗之气,不由得心生钦佩。她的话里究竟包含了多少深意,我一时无法领会。

王叔和吕姨从外面回来了,手里又拎着几包刚从菜场买的菜。

我没有再推辞那顿午饭。那两张脸上太实诚的表情,烫伤了我的虚伪。我老老实实坐下来看电视,然后到点上桌,吃饭,好似这个家庭的一员。旭旭原来一直在奶奶的房间里睡觉,叫醒她吃饭的时候睡眼惺忪,撅着嘴巴像有一万个不愿意。

旭旭挨着我身边坐下,像个老朋友一样拍拍我肩膀,问道:"你的烧退了吗?"又说:"昨天我半夜回来,摸了你的脑门,还像烘山芋一样烫手呢!"

我难为情地摇摇头,又点点头,说:"好了,好了。现在一点儿没事了。"

王叔拿过来满满一小塑料袋的药,瓶瓶罐罐的往外掏,被吕姨拦住,责怪道:"饭后才吃药呢,你现在急着拿出来做什么?"王叔"嘿嘿"应着,又把药往袋里收。"那就先吃饭。"他说,"吃完饭吃药。吃完药,再好好睡一觉。"

吃饭的时候,这一家人和我,都不再像昨天那样拘谨客气。他们不停地说着闲话,说了许多家里过去曾经发生过的有趣事。我边听边笑。好像我是他们家的几辈子老亲戚,只是有一阵子不上门了,所以他们才要把这些事儿说给我听。旭旭因为昨天晚上赢了六十元钱,一直兴奋着,憋不住说起了麻将桌的某副牌,怎么博张怎么自摸的。惹得吕姨皱起眉头,拍她的手,阻止她继续往下说这个话头。

旭旭垂下眼帘,说:"怎么啦?打个麻将呀,又不是做什么坏事儿!我打麻将还不是跟着老爸学的!当初你管不住老爸,现在倒是老要管着我!"

吕姨说:"你爸现在不是戒了麻将了嘛。你也快戒了这东西,不是什么好的爱好。今后跟着穆老师学,多看点儿书……"

旭旭不耐烦地一推母亲胳膊,眼睛看着王叔诡笑一阵,然后扭头朝向我这边,道:"我跟你说件有意思的事儿……"

王叔拿眼神阻止她:"旭旭!"

旭旭撇撇嘴,道:"还不让说!我偏要说——王嘉良同志某天忽然发誓再不打麻将,改跟隔壁赵大爷下象棋了。我妈看到他不在家,担心是不是又出去啦?到门口一看,皮鞋仍在,倒是少了双拖鞋。哦,看起来他是到隔壁赵大爷家下象棋了。多放心哪,几个小时不回来也不在乎……"

王叔用筷子重重敲着桌面:"……旭旭!"

旭旭肩膀斜一斜,却是一点也不怕他,继续着:"某天赵大爷忽然得急病死了。追悼会之后,赵家媳妇拿了双皮鞋送到我们家来,说:'你们家老王也真奇怪,他放了双皮鞋在我公公房里,一放就是好几年。我公公如今不在了,我还是送还过来好。'我妈问:'怎么回事?'赵家媳妇说:'我也不清楚。你们家老王每次都穿着拖鞋来我公公房里,换了皮鞋又出去。他为什么要把皮鞋放我们家呀?'王嘉良同志,你说,为什么要把皮鞋放在隔壁赵大爷家呀?"

王叔红了脸,却装作一脸无辜,瞪大眼睛说:"一双鞋,值得这么大惊小怪吗?你个死丫头!"

我们全都笑起来。真是不敢相信,王叔这么老实巴交的人,竟然会使出这样的花招,也真亏他想得出来。吕姨替王叔解围:"你王叔啊,有时候还真像个大孩子。其实呢,这都是奶奶教他的。"

奶奶忙说:"我可没有教他!我不过是从书上看了个笑话,讲给了他听,想不到他马上就派了用场,真是活学活用!"

大家又笑了一阵子。这一家子人,还真是很有意思哩。

"男人身上总得有些缺点,女人才会从男人身上找到优越感和成就感。"吕姨感慨地说,"否则呀,女人这辈子,整天忙什么呢?"

我能感觉到,吕姨在说这话的时候,眼神里分明多了某种温暖的东西。让我暗暗感到不安的是,她好像是拿某种东西抖在了我身上。她大概是带着某种憧憬,并由此在预见将来女儿和女婿的关系吧。我吓得好半天再不敢说话了。

第二十五章　眼前的迷人幸福

我曾经犹豫过下次还要不要到王叔家做客。地处五角场边上的王叔那个家,让我感到好温馨,但也让我隐隐起了担忧,心里多出几分矛盾。王叔打电话来的时候,我在走向门房的路上一直都在思考,想寻找一个回绝他的合适理由。按理说,这一家人对我那么好,又那么诚心诚意,我该找个机会上门答谢,手里拎几样礼物。但我的担忧也不是毫无原因。奶奶、王叔和吕姨,他们的目光里都蕴含着某种期待,分明还有什么话,在等待着合适的机会说出来。我知道他们想说什么,所以思想上有了负担。可是,王叔请我上门的理由却让我无法开口拒绝——他说想把家里的墙壁全部重新涂刷一遍,请我帮忙。

我不可能不答应帮他这个忙。

但是你可以想象,那其实是一件很辛苦的事情——刷上新涂料之前,必须先将旧的一层墙皮铲去,那可是又脏又累的活计;而且,要一间房一间房地轮换着来,最后是客厅,所以又必须将家具搬来搬去,来个大腾挪,这自然又是力气活儿。然后要在有裂缝和凹坑的地方打上腻子,这是个细心活儿。刷涂料也不是一遍就能完事的,按照王叔的说法,至少得刷上三层才行。这样连续干了好几个周末,我和王叔每次都累得腰酸胳膊疼。吕姨在一旁扫扫擦擦,然后就钻进厨房里忙着烧好东西给我们吃,从煨黄鳝到蒸鸽子,再到牛羊肉和海鲜,设法变着花样。吃饭的时间,她就鼓动旭旭给我们倒酒。奶奶呢,做了观察员和评论家,间或出些小小的主意。旭旭则常皱着眉头在家里走来走去,埋怨那些讨厌的粉尘四处散落,弄脏了她的衣服和头发。

天气渐凉,秋风一阵紧似一阵。在经历过一段秋高气爽的日子之后,下雨的天数逐渐多了起来。每下过一场雨,气温都要降下去几度,然后再也回不上来了。稍微上点儿年纪的人开始早早往身上套毛衣。路边的风铃草日渐枯萎,那一片片好看的淡蓝色花儿早不见了踪影。绿地上的覆盆子叶尖儿也都开始泛黄,上面飘着一层梧桐树金色的落叶。

这样忙碌了一个多月,所有的墙壁都涂刷完毕。客厅墙壁是淡黄色的,三个房间是浅蓝色的,王叔的家里有了焕然一新的感觉。奶奶很高兴地指挥我(并且拖着旭旭)重新布置了她挂在墙壁上的那些照片,对有些照片还作了更换。她让我和她一起从影集里挑选哪些照片更适合挂在客厅或卧室里,然后借机夸我有艺术眼光——我当然知道那是在给我"吃补药",不能太当真的,只管假装着高兴便是了。

可是,真不知道是不是应该继续高兴——王叔又公布了他的新装潢计划,要在春节前将家里全部铺上柚木地板。看来他是铁了心要在家里大兴土木了,而且,理所当然地把我当成了这个家里的"男丁"——一本正经地与我商讨工期的步骤和时间节点呢。我说干铺地板这种活我可是完全外行,那应该请专业装修公司做的。王叔说他年轻时做过木匠,技术上没有问题,我在一旁搭把手就行。毋庸置疑,我得做好当长工的准备了。

人和人相处就是这样,从陌生到熟悉,从客气到随便,然后就是一点一点积累友谊和感情,最高境界就是彼此如同一家人。王叔可是太过实诚,真拿我当自家人看了。我呢,从一开始的感恩到后来的习惯成自然,慢慢也就接受了这样的变化。在我内心最阴霾、最寒冷、最空虚的那段日子里,王叔和他的一家给了我阳光和温暖,每个周末,我在忙碌中感到了充实,并且渐渐对这样的生活有了一丝依恋。

也许这样挺好——有一个声音在心底的某个角落这样对我

说。我清晰地听到了那个声音,并且不止一次这样说了。

旭旭,这个打扮时髦、长得也挺漂亮和大气的女孩,已经把我当成了兄长一般。她有时候使着小性子,把我从她父亲手里抢出来,让我陪着逛街、购物,看电影,甚至混在她的朋友圈里吃消夜,喝酒。

"穆老师——大学里做老师的,我哥。"她习惯这样向她的朋友们介绍我,神色坦然。

而在她的那些朋友圈里,似乎都谈不上什么文化层次,谈吐均带着几分粗俗,倒晓得对"老师"自生几分尊重,将嘻嘻哈哈或打情骂俏的声音稍微收敛一些。只有在打麻将的时候她才躲着家里的任何人,谁也不知道她在哪里玩,然后总是过了下半夜才回家。父母的劝诫她是不会听的,因为管得太迟了,用她自己的话说——没有办法,上了瘾头了。我对麻将那东西毫无感觉,基本视作生活中的无聊消遣之一,既不参与也不厌恶,只是在旭旭因熬夜而眼圈发黑的时候,才劝她稍微节制一点儿。她对规劝的话基本不要听,说:"阿哥,我又不像你一样喜欢看书写文章,叫我晚上的时间如何打发呢?"

那一年的冬天似乎来得有些晚,但在一九八八年元旦过后不久,上海还是迎来了第一场飞雪。那一天,我站在王叔家窗前看着雪花一片片从眼前飘过,心里忽然多出几分伤感,因为想起了一年前和潘兼郢踏雪而行的情景。不过才一年光景,可是发生了多少事情,又有多少变化出现! 一年前,现在回想起来,竟是如隔久远。

王叔家里三室一厅也终于全部铺上了柚木地板,在打完几遍蜡之后,亮光可鉴。奶奶不停地摇着轮椅在客厅和每个屋子之间进进出出,嘴里兴奋地"啧啧"个不停,同时提出了新的建议——尽早把旧家具也全部更换。

"家具太旧,太旧了,看上去不顺眼了。"奶奶嘟囔着,"依我说,全换了,旧的一样也不要,都买新的。"

王叔说,这件事他正在考虑之中。不管怎么说,家里旧貌换了新颜,他建议用举家吃火锅的方式庆祝一下。"晚来天欲雪,能饮一杯无"嘛！

"今年春节，家里总算有新气象了。"吕姨在吃饭时高兴地说，"小穆，你今年就和我们一起过年吧。"

我摇摇头："恐怕不行，父母都盼着我回乡下去呢！"

奶奶问："小穆，过了年，你就二十五岁了吧？到了该成家的岁数了。你爸妈一定盼着你带个女朋友回去，是不是？"

她说着这话的时候，眼睛向桌子边上的另外三个人看了一圈。

吕姨和王叔对视一眼，小心翼翼地插问："要不，请你父母来我们家一起过年？你不妨写封信问一问看，或许……"

我又不是傻子，当然听得出弦外之音。这事儿，他们根本不是要问我父母，而是明明在问我要态度呢！可我还是得装傻，表面上低头不语，心里难免矛盾着，却是不能跟他们说的。多善良的一家子呀，谁愿意伤他们的心呢？我含糊其辞，自己都不知道说了些什么。实在不忍迎着几位老人期待的目光，我扭头假装问旭旭，晚上准备做什么？旭旭建议说，要不，我们去一家新开的歌舞厅？我忙说我从来不跳舞。旭旭说，跳什么舞呀，现在刚时髦一种卡拉OK，从日本传过来的新玩法，就是跟着一种叫伴唱机的东西自唱自娱。

"给你一个麦克风，唱歌你总会吧？让你唱个过瘾，唱到嗓子哑了还想唱。有画面，有音乐，还有掌声，你准以为你是歌星呢！"

那天晚上，旭旭一下子就叫了七八个朋友过来，说是要让他们都开开眼界。用上海话说，叫轧轧台型。在那个时候，卡拉OK这种玩意儿在夜上海刚刚露面，大家都很好奇，有人不停地问为什么叫做卡拉OK？还真有一位潮哥知道，说卡拉是日本话，意思为"空"、"没有"，OK是英文"乐队"的缩写，卡拉OK的意思就是"没有乐队"，也就是你自己想唱就唱。这帮家伙就开始夸赞日本人真是聪明，发明卡拉OK的井上大佑简直就是天才。现在上海人都很崇拜日货，小到计算器，大到电视机、音响，甚至马路上开的汽车，好像样样都是日本产的好。自从田中首相访华之后，中国人对日本的态度来了个一百八十度大转弯，日本一下子变成了友邻之邦，许多日本商人都到中国来开工厂了。这让我痛恨国人好了伤疤忘了疼。我从小听老穆头和小莲说起过很多当年日本鬼子侵华时的暴行,对日本人一直恨之入骨。我爷爷和二大伯可都是被日本兵用刺刀活活挑死的呢,我们跟他们有世仇。如果有一天我当了国家主席,发布的第一号主席令就是宣布:"中国与日本国世世代代永不友好!"

唱歌唱了三个多小时,大家都累了,旭旭提出请客吃消夜。一帮人围坐着狂饮大嚼,嬉笑玩乐。过不多久,欢乐就使人忘了形,失去了文明和礼数,一些荤段子随口而出,好像不说不够气氛。不堪入耳的脏话被认为是逗乐,让旭旭和她的朋友听了都为之欢呼。我跟他们好像是两种不同类型的人,另类的是我。我比他们也大不了几岁,几乎是同龄人,却显得过于拘谨,太一本正经了,不合潮流。但是这个圈子,这个视恶习为个性的圈子,总有一种力量,只要你置身其中,便无法独善其身,很快在喧闹中腐化,随波逐流。我弄乱自己的头发,频频与别人碰杯,然后搜肠刮肚找出些笑话抛出来与众人分享。旭旭,这个在夜色下显得格外美丽的女人,此时大杯地往喉咙里倒酒,谈笑粗鲁得就像一个赤膊纳凉的老寡妇。别人讲的段子越下流,她笑得越起劲。我的心情越来越忧郁了,忧郁得就像个送儿子进城求医的老农,一边担心口袋里的钞票不够数,一边不安地等待着命运的无情判决。好像那本不是我希望发生的,但又不能不无奈地接受。

朋友们散去之后,我拦下出租车准备送旭旭回家。旭旭似乎意犹未尽,提出去浴场洗个桑拿。"今夜索性就不回家了,就在浴场里睡一觉到天亮。"夜色虽然昏暗,她的脸庞却红得发亮,嘴角一直上翘,眼神也迷离中似有所期待。我的心"咚咚"加快跳了几下,依了她。最近这段时间,我哪件事情不是依着她呢?

旭旭对这一带哪里有好的桑拿去处似乎很熟悉。她告诉出租车司机去大柏树的"芭提雅海岸",在后排坐下后,潇洒地点起香烟来抽。那司机也多话,忽然讨好地问一句:"两位是大老板吧?"我反问:"你说谁是老板?"旭旭伸手拽了拽我。司机语气尊敬地说:"去芭提雅海岸洗澡的都是老板。我拉过好多广东人去过,他们洗一次澡的开销够我开一个月出租挣的。"我心里说,我们又不是发了财的广东人。到了目的地,一见到那门面才知道司机所言不虚。这地方霓虹闪烁、金碧辉煌的,罗马立柱有三层楼高,确实不是工薪阶层轻易敢进的地方。我说:"旭旭,你发烧啦?"旭旭说:"来也来了,就别小气啦,难得奢侈一回不行啊?"只好硬着头皮进去。

长这么大第一次真正洗桑拿,自然是处处让人见笑。不过,那种土耳其浴也好,芬兰浴也罢,并没有给我留下太好的印象。蒸房太憋气,待不了几分钟就出来了。做按摩自是有心无胆,最后连擦背也免了,那价格实在让我听着都冒汗,感觉愧对父母的养育之恩。所以,我只是简单在大池子里泡一下,很早就换好衣服,进到事先定下的包房。但是旭旭没有那么快,她让我坐在床上空等了将近两个小时。在那两个小时里,我已经独自儿用脑海回放的方式,唱了十几首刚才在卡拉OK厅里唱过的歌。她总算进来了,一身香气,一脸满足,细细长长的摩尔香烟叼在嘴角上,青烟袅袅。

"又抽烟!"我说,"你现在的烟瘾就超过了奶奶,将来老了怎么得了?估计你的肺肯定被熏得跟煤球一样黑了!"

"你为什么不吸烟?"她反问,顺势往我的身边一躺。"我喜欢身上有烟草味的男人,可是你没有。你看那'万宝路'广告里的美国西部牛仔,多酷啊!那种带着一身浓重烟草气息的男人,什么时候都让女人心迷神醉,怦怦心跳。你呀,人倒是挺好的,就是生活方式太保守!唉,谁叫你是从小在农村长大的呢?老土,那也是没有办法的事儿!可是你只要不像爸爸妈妈那样事事管着我才好。"她往我身上拱了拱,一身软乎乎的感觉让我心里直痒痒。

我看着旭旭的脸,洁白、细嫩,所有的眼影和粉底都洗净了,倒显出一脸稚气来。"一个十六岁的姑娘有着玫瑰花一样的脸色,可她却要搽胭脂。"这句话是谁说过的?诗人拜伦或者是他的医生波利多里?管他呢,反正旭旭不可能知道谁是拜伦谁是波利多里。记得贲梁蜀曾经传授过结交女孩子的经验,说是一定要在带她游一回泳或洗一回澡之后才能确定是否能够爱她。一是要看她脱去外套后的真实身材到底如何,特别是胸围和腰的粗细。据说海绵胸罩太容易使男人上当了;二是要看她卸妆后的真实五官,免得突然看见一张面目全非、甚至完全不认识的脸孔。贾梁蜀常以爱情专家自诩,号称猎艳高手,还有一套如何捕捉女人芳心的理论——这个我自然不敢相信,因为从未见到他有任何实践成果。他家据说房子很大(这对于女孩子有着巨大的吸引力),又住在属于真正上只角的徐汇区,那里有上海滩最时髦的姑娘,却从未见他带一个过来让我们开开眼界。他若真是有能耐,干嘛要在杨浦区像苍蝇似的围着从乡下来的梅秀打转转?

"你的心跳声音真响!"旭旭把头枕在我胸口,耳朵紧紧贴住心脏部位。

我也听见了自己的心跳声,咚咚,咚咚,咚咚,擂鼓一样,节奏感强烈。通常在爬山以后才会有这样的心跳。

旭旭像个顽皮的孩子,从我的肚皮处将浴衣往上掀起,一直掀到头颈,蒙住我的脸。她继续贴着我的心口听了一会儿,将我脸上的浴衣布撩开。这时她已经趴在我身上,近距离地逼视着我的双眼。

"知道我喜欢你什么吗?"她调皮的眼神里藏着火焰样的亮光。

我有些晕头转向。心里想的却是:我喜欢你什么?我的心在这个城市里一直飘零着,孤苦伶仃,无依无靠。这是一颗笨拙的心,一个女人看我一眼就能使我手足无措。我越想讨人喜欢,我就越笨拙。听见一个声音对我说喜欢我,马上就有万般柔情涌上心头。

"我喜欢你的秀气,秀气得像个女人!"她索性将我上衣脱去扔在一边,反复地亲吻我的肌肤,从上到下,从下到上,又从上到下,来来回回。我的天,这是她喜欢我,还是我喜欢她?可这又有什么关系呢?重要的是,这会儿的感觉是喜欢。喜欢被亲吻,喜欢被抚摸,喜欢那柔软的气息在身体上周游,酥麻,无力。一个人的肌肤原来是如此干渴,毛孔张开就像庄稼等待甘霖的滋润。谁能拒绝这一切呢——拒绝她双手的游移？拒绝她骑在我身上扭动？拒绝她把我们两个都脱得一丝不挂？她是个老手。旭旭是个老手。她将情绪一点点调动起来，亲切自然，没有紧张，没有尴尬，狂热的风暴悄悄席卷而来，仿佛无法抗拒的天然力量……纵然我有许多不安，但更多的是欢乐。

记得那年在贵州，在一个美丽的秋日早晨六点钟，我跟随着一个猎人冲向猎物丰富的原始森林，第一枪就打中了一只雉鸡，那种快活就跟现在一样。

她的肌肤有一种五色缤纷的温馨，我惊异于她身体的美，把什么都忘了。看着如此光艳照人的女人身体，有着如此纯粹令人愉悦的感觉，我的心被幸福的洪流淹没了。

我提着猎物在森林里行走，听见风在椴树浓密的枝叶间低吟，稀疏的雨点滴滴答答落在肥厚的叶子上，我听得好开心啊。

"什么，我是在爱吗？我是有了爱情？"听见一个声音在心的深处问自己。"自从离开潘蒹鄞以来，我心里每天都有暴风雨，这场雨终于如期而至了？"片刻之后，我开始心神不宁，脑海里翻腾着乱七八糟的想法。

但是眼前这一种迷人的幸福诱惑着我，我的心迅速迷失了。身体的激奋和疯狂的快乐让我沉溺于模糊而甜蜜的梦幻之中，我轻轻揉捏着旭旭那只极其好看而惹人怜爱的手，不断在上面印满火热的吻。她的脸此时多美呀，先前的苍白一变而为最鲜艳的绯红，流露出平时少见的深沉的宁静。还有她的乳房如两只吊着的梨在眼前晃荡，我那颗可怜的心已经完全被搅乱了，只有傻瓜才会无动于衷。不必再怀疑，我恋爱了。这一切顺乎自然，顺乎自然的爱情就像顺乎自然的责任一样，顺乎自然降临。我激动不已，是因为从此有了最高尚的精神享受，并将会渐渐习惯于爱的烦恼。爱情带来的幸福程度对我来说是那样新鲜，以至于我将之看成了一位不速之客。我终于紧紧地抱住了旭旭，那样忘情，整张脸都感受到她那面颊的温热。

从再一次走进王叔家的那天起，一开始，我就预料到事情会朝什么方向发展,就像这样,总有什么事情会发生,所以现在的一切顺乎自然。如果机遇相同,换一个人,不是旭旭,是一个叫娜娜或者叫姗姗的,我的命运同样如此。就是说,这个时刻一定会到来,我对自己要担负的某些责任总是不能回避。王叔、吕姨和奶奶,他们的眼睛一直在看着我们,等待着这样的顺乎自然到来。尽管此刻我有点茫然,是否真的期待也不那么明确,但欲念无疑早已存在。一次次走进王叔家,虽不是心所驱使,似乎也是势所必然,犹犹豫豫中,恰恰与我的处境情势一致。

"阿哥,你总算肯爱我了,是吗?"她注意地盯着我看,等我回答。

我说话的声音低低的,只是含混应了一声。我本来可以回答说没有爱,是刚刚开始喜欢。但我没有这样说。喜欢还是爱,对我来说不太一样,但对于她来说应该是一样的,总之是我属于她了。喜欢,是采花,爱,是养花;喜欢,是捕捉萤火虫,爱,是观赏萤火虫——这样解释她未必明白,也永远不会想弄明白。她如果觉得讨得了喜欢,就已经足够了,我又何必硬要去解释。

"我孤独一个人,在上海,就孤零零一个人……"

我这样说着,但是没有了下文,因为并不知道要表达什么。旭旭用嘴巴堵住我的嘴。这是她最友好的表达方式,表示爱我。比前面的爱我更爱我。我们对看着。她抱住我身体,触摸我,呻吟着,并没有意识到其实是沉浸在一种很糟糕的爱情之中。这个我比她要更加清楚。

恋爱的生活总是十分精彩。在周末或者某个约定的日子,我们白天一起去逛街,看电影,玩锦江乐园里的惊险游戏。晚上回到家,躲在旭旭的闺房里,锁上房门,我们钻进被窝里,尽量不让发出的声音被客厅里的人听见。有时候我不得不捂住她的嘴,防止她失控发出尖叫。她甚至说不想让我走,说我一个人走到大街上去很可怜。我说我没有什么好可怜的,这个世界上值得可怜的人真是太多了——民工、乡下人,像我妹妹采儿那样的外来妹,他们都远比我可怜多了。我有好工作,有身份,当老师,将来还可以评个副教授,现在又有了这个像家一样接纳我的地方,已经是前世修来的福气。在农村里过苦日子的小时候,无论如何想不到会有今天这样的好光景。她说你知道这样珍惜就好,我们家里的人都没有看错你,我也没有看错你。

有一个星期天,我来得很早,奶奶指指房门做个鬼脸,悄悄说旭旭还躺在床上睡懒觉。看见我推门进来,旭旭马上别上门锁,迅速把我拖进被窝里。清晨的阳光透过百叶窗的缝隙照进来,在她苍白的身体上映出一道道斑马线似的横纹。"过来,"她说,"我必须要抱着你!"摩尔香烟的气味很好闻,还有她的睡衣发出的芳香,有蜜的味道。她的皮肤带着果香味,她是诱人的。有一句话,我一直想问她,现在似乎问问无妨:"在我之前,你早就有过男人?"她看着我,并没有生气的意思:"怎么了,你介意这个?"我说:"不是介意不介意,我只是觉得——你大概和男人做爱不在少数,内行得让人担心。"她揪住我的鼻子痴笑:"以前的事情你也吃醋?我是不是也要吃那个叫潘兼鄄的醋?我爸爸说,你们在海南岛就爱得死去活来的,有没有这回事儿?说!"听到她突然提起潘兼鄄的名字,我一下子就泄了气,蔫在一边,半天打不起精神来。她着急了,脸色煞白地捧着我的脸,连声说别介意别介意,还说我是她唯一的爱。我默不作声由着她着急,她愿意那么说,就由她那么说吧。

城市的声音是这样近,近在咫尺,我们在城市的噪声中拥抱着。客厅里轮椅滚动的声音,厨房里油锅噼啪的声音,都是那样清晰可辨。我们就在这些声音里拥抱着。两个凡人的肉体,年轻男人和年轻女人的肉体,本能地吸引着,拥抱在一起。吻在身体上,催人泪下,也许有人说那是慰藉。其实这就是恋爱了,这就是爱情了。随后就是家庭,还会有孩子。生活就这样一步一步走下去,像所有人希望的那样。旭旭要求我再来一次,再来再来。我照她想要的那样做了,一切都在欲望的威力下屈服,快乐而疲惫。如果这样会死,那就由着这样去死吧。

已经是中午了,吕姨在外面叫了两遍,让我们出去吃饭,旭旭还是拽着不让我穿衣服。她对我说:"多美好的星期天哪,将来我一生都会记得这个上午——温暖的星期天的上午。"然后问我："你好像没有像我那么高兴,脸上有些悲戚忧伤,做爱也不能让你高兴起来吗?你到底在想些什么呀?"

我说:"并没有想什么,只是抱着你有些心慌害怕。"我还说:"我总是一个人孤独惯了,冷清惯了,在与人相处的地方就不那么放松。我最放松的地方是在空旷的原野上,在高山峡谷,或者茂密的森林里。那时候所有的悲苦都离开了我,没有人烟就没有悲苦。我从小待过的贫穷村落就是悲苦的,和我一起生活的人也都是悲苦的。母亲小莲是悲苦的,生病的哥哥是悲苦的,困窘的妹妹是悲苦的,和妹妹一起出来谋生的梅秀也是悲苦的。我们总是习惯了在悲苦中期待,期待着命运能有一天得到改变。上海是这个世界上人最多的地方,所以它的繁华也最让我感到悲苦,它总是像一面镜子似的照出我无处躲藏的自卑。我在大街上从容不迫,在人声嘈杂中孤身自立,可以说,既不幸福,更无好奇之心。我往前走又像是没有往前走,没有要去哪里的意念,不过是不往那边走而从这里走过就是了。我身在众人之间,又永远孑然自处。待在你们家里也一样,温暖时刻包围着我,悲苦也一刻不离我左右——这一点你是无法理解的。所以你看到我脸上的悲戚忧伤,却体会不到我心中的慌乱害怕。我原本就在悲苦之中,它原本由我而出,我永远是悲哀的。"

我这样诉说着,并不期待得到理解和回答。旭旭看着我,听着我这样说,眼光一刻也不曾离开我。我说话的时候,她看着我的嘴。我没有穿衣服,赤身在外,她抚摸着我。也许她没有听。有没有听我不知道,听了以后不会明白我是知道的。我们的肉体贴得那么近,可是我们的心再怎么努力也贴不到一块儿,这个我早就知道了。

第二十六章　不该看的一封信

　　第一个把这种话说出来的只会是奶奶——她老人家说:"如果旭旭怀上了小宝宝,你们一定不要瞒着我。"然后孩子气地挤眉弄眼,"你们要在第一时间告诉我,我好早作准备,多给我的重孙子做些婴儿用的小棉袄、蜡烛包和尿布什么的,这些我还拿手。你们的爸爸生下来就是我一个人带大的,那时候连个帮手都没有呢。"

　　旭旭大着嗓子吼一声:"别瞎说,奶奶!"重重关门走进房间里去了。我走过去从侧面拥抱了一把老人家,把脸藏在她的脑后苦笑着。奶奶突然说起了孩子的事情,不知道我正在为一封与孩子有关的信不安着。

　　从干校门房经过的时候,郭大妈把一封信交给我。采儿一把抢过去,查看是谁寄来的。"本市的信。"她先失望地撅一下嘴,接着又像发现了新大陆:"看这笔迹挺娟秀的,是个女的吧?情书吧?这么厚!二哥,你隔三岔五就和女朋友见一次面,她还想着给你写信呀?真行呀,够浪漫的啊!啥时候也该带过来让我们认识一下啦。你藏着掖着不让嫂子跟我们见面,是不是怕我这个乡下小姑子给你丢脸哪?"

　　我骂她一声贫嘴,拿过信来看,脸上真的有血一下子冲上来。"你脸红了!"采儿开心地嚷着。她不知道我是因为气恼和慌张脸红。那笔迹是潘兼鄞的。我真想一把撕了它。潘兼鄞给我写信干什么呢?我们之间还能有什么关系吗?烦死了!当着采儿和梅秀的面,我只能装着不在意的样子把信收好,陪着她们出去吃晚饭,然后打算回到宿舍里再处理。想不到贲梁蜀忽然也从外边回来了，要跟我商量春节期间去哪里旅游一次。我知道他心里惦记的是梅秀，要我帮着他创造机会呢。可我今天哪有这心思，随便敷衍两句就跑到办公室里去看信了。看完信之后我直后悔，应该还是不要看，当初就该直接扔进垃圾筒里。我若是不知道有多好。我要知道这些干什么！我已经和她彻底告别了，新的生活在等着我：恋爱、结婚、生孩子、过幸福的小日子……谁也别来破坏这一切！潘兼鄞，你这个一次次揪住我流血的心不放的女人，为什么要告诉我这些——

亲爱的小穆头，请原谅我还是这样称呼你，我一生中永远不能忘记的人，我无时无刻不在思念的人，我这一辈子都无颜面对的人，我心里永远留下愧疚烙印的人！
宇谅，我最亲爱的人，你现在还好吗？

读到这个开头，我虽然在心里倒抽了一口冷气，但是那种打翻五味瓶的感觉已经使得我不能不继续往下看——

我多傻，真是太傻了！放弃你，是我今生所做过的最令人后悔终生的傻事！离开你的这几个月，我没有一天不在懊丧中度过，追悔莫及，追悔莫及！是什么样的魔鬼迷住了我的心窍，让我当初作出如此愚蠢的选择并且再也无法挽回？如果这世界上真有后悔药卖，我情愿用减少一半寿命……不，情愿用我全部的生命去换取其中的一颗，只要能获得你的原宥。可是这世上到哪里去找这样的药？我除了独自哭泣，以泪洗面，痛心疾首，以头撞墙，竟是再也不能够扭转什么了。生活就是这等的残酷啊！我知道，这也是我应该受到的惩罚。我自作自受。

其实，上天后来还是给过我一次机会——在我的婚礼上，你来了！你出现了，这是我多么期望的呀！幸福曾经离我那样近,如果在那个晚上我听从了内心的召唤,跟着你走了,我这一生将会是多么的阳光灿烂啊!可惜我胆怯了,退缩了,失去了勇气,也失去了最后的希望。我是那样的懦弱和不争气,真该狠狠地抽自己耳光!上天再也给不了同样的机会,最后的一次,我居然就这样放弃了,活该我这一生都不会再有幸福了。

现在,我只能靠回忆来重温往日那些痛苦和甜蜜的时光。我本来是个命运多舛的人,这你是知道的。我亲生父亲抛弃了母亲和我。母亲改嫁,我是个"拖油瓶",被糊里糊涂带到了贵州。那个地方对你来说可能曾经留下过美好的记忆,可是对于我,犹如梦魇一般不愿回想。一个无赖透顶的继父让我的第二个家庭像个活地狱,每天充满了哭声、骂声和打架声,家具上布满了破碎的窟窿和敲砸的印迹。在那个大山沟子里,我连逃避的地方都没有——周围都是深山老林,我能逃去哪儿呢?肯在黑夜里收留我的人,一定都是心存不轨的人,或者不良少年。我和这些人混迹在一起,居然从他们身上寻找慰藉,我只有堕落了。那个所谓保密单位的工厂里的人,本来都来自号称十里洋场的上海滩,居然被命运开玩笑似的送进了远离人间烟火的所谓军工基地里,出门见到的都是石头和荒野,没有娱乐,连打麻将也不被允许,更看不清前程,内心是多么的寂寞和空虚呀!堕落好像是他们开心之源,他们的内心都盼望着堕落,包括我的痞子继父和我的亲生母亲。所以我的堕落是没有人关心的,也是没有人来拯救的。我的生母居然一个人逃回了上海,把我孤零零地扔给恶魔一样的继父。这是一个什么样的母亲啊,从来不知道承担任何责任,她情愿在牌桌上浑浑噩噩消耗掉自己的一生。上海有她需要的牌桌,她终于找到了自己的归宿,直至走向最后的归宿——她已经在半个月之前倒在了麻将桌上——突发脑溢血加上本就很严重的心脏病,无比幸福地将她永远地带走了。这个世界再一次把我一个人孤零零地抛下了。

小穆头,亲爱的小穆头,我现在所能回想起来的甜蜜时光,都是和你有关的。在贵州,我们同坐一张课桌,那是多少个值得珍惜的欢乐日子啊!我们一起上课,一块儿做作业,一同乘火车去爬娄山关。我被狼狗咬伤屁股,你背着我走。啊,啊,我至今都难忘在阿贵老乡家一起度过的那个月光之夜!你躺在我身边,我知道你眼睛睁了一夜。第二天,我送了你一块虎头玉,你竟然这么多年一直都带在身上。当我在上海又一次见到虎头玉挂在你脖子上的时候,你知道我是多么激动吗?这是母亲当年逃离贵州时留给我的唯一物件,我看见你佩戴着这块玉,马上就从心里把你当作了亲人。你真应该就是我的亲人哪,小穆头。如果你还不是,这个世界上还有谁是呢?在偌大的上海,你是唯一曾经叫过我"小外婆"的人。如今谁还会再叫我一声"小外婆"呢?你还能再这样亲切地叫我一声吗?

看到这里,我不禁掩面长叹。又想起了在世纪皇冠酒店的那个黄昏,傍晚时的最后一抹霞光透过窗户照进客房,洒在雪白的床单上,空气里有一种甜滋滋的味道,我贪婪地嗅着潘蒹鄞身上的气息,她伸手抚摸我挂在胸前的虎头玉。"这块玉佩,这么多年了,你还一直保留着?"她说。我把她的小手用力按住,紧贴在胸脯上。"这是当年在贵州分手时你留给我的念想,我一直都戴着呢!"我回答说。这才几个月?去年七月份的事,怎么就像发生在七十年之前那么遥远?

小穆头,亲爱的小穆头,我这个人读书太少,这一点跟你没法比。所以我的内心远没有你来得强大而自信,总是难以抵御来自外部世界的各种诱惑。我的心习惯于浮躁,习惯于奔着看得见的利益而去,这是我的致命伤。靠着第二任继父的关系,我进了能源集团机关工作,于是便看见了上方的阶梯,我想一步一步爬上去。你也知道,在这个社会里,每往上爬一步,你的地位便不一样了,感觉也不一样了。我们为什么永远要处在社会的最底层呢？时代变了,社会变了,人和人之间有了等级之分了。这个等级要么以金钱来划分,要么以官职来划分。什么"革命工作只有分工不同没有贵贱之分"的年代已经过去了,连邓小平都说要"允许一部分人先富起来"了,你和我怎么能无动于衷呢？从我的现任继父身上,我看到有了职位就有了尊严,有了职位就有了资源,有了更高的职位就能谋取更大的利益。一个为个人利益而奋斗的时代已经到来了,不是吗？在这一方面你好像要比我麻木——读书太多的人当真会变成呆子！我早就想跟你说说我内心的真实想法,却又担心你会因此瞧不起我,只能用一些所谓的永远正确的大道理来装扮自己的言行。你以为我真的会相信那些冠冕堂皇的理论吗？连我的现任继父他也不会相信。他那套装腔作势都是演戏给外人看的,可是他还是深深影响了我——我差点儿都崇拜上他了——崇拜他的地位,崇拜他的理论,崇拜他的演技,崇拜他"高瞻远瞩"的思维方式。利欲使我盲目,看不见事物的另一半。我缺乏才智,缺少冷静,而且没有人可以给我,最终我把自己断送了,用现任继爹处理事情的方式把自己作了陪葬。我竟然……唉,后面的事情简直糟糕透了,我一时冲动就把自己给赔进去了。等我再想从那个自己亲手挖的陷阱里拔脚出来,似乎已经力不从心了。我是何等的幼稚,还曾幻想着能得到你的理解,让你在陷阱外面等着我,我会花些时间自己走出来,将来我们总能等到永远在一起的那一天。我太蠢了。我付出的代价太大了。为了扮演一个角色而盲目付出的努力终于使我心灵疲惫不堪。后来我才意识到,失去了你,对我来说就是失去一切。而你,却再也不肯回头了。

现在,我每天面对着一张轮椅和一头坐在轮椅里的蠢猪生活,这是什么样的光景？邢勇,这个只能靠两只轮子在地上转来转去的只有半截身子的废物,他居然就是要我称之为丈夫的那个人吗？还是我自己主动提出来嫁给他的！我常常在问自己,是谁逼我的？有人逼过我吗？没有吗？真的没有吗？这世上没有无缘无故的爱,也没有无缘无故的恨,我对着全世界宣布我爱他,我在内心里却又是那么憎恨他!真的从来没有谁逼过我吗?

这是怎样的悔恨啊,这一切将如何结束?如果我现在跪下来恳求你,也已经显得太晚了。可是,此时此刻我能想到的就是你,写下这些文字就是为了让你谴责我。现在,我看见我正处在失去你的时刻,掩盖还有什么用?是的,让你觉得我的心是残忍的吧,然而不要让我在我崇拜的男人面前说谎!我在生活中受的骗已经太多了,更多的是自己在骗自己,我今后还将为此付出更高的代价。听着,宇谅,如果你不再爱我了,我能饶恕你,独独不能饶恕自己。

小穆头,你真的是再也不愿意接纳我了吗?多么残酷!有些时候,我觉得从未看清过你的灵魂深处。只要一回想起你的目光,我就恐惧。我怕你。你再也没有可能重新爱我了吗?如果是这样的话,我不如很快死去。因为我的生活其实始于我看见你的那一天,就是在我青春年代最疯狂的时刻里,我甚至都不曾梦到过你给我带来的幸福。我可以为你牺牲我的生命,我也可以为你牺牲我的灵魂,你知道我可以为你牺牲的还可以更多更多,只要你需要。

我终于知道了,我在这世界上只有一个不幸——那就是唯一使我还眷恋生命的那个人不肯再回头。不知道你怎样才肯回头呢?

现在,我的心里又隐藏了一个巨大的欢喜。这欢喜已经藏了有六个多月了。宇谅,我写这封信就是要告诉你——这个孩子,我们的孩子,在我的肚子里已经有六个月大了……

天!我只觉得眼前一黑。我怎么早忘了这件事呢?我还一直侥幸,以为这是不可能发生的事情。后来我也确实没有再想起过。可是,可是,可是什么呢?这件被我忽略的事情居然是真的。我匆忙继续往下读——

我已经想好了,这个孩子不可能姓邢,就让他姓潘,先跟着我姓。叫他潘穆好不好呢?潘思宇,或者潘念谅,都是可以考虑的选择。先用小穆穆的名字叫着吧。邢勇是没有能力作出反对的,他心里当然清楚这个孩子与他毫无关系。他连碰我一下手都要被我斥骂的。他如果一定要对别人宣称那是他的骨肉,为的是维持作为男人的那一点可怜的自尊心,就由着他去好了。反正他是活不长的,这一点我可以肯定,病痛和心理创伤的双重折磨,会让他的肌肉一天天萎缩下去,他的心也会一天天枯死。我只盼望着不要让我忍耐得太久了。

宇谅,如果我们的孩子——我们爱情的结晶,我们的小穆穆,能够让你重拾往日回忆,那将是上天对我最大的恩赐。但愿你不至于无情到连他(她)也不肯相认,那又是怎样的凄凉?不会的,我相信不会的。求你,见我一面,从我隆起的肚皮上听听你的骨肉的躁动,你会体会到骨血相连的喜悦!至少,你能先给我写封回信吧,让我听你说,听你骂,听你愤怒的责备,总比这样的无声无息要好。

亲爱的,亲爱的,亲爱的,给我写信吧,写吧!还是像过去那样把我当成你的小外婆吧,求你……

这封信的最后一行,连着几声"亲爱的"呼唤,分明已经使我脸上泪流成行。"亲爱的,你是阳光;亲爱的,你是水;亲爱的,你是空气。亲爱的,我的生命和你须臾不能分离。"这使我又想起自己写过的曾经那么热烈地盼望着要读给她听的那首诗。往日的爱情啊,不堪回首的爱情啊,真的能像落叶一样被风吹得无踪无影吗?舍弃这一段爱情,我是多么地不得已,可我还能到哪里再去寻找这样刻骨铭心的爱情啊?

我差不多已经在犹豫了。灵魂被搅乱,隐衷深埋于心,在我见到旭旭以后,这种情绪更加强烈。我正在向过去告别,踏上新的恋爱旅程。然而我突然发现,这新的爱情似乎……怎么去评价它好呢?带着呵欠,满足而使人困顿,几乎连性爱都是如此。这真是叫人迷惘之处，却又感觉改变是徒劳的，甚至是冒险的。一个人如果刚刚在激流旋涡中几乎丧命，他又怎么会不在心有余悸中留恋木船上的平稳呢？就让那旋涡一点点远去吧，毕竟，我更期待稳固堤岸上的平静啊！

我走进旭旭的房间，从身后默默抱住她。旭旭站在打开的窗户前，抽着烟，一动不动，真好。后来，她对我仓促一笑，笑容一闪就不见了。

我们开始说一些无关紧要的话，讨论在商店里新看到的电视机和音响，哪种牌子更好，松下，夏普，还有先锋。最近一段时间，我们谈话的情形就像这样，总是在谈日本进口的电器价格，或者谈一些家具的式样。我们从来不谈自己，自己的思想都被忽略。从一开始就知道，我们两个人共同的未来是可以预料的，当时我们所谈的就是不久的将来。我们也谈到日本这个国家，过去用军事侵略中国，现在用经济侵略中国，真是可恶，因为我们发现口袋里的钱越来越不够用了。旭旭忽然开始吞吞吐吐，比惯常讲话语气慢得多——原来她提出从下个月开始我所有的工资都交给她来支配，俨然她已经是女主人了。当然，她同时声明她反正是爱我的，说得很有戏剧味儿，说得既得体又真挚。我未置可否，考虑要不要也提出个条件，让她改掉打麻将的恶习。总之，我们之间的话题，就像报纸上的新闻一样，内容翻来覆去，推理各不相同。谈着谈着，她好像已不在我怀里，不复存在，什么也不是了。她成了我眼前的空气。我明白了，我们在一起相处，是因为原则上非活过这一生不可。一种恐怖感突然出现，很短暂。然后，我们又到床上去了。我们现在是情人，不能停止相爱。她紧靠着我躺着，看上去那样纤弱，无枝可依，但是很美，皮肤柔腴得如同奶脂。她身体的美使我酥软无力。我们抱吻，一句话也不再说，只顾抱在一起，力量增强。这样我就什么都忘了，管它什么该死的信，还有什么六个月大的胎儿。

第二十七章　柔情留下过痕迹

　　在那一年年初的一两个月里，王叔家的餐桌上忽然多出一样东西：毛蚶。用开水烫过后直接装进盘子里端上餐桌的毛蚶，张着口，渗着血丝。这东西只消用硬币把壳撬开，蘸着调料就可以吃，鲜美无比，是上海人历来喜欢品尝的美味。毛蚶过去在菜市场也一直有卖的，但数量不多，价格也不贱，偶尔才被人们买回去尝鲜。但是一九八八年初，忽然铺天盖地似的，菜场里，马路边，满世界都堆着毛蚶。价格也一落千丈，在不到一个月时间里，从五角钱一斤飞快跌到两元钱十斤。这可把每日买菜的大爷大妈们高兴坏了，买了整篮子的毛蚶往家里提。
　　王叔一家人一边兴高采烈地坐在餐桌上手掰毛蚶大快朵颐，一边听我讲关于今年毛蚶丰收的故事——
　　过去我们吃的毛蚶是从哪里来的？有的是来自山东的毛蚶养殖场，有的则是从深海海底捞来的，捕捞成本高，所以价格也贵。今年吃的毛蚶是从哪里来的？都是从长江里挖出来的。就是在江苏启东的那一段长江江底，今年发现了大量的毛蚶。怎么会发现的呢？因为疏浚港口河道。又怎么会突然想到在那里疏浚河道呢？因为上海改革开放已经历时十年，长三角经济区也形成了初步规模效应，吴淞港的货物吞吐量大幅上升，集装箱吞吐量已经接近十年前的三十倍，长江口和黄浦江主航道变得过于拥挤了。所以，从去年九月份开始，上海市政府开始有计划地组织大批不同吨位的挖泥船驰向长江口和黄浦江，开始全面疏浚作业工程。就在此过程中,奇迹发生了——工人们意外地发现,在挖出江底的淤泥中含有大量的毛蚶。开始,作业工人首先品尝了这批免费的野生毛蚶,许多人还在下班后将大量的毛蚶带回家去供家人和亲友食用。后来,情况就不对了,工人们观察到河床淤泥中的毛蚶密度越来越高,以至于发现挖上来的一勺江底淤泥中,竟然超过百分之八十的都是毛蚶了。这哪里是在挖泥,分明是在挖毛蚶,而且是挖到了一个天然野生毛蚶矿藏啊!

　　这时的毛蚶数量已经多到了现场作业工人无法处理的程度。而且,这在启东县也成为一则超级大新闻。全县百姓纷纷闻讯而来,随身携带着各种工具和盛器,共同来领受这一大自然的赏赐。江面上布满了围着挖泥船搬运毛蚶的大小农船。沿江岸边,则是成千上万的农民忙着将毛蚶装进自己的箩筐里。那个场面,真是叫壮观哪!

　　后来,有关部门对长江启东县江段的野生毛蚶分布范围进行了监测,发现该江段中竟然分布着长约二十余公里、平均厚度一到三米不等的毛蚶集聚带。对启东的农民们来说,无疑天上掉下了一个大馅饼。谁会白白放过这个发财机会呢?上海离启东又是那样近。新鲜毛蚶是多么符合上海人的口味啊!据说,周边地区有许多农民已经放弃了回家过春节,乘着农用船沿河道推销毛蚶,或在上海的街头巷尾挑担销售。你们看,如今在上海生活的人,还有几个没有吃过毛蚶的?听说现在有好多农民已经把销售目标转向了江苏、浙江的不少城市,甚至有人在组织运输船队将毛蚶运往福建和山东了。他们都已经做好随船在这些城市中过年的思想准备啦。春节本来就是毛蚶的销售旺季,启东人今年可发了大财了……

　　我的这一番介绍,让王叔一家人听来如同天方夜谭,个个都目瞪口呆。

　　"我说呢,"吕姨感叹道,"从来没有见到毛蚶价格像今年这般便宜过。好啊,好啊,以后我们家每天都买毛蚶吃,只要你们吃不厌。"

奶奶却在一旁泼冷水。"要我说啊，还是要当心些才好。"奶奶蹙着眉头说，"毛蚶这东西不是什么好货色，吃多了只怕也不妙。"

旭旭不知晓其中利害，嚷道："奶奶，你年纪大了肠胃不好，毛蚶吃多了影响消化，就适当少尝一点儿好了。我们可是不要紧的，吃多少也没有关系。反正我是每天都要吃上一大盘才过瘾呢。"

奶奶说："消化不良，拉肚子，那都是小事。怕就怕这东西肚子里带着寄生虫或者病毒什么的，光靠开水烫那么一小会儿不顶事，一旦传上什么毛病，那就是大麻烦了！"

旭旭冲奶奶直翻白眼儿。吕姨说："那我明天做菜的时候小心着点儿，多烫几分钟就是了。"

奶奶提醒说："还是小心为好。远的且不说，就说五年前——一九八三年那会儿，先是痢疾流行，然后便有几万人得了甲肝，就是让这毛蚶闹上的。"

有句老话说：不听老人言，吃亏在眼前。这句话用在旭旭身上再应验不过。谁也没有想到灾祸来得那么快，这才过了短短两个星期，旭旭突然就被查出患上了甲型肝炎。这个家里一下子就乱成一锅粥。

旭旭先是莫名呕吐，奶奶差点儿高兴得笑了，提醒说家里有件喜事得抓紧考虑了。旭旭似乎连反驳她的力气也没有，倒在床上睡觉，然后身上就起了热度。等我赶过来看她时，那小脸儿和眼白上都像镀着一层金粉，蜡黄得让人心惊。我急送她到长海医院就诊，这才发现医院早就人满为患，很多人自带着折叠床和被褥挤在走廊和过道里，央求医生能让他们及时住院。可是医院里面，不要说登记病床了，连医生都忙得见不上。听旁边的人在说，有好多肝炎病患者天还没亮就来排队了，到现在还轮不到见上医生。听见肝炎两个字，我们都被吓得不轻。旭旭这病症不是肝炎还能是什么？听起来多么可怕——谁都知道肝炎是非常凶险的传染病。

怎么会有这么多的人同时都得甲肝？边上有人说，还不是毛蚶惹的祸！另外有人在骂：缺德的启东人，为了保持毛蚶的鲜活度,运输者竟然每天用自己的新鲜大便兑成粪水泼喂毛蚶!还有的运输船原先就是用来装运大粪的!

天哪,竟有这样的事!这种类乎谋财害命的事情也做得出来?现在的人一旦抓住发财的机会马上就变疯了。如今的社会真是世风日下呀!

连着跑了好几家医院,都是一样的情况。那些难闻的福尔马林和石炭酸的气味,任谁也说不清代表的是健康还是死亡。住院是住不成了,只能配点儿药和针剂先回家再说。可是,家里的人得承担多大的风险哪!如今药房里竟连板蓝根都卖脱货了,可见,上海整座城市都已经极度恐慌起来。

然后便是各种各样的消息在人群中扩散,真假莫辨。情况越来越糟糕,几乎每天都有超过万计的新增肝炎病人。据说光在上海就已经有几十万人染病,即使所有医院的病床都加在一块儿,也不够收治其中的十分之一。在已放寒假的中小学校园里,教室都被开辟成了病房。各种小旅馆的客房里也早已经住满了人。看看我们的邻居和单位里的同事,就不难想象情况有多严重,每个人都在诉说身边有人患病了。黄疸,GPT 超过一千,抗 Ha 试验阳性——人人都学会了说这些专业术语,个个都成了诊断肝炎病的专家。刚开始的那几天,如果听说某户人家出了甲肝病人,同一幢楼的居民在上下楼时都不敢摸栏杆。有病人的家庭很快被周围人"孤立"起来。可怜的上海人,当时居住的条件是多么拥挤呀,把每一个在楼道里与自己贴身而过的人都视作了敌人。再后来,等到周围全都是病人,大家连自来水龙头都不敢轻易去碰了。街上甚至贴出了标语,写着"全市动员起来打一场防治甲肝的人民战争"。有谁若在家里接待客人时,能为客人泡上一杯板蓝根,那便成了一种最时尚和最高档次的待遇。

本来准备着和我一起回老家过年的采儿和梅秀都被吓坏了。她们不敢接生意(自然也很少再有生意),也不能再想回家的事——谁不恐惧来自疫区的人呢?上海人和来自上海的人,第一次空前地受到全国人民的歧视。她们整天提心吊胆躲在房间里不敢出门。我心里牵挂着旭旭,自然无法照顾她们。谢天谢地,这两个人能健康地坐在板凳上看电视已经万幸了。要知道,这一回得病的可全都是青壮年呢。

这些不幸染上甲肝的人,至少需要被隔离二十天以上,以确保度过传染期。可是他们中的有一些人是天生不甘寂寞的。患病者的人数众多让他们在心里得到安慰,确信自己不过是无数暂时落难者中的一个,并且很快就会恢复正常,过上和以往一样的生活。旭旭就是其中之一。她对于奶奶的大惊小怪非常恼怒,将她赶得远远的不准靠近。常常在用粉脂草草遮住脸上的苍黄气之后,她径自背上小坤包哼着小曲就出门去了。她本就是个坐不住的人,又有谁能让她终日里在床上躺着?其他健康人都要照常上班的,靠轮椅行动的奶奶根本管束不住她。她约了几个同时得了病的朋友躲在某个地方打麻将,反正谁也不用担心再受到第二次传染。他们玩得非常尽兴,可以白天连着黑夜,通宵达旦。因为躲藏得隐蔽,家里人急死了也没有用,根本就找不着人。

这个不幸而且无知的姑娘,我正在恋爱中的情人,或者可以称之为我的未婚妻的女人,没有能够像绝大多数患者那样顺利挺过这一劫难。她最终像个金面人一样躺在医院的抢救台上,慢慢停止了呼吸。

她死了。死得没心没肺。

吕姨呼天抢地也好,王叔痛不欲生也罢,她一概听不见。

我倒成了个最合适操办丧事的人,尽管没有任何名分,但总算可以把一切打理得有条不紊。

看着旭旭的遗像,我无法理解一个人的生命会是如此脆弱,简直不堪一击。王旭旭,这个年轻、朝气、满脸还带着孩子气的女人,这个本来会影响到我一生的女人,忽然竟变成一缕青烟被风吹走了。

我都不知道今后能够怀念她多久。

她的一切都让我潸然落泪:床单上的几根长发,卫生间里的塑料拖鞋,挂在床头的紫色睡衣,还有在镜子深处印下的她边梳头边脱衣服准备睡觉的情景。她率真,任性,无知,馋嘴,纵欲,爱打扮,贪图享受,爱慕虚荣,喜欢赌钱,像任何一个世俗的女人一样,讨人喜欢或令人厌烦,却是一个实实在在的女人,美丽,性感,有着迷人的活生生的躯体,真心真意准备着要和我共度一生。我不能不为她的突然消失感到阵阵伤感。

甚至她皮肤的气味,在死后的许多天里还久久地留在我的皮肤上。我一闭上眼,耳边便立刻响起她在夜晚狂欢极乐时的叫喊声。她的身体光芒四射,纯洁无瑕,曾经一度让我十分迷恋。白天的大部分时光,我们的爱情打着呵欠,所以我记得的事情不多。我们常常从黄昏时开始腻在一起,直到深夜。冬天的黄昏来得特别早,持续的时间十分短暂,几乎是不容情地就过去了,然后就是有月亮的夜晚。即便没有月亮,天空也是钢蓝色的,明亮的,各种阴影仿佛被描画在墙上、地上和床上。我们站在窗户边看夜色中的城市,透着蓝光的城市。那种蓝光其实是想象中的,比天穹还要深邃邈远,被掩在一切厚度后面,笼罩在世界深处。那是可以掬于手指间的,然后沉潜于无声与静止。夜色,原来也是可以照耀一切的。而且每一夜都有独特之处,夜的声音各不相同。我在白天常常会有仓皇不安的感觉,而在夜里,魔狂和激情总能让我强大起来。那个女人如用手指触及我,即使是轻轻一触动,我就要陷于疯狂。在她的身上,有着容颜眉眼表现出来的青春,有着生命的源动力。我为之入迷,每个夜晚从她那里得到的欢乐,要我拿出我的时间、我的生命相抵,我心甘情愿。我后来几乎没有什么话可以对她说了,也许我认为讲给她听的有关她的事、有关她不理解、不能也不知怎么说的爱,她根本就不可能明白。也许我发现我们从来就不曾有过真正的交谈,相呼相应的只是夜晚在那个房间里的哭泣呼叫之声。我两眼紧闭着呼吸着她的呼吸,呼吸着她的柔韧多变,吸取她身上发出的热气,然后,沉湎于对爱情和生活的遐想。而她,温柔到来的时刻,一切都在迎合我的欲望,让我把她的灵魂捕捉而去,让我要她。那一刻她多么柔弱,没有一丝杂念的柔弱,一心一意当我的小乖乖。她的脸紧偎着我的面颊,吸取我的汗水,把我紧紧抱住,然后悲痛一样捶击我的身体。

我们爱过,无疑爱过。这爱不可能再增加什么新的东西了,但一定会留下值得怀念的记忆。在沉痛之中,柔情留下过痕迹,而不会像水消失在黄沙中一样。

原来所谓的爱情并非全在于精神的神往,肉体快乐激发的迷恋也是不能被否定的,只要超越了喜欢而上升到了欣赏的高度。所谓爱,就是迷恋,恋恋不舍,失去了便失落,看不见摸不着便痛苦,在心里当成了宝贝。如何宝贝全在于你的感觉,并非需要多么完美。你愿意让她一辈子跟着你,伴随你,百看不厌,不离左右,这就是爱了。我们过去从文艺书上看来的爱情,什么魂不守舍,或者说成失魂落魄,还有什么生死相联,也仅仅是痴迷的程度不同罢了。时至今日,我对爱情才有了最新的理解,因为我看见照片上的那个人,再也回不来了。

送走旭旭的那个晚上,我没有办法收拾自己的情绪,歪躺在空荡荡的床上,盯着窗外的一弯轻淡弦月渐渐没入云里,无论如何不能入眠。感觉我的人生仿若流水,从眼里流出,流过面颊,流过耳边,一个晚上把小半生都流去了。

旭旭的离世让我们都陷入悲痛之中,哀伤汹涌而来。悲伤来临的时间和程度都是无法预测的,甚至超出我的意料——那是四肢疼痛一般的幻觉,会酸楚,会悸动,却没有任何真实来源,亦长久无法消失。唯一表现得无动于衷的人,是奶奶——她老人家接受不了这样大的变故,糊涂了。那个弯无论如何也转不过来了,应该是彻底被搞糊涂了。

"旭旭在医院里住多少天了?"她这样询问每一个能够被她揪住的人,"孩子还没有生下来吗?奇怪,早该到日子了呀!"

接下来的好几个月里,每次我去看望奶奶,她总是一见面就紧张地催我快点儿去医院:"旭旭今天就该生了,你赶紧去看看男孩还是女孩,早点儿抱回来让我瞧瞧。你们不知道我有多担心,就怕等不到见着重孙子的那一天了!"

我只能忍住心中的伤痛,安慰道:"奶奶,我才刚从医院里回来呢,旭旭今天暂时还生不了。您就让我喝口茶歇口气呗。"

那一屋子的叹息声和偷偷发出的哽咽声,充满了凄凉的味道。欢乐从此远离了这所房子,我的到来又能如何?我已经改口管王叔叫"爸",管吕姨叫"妈",那也仅仅是一点可怜的安慰,尽我的所能罢了。这两个心碎了的老人,他们的头发在短短一两个月内几乎全白了。白发苍苍,白发苍苍,这就是人世间最难跨度的沧桑啊!为了避免奶奶遭受更严重的刺激,他们连旭旭的遗像也没有敢在家里挂出来,只在床头柜上摆放了一张女儿的生活照。我实在不忍看着他们每天对着那张照片落泪,悄悄把照片换成了我和旭旭生前的某张合影。有用没有用,也只能这样了。

春天来了,小河边柳丝儿渐渐绿了,草地边、墙根下,随处都能看见油菜花的金黄色。大街上的人们脸色变得舒缓喜悦,话题开始围着天气和景色打转,许多人在商量着要到哪里去踏青旅游。上海人的踏青计划总是和清明扫墓联系在一起的。他们全家出动,乘车去苏州或者嘉定郊外的公共墓地,一脸严肃地摆上祭品、鲜花,磕几个头,口中念念有词烧些纸钱,然后便欢欣鼓舞地在山间野地里转悠一阵,采集野花,欣赏迷人的春色。

旭旭的墓地在本市郊区,靠近以桃花著名的南汇航头镇不远。那本是提前给奶奶买好的归宿,却由旭旭先占用了,本也是预料不到的事情。如果奶奶的神智清醒,想必她也不会反对自己的孙女先一步在那里安息。我看见吕姨把旭旭的羊毛衫和羽绒服一件件整理出来,仔细洗干净,熨烫得服服帖帖,好像明年还要穿一样。吕姨说,这些衣服都要在清明上坟时烧给旭旭。旭旭已经托梦问她要过了。她后悔说,在头七那天就应该把这些衣服全部烧给旭旭的,让她在下面受冻吃苦了。说得我心里酸酸的。吕姨要求我把穿过的冬衣也拿过来洗烫一遍,特别是羊毛衫和毛料外衣,说是快到黄梅雨季了,那些衣服都要防止出现霉蛀。我心里说,这才刚刚清明节,黄梅天还早着呢。

五月份的某一天,王叔对我说:"你跟我去一趟红房子医院吧。"

"去医院干什么?"我真是担心,难道王叔他……也和奶奶一样了?

"走吧。"王叔看上去没有什么不正常,"到了那儿,你自然就知道了。"

一路上我都在问王叔去红房子医院干什么,王叔还是那句老话,到了那儿就知道了。进的还真是产后护理房,王叔又神神秘秘的,我差点儿以为这世界上真的有什么奇迹,或者幻想成真,有个叫旭旭的女人并没有离开人世,而是躲到这儿来生下孩子了。人世间的变故会使人神经虚弱,再让奶奶那么一闹,不明不白地便教人糊涂。

我自然是很吃了一惊,脸色苍白躺在医院产床上的女人,怀里抱着一个刚来到人世不久的婴儿,不是潘蒹鄄还会是谁! 其实我一路上早就预感到了,只是不敢问出来,心里边一面打着小鼓,一面竭力否决着这个念头。尽管吃惊,我表面上却显出非同寻常的镇定。

潘蒹鄄苍白的脸上漾出幸福的红晕来,低头对怀里的贝贝说:"穆穆,你快看看是谁来了!"

转眼间,孩子被捧到我面前,我不敢抱他。我还真不习惯世界上突然有了这么个小东西。可是多么可爱呀,粉粉嫩嫩的一团,懵懵懂懂的鲜活生命! 我伸手在小家伙脸庞上轻轻一触,赶紧又缩回去。指尖异样的感觉,仿佛血在燃烧。

王叔笨手笨脚将婴儿接过去,又是亲又是闻,口中不住发出赞叹,好像那是个了不起的人间奇迹。"小穆穆,小穆穆,小潘穆!"他轻轻晃动着胳膊。

"是儿子!"潘蒹鄄眼里闪着星星般的亮光看着我。

我胸口隐隐作痛。同时,因为紧张,喉咙干涩难过。

"是儿子!"躺在床上的女人说,刚刚退去的红晕再一次泛到她苍白的脸上。

"恭喜你!"我这样说着,声音毛毛的,目光躲闪,不敢直视她。

那只轮椅起先丝毫没有注意到,忽然就出现在了旁边,是从哪儿转出来的呢?他竟然伸出胳膊来要和我握手,我双手毫无防备地被他钳住了。他的手是多么肥厚粗大,是俗人称之为有福之相的肉手。硕大的脑袋,粗硬的直发,黑里透红的脸庞,堆了不少软塌塌肥肉的下巴——这就是那个我从来没有靠近仔细瞧过一眼的邢勇吗?不是他还能是谁呢?如果不是坐在了轮椅里,这个人应该身材高大,体格强壮。潘蒹鄄在那封信里是怎么说的?"反正他是活不长的,这一点我可以肯定,病痛和心理创伤的双重折磨,会让他的肌肉一天天萎缩下去,他的心也会一天天枯死……"可是这个红光满面的人,他看上去怎么可能活不长呢?他此刻那颗心看上去不但没有枯死的征兆,反倒像是溢满幸福的甜水,正滋润无比呢!

"谢谢你,谢谢你们!"这个以初为人父的身份和我握手的人,满脸喜气洋洋,双手上使足了力气。"我有了儿子了!老天对我是多么厚爱啊,我有了儿子了!真希望全世界都马上知道这一特大的喜讯。你们晓得我有多么高兴吗?一个看上去身体残废了的人,生命因此就一瞬间辉煌起来!有谁能像我这样幸运呢?我,邢勇,从此有了自己的后代!我站不起来又有什么关系呢?我的儿子,会一天天长大。十年之后,二十年之后,他会长得高高的,站得直直的。他是我的后代,我的!为我祝贺吧,你们来为我祝福吧!"他又把手伸向王叔。

我注意到这个人颈背上的肥肉都堆在衣领外面,耳朵长得特别低。他本来应该有一副花花公子般的好相貌,可惜实在肥得不成样子,浑身都是赘肉。能有潘蒹鄄这样的美人肯嫁给他,他一定每天都沉浸在幸福之中吧。

"祝贺你!祝贺你们!"忠厚老实的王叔诚恳地握住他的手。但是脸上多少也能看出几许尴尬,好像被人看出了心地不够实诚。

我肚子里藏着冷笑。他一口一个"我的儿子",口口声声"为我祝福",却不说"我们的儿子","为我们祝福"。多么愚蠢的家伙,他心里面虚弱得很呢!

"你应该就是那位穆老师吧?小鄄的同学?很高兴终于能见

到你——她可是不止一次跟我提起过你。"邢勇看着我,因为需要仰视,眉毛高高扬起。

他眼睛放肆而令人讨厌,竟然带点儿顽皮的神情上下打量我,像打量一个酒吧里的女招待。我注意到他生着一双布满血丝、眼球浑浊的大眼睛。那种眼睛往往使人联想到酗酒暴饮、耽于淫乐。不知道他眼下还有没有淫乐的能力和机会。还有那张嘴,粉红的嘴唇显得软沓沓的,暴露了这个酒色之徒的本色。从我站着的地方,也确实能闻到他嘴里喷出的那股酸臭酒味。跟我说话时,他脸上一直挂着微笑。但是那种微笑多么虚伪,应该是在夜晚丢给马路边上的女人的。

我从他的口气中听出点儿挑衅的意思。一个残疾人的可怜的自尊心,即使在你无意伤害他的时候也会变得过分敏感。

好啊,尽管故意接受一个伤残人的挑衅很不道德,我还是气盛地问道:"潘蒹鄞提起过我吗?她是怎么说起我的?"

潘蒹鄞眼里闪过一丝惊慌。"穆宇谅!"她低声阻止我,语气里带着警告。

"哈哈,这有什么关系呢?"邢勇咧开大嘴巴,声音很响地笑着,潇洒地把轮椅转动了一圈。"我知道你们是老同学,曾经感情很好,不是吗?还差点儿就……谈婚论嫁了——"他右手拇指和食指捻在一起打了很响亮的榧子。"我才不会在乎这些呢!你们看我像是那种小心眼的人吗?男人要大气,这个我懂。我虽然不希望你们继续保持往昔的友谊,但还是很高兴穆老师能在今天来看望我们家小鄞。对于我们来说,今天是个非常重要的好日子,谁来了都是朋友!小鄞,你说呢?你一定很赞成我的说法吧!"

潘蒹鄞垂下眼帘去看怀中的婴儿,好像没听他说话。邢勇摇动轮椅挨近床边,嘴里"哦哦"叫着,做出给孩子逗乐的样子。他颈部的肥肉堆成了几道深沟,上面汗津津的。原来他用领带把脖子勒得紧紧的。

"邢师傅很注意仪表啊,来医院里还扎着领带。"我语带讥讽,朝他笑着。

这让我感到自己不够厚道。这个滑稽的人,其实也是个可怜的人,我真该同情他的。一根领带能给他带来什么?形象?尊严?他想在卑微的尘埃中让脑袋抬得高一些,一根领带或许能带来某种支撑。我又何必去刻意嘲笑呢?

"男人嘛,戴上领带总要显得精神一些。"他吊着上眼帘回应我,"不是有一种说法嘛,领带这东西,其实象征了男人的……那个!我是比正常人缺少了两条腿,可是,那个……"他挤挤眼睛,"男人的那个还在,第三条腿。"他张嘴大笑起来。那种笑声真叫我讨厌,唐突无礼。"我儿子已经证明了这一点!我不是和其他男人一样吗——有老婆、儿子,美满的家庭。是不是?穆老师,你也会有的,我和小鄞到时候也会去祝福你!"

"邢勇!"潘蒹鄞口气严厉地打断他,"你今天怎么那么多话呀?跟个话唠似的!觉得长脸了是不是?"

王叔忙说:"小邢这也是高兴哩!高兴,高兴!"

潘蒹鄞调整了一下脸上的表情,充满感激地对王叔说:"王叔,这些天真是辛苦您了!要不是您在医院里忙上忙下跑个不停,我连个照应的人都没有。又要办入院手续,又要找医生,还要到窗口缴各种费用,谁知道有多少事儿呀!"两颗泪珠忽然从眼角滚落。王叔不知所措,一个劲儿地说:"应该的,应该的。你何必跟我见外呢!"

潘蒹鄞把贝贝放在身边床上,垂泪看着他,说:"等过一阵子出了医院,又不知道该怎么办了。我和邢勇住着的地方,先前家里用了一个保姆,本是请过来照顾邢勇的,人倒是善良,但做事粗手粗脚惯了,只怕是一点儿也不会带孩子。偏偏我母亲又去世了,那个继爹跟我再没有任何关系,我突然间就举目无亲!王叔,您说我能不愁吗?我实在不知道今后该指望谁了。"泪水在她脸上淌了一大片,止也止不住。

我心里一阵酸楚。伴着一个残废人,再带着一个刚出世不久的孩子,无亲无故,无依无靠,也真够难为她了!

王叔在一旁直搓手,眼神巴巴地看着我。看着我做什么?即便我曾经爱过这个女人,即便……可我现在算是她什么人啊?这种事情我肯定无能为力。命运捉弄了我,也开始捉弄她了。要怪就怪命运捉弄人吧!我们在命运面前只能低下头去,就像山东人爱说的那句话:"命苦不能怪政府。"

邢勇情绪明显开始烦躁不安。他双手不停地摇动轮椅在房间里转来转去。

"我有个想法,不知道……不知道合适不合适。"王叔继续搓着他的手。

他把目光转向我,我被他看得心里发毛。天知道这个善良的人心里冒出了什么鬼念头,可千万别出什么把我牵扯进去的馊主意。

"奶奶的病你是知道的,"他紧盯着我的脸不放,"她整天吵吵嚷嚷,就是要看见重孙子。"

上帝,他在说什么呢!

王叔转向潘蒹鄞,态度诚恳地说:"小潘,你就带上孩子住到我们家吧。我和吕姨都能照顾你们。旭旭的房间一直就空着,你们住在里面,我们也会拿你当亲闺女看的。而且,宇谅来看望你们,也方便不少。"

潘蒹鄞一把抱住王叔,把头深深地埋进他宽阔的怀里。"王叔!"她哽咽着,抽泣着。"您就认了我做闺女吧,我给您做女儿!"

王叔温柔地拍着她的背,口中道:"好,好,给我做闺女,我求之不得,求之不得!"

"那我从今天起就叫您'爸爸'。爸爸!"

"哎!哎!"王叔一连声答应着。

邢勇像只无头苍蝇,将轮椅两只轮子越转越快。他满脸阴沉,先前有过的兴奋表情一扫而光。我知道我有些卑鄙,可看见他这副模样儿就是高兴。

"那我怎么办?我可怎么办?"邢勇不甘心就这样被抛弃在一边。

潘蒹鄞朝他看了一眼,目光里面明显多了一种叫做厌恶的东西。

"什么你怎么办?"她说,"不是有保姆在家照顾你吗?你不用担心会饿死冻死。再说,你也可以回你父母家去住呀——他们难道就没有照顾你的责任吗?"

这件事情就这么确定了下来,而且很快付诸实施。王叔用车子把潘兼鄄和月子里的婴儿接回家的那一天,我心里确实矛盾着,却无法推辞地跟着一块儿去了。奶奶的眼神已经昏花得认不出人来,但是她听出了贝贝的声音,因此激动得老泪纵横。她一把将孩子抢进怀里,就此再也不肯放手。

"我的重孙子!我的重孙子!我看见我的重孙子了!让我抱着,谁也别跟我抢,让我抱着!"她反复嚷嚷着这几句话,吓得贝贝哇哇大哭。

吕姨也是,本来毫无血色的脸上忽然间红润起来。她忙进忙出地开始整理房间,其实那儿早已经收拾得十分干净整齐。

"多好看的小宝贝呀!让我再仔细看看!你们是叫他小穆穆吧?小穆穆,小穆穆!"吕姨企图从奶奶怀里争夺贝贝,并由此引起一阵骚乱。

热闹的欢笑声,在久别这所房子三个多月之后,总算是又回来了。

第二十八章　心里有异样的声音流动

潘兼鄞带着儿子住进王叔家里,对于我来说不知道是某种安慰还是一种解脱,让我对王叔一家的歉疚感忽然减轻了许多。这么说并非等于表明我是个薄情寡义之人,恰恰相反,在过去将近一年的时间里,我确实出于感恩而衍生某种责任感,不得不让自己的生活轨迹尽量向那里靠近。人生的轨迹总是在光阴流逝中被某些因素左右,并非完全听从内心召唤——我这样为自己的行为作出辩解。此后我不再一有时间就到那所路边长满三色堇的房子里去了,而忽视了其中的一个重要原因:那里不再有什么能够让我继续热切地迷恋。倒是另外的一种情绪——逃避的情绪,随之而来。王叔的热情,吕姨的温暖,奶奶的期盼(她在意识清醒的时候依旧对我期盼热烈),都不能让我忽视潜伏在意识深处的某种危险——潘兼鄞住进了他们家里,绝不是单单为了寻求日常生活照顾那么简单。

潘兼鄞不是一个想法简单的女人。

总有一些日子是一定要纪念的,比如孩子的满月日。近在眼前的日子,不能不庆祝一下,全家人一起喝个酒。奶奶在那一天精神显得特别好,孩子大部分的时间都被她垄断,轮椅成了童车,在屋子里满世界转悠。奶奶把潘兼鄞叫成了旭旭,她几乎一见面就叫她旭旭,潘兼鄞也说:"在家里你们就都叫我旭旭吧。我现在的小名就叫旭旭。"她可真是乖巧!她成了旭旭,这个家好像又回到过去,听上去多么温馨,像不止一个人希望的那样呢!

现在问题是——我是谁呢？我也是他们所希望的那个人吗？不能不仔细地想这件事情。每次想过之后，总有一身冷汗粘在后背上。

孩子满月日过了之后，奶奶的健康状况每日愈下，待在轮椅上的时间越来越少，大部分时间只能躺在床上。好在婴儿床始终放在她身边，一刻也不能离开。奶奶双眼已经浑浊不能视物，但耳朵有时还相当敏锐。我偶尔去探望，刚一进门，她就能感觉到。"穆老师来啦？"她微笑着伸出手，拍拍旁边的婴儿床"快看看你的小穆穆吧，他越来越调皮了，刚才哭闹得可凶哩！"

看着这位接近油干灯枯的老人，紧握她的手，我心里默默为她祈祷。毕竟已到生命的最后时光，她有时也会短暂空白地丧失记忆。甚至她会突然吃惊地问我："告诉我，这个小家伙是谁家的？"然后，用手指指躺在边上的那个长着一双大大眼睛的小东西。小东西把一只手指含在肉嘟嘟的嘴里，两只小脚丫使劲地蹬着，喉咙里发出咿咿呀呀的声音。面对这样一双亮晶晶的无邪大眼睛，我听见心里有一种异样声音流动。"你看他瞧人的眼神，跟你有多像啊！"吕姨总喜欢这样说。这话很让我不自在。吕姨让我抱他，但我不敢伸手，从不主动去抱。

我心里一直惦记着奶奶的身体，忘记了接踵而来的另一个重要日子。直到有一天，贲梁蜀拉上梅秀、采儿和我，四个人乘上一部出租车。贲梁蜀不说要去哪里，另外两个死丫头一路上只顾着撇嘴鬼笑，也是什么都不说。她们怀里抱着个体积庞大的包裹，不肯告诉我那里面具体是什么，只说是衣服。如果是出去逛街或者吃饭，带着顾客做的衣服做什么？我也懒得管她们。这些日子，贲梁蜀对她们好得不能再好，她们脸上天天挂着笑，也习惯了做出一些疯疯癫癫的事情。直至出租车开到五角场附近，停在了一个熟悉得不能再熟悉的地方，我才惊讶得张大了嘴巴。

他们把我带到了王叔家的楼下。

而且，他们根本不顾我吃惊的表情和"喂喂喂"的叫声，径直走上楼梯，一路说笑着报出王叔家的门牌号。到了门前，采儿抢先按响门铃,吕姨笑吟吟出来开门。采儿他们看见吕姨都是愣了一下,应该是并不相识。但随后露出潘蒹鄄的笑脸。采儿如释重负叫一声:"找到了!"朝旁边的人挥手进屋,似乎这地方她来过几百次。傻瓜也能看得出来,他们是被事先邀请的客人。先前一头雾水的我自然是个傻瓜,我竟然连今天是小穆穆的百日庆生都不知道。

采儿一进屋就直冲婴儿床而去。转眼之间,孩子已经在她手上转了几个大大的圆圈,激起一片响亮的哭喊声。那些人进门连鞋子都不脱,全都挤过去抢一个哇哇哭叫的小贝贝。

"哦哦,哦哦,穆穆!""哦哦,哦哦,穆穆!"屋子里吵得翻了天。

好容易安静下来,采儿开始数落我,好一通数落! 好像她变成了姐姐,我成了她的小弟弟。"我的小侄儿都一百天了,长这么大了,我这个做姑姑的还被蒙在鼓里! 世上哪有你这样做哥哥的?看我回到乡下怎么在爸爸妈妈面前告你的状! 若不是嫂子亲自跑来告诉我们,你打算还要瞒着多久? 太不像话了,我这个状是非告不可的。结婚的喜酒早吃一天晚吃一天也无所谓,连红蛋也不让我们吃吗? 这孩子将来长大了还不认我这个姑姑了!"采儿只顾口无遮拦胡说一气,看不出我脸色有多么尴尬。

我朝潘蒹鄄望了一眼。潘蒹鄄,她可真不是一个想法简单的女人。

王叔早先在厨房里忙着烧菜,此时身上系着围裙走出来,热情地招呼大家落座。潘蒹鄄俨然这个家庭的女主人,忙着端茶倒水切西瓜。她今天穿一身红色的连衣裙,因为身材恢复得很好,看上去特别靓丽抢眼。贲梁蜀看她时目光有些鬼祟,被梅秀瞪了一眼。梅秀夸潘蒹鄄的裙子好看,问她是从哪里买的。两人开始讨论服装的问题。梅秀表示对裙子的式样感兴趣,要参考那样的版式。潘蒹鄄则讨好地说,将来的衣服要交给梅秀来做。好像两人天生就是好姐妹。采儿拿出包裹里的小孩衣服,给小穆穆一件件比画过去,吕姨在一旁不停地夸那些衣服做工好,手艺非同一般。

贲梁蜀拿出来的礼物吓人一跳,竟然是一根黄金项链配一把金锁。这礼物未免重了些。也只有潘蒹鄞才合适推辞。她忙说这怎么可以怎么可以,无论如何不能收。贲梁蜀嘴上嚷着说他要做这孩子的干爹,然后人跑到了一边,好像这件事再与他无关。倒是梅秀反复劝潘蒹鄞务必收下,说既然是干爹送给干儿子的贺礼,大人便无权拒绝。这样便显出梅秀和贲梁蜀的关系已经非同一般。采儿只顾掩嘴痴笑,笑得梅秀狠狠推了她一掌,站立不住几乎摔倒。采儿终于憋不住:"你还没有当上干妈呢,就这么凶了,马上欺负上姑奶奶了!"两人扭来扭去没个正经。

我有一件东西一直后悔没有在满月那天送出,今天正好带在身上,便顺势拿出来挂在贝贝脖子上——就是那块虎头玉了。虎头玉散发着绿莹莹的光泽,红绳子是新换的,挂在贝贝白嫩的胸前真是好看。贝贝像很懂事似的冲着我一笑。这一笑吓得我几乎灵魂出窍:我突然就看见了老穆头的笑脸!这小东西笑起来和老穆头是多么相像啊!

泪水从潘蒹鄞眼里直涌出来,她禁不住无声抽泣。然后,趴在贝贝的胸前吻那块玉,肩膀不停地颤抖。

别人不知道,可我不会不知道,这块玉对于她——同样也对于我,意义是何等非同寻常。从她当年在贵州送这块玉给我的日子算起,已经过去了整整九年。九年,多少世事变迁,多少青春已逝。九年的岁月给我们留下了什么?除了感慨,还有对将来的未知。

"二哥!"采儿忽然一脸严肃地看我,眼神凶得我都不敢直视。她又在打算责备我了。姑奶奶!

"你知道什么呀!"我真怕她会说出什么来,赶紧跑开了。

坐下来吃饭之前,我抽空去里屋看了一下奶奶。奶奶睡着了。她今天一直那么安静地睡着,若有若无的微笑挂在嘴角边,外面那么大的动静也没有吵醒她。不知道怎么,我心里……说不清楚,有一种不太踏实的感觉。

吕姨是个聪明人,在关心了几句有关采儿儿子的情况后,话题转向了贲梁蜀,问他今年多大了,有成家的打算没有。吕姨一边问他,一边拿眼角瞟向梅秀,弄得梅秀头都不敢抬,使劲儿往碗里搛菜。吕姨说:"我瞅着这位梅秀姑娘……人挺好的。你们年纪也不小了,别把自己给耽误了。一个人离开父母待在上海,多不容易,早成家早有个相互照应。"

采儿在一旁推搡着梅秀胳膊,大声嚷嚷:"别装啦!趁着今天的机会,快把心里话都倒出来。"

梅秀羞红了脸说:"死人,我撕你的嘴!都关我什么事儿,怎么忽然又说到我头上了?"

采儿嚷道:"还装!我找个垃圾袋给你,让你装满了再吃饭?昨天我出去给客人送衣服,才刻把钟工夫,回来一瞧,好嘛——你跟大贲都抱在一起滚到床上了!吓得我差点没从楼梯上掉下去……"

梅秀满脸通红,作势要拧她嘴巴。两个人疯疯癫癫,好不像样儿。也是,王叔和吕姨这老两口子太随和了,谁在他们家都不觉得受拘束。

贲梁蜀天生就是个没出息的家伙,两杯啤酒下肚,脸已经红得跟盘子的龙虾一个颜色,并且开始露出话痨本性。他说,成家这件事,嘴上讲不着急,那是假的,毕竟都二十六七的年纪了,谁不想早点儿有个自己的安乐小窝呀!他父母住在徐汇区,就他一个独子,有三居室,婚房不是问题,就是离单位远了点,所以这几年他一直都借住在单位的单身宿舍里。要说主动追他的姑娘也不少(吹吧),他愣是一个也没瞧上(使劲吹)!他不喜欢上海小姑娘的做派,太嗲,太作,太娇气,不会吃苦,不能做事——讲到这儿,他举杯向潘蒹鄞敬酒赔礼,说这话可没有打击全上海女人的意思。只是他偏好纯朴本分的,会勤俭持家的——然后举杯转向梅秀——现在总算等到了一个可心可意的人,她也答应了。梅秀脸色刚恢复常态不久,这会儿又腾地红得像凉拌西红柿,作势拿筷子打他。

"可是……可是……"说到这儿,贲梁蜀面露为难之色,甚至于带几分痛苦。"我跟我父母提了这事儿,他们偏就死活不肯同意。我带着梅秀上过一回门(梅秀脸又红了一回),他们对梅秀的人品外貌倒是看得上,单单嫌她是个外来妹,没有固定工作,没有城市户籍,还说将来生了小孩在上海报不上户口,孩子的户籍只能随着母亲走——这叫什么该死的政策呀!听说全世界也只有中国和朝鲜这样不开化的国家还实行户籍登记制,其他国家都是身份证制。为什么要用户籍把十亿人民都给套死呢?要照我说,只要你凭着本事吃饭,能养得活自己,待在哪儿都行。将来的大趋势一定是这样的。你们看着吧,那些粮票、布票、油票、香烟票、鸡蛋票、自行车特供票……各种计划票证不是都得取消嘛!我把这些道理说给父母听,他们都是老思想的人,一辈子穷惯了穷怕了,哪里听得进半句!无论如何,横说竖说,好话几箩筐,道理用船装,还是没有用!我说我这辈子反正是非梅秀不娶,你们看着办。我父母光火了,说爱娶谁娶谁,娶了贲家也不认,这辈子别想进贲家的门!你们说说,天下有这样不讲理的父母吗?"他猛地端起酒杯灌下大半杯啤酒,被梅秀劈手夺过杯子。梅秀低眉轻叹,面色凄楚。

众人都陪着叹息。王叔唉唉呀呀地说:"这可怎么办呢?父母这一关过不了,即便结了婚也没有房子住,总是件叫人为难的事儿!"

贲梁蜀粗着喉咙嚷道:"我已经跟他们叫上板了,梅秀我是娶定了的!"

大家都为他的豪气感动,纷纷举杯为这两个恩爱之人敬酒。梅秀甚至当下抹起眼泪来。吕姨不停地抚她肩膀,眼神语态都像当初待旭旭一般。贲梁蜀接着道:

"我说了,我做好了三五年不回家的准备——你们一天不答应,我就一天不走进贲家家门。我说到做到!"

王叔忙劝:"这样不好,这样不好。父母的思想工作可以慢慢做,但是不可以这样使性子!"

贲梁蜀说:"你们还不知道呢,我一块儿说了吧,我是另有打算的——我都筹划好了,过几个月就办留职停薪手续,去日本留学。眼下出国申请都办得差不多了,就等签证下来。这几个月我天天在强化培训班里学日语呢。"

我惊讶地看着他。这家伙可真会折腾,怎地又想到要出国留洋？

"说是留学，那是拣好听的说，其实呀，就是去打洋工！咳咳……"他被什么呛了一口，梅秀忙给他拍背。"洗碗，刷盘子，背死人，什么挣钱干什么！据说，在日本背一年死人能挣到十万元人民币。我去累死累活干个三五年，怎么也挣他个几十万回来，这一辈子便吃用不愁了。梅秀有没有户口，有没有工作，还有什么关系呢？"他举起酒杯用力碰了一下梅秀的饮料杯，"梅秀，你只要肯等我三年五载，我保证让你幸福一生一世！"

多么感人的爱情誓言哪！连我都被感动了。采儿羡慕地呆望着梅秀，忽然想到什么，嗔道："贲梁蜀你不够意思，这么好的事儿，怎么没想到帮帮我二哥？让他也跟着去东洋留学呗！"

贲梁蜀说："采儿你不懂。去日本打洋工，那种苦不是每个人都能吃的。那一天至少要干三份重体力活，起早贪黑，每天只能睡上三四个小时的觉。你二哥身体文弱单薄，如何能坚持三年五载？精神寂寞，受人歧视，又是必须经受的另一层折磨。所以说，这算不上什么好事，好多人签证拿到手里了还打退堂鼓呢！到底要不要去，能不能下决心吃那份苦，一定得自己掂量，我可不敢随便鼓动他。"

我说："我自然不去做这个梦。留学费用可不是笔小数目，先得拿出两万元人民币来。我每个月工资不过百元，上哪儿去筹集这两万元钱？"

贲梁蜀说："你若真想去，钱我可以先借给你……"

看见潘蒹鄞好像在拿眼睛瞪他，忙把话头止住。

我说："一个人一个命。我不是那种能发财的人，还是算了吧。"

王叔说："宇谅刚刚有了儿子，再出国就不合适了。嗯嗯……"

采儿用学者般的研究目光看着我，好像我脸上长了怪物。

"二哥，你后面是怎么打算的？"她问。

"什么怎么打算？"我低头躲避她的目光。

"你和鄞姐结婚的事呀！"她不知高低，只管冒失地嚷嚷。

"谁说我要结婚了?"愤怒使得我的脸一瞬间变了形。

采儿惊讶得目瞪口呆。她脸上表情分明在说:二哥你这是什么话呀?儿子都有了,还能是开玩笑的事儿吗?让我回去怎么跟爸妈解释呀?

吕姨慌忙出来打圆场。"这件事儿慢慢再商量,再商量。"她目光怜爱地看着潘蒹鄞,"小鄞这边暂时还有难处,也不是一时半会儿就能解决得了的,还得拖上个一年半载。有些事儿急不得,慢慢来,但总有解决的时候。宇谅,这件事儿肯定不会有人怪你,你……"

"妈!"我站起来,推开面前的碗筷。内心的挣扎让我涨红了脸。"今天我索性把话说清楚了:你们可以认潘蒹鄞做女儿,但不要是因为我的缘故。她的儿子,你们也可以把他当孙子养着。至于我,我可从来没有承认过什么。你们养着的这个孩子,他叫潘穆也好,叫邢穆也罢,在法律上跟我穆宇谅毫无关系!"

我扔下一桌子的人谁也不理,径自走到奶奶的房里去。我心里赌着气,如果不是看在奶奶的面上,我才不会再上这儿来呢!

奶奶苍白的脸上多了一层姜黄之气。她的手看上去还是那么白皙、修长,告诉你这是一个一辈子优雅和享福的女人。但是,似乎有什么不对劲的地方……奶奶的手,摸上去冰凉冰凉的。

奶奶她,已经一个人悄悄地走了。

我趴在奶奶身上痛哭失声。

第四篇　绽放之爱

第二十九章　仙客来花儿

自打奶奶过世之后，我去王叔家里的次数便不再如过去那么勤快。当然，逢年过节，或者某位老人的生日，我一定会拎着礼物像走亲戚一样上门问候一下。每次迎着两位长辈的笑脸，我心里都很愧疚，因为我口中叫着"爸"、"妈"，却没有真正像儿子那样尽任何责任和义务。大部分的周末，我能够不去就不去了。潘蒹鄞有时候在家，有时候不在家，听说她挺忙的，已经升为集团党办副主任了。小穆穆一天天在茁壮成长，我上次来时还只是会到处爬，下次再来就已经能摇摇晃晃走几步路了。一岁多之后，他开始牙牙学语，并开始叫人。我抱着他楼上楼下玩过几回，血浓于水的感觉总是让人心里热乎。吕姨让他叫我爸爸，我坚决阻止。我说还是叫叔叔吧。说实在话，他叫我什么我心里都不好受。我和这个小东西之间，不明不白的，到底算什么呀！

贲梁蜀如愿去了日本，我住的宿舍里清净了不少。这样的清净同时也是一种无聊，是滋生某种悲厌情绪的土壤。干校正在迫于形势的需要，一步一步向培训机构转型，最终在单位门口同时挂出了能源集团党校、干校和培训中心三块牌子，号称三合一。单位的名字怎么改我也不在乎，但因为忽然间可以教授的课程少了，手头上没有什么像样的任务，便觉得生活无滋无味，就像一盘凉拌豆腐，失落感和空虚感频繁交错，无法调节，没有比这种状况更糟糕的了。现实就是这样违心地变得越来越无力，仿佛整日面对着一个无底深潭，明明不想说话，寂寂中又有无限的心事。人总是会遇上这样一种阶段,难熬的日子!趁着有了大块大块的空暇时间,我仔细拟了个计划,开始创作一部构思已久的长篇小说。

这些年我倒是写了不少东西,大多是散文、诗歌和短篇小说,还从没有写过长篇。那些文字发表在一些流行期刊和当地的报纸版面上,喜悦是短暂的,兴奋的感觉很快就过去了,最后好像什么也没有留下。像风吹过,像水流过,像鸟儿飞过,然后呢?没有然后。更没有在文坛或社会上产生任何影响。创作文学作品的成就感远没有当年想象的那么妙不可言。墨水字变成了铅字,名字出现在标题的下方,拿到一笔少得可怜的稿费,如此而已。日子过去了,那些东西也就被翻过去了,再也没有什么了,也不会有谁记得。曾经在社会上涌动不息的文学热潮已渐渐归于平静,争先恐后拥挤在独木桥上的文学爱好者大军也纷纷撤离,经商、做官、打工,或者转向别的更热门的行当。人们忽然变得务实了,对文学杂志兴趣渐淡,更多把时间交给了电视机。一些诗人只能组成小圈子抱团取暖,并且不再在名片上印上诗人头衔,生怕别人把他们当作精神病人。我得奖的机会越来越少,因而被邀请参加文学笔会的次数也寥寥可数。而且每参加一次那样的创作笔会,我便愈加对那些依旧留恋当年辉煌的文坛星宿们感到失望,他们往昔笑傲江湖的优雅不再,只剩下急功近利的造作,矫情,甚至多少有些变态。这倒让我的思想开始趋于沉淀。我开始思考人生的意义。

多年受到的正统教育告诉我,人生的意义在于取得某一方面的成功。人生需要成功,但什么是成功?怎样了才算成功?成功了又如何?出人头地,获得世人的尊敬,似乎是人们追求的所谓成功。也就像小莲当年在乡下常说的,活得成功,就是能够让乡邻们高看一眼。一个庄子,上百号人;一个村,千把号人;一个乡,上万人。大家都对你高看一眼,这就是母亲说的成功。我一九八一年考进大学,在家乡算是重大新闻,全乡轰动,上万人高看我们穆家。母亲成功了。可是我离开家乡以后,那上万人的高看低看,似乎也跟我再没有关系。衣锦还乡的感觉也是转瞬即逝,一如公共汽车离站时扬起的烟尘。我被淹没在上海两千多万人组成的洪流里,就像南京路上每天熙熙攘攘的行人一样，彼此面对的都是陌生的面孔。我看着他们陌生，他们看着我陌生。我的成功跟他们有什么关系？他们的成功跟我又有什么关系？除了单位里那有限的百来位同事，谁来高看我一眼？就是单位里的人，他们也未必因为你有了某种所谓的成功就高看你。他们或者怀疑，或者嫉妒，或者从情感上排斥你。他们的情绪复杂得很。他们为什么一定会高看你？

在干校（现在又叫做培训中心）这样的单位里，一多半的人都有着高文凭高学历，讲师、高级讲师、副教授……拥有这些职称的老师和管理者超过了一半。他们个个自认为学富五车，人人都感叹怀才不遇——查夫人当初就是这么说的。每次开会或议事的时候，只要给他们机会，他们便夸夸其谈，纵论时事，口若悬河，针砭时弊，却总在言语之间痛责命运不公，抱怨金子被埋进沙土得不到闪光的机遇。他们的能力个个至少能当校长、局长，甚至当市长、部长也不在话下。手握尺牍站在三尺讲台上实在是太屈才了，多少惊天动地的壮举因此错过，人生实在不够精彩！在这个方圆四十亩地围成的院子里，个个都自感是失败者，人生缺少意义。

如果连这些人的人生都自觉没有意义，那么，梅秀每日十几个小时为他人量体裁衣有什么意义？采儿背井离乡在这里打工有什么意义？贲梁蜀终日在日本背东洋死人有什么意义？潘蒹鄄为图虚名嫁给一个瘫在轮椅上的蠢货有什么意义？她生下那个叫潘穆的小东西又有什么意义？

翻开明代陈继儒的《小窗幽记》，上面说："人常想病时，则尘心便减；人常想死时，则道念自生。"如此看来，古人早就把所谓的人生意义看得很穿。人生，意义，全在于你念想之间罢了。

人生在世，命有三种：性命、生命、使命。性命是爹妈给的，身体发肤受之父母，不珍惜便是罪过；生命是自己活出来的，是如蝼蚁般活着，还是好好地生活，失败还是精彩，全在你自身造化；使命则是历史赋予的，一般人做做梦罢了，也真是不敢较真。芸芸众生中，又有几许人能够找到自己的使命？

平凡的人哪，平淡的人生啊，即便你每日都在作不停地反省和思考，也不过是博得上帝的微微一笑。星河淼瀚，你我原是连尘埃都算不上的。

但我们总有离开这尘世的那一天，难道真的什么也不能留下吗？总要留下一些思想罢，或者，一些值得让人回味的东西。

我能让自己的岁月留下些什么？我，渺小然而无法自我忽视的我，就用我手中的笔，记下些什么罢——这就是我打算写一部长篇小说的原因：让无情流逝的黄金时代的光晕，永远留在我们曾经拥有的年轻文艺的脸上。过去创作短篇文字，靠的是灵光一现的感觉和娴熟的文字技巧。而现在进行长篇创作，需要深刻的思想，大量的对生活的感悟，还需要站在一定的哲学高度去看世界。此时我才知道我有多么浅薄。短短二十五六年人生岁月，值得沉淀的东西太少了，实在缺少厚积薄发的底蕴。我为此绞尽脑汁，花费将近三年时间，才总算完成了一部五十余万字的小说。在我伏案奋笔疾书的那些日子里，我的精神世界梦幻得无以复加，完全掩盖了真实生活中的可怕和残酷。不过，最后写出来的那本书还是很失败，连个完整的故事都找不到，记录的全是絮絮叨叨的生活琐事。兴趣点转移到哪儿，叙述就跟到哪儿。小说出版后没有任何社会影响，本也在意料之中。只是在单位里徒增了一点虚名：我们培训中心出了一位小说家。

我把三百本样书一一签上名，送给我的朋友、熟人和同事。我又拿着这本书，连同以前发表过的作品以及一沓子获奖证书，送到上海市作家协会，幸运申请到了一个作协会员的小红本。单位里人于是说：我们干校出了一位作家哩！这就是我在那三年里面干的事。没有娱乐，没有爱情，埋头创作，为自己谋了一个虚名：作家。看门房的郭大妈见了我就叫：大作家。管理图书馆的查夫人见了我也叫：大作家。连现在当了校办主任的辛小擎见面也是这样称呼我：大作家。

我把签好名字的书给王叔和吕姨送过去，目的是告诉他们，我最近为什么总是不能经常来看望他们，因为我很忙，在写书。自然,我也得送一本给潘兼鄩。她急忙问我,有没有在书中把她给写进去?我苦笑着说,你自己看呗。哪位作家写的书中会没有自己的影子呢?我叙述的那些生活琐事中,又怎么能没有关于爱情的感悟呢?当然,我说过,我没有编出什么故事来,也没有塑造出什么正面人物或者反派角色。哪个是我,哪个是你,只能自己咂摸了。

她盯着我,说:"你的书少送了一个人。"

我问:"谁呀?"

她说:"穆穆呗!"

我迟疑了一下,说:"他还那么小,等他长大了再说吧。"

她说:"现在送和长大了再送,意义是不一样的——在他成长的过程中,如果确切知道自己有一个当作家的父亲,他会比别的孩子更加自信、自豪……"

我不想听下去,抽身走开了。

王叔后来告诉我,说小鄩连着一周每天晚上都在翻开那本书,看完了就流眼泪。她还边流眼泪边跟儿子嘀嘀咕咕说些他听不懂的话。

穆穆现在假四岁了。他见面就叫我叔叔。他很喜欢我抱他。我也每次见面都抱他。我还给他买了好多玩具,坦克和飞机之类。穆穆说,妈妈经常很晚才回家。他说,妈妈经常嘴巴里在骂一个人。我问他,妈妈是怎么骂的?他学着妈妈的口吻,用上海话骂道:废人!该死的废人!哪能还不死脱!听得我忍不住发笑。穆穆问我,别的小孩都能天天见着自己的爸爸,为什么偏偏他从来没有见过自己的爸爸?我答不上来,半天才说,那就得问妈妈了。

不知道潘兼鄩是怎么打算的,反正她从没有再让邢勇见过这个孩子。那个可怜的名义上的父亲,他心里再怎么着急,大概也没有能力找到这儿来。至于潘兼鄩平时如何安顿那个残疾人的日常生活起居,我也不得而知。听王叔说,潘兼鄩大约过个把月去邢勇住处一回,交代完保姆一些事情就走。邢勇的父母似乎也并不怎么将儿子的死活放在心上,至少没有接到一处同住。

穆穆很神秘地告诉我，妈妈打算让他长大了认我这个叔叔做爸爸。"你会肯吗？"他瞪着两只滴溜溜的眼珠子问我。我支支吾吾回答："还是……等你长大了再说罢。"

这一年，因为妹夫小石匠在家乡开办了一家石材厂，采儿结束了在上海长达四年的打工生涯，重新回到丈夫和儿子身边去了。她临走时念念不忘的就是她口中的小侄儿穆穆。她给穆穆买的衣服、玩具和所谓开发儿童智力的学习用品多到出租车的行李箱都塞不下。我对她千叮嘱万嘱咐，回到家里后绝对不可以向父母亲提起穆穆的事，要不然真不知道会惹出什么麻烦来。父亲老穆头可能会觉得无所谓，而母亲小莲的急脾气一旦上来可不得了——她一定会找到上海来吵着见孙子。由于穆宇凡这几年一直把精力放在了调动工作上，最近才总算在家乡找到一家单位上班，耽误了婚姻大事，所以，什么时候能抱上孙子，已经渐渐成为母亲的心头大事。穆穆的存在自然万不可让她知晓。采儿在这件事情上显得通情达理，允诺暂时保密。

"不过，"她一本正经地说，"这件事总不能一辈子瞒着。我希望有一天你能自己跟他们去说，而且时间不要拖得太久。"我暂且点头答应下。

贲梁蜀从日本寄回一笔钱，让梅秀用来租了一间沿街的门面，算是正式开了一家像样的裁缝店。但是好景不长，中山装已经快速被城市男人淘汰，西装也不再是奢侈品，大街小巷里橱窗里挂得到处都是，普通百姓谁还会再费神定制呢？这两年，人们已经更多地选择在大商场里买成衣，很少有人再上门请裁缝量体裁衣了，裁缝店生意自然一落千丈。女人的服装就更不用说，这个城市里开得最多的就是女装店。式样也是跟着潮流走，流行的周期越来越短，恐怕这世上没有一个裁缝的手艺能跟得上服装流行的变化之快。梅秀愁眉苦脸了一阵，总算又发现了另一个商机。她看出现在服装的面料越来越好，也越来越娇气，很多衣服不能再用水洗，干洗渐渐成为流行的方式。于是，她将店铺的一半隔出来，挂出干洗店的牌子。这样，她又有了新的顾客群。

秦归雁就是在这一年春天来的上海。秦归雁快二十岁了。当年的小卷毛，如今已经长成一个不折不扣的大姑娘。她高中毕业没有考上大学，自然不甘心从此面朝黄土背朝天一辈子待在乡下。像所有农村里正当年的年轻人一样，秦归雁也要出来闯世界。上海这座城市在农村人眼中的地位，就像香港在大陆人眼中一样，一定是年轻人闯世界的首选。她来了，第一个想到的是投奔梅秀。梅秀在上海开店扎根有些年头了，每次回乡探亲都风风光光的，别人询问起来也是满面春风，所以投奔她是不会错的。采儿离开之后，梅秀正缺个帮手，归雁能来帮她也是求之不得。

我和梅秀去火车站迎接秦归雁。她穿一身蓝套裙，在人群中很快跳出来。她们见了面快乐得不得了，不停地打闹说笑，我站在一边半天插不上嘴。看到秦归雁的第一眼，我内心忽然惊慌了几秒钟。倒不是因为多年未见惊讶于她的变化，而是忽然想起了那件我曾干过的荒唐事。那一年她七岁，我十五岁。我扒开过她的裤子。我一直羞于回想这件事，但是心里偏偏一直记得。不知道她是否还在心里留下过记忆。还好，她脸上洒满了四月的阳光。

秦归雁一直在扬州城里读完高中，穿着打扮和言谈举止早都被城市化了，来到上海也看不出半点外来妹的土气。加上她本身长得漂亮，弯月一样的眼睛，很亮，皮肤白皙，头发自然微卷，又较之梅秀和采儿更会打扮，反倒比周围的上海女孩更招人看。老实说，如果我本不认识她，走在大街上猛然遇见这样一位风采迷人的姑娘，不免也要心跳快上一两拍。她很高兴留在梅秀的裁缝店里跟着学手艺，而且手脚勤快。没有过了多久，店面门口的花盆里长满了成串的水仙和一簇簇百合。她常常站在店门口往那些花草上洒水，年轻的男顾客明显地比往日多，也是意料之中的事情。起先她不会说上海话，用普通话待客，也不见有人拿眼白她。大家反倒夸她一口普通话说得很标准，听不出半点苏北腔。美貌女人总是占着便宜，容易讨得别人喜欢。

闲来无事的日子，我带秦归雁出去转转，毕竟她从没来过上海。我带她去看外滩，逛城隍庙，兜南京路和淮海路。有她陪着走在身边,我觉得挺有面子。好多年没有过这样漂亮女孩陪我逛马路了,感觉真不错。我看见不少男人走过我们身边时眼神被她勾着,甚至有人因此胳膊遭到身边的女伴狠掐。她神态落落大方,自然而高贵,对来自四周男人们的眼馋目光不屑一顾。不过她很少买东西,因为口袋里实在没有多少钱。在大商场里,琳琅满目的商品让她频频咂嘴,但是囊中羞涩也让她频频撇嘴。很遗憾我帮不了她什么,单位里每月发的那点薪水让我当不了大款。钱总是像乌龟一样爬进钱包,然后又像兔子似的跑出去。这几年物价飞涨给我的感觉就是这样,我攒的那点钱好像永远买不成什么东西。一部二十五寸电视机要七八千元,一套稍微看得上眼的音响要上万元,我一年的积蓄大概都买不上一件这样的物品。这就是穷人的感觉。穷男人陪着美女逛街,穷开心,苦笑。好在她不是我的女朋友,我也说不上有什么压力。

　　那是五月里一个天气晴朗的日子。逛街逛到一半,秦归雁忽然把我拉进一爿鲜花店里。她围着五颜六色的鲜花左看右瞧,好像兴致很高。我从未进过花店,对鲜花几乎一窍不通,眼神茫然。过去那些年陪着潘蒹鄄逛马路,也没有进过花店,更没有送过她鲜花。在我这种满脑子小农意识之人的心目中,鲜花是最最无用处的奢侈品。女人天生爱花,要看就让她看呗。秦归雁忽然问我,你最喜欢哪一种花儿?我说是花儿都好看呢。她坚持要我指出最喜欢的一种。这么多的花儿,有红玫瑰、白玫瑰和黄玫瑰,有白色、蓝色的郁金香,还有喇叭状的百合花,粉色的康乃馨,大大小小圆盘样色彩艳丽的非洲菊,一丛一丛的满天星,看得我眼花缭乱。后来,我倒是真被一种奇特的花儿吸引。这种花色泽粉红艳丽,花形独特。那些从绿色的叶颈上刚伸展开的花苞卷变婉约,宛如腼腆害羞的少女;而那些正在开放的花瓣,其反卷的花冠似醉蝶翩翩起舞,又像兔子的耳朵,很像神话故事"嫦娥奔月"中的月宫玉兔。我问老板娘,这是什么花儿?老板娘回答说,叫篝火红。我觉得这名字很好听,虽说有几分俗气,却花如其名。秦归雁说,这花儿我认识,它还有另外的名字,有叫它兔耳花的,也有叫它仙客来的。

"你真的很喜欢这种花儿吗?"她歪着头问。

我点点头。"真的喜欢。这花儿看上去热烈、奔放,充满旺盛的生命力。"我不由自主地赞叹着,"若是在家里摆上一束,一天的心情都会很好。"

"我也喜欢。"她说,脸上若有所思,凑近花束闻了一下,忽然高声叫道:"老板娘,我要一束仙客来。请给我包扎得漂亮点儿。"

我惊讶于她的疯狂。"这花老贵呢!你买它做什么嘛?"

"送给你呀!"她很认真地说,看上去没有一点开玩笑的意思。

"送我?"我奇怪死了。"哪有女孩子买花送给男人的?"

"不能送吗?今天我偏就送了!"她调皮地歪着脑袋,付了钱,大方地挽住我胳膊。走出花店,她一脸微笑把花儿捧到我面前。"宇谅哥,祝你生日快乐!"

"生日?"我心里忽地一热,眼眶一阵酸涩。今天是我生日?我自己根本没有想到过。长这么大,除了母亲小莲,还有谁会记得我生日呀!再说了,自从少小离家,一个人孤单生活惯了,从来也没有想到要过什么生日。

"你是怎么知道的?"感动之余,我问她。

"来上海之前,我事先去你家打听过的。"她得意地笑了,"我跟你母亲说,我到了上海之后,全指望着宇谅哥照顾呢,必须首先学会拍马屁。怎么样?我的马屁功还可以吧?"

"何止可以呀!"我拧拧她的鼻子,"我感动得都要哭了。"真是的,泪水真的流出来了,想擦都来不及。好没个男人样儿!

我带着秦归雁走进外滩边的德大西菜社。这里是上海滩最著名的西餐馆,有烛光、红酒、浪漫的西洋背景音乐和最优雅的服务,很切合生日的气氛。摇曳的烛光下,秦归雁给我讲了那个关于"仙客来"的神话故事。

故事发生在很久很久以前,地点是某个偏僻山区的小镇上。在一个大年三十的晚上,小镇上人们吃完丰盛的年夜饭之后,开始辞旧迎新的庆祝活动。鞭炮阵阵、锣鼓声声中,大家扭起秧歌,跳起舞蹈。路边有人放起焰火,孩子们则满街遛着花灯。这时候,一位天仙般的姑娘出现在欢乐的人群中,她和人们一起唱歌,一起跳舞。她的歌声十分动听,她的舞姿也特别优美。这里的人从来没有见过这么美丽的姑娘。在欢乐的过程中,她还不断地把随身携带的漂亮衣物和各种精美饰品送给大家。越来越多的人喜欢上了她。可是,在欢乐接近尾声的时候,她忽然一下子消失了。此后,在每年春节到来之际,她都会出现在快乐的人群中。由于她身份不明,行踪神秘,人们都在猜测,她一定是天上某位仙女下凡,是位仙客。每当她将要出现的时候,人们都连声呼喊:"仙客来!仙客来!"后来,人们便干脆把她的名字称为仙客来。原来呀,这位不同寻常的姑娘确实是天上的仙女,而且正是王母娘娘的第六个女儿,人称六仙女。妹妹七仙女私自下界与董永成亲,受到严惩的悲剧尚未被人遗忘,六姐也耐不住天宫寂寞,步了妹妹的后尘,私自下凡寻求欢乐。在多次下界寻欢中,六仙女结识了一位名叫花郎的青年。花郎父母早逝,独自一人生活,以种花卖花为生,勉强维持生计。他不仅勤劳朴实,聪明能干,而且英俊潇洒,能歌善舞。镇上的姑娘们虽然都爱慕着花郎,但又都因为他实在过于贫穷,没有人肯嫁给他。天上的仙女不懂得嫌贫爱富,第一次见面,六仙女就喜欢上了花郎。小伙子尽管对六仙女的身世有些疑惑,但还是很快坠入了爱河。此后,六仙女更加频繁地出现在小镇上,帮花郎种花卖花,而且还像过去一样经常送给姑娘们各种饰品。六仙女下界寻欢的行动,虽然早已被和她一起生活的其他姐妹们察觉,但大家羡慕、追随尤还不及,并没有谁愿意去充当告密者。这一天,王母娘娘又在举办庆寿的蟠桃盛会。天宫中的文武官员都来为王母娘娘祝寿,可六仙女却忘记了母亲的生日,偏偏选在这个时候下界和花郎约会去了。蟠桃会开始后,王母发现六女儿不在现场,便派人向六仙女的姐妹们询问,姐妹都推说不知。王母娘娘曾有过七仙女私自下凡的教训,忙派人下界查巡。果然不出所料,下界寻欢的六仙女被前来查巡的天宫官员抓了个正着。王母得知后虽然十分气愤,但念及母女之情,并没有马上公开处罚,只是把六仙女叫到身边严厉训斥了一番:"你偷偷思凡下界,已经触犯天条,罪应处死。但姑念你初犯,暂且饶恕。若有再犯,定将不饶,必死无疑。"最初,六仙女在王母淫威下,强忍寂寞,不敢轻举妄动。可是,时间越久,她就越加无法摆脱对花郎的思念和牵挂。终于有一天,她不顾王母的警告,再次偷偷来到人间。自从六仙女突然离去之后,花郎每天郁郁寡欢,伤心落泪,花园里的草也黄了,花也落了。这一天,花郎正在垂泪之时,忽见六仙女从天而降,立即转悲为喜。他紧紧拉住姑娘的手道:"妹妹为何多日不来看我?"六仙女听罢,又悲又喜。她明白,该到说实话的时候了,便把自己的身世及如何违反天条、被王母娘娘警告不得再犯等事全部告知花郎。说完之后,两人相拥抱头痛哭。就在此时,突然雷声大作,天空乌云翻滚,一群天兵天将从天而降,不由分说便将六仙女捆绑起来。王母圣旨随即宣道:"六仙女不听劝阻,屡犯天条,罪不可赦。判其就地处死。"就在花郎的花园里,六仙女为了情,为了爱,也为了自由,付出了生命的代价。后来,在六仙女鲜血流过的地方,生长出许多美丽的花朵。这些形同火苗一样的鲜花开满了花郎的苗圃。镇上的人给这些花儿取名叫仙客来。因为六仙女喜欢在新年春节期间下凡人间,所以,仙客来花儿总是在每年春节时开始绽放,一直盛开到夏天。

讲完这个故事,秦归雁脸上泛出一种炽热的光,面颊正中透出两片红晕。烛光倒映在她瞳仁里,像小小的钻石一样熠熠生辉。

多么凄美的故事,多么神奇的花儿。故事虽然俗套,却足以让人真心感动。真的辨不出这个故事是秦归雁自己信口编的还是本来就有的。回到宿舍里,我把那一束花儿精心养在一只玻璃花瓶里。从那以后,我对这种名叫仙客来的花儿便是倍加喜爱了,每次经过花店门口,都要探头看上一眼有没有仙客来。

第三十章　实迷途其未远

我当时正处于人生最重要的岔道口,自己却浑然不知。曾经的爱情挫败差点让我忘记了像猛兽一样在身后追赶的年龄。我已经走进人生的第二十七个年头,却依旧在感情上一无所获。那颗心,我若说它一直静若死水显然自欺欺人,但真的长时间被一层冷冷的硬壳包裹着。说不清那层硬壳是什么,或许是曾经像天花一样发作的恋情伤口愈合后慢慢结成的痂。我不想去抠它,不想让它再流血,不想再体验那份疼痛。但总有一只无形的手老在触摸它,这个我时不时能感觉得到。事实上,我一直在暗暗等待着,等待它能从内而外再来一回炙热,如岩浆般炙热,彻底熔化掉那层该死的痂。这种热度不是能够说来就来的,一般意义上的朦胧爱恋恐怕酝酿不出那样的能量。因此,我实际上始终处于某种消极期待的状态中。此时,我只要轻易地朝某个方向迈出一步,今后的人生轨迹就将完全不同。选择常常是不经意中作出的,关键时候的选择又显得那么重要。

那一次山东之旅终于让后来的一切都改变了。那是一次在以后很长一段时间都让人忐忑不安的改变,以致几乎影响了我的生命。本来那并不是一次选择,但最终却成为了决定性的选择。偶然成为必然,命运常常就是这样。

那是一次由单位工会出面组织的员工集体疗休养。其实就是集体公费旅游,说成疗休养是为了让公费旅游听上去合情合理合法,不会受到任何组织的追究,这个大家都心知肚明。旅行的方向是山东,目的地有曲阜孔庙、泰山、烟台和蓬莱诸岛。正是盛夏,去海边是很多人向往的。单位里去的人很多,一部大巴士坐得满满的。上车的时候有点乱,等这个等那个,等来等去也发不了车。我上车早,在第一排抢了个座位。长途乘车还是坐在前面比较好,颠簸小,不容易晕车。辛小擎站在车门处手里拿着花名册数人头,数来数去似乎还缺一个人,有点儿恼火,一脸的汗水。她对着车厢大声地点名,被点到的人快乐地应着,好像中了奖一般。我身边的座位还空着,那通常应该是留给领队坐的。但我还是暗暗希望辛小擎能坐在这个位置上。刚才她点名点到我的时候,目光结结实实地扫过来,我就像被一根手指触动了一样。从上海到胶东半岛,那么远的路,身边坐着个美女,或许能使旅途变得不那么枯燥难熬。

　　这种想法又和我最初得知即将远行时的想法多么不同。那时我想:我要离开这座伪善和烦恼的城市,去寻找孤独和旷野的宁静了。你看,我早晨出去享受半里地外湿地的美景,总要碰上什么烦恼打破我的梦想,让我很不舒服地想起什么人,想起人的无情、背叛甚至恶毒。现在,还是人,满车的人。

　　辛小擎一直是我心目中的美女。我发现天下美女的几个天然特征都是几乎相同的——黑亮的大眼睛必不可少,皮肤一定洁白细嫩,高腿细腰,头颈颀长,胸部自然不能扁平。其他部分可以略有差异:鼻子尖挺自然秀巧,稍微塌一点有时候也显得可亲;樱桃小嘴肯定无可挑剔,阔嘴厚唇却也性感。至于眉毛和发型,大可全交给化妆师进行后天修饰。辛小擎的两片嘴唇和潘兼鄞不同(虽然在此时想起潘兼鄞心里有点不舒服,但还是禁不住作了比较)。潘兼鄞的嘴唇像两片沾了露水的玫瑰花瓣,而辛小擎的嘴唇是线条中规中矩、不薄不厚的那种,标准良家妇女的一张严谨的嘴巴。她头发也从未烫过,一条宽直的露着白嫩头皮的中分线,两边的发丝像挂面一样自然垂落,清新自然。如今这样本色的打扮少见,只有内心足够自信的美女才会这样素颜无华。最叫人羡爱的是她的细腰,男人的两只大手五指叉开应该能正好盈盈一握,堪称蜂腰、水蛇腰、杨柳细腰,一走动自然风姿绰约,引人遐想。我每回看见她的细腰,总会想到动画片《三打白骨精》中的白骨精,只有白骨精才有那样细得快要断掉的腰身。奇怪,她不是已经有了一个两岁大的女儿吗?一个生过孩子的女人,哪里来这么细的腰身?

辛小擎穿着一件长及脚面的浅麻色连衣裙。连衣裙有着水波一样的皱褶,人稍一走动,周身便水波一样荡漾着女人的韵味。

点名点完了,是少了一个,不是别人,正是领队的工会主席老雷。"老雷人呢?"辛小擎着急地问。老雷出现了,朝车上挥挥手说,他这次去不了了,上面突然通知他参加一个重要会议。老雷又说,这次领队的任务就交给党办主任辛小擎,大家在整个行程期间都要听从辛主任的安排。正如我愿,辛小擎果然坐在了我旁边的座位上。

都是一个单位里彼此熟悉的同事,可以想象,在刚刚开车的那一阵子会有多么吵闹。女人们纷纷展示着包里带了多少零食和化妆用品,男人们则提前相邀筹备晚间的牌局。辛小擎费力地扯着嗓门向大家宣布旅途注意事项,但是没有多少人在听。她重重地叹口气,宣布了最后一条纪律:为了便于管理和防止发生不必要的纠纷,请大家记住自己目前的座位,旅行期间不得更换位置。我幸福得一阵眩晕。

大概还有另一个男人也和我一样感到了幸福,他就是坐在过道另一边座位上的富骐言。富骐言是那种通常被人们称为小白脸的标准上海男人,一身奶油气,头发上总是抹着当时比较流行的"金刚钻"牌发蜡。他平时喜欢穿尖头皮鞋,鞋面擦得锃亮,几乎可以当镜子照脸。他对男人说话爱不时地翻个小白眼,对女人说话则不时地跷一下兰花小指。据说是复旦哲学系毕业,口才很好,平时话也多,身边若有女人则尤其失控,口水分泌量大得惊人。与他同排靠窗坐着的是驾驶班长老刁,一个体重近两百斤的大胖子。老刁一上车便抓紧时间睡觉,因为几个小时后他要和现任驾驶员换班开车。老刁的硕大块头把两个人的座位占去了七成空间,害得富骐言只能侧身而坐,两只腿也搁在过道上。不过他并没有觉得不高兴,因为这样他可以和过道另一边的辛小擎在距离上更加接近一些。起先他俩不停说话,没我什么事儿。但是渐渐地,辛小擎似乎有些累了,眼皮耷拉下一半,话也是半口半口地接。富骐言便把话头抛向我,以文学为诱饵起头,渐渐转向评论时事、讨论人生世界观和社会哲学等等越来越沉重的话题。

过了好久我才慢慢意识到,他如此充满热情地跟我说话,只是因为我们当中夹着辛小擎。他的话一多半是为了说给辛小擎听的(尽管她后来已经闭上眼睛),而且在不断说话的过程中,他得到了可以一刻不停地欣赏辛小擎安睡着的美丽面孔的机会。

他知道辛小擎其实并没有真的睡着,因为她对他的话有反应。他说起工会主席老雷,老雷是无锡人,普通话讲得一塌糊涂,浓重的无锡口音总是让听众误解,闹笑话。就这么个水平,老雷还爱给员工作报告。有一回,老雷在报告中说他特别尊重和关心老师,即使现在的党校多了一块教育培训中心的牌子,教学依然是中心工作,教师依然占据着主体地位。为了强调并从理论上论证这一点,他介绍他最近撰写的一篇论文,题目叫《教培中心姓教论》。由于发音严重走形,所有的在场听众都听成了《交配中心性交论》,引起满堂哄笑。富骐言说到这儿,注意到闭目养神的辛小擎面部肌肉有颤动的迹象,因此断定她一直在听。

如果她不在听,他会多么扫兴啊。可是她在听,在听,他确信了这一点。

"现在是改革开放的时代,我一直坚持这样一种观念:党校的教师首先必须思想解放,至少要有自己的独到观点。只会照本宣科的教师肯定不是好教师。思想阵地守纪律,理论探讨无禁区,这才是党校应有的健康学术氛围。"富骐言情绪激昂地说,"现实的情况很糟糕,左,没有问题,右了,就会受批评。稍许尖锐些的思想就被视为异端邪说,甚至被扣上'资产阶级自由化'的大帽子,这很可怕!党校的教师上课是那样地习惯于使用没有棱角的语言,谁说话有新意谁就要倒霉。这样死水一潭的学风,做党校教师能有什么前途,你说呢?"

这些话听上去有些激进,激进是有风险的,我没有接茬。何况我只是一个专业教师,连共产党员都不是,更不教授党校的课程。这种枯燥的、形而上的讨论,我并不想参与进去。他只管往下说——

"什么叫改革开放?按照我的理解,改革开放的核心含义就是两个字:'不管!'看看深圳特区是怎么发展起来的就知道了——给足政策,放手让他们自己搞。只要你政府不管,人家就活了,经济发展了;你政府一管,人家就死了,裹足不前。这说明什么?说明我们的政府管理能力是多么差,无能!所以要改革的是政府,要放开的是市场——邓小平同志早就意识到了这一点,而全党上下有这种意识的人太少。上海这些年为什么经济发展得那么慢?因为上海的地位太重要,中央不敢放手,对上海管得太死了。多可惜呀,上海失去了最好的黄金发展机遇,把机会全部拱手让给了广东。

"上回在市委党校组织的一个思想理论研讨会上,我就大胆谈了自己的看法:上海在追求经济发展的道路上如何从迷误走向清醒,说到底还在于一个'悟'字——从思想上对'改革开放'这四个字有正确的觉悟。穆老师,你是文人,应该熟悉陶渊明的作品,陶渊明在著名的《归去来兮辞》中是这样说的:'既自以心为形役,奚惆怅而独悲!悟已往之不谏,知来者之可追;实迷途其未远,觉今是而昨非。'……"

他忽然问我,这几句话有没有记错?我还没有蠢到强不知以为知,爽快地承认无知。这种坦率使这位哲学家很高兴。他继续道:

"……这是人类的永恒的难题的唯一的解,也正是上海这个城市目前处境的真实写照。难道我们还不像挨了古人一巴掌一样感到难为情吗?"

富骐言口若悬河侃侃而谈,同时目光炯炯地逼视着我,好像我要为他的话感到难为情似的。我不知道,他这种一心渴望着哗众取宠的讲话方式即使有所成功,又能在他的内心深处引起多少实实在在的快乐?好吧,反正他也没有明确要求我回答什么问题,我眼下倒是乐意做个好听众,这总比忍受旅途的烦闷要好。他显然也很高兴,碰上了两只耐心极好的耳朵。

"我们的教师,站在党校讲台上培训党员干部,本来应该靠思想站立起来,却个个头脑空洞无物,授课内容几乎一样地不知所云,什么都想说,末了等于什么也没说。他们搬照几条僵死的、教条的所谓马列理论,像初学者吹口风琴一样将一切都变了味儿。他们不知道马列主义首先是起源于关于人类生存的哲学思想,其基础是对人类虚无、死亡、无限之类的玄想和思索。照我看来,他们害怕犯政治错误是假,害怕被人取笑这种可恶的心理才是真。他们如果不懂哲学,甚至不知道黑格尔、苏格拉底、尼采、叔本华,又有几个人真的会懂得马列主义呢?一切正像劳伦斯曾经说过的那样:'现在只有一个阶级了——拜金主义者。男拜金主义者和女拜金主义者。唯一的区别,就是你得到了多少钱和你想要多少钱。'"受到我目光的鼓励,富骐言已经刹不住车,继续说下去:"可是我们的那些领导,那些官僚主义的大老爷们,他们看不见前进的道路上布满泥潭,不去改变听任积水形成泥潭的管理体制,却指责带着镜子走路的人不道德,因为是这些人的镜子照出了污泥。多么可笑!正是那些官僚们因为不会审视自己,才把人们的思想引入歧途。这就是世间虚伪浮华所产生的后果——所有人都习惯了恭维和笑脸,不知道那是谎言的真正舞台。真理都是严峻的,而我们却十分害怕严峻……"

他一路上一直不停地说话,人类思想的几乎所有重大主题都被他洋洋自得地谈及。他让我意识到一件事:原来在我的身边潜伏着如此众多的陌生人,他们貌似与我在同一片蓝天下,实则来自另一个永远无法交接的世界。我做了几十分钟的听众,到后来,他用的词我都懂,可是连成句子我就都不懂了。我不禁暗暗自问,占上风的究竟是言者的夸张呢,还是其可恶的表现欲?他所说的那些东西,听上去措辞高雅深奥,逻辑上虽然还没有到荒谬绝伦的地步,但虚假是确定无疑的。避免简单而合理的思想,是他滔滔不绝的技巧所在。他的唯一目的,应该是企图能够影响到某个听众心灵,激起某种崇拜。可惜,他一心想讨好的那个人眼睛始终没有睁开过一秒钟,所以他无法确定从她的眼中看到的是赞许还是冷淡。

辛小擎看上去真睡着了。她脸上笼罩着一层天使般的静谧之美。上天怀着慈悲之心创造了这样一个尤物,受到迷惑的男人的心肯定不止一颗。

这是一个有夫之妇,而且已经做了母亲——我警告自己,我可不会对她神魂颠倒。这种傻事就留给富骐言那样的花花公子吧。

富骐言还在说:"我们抱怨诗心湮没,斥责现实蝇营狗苟,被迫低下高傲的头颅,摘掉理想的冠冕,放弃对梦想的渴望……"我努力控制住面部表情不使其泄露了轻蔑。轻蔑会刺伤别人,礼节要求我必须隐藏这种轻蔑。如果不是发现我的目光忽然黯淡下去,他可能还会沿着这条路线继续那些让人站着都能睡着的高论。然而他是个聪明敏感的人,知道什么时候该转换话题。

"你真的不应该选择读工科,穆老师。"他亲切地看着我,"你应该是读文科的料。如果把你那优美的文笔用在政治论坛上,我们党校的学术氛围一定不会像现在这样死水一潭。对了,你那部小说我拜读过了,其中对爱情的感悟很有见地。"

"那并不是一本爱情小说。"我试图纠正他的说法,因为我害怕别人跟我讨论爱情。但还是很高兴,他终于能聊到我的小说上来。

"小说这东西,不同的人从中读到不同的内涵。"他显然在坚持按照他的思路延续下去。"我从中读到了爱情,这是我的解读方式。我认为爱情是非常凝重的话题。如果从政治学或者经济学的角度来看人的话,人非常渺小。人的爱情就是雄性和雌性之间的那点事儿——异性的相互吸引,本质上跟动物的欲望没有太大区别。所以,关键看你怎么写关于男人和女人的纠葛。男女关系不是一门学问,你在北大和清华都学不到这方面的知识。人类社会科学技术可以迅猛发展、进步神速,但是爱情几千年来就完全没有进步。爱情不能做到像自然科学那样前赴后继,任何两个人的相爱都只能从头开始:情感骚动、依恋不舍、如胶似漆……古代人和现代人的过程都是一样的,奥秘也不能从任何书本上学到。我们现在读《红楼梦》、《西厢记》,读到爱上一个人又必须和这个人分离,读出其中的惆怅和爱的痛苦,依旧会情不自禁流泪,仿佛我们感同身受。所以说,政治小说、科学小说、经济小说会随着时间的流逝而消失,但爱情小说永远不会……"

本来看似睡着的辛小擎,忽然睁开了惺忪的眼睛。她轻声对我说:"跟你换个座位好吗?"我点点头。她一脸疲乏地换到了靠窗的那个位置。

富骐言大概总算是意识到他那些高谈阔论并没有想象中那样受到欢迎,只怕已经遭人厌烦了。他识相地耸耸肩,双手在脸部上下抹了两把,也把眼睛眯上了。

长途旅行也没有那么可怕,只要你能睡得着。如果睡不着是因为你身边坐了让你心猿意马的异性,那十多个小时的漫长颠簸则又变成了一种甜蜜。车到曲阜时,我情绪还很饱满,主动帮着辛小擎维持队伍秩序,安排住宿,分派客房钥匙。我这样做当然打了点小算盘,因为我很想知道辛小擎住在哪个房间,尽管这并没有任何实际意义,当晚大家都很早就睡下了。

第二天游孔庙的时候我对辛小擎说,人真多啊!我感觉中国就两个旅游景点,一个是人山,一个是人海。辛小擎说,就冲这句话儿,你就给我当个旅行团副团长吧,一路上帮衬着我。我说我很乐意。

约好重新集合的时间,几十号人很快分散在人山人海里了。我一直跟在辛小擎身边,后来干脆把她背的照相机控制在手中,这是能够做到形影不离的最好办法。她在拍照片的时候,喜欢向上伸出双手,好像要伸出去抓住蓝天。她的双手那么白皙,身形看上去不但光艳照人,而且青春无比。她好像也不喜欢跟在导游后面,总是避开拥挤的人群,走在景点边缘,这一点跟我的习惯不谋而合。这样真好,我们可以边走边轻声聊天。她用一种温柔的口吻跟我说话。她告诉我,其实她很喜欢旅游,但不是这样大呼隆地一帮子人,最好是一个人在外面走。

我说，从这点看，你是一个爱做梦的人。

她说，是啊，有时候只听见脑子里"嗒"的一声，好像某个搭扣突然脱落一般，整个身躯一哆嗦，失落感弥漫周身，就想出去走走了。只要走出去就好，至于走到哪里，走多远，自己根本都不知道，也不愿意想。天空，道路，树木，能亲近它们，心里就踏实。虽然心里也明白，有些东西是逃不开的，有些东西也回不来。但在外面走上一圈之后，总能减轻一些感伤和无奈，卸去一些背负。

我说，还真是的，出门行走犹如给灵魂放牧，有时候像是一种蛊惑，有时又像是一种救赎。仿佛只要上路了，就能找到将心灵嵌入世界的方式，让涣散的心智得到将息。

听我这么一说，她半天不吱声。倒让我暗暗自责了一阵——怎么我也学会了富骐言的说话腔调。卖弄的语气，多么令人讨厌的腔调啊！

过了一会儿，她问我，平时是不是很喜欢看书啊？这种问题，在当年的文艺青年中间经常被问起。我回答说，阅读，是我永远无法得到满足的一项嗜好。她又问我，都看哪些书？小说吗？散文吗？诗歌吗？我说，我对于任何文学书都没有区别对待，而是哪本在手就读哪本，仿佛命中注定一般。前些年似乎偏爱诗歌，近些年，现实迫使我更加关注尘世琐事而非心灵的痛苦，我开始对那些催人泪下的小说更感兴趣。我等着她问我最喜欢谁的作品，但是她又不再继续往下问。

我边走边偷偷地观察着辛小擎。她行走随意，身形飘逸。这就是完美的风度的效果——当风度乃本性天成的时候，尤其是有风度的人根本不在意什么风度不风度的时候，就会有这种效果。我没话找话，问她：你喜欢摄影吗？

她说，谈不上喜欢不喜欢，就是爱听金属快门的声音。"啪"，清脆有力，有一种穿透空气的快感。还有，爱看取景框勾勒出来的画面，把周遭的喧嚣过滤了，透出一种动人心魄的宁静。这种宁静，有时候真让人痴迷。

我说，是，我们躲开众人出来，就是为着寻找这样的宁静。就像小时候,我们总幻想着有一天能远远地离开家,离开父母,逃到一个很远很远的地方。

她轻叹一口气。怎么那么像啊——她说,我逃得比你更远,从陕西一直逃到上海。我老家在铜川呢!

铜川啊,我说,那个地方我知道,古代出过一位叫孙思邈的神医吧?

她惊讶地望着我。你也知道孙思邈啊?我父亲最崇拜他了——我父亲是当地中医院的院长,他一直希望我长大能学医。可我为了能逃出来,偏偏不肯学医。结果就学了能源专业,跑到举目无亲的上海来了。

听见她又在轻轻叹息:现在想想真有些后悔!

我很想问她:你有什么好后悔的呢?

但是我没有问。她嫁给了一个据说很有钱的老板,又有一个可爱的两岁女儿,还在单位里当中层干部,应该是什么都有了,很幸福了。幸福是多么难得!什么是幸福?"赶上琼斯家,就是幸福!"美国人就是这么说的。我什么时候才能够赶上她?但是我没有问。如果问了,好像要故意挖人隐私一样,不厚道。

很多人重新聚拢过来。大家上车,叽叽喳喳。车向泰山开去。

第三天的中午时分,我们直奔大海,登上了一个名叫养马岛的岛屿。

第三十一章　从内而外再来一回炙热

蓝天,白云,大海,帆影,简直是城市人一直幻想着的天堂。大家都说,什么养马岛,干脆叫成响马岛得了。这岛上那么荒凉,到处是嶙峋怪石、悬崖峭壁,很适合响马盘踞。那迷人的海边真没有叫人失望,沙细水清,没有谁见了不动心。很快,几乎所有人都换上花花绿绿的泳衣下了海。海水稍带几分凉意,可是谁在乎呢,毕竟艳阳当头,泡在水里总比在烈日下暴晒要好。整整一个下午,我们围绕着那条弯弯曲曲的海岸线,从这头游到那头,又从那头游到这头。不会游泳的人就在海水里浸泡着,从礁石上抠些稀奇古怪的东西,牡蛎和海螺之类。听见有谁感叹说,上海那地方其实并没有海呀,这儿才叫海!

辛小擎所穿的泳衣尽管偏于保守,但是火辣的身材还是显得超级性感。有一个人的眼睛因此直了,目光像鬼魅附身一样不肯离开辛小擎三步远,鼻涕虫一样黏着。这让我很恼火,可是也很无奈。辛小擎是个自由的大活人,又不是我能承包的。何况,她对他还很热情呢,主动邀他跟着。我知道她的心思,老是我和她两个人形影不离二人转,别人该说闲话了。前两天,查夫人的眼睛老在不时地朝我们这边看,那脸上的鄙夷表情已经很明显,肚子里不知道骂了多少声"骚货"。且罢,就让他跟着打个掩护呗。

不用猜也知道,我说的是富骐言。

富骐言一到景点就换了一身奇形怪状的花衣服,暴露出爱赶时髦的花花公子本性。他似乎天生善于与女子暧昧,一路上周转灵活,出手大方,不失时机地炫耀着左右逢源的能力。由于没有人爱听他的高深说教,他改了口味,说些趣事。他在车上介绍给男人们一个藏私房钱的绝招,说是夏天要把私房钱藏在老婆冬天的衣兜里,冬天则把私房钱藏在老婆夏天的衣兜里。关键在于顺便放个纸条,上面写着:老婆,给你一个惊喜。这样,即便被老婆发现了也啥事没有。大家听了都笑,连女人们也跟着笑。我也笑了,对他的印象稍微好了一点儿。有个女人说,我要把你刚才说的话告诉你老婆!查夫人轻蔑地插话说,你也用不着告诉他老婆,富骐言在家里根本没有勇气藏私房钱。他也就是敢在外边吹吹牛,老婆一到马上露马脚。富骐言悻悻然辩解道,本来嘛,妻贤夫祸少!

眼下,他像个得到女王宠幸的面首,自恋地展示着一身白肉,话多到片刻不停,更显得浮躁、虚荣和无力。

昨天,在烟台的大街上,他就试图一直跟着我和辛小擎同行。当时我略施小计,临时叫了一部人力观光三轮车把辛小擎拽上去,总算将他甩脱了。我坐在三轮车上大概说了句"这家伙真讨厌"之类的话,惹得辛小擎一脸不悦。

她说,你干嘛这么讨厌人家,人家对你一直蛮尊敬的嘛。

我说,谁要他来尊敬,一个只会天花乱坠耍嘴皮子的登徒子。

辛小擎说,我倒是觉得富骐言算个天才。又说,天才的特征之一,就是不让自己的思想踏上凡夫俗子走过的老路——这一点上,他好像比你强。

我暗生闷气,不吭声儿。

辛小擎讥讽道,看不出来,你这人还小心眼儿。

我说,不是我小心眼儿,是你看走了眼——富骐言这种人根本称不上什么天才,连大才都算不上。他也就是多看了几本哲学书,就整天不失时机到处显摆,还老埋怨自己怀才不遇。

辛小擎说,正因为人家有才,才会觉得怀才不遇嘛。

我说,所谓时势造英雄,英雄又造时势,有大才的人是不必等着别人来"遇"的,有才者必自会寻找机遇、利用机遇;小才为人所用,而且专等着别人用,无人用,就怨"不遇"。大才是参天大树,王安石写过一首叫《古松》的诗,是这么说的:"森森直干百余寻,高入青冥不附林……岂因粪壤栽培力,自得乾坤造化心。"专等着别人栽培浇灌的,那是什么呀?菜蔬啊,花朵啊,还是酸果子啊?

辛小擎直翻白眼儿,噎住一般。半天才说,你这人够损的,我不跟你说了。

富骐言今天再这么跟着,我就不能说什么了。何况辛小擎要故意冷落我,一直主动跟他找话说。我在一旁倒成了听众,好像多余的人是我。富骐言讲了好多单位里不上台面的事,都是我平时不知道也不关心的,现在听了真吓一跳——怎么满世界大量的丑陋:欺诈、利用、算计、幸灾乐祸、落井下石、钩心斗角!他们整天都在这些丑陋的人际关系中挣扎吗?这些年我都在干什么呢?醉心于幻想中内心经历的激情?爱情、友情、亲情、文学、音乐……人一生中能够遇见的美,他们都视而不见吗?

大概是察觉到旁边还有个作家,富骐言也觉得老说那些飞短流长之事有点庸俗,他改谈小说。举了很多例子,证明他看过不少文学名著,中外古今都有。

他侧过脸来问我,《好逑传》你一定看过吧?我说没有。

心里真恼火,为什么你看过的书我就一定要看过?

他表面遗憾内心得意,说,书中写一男一女行走在江湖,夜宿一家旅店,睡同一张床,但却相谈甚好而绝无逾礼,天亮后揖别上路。"多么了不起的高度文明啊,也只有古老的东方,才会存在这样极为优雅克制的行为!"他大声感叹着。

我不知道他为什么突然要说这个故事。是标榜自己也是那种文明之人,还是影射我心怀暗胎有非分之想?我才没有心怀暗胎呢!我心里竭力否认着,有非分之想的大概是你吧!但是,他随后发出的感叹,一如惯常风格,是为了证明他比别人有着更高高度的思想,并没有别的意思——

"我们现在处于一个野蛮的物质主义时代,远不如古人,对自己文明中最好的东西越发陌生了。可悲,可叹,对外开放的结果,是我们将外来商业文化中最坏的一部分与我们传统文化中最坏的一些元素相结合,出现了更坏的结果。没有比这更可悲的境况了!"

那一天,大家在海水里泡到很晚,太阳都快沉没到地平线以下了,才纷纷上岸回旅馆。晚餐吃海鲜,螃蟹、虾姑、牡蛎、扇贝以及各色海鱼,品种多得桌子摆不下。大家都表扬辛主任大气,肯放血让众人饱口福,若是工会主席老雷出来带队,绝不可能有这样丰盛的晚宴。富骐言因为得宠一下午,骨头一下子轻了许多,吵吵着要上酒。辛小擎说酒是必须的,吃海鲜要靠白酒杀菌消毒,免得吃坏肚子。她关照要少喝,谁也别喝醉。富骐言充分暴露出酒徒本性,一人霸住一只酒瓶不放,口才很快转移到酒文化上。

"你们知道世界上最珍贵的液体是什么?"他问,然后自问自答:"是酒。为什么是酒呢?因为只有酒才能使人忘记一些不该去想的事,比如——无法挽回的爱情。"他脸很快红得似猴子屁股,酒杯拿在手里变成探照灯,不停转着圈照人。"你们都失恋过没有?失恋,就是典型的不堪回首之事。而人的最大悲哀,就是总要去想一些不该去想的事。怎么才能做到停止去想呢?只有两种办法……"他停下来看大家,大家也都看着他,等他继续。"一种是死;另一种就是喝酒。死,只能来一次,绝不可能来第二次。珍贵吧,没有比死更珍贵的了。能代替你去死的,那就是酒了。所以说……"谠言高论尚未结束,"哇"地吐了一地,满屋子酸臭味儿。

有人惊慌,有人笑。惊慌的人说,好一个活宝,每回出来总是惹麻烦。笑的人说,看样子富骐言最近又失恋了!

谁也没有想到,真正的麻烦还在后头:从半夜开始,不断有人开始腹泻,叫嚷肚子疼。情况越来越严重,十分令人不安,已经有不下二十人出现相同的痛苦症状,富骐言和另外两个人还发起低热。查夫人捂着肚子、脸色苍白地连问:"这可怎么好,会不会是食物中毒?"这说明了一件事:过长时间的低温海水浸泡和过量贪吃海鲜,终于酿出悲剧性后果——这些人必须马上被送往医院治疗。

十分幸运的是,这个看似貌不起眼的小岛上竟然还有一家卫生院。忙打电话过去联系,说是规模不大,但好歹也有十来张空床位，安顿下这些病人打针挂水应该不成问题。只是卫生院所在的镇上离我们住的旅馆有点远，又是深夜时分，把这些病人像伤兵一样护送过去颇费了些周折。到一切安顿下来，且确信每一个病人都不再有危险，已经接近凌晨四点。其他前来护送的人都陆续回去了，最后剩下辛小擎和我，又累又困，连个坐的地方都没有，眼皮重得要用牙签撑，也只有先回旅馆去。

岛上一片黑暗，连个手电也没有，只能凭感觉摸索着往回走。我又惊又喜地发现，无尽的黑夜笼罩着神秘的大海，一切都在沉睡，这世界只剩下我和辛小擎两个人。海上总有些风，凉凉地扑在脸上，带着浓重的鱼腥味。漫天繁星，银河像一条闪光石子铺就的大路，北斗星像大大的问号，牵牛织女星也清晰可见。这样的星空有好些年没有见过了，不由不让人想起童年，想起乡下，想起外婆在星空下讲过的那些故事。岛上的路崎岖坎坷，石头不停地磕脚，不免走得跌跌撞撞。辛小擎起先一只手箍着我的手腕，后来变成两只手箍着我胳膊。我们走得很慢，生怕一不留神摔着，天知道脑袋会磕在哪块尖石头上。我感觉有些兴奋，并不指望能马上就走回住处，倒是暗暗期盼这一路能走得久些。脑海里又回想起当年在贵州，我和潘蒹鄄也是这样手拽着手，在山里摸黑前行。那心情竟和现在十分相像。男人真是充满欲望的动物，不得不承认，我现在内心就充满欲望，老想着搂住辛小擎的腰身。我暗骂自己无耻。她那柔软的细腰紧挨着我身体，那么近，趁她站立不稳的时候，我想搂一下应该也顺乎自然。只怕是搂了更要心跳得控制不住。我又想搂又不敢，思想斗争得激烈。

辛小擎说话了："多美丽的星空啊！"

我说："是啊，就像童话电影里的场景，漫天绽放着绚丽的花朵。那个小王子就是这么说的：'如果你爱上一朵花儿，所有的繁星都是花朵。'说得多好！"

"你们文人就是浪漫，总把一切说得跟诗一样。"她说。

我心里说："真正的浪漫就是现在呀，海浪、小岛、黑夜、星空、美人和我。"

我跟她说起几个月前的一件事。

有一次，党校从外面请来一位培训师，对我们的内部老师开展师资能力提升培训，辛小擎和我都是那个培训班的学员。培训师布置了一项练习：让我们这些学员每个人写一张"欣赏卡"，现场赠送给自己心目中最欣赏的人。我写的那张卡片，当时送给了谁已经忘记了，应该是一位德高望重的年长老教授吧。想不到，我居然也当场收到这样一张卡片，还是辛小擎写给我的。

> 穆老师，我敬重您并且欣赏您。我最欣赏的是您天生的幽默气质，懂得调侃，这是男人成熟的重要标志之一。不仅调侃世界也自我调侃。我敬重您这样的态度。不固执，不凡事刨根问底，不会得理不让人，不会企图改变什么，更不以自己认定的道德标准或其他标准要求别人。善于理解最奇怪的事物，学会欣赏与自己距离最远的艺术或生活风格——这才是您的大宽容和大智慧。
>
> 辛小擎

"当时真吓了我一跳，又十分感动。那张卡片我后来一直都舍不得丢掉，现在还保存着呢。"我不甘心地问她："你当时是跟我开玩笑的吧？"

"如果你认为那是玩笑，就当作玩笑好了。"她说，"反正，我知道自己是认真的。"黑夜中看不见她的表情，但是声音听上去充满了真诚。

忽然发现海水已经匍匐在我们脚下，前方有一片闪着暗光的水波——回去的道路已经变成一片泽国。

"涨潮了。"我说，"海水好像把前面的洼地完全淹没了。"

"那怎么办？"她声音有些颤抖，听上去带几分惊慌，两只手把我胳臂箍得更紧，"还能过得去吗？"

"试试呗。"我将脚伸进水里，"海水有点凉……要不，我背着你过去？"

"嗯。"她从后面伸出双手环住我的脖子,身体贴住我后背。

她的胸贴着我。两只球体一样的胸,从一开始压着我,就让我战栗。

"不知道水会有多深。"我两手兜住她大腿,驮着她试着往前走两步,心里很没底。

"这样不行,我的腿很快会浸在水里的。"她说,"你还是抱着我过去吧。我可不想也像那些人一样受凉拉肚子。"

这个主意倒不错,但是真有点累人。我抱着她往前走,水很快慢过膝盖、小腿,到达大腿处。她双手紧紧地吊着我头颈。我双手尽力将她身体向上托举。海水越来越深,几乎到我腰部。她惊叫起来,脸颊紧贴我脸,呼吸烫着了我的耳根。一步,一步,一步……最深处似乎过去了,水位又回到胯下。她此刻一定紧闭着双眼,因为我听见她不断发出短促的呻吟,丝毫没有减轻。水面太宽,路太长,她身体太沉了,我太累了……重新上岸后,我脚下被一块石头绊了一下,已经支撑不住,向前倒在地上。我真是太没用了,竟然压在了她身上。可我又是多么幸福,竟然压在了她身上。

我这两天还一直在警告自己,不要对这个有夫之妇心存非分之想。可我现在又算什么?呼吸如此急促,心跳如此厉害,双臂紧搂着她,丝毫没有要松开的意思!我不知道此时换作其他男人,他们的表现会如何,会怎么做。是不是也像我一样卑鄙,心生邪念?特别是我的唇已经触到了她的唇,那么柔软,那么烫,那么粘人。

她"哟"一声,显然对我的举动吃了一惊。声音从喉咙深处发出,含糊不清。我以为她要责备我,说冒犯了她,或者责备她自己气愤来得不够快。她双手分明在用力,但不是将我推开,相反,是将我的头钩得更紧。我突然觉得丹田深处让火燎了一下,心中不由呻吟一声。她那样子是要把我吃了,整个儿吞咽下去。眩晕,天旋地转。黑暗成为最好的掩护,我们彼此看不见,也不需要看见。我们只要感觉。热血沸腾的感觉。发烫的感觉。燃烧的感觉。她双手向下摸索……我的裤子湿淋淋的,被扔到了一边。她双手又向上摸索,撕扯着我的T血衫,也被扔到一边。然后是她的衣服,内衣,一切……"哦,哦,"我听见她发出梦呓般的耳语,"就是这样,就是这样……"野合在很短时间内迅速完成。我们都疯了一样,大声喘息,牲口一样喘息。

空气变得如此稀薄,不够呼吸之用。海风变得如此潮湿,吹不干身上的汗水。天地之间,听见有无数精灵在呐喊,嘶嘶的声音都被埋葬在刷刷的海浪声中。隐隐有一丝珍珠色的白光在东方天际初现,空气里仿佛回荡着某种庄严的旋律。

"就是这样……唉,很久都没有这样的感觉了。"听见她轻轻叹息着,把衣服一件一件穿上。

"什么感觉?"明知问得太傻,还是这样问了。我都三四年没有碰过女人了,简直不知道这时候该说些什么。

"要死的感觉。"她说,"我原以为我的生活已经死了,但这种要死的感觉又让我活了。"

"所以……你没有后悔吧?"我还是有些担忧。

"这只是爱情。"她声音听上去有几分快活。"你像冬天的燕子一样神秘地出现在我面前,激起了我难以抵抗的好奇心。"

过一会儿,她像若有所思,问:"你不会瞧不起我吧?"

"不,不。"我答道。

猛地,我用刚才把我俩结合在一起的那种热切再次将她紧紧拥抱在怀里。"或许有些意外,但我觉得这很好。很好。你呢?"

她把头扭向一边,听语气有点口不对心:"你说很好就好。"

我转过她的头来,温柔地热吻她。她有些敷衍,终于躲闪开,头颈僵直着,双眼紧闭。

然后,我们不再说话,默默动身赶路,一前一后。她离开我有几步远。

记得塞万提斯说过:"爱与死有点相同,不论帝王的高堂大殿,或牧人的茅屋草堂,它都闯进去。"人这一生,有多少爱曾经光顾,又有多少爱可以长久驻足。我这是在爱吗?更像是在黑夜中偷吃禁果,吃完后提心吊胆。天明之后,谁知道这爱还剩下多少?即便是爱,这又是完全没有未来的爱!

说实话,我心里矛盾着,不知道是否应该为这件事后悔。也许,主要是为她后悔。我并没有过失感或者罪恶感,也没有什么好担心的。我似乎做了什么不该做的事,可是没有受害者。只是想到她,感觉就有些不应该,仿佛很快就会看见有很多只手在她背后指指戳戳。她本来有多么好的名声,却可能因为我而毁了。这个社会很容易恶毒地毁掉一个好人。

一觉睡醒之后,我睁开眼睛,马上想到要见着那个刚刚爱过的人,要从她脸上证实这爱是真的,不是凭空虚幻。辛小擎,要是她能够和我在一起,除了我俩之外,这岛上再没有其他人,那该多好啊!情欲重新涌起,我能感觉到小鸟的兴奋。时间已近中午,在卫生院挂水打针的人陆续回来了不少,脸上露着倦怠之色。大家聚在饭厅里等着开午饭。不少人嚷嚷着追查昨晚食物中毒的原因,猜测是哪道菜或是哪几味海鲜出了问题,定要饭店老板给出说法。辛小擎忙着问候这个关心那个,看见我,只微微一点头,眼神空洞。但是,这个女人即便那样看我一眼也能让我手足无措!我越想讨人喜欢,我就越笨拙。我内心翻腾得像个十六岁的孩子,紧张得几次把筷子掉在地上。

"是的,不可能再闭目不见了。"仿佛有个人在心里对我说,"和前两天的意味深长不同,她现在看你的眼神多么古怪!那双美丽黑亮的大眼睛最无拘束地睁大着凝视你,简直在召唤你走进她的心里。"我像个白痴一样,满脑子尽是幻觉,并且,已经能够想象自己的目光和老虎一般。

"反正她很漂亮!"我这样自语着,差点儿让这话被别人听见。我的智慧就此止步。这个奇女子,命运之神刚刚让她做了我全部命运的绝对主宰,而我却根本不理解她的脾性。

但是我很快察觉到她的脸冷淡无表情。她不看我,对我的存在甚至浑然不觉。我为此受到最强烈的不安煎熬。就在天亮之前,我明明受到那样强烈的胜利感鼓舞,现在却相距千里之遥了?

"是不是她突然道德觉醒,后悔了?"我问自己。

"嘿,还有多少人在卫生院里没有回来?"我问她,努力想让她注意我,跟我说话。"我们下午还要再去探望他们吗?"

然而许多事情是越想努力做好效果越糟,就像努力入睡或想在大庭广众之下举止自然一样,爱上一个人的时候尤其如此。我在说完话后脸烫得厉害,但愿没有人注意到我脸突然红了。

"富骐言和查夫人他们几个还留在卫生院里观察。"她眼睛还是不肯看我,宁可瞧着别处。"等一下我再过去看看。你就不要过去了,留在这里,其他人也需要有人照应。但愿不要再出什么变故才好。"

"好吧。"我叹口气,无可奈何应承下来,并且眼巴巴地看着她匆匆扒了几口饭走了。我脸上的表情应该和请求牙科医生给我做手术时差不多。

下午,天气闷热,时光难熬。没有人再提下海的事,但也无处可去,大家纷纷回到房间里补找昨晚缺失了的睡眠。我看到有几个人在玩牌,待在一边看,但是满腹心事,看得心不在焉。那四个打麻将的人,仿佛小鬼附身,完全不能控制自己的运气,反而全被运气控制——有人手气出奇地好,老是摸到好牌,不停在和牌;有人则像个倒霉蛋,尽摸烂牌,打出去总是出冲。似乎一坐下来,这种局面早就定好,怎么努力也改变不了。四个人都是小鬼替身,玩一种冥冥之中输赢既定的游戏。不知道运气这东西如何用唯物主义解释,好像存在着某种目前科学所未能探索到的"场","场"控制了一切。也可能存在着科学家们所说的某种"暗物质"——看不见的、不发光的东西。"暗物质"不但力量强大,而且魔术般主宰了"明物质"的命运。由此联想到人生,一个人一生是否也早被某种"场"或"暗物质"控制,该发生的迟早要发生,所有努力都是白费?如果真是那样,也未免太可怕了——心里边想着事在人为,偏偏最终命由天定。我们所有的奋斗还有什么意义?谁还能说他将主宰自己的命运?难道说,我们注定只是被命运牵着鼻子走的小鬼替身,在消极被动的生命游戏中无聊地空耗自己一生?

就像爱。幻想中的爱情寓言总是成不了现实,一头撞上的爱情又带来莫名其妙的痛苦。我曾是那么乐观地期待着未来的浩荡时光，以为自会有一份属于我的爱情循规蹈矩而来，既投入，又刺激，能让我倍加珍惜。可是，可是，今天我遭遇了什么呀？我和辛小擎，这样突如其来的一场爱情，就像一场毫无征兆的车祸，从一开始就带着死亡的气息。简直叫人坐立不安。

岛上刮起大风。天空布满大块的云，在热风中移动，隐隐有低沉的隆隆雷声从远处滚动而来，大海也开始大声喧哗。显然有一场极大的暴风雨正在酝酿之中。我向海边走去，站在礁石上感受大自然洗礼。雨迟迟不下，雷声轰鸣不绝于耳，像在考验人的神经。有一只巨鸟从头顶上那些大块的山岩中飞出，迎着强风飞了一阵，在画出一个巨大的圆圈之后又失踪了。我眼睛不由自主地跟随这只巨禽，它动作浑厚有力，令我羡慕。我羡慕这种力量，也羡慕它的孤独。我围着一片礁石绕过来走过去，忘记了时间，也许黄昏已然降临。我像世界末日的圣徒，向天空张开双臂，满嘴咿咿呀呀叫喊着开始狂奔。

我必须用肉体疲劳来扼杀我的心灵，我坚持要用疲劳来毁掉我的亢奋情绪。以我当时的极低智商，或者说，我还没有那样的天才，看不出我在海边疯狂地奔跑，跳越嶙峋的怪石或在陡壁间攀爬，是把我的命运交给偶然支配，受影响的只是我自己，对别人的感情或精神毫无触动。因为除了大海，没有第二个人看到我。这差不多是我所能干出的最大的蠢事了。

狂风终于夹杂着豆粒般大的雨点劈头盖脸扑面而来，四周一片哗哗声。不知道辛小擎他们回来了没有，也许正在往回赶的路上。我是该回旅馆还是去小镇上的卫生院？我急切地渴望着看见她。随着时间一点点过去，一种要命的痛苦不断地加深着。

"不可能承受得更多了，我必须拿出一个男子汉的勇气，尽快去找她。"我对自己说。一个跌进痛苦深渊里的人，除了勇气，再无别的。

去找辛小擎。我直奔小镇方向而去，不给自己后悔的机会。然而我又担心，我这样冒冒失失，莽莽撞撞，她的目光里会不会流露出最可怕的鄙视？

其实他们早就回到了旅馆，我到镇上白跑了一趟。当我像个水鬼一样出现在众人面前时,辛小擎正在和其他人一起听富骐言谈笑风生。他们见到我,第一反应是哈哈大笑。辛小擎笑得和别人并没有什么两样。她甚至一只手搭在富骐言的肩上。看样子,在卫生院待着的这半天,富骐言不但完全养足了精神,还让辛小擎对他增添了不少好感。而我,一个人待在海边,真是傻透了。

吃完晚饭,天色渐渐转暗,雨也停了。我围着旅馆周围瞎溜达,信手在路边采下一朵娇嫩、洁白的山茶花拿在手上,不时朝辛小擎的房间窗口看过去,希望她能注意到我。好像上天听见了我的祈求,很快就让她看见了我,并且悄悄朝我做了个手势,指指远方的某个方向。我心里一阵狂喜,向她挥舞手中的山茶花,站到更远的暗处等她。看见她从旅馆门口出来了,走得很慢。随后又有一个人跟出来,是富骐言。这让我真恼火。他们站在旅馆门口说话,说了好长时间。两个人复又走回旅馆。我真担心她还会不会出来。大约几分钟之后,辛小擎一个人再次出现,朝我这个方向走过来,长裙在傍晚的海风中轻轻飘动。我边倒退着走,边死死地盯着她,生怕她再回头。还好,还好,她离我越来越近。她靠近我,倒在我怀里。我们拥吻。

依偎着坐在海边,辛小擎的悄声细语跟沉沉暮色混在一起,从暮色里涌出又漂浮在暮色里。这又是多么甜蜜啊!我被幸福的感觉弄得神魂颠倒,对于我这种人,此类回忆会跟随我很多年的。离开上海之前,即使在最狂妄的遐想中也未曾料到自己能交上这等好运。这次幽会余下的部分已经和今天凌晨我们相爱的最初记忆融为一体了。她时不时抚摸我,亲我。她激动的时间要比我持久很多。然后,我们坐着,继续说话。

"你不会后悔吧?"我小心翼翼地问。

她摇摇头。"不会,我好像等这一天等了好久。"

这句话给我的处境涂上了一重美丽的色彩,使我内心平静了一些。

"等我吗?"我问。

"说不清楚。不能确定是不是你。"

"可是你……早就已经结婚了。"

"是啊……太早了。"她叹着气,"你不是差一点儿也早就结婚了?潘蒹鄄给你生的儿子都快四岁了吧?"

我倒抽一口冷气。"你……是从哪里听说的?"

"这种事情,总会有人传到耳朵里的。怎么,你还以为死不承认,全世界的人就会当着机密保守,没有人再提起了?"

"反正……反正跟我没有关系。"我嘴角流露出一丝苦笑。

我说话的腔调像个无赖。她拍拍我脑袋,像拍一个不懂事的孩子。

"有的人,注定就是和你有关的。这是摆脱不了的命运。"她又在叹息,她已经不止一次在叹息。"你应该觉得幸运,至少你还有 N 次重新选择爱情和婚姻的机会。不像我。"

"你……对现在的婚姻后悔了?"

"后悔?……说不上。"她犹豫着,似乎考虑要不要正面回答我。"你没有结过婚,不懂得婚姻是怎么回事儿。一年,两年,三年,四年……还有无数的三年和四年,说不上是什么感觉,一点点失望,找不回希望,又无能为力。总之,一切都和你原先预想的不一样。生活的色彩一天天灰下去,暗下去……但不到彻底黑暗的那一天,你便不会有勇气从中跳出来。婚姻就是这么一回事了。"

"我不明白。"我心里暗暗生出些窃喜,好卑鄙。"我想听你给我说说,你的丈夫,或者你的家。"

"家,什么是家?也就是两个人暂时落脚的地方。渴望安定时,我们进入了一个家。渴望自由时,我们又想逃离一个家。一个是渴望安定的人,遇上另一个渴望自由的人。外面的世界固然荒凉,但是这个家可能更寒冷。家,一不小心就变成了一个没有温暖、只有让你觉得更加孤独的地方。一个人固然寂寞,两个人孤灯下无言相对却会更显得寂寞。要说我丈夫……也没有什么好说。或许,换一个人,日子久了,那感觉也一样吧。"她迟疑着说,"……他从外面忙完生意回来,进门招呼一声,打开电视机,脱下鞋子后漫不经心地坐下来,端上我给他泡的茶,喝茶。随后就是沉默。只要女儿被爷爷奶奶带走了,不在家,家里就是沉默。他站在窗前,我会责怪他挡住了光线。我眼里看到的不是他,而是被他挡住了的那些进不来的光线。你都不知道怎么会变成这样,也不知道这样已经多久了。你曾经以为这是不可能的,不可能发生在他身上,也不可能发生在你身上。但是现在的生活,就像生了锈一般,让你甚至都意识不到时间的流逝,真是叫人害怕!我们的大多数生活里没有表情,而且都已经默认了。我们不需要表达,从心理上就不会表达。正像我们面对着镜子,不需要对自己演戏。表情是一种尴尬的东西,让人腻烦。表情是给外人看的,是对虚假的投降,是一种装腔作势,需要气力,无谓地消耗生活的真气。一旦习惯了没有表情,有表情就让人不适应,甚至让人惊骇。在结婚多年之后,我豁然看清了婚姻的本来面目:这是一个幸福的陷阱,人们渴望也好,厌恶也罢,总之,一旦跳进去就无法逃脱。有一点人们更应该清楚:易得的幸福无法持久,这点体会更多是源于教训而不是经验。"

"听你这样说,好像你们之间……不再有爱情了?"

"说不好。我只是在怀疑,没有确认。事实上,是既有爱又无爱。也许还有一点爱,但就是这日复一日的场景让你不舒服,不确定。"她闭上眼睛,像一个人在喃喃自语,"只有一点可以确定,柔情还在。据说这就是爱消逝后的感觉。爱和柔情,谁又能区别两者之间的不同?柔情,应该意味着没有欲望。"

"你没有和他讨论过吗——我是说,你们可以关上灯,点上蜡烛,坐在烛光下好好谈谈。许多迷失了的东西,还可以重新找回来。"

"没有必要……至少我觉得没有必要跟他说。就当是自己的事,自己的问题,将就着。家庭是一个只讲爱情不讲道理的地方,一定要把权利义务、是非曲直搞得明明白白,那只有天天吵嘴打架。"她双手蒙住脸,好像要挡住自责的情绪。"是我变得没有了耐心,变苛刻了。他出门忘记带钥匙,我不高兴。他在外面喝了酒回来,想吻我脖子,我拒绝他。他跟我说生意上的失败,我满嘴借口跑开去,听也不听。从什么时候起,都变成他的错了?起先,我还想教育他,改造他,后来,我甚至开始讨厌他站在我面前,满脸沧桑,疲惫不堪的样子。他……就像一个被外面的庸俗世界吸干了的空壳。你会爱上一个空壳吗?有人说过,夫妻生活的关键在于学会控制厌恶,我对此已有体会了。其实,过去我们不是这样的。过去……"她摇摇头,不再继续往下说。

"过去,"我说,"真想听听你们的过去。比如,你们是怎么认识的?浪漫的第一天是怎样开始的?还有,他是个怎样的人?做什么的……"

她睁大眼睛,仰望着天空。天空一片漆黑,没有昨晚那样的星光。只有她的眼睛在黑夜里发着光,那么明亮。

"那时候,我刚刚大学毕业不久,常在周末去同济大学的学生舞厅跳舞。就是在那里认识的他,英俊潇洒,风度翩翩。他个子高,舞跳得又好,探戈、华尔兹,每个舞都跳得像个王子。他身上有一种像是松节油的味道,很多女孩都对他着迷。可他偏偏来找我,好像早就发现了我与那些女孩不同,我是已经工作了的单身女孩。他几乎天天追着我,为我叫车,护送我回单身宿舍。他会突然手捧鲜花站在楼下,说是接我去吃消夜。他有自己的公司,做舞台灯光生意。有一次在外滩,他请我过去看夜晚的大型演出,那些聚光灯、照明灯和舞美灯就是他的公司提供的。他是老板,指挥着一群人跑来跑去。他多威风啊!我怎么能经得起他那样的诱惑?那个时候,他对我充满了热情,我也像个灰姑娘迷上童话王子一样迷上他,贪婪地看着他的脸。我曾经在他的脸上看到了未来。未来,未来……未来就像舞台上演出结束后的灯光,一点点暗淡下去,直到再也看不见什么。"

我紧紧搂着她。同情她,为她叹息,也有点为自己庆幸。好像她的不幸造就了我的幸福。可是,我有什么好庆幸的?我又不是在六年前认识的她。

我说,我爱你。

除此之外,我不知道还能说什么。我爱你,爱得太晚了。可是我还是要爱你。我现在心里没有别人,只有你,只能爱你。

她再次紧紧抱住我。我们现在是情人,不能不爱。

第三十二章 不能不爱

爱情总是发生在旅途。回到上海之后，我对自己总结了这么一句。想想又加上了一句：特别是在海边。

是啊，海边。喋喋不休的人离我们很远，繁杂闹心的事离我们很远，眼前只有绵延的海岸，耳边只有寂寥的海风，只有宁静之旅才能让人内心得到一次洗涤。干净的心变得敏锐了，再生的灵魂变得丰富了，爱情往往不期而至。就像白纸等待着色彩的渲染，就像初垦地期盼着春雨的唤醒，生命总是在暗暗期冀着爱情。

在已经过去的那两三年里，我总觉得生活像乌龟般一步步地爬，现在却飞起来了。每一天都光阴似箭，每一日都充满着快乐的期盼和诱惑。爱情之火熊熊燃烧着，连空气都如痴如醉。

这场爱情之火来得十分猛烈，绝不是常见的青春期之一时心血来潮。分离的时候，我们彼此梦见对方，思念对方，焦急地等待着对方发出邀约信号，好像生活中再没有其他任何事情。在一起时，我们四目发出的光，那样饱满，那样快乐。你看我，我看你，目光相接，如平行线相碰，对瞅一笑。此时，天使便来到我们头顶上，展开翅膀飞来飞去，连开神光，一路洒下安详祝福。

我们总是尽一切可能寻找机会约会，谋求可以待在一起的时间。晚上，甚至在下午，她也会找个借口离开单位，溜出去。有时我按捺不住，去只有她一个人的办公室，坐在她对面，痴痴地看她。在没人进来的时候，我们相视而笑。可惜这样的时间太短，她太忙了，找她商量事情的人太多。而且她已暗示我，老往她办公室跑风险很大。毕竟我是个专业老师,又不是党群口的管理人员。我们还是要躲到外面去。可是有一点让我不高兴,我分明看到富骐言也有事没事坐在她办公桌对面。更可气的是他看我时的那种表情,好像我抢了他碗里的菜。富骐言又算哪根葱呢!

我跟她提了这事儿,她笑着说:"你甭管他是那根葱!他老往我那儿跑,人家就不会再注意到你了,这样等于给你打了掩护,不是挺好?"

我说:"富骐言这人名声不太好。要是有人背后说些你和他的什么闲话,我听了更加难受。还不如直接说我呢!"

她用唇堵住我的嘴。

她对我时而热情如火,时而柔情似水。真是的,我还从来没有面对过如此单纯的、天真的、近乎羞怯又毫不做作的、永不设防的爱情。我动心了,对她日夜思念,看她的眼神永远温情脉脉。我们的恋情虽然不能公开,只能处于偷偷摸摸的地下状态,但我很为有这样一个相爱的人而骄傲。我确信这种骄傲感会使我忘乎所以,并不想掩饰自己的快乐。如果有可能,我真想对全世界宣布:辛小擎,这个如此美丽、善良的女人,她爱着我,她是我的情人!

可是在现实中,我却是找不到一个人可以这样对他(她)说。如果采儿在,我多数会让她知道,尽管她一定会臭骂我。骂我我也是要说的。我可以在采儿面前手舞足蹈,哪怕动作生硬狂乱。采儿回去了,对梅秀和秦归雁,我肯定不能吐露半点风声。这话儿若是传到家乡去,我便成了上海滩的风流浪子。还有谁能告诉呢?王叔和吕姨自然不行,让潘兼鄄知道了不晓得会有什么后果。虽然我自认为和她再无半毛钱关系,但是她一直以为替我养着儿子,我早晚自会有回心转意的一天。连王叔和吕姨也一定是这样想的,这个我再清楚不过。他们一直都在暗暗关注我有没有结交新的女朋友。若是贲梁蜀在上海,或许哪一次醉酒之后我会泄露机密。但是现在,连这样的机会也不会有。

过去我对辛小擎并不了解,只是觉得这个漂亮女人对人生毫无经验,不喜欢说太多话。命运将她抛进一群看似文雅、实质粗俗的假学究中间。然而她有一颗天生敏感而倨傲的心,对那些人的行为似乎浑然不觉,自顾自地凭着淳朴的天性虔诚地追求着某种理想化的东西。她表面上待人接物极其随和,说话时口吻谦逊,实际却暗藏着一颗高傲的内心。这可以从她处事的方式上看出来。周围的男人喜欢她,周围的女人也喜欢她。她整天被一帮欺世盗名的男人和崇拜铜臭的女人包围着,她并不讨厌他们和她们。稍微流露出一点才华的人她便敬仰,就像现在,高贵的美德又让她把心灵中激起的钦佩之情给了我,我不由得沾沾自喜。

黄昏之后,我们相约在复旦大学校园的某个角落里见面。我躲在树后面,远远看见她的轮廓在纷纷扬扬的杏树叶中出现,猛地冲出来从背后抱住她。她浑身哆哆嗦嗦,胸口抽得那么紧,连一句简单的话都说不出来。她在窘迫中抓住我的手,紧紧地抓住。

"怎么样?我的好哥哥,"她终于说,"你等我等得心焦了?"

对于我来说,犹如盛满甜水的罐子又加进一粒糖,立即溢了出来。只这一句话,我就愿意把心掏出来奉献给她。

我们面对面站着,有时候,也会出现一种最奇怪的沉默。这时我往往觉得丢脸,仿佛沉默是我一个人的错。关于一个男人和一个女人独处时应该说些什么,我的想象中充满了最夸张、最缥缈的观念,只能在一片慌乱中为我提供一些令人不能接受的主意。我不能强迫自己说话,生怕说出一些可笑的词语来,尤其离别快要来临时更是如此,我心里充满不安。沉默会让我的心如堕入云雾之中,但从她那一双柔情缱绻的眼中,我能找到一颗热烈的灵魂。我心里不免惭愧,因为生平第一次感受到有人发自内心深深爱我。我一个人待着的时候为此哭过,为了不让人看见,我曾跑到湿地腹部的大树林里哭了个痛快。树林里纯净的空气给我的心灵送来了平静,甚至快乐。

想想前面几年,我度过了多少个绝望的日子啊。终于抵挡不住这股幸福的洪流,我的灵魂被淹没了,我的心灵被卷走了。几次三番回想第一次和她见面的情景,最后确信,在当年看到她的第一眼,就知道这一世心里会有一块地方被她占据。我现在的朝思暮想以致失了魂魄,其实是早有先兆的,仿佛压在胸口的一块巨石刚刚被掀掉了,我才有了不断释放的幸福和惊喜。

我把她搂在怀里,奉献上充满热情的吻。一个做梦都想不到的好女人就在眼前,给我带来爱情的激奋和从未体验过的甜蜜。我轻轻地揉捏着那只因极好看而惹我怜爱的手,恍恍惚惚中听她细语。她的声音和梧桐的叶子在夜晚的微风中沙沙作响的声音一样动听。我觉得在此之前简直没有生活过。

然而另一种痛苦同时袭来。这样甜蜜的时刻,会永远继续下去吗?她是我的女人吗?她离开我之后不还是别人的吗?她现在是我的,在名义上她不还是别人的吗?这个问题我不能多想,一旦想了,理智就被搅乱了,真的不敢多想。

我在松开她之后悲伤地绞着自己双手。我也没有权利问她,拥有一刻是一刻吧,只能这样。但是类似犯罪的念头还是不时来折磨我,比如通奸、轧姘头、第三者插足,等等。这些丑陋的词汇多么令人作呕,伴随着阵阵耻辱感刺人心肺!有那么一刻,我差点儿在考虑要不要放弃,但是这念头很快就像一个不速之客被打发走了。我还不至于软弱到要向世俗的观念缴械投降,面对她的美貌、优雅和娇艳,要我永远放弃如此可爱的情人,还不如让我明天就死。我爱她胜过爱自己的生命一千倍。

顺其自然吧,我对自己说。爱情的责任不是对世俗负责,而是对两颗滚烫的心负责。想想过去经历过的那些爱情吧,曾经惶惑不安的爱情,又怎么能和这一次恋爱相比?过去我习惯于渴望,现在却没有什么要渴望的了,从她身上我已经找到了那种灼人的感觉。一旦开始细细品味她的魅力,就足以解除内心的愧疚。何况,如火的情欲早已吞噬了我们,从肉体到灵魂,哪里还容得下那些疑虑!这样一想,又觉得我们的幸福在成倍地增加了。

我们不能老在树林子里抱着,我们也不能老在马路上走着。我们得找个不会被别人看见的地方。单位里的集体宿舍是万万不敢久待的,行政科的人都有房门钥匙。刚开始的时候,我们还不习惯到宾馆开房,老觉得那地方是归警察管辖的。我们坐在电影院的最后一排,我们躲在体育馆的某个角落,我们也试着去小歌厅的包房,可终究缺乏安全感,反而加深了罪孽感。终于等到某一天,辛小擎说她的丈夫要到苏州去,他的公司在那儿接了一台晚会的活儿。我们约定下班后到她家里。这是一项冒险的行动,可也让人觉得刺激。

第一次走进她家里。很惊讶于房子的宽敞,三室两厅,颇具现代化的装潢和摆设,一切都是小康人家的典范。客厅墙上悬挂着他们一家三口的照片,女儿被她抱在怀里,丈夫站在她身边。他丈夫眉毛粗浓,个子看上去很高,比她高了整整一个头,有几分军人气派。照片上的他,苍白的面孔有些长,目光犀利,应该是那种轻易不会泄露任何心事的男人。怎么看,他也不是那种庸俗、平凡的人,但可能会沉闷无味。被事业烦心的男人,不都是这样吗?

她带我走进衣帽间,让我看她的衣服、鞋子和各种式样的拎包。那些东西都是有品牌的,可惜我不太懂。世界上所有的女人都喜欢让别人欣赏这些东西,对于她们来说,这些衣、鞋、包几乎就是"家"的概念的一半。我不知道一个女人如果跟了我,还能不能拥有这么多她喜欢的东西。

我们又看了一些别的地方,阳台和卧室,唯独没有见到书房。她说,她看书都是在客厅里。她丈夫晚上很少在家。她的书都堆在沙发后面。我觉得遗憾,一个家,怎么能容忍没有书房?

她问我,如果我有一套房子,一个家,会装饰成什么样子。我说,还从来没有想过。也不是完全没有想过,小时候就曾经想过。我小时候想过的家,是青砖小瓦的平舍,屋后有竹林,门前有菜地,还有一方池塘。

她惊讶得睁圆了眼睛,仿佛看见一个彻头彻尾的农民。

我告诉她,顾城有一篇《门前》的文字,其中有一段是这么描写的:"我多么希望,有一个门口,早晨,阳光照在草上,我们站着,扶着自己的门扇。门很低,但太阳是明亮的。草在结它的种子,风在摇它的叶子。我们站着,不说话,就十分美好。"

她笑了,说她不知道顾城是谁,但一定是一个跟我差不多的家伙,书生。

我说,顾城是我最崇拜的诗人,因为他向往生活的安闲和美好,并有着崇高的愿景。她歪着头问我,那你的愿景是什么?我说,真正崇高的愿景,是你在自己的心灵最隐秘的角落里和上苍的约会。她说,越来越听不懂了,你们文人墨客都有些云山雾罩。你也学会和富骐言一样犯酸了?我不再说话。

我们走进厨房。她在下班的路上顺便买了熟菜,酒柜里有红酒,这样,我们就坐在不算太小的厨房里举杯共饮,比在街上的任何一家酒吧都要来得温馨。只是我们爱得太着急,所以用餐的过程未免过于潦草。我们急于相拥在一起,连面对面坐着的那点距离都觉得太远。

她婆婆打电话来,跟她说了几句话。婆婆说,小安安好像有点儿热度,还有点咳嗽,刚给吃了点药,这会儿早早睡下了。她忙问要不要紧,用不用她过来?婆婆说不用。她怔了几秒钟,把电话挂了。

她站在梳妆台前,把衣服脱光。她说,这是她好久以来没有做过的事。在一面大镜子前,她仔细看着自己的裸体。我也不清楚她究竟在身上找什么,看什么。但是她把灯挪了过来,让光线照满全身。我目不转睛地望着她。一个赤裸的人体,是多么脆弱,多么容易受到伤害,又是多么招人怜爱啊!几乎完美无缺的酮体,有一种线条流畅的风韵,这种风韵无疑便是美。她的乳房饱满成熟,像垂着的结实的梨,带点甜味。她的小腹是幼嫩的,含着希望,像被流畅的涧水冲刷过的河床。大腿也是如此,丰满瓷实,显得灵活光洁。她的臀瓣,浑圆幽静,滑腻丰腴,闪着明艳的亮泽。除此之外,还有那纯洁的生命的美丽。那不是物质之美,更不是身体之美,而是一种闪光,是热度,是个体生命的白色火焰,以可以触摸的轮廓显示出自己:肉体!

这一强烈印象深入我魂灵,我知道我完了,从此再不能忘怀,这印象就嵌入我心里面。

贪婪地看着她,我在脸上装出洞悉一切的表情,看得她稍稍别过脸去,两颊泛起红潮。我觉得她的这份忸怩太可爱,几乎是无法言说的美丽。

她问我:"哥哥,人能够忘掉自己的肉体吗?"

我说:"为什么要忘掉自己的肉体?肉体有罪吗?"

"肉体是羞耻的,女人会因为羞耻而死。"她说。

"那就让羞耻死去吧。把肉体留着,享受爱情的种种美妙!"我说。

"只要能忘掉自己的肉体,人就是快乐的。"她说,"一想起自己的肉体,人就会痛苦。也许科学能发展到这一步,把性爱这东西消灭了,并有别的东西来取代掉。比如像吗啡一样的东西,只要空气中散发出一点点它的气味,人人都会飘飘欲仙。然后,时间便会优哉游哉地过去。"

"那……人还剩下什么呢?肉体无用了,人的物质本性改变了,想想看,人都变成了什么?跟机器一样?还是像烟似的飘来飘去?"我看着她锁骨上方那美丽的凹陷问道。

我不知道她心里在想什么,或者在想她的丈夫或他的性,我忽然想到的是潘蒹鄄。潘蒹鄄的肉体对我是无用的,潘蒹鄄的灵魂对我也是无用的。她,潘蒹鄄,对于我是什么?烟似的飘来飘去?

"如果铲除了人的肉体,你还会爱我吗?"她死盯着我问。

"这个……好像不可想象吧!"我含糊其辞,"生命不能离开肉体。"

"你一定不会再爱我。你现在爱的就是我的肉体!这一点你们男人都一样。你也和其他男人是一样的。"

我觉得,她在用大头棒敲我的脑袋。不是的,我说,没有那样的事。连我自己都听不清我在说什么。虚弱的声音,虚伪的声音。

音乐的最高境界是无词,事业的最高境界是无悔,道学的最高境界是无极,哲学的最高境界是无知,处世的最高境界是无名,幸福的最高境界是无求。爱情的最高境界是什么?无欲?

在这个欲望的人世间,谁也不要蒙谁。精神恋爱?我们都是赤裸裸的肉身,缠绵、缱绻、绸缪,到最彻底的纠缠,最沉溺的诱惑。

情爱是什么？百蝶穿花，云动影来，千般颜色百般好，轻解罗裳独上兰舟。这就是情爱——春波碧草，晓寒深处，相对浴红衣。

我走过去，温柔地环住她细柔的腰肢。"好吧，小擎，我爱你的肉体，就让我爱吧！所谓的精神上的无上快乐，对于男人和女人都没有用处，只会让我们变得醒醍宵小罢了。我们都需要纯粹的肉欲，纯粹的火一般的肉欲！"

我低下头去，一遍一遍地吻。她很快作出响应，身体紧贴过来。汗水不停地冒出来，像胶液一样黏住我们的躯体。然而，我能感觉到，她也一样能感觉到，这一次有点不一样，我和她之间存在着一种紧张。两个人都佯作不知，但是紧张确实存在。至少从喊叫声里可以知道，声音不那么畅快。

她赤身裸体跑过去打开窗户，并且索性坐在窗台上。你疯了，我说，从对面窗户会看见的。她说，你把灯关了，也过来坐，关了灯就不会被人看见了。我过去，也像她一样坐着。外面下雨了，霏霏的细雨。我们聆听着雨水淅淅沥沥的声音，聆听风拂树枝发出的奇异的飒飒声。透过被雨水湿透的模糊窗户看出去，小区里有一些老橡树环立着，它们那强劲的褐色树干此时被雨水浸成黑色，圆圆的，充满生命，枝丫张牙舞爪。微弱的路灯光下，能看见草地上的细树乱草间盛开着星星点点的花朵。还有一堆看上去淡紫色的荆棘丛和一些黄褐色的旧年蕨草。这个城市难得有这么安静。

"下雨多好啊！"小擎说，"在一个真正清新的好天气里，就这么坐着，人的感觉是多么不同啊！平时，尤其是上班的时候，你会觉得一半的空气都死了。空气都被人扼杀了。"

"你这么想，讨厌上班？"我问道。

"是的。上班总要遇到那么多讨厌的人，他们埋怨物价飞涨，埋怨贫富不均，埋怨官员贪污腐败，埋怨自己失去升官发财的机会，埋怨中国不如美国、东方不如西方……埋怨这个，埋怨那个，呼出那么多的烦恼、不满和愤懑之气，恰恰扼杀了空气的生机。平日的空气常常叫人窒息。"

"也许，这是沙尘暴和扬沙天气越来越频繁出现的结果。"我说,"据说北京的空气质量最不好。有人这样形容北京的天气:拉着你的手,看不清你的脸;站在天安门前,看不见毛主席。经济的快速发展首先以牺牲环境为代价,这是许多发展中国家走过的老路,中国也难以避免。"

"动物从来都不会做自毁巢穴的事情,但总有一天,地球要被人类给彻底毁了。人类在进化的过程中已经站在了生物链的最高端,这个世界上,人类唯一的天敌就是他人。终将有那么一天,人类就毁灭在人的手中。人就像是地球的癌细胞,只会疯狂地繁衍,无节制地汲取地球的养分,直到榨干它为止。上帝要让你灭亡,必先让你疯狂——你看看现在的科学发展速度有多么疯狂!人类在地球上生存了上万年,但一直是发展得很平稳缓慢的。两百年前我们还是冷兵器时代呢,一个勇士手握一把大刀就可以征服全世界。现在呢?你手里拿着颗原子弹也不顶用了!第一次工业革命,第二次工业革命,马上又要迎来第三次工业革命,这近百年人类的发展速度太快了,接近疯狂了。都说科学技术革命可以给人们的生活带来便捷,每一项发明创造都是为了把人们从低效的繁重劳动中解放出来,人民会生活得更轻松自在——可是结果如何呢?因为发明了飞机,人们变得空前忙碌,不停地从地球这边飞到地球那边。因为发明了电话,人们变得身不由己,更多的人可以快速地找到你,支使你做这做那。计算机的出现更是生出许多事儿来,你就等着看吧,将来坐办公室的人怕是连抬头说话的时间都没有了,整日不停地忙着输入输出。你说,科技发展到底有什么好?我倒情愿回到农垦时代,回到儿时生活过的陕北。三亩地一头牛的生活,同样也能充满诗情画意呀!"

真是没想到,一个看上去那么务实、忙碌和对物质充满欲望的人,竟也会说出这样一番话来。在她的心里,生活原来也是色彩复杂的,充满烦恼和压力,五味杂陈的。

"那我和你一起回去吧,如果你愿意,回陕北也行。"我并不是和她说笑,口气是认真的。"只要是你喜欢的地方,到哪里都行。上海并没有任何吸引我之处。能和心爱的人在一起,哪里都是天堂。"

　　小擎有些感动，亲切地摸了一下我的下巴。"回不去啦！离开熟悉走向陌生很难。自从十八岁那年，我离开家，就知道再也回不去了。当年，我就把上海视为通往冒险或灾难的大门，但我想过，宁愿去冒险或迎接灾难。这不等于没有犹豫或退缩。十八岁时的我，想象不出还有什么别的可能。我一想到以后会想家就痛苦得要命，可是没有回头路了。跟亲人道别时，从未有过这样的惶恐。登上火车之后，我知道，我的整个生活全变了，过去消失在我身后。当我回望，只有空虚。一片空白，虚无。"

　　我默默把她抱起来，回到床上去。可是，前面有过的那种感觉——紧张，一到床上又出现了。这张床不是我们的，至少不是我和她的。这张舒适的床，有令人紧张的地方。我们躺着，不说话，她的眼睛瞪得大大的。

　　"睡吧。"我说，"我们一起做个美梦。"

　　"我睡不着。"她摇头，眼神迷茫。

　　"你闭上眼睛，做梦。"我亲吻她的额，"在梦里，你会看到一片大大的草原，草原上有花朵，还有羊群，有云彩飘落在草上的影子，远处有连绵起伏的雪峰。有仙女一样的牧羊姑娘在唱歌，她的声音像天籁一样。你就会甜蜜地入睡，直到天亮。"

　　"不行。"她终于说，"你还是走吧，离开这儿。"

　　"现在吗？"我问。"我还以为可以陪你一直到天亮呢。"

　　"苏州离上海很近，开车个把小时就能回来。谁知道他呢？虽说从没有发生过突然回家的事，但总是心里不踏实。若是被他发现了，会杀了我的。"

　　玻璃窗外的雨水看上去好像熔化的白银。我想起照片上的那个高个子，心里也有几分胆怯和自卑，依依不舍与她吻别。我在闭着眼睛吻她的时候，脑海里总会想起山东蓬莱，那一片泛着泡沫的海水。

第三十三章 不再是对美貌的倾倒

第二天上班,一上午没有见到辛小擎人影,她办公室的门紧闭着,而且其他人也都不知道她的去向。这让我心里忐忑不安。如果她确定今天不来单位,昨天她一定会和我说的。起初我们还商量着今天早晨起床后一起过来的,像新婚后的甜蜜情侣一样从家里吃好早餐出来。会发生什么事呢?

午饭过后终于见到了她,满脸紧张,脸色难看,眼睛也有些肿。我冒出的第一个念头,是她丈夫昨晚或者今晨果然突然回家了,发现了陌生男人的蛛丝马迹,或者嗅到了某种奇怪的气息。他们为此大吵了一通,一上午都在纠缠这件事。是我害了她!我在心里说。这么快就被她丈夫发现了我们的事,一点心理准备都没有。我该怎么做呢?她一个弱女子,我不能让她独自承担这一切,要不要站出来?当然,那需要她愿意才行……这么慌慌张张地胡思乱想,却连跟她说话的机会都没有,她被领导叫去办公室了。

好容易等到她回了自己的办公室,我急忙前后脚跟着进去。她情急之下竟然关上办公室的门,一头扎进我怀里哭泣起来。我在担心中保持了几分镇静,因为我发现富骐言刚才正好看见我跟着她进门,便摇晃手指示意她门外有人。她打开门之后,果然发现了那个鬼头鬼脑正在侧耳偷听的男人。那人此时一脸的尴尬,完全没有了平时装出来的学究风度。他的道貌岸然瞬间瓦解,模样滑稽。但是她不管不顾,力量很大地重新关上门,继续扑进我怀里哭。我着实被她吓得不轻。是了,这么说我的预料是对的,果然有大事发生,她在承受着极大的委屈呢!

"安安发烧了,烧得很厉害,已经转化成了肺炎。"她抹着眼泪说。

原来是她的女儿病了。并没有说到她丈夫的事。我心中一块巨石放下,轻松了许多。我安抚着她的背,问她,女儿送医院了没有,现在情况有没有好转?

"都怪我,都怪我太粗心大意!昨天她奶奶打电话来说安安有热度,我就应该过去看的。可是我是个多么不称职的母亲啊!我只顾着自己快乐,把女儿抛在一边不闻不问。太可怕了,我这是犯下了多么巨大的错误!这分明是上天在惩罚我的罪孽……"她这样一刻不停地悔恨着。

我持续安慰她。但我很快发现,跟她稍微讲点道理,非但不能让她平静,反而使她发怒。好像她已经看见了地狱,我就是那个拖她下地狱的魔鬼。

"我求你,"我对小擎说,"你女儿看上去那么可爱,我见了她也一定会喜欢她,心疼她。你的痛苦也就是我的痛苦。但不必过分担心,医生一定会治好她的。毕竟小孩子得肺炎是常有的事。"

"离开我吧!"她双手锤着我的胸脯。"我要么恨你,要么眼看我女儿死掉!要平息老天爷的嫉妒和愤怒,就没有其他办法。你知道吗,因为我没有办法恨你,所以我才痛苦!老天爷惩罚我,它是公正的,我的罪过是可怕的,却一点也没有受到良心的责备!我快要把女儿给害死了!我本来是要在病床旁边一直看着她的,可是我又着急来告诉你这件不幸的事,我不能不让你知道……"

我被怀里的这个女人深深打动了。从她满是泪水的脸上,既看不到虚伪,也看不到夸张。她相信爱我就要了她女儿的命。然而这个可怜的女人,现在爱我却胜过了爱她的女儿。我丝毫不能再怀疑这一点,我已经看到了一份最高尚的感情。

看哪,一个聪明绝顶的女人,因为认识了我,就无端傻到了极点。我能为她做什么呢?答应离开她?可这是让她一个人忍受更为可怕的痛苦和折磨啊。

"你走吧。"辛小擎突然推开我,睁开满是泪水的眼。"如果上天一定要拿女儿的命来警戒我,我情愿去向我的丈夫去忏悔,坦白我的过失。我不会说出你的名字。我已经不幸到了极点,怎么会再让你受连累?是我自轻自贱,自己跳进泥坑里去的。我还有另外可以牺牲的痛苦方式吗?告诉我!"

"亲爱的,你要冷静一点。相信我,孩子会很快好起来的。等你马上再赶去医院——我和你一起过去,我也想看看她,你会看到医生已经治好了她。"

"啊,你也会喜欢她,你也爱她,你!"她重又投入到我的怀抱。"我相信你,我相信你。为什么你不是安安的父亲?那样的话,我爱你胜过爱你的女儿,就不是一桩可怕的罪过了。"她抓住我的手,在上面印满了吻。"可说到底,如果这过失再来一遍,我还会重犯的,只求老天不在孩子身上惩罚我。而你,我的好哥哥,你觉得我爱你爱得够吗?"

这一次突如其来的精神危机,倒是忽然间改变了把我和辛小擎结合在一起的那种感情的性质。我的爱情,从此不再仅仅是对美貌的倾倒,也不仅仅是因拥有而感到的骄傲了。我们的幸福,从此具有一种更为崇高的感情基础,吞噬我们的烈火也燃烧得更为猛烈。我们有了更多充满了疯狂的昂奋时刻,彼此都深恐对方爱自己爱得不够。我们的日子就这样在缠绵、担心、悔恨、欢乐的交替中闪电般迅速过去了。我好像已经失去了思考的习惯。那些看似平静的每一天,每一个月,对我来说都是醉人的时光。有时候,我也竭力控制住自己,不想破坏我所爱的人的生活。直到一年之后的有一天,她忽然对我说:

"我很奇怪,为什么我至今没有怀上你的孩子呢?"

我问:"你从来没有采取过任何安全措施吗?"

她摇头:"我本来想听天由命。因为从一开始我就有可能会怀孕,我没有防范,心里也没有感到一丝一毫的犹豫。我甚至盼着有——如果真的有了,我好像很愿意把他生下来。"

这个女人愿意为我生孩子!我有些感动,紧紧箍住她,问:"如果要怀孕,会是在哪一次?"

她说:"第一次,在岛上。"

"那一次的野合吗?"我说,"那怀上的一定是龙种!满天星空当被子,繁花似锦地当床,汲取了天地的精华,吸附了大海的神韵。"

我劝她到医院里检查一次,看看有什么不对。她很听我的话,跟着我一起去了医院。检查结果,她的子宫里长了些很大的肌瘤,最大的有拳头那么大了。我们问医生,需要手术吗? 医生说可以选择手术,也可以选择保守治疗,吃中药控制肌瘤的生长。我劝她尽快手术,她犹豫了很久,还是不肯,宁可选择吃很苦的中药。她说做妇科手术会很糟糕,会……我最后知道了她的意思,她怕会引起性冷淡。她担心我会因此不再爱她。这个傻女人,她既担心我只是爱着她的肉体,又担心我不爱她的肉体。爱情总是那么瞻前顾后。

转眼到了她的生日。我想起在今年五月我的二十八岁生日那天,秦归雁又送了我一束仙客来花。那花儿像篝火一样红彤彤的,让我越来越觉得好看了。于是,在辛小擎生日那天,我也送了一束同样的花儿给她。她捧在手里激动不已,说是已经多少年没有收到过鲜花了。

"事实上,在我结婚以后就再也没有收到过鲜花。"她吻着兔耳朵一般的花瓣,"女人是多么喜欢鲜花啊! ……这花儿叫什么名字来着?"

"仙客来。"我说,"仙客来就是你,你就是我的仙客来。"

她兴奋得满脸发光,再一次吻着花朵。

我示意她看看我写在贺卡上的文字,那是一首情诗呢——

致我一生的爱人

人在一生中对爱的完整体验只能有一次,
就像生命只有一次一样,
爱是伴随着生命而活着的,
爱本身也是有生命的。
我不可能随便就把生命交出去,

同样,我也不可能把爱轻易地交出去。

然而爱你,早已经超过了爱我的生命,
你就是我今生爱的唯一,
我是因爱你而活着的那个人,
只求今生能够完整地爱上一次。
我可以在爱完之后马上就死,
但愿,爱着你的那颗心能够得到永生。

  她读完诗后马上哭了,哭了很久,一直哭到两眼通红。她抱着我说:"让我再爱你一次,完整地爱你一次,跟我走吧,让我爱你。"
  我问:"今天吗? 今天不是你的生日吗? 过生日你也不回家吗?"问她这些话的时候,我心里一阵阵酸楚。她是一个有家的女人,今生今世,我对她的爱怎么也无法做到完整。
  她说:"我不回家,没有人等我。我的生日,在这个世界上恐怕也只有你记得。你不知道,在他的心目中,生意和赚钱远比我更重要……今天,你就是我的家。以后每年的今天,你都是我的家。家……"她又哭了。
  我们已经习惯了到宾馆去。那种二流的但是干净的宾馆。我们躺在床上,经常会听到从其他房间的窗户里传出的像被扼断了喉咙一样的叫喊声。那种不加抑制的狂野的喊叫,总是让我联想起我们的爱情处境,联想起偷情、通奸、婚外恋等等不光彩的字眼,并且激起深深的疑虑:难道我们和他们是一样的吗? 如果有什么不一样,区别又在哪儿? 他们来这里是为了性,而我们来这里是为了爱? 多么自欺欺人! 如果我们不是为了性,又何必来这种地方? 但是不来这样的地方,我们的爱,又能安放在哪里?
  刚才我们一路走来时,外面的暮霭是很迷人的,月季花在墙根下大簇大簇地盛开,小径两旁星星点点散布着紫罗兰。我们光明正大地走过那些地方,一点儿也没有心虚的感觉。
  她把手里的鲜花包装纸小心地拆开来,把那些红色的花瓣一瓣一瓣分开来,在床单上精心地摆出了一个"心"字形的图案。一个大大的"心"字,一颗燃烧着的火一样的心!她面对着那颗"心"缓慢地趴下去。她身体轮廓的每一根线条在我眼里都是女性美的极品。她被那团燃烧的火苗包围了,像个受难的圣母!

我的心迅速融化,像扔进了一团火。我丹田深处的火焰也腾地一下炽热了。我把手放在她肩上,然后沿着她的脊背向下游移,小心地、温柔地、轻轻地抚摸着,直到摸到她凹凸有致的腰侧。我手停在那儿,盲目地、非常轻柔地摩挲她弯曲的腰际。她大概不理解我在她身上发现的美,对这种美我几乎是欣喜若狂的。深深的感官之乐,温暖生动的接触之美,比视觉之美要深得多。我把四周的花瓣一片一片捡起来,从空中轻轻飘落,落在她光洁的背上、臀上。我闭上眼睛,吻那些花瓣,连带吻花瓣下的肌肤。她表现出一种奇异的柔顺,伸出一只温热的、无限渴望的手,触摸着我的身体,探索着我的脸。这只手温柔地、非常温柔地抚摸着我的脸。随后,她翻了个身,静静地平躺,半梦半醒。我笨拙地吻她的面颊,她颤抖起来。我也在极乐的颤抖中用面颊抚慰她温暖柔软的身体,用双臂紧搂着她。美妙的愉悦之感在体内融化着,冲击着,就像丛林晚钟的声波,一波波登峰造极。

她在一片神秘的静息中化为虚无,没有物质感。那她的思想呢?对我来说她还是陌生人,我不了解她。她在想什么?她感觉到了什么?我只好等待,不敢打破她神秘的静息。我已经等待了好久,不知道还要等待多久,因为试图寻找答案是一件很尴尬的事,会破坏她对我的感觉,会打破目前的平衡,会给她带来压力。她如果想说,早该说了。她一声不吭,说明她还不想说。我不是喜欢给人压力的人,我希望一切都顺其自然,水到渠成。我是自由的,而她是不自由的,她是被禁锢。被禁锢的人总是痛苦的,这种痛苦,自由的人恐怕很难体会。她此刻在静息中一动不动,连气息也是平静的。我潮湿的身体挨着她的身体,这样的近,却完全不了解。我用一种确切无疑的亲密体温温暖着她,连离开她的勇气都没有。离开就像一种遗弃,被遗弃的人是我,这是我不愿意的。

两行泪水从她的眼角分向两边流淌下来，静息的，却是不平静的。"我老了。我已经有一百万岁了。"

女人在这种时候是会流泪的，这一点我知道。爱到至深，就会流泪。我要不要相信她的泪水？潘兼郸在这种时候也会流泪，后来却……我是多么可恶，拿她和潘兼郸相比！她不是潘兼郸，她是小擎，天使，上帝派给我的天使！她是圣洁的。她是善良而让人倍感温馨的。然而，即便如此，女人到底可不可信，我还是怀疑。她也许并不很专一，我之于她，只不过是一个男性罢了。或许这样会不会更好一些呢，她只是爱一个男性一样爱我？

我走到窗口去看窗外，我知道她很快会跟过来。这是我们的习惯，爱过之后看看窗外。好像房间里没有未来，未来在窗外。

一切是那么寂静，没有月亮，大树树梢的上方什么也没有。好像又在下雨。为什么我们相爱的夜晚总是多雨？风儿无力，蒙蒙细雨似乎给世界披上了一层轻纱，神秘，寂静，却不冷。城市的所有声响，大路上的车辆声，混杂的市井声，这里都听不见。所以我们喜欢来这里，一处大院深处的二流宾馆。院子里有很多大树。在夜晚的细雨中，树林安宁、隐蔽，枝头挂满果实。在幽明、朦胧之中，所有的树木都闪动着赤条条的幽暗冷光。你能感觉到，大树中丰盛的树液向上涌动着，向上，直至芽尖。树叶在夜雨中闪亮，看上去有着奇怪的血迹一般的颜色。你能感受到树液的动能潮水似的向上膨胀，在天空扩展开来。地上，蛇一样黑光闪闪的树根旁，湿漉漉的草丛、苍白的花朵和密布的青苍之物似乎在哼着绿色的小曲。一切那么安静，然而一切都那么有活力，就像我们的生命，年轻而旺盛的生命。

我说，我们该走了，你该回去了。

她着魔般地望着我。"不，我不回去。我已经说过了，今天，你就是我的家。"

她让我又一次感动。我用胡须和柔软的浓发轻拂着她的大腿和小腹。我觉得，在自己灵魂的深处，有一种新的搅动，一种新的赤裸在那里浮现。她也在火热的炽情中失去了意识，紧贴着我。

她的灵魂里也有什么东西欢欣着,在她的身体、子宫和脏腑之中,有另一个她活跃起来,熟悉又陌生,让我神魂颠倒。她已经化成了一道感觉的河流,一定要让我淹没,沉溺,溺死。

这是我们第一次在一起度过整个夜晚。第一次,直至天明。我们像两株藤蔓一样缠绕了很久很久,好像那样才能天长地久。我能听见她内心深处的激情一直在嗡嗡响,就像低沉的钟声久久绕梁的尾音。我从没有见过她入睡时如此温柔、如此安静的样子——她沉醉在甜蜜梦乡之中,像朦胧月色下发芽含蕊的蓓蕾,四下散发着令人陶醉的香气。有一只欲望的鸟儿在她身体的某个巢穴里安睡着。

夜是冷的,我咳嗽起来。为了不吵醒她,我坐到窗前,在习习凉风中坐了很久。看着熟睡中的这个女人,现在我宁愿放弃自己所有的一切,甚至放弃自己可能会有的一切(我可能会有什么呢)来换取她的温暖,把她抱在怀里,两个人暖暖地裹在一条床单里酣睡,只是酣睡。似乎,这一生中没有别的必需,只要能搂着她酣睡,就能共享人生的完美。这个女人,她的身上像有一根细线一样牵着我,如此要命地牵着我。我突然残酷地发现,从遥远的昨天到未知的明天,我的生命一直不完整地孤独着,只有今天才没有缺憾。然而今天又是如此短暂,我不知道明天会有多漫长。

当我在一扇耀眼的窗前醒来时,差点不知道自己身在何处,也几乎失去了对时间的把握。在黎明之前我一边担心自己无法入睡,一边却不知不觉地睡着了。后来做了一个梦,梦里被潘兼鄞愤怒的脸庞以及富骐言嫉妒的眼神扰得心神不宁。我叫醒小擎,一起穿衣,一起刷牙洗脸,一起出门,一起乘上车,甚至一起走进单位的大门。在最后的两百米,我们犹豫过,要不要分开走,但是我们的身体像磁石般不愿意分开,于是我们并肩走进门里。富骐言远远地在食堂门口看见我们,他很快和旁边的查夫人咬起了耳朵。我们索性端了饭碗在同一张桌上吃早餐,相爱已经使我们无畏。这些人闪烁的眼神和鄙夷的嘴角,已经不能叫我们害怕了。如果辛小擎可以漠视他们,我还有什么理由气短?

身边的闲言碎语肯定是免不了的,但都是在背后,在角落里,叽叽咕咕,窃窃私语。爱操闲心的郭大妈甚至把话都传到了梅秀和秦归雁的耳朵里。梅秀私下里向我求证,我让她不要管这种闲事。

梅秀正色地警告我:"你们上海有那么开放吗?男女有伤风化也没有人管?至少你们单位的领导不能装作听不见看不见吧?再说了,你的名声若是因此而败坏了,将来可怎么办?你都二十八岁了,真打算跟一个有夫之妇苟且一辈子呀?"

我听见她话里用了"有伤风化"和"苟且"这样的字眼,顿觉刺耳,立即打断她,请她不要胡说。梅秀好心被当做驴肝肺,一脸委屈跑开了。

但是秦归雁就没有那么好打发。她本来在装模作样地弹着吉他,此刻把吉他抱在怀里,脸上挂着狐狸一样的笑,靠近我,鬼祟地问:"他们说的那个女的……是小擎姐吧?你怎么那么好福气呀,能让小擎姐喜欢上你?"

我作势打她,她不逃也不避,继续缠在身边:"小擎姐答应过离婚跟着你啦?什么时候能吃上你们的喜糖?"

我不耐烦,呛她:"哪有的事儿?你别咸吃萝卜淡操心!"

她还是不依不饶,嬉皮笑脸道:"改天我问问你儿子穆穆他妈,不知道潘兼鄞心里会怎么想?"

"你敢?"我竖起眼睛恶狠狠地瞪她。

她越发笑得放肆:"哎哟,原来你穆宇谅也怕着某某人哪,难得难得!"

我说:"我怕她做什么?我想和什么人在一起,就和什么人在一起,还轮不到她来管!"

"我就想不明白了,谅子哥,你扔下自己的儿子不管,放着过去的老情人不认,偏偏又把情网撒到别人家老婆头上去了,你不会是吃错药了吧?"噎得我直翻白眼儿。她手指同时在琴弦上胡乱扒拉着,继续说:"我记得曾听你提起过,小擎姐的丈夫好像是做生意的吧?那你可要当心了,这年头做生意的人哪,多少都和黑道上的人有来往,要不然生意做不大,也做不长。小心他在黑道上找几个人对你痛下黑手,到那时候,我们可是帮不了你。"

我正想要说什么,梅秀跟着过来继续教训我。我甚至不是如她所想象的那样左耳进右耳出,而是压根儿就没从任何一个耳朵听进去。我才不想和这两个死丫头纠缠不清,赶紧从她们的店里飞也似的逃离。

秦归雁有口无心的一番胡咧咧,倒还真让我惴惴不安了一阵。谁知道这些风言风语会不会被别有用心的人传到辛小擎丈夫的耳朵里呢?一想到那个人足有一米八五的个头,我就心生胆怯。没想到,有一天我还真撞上他了。

那天下班后,我和辛小擎在约好的地方碰头,然后我们乘上了一辆出租车。本来是要去我们常住的那家宾馆的,可是车在宾馆门口停下时,我发现了可疑之处。这些日子以来,我学会比过去更小心了。

我对小擎说:"后面有辆车,好像一路上都跟着我们。现在也停下了,就在离我们不到百米的地方——那辆蓝色的大众车。"

小擎一听,马上脸色紧张,扭头过去看后面。

坐在车里的人会是谁呢?我们都在猜测。

"不会是阎仲豪吧?"我问。阎仲豪是她丈夫的名字。

小擎摇头:"不像。阎仲豪自己有车,不会再叫辆出租车跟着。"

"那他会不会派另一个人来跟踪?比如……"我心里联想到私家侦探之类。

"也不太可能。他是一个特别要面子的人,把声誉看得比什么都重要——如果他有了这方面的怀疑,一定会自行出面解决,绝不会告诉任何一个人。"她说,"何况,这也不符合他一贯的做事风格。阎仲豪这人做事喜欢干脆利落,从来不绕圈子,更不喜欢在背后搞小动作。"

干脆利落!我听了不免心惊肉跳。到了有一天他站出来对付我的时候,不知道我能不能经受得住他的干脆利落。

我们坐在车里暂时不出去,再三观察后面的那部车。那车上始终不见有人下来,似乎也在观察着我们这边的动静。这种情况只要持续两分钟以上,几乎就可以百分百地断定,我们确实是被人跟踪了。

"司机师傅,麻烦您把车开往月桂邨。我们改到那儿下车。"辛小擎突然说。

我伸手去摸她的脑门。她没有发烧吧?

"你是说,去月桂邨?"我真不敢相信自己的耳朵。

"月桂邨。"她肯定地重复了一遍。

我的心顿时掉进了冰窟里。她的家就住在月桂邨。这么说,后面跟着的就是阎仲豪了,她丈夫。她想要干什么?把我带到她家里,三个人当面把话说清楚?这当然是一个解决问题的办法,可以一劳永逸,一了百了。或许,我等着这一天已经很久了,不是吗?可是,我眼下一点儿心理准备都没有,待会儿要动起手来怎么办?她的家里,那似乎并不是解决这类问题的好地方……

"是富骐言。"她说。

"富骐言?"我感到很意外,同时也忽然松了一口气。

"是他。"小擎肯定地说,"刚才从车窗里伸出一只手来向外面弹烟灰,我看清楚了他手腕上戴着的那只手表——蜡黄色的表链,猩红色的表盘。就是富骐言的手表,我认得。没有人再有如此艳俗的搭配了,就是他。"

"他想干什么?"我心中怒火升腾,气愤地嘟囔着。我目光奇怪地盯着辛小擎的脸,要从她脸上看出什么究竟来。"富骐言为什么要跟踪我们?"

"为什么?还能是为什么?一个人的知识和学问可以伪装,品性是伪装不了的!妒火中烧,醋性大发,贼心不死……总之,他是要证实一下我们俩的关系。"她尽管装出一脸的轻蔑和鄙视,也难以掩饰心虚。

"你一定让他幻想过什么!"我在心里不客气地指责她。但是现在,显然不是指责的时候。"那,现在还去你们家?"我不解地问,"不是正好授之以口实嘛。"

"让他证实了,他也就彻底死心了,这比一直让他疑神疑鬼搞跟踪要好。你对富骐言还不是很了解——他这个人矫情,自恋,清高,所以还不屑于去做捉奸拿双这等蝇营狗苟的事。他就是平时对我一直……怎么说呢?就是有点儿一厢情愿的臆想——你明白那是怎么回事吗?就让他彻底死了这份心吧!"辛小擎垂下眼皮,让胸脯的剧烈起伏稍稍舒缓点儿。她忽然又睁开眼,眼神灼热如火:"我想要你,就这会儿!他跟在后面,我就觉得很刺激,特别想要你!"

真是不可思议。女人遇到在这种糗事,竟会忽然激发起感官的欲望。

"在你家?不会太冒险吗?"我忧心忡忡。

"阎仲豪应该没有这么早回家。他说过的,下午在兰心大戏院布置舞台灯光,不到演出开始不会离开。"她一脸肯定地说。

回头看去,那车果然又一直跟在后面。我们不再管它。

刚一进门,她就迫不及待。我们甚至连上衣都没有脱掉,就倒在地板上快速地爱了一回。真是不可想象,我们从来没有这样爱过,但是一样爱得十分投入。"是这样,就是这样!"她口中不停着叫着,脸色红润无比。

"我今天就在家里当一回主妇,烧几个拿手好菜给你吃。你还从来没有见识过我的厨艺呢!"

她显得从未有过的快活,并且很快系上围裙在厨房里忙碌起来。她从冰箱里拿出冰冻的牛排、小黄鱼和虾仁,从保鲜格里取出卷心菜、土豆和鸡蛋,动作麻利地分拣、洗涤、加工,像一个做惯了家务活的保姆。我想帮忙,她还不让,叫我只管告待在一边看着。也就是半个多小时的工夫,牛排煎熟了,黄鱼蒸好了,还有青豆炒虾仁,生菜色拉和鸡蛋羹。一桌丰盛的晚餐摆上了台面。我赞叹不已,说想不到,真想不到,她是个如此会生活的人。她得意地笑着,脸上笑成一朵花儿,伸手到酒柜里取红酒。这时,敲门声响了。"咚,咚咚……"敲门声不紧不慢,沉稳有力,听上去底气十足。

辛小擎脸刷地白了。阴云快速地笼罩到她苍白的脸上,眼里一阵惊慌。

我第一想到的是富骐言。这家伙不但没有死心离开,竟敢上门来挑衅了!

"是阎仲豪。"她垂头丧气地说,眼神透着绝望。

"你丈夫?"我愣住了。"你不是说他……"

"别讨论这个了……怎么办?怎么办?"

我脑子里飞快转着许多念头:躲到床底下或大衣柜里?逃到阳台上?从窗口爬出去?不行,我不能像个缩头乌龟一样只想着躲藏!更何况,这一桌子刚烧好的饭菜是无法藏起来的。留下辛小擎一个人面对她丈夫无言以对?这不是一个男人应有的表现。我必须选择勇敢去面对。

我镇定地对辛小擎说:"去开门吧。"

该来的一切,就让它来吧。

可是辛小擎紧张得不敢动弹。我只好自己去开门。

站在门外的这个男人,个头果然高出了我很多。他见到打开自家门的是一个陌生男人,神情有些吃惊。但是,辛小擎很快出现在我身后。

"你好!"我朝他点点头。

"仲豪,你回来啦!"辛小擎的声音听上去沉着、自然,应该像往常一样。"我介绍一下,这位是我们单位里的穆老师,是我请回家来的客人。"

阎仲豪脸上有块肌肉抖动了一下,狐疑地看着我,又看看家里的其他地方。在确信家里再没有别的客人之后,他马上给我回礼:"你好。"然后匆忙对着妻子说:"我回来拿样东西就走。"那意思分明是说:"我不影响你们吃饭。"他已经注意到了厨房里的饭桌。

我慌不择言,说了一句再蠢不过的话:"要不,一块儿吃了晚饭再走吧。"我竟这样说话,倒好像我是这屋子里的男主人。

"不了,你们吃。你们吃。"真正的男主人匆忙进里屋取了一件什么物件,冲着我们很有礼貌地点点头,关上门出去了。

我和辛小擎面面相觑了半天。我们只好坐下来吃饭。我们必须坐下来吃饭。我们默默无语地坐下来吃饭。半天,辛小擎才开口说话。她夸奖我刚才的表现:"你倒是十分镇定呢!"

"本来也没有什么。"我看着她,"你觉得他能看出什么?"

"我们刚才在地板上做过。"辛小擎脸红了,"他应该会嗅得出味道。"

"他……鼻子比狗还灵敏?"我不敢相信,会有这样的事。

"你不懂。"她说,"与一个人相处得久了,虽然未必会知道对方的全部,但有些事情,还是一下子就能感应得到的。"

"感应?"我竭力否认这种可能。"只有两颗灵魂相知的心才有感应。你只不过是把光阴交给了他。你把心也交给他了?"我还想说的是,心的距离,才是这个世界上最遥远的距离。只要两颗心隔开了,对方就什么也无法知道。

"你……你还是不懂。"她无奈地摇摇头,不想跟我争论。

我嚼着嘴巴里的东西,味同嚼蜡。心里渐渐意识到这样待在这里很危险,很想尽快离开。

她忽然问我:"你有没有什么办法,让他接受这一切,并且安之若素?"

我被问得有点犯傻。"世上哪还有这样的办法?"

有些事情,在这世上是不该有答案的。

她点点头,一脸郑重地说:"如果你有答案,那你就是个骗子!"

我知道,我在心里对自己说,我其实就是个自欺欺人的骗子。我走了,我跟她说。我们告别。一个人走在大街上,回头看了看那扇亮着灯的窗户,我忽然明白了:孤独就像人生旅途中必须穿越的沙漠,试图摆脱它,是多么徒劳。辛小擎之于我,就像是出现在沙漠之间的绿洲,只能暂息,不能固守。我得一生固守的反倒是这种孤独。就像现在,必须离开她,走开。

第三十四章　躲不开的"暗物质"

新的一年又开始的时候，我所收到的新年礼物，是个很糟糕的消息，听上去犹如当头一棒：潘兼鄞调到我们单位来当领导了。

这消息是辛小擎最先告诉我的。

她本来是祝我新年快乐的，并且带了一件稀罕的礼物给我：一只数字寻呼机。这种模样像小黑盒子的玩意儿，是一种新出来的电子产品，可以随时接收寻呼人的电话号码，人们通常称之为BP机。她给自己也配备了一台，这样我俩就可以随时保持联络了。这真是让人惊喜，我想找她，不用老是往她的办公室里跑；她要找我，也不用像地下党接头一样想出那么多遮人耳目的花招。那年头，一台寻呼机的价格不菲，差不多接近我们半年的收入，绝对属于奢侈品，一般工薪阶层暂时还轻易买不起。大街上那些腰里别着这种小黑盒子的男人，基本上都是些做生意发了点财的小老板（大老板已经开始腰挂大哥大了）。BP机在腰间像蛐蛐儿那么"瞿瞿"一叫，主人的感觉就特别良好，颠儿颠儿地跑去找电话回电。旁边的人必然羡慕地凑上一句："业务来了！"听着的人更加受用，一脸优越感。我刚把小黑盒子别在裤腰带上，辛小擎马上阻止我："别显摆，放在口袋里好了。"想想也是，这东西多招眼哪。虽然心里有些不情愿，但也只好照她说的做，放进口袋里，藏起来。

小擎无端叹口气，说："你还没有听到风声吧？你的大麻烦来了！"

"怎么啦？"我丈二和尚摸不着头脑。"我会有什么麻烦？"

"你的老情人,你儿子他妈——潘蒹鄄,调到我们党校当副校长了,还兼了党委副书记。"辛小擎像牙疼一样歪着嘴,调侃道:"这下你可有大靠山了!"

我脑袋一懵。潘蒹鄄,调到我们单位来当领导,会有这种事?

即使发生地震也不会更叫我吃惊。我心情一下子变得很糟,就像晴朗的天空突然被乌云笼罩,灿烂的阳光瞬间消失。为什么会是这样?怎么会碰上这么倒霉的事?她到哪里做领导不行,偏偏要到我们单位里来?是组织上的无意安排还是她自己特意要求的?她到底想要干什么?真要一辈子缠住我不放?真是可怕,太可怕了!我倍感紧张、焦虑。

本来,我只要不去王叔家,就不用担心见着潘蒹鄄。潘蒹鄄即便有再多的想法,也拿着我没有办法。我最近去王叔家里的次数已经很少了,平均个把月才去一次。每次去王叔家的路上,我都暗暗祈祷,潘蒹鄄最好不在,不在。她若在了,我就尽量避免和她单独相处。我和她说什么?我和她有什么好说的!我去了是和穆穆说话的。穆穆三岁时进的幼儿园,现在快五岁了,已经学会不少东西。他经常带回来一些手工制作的作品,每次都要拿给我看。王叔给我看他为穆穆拍摄的录像片,画画儿,唱歌,在公园里跌跌撞撞放风筝,在喷泉边嘻嘻哈哈嬉水,一点一滴记录了他的成长历程。我在心里暗暗感激王叔。我也经常给穆穆拍照片。我觉得儿童的面容真是天真纯洁至极。他的眼神是如此清澈,里面一点儿凡世的灰尘都没有。他很喜欢枪炮和坦克之类的玩具,拍照时爱抱在胸前,这很好,像个小男儿的样子。我不对他期望什么,所以我也从不灌输给他什么,更不过问他拼音字母学会了几个,背会了几首唐诗。他还小,还远没有到正式开始学习的时候。但愿他保持着一份快乐与天真,能够按照自己的想象力和天性去成长。我最怕的是他总要问我,什么时候可以改口叫我"爸爸"?他说这是妈妈交给他的任务,必须要在长大之前完成的任务。每次只要他一问到这个问题,我本来微微痴醉的心顿时浑浊僵硬,眼前的他也不再是神派下来的天使。我会把他暂时扔在一边,哪怕他委屈得直抹眼泪。这种时候,吕姨就会将穆穆重新抱起来,哄他:"不急,不急,穆穆很快就会长大了,长大了就可以叫爸爸了。"然后,吕姨会一本正经地跟我谈心,谈未来,谈得我头疼。她还信誓旦旦地替潘蒹鄣保证,只要我这边松口答应了,邢勇那边的问题就会很快得到解决。

"那个瘫子已经说了,只要答应给他一笔钱,他随时愿意离婚。"吕姨说,"他也知道自己仅剩下半条命,只求太平,不奢求别的了。你还有什么好担心的呢?听我一句劝……"

我慌忙打断她:"妈,您就别再提这件事了。我早说过多少遍了,我和潘蒹鄣这辈子缘分已尽,决不可能再走到一起。"实在不忍看着吕姨和王叔在一边叹息,我只好再安慰一番:"爸,妈,你们两位老人家放心,不管将来如何,穆穆永远都是你们的孙子,我也永远都是你们的儿子!"

然而,叹息声并未因此止住。是我的承诺分量不够重啊。

潘蒹鄣,这个女人似乎已经成了我生命中躲不开的"暗物质"。

"暗物质"本身不发光,却无处不在,力量强大。你无法看见它,它偏偏能左右你身边的"场",甚至决定某些命运性的东西。难道我的一生,真的要被某种莫名其妙的"暗物质"左右吗?

我寻找着辛小擎的身影,也只有她能给我带来心中的光明。可是她,不知什么时候已经抽身走了。

下班之后,我本想去一趟王叔那儿。见到潘蒹鄣,可以向她核实一下,看看那件事是不是真的。想想又打消了这个念头。是福不是祸,是祸躲不过,还是等着瞧,静观其变吧。

果然,单位里很快召开了干部员工大会,集团党委组织部长前来宣读了干部任命文件。潘蒹鄣出现在主席台上,正襟危坐,一脸严肃,看上去还真有一副领导架势。她身穿深黑色的呢子西装,连里面的羊毛衫也是暗色调的。难道女人一当了领导就不能披红挂绿了吗?她在家里可不是这个样子的。这还是我当初认识的那个小外婆吗?怎么一点儿影子也找不见了?当年的那个小外婆,今天把头发弄成爆炸式,明天又烫成大波浪,今天穿翠绿的旗袍,明天套艳红的蝙蝠衫,腰里还扎着宽宽的皮腰带,虽说在人们眼里是个问题青年,但毕竟是那么地洋溢着青春光彩呀!岁月会悄悄地改变一个人,地位则会让一个人完全变成另一类人。她这个样子让我感觉完全陌生,我怎么会曾经对这样的一个女人痴情眷恋、投入过无限缱绻情意?瞧她把发型搞成了什么样子——短短的,圆圆的,死死板板的,像个中年妇女。她那张脸,又是从什么时候起变得如此僵硬刻板?在王叔家的餐桌上,老听她说起人在官场是如何勾心斗角,似乎那是一个充满硝烟的战场,浮躁喧嚣,尘土飞扬。难怪她现在一脸浑浊,满面尘埃,看上去沧桑、好斗、复杂和神经质。她的心怕是老得太快了吧。偶尔见面聊上几句时,她总说忙啊忙啊——一个"忙"字怎么解?心亡也!心亡之人,面容如何能年轻、干净得起来呀!

她面无表情,目光冷峻、老成,缓缓扫过会场,在我脸上略作停留,又很快滑过。在她此刻的眼里,我应该只是一个下属,一个手下的员工。我低下头,不再看她,也不再去想她的脸,她的目光。

散会之后,我快步离开会场,躲进图书馆里。这里虽然并非象牙塔之所在,但总是比外面清静一些,离尘嚣远一些。这里通常只有查夫人一个人,她这个人平常不多说话。今天她见了我,却显出欲语又止的样子。

"穆老师,"她终于还是要跟我说话,"……也许我多嘴,不该问,可是你知道,我是没有恶意的,我……"

"查夫人!"我真想不客气地找块抹布塞进她嘴里。

事实上,估计塞个篮球也堵不住她的嘴巴。

"我们俩关系一直是很不错的,所以,我只是想关心你,像大阿姐一样关心……"她语气友好又亲切,"你的那位潘兼鄄——现在我们都要称她潘校长了,眼下到底和那个,那个,那个人……离了婚没有?"

我慌得真想拔脚逃走,可是没法逃,她离开我那么近。"大概没有罢。"我面色冷淡,"具体我也不清楚。"

"那……你可怎么办？你都快三十岁了吧？这么耽误下去也不是个事儿。要不，阿姐找个机会跟潘校长说说，让她给你一个准话，快刀斩乱麻，早点儿有个了结。"她显得一脸真诚。

我想沉下脸来斥责她多事，可还是拉不下面子。查夫人可不是一般人，凭着她丈夫在华东局的大领导身份，谁都得给她几分面子。何况，真要是得罪了她，她那张嘴巴可远比新闻报纸更有杀伤力。

"查夫人，谢谢您关心！"我说，"但我希望您真的不要去掺和这件事情。潘蒹鄡早就结婚嫁人了，她当时的婚礼你也是去参加了的。我以前是和她处过一阵子朋友，但那早就已经成为过去了，她现在跟我再无半点关系。"

"可是，我们都知道，她后来嫁给邢勇只是一时冲动。大家都很同情她，如果她现在选择了离婚，所有人都是会理解的，谁也不能再说什么。更何况，"她放轻了声音，像闺蜜一样说，"你们的儿子穆穆都那么大了！"

我的脸一定红了。心里很生气，但是脸上却不好发作。竟然有那么多人知道潘蒹鄡那个儿子是我的，原来这根本就不是什么秘密。"什么儿子不儿子的，我可是从来就没有承认过！"我有些粗暴地打断她。"我有自己的路要走，我有我的未来，不想和过去再纠缠不清。"

查夫人一脸深表同情的样子，好像很理解我。她甚至为我叹息一声："我也听说了——你不要怪阿姐又多嘴，我听说了你和辛小擎很要好——很多人都在这么说！这总是有些不妥——辛小擎，人家毕竟是有丈夫和女儿的……"

"是谁在背后乱嚼舌头根！"我已经血冲脑门，狼狈不堪了。"查夫人，您就不要再跟着瞎说呗！"

"我这不是为你好嘛，穆老师！"查夫人脸色有些白了，"我是担心这两个女人啊，现在待在一个单位里了，将来还不知道会生出些什么事情来！"

"为我好！好，谢谢您！"我真想警告她，将来最好先管住自己的嘴巴,不要去破坏了辛小擎的名誉。但是我又不敢这么说。我心虚。我和辛小擎都不是清白的。何况,像查夫人这样的人物,我哪有什么资格敢对她提出警告呢?

查夫人这个女人,她总是像个女巫,怎么每次都说出一些恶毒的咒语来!可怕的是,她的咒语会变成现实的。一阵四处乱窜的狂风把图书馆的门窗摇得噼啪作响,刚才还热腾腾的空气骤然凉了下来。

"我还有事,再见!"我别无选择,只有逃走。落荒而逃。

这个世界那么小,我又能逃到哪儿去呢?就那么几幢楼,一小片操场,巴掌大点儿地方,我在这里是无处藏身的。鬼使神差似的,我竟然转到了潘兼鄣的副校长办公室门口,忍不住朝里面张望了一眼。潘兼鄣正坐在里面跟人谈话,她的对面坐着的竟是辛小擎。是啊,潘副校长分管行政后勤和党务工作,现在成了辛小擎的顶头上司了。

"我是担心这两个女人啊,现在待在一个单位里了,将来还不知道会生出些什么事情来!"查夫人刚才的话像巫婆的咒语又在耳边响起,我惊得出了一身冷汗。刚要后悔来这里,但是已经来不及。

"穆宇谅,你进来!"潘兼鄣大声叫着我的名字。

我只好强作镇定,硬着头皮走进潘兼鄣的办公室。

她向我招手,让我站到她身后,我闻到她身上有一股隐隐的樟脑味,也可能是薰衣草的味道。然后,她低下头,用右手的食指揉捏着头颈后面中部的某一处地方。

"宇谅,你帮我摸摸看,这里的肿块消下去了没有?"她说。

好像这里根本不是什么办公室,而是在家里——她的家里,我的家里,或者她和我的家里。我们是两个在家里吃完晚饭准备看电视的人,家里只有她和我,没有别的人。好像我们经常在家里这样,她让我摸她的头颈,给我看她皮肤上的小红疙瘩。

当作辛小擎的面,她故意的,要显出我们俩的关系有多亲密。一种难以表达的感觉震颤了我的心,血液瞬间涌上我的头部和四肢,我的心却又几乎停止了跳动。这种感觉像铁皮划过玻璃黑板一样尖锐、古怪,让人毛骨悚然。它作用于我的感官,不止是反胃,连肌肉都在骨头上打哆嗦。

"什么呀?"我僵住不动,声音里充满了尽量压抑的愤怒。然后不得不咬住舌头,以免说出什么要后悔的话来。

"我看过皮肤病医生,医生怀疑那是粉瘤。哦,多可怕!我又去肿瘤医院看门诊,那里的医生最后确诊是毛孔发炎引起的囊肿。真是虚惊一场!"她像个十八岁的女孩撒着娇,用手扒开领口,又给我看领口下方的另一处皮肤,再往下就能看到隆起的胸脯了。"这里也肿了一块呢,稍微小一点点儿。医生给我开了消炎化瘀的中药,我已经连吃了三天,好像没有什么变化。"

我窘得脑袋都要炸了,赶紧跑开,站到离她远远的地方。

"我和穆宇谅是老同学,中学同学。"潘蒹鄄笑着对辛小擎说。她脸上的表情则是在说:"我们的关系可远不是同学那么简单。"

潘蒹鄄的外貌有着假装出来的温柔热情,像某类熟过头的果实。可她骨子里却是一个地道的古代女武士,随时准备着攻击敌人。在她身上,温文尔雅和生硬这两样东西常常是混搭在一起的。

辛小擎用眼角快速扫了我一眼,继续微笑着面对潘蒹鄄。"我听说了。"

"他可是个大秀才,文笔好得很。"潘蒹鄄说。

"早就领教了。"辛小擎说,"大作家嘛!"

"你是党办主任,要学会人尽其才,发挥他的长处。"潘蒹鄄说,"为什么不可以考虑把他调到党办来做秘书呢?"

辛小擎面露惊讶之色。"这个……没有考虑过。潘校长,穆老师大学里学的是能源专业,在当专业教师。我可不敢随便去挖专业教研室的墙角。"

"我可以出面去协调啊。"潘蒹鄄说,"党务工作也需要懂专业的人才呀!"

"可是……"辛小擎做出一副为难的样子,"穆老师连党员都还不是,怎么能当党办秘书呢?"

"这个不是问题,可以先培养起来嘛。"潘蒹鄣挥挥手说,"我现在就交给你这个党办主任一项任务:一年之内把他发展到组织里来。怎么样?能完成吗?"

辛小擎抬头看着我。

我忙摇头:"算了吧,我就是个扶不起的阿斗。两位领导,你们别费那个心思了。"

"这可不行。关心优秀知识分子的入党问题,是我们党委的一项重要工作。"潘蒹鄣一本正经,用手指着辛小擎,"若是连这个任务都完不成,一年之后,我可要追究你这个党办主任的责任!"

辛小擎脸上一脸苦笑,看着我。"穆老师,你可不要让我为难哟。"

"……"

这两个女人,还是第一次这样同时坐在我面前,以工作的名义谈论着。我对她们之间在说些什么一点儿也不感兴趣,只在心里暗暗猜摸着她们的心思。辛小擎此刻一定心情很复杂,她大概在担忧着未来的日子,该怎么处理我们之间的关系。潘蒹鄣,她现在对我和辛小擎的私情知道多少我还不知道,但肯定用不了多久,自会有人悄悄告诉她许多这方面的事情。别人的嘴巴,我们是没办法封住的。她听说了之后会怎样呢?几乎可以肯定的是,麻烦一定会来。

我看看辛小擎,感觉意暖。再看看潘蒹鄣,又感觉神寒。她俩此刻给我的感觉是多么不一样啊!即便你让我在她俩之间选择一万次,我的答案也不会有丝毫改变。岁月送给女人的最好奖赏,是在她身上留下一份清雅的气质。而这份清雅在潘蒹鄣身上已经找不到了,她脸上像罩着一层蜘蛛网,满面尘埃。辛小擎,她还像一株空谷幽兰,周身散发着淡雅清香。

"你们俩能不能陪着我四处走走?我想到教学现场看看老师们上课。"潘蒹鄣像是在征求我们的意见,但那语气又像是命令。

我说我跟着不合适,提出告辞。但是,辛小擎用眼神阻止我离开。

"一块儿走走吧。"她说。

不晓得辛小擎是出于什么目的。我们三个人这样在众人面前集体亮相,她或许认为这是一次难得的机会——有些人再想在背后说什么,或许会有所忌惮吧。女人就喜欢自作聪明,我在心里说。自作聪明的结果未必好,常常会弄巧成拙。但是当一个女人自作聪明的时候,你最好还是别吱声。

我们走在教学楼宽宽的走廊里,明媚的阳光从高大的玻璃窗斜射进来,被窗框和隔墙分割成一道道立体感强烈的光柱。正是上课的时间,教室的门都关着,走廊里十分安静,只听见高跟鞋的声音"吧嗒吧嗒",形成空洞的回响。我们推开一间教室的门,里面传出老师上课的声音,是听上去情绪饱满的男中音。好像党校的老师都死绝了,又好像有人刻意安排好的,站在讲台上的老师偏偏是富骐言——我最不希望在这个时候见到的人。

"……一场长达十年的文化浩劫,让大部分中国人已经习惯于'入乎耳,出乎口',这其实是一场灾难,因为所有的真理在你身心里根本没有发生任何作用。'入乎耳,著乎心,布乎四体,形乎动静',这才是一个有独立思想和精神的人应该有的正确表现……"

富骐言在讲台上侃侃而谈,对从后门走进教室的我们装作视而不见。不过,我几乎可以肯定的是,看见潘兼郢领着新来的领导走进他的课堂,无疑犹如在他内心打了一针兴奋剂。

潘兼郢悄悄询问:"他讲的是什么课程?"

辛小擎低声回答:"应该是哲学课。"

潘兼郢"哦"了一声,表示很有兴趣再多听一会儿。

富骐言在黑板上手势潇洒地写下两行诗:

绵绵阴雨二人行,
怎奈天不淋一人。

"有谁能说说你们的看法,为什么偏偏'天不淋一人'呢?"富骐言问教室里听课的学生。

有人回答说:"因为有一个人穿了雨衣吧。"很多人笑出声来。富骐言摇摇头,表示不同意这个答案。另一个人说:"没有被淋到雨的人,应该是跑到屋檐下躲雨了吧?"富骐言又摇摇头,表示也不同意这个答案。又一个人说:"一定是局部阵雨。我们老家有句老话:'马头淋雨马尾干',说的就是这样的现象。"富骐言拼命摇头,露出一脸的失望,好像很遗憾下面坐了满堂朽木。

"你们的回答,距离真理越来越远。"他大声地叹息着。"二人行,天不淋一人,明明就是告诉大家两个人都挨了雨淋嘛!是不是这样啊?"

众人都是一愣,随后爆发出满堂笑声。不能不承认,富骐言这个很会耍嘴皮的家伙,当老师倒是真的不屈才。擅长哗众取宠有时候未必不是优点。只是,讲哲学课讲到这个分上,也真是太有点儿"毁"人不倦了!

像是受到课堂里欢乐气氛的感染,潘蒹鄄显得十分高兴。"人才,的确是难得的人才!你们看他的课讲得有多好啊!不但语言精准流畅,举的例子也精妙无穷。他的台风也很不错,魅力独特,风度翩翩,谈吐优雅。看来,咱们党校里还真是藏龙卧虎啊!"

我无动于衷听着她的话,不敢开口,因为害怕声音会背叛自己,只能不以为然地站在一旁撇嘴。辛小擎却微微点头,表示附和她的看法。

也许是因为受到个人情绪的影响吧,不得不承认,其实我对富骐言这个人从一开始就怀有偏见,看到和想到的多是些负面的东西。就像同样是看玻璃窗,有人看到的是窗外的风景,有人看到的是窗玻璃上的污秽。我当时就是属于后一种人,一个有选择性的感知者,敏感,紧张,眼光灰色。说起来悲哀,我在后来很长的时间内都一直处于那样的状态。

圣人说过的——《论语》子路篇中有记载,子曰:"君子泰而不骄,小人骄而不泰。"说的是君子坦荡从容,矜而不争;而小人常戚戚,内心多自卑,常常表现出不安分的躁动,乃至张狂。考察当下的社会人生,大约莫不如此。泰而失之骄者,或不骄而未能泰者,占了我等芸芸众生的绝大多数。求不骄相对容易,求泰则太难。我自然可以视富骐言为骄而不泰,可是同时面对着潘蒹鄄和辛小擎这两个女人,我的心又如何能做到泰然不乱哪!

乱了,乱了,我的心全乱了。我意识到有一片可怕的阴翳在周围和头顶上集聚起来,那阴翳的魔力足以让我全身发抖。不知道会在某一天,某一刻,有什么东西会劈头盖脸砸到我头上,让我无法招架。而我是无处可逃的。我能做什么?把每一种情感和痛苦都封锁在内心,什么都不说,不流露,也不倾诉,让别人无从探索我心底的秘密,除此之外,我还能做什么?在我心里有一位隐藏的堕落者,猥琐而无能地蜷缩着,企图躲避一切。这其实是我无法忍受的,对我是一种折磨。一种慢性的、细致的、温和的折磨,包含愤怒和悲恨。我就在其中承受着煎熬,觉得窒息。

下班的时候,口袋里 BP 机响了。不用说,是小擎想联系我。我找个电话打到她办公室,问她想在哪里见面。她声音郁郁的,说心情不好,还是哪儿也别去了,一个人独自待着静心看点书吧。我问她最近在看什么书,她说在看《圣经》。我奇怪死了,问她为什么看起《圣经》来了?她说其实《圣经》挺好看的,里面的故事对人生特别有启迪。"我这儿手上有一本,你也拿去看看吧。"她说。那意思是让我去她办公室了。尽管我早就看过《圣经》,但我还是赶紧过去。她已经锁好了办公室的门,背着包马上要走的样子。她脸上除了浅浅的微笑之外,还有一层淡淡的忧郁。

她把书交给我,眼神涣散地看我一眼,摆摆手,什么也不说,就快步走了。我打开书的封面,扉页上有她写的一句话:

> 上帝说:"若有人要跟从我,就当舍弃他自己,背起他的十字架来跟着我。"

这句话我琢磨了很久,也始终没有琢磨出其中的准确含义。

第三十五章　嗅到了灵魂深处的味道

白玉兰开始在大街小巷四处飘香,转眼又到春天,贲梁蜀从日本回来了。

贲梁蜀挣了多少钱回来我不知道,但是他身上少了多少斤肉,几乎一眼就能看出来。脸色灰白,头发枯暗,瘦骨嶙峋,是他见面时给我的第一印象。但是兴奋,眼里冒着精光。"我回来了!"他说,像从沙漠里走到绿洲上,看见了泉水。我们叫上梅秀和秦归雁坐在一起喝咖啡。咖啡有股焦苦味,不过喝下去热乎乎的挺舒服。我贪婪地喝着,为他回来感到高兴。梅秀等了他足足四年,从二十六岁等到三十岁,等得够苦。有几个姑娘甘心为他这样等呢?再等就是黄脸婆了。我知道梅秀一直在担心,他到底还会不会再回来。回来了就好,大家都松了口气。

贲梁蜀说了许多他在日本经历的事,这些事情说上三天三夜大概也说不完。读书,不停地转学,四处打黑工,到处受歧视……非人的日子,非人的黑暗,非人的孤独。

"回来就好了!"我们都这样说。

"回来就好了!"他自己也这样说。

我关心地问他打算什么时候和梅秀办婚事,他说这件事会很快提上日程。说这话的时候,他伸出胳膊粗暴地将梅秀用力搂住。梅秀幸福得脸泛红光,丝毫未作挣扎忸怩之态。

"眼下我先要到单位里报到。"他说,"恢复工作,这才是目前最紧要的。"

我告诉他,这件事不必担心。当初出国前,他办的是留职停薪,现在只要去人事科提交一份申请,要求重新上班就行。贲梁蜀颇为顾虑地说,这事未必有那么简单。因为他当初提出的留职停薪期限是三年,现在早超过了期限。人事科完全可以当他是自动离职的人将他除名。

"最后还得找单位领导,得领导点头才行。"他说,"可是我已经离开单位这么久,原先的领导退休的退休,调走的调走,我都找不到能说上话的人了。"

我告诉他,这个不成问题,潘蒹鄩现在就是我们党校的副校长,而且分管人事,找她一准就行。贲梁蜀听了大松一口气,说早知道是这样,那还有什么好担忧的!

"潘蒹鄩当副校长,就等于你穆宇谅当了副校长,是不是?"

他端起咖啡当酒,做出敬我的样子,猛喝了一大口。他没有察觉到我的神情其实是带了几分尴尬的。如我心里正在担心的那样,他马上问起关于潘蒹鄩的那些事儿,关于他的干儿子穆穆,关于潘蒹鄩和我,以及有关的一切。

"潘蒹鄩直到今天还没有和那个邢勇离婚哪?"他用不可思议的语气问道,"她到底在动什么心思?要把你穆宇谅的人生一直耽误下去吗?"

我摆摆手刚要解释,被梅秀抢过话头。"这件事可不能怨人家潘校长,要怪也是怪穆宇谅。"她拿眼睛狠狠地白我,好像我是个天底下最可恨的负心汉。"你该先问问你的这位好兄弟,他到底在动什么心思?"

"不说这个。不说这个。"我想捂住老是要被别人揭开的伤疤。

"怎么回事?"贲梁蜀目光狐疑,不解地看看这个看看那个。

"只见新人笑,哪管旧人哭!谅子哥鬼迷心窍,早就跟小擎姐好上啦!"秦归雁急不可耐地告上了状。

然后,谁也堵不住她的嘴巴,秦归雁开始绘声绘色地讲述一个端不上台面的地下情故事,那表情像是在挑破我腋下的某个脓疮。

讨厌的死丫头,我和辛小擎的事情,原来她知道得那么多,就好像她整天跟在我屁股后面盯梢过似的。我听得浑身直冒汗,原来背地里有那么多的传言,一定都是郭大妈跟她们瞎掰的。单位里的那些同事在背后更不知道传成了什么样子。

"秦归雁说的都是真的?"贲梁蜀目光死盯着我,那神情是简直不敢相信。

我把头扭向一边,心里很窝火。真的不真的,又怎么样?有那么可怕嘛?

"这些事,潘蒹鄄都知道吗?"贲梁蜀继续盯着问,见我不搭理他,又自言自语说:"嘿,多余一问,你就掩耳盗铃吧!"

"知道就知道呗!"我没好气地说,"难不成,我还怕她知道啊?她又算是我的什么人哪!"

看到我一副死猪不怕开水烫的样子,贲梁蜀不由得一声叹息:"这回事情就复杂了。咱们党校的院子那么小,躲也躲不开,这天天在一起相处,抬头不见低头见的,总归是很麻烦!"忽然像想起了什么,又说:"我得找个机会去看看穆穆,他该有五岁了吧?怎么说,我也认过他做干儿子,得亲口听他叫我一声干爹。"

我答应他,明天白天带他去见潘蒹鄄,先解决复职上班的问题,然后晚上再去王叔家里看看穆穆。

我口袋里的 BP 机在叫。贲梁蜀装做羡慕的样子说:"哟,都配上传呼机啦?看样子是发财了!你们是不是都买了股票认购证啦?唉——我要是早一年回国,一定会买上一千张认购证,强过了待在日本做二十年苦工。"

我懒得理他,低头看显示屏上的回电号码。很熟悉,是辛小擎在找我。她想我了,我心跳暗暗加快。耳朵边听见秦归雁在说关于股票认购证的事情。一提起这件事她就伤心不已,非把梅秀骂一通不可。一九九二年春节前,秦归雁花了三千元钱买过一百张认购证,她还劝过我们也买一点,我是没当回事。梅秀知道后又气又急,非逼着秦归雁把认购证退回去,把三千块钱给要回来。她把秦归雁硬拽到银行,银行柜台还不给退。梅秀就在银行里跟人家吵架,结果,有人把秦归雁手上的认购证给买走了。一年之后,围绕着股票认购证产生了一个又一个发财的神话,秦归雁一提起来就痛心疾首。我都劝过她们不知多少回了——富贵在天,命中注定!我总是这样劝说秦归雁不要太难过。梅秀被秦归雁为这事一骂就不敢吭声,就像这辈子她亏欠了秦归雁五十万,而且一辈子都还不上了。

我匆忙和他们三人告别,去找辛小擎。她是我的爱人,我得听从爱的召唤。我浑身热血沸腾,急切地想要见到她。在路上,我用从花店里买来的新鲜栀子花编成一个花环带给小擎做礼物。

爱情一定是由某种神秘基因驱使的,有许多别人不能破译的密码。我们遇见了生命中注定要遇见的人。轻轻一拥之间,嗅到了灵魂深处的味道。那就是我渴望的味道,来自我心灵深处的渴望。我现在就一心想着尽快拥抱我的爱人。我直奔我们的秘密爱巢而去。

在确信没有富骐言那样的人再继续跟踪之后,我们不久前在冶炼厂旁边的职工家属区租了一套小房子,这样就不用再去宾馆开房了。真担心有一天我们的开房记录会被什么人查到并收集为证据,那样就铁证如山了。谁能保证潘兼鄄不会聘请私人侦探一类的人呢?私人侦探即使查到了这里,也不至于请警察上门来干涉,这是出租屋比宾馆让人安心的地方。

我们租住的房子,周围环境有点脏乱嘈杂。不仅道路狭窄,而且高大的厂房和低矮的民居看上去都很破旧,让你感觉地面和四周都是黑乎乎的。钢铁的声音整天叮当作响,并发出巨大的回音。大卡车震撼着开过来开过去,车喇叭发出高分贝的嘶鸣声。这里是地处大杨浦的上海老工业区,自解放后几十年面貌几乎没有改变过。一九九二年起,上海吹响了全面改革开放的冲锋号,政府把精力都投入到浦东的开发建设上去了,这一片老城区几乎成了被历史遗忘的角落,好像城市的一块旧伤疤一样。但是春天依然会光临这里,在不为人注意的某个角落,还是有一小丛花儿开放着。万物萌芽,空气中浮荡着泥土与黄花的馨香,阳光像金子一样充满了活力。如果你再向远处看得更仔细一点,会发现处处是蓓蕾,处处是生命的突跃。

我们租的房子不很大,一室一厅,煤卫齐全,还有间储藏室,对我们来说够了。房子的主人暂时出国去,很高兴能有一个合理的价钱把房子租给我们。"一看你们两口子就是有素质的体面人,不会把屋子弄得乱七八糟。"房东很信任地把钥匙交给我们。我们把用不着的物品堆进储藏室,给床上铺上了新床单和新被子,换了新枕头,用新买的台布铺了餐桌。这就有了新气象,很温馨,家的感觉,临时的,却是爱意融融的。我们甚至还在墙上挂了些照片,她的,我的,我们的。我们在假期里出去旅游过,拍过一些相互依偎的合影。像一个两口之家,唯一欠缺的是没有婚纱照。我们不知道有没有结婚的那一天。会不会结婚,我们谁都没有提起过这件事。这里面障碍重重,谁也没有勇气轻易提起。

在房东留下的各种稀奇古怪物品中,有一个很大的盒子,黑漆漆面的,做工十分精细,一看就是三四十年前的东西。闲着无事,我和小擎打开了那个盒子。盒子分了好几层,每一层都装着五花八门的物件。最上层是一些梳妆用品,镜子、瓶子、刷子、梳子、精致的小盒子,这些是女人用的。另有一些男人用品,带套的老式剃须刀以及盛剃须水的小容器。下面一层是文具用品,铱金钢笔、墨水瓶、信封、白纸、牛皮纸封面的记事本。再下面一层是女红用品,几把大小不同的剪刀、针箍、长短不一的针、各色丝线和棉线,还有一个织补用的圆球,一看都是质量上乘的精工细料。最下面一层装的都是药瓶子,瓶身上的药名标签纸全都发黄发黑,字迹已经无法辨认。应该都是些西药,或者诸如酒精、消炎粉之类的,但是现在瓶子早就空了,就像一段历史已经被倒空。很有意思,这样的盒子似曾相识。在乡下的外婆老宅里?还是在某部外国电影里?这个黑漆大盒子分明就是一个家的缩影,男人的物件,女人的物件,男人的味道,女人的味道,男人和女人就是家。盒子本身很容易让人联想到搬家,迁徙:盒子一捧起来,家就跟着走了;盒子一打开,家就摆在眼前了。我们对着这个奇怪的盒子感慨,其实是对着一个家感慨。家仿佛是个梦,世界仿佛是个梦。我们对着盒子寻找家的感觉,寻找梦的感觉。可是那样的感觉却是有些虚幻,与真实的家的感觉是那么不同。也许人最好不要去爱,爱了就想有个家。但是没有被爱彻底温暖过的可怜虫,永远也体会不到什么是家的温暖,这是显而易见的。不管女人打扮得多漂亮,不管男人多会寻欢作乐,他和她都不可能在无爱的地方找准家的感觉。

我们的爱巢里充满了煎羊排的味道。煎羊排是小擎的拿手菜,是她从小在陕西的时候跟爷爷学的。她还喜欢用烤肉铁锅煎土豆,烤茄子,同样可以煎得香气诱人。她说她太喜欢这种带着膻腥气和孜然粉的焦味了,但是好多年来一直没有放开手脚煎烤过,因为丈夫阎仲豪从不允许羊肉进家门,女儿安安也不喜欢吃带孜然味的食物。她现在很高兴地做给我吃,也是做给自己吃。我们在桌上铺上白色漆布,倒上两大杯啤酒,自由地大嚼,无拘束地畅饮,弄得满嘴满手都是油腻,肚子很快吃得胀鼓鼓的。然后,我们把桌子收拾干净。她把两个茶杯放在桌子上,是这儿仅有的两个茶杯。我们坐下来喝茶。我发现她喝茶的时候动作明显慢下来,有些勉强,她似乎是忧伤的,不安的。她抬头望着我的时候,脸上挂着一抹略带嘲讽的淡淡微笑,然后转过脸去看着别处。

"你今天不开心?"我问她。

她忧郁的大眼睛迅速转了回来,凝视着我。"不开心!哎呀,是烦透了!"

我低头喝茶,不敢再问下去。不开心,烦透了,她最近老是这样说。自从潘蒹鄀来党校上任以后,她的烦躁情绪总是有增无减。她像个受气的小丫鬟,被潘蒹鄀颐指气使,呼来唤去,手里捧着本又大又厚的黑本子,迈着小碎步,一路小跑,听指示,受训斥,然后紧皱眉头记下要办的急事,回头慌忙布置下去,生怕有哪一点做得不够好。而在潘蒹鄀身上,明显透着一种暴发户病态的、动辄觉得受了冒犯的虚荣,以发号施令为乐,而且觉得找对了人。她脸部的肌肉越来越僵硬,好像每天与人搏斗留下的紧咬牙关的痕迹,并且固化成为无情的疙瘩。

"你最近脾气也不太好。"她说,好像这样就彼此平衡了。

"我吗?"我想朝她哈哈大笑,想弄出点幽默感来,可是很失败,笑得真勉强。"春天到了,肝火旺盛吧"我说。

"什么肝火?"她问,"你有什么肝火?"

"肝火!"我有些失望,"肝火就是肝火!"

沉默了片刻。她目光有些紧张,像在探寻,然后再次凝视我。"我想还是调个单位吧,不能再在党校里干了。否则我会憋出病来的。"

我关切地注视在她,她的面色真不好,不仅苍白,而且泛着一层黄气。"想调去哪儿?"

"我想去能勘院。"她说。

能勘院就是上海能源勘察设计研究院,那是一家科研单位,也是个知识分子成堆的地方。我现在对知识分子失去了好感,就像老百姓现在对官员失去了信心一样。知识分子没有脊梁骨,政府官员没有政治信仰,全都被金钱的铜臭熏昏了头脑,被利欲蒙蔽了心智,这正是当下中国的悲哀之处。但是,能够躲开潘蒹鄣远远的,能勘院便是好去处。

"能成吗?"我无可无不可地问。

"试试吧。"她也无可无不可地说。

"真要能调过去,还能当上中层干部吗?"我说,"你好容易才熬到科长。"

"当不当中层干部,对我来说也没有那么重要。"她神情黯然,应该是怅然若失。"女人做官有什么用呢?"她自言自语道,又加上一句:"女人做官有什么好呢?"

我没有再接她的话。一阵长长的沉默,有些冰冷的沉默。我一直就想问她一句话,现在终于问出了口:"依你看,她是不是对我们俩的事知道得一清二楚?"

我这样问,真的是太自欺欺人。她应该知道我说的是谁。她脸上露出嘲讽之色。"你以为呢?"她反问。

"我吃不准。"我说,"她从来也没有当面问过我。"

"这还用她开口问吗？从她的眼神里还看不出来吗？"辛小擎用带着挖苦的口吻说，"当然，她看你的眼神是会不一样的，不至于像看着我时那么……恶毒。"

"恶毒？"我吓了一跳，"她已经开始对你……恶毒了？"

"你以为呢？"她又一次这样反问。

她脸上的表情开始流露出痛苦，好像马上就要流泪。她叙述起一件事情。不久前，潘兼郢布置她筹办"三八"妇女节庆祝活动，她动了很多脑筋，费了许多心思，花了诸多力气，最后却被批评得一无是处。

"什么都不对！"她气愤地说，"策划方案写得不好，开会的地方选得不对，邀请的对象考虑不周，组织的节目质量太差，花出去的钱不明不白……总之一无是处！好像我这个人又蠢又笨，连头猪猡都不如。我什么时候曾被人这样骂过？我现在一见到她心都会发抖！她只要一给我再布置什么任务，我就会感到前面有一道迈不过去的坎。这还叫什么上班？简直都不能活了！"

我惊讶于辛小擎的感受如此强烈。原来，她心中忍受着如此莫大的委屈。潘兼郢是个什么样的人，我本该比谁都清楚。还在上初中时，潘兼郢就在一帮阿飞和混混中拥有了"外婆"的称号，她的蛮横是早就有着历史的。我本来想安慰小擎一下，过去抱她。她不吭声，但是眼泪慢慢流出来，让我也跟着难过。我把她抱到床上，用爱来关心她。我帮她脱去外套，开始解她的内衣。她默默地服从，却一动不动，和平常不一样，无动于衷。我拉过被子把两人双双盖住，温柔地问她怎么了。她摇摇头，说她不想爱。她说她快得忧郁症了，连爱的兴趣也失去了。

"你抚摸我吧。"她恹恹地说，"我渴望你摸我。"

"我怎么摸你？"我问，因为手足无措而笨拙。

"像你爱抚我的时候那样。"她的目光沉重不安。

"我真是喜欢你的身体。"我说，贪婪地摸她，吻她，从脖子，到肩膀，到前胸。"你的身体多么令人神迷，美妙，圣洁！"

"哦——"她呻吟着，"不要说什么圣洁！我不是一个圣洁的女人,我是不洁的!哥哥,如果能够重新活一次,我一定不会再把身体交给其他任何一个男人。我会把我的第一次给你,只给你,一辈子只给你一个人。"

我颇为遗憾地叹息:"唉,我现在才真正体会到什么叫相见恨晚!阎仲豪这个家伙至少在这一点上比我幸福:他是第一个得到你的男人。"

"阎仲豪,他也不是呢。"她孩子气地轻轻笑起来。"我的第一次,其实是给了一个陌生的男人,我至今甚至都不知道这个男人的名字。"

我惊讶了。莫非她还曾经另有过什么不堪的回忆?

我追问她。她忸怩了好一会儿,给我说了一段艳遇故事。那年她大一,放暑假时独自一人到深圳旅游。旅途寂寞,空虚,又满脑子充满幻想。在火车站广场上闲逛时,她被一个陌生男孩盯上了。那男孩上来搭讪,请她吃饭,然后喝酒,最终去宾馆开房。第二天早晨醒来时,那男孩消失得无踪无影。这段一夜情她印象深刻,至今连许多细节记得清清楚楚。在她叙述的时候,她的神情是甜蜜的,没有半点遗憾或者后悔的意思。

我只有唏嘘。男人是一种性欲多么强烈的动物,他们拼命地搭识异性,只为着一个目的:占有。占有之后,他们便很快抽身消失。他们情愿不要情,不要爱,只要性。而女人有多么傻,她们总是一厢情愿地把性和爱联系在一起,把被占有等同于被爱,并且在心中念念不忘。我把脸枕在她温暖的小腹上,辗转地磨蹭着。她终于伸着双臂来搂我,但动作是畏缩的,害怕的。她好像害怕我精瘦、光滑、强悍有力的裸体,害怕我坚猛的肌肉。她身体里的什么东西颤抖起来,而她的思想里,却有某种东西迟疑抗拒,拒绝这可怕的肉体亲密。她的精神很涣散,似乎在一旁作壁上观。她看上去也在努力做出调动官能的样子,但她的女人之心,犹在隔岸观火。上帝呀,我在心里嘀咕,人们嘴上说看不起、暗地里却乐此不疲的床笫之事,原来也会变得如此可笑、丑陋,甚至变成耻辱。我终于放弃了主动。于是,两个人都陷入沉默,陷入一种奇怪的一动不动的疏远。我们的精神离得是那么远,远在彼此的意识之外。

"很糟糕。"我惭愧地说,想把责任揽过来。"我有时候不在状态。"

"我很想爱你,可是没法爱。太可怕了!"她几乎在哭。

我坐起来寻找我的衣服。她忽然害怕起来,用一种不可思议的力量紧抱住我。"不要生我的气!不要离开我!不要走!"她把我拉向她,拉进她的怀里。

她拥抱着我,像母亲拥抱婴儿。如果有可能,她一定想把我拉进她的子宫里。我觉得自己突然变小了,很情愿把自己化为胎儿,躲进去。多么神秘的感觉!那是一种混沌和原始的、宛如创世之初的温情,我感到了一种奇妙的平静并且融化在其中。我的心融化在一种敬畏之中。

她全然静默。我陪着她一起静默,一起沉入静默之深渊。如此宁静,如此奇异。不知道持续了多久,我们一无所知。她的身体,她的窈窕腰际,一点一点在软化,我能察觉到,愤怒和忧伤在慢慢消失,温柔的情欲渐渐在其血管里涌动。她那充满纯洁的温暖生动之手,在我背上缓缓游走,轻轻爱抚,勾魂夺魄地激发着我每一个毛孔里的热量。她的手有着丝绸般光洁的质感,掌心像窝着一团欲火,温柔的欲火,我觉得自己正熔化在这火焰之中。她心中的恐惧分明消退了,又敢于心神荡漾了。

情不自禁,血液沸腾的感觉渐渐强烈。有一片闪着幽暗光亮的波涛在胸中澎湃上升,那是翻动着巨浪的海洋。其中的美妙是无法言传的。我们的身体承载着灵魂随着波涛荡漾,越荡越远,直至将灵魂荡离了肉体。肉体终于遗失在一阵战栗的痉挛之中,飘飘欲仙,方死方生。灵魂超脱于宇宙之外,如凤凰涅槃,浴火重生。我们在毁灭的废墟中消失了,至乐至美,万劫不复。

"亲爱的! 亲爱的!"她蜷伏在我胸膛上喃喃自语。

这是她第一次这样唤我。我们相爱将近两年了,这是第一次。我用双手捧着她,像捧着一丛花儿,感到宜人的亲近。

"宝贝儿,你想说什么?"我搂紧她。

"你是很爱我的,对吧?"她痴迷不安地问道。

"爱!这还用说吗?"我说,"你知道的。你没有觉得吗?"

"我要你亲口再说一遍!"她恳求着,"你真的爱我?"

"我真的爱你,宝贝儿!"我喃喃道。

"真想在你胸膛上钻一个空,把疑问的精油灌进去,看看我能否探索出你心底的秘密。"她忽然问道:"如果我至今未嫁,你会娶我吗?"这个问题,她第一次问。

我心中一时五味交错,有感动,有感伤,有遗憾,有痛惜。我在朦胧的灯光下审视她的脸,而她目光避免跟我接触,她的思想仿佛要跑到外面去。此时的她,脸上带着几分红潮,显得无比地安静、秀美,秀美到了我这辈子没有见过的美的程度。她裸露的肩膀圆润细洁,美人骨突出有致,比世上的任何一位新娘都要风采迷人。

"只要你愿意,我什么时候都愿意娶你!"我用最真诚的声音对她说。

"不会嫌弃我?"她问。

我听见她的心在狂跳。"我发誓,"我说,"永远都不会!"

"别说永远。"她说,"人生如此短暂,从来没有永远。"

她松开抱着我的双臂,静卧着,像一朵美人蕉一样静静地盛开着。她不再说话,闭着眼睛,仿佛在谛听着遥远的什么地方。我在她脸上看到了一片燃烧的、青春萌动的红晕。那红晕仿佛也有自己的生命似的,在她的脸上翩翩起舞。

我走过去拉开窗帘。天空一片暗蓝色,西边天际尚有一抹余亮,透着宛如晶莹的翡翠般的色彩。世界是个梦。

她爬起来,走近我,吻我的脖子。她两只眼睛看着我,目光那么温柔、幽深。她的吻是多么温暖,她的脸有说不出的秀美。我回吻她。

"是吗?你爱我?"她再一次这样问道。

她的样子像个讨要玩具的孩子。

第三十六章　无法信任

我陪着贲梁蜀去找潘蒹鄄,帮他办理复职手续。潘蒹鄄坐在宽大的办公桌后面,抬头盯着贲梁蜀看了半天,好像在努力回忆什么地方曾经见过这个人,一脸公事公办的严肃表情。

"哦,贲梁蜀。你从日本回国了啊?钱挣够了,想找个安稳地方待着,是不是?"她声音冷淡得几乎要结冰,"复职应该去人事科,找我干什么呀?"

贲梁蜀讨好地堆上笑脸:"这不是听说您调到我们单位来当领导了嘛,我真是高兴得不得了,还不得先赶紧过来拜见您哪!"

潘蒹鄄耷拉下眼皮:"你留学几年都学了些什么呀?日本人专教会你拍马溜须了?还满口'您哪您哪'的!说吧,怎么回事儿?"

贲梁蜀弯腰把复职申请书和表格呈放在她面前,解释眼下遇到的麻烦:他的留职停薪期限过了,人事科按规定卡着,不给办。"潘校长,这事儿不得你出面说句话儿吗?你是分管行政人事的副校长,您哪!"贲梁蜀搓着手说。

潘蒹鄄对着材料瞅了一眼,皱着眉头重新推还给他:"人事科是照章办事,没有错的。我出面又能做什么?难道你想让我这个副校长违法乱纪不成?"

贲梁蜀挤出一脸媚笑:"说什么违法乱纪,哪来的那么严重!你也就是在这纸上写上'同意'两个字,再签上大名,就OK了!明天我请你吃饭表示感谢!我还给你从日本带了一套高级化妆品回来,给小穆穆也带了几样礼品,都是些玩具什么的,明天一块儿都……"

"打住！打住！"潘蒹鄫忙挥手阻止他，"这件事我就更不能帮你办了！又是吃饭又是送礼的，你想干什么呀？行贿呀！"

贲梁蜀脸上一会儿红一会儿白的，瞪起眼睛道："潘校长，我们之间谁跟谁呀？还行贿受贿！这都挨得上吗？"他看上去真有些急眼，说出来的话和口型都有些对不上了。

潘蒹鄫眼睛像鱼一样斜出去，冷笑着问："我们之间谁跟谁呀？你说我们之间是谁跟谁呀？"

贲梁蜀傻了，显然没有料到潘蒹鄫会如此面目可憎。他求救地朝我看看，希望我能帮着说点儿什么。

其实，此时我心中的怒火早已经蹿到了屋顶上。我深为她脸上暴露出来的戾气氤氲而怒。一个人戾气侵心便显于怨容，陷于多深的琐碎和浮躁，就会产生多盛的怨邪之气。但转念一想，最深的戾气，还是起于有关系的人，发于最关切的事：她多半也是因怨我而戾——身边幽微，方是心底波澜所在，她不过是用某种尖锐的方式想为自己寻找温润的平衡罢了。或者说，她是想用戾气的铁皮包住那颗脆弱的心，不让其显露出来。想到此处，我压下怒气，把贲梁蜀的申请材料重新推到潘蒹鄫面前，故作轻松地说："多大点事儿，不就是签个字嘛！"

潘蒹鄫竖眉瞪眼刚要开口说什么，被我挥手拦住——

"这事儿也不用太着急，你就先搁着吧，以后再说。"我注视着她问："晚上你是回王叔那儿吧？"

潘蒹鄫听我忽然问出这句话来，大出意料之外，脸色一下子柔和了许多，鼻翼轻轻扇动着，似有多少委屈似的。"我还能去哪儿？穆穆这两天咳嗽得厉害，我晚上还得带他去医院吊盐水呢！"

"那，你给王叔和吕姨捎句话儿吧，请他们辛苦一下，明天晚上在家里烧上一桌好菜。"我说。

潘蒹鄫眼里闪过一线亮光，充满期待地看着我，眼眶渐渐微红。她好像忽然被什么东西感动。我想起来，自己确实已经很久没有去王叔那儿了。

"是有什么事情吗?"她轻声问,口吻极其温柔。

"算是给国外归来的贲梁蜀先生设宴,接风洗尘。"我朝贲梁蜀狠狠白了一眼,责怪他做事急功近利,一上来几句话就把潘蒹鄞惹毛了。"贲梁蜀早上还一直在后悔,说当初认下穆穆做干儿子也没有正式办个仪式。穆穆都满五岁了,也该拜个干爹了。如果你不反对,明天就给穆穆举行个认干爹仪式吧。"我大包大揽地说。

我知道潘蒹鄞一定不会反对这个提议。穆穆一直像个没有父亲的孩子,连该叫谁一声爸爸都不知道,能先有个干爹叫着,对孩子来说多少也是一份安慰。更何况,这还是我给安排下的,她就更不能推辞。

果然,潘蒹鄞目光无限温柔起来,看着贲梁蜀歉意地微笑着。她开始竭力在旋转靠椅上寻找舒服的姿势,弄得椅子的弹簧发出一阵阵声响,像是发情动物发出的呻吟。

"那好呀,我们家穆穆不知道会有多高兴呢!"她像个慈母一样微笑着,眼里似有泪花闪烁。"贲梁蜀,你别怪我刚才态度不好。你要复职这个事,真不是我签个字就顶用那么简单的。这件事要先和能源集团的人事处通气,得经过上面主管部门点头才行。不过,请放心好了,你是宇谅的赤膊兄弟,你的事情我一定会当作自己的事情来办的。请耐心等着我的音信呗。"

女人啊,真是喜欢感情用事的动物!她的态度转变得也太快了,简直和前面判若两人。她一想到自己的母亲身份,就马上把副校长的身份给抛在一边了。

贲梁蜀千谢万谢,很有风度地退了出去,甚至还带着一点儿实属难得的优雅。我跟着要走,潘蒹鄞叫住我,说还有点事。我问她什么事,她说马上要召开一个听取意见座谈会,正好想找几位教师代表参加,让我如果有空就顺便去听一下。我本来对参与这种事情毫无兴趣,但不想在这个时候抹她面子,就跟在后面一起往会场走。

路上,我还是忍不住责怪她太会摆架子,刚才差点让贲梁蜀下不来台。她正色地为自己的行为辩解,还说做人就是这样,不能对谁都热情,热情是无品位的。按照她的理论,人想要吃得开,就必须冷峻,必须端住自己的架子;当了领导就必须摆谱,并享受一份从摆谱中得到的满足,等等。我知道,她在装腔作势的官场中浸润太久,现在对于如何表现出高人一等,已经是行家里手,我自然争论不过她。而且两个价值观不同的人,对这种事情是无法争论的。

座谈会由校长兼书记亲自主持,主要就党校的职称评定初评打分操作细则广泛征求意见。会场里来了很多管理者,也坐了不少教师,大家都站在不同的利益角度就细则中的某些具体条款争来争去。有的说学术论文最重要,发表论文数量应该放在考量的第一位;有的说教师水平主要体现在教学质量上,应该首先看学员统考成绩排名;又有人说,最终还是要看科研成果,应该按照成果获奖名次排序。总之,谁都生怕将来自己评职称时在某些方面吃亏,对自己有利的条件最好都添进去,对别人有利的条件要千方百计加以限制。我本人因为刚刚获得讲师资格,离评副教授的资历还差得太远,所以并不打算发言,谁也不想得罪,逍遥作壁上观了。

富骐言在这类场合是从来不会甘于寂寞的,他不会放过这种难得在领导和众人面前展示满腹经纶的机会。他作了一个长篇发言,讲了二十多分钟,从什么是职称讲起,讲到职称评定的目的、意义,再讲到职称评定的准则和依据。他擅长引经据典、博古论今,不时冒出些耳生的艰涩名词,从什么"上位""下位",到什么"法典悖论",唬得人一愣一愣的。

"……这是一个无法信任的时代。我们对自己不信任,我们对别人也不信任。我们对媒体不信任,我们对政府也不信任。我们对爱情不信任,我们对婚姻也不信任。我们对微笑不信任,我们对眼泪也不信任。我们对谎言不信任,我们对真理也不信任。我们对过去不信任,我们对未来也不信任。时代和社会的变化也好,无常也罢,抱怨跟缅怀一样充满虚弱,也无济于事……

"只有知识是唯一可以值得信任的,知识!而职称就是知识的标签,当你拥有了某个职称,就证明你具有了令人信服的知识……

"……我们抱怨着出生的低下,堕落于无用的享乐,屈从于失败的命运,妥协于现实的枷锁。缺乏清醒与坚强的意志,一辈子无法改变浑浑噩噩的状态。

"但是,清醒吧,让知识来改变你,让职称来武装你!"

但是。他在说但是。正像狐狸的尾巴最终要露出来一样,他的真正意图最后还是袒露无遗——

"……领导们,老师们,同志们,我们是一个什么样的单位呀?我们是党校!党校姓'党',而党是讲政治的,中国共产党的最显著特征就是她的先进性,这一点是谁也不能否认的!所以,我们一定要在党校职称评定的过程中体现先进性,优先考虑让政治上优秀的知识分子评上职称。我在这里有一个提议,应该在职称初评加分细则中加上几条新规则:一、凡是获得各类先进称号的,可以按照先进层级给予加分;二、凡有先进事迹被各类媒体报道的,可以按照刊登报道的媒体等级给予加分。比如,被省市级媒体报道的可以考虑加五分,被国家级媒体报道的可以加八分,报道引发国际媒体关注的可以……"

"等等,等等。"我实在是有些坐不住了,只好出面打断他的话,"富骐言老师,你的提议是否明智,我这里暂且不论,但我想提醒你这样一个事实:职称是凭着工作实绩由专家评出来的,而先进人物则常常是由群众举手选出来,这二者产生的方式完全不同,恐怕不能轻易地混淆起来。更何况,大家都知道的普遍现象是:有很多所谓先进人物的诞生,首先是由某位领导提名的,并没有得到群众的广泛认可。现在社会上风气不是很正常,那些善于贿赂领导的贪官,还有那些总是左右逢源会来事的人,往往全都是荣誉满身的,您觉得应该给这些人加分吗?大家说呢?……富骐言老师,我相信如果在去年开这个会,你一定不会说出得了先进应该加分的话来,因为你是在今年年初才刚刚获得了一个所谓'集团优秀教师'的称号,而且你的所谓先进事迹又恰好登上了一张省级小报的某个版面。所以,你刚才的提议会让人怎么联想呢?……"

"穆老师,穆老师!"富骐言慌忙打断我的话。天气不算很热,他额头上却冒出一层细汗。"我首先要声明,我并没有照着萝卜挖坑的意思。惭愧,承蒙潘校长抬爱,今年给了我一顶优秀教师的荣誉桂冠……"他讨好地看了潘兼鄄一眼。但这个时候拍这样的马屁,当真是愚蠢之极,等于当众打她的耳光,潘兼鄄脸色阴沉,好难看。他继续说:"其实评先进是人人都有机会的,当教师的可以评先进,在管理岗位上就更容易被评为先进。比如辛小擎辛主任,她每年都是当之无愧的优秀党务工作者,她将来也是要评职称的……"

这个不懂事的蠢货,用句上海话说,就是个地道的"拎不清"的家伙!他竟然在这时候提到辛小擎,不仅气得我满腔怒火,连小擎的脸都气得煞白了。而且生气的也不仅仅是我们两个。

"好了,你不要再说下去了!"潘兼鄄粗暴地打断他的话头,以免他再说出什么更难听的话来。她使劲地咽了口唾沫,似在努力压抑着心头的不快。"由于时间的关系,今天的会议暂时就只能开到这儿了。下面请凌校长做最后的总结讲话。"然后,她带头用力地鼓掌。我猜她心里是很想将巴掌拍到富骐言脸上去的。

富骐言一脸的悻悻然,怨恨中带着几分恶毒的目光迅速地向我这边扫了两遍。我看见会场上有几个人脸上表情怪异,甚至有人在抿嘴偷笑。这让我心里感觉不祥。

难怪小擎跟我说起她想调走。待在这样的环境里不觉得苦恼才怪,调走是明智的选择。虽然我是多么不希望她调走。我希望每一天都可以看见她出现在我面前,但我又真的不希望看见她脸上忧郁的痕迹越来越明显。

下午,我和贲梁蜀在宿舍里待着,躺在各自的单人床上东拉西扯。贲梁蜀跟我说一些他在日本的经历和见闻,说东京的新干线,说北海道的海。我给他说国内这几年发生的变化,说浦东的开放,说股票市场。后来我们就扯到一些男女的事,说爱情,说性。我跟他开玩笑,问他在日本的这四五年是怎么解决私人问题的。我说上海大街上明里暗里已经出现了很多娼妓,那些打着洗头旗号的发廊有很多就是"鸡窝",它们能帮助缓解上海数以万计的外来务工者的生理饥渴。我问他进过日本的"鸡窝"没有?价钱是不是很昂贵？他苦笑着回答我,日本"鸡窝"是肯定不敢进的,但私人问题总有办法解决。在日本打工的中国人,有很多青年男女都是搭伴同居一室,这样既能消除孤单寂寞,又能节约一半房租费。回国之后大家各奔东西,谁也不欠谁。我说,人是有感情的,两人住在一起久了,很难说分手就分手吧？他说,难舍难分的也有,一切都要看缘分了。回来后还能够走到一起,那当然是最好的结果。可是人都要面对现实,现实总是比理想要残酷,唯一必须牺牲的就是爱情。他这样说着的时候,重重叹了一口气,听上去有些心有不甘却无可奈何的意思。

"我们处在这样一个时代,我们又待在那样一个社会,还能奢望什么呢？爱情,我们这个时代的爱情,我们这一代人的爱情,都是注定要做出牺牲的,这是无法避免的。"他说,"在我们接触到的物质世界越来越丰富的时候,我们感觉到的精神世界却越来越贫瘠;我们越来越贪婪,对金钱,对爱情,对周遭所有的东西都贪婪,却越来越空虚,空虚到没有什么东西可以填满时间的空隙。我们的爱情已经泛滥到可以随时情海翻滚,却找不到一滴可以称之为真情的泪水。所以,我们早就不再相信爱情！"

我正要说什么,忽然听到有人敲门。我过去开了门,很意外见到门外站着两位长腿美女。跟我的爱情有关的美女,辛小擎和潘蒹鄄。

"你们怎么会上这儿来？"我奇怪地问。

"我们不能来吗？"潘蒹鄄假装傲慢地说。

五六年前的那个夏天,我在这间屋子里第一次拥抱了潘蒹鄄,第一次因为爱情拥抱了女人。那份心跳神醉的感觉至今还在。潘蒹鄄的再次光临令我心里五味杂陈,而辛小擎同时出现在这里,也让我脸上多少有几分尴尬。

"潘校长亲自上门关心你们两位王老五,还不赶紧欢迎哪？"辛小擎说。

贲梁蜀猛地从床上跳起来,夸张地将两只巴掌拍得震天响:"欢迎,欢迎,热烈欢迎！热烈欢迎！"

潘兼鄄对他说:"你申请复职上班那件事儿,我跟集团人事处那边电话沟通过了,他们暂时还没有给明确答复。再耐心等上几天吧,会很快有说法的。"

"谢谢谢谢,感谢潘校长帮忙!"

贲梁蜀轻浮地上前欲作握手状,潘兼鄄没有理睬他。她目光搜巡着宿舍。真叫人难为情,我本来把屋子收拾得挺干净,可是贲梁蜀这王八蛋一睡进来就又搞得一团糟了,满天满地的烟灰烟屁股,臭袜子发出呛人的骚味。

潘兼鄄问贲梁蜀:"听说你快结婚了吧?"

贲梁蜀老老实实回答:"是,在考虑了。"

"结婚之后,就不再住这儿了吧?"潘兼鄄又问。

"是,结婚了就搬出去。"贲梁蜀说,"可惜家在徐家汇那边,离开单位太远,上下班很不方便。"

"单位里有像你这样情况的职工不少,我正在考虑,怎样帮助大家解决这个实际困难。"潘兼鄄脸上恢复了领导的严肃。"可以专门放几部通勤班车,解决路远职工的上下班交通问题。"

"啊呀,那就太好了!"贲梁蜀激动地叫起来,"潘校长,将来不知道有多少人要念您的好呢!"他十分真诚地说。

我给两位美女泡了新龙井,请她们坐下来慢慢吃茶。潘兼鄄一边吃着茶一边叹气,感叹后勤的事情太多太杂:"教师的办公室太拥挤,要全部重新调整一遍;教室里的课桌椅太破旧,都得淘汰更新;食堂的环境和设施都陈旧不堪,连起码的卫生达标都难以保证……这些事情都够头疼的了。偏偏眼下又摊上一件天大的麻烦事……"

"天大的麻烦事?"辛小擎问,"什么事儿呀?"

"房子呀。"潘兼鄄说,"能源集团又下拨给我们一批职工住房分配指标。"

"那不是好事吗?"我说,"有多少人对房子翘首以盼哪!"

"麻烦就出这儿,僧多粥少。"潘兼鄄说。

辛小擎说:"也是,每回都是一样,永远少一套房。"

"这回可不是少一套两套那么简单,只怕是要抢得打破脑袋了。"潘兼鄄说,"你们没有听说吗?政府今后将彻底取消福利分房了!所以,这可是最后一次机会,末班车。知道意味着什么吗?错过了就永远错过了,一辈子再也没有白拿一套房子的机会了。想象一下吧,白拿一套房子,会是怎样的竞争!"

"那好呀,"贲梁蜀嬉笑着说,"你潘校长一下子就变得无比吃香了呀,人人都得拼了命想着法子巴结你——生杀大权全在您手上呀!"

"可不能这么说!"潘兼鄄慌忙摆着手,"房子分给谁不分给谁,不能是某个人就说了算的,得让大家把困难条件摊开来比,摊到桌面上来集体讨论。必须保证把房子分给那些真正的无房户、居住困难户和结婚刚需户。"

贲梁蜀又来嬉皮笑脸,掌心朝上直直地伸出老远:"潘校长,我给您送礼,您也分我一套吧,我可是结婚刚需户啊!"

潘兼鄄笑着把他的手打回去:"你省省吧!谁不知道,你们家的房子大着呢,有一百套房子摆在那儿也轮不到你的分!结婚刚需户,指的是像穆宇谅这样户口在集体宿舍的大龄青年,拿了结婚证,没有房子可住的。"

"我不也是住在集体宿舍的大龄青年嘛!"贲梁蜀还在无理取闹。

辛小擎朝我看了一眼,眼里分明有些复杂的东西。辛小擎的那一眼似乎提醒了我什么,我盯着潘兼鄄死死地看了一会儿。"不结婚就不能分房吗?"我问。

"不能。"潘兼鄄坚决地说,"结婚,无房,这是申请的硬条件。"

"那——"我绝望地问:"我这辈子,就再也没有分房的希望了?"

"是的,"潘兼鄄面无表情,"除非你能在三个月内开出结婚证书来。"

我下意识地看了辛小擎一眼。辛小擎转过脸去,不看我。

贲梁蜀在一旁出了个馊主意:"你找个外来妹假结婚好了。等拿到了房子后再离婚,大不了补偿人家一笔钱。"

潘兼郸目光意味深长地看着我,表情复杂地微笑着说:"这也算是一个办法,只要你做得出,别人倒是拿你没辙。"

我垂下眼皮懒得再搭理他们。好容易考上大学,从农村来到大都市,当初是对人生充满了憧憬的。这么多年工作下来,却感觉前景越灰暗,到末了竟是连个房子也分不上,心里可真不是滋味。没有房子,就意味着没有家。没有家,爱无处安放——没有比这个更悲凉的人生了。

潘兼郸带着辛小擎跑到我们集体宿舍来东拉西扯,最后说到分房子的事情,她到底是有心还是无意的?她是想用分不到房子这件事来刺激我吗?

她们走了之后,我心情郁闷了很久。贲梁蜀提出一起喝点酒,我说好。我们来到梅秀的店里,梅秀说她刚刚烧了几个菜,正打算让秦归雁过来叫我们。四个人就在店堂里摆张小桌子坐下来吃饭。贲梁蜀向隔壁烟纸店招呼一声,两瓶绍兴女儿红黄酒送了过来。我问干嘛不喝白酒?贲梁蜀说,你今天心情不好,别又喝白酒喝醉了。秦归雁关心地问我怎么了,为什么心情又不好了?于是就说起单位里分房子的事。梅秀气愤地问,潘兼郸不是管分房子的副校长吗?她连这个后门也不给开呀?分房子是多重要的大事呀,这样的忙都不肯帮,那还能算什么自己人哪?她又说,我们明天不是约好要到王叔家里一块吃晚饭嘛,到时候看我好好数落数落潘兼郸,非逼着她给宇谅分一套房子不可。我冲着梅秀直摆手。贲梁蜀歪着脸拿筷子指着梅秀,怪她什么都不懂:

"你当单位里的房子是潘兼郸家里的私人财产哪,她能说给谁就给谁?分房子是有硬条件的,得先有结婚证书。"

贲梁蜀这么一说,大家都不吱声了。半天过去,谁都不说话,闷酒一口接着一口。我知道他们心里在想什么——想我的婚姻问题。婚姻是大事,对于我却是难事。我跟谁去结婚?潘兼郸一直在等着我回心转意,我心里爱着的却是有家庭的辛小擎,这些他们都是晓得的。他们一定在心里骂我,我是一个生活上乱七八糟的人,永远走不到正道上,所以,谁也帮不了我。我活该就该打光棍,一辈子没有房子,没有家。我就是一个活流痞,自作自受!"

"倒是有一个办法,要不——"秦归雁忽然开口,话说到一半,她已经满脸通红,然后,鼓足了勇气说:"谅子哥,要不我陪你去一趟民政局吧!不就是缺一张结婚证书嘛?我跟你去办个结婚手续就是!"

我被她的话吓了一跳。这死丫头疯了,假结婚,这样的事情也能做得出来?

"不行,不行!"我慌忙否决掉她的傻念头。"这绝对不可以!"

"为什么不可以呀?"秦归雁眼睛直愣愣地瞪着我,"我都二十二岁了,早过了法定婚龄。谅子哥,你是不是担心我将来会赖上你呀?"

"不是这个意思。"我忙解释说,"你一个姑娘家,将来还要谈恋爱、嫁人,怎么能平白无故先多出一段婚史来?这可是事关你一辈子名声的大事,我不能这么毁了你的清白!"

"什么呀?这都什么年代了,你这思想也太老土了!"秦归雁不屑地说,"有过婚史怎么啦?有过婚史就不清白啦?就不能再恋爱、结婚啦?哪个男人要是真的这么想,求我嫁给他我还看不上哩!"

"那也不行!"我态度很坚决,"做这种弄虚作假的事,总是缺德,别人会因此瞧不起我的。你观念新潮是你的事,我坚守传统。"

"那你就真娶我好了!"秦归雁语速极快地说。她脸上的红潮一直没有褪去,分不清是因为太激动还是酒精引起的。

我警惕地看着她。她这话是什么意思?莫非她真是这么想的?我突然想起十五年前的那件事:在大灶间,我扒开她的裤子……这死丫头不会还一直记在心里吧?这么一想,我顿时心虚。真那样就麻烦了。我可不想再从其他的女人那儿惹上什么麻烦了。现在有一个潘兼鄄,已经让我烦不胜烦了。

我借喝酒掩饰内心的尴尬和慌乱,和贲梁蜀碰杯,猛灌了一大口。我又向梅秀敬酒,梅秀好像没有看见,怔怔地盯着秦归雁的脸看着。秦归雁被她看得好不自在,恶狠狠地回瞪她。

"谅子哥叫你喝酒呢!"秦归雁粗声大气对梅秀说。

梅秀没理会,看看她,又看看我,微微摇摇头,似乎有什么话要说,又终于没有说。她这个样子让我心中更加不安。我简直怀疑,秦归雁曾经私下里把十五年前的那件丑事讲给梅秀听过。也许哪一天,贲梁蜀就会拿着这个话把儿糗我。

贲梁蜀此时却提出了一个新的建议。如果我鼻梁上有副眼镜,一定会跌在地上摔碎。

"让梅秀跟你去登记。"他说,"不就是一张证书嘛!拿一张纸去换一套房子,这笔买卖怎么算也是大赚的。不过,这要问梅秀,看她愿意不愿意……梅秀,你说呢?"他期待地望着梅秀。

"我……我无所谓。"梅秀迟疑了一会儿,低下头说,"只要你将来不说我是'二婚头'就行。我在上海,除了你们几个,再也不认识其他什么人,不用怕着将来谁会说我闲话。"

"这怎么行呢?胡闹!这怎么可以呢?"我两只手像扇芭蕉扇一样摆动着,"不可以的!你们别再出这种馊主意,绝对不行的!我不会那么去做。我即便一辈子当无房户,也不能做出如此让人耻笑的事情来!"

第三十七章　身无归处之人

我下意识地打了个寒噤,似乎有人在我背后打开了门,引进一股冷风。现实的确令人沮丧。没有结婚证书就没有资格申请分房,这次再放弃申请就一辈子分房无望,现实太残酷无情了,对于我的打击实在是相当大。贾梁蜀他们提出假结婚的主意,那是个好办法,但是我一时还接受不了。我表面上装出一副传统知识分子的迂腐清高模样,其实骨子里对房子想得要死。从这个角度说,我所谓的不接受其实是假装的。我内心充满矛盾,并且对未来充满恐惧。我很害怕有一天单位里张榜公布,说所有的福利住房都分配完了,没有我的分。我将在集体宿舍里住上一辈子。这太恐怖了!我一直在集体宿舍里住了那么些年呀,早就住怕了。我渴望着搬出去,搬进一个能叫做"家"的地方。

房子,对于像我这样的人来说,那就是家。

第二天下午单位里开会,开反腐倡廉大会。反腐倡廉,老实说,不晓得跟我有多大关系。但是现在我必须得老老实实参加这样的会议了,因为我已经打了入党申请报告,成了入党积极分子。我必须接受党组织的教育,不断教育,反复教育,再教育。潘兼鄞坐在主席台上作报告,我坐在下面想心思。我在想房子的事情,这个事我不能不想。

潘副校长现在的口才好得惊人。她可以不用讲稿一口气讲上一两个小时,这一点我们已经领教多次了。我承认过去是小看她了,她是一个很有能量的人。她记忆力超群,能够熟练地背出大段的马列原著,不佩服还真不行。我倒是替她可惜了,当初上中学时,她若能把这份记忆力发挥一半出来,也不至于后来只读了个技校文凭。想到这里我马上又苦笑——人家后来也照样拿到一张中央党校本科文凭,而且还当上了副处级干部呢!我,辛小擎,还有这满满一会场的人,眼下都成为人家的教育对象了。

但是她的长篇大论实在太长了,长得我即便没有窒息也绝无耐心认真听下去。好在我随手带着一本书,就偷偷翻看起来。开会带本书,已经成了我们战胜开会打瞌睡的法宝。当时刚刚开始流行励志类书籍,我带着的这本就是,书名已经记不清楚,总之是关于如何取得成功一类的。成功,成功,赚钱了就是成功,当官了就是成功,成为名人了就是成功——书上就是这么说的。一个人为了获得成功,可以厚黑,可以不择手段,可以摧残自己再去折磨别人——书上就是这么教的。尽管我心里大不以为然,看着还是觉得蛮新鲜。书上还教了一些进行日常自我训练的方法,"写断言"就是其中的一种。所谓写断言,就是列出一张表格,分别在前面每一列中填上"我目前很不满意的现状"、"现状存在带来的潜在损失"、"我所必须采取的有效行动"、"取得成功后给我带来的利益",等等;最后一列就是练习者要写的"我的断言":用自我谈话创造一幅激励自我的图像,用现在式把未来幻想说成是已经完成了的现实。

我现在最需要什么样的成功呢?当然是得到房子!按照书中阐述的理论,为了获得分房资格,我可以厚颜无耻巴结领导,可以不择手段弄虚作假,也可以自毁人格并不惜损害别人名誉。这就是成功的秘诀所在,成功学的精髓!好吧,让我按照书中所教的自我训练方法,先从学会"写断言"开始。我目前很不满意的现状:我大龄,单身,无房,虽然有一个十分相爱的女人,却没有合适的结婚对象,我无法和我所爱着的人去领取一张结婚证书。现状存在带来的潜在损失:我将失去申请分配福利住房的资格,一直在单位集体宿舍里住下去,并且将来也不会再有分配到属于自己住房的机会,即便有一天我可以和心爱的女人结婚,我们也没有房子可以居住，我们的爱无处安放，我们没有属于自己的家。我必须采取有效行动：想办法弄到一张结婚证书，申请分房。我的断言：我终于拥有了一套属于自己的房子，也许不会很大，但一定有阳光。我把我的爱人请进来，告诉她，这儿就是我们的家。我们不需要有奢华的家具，只要干净明亮。我们想在里面拥抱多久就拥抱多久，直到睁开眼睛醒来，看到新的一天又将开始。我们牵着手走出家门，走进春天里去看花，看草地，看远方的天空……我闭上了眼睛，沉浸在幻想里。我不想睁开眼睛，不愿意看到现实。

"瞿瞿、瞿瞿……"会场的某个方向传来一阵蛐蛐叫的声音。这声音打断了潘兼郫的讲话，也惊醒了不少人的瞌睡。我看见辛小擎脸色不自然地站起来，匆匆走了出去。

我目光跟着辛小擎走出会场。我的心也跟着她飞到外面。她跟我说过想要调走，不知道眼下她考虑得怎么样了。潘兼郫会同意她调走吗？也许她在心里巴不得——我敢肯定，潘兼郫在心里恨死了辛小擎，恨不得她从这个世界上永远消失。

潘兼郫作报告的声音被麦克风放大了许多倍，听上去有点失真。她在公众场合说话的口吻和声音，我到现在听着还是不能习惯，太陌生了。当单位领导的潘兼郫，和作为穆穆母亲的潘兼郫，分明是完全不同的两个人。

想到穆穆，我的心一阵柔软。我有一两个月都没有见到这个小家伙了，还真有点惦记他。今天下班后要去王叔家里看他，该带点什么样的礼物呢？也许贲梁蜀现在正在街上买礼物吧，他要做穆穆的干爹了，礼物是一定要备好的。或许，梅秀这会儿就在旁边正帮着他挑选呢。

"瞿瞿、瞿瞿……"连我自己都被这叫声吓了一跳，声音太刺耳了。辛小擎已经不在会场，这叫声就是从我身上发出来的。赶紧从口袋里掏出 BP 机来看，上面显示着一个幸福号码——辛小擎办公室的电话。我赶紧离开座位向外走。潘兼郫不满的眼神已经不加任何掩饰。

一出门我便飞奔起来。刚跑了几步，我又提醒自己加以克制。

出于谨慎,我没有直接去辛小擎的办公室,而是找了个旁边没人的电话回拨过去。听筒里传来辛小擎十分慌张的声音:"糟糕,出了要命的事了!阎仲豪刚才在电话里暴跳如雷,对着我大吼大骂。我必须得马上赶回家去。"

我万分紧张起来,忙问:"到底是为了什么事情?"

"很不妙!阎仲豪说他今天收到一封匿名信,信里写的尽是你和我的事情,还有偷拍的照片……我不清楚是什么样的照片,但听上去……总之足以证明我们俩的关系极不正常!……他一直在骂,在吼,好多话我也没有听清楚。反正,他让我必须马上出现,否则就要冲到我们单位里来了。事情要闹大了……"辛小擎在电话那头哭起来,"我得马上回去。"

"等等,"我脑袋像被门夹过一样胀痛,耳朵里嗡嗡直响。"要不,我现在就跟你一块儿过去吧。"

"你……"辛小擎气急败坏地说,"你现在怎么能过去呢?让阎仲豪在这个时候看见你,还不拿刀捅了你呀!"

"可是……你这样一个人回去,还不知道会发生什么事情,让我又怎么能放心呢?"我着急得不知道该怎么好。

"那……这样好了,你先到我们家小区门口,找个地方待着,等着我 Call 你。"小擎说,"你今天哪儿也别去,别轻举妄动,等着我 Call 你!"

也只有先这样了。我撂下电话,茫然不知所措。耳朵边响着的尽是"匿名信"、"照片"这样的字眼。是谁写的匿名信?哪个王八蛋这么阴毒,在背后下黑手?还偷拍了照片,要坐实证据,置我们于死地!首先想得到的当然是富骐言。可是似乎又不太像是他,富骐言不是很久不再跟踪我们了吗?他应该对辛小擎早不抱非分之想了。难道是潘蒹鄣?她又怎么会不顾身份做出这等龌龊的事情来?也许是她暗地里指使了什么人,这可就难说了。能够想得到的,除了这两个人,应该也不会再有别人。我这么想着,一路上直恨得咬牙切齿。

一切只能听天由命。我赶到辛小擎家的小区门口,隐身藏进马路对面的小树林里,心里依然杂乱慌张。小树林里长满了多汁的乱草,一碰就弹出花粉的雾。荆棘长到超过膝盖高,还开着花,发出难闻的气味。我在这一片丰茂的蓬草间猫一样地蹲着,祈祷着,期盼辛小擎身影早点儿出现在小区门口,跟个没事人似的。这似乎不太可能。或许她出现的时候会鼻青眼肿,因为狠挨了一通揍。我会冲上去安慰她。如果阎仲豪紧跟着出现,我也不管不顾了,就跟他狠狠干上一架。我相信此时我是占有优势的,因为我比他冷静。打得过或者打不过,又有什么关系呢?等这一架打完了,辛小擎就属于我了,她是我的女人了。这么一想,我倒好像盼望着辛小擎挨上一顿揍似的。那么我要好好感谢富骐言或者潘兼鄄了,是他们成全了我们。

我坐在草地上,不停地看着手表。时间一分钟一分钟过去,手表的指针从来没有走得这么慢过。多么难熬的时间啊!正是晚春时节,草地上花香浓郁,空气中飘浮着绒毛状的白色柳絮和零星的粉色花瓣,偶尔拂到脸上,有微微酥痒的感觉。树林中总是那么安静,无数弯曲的枝丫伸向天空,褐色的树干上有各色繁花在绽放,鸟儿安逸地在林中飞来飞去。在林子的中部有两棵上了年纪的老树,老树的绿叶混成一片,异常浓密,仿佛具有一种非常强大的沉默力量。无言的含蓄,体现出一种充满生命力的存在。老树身上透出忧郁的古老气息,这气息使我略感安慰。好像它们也在等待,固执而淡泊地等待,散发出沉默的潜能。也许它们只是等待着结束,等待着被伐倒,运走,等待着一切的末日。它们的等待和我的等待是不同的,不含有任何意义。离开老树不远的地方,杜鹃花成团成簇地盛开着,颜色红得像鲜血,鲜艳得难以置信。看不见叶子,也看不见枝干,只有一片非常怪异、过分浓艳、象征着杀戮的血红色,完全不像我以前见过的杜鹃花。我抬头仰望天空,空中散布着鱼鳞状的云块,西斜的太阳在云层里钻进钻出,小河、云彩、阳光和一切迷人的景色在我眼里都蒙上了一层灰色,我的心紧缩成一团,不知道等待的是希望还是某种未曾想象的厄运。

"瞿瞿、瞿瞿……"终于听见 BP 机发出了叫声。急忙低头一看,液晶屏上显示的号码却是王叔家的。找个电话回过去,那头传来的吕姨的声音。

"宇谅,你怎么还不过来呀?"吕姨问,"蕭鄭早就回家了。贡梁蜀、梅秀和秦归雁他们三个人也都已经到了。大家都在等你呢!"

我这时才想起来,本来约好了今天一起在王叔家里吃晚饭的。可是,眼下出了这样的情况,我又怎么能放得下辛小擎呢?"对不起,妈,我今天有急事,不能过来吃饭了。"我十分愧疚地说,"麻烦你跟爸说一声,也跟大家打个招呼,你们就先吃吧,不用再等我了。"

吕姨很不高兴地问我有什么急事,我支支吾吾应付了几句,赶紧挂了电话。

天色已经彻底暗了下来,路边的街灯陆续亮起。我一个人站在电话亭旁边,有些魂不守舍,脸上热辣辣的,让人觉得像在坦白悔罪时那样抬不起头来。茫茫然之中,我不知道该往哪里走。

终于,BP 机又响了。这回是小擎在 Call 我!电话打过去,是她的声音,哭泣般的声音。我让她快到小树林里来,快来!

她出现了,换了一件淡青色的薄薄的水磨纱衬衣。见到我,一头扎进我怀里,无声地哭个不止,身体抖个不停。她一定承受了极大的压力,非常委屈。我抱着她又哄又拍,吻她脸上的泪水,撸着她有些凌乱的头发。我不敢着急问她什么情况,她一时也不说,好像要伏在我怀里好好休息一番。我就像怀里抱着个疲倦了的婴儿,在轻轻地哄着她入睡。

"他要杀了我!"她终于开口说话了,声音嘶哑。

她的第一句话就让我头皮发麻,让我看到了她内心里面那个绝望的黑洞。

"他什么都知道了……不可能再隐瞒什么了!"她说,"他连问都不问,就说出了你的名字,说出了我们过去常去的那家宾馆的名字,说出了我们现在租房子的地方……他什么都知道!"

"你怎么说?"这个问题问得实在低级,但我还是就这样问了。

我感觉方寸大乱,心中除了惊慌,竟没有一丝主意。

"我说什么呀?"她抬起眼睛望着我。她眼睛红肿,泪水挂在睫毛上。"我什么都没有说,默认了……在回去的路上我就想好了,把一切都挑明吧,这一天总是要来的!我等着他骂我,揍我,然后赶我走。我已经准备好了,没有什么可怕的了。除了女儿安安,我没有什么可留恋的……"

"他打你了?"我担心地问,仔细查看她的脸、身上。

"没有。"她说,"他没有打我。他砸家具,砸电视机,砸一切可砸的东西!他两眼充血,面目可憎,像个可怕到极点的疯子!"

我想象着一个被知道戴了绿帽子的男人暴跳如雷、歇斯底里的样子。"……后来呢?"

"后来……他砸自己的脑袋,抱头大哭,龇牙咧嘴,骂声不绝,痛不欲生!"

"然……然后呢?"

"然后……什么然后?"小擎气愤地用头顶我的胸脯,"你想问什么呀?"

"我想知道结局!"我担心地说,"结局!阎仲豪要拿我们怎么样?"

她用脑袋一下一下撞我的胸脯。"没有结局。他不会冲着你怎么样。他要我保证,和你断绝一切联系。他要我从今以后每天下班准时回家。他要把安安从爷爷奶奶家接回来,让女儿每天看着我,套住我。他赌咒发誓,若是再发现我在外面勾搭男人,他就一定会杀了我,然后和安安一起在家里自杀!太可怕了,他要杀了我,还要杀了安安!他疯了,真的会那么做的!这就是结局!"

我长叹,失望的叹息。这事不像是真实的,让我情绪低落。这样的结果,不是我希望的,是最令人丧气的。此时,我情愿小擎刚刚挨了顿恶揍,被赶出家门。最好是彻底赶出家门。我不甘心地问:"你答应他了?"

"答应什么?"

"跟我分手。"

"我……我什么也没有说。"她伸出双臂使劲地箍着我的腰，"我吓坏了，躲在角落里浑身发抖。我在心里说：要我离开心爱的人，还不如杀了我！可是，我不敢把这话说出来——想到了安安，我就不能说！后来，他用大哥大接了个电话，就出门去了，大概是为生意上的事情。我从窗户看清楚他开车走了，这才打电话Call你见面。"

我们在草坪上坐下来，依偎着。她身体一直僵硬，鼻子抽动不停。星空稀落，屈指可数的几颗星星诡秘地眨巴着眼睛，似乎在嘲笑我们这两个可怜的身无归处之人。身无归处，爱无归处，我们就是这样的心灵沦落人。

"知道是谁给阎仲豪写的匿名信吗？"我问。

"我没有看到那封信，不能确定。"她说，"确定了又有什么用？总之是有小人要在背后害我们，你拿他也没有办法的。"

小人！我想说我不会轻易放过小人，可是很快又泄气了。我想起曾在哪本书上看过一个关于"不吉虫"的故事。从前，有兄弟二人依山而住，力田为生。有一天晚上，弟弟的房间里突然爬进一只丑陋的虫子。弟弟惊慌间以手指虫，虫子马上身体变大。用脚踢它，虫子赶不走。用棍棒打它，虫子张牙舞爪反扑过来。结果是一场持久的人虫大战，搞得弟弟一夜疲惫不堪。第二天早晨，哥哥来到弟弟房间，看见了这一情况。哥哥随手拿起一块破麻布把虫子盖住。虫子身体渐渐变小，悄悄溜到不知哪儿去了。哥哥告诉弟弟，这种虫子叫"不吉虫"，丑陋、恶毒、无礼、善变，专门与人作对。你不能指它，不能赶它，不能计较它，更不能激怒它，否则不得安宁。唯一的办法是把它遮盖起来，只当没有看见它——小人就和"不吉虫"一样，只能当作看不见。

我把"不吉虫"的故事讲给小擎听，小擎听了也不吱声。我又跟她说，君子永远不能灭绝小人，世上的道理本来如此——就像有了白天，就必须有黑夜；有了嘉禾，就必须有莠稗；有了凤凰，就少不了鹞枭。我说了半天，她还是默不作声。我只好问她："你打算怎么办？"

"我怎么办？我能怎么办？"她沮丧地反问，然后垂头丧气地说："我……我不知道。"

"要不，你……干脆提出离婚吧！"我迟疑着说，好像这样就能帮她分担了什么，像个负责任的男人，接下来我会说："我会和你结婚的！"

但是，没有等我说出这句话来，辛小擎两眼放光地盯着我，抢先问："你会娶我吗？你会吗？"

"会的。"我坚定地说，"我会和你结婚的！"

"带着安安？"她两眼不眨地盯着我，"我不能放弃安安！我说什么也必须带着安安。"

"当然！"我点点头，"带着安安。"

"可是，我们住到哪里去呢？"她的目光马上又黯淡下来。"我不能带着安安再和你一起租房子住。"

"我们可以申请分房。"我充满希望地说，"只要我们领了结婚证书，就具有了申请分房的资格。"

"向谁申请？向潘兼鄞申请吗？"辛小擎神情忽然绝望起来。"哦，这几乎做梦吧！她怎么可能同意给我们房子？她一定恨不能将我碎尸万段呢！"

"那……她也不能不讲道理吧？"我还是心存侥幸，歪着鼻子说，"毕竟我有了结婚证书，就是符合了分房条件的！"

"讲道理？你跟谁讲道理？"辛小擎气呼呼地反问，"跟'不吉虫'吗？你刚才不是还说'不吉虫'丑陋、恶毒、无礼、善变、专门与人作对吗？你和它讲道理？你想过没有，为什么会有人偏偏选择在这个时候给阎仲豪写匿名信？人家就是等着接下来看笑话呢！且不说阎仲豪眼下肯不肯答应离婚，打个离婚官司要耗费多长时间，就算阎仲豪同意离了，我们能够轻易结得了婚吗？我要想结婚，除了在单位里开一张婚姻状况证明，还得先向组织汇报，然后才能去民政局——必须得有那位潘副校长的签字！潘兼鄞轻易会签这个字吗？她是为难不了你，但是她很容易卡住我。我是一名共产党员，还是个中层干部，我的生活作风问题是要受到组织监督审查的。她会以党委的名义找我谈话,羞辱我,调查我。一旦阎仲豪出面控诉我,我就要先老老实实接受党纪处分。我还能马上和你结婚吗?你等得起吗?这批房子可是很快就会被分完的。"

我现在真正体会到了什么叫绝望。绝望就是被人推到了悬崖边,无路可走。而且还有"不吉虫"在一旁狞笑着看着你。怎么办?我忽然想起了贲梁蜀的提议。我把这个提议说给小擎听。小擎听了半天没有说话。我知道她心里一定很不是滋味。我告诉她我的态度很明确,假结婚,我是不会这么去做的。

"为什么不呢?"辛小擎出人意料地说,"这也许是一个好办法呢!潘蒹鄄也奈何不了你,她必须得遵守游戏规则,分给你一套房子。"

"你真的一点也不在乎?"我不敢相信地问,"我还以为你一定会不高兴。"

"我有什么好在乎的!"她长长地叹着气,"都被逼到这一步了,还能有什么比这更好的办法呢?为了房子,你也算是豁出去了,我不会怪你什么。只是,委屈了你的那两位好朋友,贲梁蜀和梅秀为了帮你,作出的牺牲也真够大了!"

"是啊,"我点点头,"都是割头不换的兄弟姐妹!"

我们商量好,就这么定下了。辛小擎回去先慢慢摆平家里的事,千万不要闹到单位里来。等我把房子申请到手,日后的事情再从长计议。

商量这件事的时候,我的心像被虫子噬咬着一样疼痛。我分明看见另一个代表着正直和道德的我,站在灵魂的高处对屈从于现实的我指指点点,骂我其实也是一个卑鄙龌龊的小人。现实世界的我,在心里对着另一个理想中的高尚的我跪下了,祈求着他的宽恕与原谅。

第五篇　今生之爱

第三十八章　我的房子

当我把刚刚领来的结婚证书放在潘蒹鄄面前时,她的脸刷地白了。她两眼惊恐地直愣着,仿佛突然看到了世界末日。她呆呆地站着,如果不是脸上肌肉在微微抖动,简直就像个僵尸。过了许久,她的胸脯开始剧烈起伏,鼻子向外喷着粗气。她走近我,鼻孔里的热气直喷到我脸上。

"穆宇谅!"她咬着牙齿一个字一个字地说,"你、真、会、开、玩、笑!"

我有些被她的样子吓着了。她的样子从来没有这么难看过,像个因法术被破解而激怒了的巫婆。我一步一步往后退着,她一步一步向前紧逼,把我都逼到了墙角。如果有人此时走进她的办公室看见这一幕,一定会觉得十分地滑稽。

"我没有开玩笑!"我紧张地摇着头,结巴着说:"我,和梅秀,结婚了!"

"和梅秀……结婚?"她愣住了,继而大概是怀疑自己听错了,飞快地打开那本大红本本,仔细看了上面的名字和照片。看完一遍,又看了一遍。僵硬的身体猛地一下松弛下来,自言自语道:"是梅秀,梅秀怎么会答应你?"

"我就是和梅秀结婚了!"我梗着脑袋,冲她直翻白眼。"你以为和谁呀?"

"我以为……我差点儿以为……"她用左手的拇指和食指揉捏着鼻梁根处的眼窝,舒缓了一口气,不解地问:"你这是为什么呀？为了……要房子？"

"对。"我声音听上去像个重症患者，有气无力地说，"就是为了要房子！"

她浑身瘫软地倒回自己的座椅上，目光散乱如梦游之人。

"你真是可以啊，"她吁着气说，"想不到你还会来这一手！"

"狗急了会跳墙，兔子急了会咬人。人被逼急了，什么事情做不出？"我冷笑着，无赖般盯着她的脸，"潘蒹鄞，这下，你总得给我房子了吧？"

她沉默片刻，忽然胡乱地收拾了一下办公桌上的物品，把几样东西装进拎包里，站起身来对我说："走，你跟着我走吧！"

"干什么去？"我被她的举动搞糊涂了。

"带你去看房子呀！"她冲我奇怪地笑了笑。

现在就去看房子？我心里嘀咕着，简直怀疑自己听错了。但是，看她的样子又是那么认真，似乎并没有开玩笑的意思，好奇心还是占了上风。我跟着上了她的桑塔纳轿车。不管真假，且跟着她去好了，反正我既不怕被人吃了，也不怕被人卖了。无产阶级，失去的只是锁链，得到的将是整个世界。

车子经过江湾体育场，绕过五角场的圆环形转盘，沿着四平路一路向市区开去。路上，我们全都沉默着，谁也没有再说话。我们的眼睛都看着车窗外，观赏着沿途日新月异的城市面貌。

上海在世人的眼里确实是个魔都。但是不得不承认，上海近几十年的发展实在是太落后了，街道狭窄，交通拥挤，民居破旧，欠下的历史旧账实在是太多太多。直到邓小平南巡讲话之后，上海才真正迎来了城市建设大发展的新时期。市委市政府提出了城市面貌"一年一个样，三年大变样"的口号，到处都在搞拆迁，修马路，建高架，规划地铁。放眼望去，整座城市就像一个硕大的工地，满目都是起重机的吊臂和横七竖八的脚手架。旧的大楼被不断炸毁、拆除。新的大楼很多刚刚建到一半，蓬头垢面杵在半空中。原先居住在城市中心地段的老上海家庭，因为旧城区改造纷纷被迁往郊区安家。新建的居民小区一般也都在中山环路以外，不再有三六九等之分。曾经的"上只角"、"下只角"概念正在逐渐被市民淡忘，成为人们茶余饭后回忆历史的旧词俗语。我从来没有梦想过单位里会给我分配一套市中心的住房，所以当发现车子甚至开过了外滩时，心中的疑虑就越发强烈了。

记得少年时我在农村，曾经爬上自家的屋顶，伸长脖子极目远眺那些与世隔绝的田野和土丘一样的小山，还有远处若隐若现的地平线。那时候，我多么希望有一种超能力，能够看到更远的地方，看到诸如上海、南京等等我一直听闻却从未见过的繁华世界。我幻想在那里会每天遇到很多事，接触到很多人，拥有更多的生活经历，看到更多感兴趣的东西。我还记得夏洛蒂在小说《简爱》里写过这样一段话："……说人类应该满足于平静的生活，这是没有一点儿作用的。人应该有所行动，如果找不到已经准备好的，那么就自己来创造。然而无数的人都忍受着比我还寂寞的生活，还有无数的人在与他们自身的命运抗争。没有人知道除了政治反抗之外，还有多少种反抗在人世间酝酿着。"现在回想起来，我来到上海这么些年，总像是被遗弃或游离在这个城市之外，从未把自己看成是这个城市的主人，仿佛永远是过客，找不到认同感和归宿感，全是因为缺了一套房子，一套属于我的房子。每一次看着上海的城市地图，我都没有办法把自己定位，因为在上面找不到自己的家。我曾多少次在街上茫然若失地看那些林立的高楼大厦，张望那些亮着灯或者黑洞洞的密密麻麻的窗户，伤感于我在里面竟然找不到一席之地。我不奢求那地方有多大，地段有多好，只要有一盏灯亮着的地方是属于我的家，就能够带给我足够的温暖。

路边树尖上盛开的朵朵白玉兰和花坛里金黄一片的云馨花告诉我，春天已经让大自然中的万物都彻底苏醒了。桃花和油菜花都突然绽放，奇艳的色彩比比皆是。原先柔和的阳光变得明媚，甚至明亮得有几分晃眼，空气也比那个过去了的阴霾的冬季清新了不知多少倍。万物都在复苏，就连老房子边上那些沧桑的橡树，也长出了最柔媚的嫩叶，伸展着纤纤的褐色枝翅，就像是夏蝉那被阳光照亮的薄薄翅翼。在车子经过一处街角花园缓慢转弯时，我清楚地看见一条长着四只脚的小蜥蜴在砖石表面慢慢地爬行,一只蜜蜂在喇叭状的牵牛花蕊上忙碌。倘若此刻让我变成蜜蜂或蜥蜴,我是多么愿意啊,只要能留在这里,并且找到足够的养料,就可以将这里变成永久的家。仿佛就在那一刻,我在内心深处听到了一种神秘的声音——宁静之声。我被这声音抚慰,那颗原本干涸的心突然因为这声音舒张开来,注满了复活的血液。我的身体向往着像春天茂密的绿叶那样的新生,我的心灵渴望着甘露。我再一次看到了希望,感受到生命的呼唤。我急切地盼望着车子早点儿停下来,停在某个地方。我看到车子已经开到了卢家湾,穿过几条梧桐茂密、幽静无人的马路之后,进到一个四处长满香樟树和高大银杏树的高档住宅区。

我搞不懂潘蒹鄄为什么要带我到这里来。不会是这儿,我知道,任何单位的福利分房,都不可能分到这样好的地段和这样高档次的房子。这儿是供那些有钱人、有身份的人或者有足够社会地位的人生活和居住的。普通市民只能用羡慕的眼光远远看着从这里进进出出的人,绝对不敢幻想自己有在这里安家的权利。

潘蒹鄄叫司机在车里等着,示意我跟着她走。尽管头脑里悬浮着一万个问号,我还是跟着潘蒹鄄走进了其中的一个门洞。爬到四楼的某个单元门口,潘蒹鄄用随身带着的钥匙开了门,像走进自己的家一样毫不迟疑地跨步而入。有一个模样像佣人的中年妇女,大概是听见了开门声,匆忙从里面跑到门口来迎接。她一看见潘蒹鄄,立刻恭敬地弯腰点头,用本地沪语招呼道:"东家,侬……侬回来啦!"潘蒹鄄略一点头,并不多加理会,径直往里走。我站在门口犹豫片刻,见那位中年妇女示意我进去,便也跟着踏入门内。

绕过一块红木雕花玄关,眼前豁然见到一个面积约有四五十平米的大厅,大厅左前方有一道木质旋转楼梯,通向上面一层。原来这是一所复式居屋。楼下是客厅、餐厅、阳台、佣人住的房间,衣帽杂物间,厨房和卫生间。楼上应该是主人的卧室和书房。如果不是在客厅沙发后面的墙壁上看见挂着潘蒹鄄的照片,我一时还真想不到这就是潘蒹鄄结婚后安家的地方。

在上海,我见惯了三代同堂四五口人住着十几个平米房子的人家,看多了人均居住面积四平米以下的困难户,也听说过一家人每月房租仅付四分钱的故事,绝对想不到潘兼郾结婚后会拥有这么大的一套房子。她哪儿来的这么大的屋子呢?当然是她那个当了副局级干部的继爹所赐。

潘兼郾熟练地打开唱机和音响,一首贝多芬的命运交响曲响起,低沉苍劲的旋律在屋子里回荡。

"你要喝茶吗?还是想喝杯咖啡?"她问我。

"什么都不想喝。"我说,"你不是要带我去看房子吗?怎么上这儿来了?"

"穆宇谅,你看见了吗?这儿,"她用手指指眼前的客厅,指指楼上,手臂在空中划了大半个圆圈,"就是我为你准备好的房子。"

她喘着粗气,眼睛一眨不眨地注视着我,目光里有怒火,有怨气,似乎更是包含了极大的委屈。

"为我准备的房子?"我先是一愣,继而冷笑,仿佛从很远的地方看着她。感觉真是太可笑了!"潘兼郾,你当中国是不丹王国,还是什么中世纪部落,可以允许一妻多夫啊?你不至于想让我和邢勇住在一个屋檐下共同伺候你吧?你当自己是女王?还是想拿我当面首?"

"你是在说邢勇?说那个废人,是吧?"她脸上的表情怪异起来,几乎有些面目模糊。"他,不过是个为你看房子的人。"她抬头冲着楼上大声喊叫,声调严厉:"邢勇,你出来!快把你的猪脑袋露出来!"

几秒钟过后,听见楼上某个房间有开门的声音,接着是轮椅的移动声。我首先看见了邢勇一头蓬乱的白发,十分惊讶。这才不过五年时间,他原先一头浓密的乌发,竟然全部变成了稀稀拉拉的灰白色。他那原先方方的大脸和硕壮的脖子,如今全都彻底变了形状,整个人的体积看上去缩小了一半。如果不是因为他坐在轮椅里,我几乎都不能认出他来。这个才三十刚出头的壮年汉子,怎么眼瞅着就跟个饱经风霜的小老头似的?即便是终日生活在轮椅上,也不至于就萎靡成了这个样子!

邢勇哆嗦着前倾上身,目光躲闪而胆怯地望着楼下,竭力想在脸上堆出些笑容来。他显然想和我们打招呼,但却是一副担惊受怕的样子,声音发颤。

"你回来啦!"他说,然后又结巴着补充了一句:"家里来……来客人啦?"

"不是客人!你眼睛瞎了吗?给我看清楚了——他是穆宇谅!我跟你说过多少回了,他才是这里的主人!他是我儿子的父亲,这房子真正的主人是他——穆宇谅!这么些年了,我们一直在苦苦等着他回来。现在,我告诉你,邢勇,主人就要回家了。你听明白了吗?你这头死猪猡!"

接下来发生的一幕,我至今回想起来依然心惊肉跳。我没有想到潘蒹鄄会做出如此疯狂而残暴的举动。她大跨步走上楼梯,推着邢勇坐着的轮椅快速地来到楼梯口,用力往前一送。轮椅歪斜翻转着沿着弯曲的楼道一格一格往下滚落,邢勇的脑袋一会儿磕在扶手上,一会儿撞在台阶上。他的脸在不断的碰擦中很快便皮开肉绽,鲜血直流。他惊惧万状地发出痛苦的惨叫声,凄厉得像鬼哭。轮椅一路滚落到客厅的羊毛地毯上,又连着翻了两个跟头。邢勇额头上的血在羊毛地毯上划出一道刺目的猩红色痕迹。邢勇蜷缩着趴在地毯上,闭目喘息,抽泣颤抖,像条受了重伤的狗。

保姆就站在离他一步之遥的地方,却没有伸出手去扶他一把。她把两手紧揣在怀里,眼里满是惊恐,紧张地看看潘蒹鄄,又求救地看看我,往后退缩了两步,然后用手捂住半张的嘴巴。

家暴,这就是家暴,我所见过的最残忍的家暴——对一个毫无反抗之力的残疾人施行的最不人道的恶行!而这一切,竟然就发生在我眼皮底下,而且分明是专门为了做给我看的!

"你在干什么?"我冲潘蒹鄄大吼,气愤得脸色发白。"你这个神经病!"

我慌忙上前去搀扶邢勇,帮他直起身子,靠在沙发后背上,为他擦拭脸上不断流出的鲜血。我发现他脸上有很多处旧的伤痕,有的还在结痂。

"潘蒹鄞,这是要出人命的!你疯了吗?"看着这个变得我完全不认识的女人,我感到痛心疾首。我把歪倒在一边的轮椅搬起来,扶正。

她此刻就像个中了邪的恶魔,面目狰狞,两眼喷射着恶毒的火焰。

"我疯了,我疯了!我是被你们逼疯的。你,还有他!"她眼里突然泪如泉涌,哭着喊着说,"邢勇,他一个废人,却坚持不肯离婚,妄想着一辈子拖死我!他想让我守着他这一堆猪猡一样的烂肉度过一生!穆宇谅,你至今都不肯原谅我,看到我就像冤家对头,让我自始至终看不到一丝希望!你们想过我这些年是怎么熬过来的,心里有多么地痛苦吗?我名义上有个丈夫,实际就是一个守活寡的女人,身边连个疼我爱我的男人也没有!我年轻貌美却没有男人!我儿子聪明伶俐,却没有父亲!我生活寂寞空虚,没有任何幸福可言!这一切都是拜你们二位所赐!我一直在等待,已经等了六年了!你们还要我等多久?!我又等来了什么?等来你穆宇谅拿着一张结婚证书要和别人去过小日子!等来看着你和那个骚货辛小擎成双成对,天天在我眼皮底下眉目传情、私通款曲!我疯了,我能不疯吗?你们替我想过没有?你们对我有过哪怕一点点同情吗?我恨你们,恨你穆宇谅,反目为仇,不念旧情!恨辛小擎,死不要脸,抢走了我深爱的男人!恨这个只剩下半段身体的可怜虫,我盼着他早点儿死!我恨,我恨……"

她一口一个"恨"字,咬牙切齿地骂着。她骂我也罢了,偏要连小擎也一块儿捎上,真让我对她厌恶至极。小擎是多么善良,小擎的灵魂一直是碧波荡漾的,而眼前这个女人,她的灵魂注定已经寸草不生了!

"我不想死!我不想死!"邢勇用力一把揪住我胳膊,又惊又怕地说,"可是潘蒹鄞就是想让我死,她每次回来都想弄死我!她不止一次、不止一次地把我的轮椅从楼梯上推翻,滚下来,希望我的脖子被扭断!我祈求她放过我,让我回家去,回到我父母身边去,她就是不允许。她一定要我答应主动提出来离婚,放弃这套房子,放弃这一切。可是我怎么能答应呢?我答应了又怎么向我的父母交代呀!我爸爸妈妈还以为我今生已经有了一个好归宿,这样他们就很放心了。如果他们知道我这样生不如死,或者被人彻底赶出家门,他们会是多么地伤心绝望啊!我现在这个样子,已经让他们够痛苦的了,说什么也不能再给他们增添新的痛苦。我这个废人哪!我这个只会拖累别人的废物啊!我这辈子已经无法报答父母的养育之恩了,又怎么能忍心让他们的晚年再为我忧心如焚?穆宇谅,你是还不知道,潘蒹鄞她这个女人有多狠毒!她总是在威胁我,如果我敢在我的父母面前提起半句受到折磨的事,她下次一定会把我的轮椅推到外面去,推到大楼过道那边的公共楼道口,让我一路摔下去,摔死!就像是个意外事故——是我自己不小心摔下去的。没有人会为我作证,说我是被人谋杀的。没有人能证明这一点!她给了这个保姆很多钱,数倍于别人的报酬,保姆被她收买了,跟她一块儿欺负我,整天把我困在楼上不能下来。我不能开门看看外面,不能打电话给任何人,也接不到任何电话。她们每顿给我吃少得可怜的饭菜,要饿死我!我生不如死,却没有办法。我之所以能够坚持下来,直到今天,是因为我内心还抱有幻想,我怀着一种精神上的顽固,希望出现奇迹,苍天可怜我,潘蒹鄞有一天能够良心发现,放过我。我不甘心哪,不甘心哪!老天啊,病痛已经使我的肉体受到极大的伤害,有谁知道我的灵魂受到的伤害更大?你们只看见一个残缺的身体在受苦,有没有看见一个悲伤的灵魂在哭号?……"他双手掩面痛苦地呜咽着,眼睛被泪水淹没,像条缩成一团的鼻涕虫。

贝多芬的命运交响曲低沉苍劲的旋律还在屋子里回荡。咪咪咪哆……咪咪咪哆……咪咪咪哆!

我简直不敢想象,外面阳光灿烂,这里却隐藏着如此见不得人的恶行,简直就是罪恶!这个潘蒹鄞,她的灵魂何时变得如此扭曲,如此丧失人性!

我努力咽下了一句无礼的话,默默地咬着牙,痛心疾首地对潘兼郓说:"这是在谋杀,你知道吗?你将变成杀人犯,会受到法律的惩罚,也一定会受到上天的报应。终有那么一天,你会为你的邪恶后悔的!"

"好吧,报应,来吧!哈哈,哈……"她似乎想仰天大笑,但是只做出了一点点滑稽的样子,声音因毛刺太多而滞塞在喉咙里。"让法律来惩罚我吧,让上天来报应我吧!我已经受到报应了!上天这么多年都不肯赐给我一点点幸福,我还怕什么报应?我是一个女人,我需要有人疼我,有人爱我,有人听我撒娇,有人看我穿衣打扮,有人陪我逛街购物,有人和我一起带着孩子远足出门去看世界!可是你看看我,现在的生活里都有什么?除了一个整日瘫在轮椅里无法动弹的怪物,我还有什么?我所有的幸福和希望都被这个怪物给毁了,被他给毁了!我恨他,我要他死,我要他早点儿死,我就是要他死!"

显而易见,恶魔已经占据了她的整个灵魂。她在客厅里快速地转来转去,似乎被一股无法控制的邪风所驱使。这邪风比她与生俱来的高傲、甚至比她的尊严更强烈,有一股吞噬灵魂的魔力。她进门的时候连高跟鞋也没有换掉,啪嗒啪嗒,啪嗒啪嗒,这声音多么讨厌!

"我不想死!我不想死!"邢勇双手拽着我,像拽着根救命稻草。一条挨了打的狗也没有他这么可怜。"求求你跟她说,放过我,让我走吧!我不想再住在这里了,我答应离婚,我同意了!我什么都不要,只要你们放过我,让我回到我父母身边去。穆宇谅,我求求你,你是这里的主人,真正的主人,所以我求你!求你给我的父母打个电话吧,让他们来接我走,把我带走!从此我就再也不会影响你们了。我祝福你们幸福,永远恩爱,永远幸福!求你,打电话吧,给我的父母打个电话吧!求你!求你!求你!"

听见邢勇低声下气说出这样的话来,我心里又难受,又恼火。好像我是潘兼郓的同谋,是合起伙来算计着要把他给逼走的。我很想给他解释一下,这一切其实都与我无关,我只是一个局外人。我也是才刚刚知道这里所发生的一切。可我最后还是放弃了解释。解释是徒劳的,无用的。谁会相信呢?相信了又能怎样呢?结局是改变不了的。他应该离开这里,必须走!我所能做的,就是把邢勇扶进轮椅里坐好,推着他到够得着电话的地方。

"打吧,"我对他说,"打给你父母,让他们过来接你走,今天就过来。"

邢勇可怜巴巴地看看我,又满脸惊惧地看看潘蒹鄄,迟迟疑疑地拿起电话听筒。然而潘蒹鄄一把夺过听筒,"啪"地又给挂上了。

"你答应离婚了,是不是?"潘蒹鄄恶狠狠地盯着邢勇问,声音像锤子砸在石板上,尖利,刺耳。

"是,我答应。"邢勇口齿不清地说。

"那好,请你先在离婚协议书上签字。"她说。

潘蒹鄄从抽屉里找出早就拟好的离婚协议,一式三份,随同一支钢笔一起放到邢勇面前。邢勇哆嗦着在上面签了自己的名字。他签完字后很特别地看了我一眼。那一道目光里,饱含着极大的仇恨和怨愤,让我这一辈子都始终无法释怀,至今只要一想起来都会浑身冒冷汗。他的眼神像一记鞭子,狠狠地抽打在我的灵魂深处,声音响亮!我当时浑身战栗起来,胸口憋闷,脸色发青。我终于打开房门夺路而走。逃遁。逃遁。逃遁是卑劣的,却又是我唯一的选择。真后悔为什么上这儿来,我都做了些什么呀!

一走出楼道,空气马上清新起来,我贪婪地大口深吸了几口气。潘蒹鄄却紧跟着追下楼来。"等等我!"她一路叫着,"你跑那么快干什么?"

我语无伦次地说:"我走了。这一切与我无关。跟我毫无关系。我得走了!"

"你都看见了,"她说,"邢勇已经签了字。他答应离婚了,这下你可以放心了吧?"

我只觉得自己血管里血液翻涌,头昏脑涨,甚至有些气急败坏,胆子一下大了起来。我对她说:"这跟我没有关系。你和邢勇的事情,跟我一点儿关系也没有。对你们离婚还是不离婚这件事,我半点儿也没有兴趣。我本来是跟着你来看我的房子的,不是要看你们的房子!我不要你们的房子,我要属于我自己的房子!我的房子,你明白吗?潘蒹鄄,请你把该属于我的房子分给我,行吗?我的房子!我的房子!"

潘蒹鄄站在我面前,似乎想过来拉我的手,安慰我或者做点别的什么,被我愤怒地甩开了。她一会儿摇头,一会儿苦笑,终于说:"好,我给你房子。我分一套房子给你!穆宇谅,你想要什么,我都能答应你。你想要帮着贲梁蜀回单位来复职上班,我答应你。辛小擎想要调走,你帮着她说话,我也答应你!你要求什么我就答应什么,行了吧?你说什么我都答应,这总行了吧?你还想要我做什么呢?"

我看见眼前有一道门终于打开了,宽得足以让整个世界通过。

"我只想要我的房子。"我继续重复着这句话,活像个智障患儿。

"我仿佛就像在对着一个死人说话!"她忽然板起脸来,嘴角向下咧。她过去一直是嘴角上翘的,自从当了领导之后,嘴角就开始习惯性下咧。她此时的声音变得像金属一样坚硬,目光中带着命令的神色,眼皮红得冒火。她说:"我刚才说过了,给你房子。但是你不能再要辛小擎,你必须放弃她!永远放弃她!"

"我已经结婚了。"我尽量在脸上挂出拒人于千里之外的冷霜,对着她的鼻子尖说,"我和梅秀结婚了。"

说完这句话,我扭头就走。我当然注意到了,潘蒹鄄像遭到某种怪兽锋利的爪子致命一击一样,脸色骤然煞白。但一想到她刚才说话时的声音和口气,我就感觉肠胃里像有蟑螂在爬一样厌恶。她已经提到了小擎的名字,我便不能再跟她纠缠下去。这个话题对于我们来说太敏感太复杂了,永远也不能触及。我不想和任何人讨论关于小擎的事,和潘蒹鄄更是不能够。辛小擎是我心中的神,我不能随便让什么人用任何语言来损害到她。

第三十九章　让阳光进来

不管潘蒹鄩在心里到底是怎么想的,她毕竟还是说到做到,把答应过的几件事都给办成了。贲梁蜀顺利回到单位里上班了,继续在教研室做老师。辛小擎调去了能源勘测设计研究院,那边还给安排了一个实验中心副主任的位置。她一直不愿再从事政工管理,想回到技术岗位,这下也算是得偿心愿。我的房子也终于在秋天拿到了钥匙,一套四十平米出头的一室半全独用工房,地处闸北公园附近。虽然房子外表看上去同大部分工人新村一样有些破旧,但周边环境确实不错,绿树成荫,修篁茂密,闹中取静。

为了表示对潘蒹鄩的感谢,我给穆穆买了很多礼物,还在假日里花了两天时间陪着他出去玩,到西郊公园看动物,到锦江乐园玩大转轮。兴奋之余,我请王叔和吕姨一起去看新分到手的房子,没想到二老对此均表示不感兴趣。

"分着房子当然是件好事!"王叔说,"可那房子离得很远,我和你妈都上了年纪了,跑来跑去太累,就不过去看了。"

"就是,不看啦,不就是一套小房嘛!"吕姨也跟着说,"要按照我的意思呀,那小房留着也派不了啥用场,不如干脆和我们现在住的这套房子合在一块儿置换了。以二换一,至少能换一套大三室两厅,那样一家人住在一块儿就宽敞了。"见王叔直朝她使眼色,忙解释说:"房产证上也不用写你爸和我的名字,就写你们的,把穆穆的名字也写上。等小穆穆将来长大了,工作了,结婚了,就让他住到卢家湾那套房子里去。或者,将两套房子再换成一套更大的。"

她兴奋地自顾叨叨着,全然不知晓我内心的感受。我真想把我和小擎的事告诉二位老人,让他们知道,那套房子对于我来说有多么重要。但是,这会儿我是不能说的,还远没有到可以把辛小擎说出来的时候。这两位老人,前一阵子得知潘蒹鄄终于和邢勇解除了那份名存实亡的婚姻关系,还很是高兴了好些日子,见面就催问我准备什么时候和潘蒹鄄办婚事。我只能含含糊糊说暂时还没有考虑,胡乱先搪塞着。有人说,生活就是个大戏台,彼此为对方演着戏。可是在真心关心你、爱着你的人面前,你的演技是无用的。人生如戏,在你一旦倾情入戏后,你的口才也是无用的。王叔和吕姨,他们都是我的亲人,他们不是那种会说话的人,顺着听话人的心思说,他们都是顺着自己的心思在说。他们不是那种善于窥心的人,看不懂为什么会有一道奇异的沉默之沟横亘在潘蒹鄄和我之间。他们还以为我们两个在耍小孩子脾气,相互怄着气哩。我们还是小孩子吗?也许,在老人们的眼里,我们永远都是没有长大的孩子。

"先前呢,我们也不好叫你回家来住,怕被别人知道了说闲话嚼舌头根子。现在还有什么可担心的?一家人住在一起,天经地义的事!穆穆也总算可以理直气壮叫你一声爸爸了,是不是?可怜的孩子,今年都六岁了,也该告诉他谁才是他的亲生父亲了……"送我出门的时候,吕姨一直在唠唠叨叨絮叨个不停,我哪敢接她的话茬儿,只顾低头看着楼梯,急急惶惶逃走。

因为半年前那封匿名信的出现,我和小擎原先租住的那套房子不敢再去了,我们失去固定的爱巢,爱情又回到原先的漂泊状态。在拿到新房子钥匙的第一时间,我就约好小擎下午一起去看。小擎起先还说等她下了班再过去,我说等不及,坚持叫她下午向领导请假。她终于来了,穿着一件针织长袍,肩膀处有许许多多褶皱垂下来的那种,有点像古罗马时代宫廷女子穿的袍子。房子虽然不大,但是在六楼顶层,光线很充足,装修也不过才两三年时间,四下看上去亮堂堂的,我们非常满意。原先居住在这儿的那一家三口,只把一些生活用品搬走了,留下一套七成新的杂木家具,还有满满一架子的书。据说是那边已经又买了全新的红木家具,旧的搬过去也没有地方放,就不要了,任由我们处置。我挺高兴,当即就在楼下商店里新买一套床单和棉被,回到卧室里认认真真铺好,算是正式入住了。从我带着小擎用钥匙打开房门的那一刻起,我们就算是到了自己的家里。这种感觉真好,我有个家了!而小擎的兴奋不亚于我,她步伐坚定地迈进新宅,一入门就像开始当家做主一样忙东忙西,理理这个,搬搬那个。

我们看过书架上的那些书,很杂,文学名著、英文读物、游记、词典和工具书都有。有些书很新,甚至连当中的连页纸都没有裁开过,看样子当初主人赶时髦即兴买来,后又失去了阅读的兴趣。其中有一些旧书,还是很多年前从公共图书馆借来的,封面上盖着红印,却一直没有归还回去。这么看来,这家人对信用这东西根本不当一回事。有两排格子上摆放着诸多机械类书籍,结构设计和金属热处理什么的,表明男主人或女主人中的某一位曾经读过大学工科。此外还有几本介绍股票操作技巧的指导书,上面做了很多标注,应该是原主人近期一直在认真翻阅的。当代人越来越实用主义,心里想的都是怎样快速挣到大钱。而搬家的时候,这些书便都成了最无用的东西,被主人毫不留情地全部抛弃了。什么文学、艺术,全都扔掉,只要挣钱,挣钱,挣钱!当代的所有人,政府官员、企业家、知识分子、艺术家和工人,都在全力以赴地把人类古老的文明连根拔掉,连锅倒掉,彻底抛弃我们的老祖宗,抛弃!

卧室外面有个不大的阳台。我们趴在阳台上往下看,看绿化带里的那些小米草和蓝色的大喇叭花,还有那些散落一地的黄色杏树叶。我们还看见一只小鼹鼠从土里鬼头鬼脑钻出来,粉红的爪子扒拉着,盲目晃动着它那钻头似的尖脑袋,粉红的小鼻子四处嗅来嗅去。从公园那边树林里刮过来一阵风,轻柔而诡异,空气中有一种新鲜的杏仁味道。寂静之中,听见有一只林鸽在咕咕叫。树林上方,蓝天空旷,朵朵白云在浮动,像草地上吃草的绵羊,大块不规则云影在树冠上缓慢移动着。

我们在家里东走走,西摸摸,晃来晃去。累了,就在刚铺好的床上坐下,你看看我,我看看你,笑着。新床单和新棉被散发出纺织品的芳香,气味好闻。她凑近身体,吻我的眉心。她两只眼睛目不转睛地看着我,目光一会儿幽暗,一会儿明亮,温柔,说不出的温暖,令人忍受不住的秀美。我伸手抚摸着她身上的玲珑曲线,充满甜蜜而不含情欲,手指动作舒缓,轻车熟路。灵魂渐渐向她掠去,如坠梦中。家是个梦,我们在梦里睁着眼睛笑着。

"你喜欢这儿吗?"我轻声问。

她怪怪地摇摇头。"不喜欢。"

"为什么不喜欢?这是我们的家呀!"

"是你和梅秀的家。"

"胡说!梅秀只是个幌子,你知道的!"

"也许我才是个幌子,谁知道呢?"

"胡说!胡说!"我大叫,为她这种武断的不理解而恼火。

"可是你们领了结婚证书呀。"

"那不过是一张纸而已,一张没有爱情的官方文纸!我从没有听说过没有爱情也有幸福的事,与爱情背道而驰更不可能幸福。换一张纸,就什么也不是了。"

"换一张纸?只是换一张纸吗?换一张纸!"她忽然变得情绪低落,呼吸声沉重。"当你想要换换那一张纸,有时候还真的不那么容易!"

我知道她在想什么,在想她和阎仲豪的婚姻。他们的婚姻肯定已陷入泥沼之中,却无力自拔。她说过,之前她已经很认真地和阎仲豪讨论过离婚这个话题,但是阎仲豪不同意离婚,态度蛮横。

"除非我死了,否则你别想做这个梦!"他这样说,"我要死也要拖着你一块儿死,还有我们的女儿!"

他用这话来吓唬她,她也真的被吓住了,再也不敢提起。

"阎仲豪最近找你麻烦了吗?"我不放心地问。

"麻烦?怎样才算是麻烦呢?"她苦笑着,眼里忽然噙满瞬间而来的泪水。"相坐无言,视若无人,算不算麻烦?夜不归宿,电话不接,算不算麻烦?凌晨时分醉醺醺回家,脖子上带着鲜红的唇印,算不算麻烦?对才五岁的女儿动辄大吼大叫,恶语相加,明摆着指桑骂槐,这些算不算麻烦?唉,你不知道,我有多少个夜晚都沉浸在眼泪汇成的汪洋里,直到天明!"

我不能假装没有看见。我看得很清楚,她连眼白都红了。我的话又惹得她心烦意乱!算了,还是换个话题。"新换的工作怎么样?忙吗?还喜欢不?"

"说不上喜欢不喜欢。还……行吧。"她说,"整天待在实验室里做做试验,表面上看上去少了复杂的人际沟通,多了几分单纯和宁静,挺好的。至少不用每天去关注领导的脸色,人一下子便轻松了许多。就是……有时候太安静了,还真有些不习惯,多出来的时间不知道该如何打发。"

"打发!"我笑了,"你把时间看成了恶客了!"

"可不是嘛!"她也笑了,"原先整天围着领导转,开会、起草文件、检查、评比……永远忙得不可开交。现在突然清静下来,时间真成了恶客。英文把打发时间称之为'kill time',就有斩草除根的意思。"

这可真有意思,我们联想到当下社会,围绕着这个话题感叹一阵。现代人用聪明才智提高效率,省出多余的时间,又用十倍的聪明才智想办法"杀掉"它们。就像我们嘲讽的现代消费主义,先拼命挣钱,然后又为这些金钱所累,好像只有这样才能体现人生价值——否则,人生的价值又是什么呢?无论如何,有钱用比没钱用要好,有时间可"杀"总比没有时间要好。没有时间可杀,常常是因为头顶上有个该杀的领导。我开始为她高兴,甚至有些羡慕。

我问她:"你现在的领导,男的还是女的?"在我印象里,女人上班最倒霉的是碰到个顶头女上司,日子一定好过不了。女人和女人之间本来就没有道理可讲,若再遇上个故意不讲理的女上司,境况就更加悲惨。

"你是问分管我的院长?男的。"她说。

"哦,他一定会对你很好!"我说。

"很好!"她一撇嘴,另有深意地撇着嘴,"有些太好!"

"什么意思?"我警惕起来。

"好得有些过分,你不懂吗?"她看着我,"就是有点儿色!他那令人无法忍受的热情常常扰得我心烦意乱。你们男人个个都是一副花花肠子,见了美女全都想入非非!"

"你别把我也给带进去呀!"我假装生气,不放心地问:"他……怎么你了?"

"怎么我?那倒还不至于。"

"那你怎么就说人家色了?"

"女人的感觉。"她说,"这点事还感觉不出来吗?"

我笑了。女人身在职场,不但要面对辛苦的业务,还得小心应对其他女人的心机和男人们隐藏的欲望,负担可真是不轻。

"你是诱惑,"我说,"你到了哪里都是诱惑!"

"我是诱惑?"她扬起眉毛,笑着说,"你还不如直接说我是祸水呢!我只想成为你的诱惑。"

我告诉她一个观察男领导是否好色的方法。领导在主席台上念讲话稿时,往往会有年轻貌美的女服务员走到身边往茶杯里续水。不好色的领导一般只是看看茶杯,而好色的领导一定会扭过头来看看女服务员的脸。

我这么一说,小擎拍着大腿道:"还真是这样!每次女服务员去倒茶,我们那位院长都要盯着人家的脸蛋看半天!"

"他平时也总盯着你的脸蛋看?"我问。

"他跟我说话时,总喜欢盯着我这儿看。"她用手指指自己胸口。

"那你可要当心了,"我提醒她,"没事尽量离这种人远点儿!"

"这话早有人提醒过我——这位院长的一大爱好就是找美女谈心,大谈特谈,谈得心醉神迷——醉翁之意不在酒,在乎性也!有几次听见同事在背后议论起这位院长,说这人不但大脑全被自己的下半身支配,而且假道学,半拉蛋子,既猥琐又阴险,几乎就是个人渣!唉,我怎么这么倒霉呀,到哪儿都碰上当领导的恶人!"她显然把潘兼鄄也归之于恶人之列了。"上天真是无眼,为什么不去惩罚坏蛋,还偏要让他们春风得意呢?"

我对她说:"上天对恶人最大的惩罚,就是让他或她生为恶人。恶人必须每天要遭受良心的折磨,灵魂从来得不到片刻的安宁——这样的惩罚已经够重。"

她若有所思看着我,淡淡朝我微笑着,眼睛里流露出一丝嘲讽,夹杂着几许心酸。

"其实,在阎仲豪眼里,我就是一个恶人———一个不知羞耻、偷人养汉的恶女人!所以上天每天都在惩罚我,让我良心受遣,灵魂不得安宁。"她苦着脸说,"但愿我们俩在一起的时候别再让什么人撞见。阎仲豪已经不止一次威胁说要找我们单位领导谈话,让组织上好好替他管着我。他若再听到什么风声,真的找到那位分管我的好色院长,我就再没有好日子过了。好容易才调到一个互相不知底细的新单位,我得打起精神重新做人,不能再被别人背后指指戳戳说说闲话了。我现在深切地体会到,唯一比坏身体更糟糕的就是坏名声。"她忽然咳嗽几声,我关心地在她背上轻捶几下,她摆摆手表示没有关系,接着往下说:"你还不知道呢,我们中心一共二十来个人,据说私下里分化成四五个小帮派小团体,长期明争暗斗,互相搞来搞去不买账。这些人平日里相互打探,都想捉到对方的把柄,找到机会便相互指责,一心要整倒对方,最后搞臭对方,好把利益都争取自己这一边来。"

"怎么会这样?"我不解地问,"大家不都在一个部门里嘛,哪来的这么多利益冲突呀?"

"人虽然都在一个中心里,可科研任务却是按项目分包的。谁抢到了项目就是抢到了资金,谁就掌握了利益分配权。这年头,人人都在利用手中的权力抢钱呢!那些项目组长个个都在外面开了小公司,专门用来转移科研经费,私设小金库,胆子一个比一个大,贪心也一个比一个重,几乎都是不择手段地捞钱。"

"你们中心那位姓庞的正主任呢?他难道就视而不管吗?"

"他呀,我算看明白了,无比地老奸巨猾,糨糊桶一个,就是上海人常说的那种'老江湖'。"她说,"庞主任头顶全秃,脸圆得像尊弥勒佛,表面上成天嘻嘻哈哈,装得比谁都超脱,到处和稀泥,捣糨糊,暗地里则操纵一切,与项目负责人坐地分赃。他最擅长的把戏,就是先在各个小团体之间秘密制造矛盾,挑起争端,然后再出面摆平,控制全局。因为我是新调来的,不明底细,他对我防得可紧了,故意不停地拿话探我——你是院部领导看中直接从外面空降过来当副主任的,将来早晚要接我班的。我年纪大了,快接近退休了,不管事啦,小辛你看着办吧!将来中心的事儿早晚都是你辛副主任说了算的,你也该学着拿拿主意了。等等等等。我才不上他当呢,只管大小事儿一概装糊涂,要不然会被他找借口排挤走的。试探过几次之后,他装模作样对我说:'大凡当领导的都是经过筛选的,精力旺盛,争强好胜。小辛你不是,你心态太平和,这样可不行!你虽然只是个副主任,但遇事也要拿出魄力来,大胆负责!'我知道他话里的意思,那是对我有些放心了,他心里高兴了。哥哥,你说我这样做,对还是不对呢?"

我很希望她能够在新环境里尽快适应下来,嘴上不置可否:"应付官场上的事情你肯定比我有经验。你毕竟刚刚过去不久,除了和主任的关系要妥善处理好,与下面的同事和善相处也很重要。"

她叹口气,神情看上去有些气馁。"你还不知道我们中心的那些同事,真是什么样的人都有哇!我原先还以为大家都是高学历的知识分子,又都是从事严谨科学课题研究的,应该个个外表形象文雅,大脑充满智慧,谁想全不是那样儿!知识分子粗鄙起来比没有文化的小市民更加可怕,因为他们充满了狡猾!你看看那些男人们,进餐馆点单的时候跟年轻女服务员乱开玩笑:'你们饮料清单里有奶吗?三十七度的奶有吗?'女服务员不懂:'什么叫三十七度的奶?'他们大笑:'你的体温不就是三十七度吗?哈哈!'听听!砌墙头的农民工绝开不出这样恶俗的玩笑!他们写给服务员的点菜清单就更胡闹,简直恶心到匪夷所思:酱爆阑尾、清炒牛屎、火烤烂货!没有一点文化的人还真是连想都想不出来!我那些女同事们就更厉害了,公开场合损起人来不动声色。有一次接待上级领导来调研开会,我布置一位姓金的女下属摆放桌子上的席卡。那人大概发现只有领导面前有席卡,她和其他一般参会者面前没有,心里有气,故意当着众人的面大声说:'领导,我把你们的牌位都放好了,请各就各位吧!'差点儿把上级领导当场给气跑了。就是这个姓金的,有人背后说她和我们主任很要好,平日里总是拿眼睛横着看我。有一回我问她要一份实验数据,她竟然回答说电脑硬盘坏了,数据无法恢复,存心不肯给我看!我真拿她一点儿办法也没有。她最喜欢在背后搬弄是非——搬弄是非者,必是是非人,这道理谁都知道。上回,我就听见她在午休时跟边上人说:'白不与黑斗,香不与臭斗,人不与猪斗。一瓶香水怎么也干不过一只韭菜合子!人跟猪干架,最高兴的当然是猪猡。我才不傻,犯不着明着跟她斗呢!'也不知道她们在说谁。总之,这些人整天把勾心斗角当成了乐趣,想想还真是可怕!"

我听后也不禁直摇头。人哪,人都天生好斗。人类自从在大自然中失去天敌,就把身边同类当成了天敌。难怪连伟人都说:与人斗其乐更无穷!我们从小就不断受教育,在头脑中被反复灌输要学会爱,爱祖国、爱人民、爱阶级兄弟,可是长大之后却个个无师自通学会了斗争。斗争的目的是抢夺利益,抢夺权、钱、色!我们为了抢夺利益已经把身边除亲人之外的一切同类都看成了敌人,甚至彼此间滋生仇恨,这真是人类的一大悲哀!"让人间充满真情,让世界充满真爱!"大街上公益标语挂得到处都是,可是人们在心里早就不再相信。满世界看到的尽是这样三类人:贪财好色的官员,急功近利的商人,弄虚作假的学者。我们真需要救赎,我们这个世界都需要救赎!

"亲爱的,"我温柔地吻着她的前额,她的面孔此时如孩子般怪异茫然。"学会宽容吧,用宽容去化解一切!整个社会已经变成了这样,这是我们个人能力目前无法改变的。让别人去斗争吧,让别人去仇恨吧,让别人去抢钱吧,让别人去堕落吧!我们什么都不需要,我们只需要爱情。只要我们彼此相爱,生活就是美好的,每一天都是幸福的。我爱你。我爱你。"

我等着她说话,但是她什么都没说,慢慢挨近我,依在我怀里,用手指轻轻摩挲我的面颊,揉捏我的耳廓。这是在向我传递着明显的信号:她想要我。她的呼吸声充满了整个房间。一种幸福而慌乱的感觉顿时传遍全身。我紧抱着她,紧紧贴在身上,感受她那柔媚的、温暖的、实实在在的重量,胸中渐渐腾起一股火焰。有一股力量在血液里集聚,鲁莽的生命之力!

我双手盲目地探摸着,在衣服下面探摸她那又光滑又温暖的小腹。她自己脱去衣衫,摊开双手横陈在床,全身上下洁白如雪,闪着象牙般的光泽。她是如此娇嫩而纤美,有着月季花般的娇艳。我亲吻她的肚脐,然后把面颊贴在她的胸口,两臂环绕着那纤细静谧的腰肢。我们在这洪荒的世界里相依相偎。金色阳光洒在白色窗帘上,我觉得阳光想要进来,想要把我们的灵魂照耀得晶莹剔透。

"让阳光进来吧!"她也这么觉得了,说,"啊,打开窗帘吧,可以听见外面鸟儿的叫声,它们欢叫得多高兴啊!"

我跳下床走到窗前,弯着身子拉窗帘,向外张望了一会儿。她光着身子跟过来,用伸展开的双臂从背后圈住我。我指着那些黑洞洞的窗户说:"谁知道对面会有多少双眼睛偷偷盯着这里窥视!"

"让人家窥视吧,我才不在乎!"她扑哧扑哧笑着,头发因爱情而蓬乱。"现在还怕别人看吗?这是在你自己家里呀!"

"是在我们的家里!"我纠正她,手伸到后面拍打她的光屁股。柔软的、翘翘的、弹性的、充满女人味的光屁股。

"亲我!"她喃喃地说。

转头吻她,能够感觉到她在战栗——一种与温情不相同的肉欲战栗。在四肢酥软的相贴相融之中,肉体瞬间变得火一般炙热,她的心一定和我一样熔化了,灵魂烧成了火绒。身体被不可名状的波涛剧烈而温柔地荡漾着,奇异快感布满全身,骨酥肉碎的感觉,迅速地扩展着,扩展着,直到被那盲目的极端洪流席卷而去。我真觉得自己要死了,撕心裂肺的神奇之死。

黄昏降临。奇妙的晴朗的黄昏,似乎在珍惜着什么,迟迟流连不去。我相信今晚一整夜都会月光如水。小擎闭着眼睛,一只手搭在圆润的腮边,胎儿似的躺在我身边,处于半梦半醒之间。没有人比她的睡姿更优雅。我劝小擎留下来不要走。"你不在,我一个人多么枯燥无味!"

小擎为难地摇头,目光惶恐。赤裸的双臂把赤裸的乳房挤在一起,梦一般望着窗外。"你还是不了解他。"她在说她丈夫。"他平常看上去沉默自制,现在又变得异常冷漠,一旦发起梗劲来,却有着魔鬼般的坚强意志,一想起这个我就十分害怕。我现在必须万分小心!"她眼睛里笼罩着一层忧愁的薄雾。"多讨厌啊!我这样活着,像个死人每天为自己的葬礼做准备似的,难道就摆脱不了这一切吗?"过一会儿,她又说:"哥哥,你带我跑到远一点的地方吧,跑到天涯海角!"

我不再坚持,只能放她走,等着她再来。我不知道还要等多久。每次一想到这一点,心里就有说不出的怅然。

第四十章　爱情有没有未来

分到住房之后，心里除了高兴还是高兴，每天觉得天空特别蓝，阳光特别亮，空气也特别清新透明，那真是一段快乐的日子！我以为接下来就是等待，等待着辛小擎有一天终于喜不自禁跑过来对我说："我解放了！"

当这一天到来时，我真正的幸福之路便从此展开，一生都怀着仰慕和谦卑的温柔陪伴她到老。遇一人而白首，择一居而终老。这就是我能想到的最浪漫的事，此生足矣！而我有足够的耐心等，坚定地期待着那一天早日到来。小擎已经把她的一些很私人的物品提前放进了我们的房子里，包括我写给她的那些情诗。它们用爱写成，同样也被爱收藏着。我在诗中每一行里都把自己燃烧殆尽了。有很长一段时间，给她写情诗成了我生活中的一种良好习惯。我们有时候保持了某种习惯并非因为它多么有意义，而是因为保持习惯可以给予我们的心灵极大的安慰，这本身才是最有意义的。要知道等待的过程很煎熬，就像恋爱之初的那些夜晚经受过的同样的煎熬。

小擎让我陪着她去逛街，说是看看能给新家添置点什么。她喜欢在街上一路走得很远，看上去却又漫无目的。每一个有东西卖的门廊，她都要走进去看一看，希望能找出点儿什么来增添对生活的渴望。每一次停下脚步，她都会不慌不忙地欣赏眼前的商品，看得很仔细，好像要看出它们的灵魂躲藏在哪里。她兴高采烈地把玩着那些亮晶晶的瓷器茶杯和餐具，用纤细的手指在杯壁上弹出当当声响,说这些东西五百年后就能成为价值连城的文物,然后忍不住笑出声来。她对着穿衣镜一件一件试穿着那些印着碎花的小棉袄,却一件也不曾购买,只为能逗得自己哈哈大笑。她请化妆品柜台的小姐给她试闻香水味道,然后假装呛得直打喷嚏,笑得满脸泪水。她任性地和人家讨价还价,看得出完全外行,却表现得优雅而尊贵。我终于明白了她的用意——她只是要找到由我陪着逛街的感觉。明白了这一点我顿时幸福无比。她试了那么多东西,却始终两手空空,只在身上留下一阵芳香。她甩着轻盈的手臂,走路的方式傲视一切,那么美,那么迷人,还那么与众不同,鞋跟踩在水泥地上的美妙声音足以让世界神魂颠倒。我走在她身边,因为她毛料裙摆发出的窸窸窣窣的声响而弄得心里怦怦乱跳。她一路发出金子般的笑声也让我如痴如醉。这真是一个让我爱到发狂的女人!她最终只买回几盆盛开着不同颜色鲜艳花朵的四季海棠,并把它们精心布置在阳台上。她还对我说起,对一个女人来讲,家里有三样东西最重要:白纱窗帘、桌布和鲜花。有了这三样宝物,再简陋的家也会变成天堂。我看着她在鲜花丛中绽开笑脸,真切地感觉到天使就在此处,不由得浑身一颤。

但是有一天晚上我碰见了辛小擎的丈夫阎仲豪。他在黑暗中突然出现,目光凶悍地凝视着我,脸乌青得像死人一样。"跟我来,我们聊五分钟。"他对我说,"这是男人和男人之间的对话。"我紧张得直哆嗦。跟他那军人一样的强壮身坯相比,我简直就不能算男人。我连气都喘不上来,穿过一片浓厚的迷雾跟着他来到一家装潢陈旧的咖啡馆。那里的大厅灯光昏暗,本应是绿叶扶疏的植物都枯萎了,彩色磨砂玻璃上满是裂纹和灰尘。雾和灰尘都带着沉痛的质感。我相信爱情的宿命,很多时候都会问自己,迟早有一天我会和阎仲豪面对面,那情形将是什么样子?这场会面大概没有任何人的力量能够阻止,因为它是我们两个男人命中注定的。令我不安的是,他的模样和我第一次见到时改变了很多,肚子大得丑陋可憎,络腮胡子像猞猁一样连成片,眼皮通红而湿润,说话声也拿腔拿调,变得带有威胁性。"咖啡就不必喝了吧。"我强作镇定,问:"你想跟我聊什么?""我要你放过辛小擎!"他眼睛红红地瞪着我。"这不是我一个人说了算的。"我心里紧张得直想呕吐,尽量平缓着语气说:"命运主宰一切,我们都要听从命运的召唤。""王——八——蛋!"他嘴里一个字一个字往外吐,"少跟我扯什么命运!信不信我现在就废了你?"我感到腹中充满寒气,但是并没有因此大惊失色,声音也没有丝毫颤抖,因为我觉得此刻自己被神圣之光照亮了。"来吧,"我说,"如果是为了至死不渝的爱情而死,我无所畏惧!"他大怒,掏出明晃晃的刀子直刺过来。我第一次感到被死神抓伤并被立即吓得醒过来,还好只是一场梦魇而已。

据说玉佛寺旁有一位料事如神、其精准令人惊讶不已的大师,特意跑去向他求教。我说我很担心,现在拥有的是一份没有未来的炽热爱情。大师明白无误地告诉我,未来没有任何障碍阻挡我享有一段长久而幸福的婚姻。我一高兴给了大师一百元钱。但大师没有告诉我,接下来会发生一些让我始料未及的事情,在无可奈何中我不得不接受这些变故。生活中总是充满了变数,人生太无常了,大师也不可能样样都能够准确预测,或者说我不能准确理解大师话里的意思。

我带着贲梁蜀、梅秀和秦归雁一起去看我新分到的房子。我们吃完晚饭后嘻嘻哈哈出发,一路上打闹个不停。秦归雁在一旁捣蛋,说我应该交出一套房门钥匙给梅秀,因为梅秀是新房子法律意义上的女主人。我假装大方,拿出钥匙来在她们面前得意地摇晃:"好啊,你们真的想要,就拿去吧!"梅秀瞅着钥匙笑笑,没动手,秦归雁伸手一把抢过:"我先替梅秀姐收着!"我急了,想从她手中抢回来。这死丫头泥鳅一样滑,抢了半天也没有抢到,只好作罢。

华灯初放中,被一个不知从哪里冒出来的人劈面拦住。我们都吃一惊,看清不速之客是一位二十多岁的姑娘,模样大大方方的,眉清目秀。姑娘身穿一件深色呢料风衣,长发披肩,一双大眼睛专注地死盯着贲梁蜀。贲梁蜀慌得脸色骤变,急忙朝梅秀瞥上一眼,梅秀顿时一脸狐疑。

贲梁蜀对姑娘说:"你怎么来了?"

姑娘回答:"你永远在躲我,我不找来,又怎么见得着你?"

贲梁蜀急忙将姑娘拉到一旁:"我们另外找个地方说话。"

姑娘说:"你愿意跟我说话就好。"说完跟着他就往远处走。

梅秀慌忙要跟过去,大叫:"大贲,这个人是谁呀?"

秦归雁使劲一把拉住梅秀,梅秀让她放开,归雁死死不放。我拦在梅秀跟前说:"他们也不会走得太远,我们就站在这儿,等他们一会儿好了。"

梅秀眼圈一阵红,泪水眼看就要滚落,死盯着那两个人影不放。好在那两个人在走出百米之后,站在上街沿上停下脚步,面对面开始说话。大街上车来人往,嘈杂得很,也听不见他们具体在说什么。

四周弥漫着紧张尴尬的气氛。梅秀不停问那人是什么人,没有人回答她。还能是什么人?明摆着半路跳出来横刀夺爱,大家都心知肚明猜到了几分,谁也不愿意直说出来罢了。总之这件事很糟糕,破坏了所有人的好心情,而且不知道接下来会怎样。我们都急切地盼望着那边的谈话能够早点儿结束,贲梁蜀能快点回到这边来,但是事情看上去似乎比预想的要麻烦一些。那两个人一直在不远处说个不停,四只手不停地比画着,动作越来越带几分激动,这就叫人在焦急中不免多了几分警惕。梅秀几次想过去,都被我们拦下,劝她还是等贲梁蜀回过头来再问不迟,这个时候插进去恐怕只会添乱。秋风在暗中使上了几分力气,刮得几片枯黄的梧桐树叶在灯光下乱舞,令人心烦。疾驰而过的汽车喇叭声更是令人讨厌。

一群过路人在经过百米之外的那两个人身边的时候,有的放慢了脚步,甚至已经有驻足停下来朝着他们看的,这说明他们说话的声音太大,看样子已经到了争吵的地步。我们能够看得清楚的,是姑娘伸手打了贲梁蜀一记耳光,贲梁蜀也伸手猛推姑娘一把。姑娘一个趔趄,捂住脸,大概在哭泣。贲梁蜀上前去扶她肩膀,姑娘往倒后退几步,转过身去。贲梁蜀欲扳转她身体,姑娘推开他,好像要跑开，贲梁蜀又拽住她。两个人就这样反复拉拉扯扯、推推搡搡。

梅秀终于无法再克制自己一直充当观众的角色，拔腿往那边跑，我们阻拦不及也跟着她跑。我们在向前跑动的时候，眼前的世界是晃动的，颠簸的，模糊的。前方的那两个人应该发现了我们在向他们那边跑过去，似乎都愣了一愣。姑娘的身体用力向外挣脱了一下，或者是贲梁蜀在惊慌之下用力推了她一下，惨剧就这样无可挽回地发生了。我们听见一阵十分刺耳的刹车声，然后是前后左右一片骤然而起的惊叫声。等我们跑到跟前，发现姑娘的身体正躺在一辆卡车的车轮底下，空气中弥漫着刺鼻的血腥味。接下来发生的事情，不用我多描述，您也能想象得出来，打120和110电话，等来救护车，送医院，抢救，手术，输血，焦急地等待……乱成了一锅粥。警察很快就出现了。卡车司机跟在警察身旁，满脸通红，不停地描述现场，警察不理睬他，让他老实坐进警车里等着，同时在略作询问之后直接带走了贲梁蜀。贲梁蜀两眼血红，一言不发地跟去了。梅秀绝望地瞪大着两只空洞的眼睛，乌紫的嘴唇不住颤抖。秦归雁在一旁使劲搂着她肩膀。

那位被贲梁蜀称为小苗的姑娘，整条左胳膊都被车轮碾碎。医生说，纵然华佗再世也无法保住那条胳膊，只剩下截肢一条路。卡车司机一口咬定，受害人是被贲梁蜀突然推到车轮底下去的，他当时看得清清楚楚，但猝不及防刹车已晚，有现场目击者可以为自己作证。他言之凿凿地断定：再明显不过了，这分明就是一场谋杀！小苗姑娘陷入深度昏迷，久不见醒。贲梁蜀则始终未为自己作任何辩解。

我们作为现场目击证人，逐个被警察叫去做了询问笔录。我和秦归雁都说事发太突然，什么也没有看清，但要说是贲梁蜀把苗姑娘推到车轮底下，这无论如何很荒谬。我们的证言苍白无力，什么也说明不了。梅秀只是一直在哭，问什么都摇头，两只眼泡肿得骇人，像两只熟透的柿子。

接下来的几日天昏地暗，无比难熬，不知道是怎么过来的。好像天空也一直阴云密布,气压低得叫人窒息,雨水却始终降不下来。苗姑娘总算醒了,令人欣慰的消息也终于传到我们耳朵里。苗姑娘主动向询问她的警察声明:她所遭遇的车祸与贲梁蜀无关,是她本人刹那间起了轻生念头,想撞车一死了之。更加令人宽慰的消息是,苗姑娘已经反复向警察说明,贲梁蜀当时竭力要阻止她寻短见,拼命想拉住她的手,但是最终没有能够拉住。卡车司机的所谓谋杀论,纯属无稽之谈,根本就站不住脚——这就彻底为贲梁蜀洗清了冤屈。

"大贲是无罪的!"梅秀终于冲着警察尖声地嚎叫,"你们快点儿放了他!"

我们陪着被释放的贲梁蜀走进苗姑娘病房探望。贲梁蜀一进门就跪倒在病床边失声痛哭,把脑袋深埋进白色床单里。满头缠着纱布的苗姑娘也泪如泉涌,不住哽咽颤抖。那场面真够悲壮,十分揪人心肺。弄得我们好像是一群多余的人,待在那儿不合时宜似的。我们当然早已经搞明白了这两人的关系——在日本打工期间,他们合租着东京新干线边上的一间屋子,像夫妻一样过了几年的小日子。贲梁蜀在回国之后对他的这位曾经的情人只字未提起过,如果不是苗姑娘找上门来,这个秘密将一直成功地深藏不露。他本来打算彻底和过去告别,与梅秀一起开始新的人生。在他心里,苗姑娘只是一位过客,梅秀才是生命中的女神,他未来的幸福所系。但是他显然不是一个擅长斩断昔日情丝的人,黏黏乎乎、优柔寡断的性格没有能够让苗姑娘对他彻底失望死心。而几年间相依为命的国外临时夫妻生活,已经让苗姑娘对他产生了深深的依恋,这份依恋之情不是能一下子说断就断了的。这就有了后来的事:一方不住地纠缠,另一方竭力躲避。而这一切,贲梁蜀又是不敢对梅秀透露半分的,他担心梅秀知道了会生气。他心里太爱梅秀了,无论如何也不想让她生气。他知道梅秀的个性十分要强,不可能容得下这类事情发生。像他这种鸵鸟性格的人,只知道把脑袋埋进土里,却偏偏是越担心,越害怕,事情往往越会找上门来——这就是我们目前所知道的。

这桩意外事件改变了很多东西,包括改变了我们几个人今后一段时期的生活轨迹,因为贲梁蜀已经跪在病床前正式承诺,将娶苗姑娘为妻,以补偿曾经对她造成的伤害。用他自己的话说:"这是老天给我的最后一次拯救灵魂的机会!"我们相信任何一个正直的、有良心的男人都会作出这样的选择,尽管我们也知道他心里有一万种无奈。

但是,梅秀怎么办呢?梅秀!贲梁蜀用自己的忏悔方式补偿了一个人,却又无法避免地给另一个人的心灵造成了巨大的伤害。可怜的梅秀,整日以泪洗面,失去了对今后生活的一切希望。她虽然感到自己成了严重不公的牺牲品,但也没有对贲梁蜀有过任何言语的责备。她只是哭,无休无止地哭泣,令我们都感到十分不安。

在接下来的很长一段日子里,贲梁蜀一直坚守在医院病房,做一个真心忏悔的好男人。他向所有能够遇见的人表白必将无怨无悔照顾苗姑娘一生的决心,这当中自然包括了苗姑娘的父母。他甚至从见面一开始就用"爸爸"、"妈妈"称呼他们,也确实借此赢得了两位长辈的原有甚至信任。没有人再责怪过他什么,人们给予他更多的是同情和抚慰。

我打电话给贲梁蜀,让他有机会找梅秀单独好好谈一次。他只能在苗姑娘和梅秀之间作出一种选择,这一点我们能够理解,但是并不意味着他就可以对另外一个人冷漠无情一弃了之,这不像一个真正男人该做的事。他答应了,求我替他们安排合适的时间和地点。

我此刻关心梅秀远远胜于关心贲梁蜀。不仅仅因为梅秀是我青梅竹马的小学同学,我故乡的乡邻,我的朋友,还因为她现在是我法律意义上的妻子——想到这一点心里不免阵阵发毛。如果让家乡父老知道我曾经和梅秀领取过结婚证书,而她又是一个最终被人抛弃的女人,我将会承受怎样的骂名——没有良心的负心汉?现代陈世美?有谁会知道我其实比窦娥还冤!

贲梁蜀啊贲梁蜀,让我说什么好呢?你真是一个万分该死的混蛋啊!

我不知道别人遇到同样的情况会怎样处理,但贲梁蜀的行事方式确实大出乎我意料——他居然向梅秀信誓旦旦地表示,他将一辈子都是梅秀忠贞不渝的爱人,永远也不会抛弃她!据说他用了几个小时和梅秀大谈什么是"真正的爱",以及"爱"与"非爱"的区别:爱是行动,不是空想;爱是一种客观存在,不是转瞬即逝的感觉;爱是出自自我意愿,只能用爱的行动本身来证明……而梅秀这样一个愚不可及的傻瓜,竟然被他的迷魂汤灌晕了,偏就相信了他那些毫无逻辑的胡言乱语。她最终接受了这样一个结论:贲梁蜀虽然在肉体上不忠,心灵上却对她死心塌地。因此她给予他的回答是:只要他爱她,她就不在乎所谓的名分,情愿一辈子做他的情人。啊,被爱情搅昏了头脑的人,为何智商都是如此这般地低下?

我把事情的前前后后讲给辛小擎听,小擎听后脸色苍白。我担心她身体有什么不舒服,她语气悲伤地说:"哦,穆宇谅,你向上天祈祷吧,这下你算是遇上不小的麻烦了!"

对此我并没有太多心理准备。每个人生活中都会遇到一些麻烦事,若是和能够拥有一份真正的爱情相比,其他所有的事情都实在微不足道。但这样想显然很快会受到老天的警戒,我接到穆宇采打来的电话,才听了一句,就觉得大半个天空在瞬间倾塌。采儿在电话里呜咽着说:

"二哥,爸爸走了。"

如遭遇雷击一般,只觉得大脑"嗡"地炸成了碎片,然后就是长时间的空白。生命中最重要的人,或许当他在你身边的时候,你常常会忽略他带给你的那一点点淡淡的温暖。但当你突然失去这个人,整个世界瞬间荒芜。

急急忙忙地,我赶回家乡奔丧。先乘火车到镇江,然后从镇江乘坐轮渡过长江,一路上心里像坠了几千斤的铅块一样沉重。过江的时候,我站在轮渡的甲板上,看见天空布满黑色的厚云,压得人透不过气来。江水本应是昏黄的颜色,此时看上去成了乌黑的浊水,黏稠油腻,像流不动的柏油。老穆头毛发稀疏的秃顶、布满眼屎的小眼睛、长满乱七八糟花白胡须的那张脸在江面上到处都是。我一百次地想象他突然倒在麻将桌上还满脸喜悦的情景,想象他的脸压在一堆刚刚收到跟前的钞票上,流出的口水打湿了那些票面大小不同的钞票。真希望他能够把那些该死的钱带到另一个世界去。

在黄昏四点钟的疲倦中,我再次看到了自己广阔的故乡,看到故乡的小路和路边枯萎的黄花,以及几根莫名其妙竖立起来的小化工厂的烟囱。庄子看上去空无一人,农舍前后的树木也几乎都被伐光。我见到了母亲,形容枯槁,哭天抢地,声带嘶哑,领着我在父亲的灵柩前用力磕头,磕得地砖发出"通通"的声响。她一遍一遍"老头子老头子"地叫着,凄婉如杜鹃啼血。无法抑制的悲伤令我失声痛哭。采儿在一旁陪着我哭,穆宇凡以丧主的身份忙进忙出料理着后事,接待一批又一批前来吊唁的亲戚和乡邻。大嫂带着我那九岁的侄儿正领着一帮妇人准备招待来宾的饭菜。

在此之前,我曾经一直都将死亡视作发生在别人家的不幸。我和我的家人有生病和衰老,却从未觉察到过有任何死亡的迹象。原来父母是竖在我们和死神之间的一道屏障,而父亲的去世,告诉我们这道屏障正在被拆走,我们和死神的距离一下子缩短了,几乎触手可及。父亲的离去让我惊愕地确信了一个事实:人终有一死。母亲有一天也会死,自己也终将会死去。死亡不仅仅会发生在别人的父母、兄弟姐妹和丈夫妻子身上,也会随时降临到自己亲人头上。死神会随时让一个人变成一个时代的回忆和云雾,并最终被遗忘吞没。

小莲跪在老穆头身旁,用唱戏一样抑扬顿挫的声调哭诉道:"老头子哎,你走得太匆忙啦,你前两天还在牵挂着二儿子的婚姻大事啊!老头子哎,你走得太不甘心啦,没有等到谅子领着儿媳妇来给你磕头的那一天哪!老头子哎,我知道你心里留着遗憾哪,少了一个儿媳妇给你送终啊!老头子哎……"

有一个人"扑通"一声在小莲身边跪下。这个人端端正正用脑袋磕在地砖上,连叩了三个响头。那"通通通"三记有力的声响震惊了灵堂里的每一个人。而她接下来说出的话,更是让包括采儿在内的所有人都吃惊不小:

"爸爸,您老人家就安心走吧,不要再有什么遗憾。我就是您的二儿媳妇,我从上海赶回来给您老磕头送终了!"

小莲脸上如梦游一般,不可思议地望着身边这个打扮整洁、似曾相识的闺女。

"姆妈,我就是您的儿媳妇呀!"梅秀挽住小莲的胳膊说,"我已经和谅子结婚了!请原谅,姆妈,我们也是不久前才领的结婚证,还没有来得及把这件事告诉您。"

最傻眼的是我,我必须定睛反应片刻才能把她认出来。在认出梅秀之后,我情愿当场被气瞎双眼。万没有想到,梅秀会这个时候在我亡父的灵堂里现身。她什么时候回来的?我竟然一点儿也不知道。我离开上海时只是通过秦归雁给她留了个口信,她应该一得到口信就果断地动身出发了,所以跟我一前一后到达。别人不知道,一定以为我们两个是一块儿回来的呢。

梅秀跪在我亡父的灵柩前向众人宣布了,她是我穆宇谅的妻子,穆家的媳妇。为验明正身,她让小莲看她脖子上挂的一只金葫芦。小莲当然一眼就认出了,那正是当年老穆头送给她的定情信物。我曾经骗母亲说拿这只金镏子换了麦芽糖,气得小莲哇哇大哭过。小莲当然不知道,我早在上小学时就把这黄货当成铜制的玩意儿送了梅秀做纪念品。梅秀甚至当场把我们的结婚证都拿了出来,给躺在灵柩里的老穆头看,小莲看,给采儿看,给她自己的父母看。而她的父母,在证实了结婚证书的真实性之后,在第一时间以亲家的身份组成吊唁团队进入我亡父的灵堂,行叩表大礼。

趁着边上没人的时候,我含着尽量压抑的怒气悄悄责问梅秀:"是谁让你来凑这份热闹的?"

梅秀眼睛看也不看我,说:"你真是个不孝子!你应该把穆穆带回来给爷爷磕头!他以后再没有这样的机会了。"

我吓得猛出一身冷汗。如果这话被我的父亲听到,他一定会在灵柩里坐起来,然后倒下去再死一次。

姑妈家一行人随后也从上海赶过来了。母亲向姑妈求证我已经结婚了的事实,姑妈也是吃惊不小,责怪我这么大的事情竟然连她也瞒着。小莲反过来劝姑妈不要生气,说是她作为亲生母亲,不也是这才刚刚得知消息嘛。

姑妈替梅秀掸去身上一块不小心刚蹭上的灰尘,说:"要饱还是家常饭,要暖还是粗布衣。我看梅秀这丫头不错!"

我对这一切毫无心理准备,只能听天由命任由事情一步步发展。晚上,家里人安排我和梅秀同宿在一间房里,睡在一张带踏板的老旧雕花红木大床上,这本也是天经地义之事。

在进入那个房间睡觉之前,我连发火的机会都没有。我似乎也没有发火的理由,她就是我的合法妻子,有鲜红的结婚证书为证。而且几乎所有的人都为此多少感到安慰,采儿是如此,梅秀家的人更是如此。梅秀一个人在上海孤单飘零了多年,终于算是有了一个最为圆满的归宿,谁不为之庆幸不已呢?

梅秀也没有留给我发泄怒火的机会。她替我做主安排了一切,包括作为亡者的子孙,应该跪坐在灵堂里为亡父守夜,所以那个房间和那张床自然一直看上去都是空着的。我差点儿在一群和尚无休无止的念经声中窒息。

梅秀还佯作不经意地安排了一次让我和她父母共进晚餐的机会,并有几位乡邻在一旁作陪。这几位乡邻在我还没有离开这片土地时都是正当壮年的风云汉子,匆忙之间竟都变成了受人尊敬的长辈,谁也无法解释他们哪里来的时间衰老。在饭桌上,我注意到当年那位带领数百人召开批斗大会、挥臂高呼"打倒南霸天"的叱咤风云的梅主任,完全不是记忆中高大威武的形象。我现在看到的是一个脑袋光秃、干瘪佝偻、走路踉跄的老头,或许岁月真是一种非常厉害的腐蚀剂,会一点一点把人的血肉吸干,让骨头收缩变形,并让你头脸上的毛发胡须都掉光。但是梅主任吃饭的时候脸上威严似乎犹在,非常一本正经地朝我端起泰山架子,说是除非女婿正式敬酒他是绝对不会端杯的。

"上海那个地方我去过一次。"梅主任自豪地对乡邻们说，"跟我们这里相比，上海要先进几个世纪：拧开每个水龙头都有自来水流出，冷水热水随便你选；无论白天或者黑夜，到处都亮着明晃晃的霓虹灯，而且从来不会停电；煮饭烧水都用管道煤气，根本没有人再烧煤炉子；单身汉甚至都不用做饭，超市里到处都有包装袋装好的现成熟食；城里的大马路又宽又长，整天车水马龙，但是井然有序，车走车行道，人走人行道；街道两边的树木和草地都被修剪得十分整齐……总之，那是完全现代化了！嗯，我还是要去上海看看的。高兴了兴许还要住上一阵子哩！"

　　说完后，他发出一阵"咔咔"的笑声，露出不见牙齿的下排牙床。那是我听过的最古怪的笑声。见我没有吱声，梅主任似有几分不悦，板着脸指导我说，吃饭的时候一定要把饭碗端起来，这是老祖宗留下的好习惯，有很多好处——既可以保持姿态端正，坐姿不占地方，互相不妨碍，又不容易掉饭粒，更不会四处撒落汤汤水水，而且还可以让长辈感觉到你有一颗恭敬的感恩之心。我本无心敷衍他，只随便找个借口尽快离开了餐桌。这是我一生中最后一次见到梅主任，虽然知道他后来苍老且带着一身病痛但还是活了很久，远比许多因他而遭殃的人希望的要长久得多。当他去世的消息传来时，连梅秀都是先长舒了一口气才开始流出眼泪。

　　在熬过极度疲劳和郁闷的三天之后，我们安葬了老穆头。随后，我一言不发地悄悄避开熟人，只身一人先回上海。小莲和采儿追到庄头来送我。我知道她们嘴上不问，心里都在疑虑为什么不等梅秀一起走。"单位里有急事。"我用谎言欺骗她们。希望这是我无数可耻谎言中的最后一个。小莲本想抱住我的肩膀，但是个子太矮了，只能揽到我的腰。小莲说了一句听不太明白的话："谅子，洗手净指甲，做鞋泥里踏。这就是命。"只听出有些无限感伤的意思。采儿在一旁作注解："二哥，姆妈的意思是：天大地大，说到底都没有过日子大。她让你们在外面好好过日子，不要和命过不去。"听得我鼻子一阵酸楚。我不想多说什么，梅秀她爱在那里待多久就待多久吧，她总会找得到待下去的理由。梅秀则显然要比我料想的懂事得多,她殷勤地以穆家儿媳的身份处理了后面的许多事,并且一路护送姑妈一家回到上海。到上海后,她在姑妈家里吃了饭,并且迅速和表妹储惠成为了好朋友。

回到上海后和小擎相见,像告状一样,我不顾一切地向她控诉了梅秀的所作所为。小擎脸上自然不是很好看,沉默了大约有一个世纪之久。但是小擎是一个多么善良的人,她反过来替梅秀解释,说梅秀其实也真不容易。作为一个姑娘家,谁不把自己的名誉看得比生命还重?她选择了这么做,自然有她说不出的苦衷。且不管她到底怎么想,有一点至少可以肯定,她发自内心把穆宇谅这个人看成一个可以终生信任的人,而且她以此为荣!单凭这一点,我们就不能过多地责备她。

"苦命的乡下姑娘!"辛小擎重重叹着气说,"做一个女人有多么难哪!"

我听从小擎的劝,没有对梅秀说一句言重的话。我们就像什么事情也没有发生过一样,继续着和以前一样的生活。

只是有一点改变了:秦归雁忽然离开了裁缝店。秦归雁临走时连告别的机会都没有给我。她只是在某个晴朗而寒冷的下午忽然拎起行李对梅秀说:"我要离开这儿了。我想独自一个人到外面去闯闯。"梅秀被她的举止吓坏了,想问个究竟,却根本来不及。秦归雁走得坚决而干脆,转眼间消失在茫茫人海里。外面阳光灿烂,她手里却拿着一把红色的雨伞,红得像地狱之火。

梅秀哭着对我说:"她抽风一样地走了。她一定是为了什么事情生我的气了!她到底是为了什么这样生气呀?"

像冷不防遭遇空气中的寒流袭击,我浑身颤抖了一下。秦归雁离去时的样子我并没有看见,此刻那当属虚幻的身影竟在我眼前晃动了一下,足以令我终生难忘。我像个刚变成鳏夫的男人一样独自静坐了几个小时,细细咀嚼儿时的回忆,黯然神伤。

秦归雁,你这个死丫头到底去了哪里呀?

第四十一章　婚姻和爱情这团乱麻

在整个青春期,我面部的皮肤都一直光滑细腻,谁知过了而立之年以后,我却不得不和脸面肌肤上突然之间喷薄而发的粉刺进行了一番殊死的战斗。我一直在努力地顽强抗争,却最终落得惨败的结局。从看见最初冒出的几颗红肿的脓包开始,我便意识到情况不妙,迅速光顾了所有大医院的皮肤科,并把能收集到的报纸上关于治疗青春痘的广告都剪了下来。那些广告上一般都有同一个人用药前后的两张对比照片:一个脸如老柑橘皮,另一张脸则如同熟透的柿子皮。那一年里,我试验过不下五十种药水、药膏和药片,并践行了药瓶商标上告知的所有其他辅助方法,唯一的收获是整张面孔如同淮海大决战之后的战场,布满大小不一的弹坑。奇怪的是,自从秦归雁不告而别之后,在我脸上一直盘踞不去的粉刺忽然在某个清晨醒来时消失得无踪无影。我终于又可以在涂满肥皂沫后用剃刀把腮帮子刮得像小孩的屁股一样光滑了。似乎老天爷在用这种方式告诉我,我的青春岁月已经像秦归雁一样离去不归了。真不知道我该为之庆幸还是应该感到不幸。其实幸与不幸,如同你手上的一双筷子,缺了哪一根,都吃不了人生这碗饭。从那个时候开始,我越来越感觉是这么一回事儿了,因为我的爱情正在一步步走向不幸的漩涡,正如气候一天天接近严冬。

每一个人的爱情故事对于旁观者来说都无足轻重,那只不过是乏善可陈的世界里听来的一点传奇、一点浪漫、一点蠢蠢欲动的梦罢了。但对于当事人而言,那就是其当下的全部生活,全部世界,全部的忧愁和喜悦所在。我和辛小擎的爱情,就是我的全部,全部的快乐和幸福。和辛小擎结婚,我一直将此当作一件势不可挡的事,只要既不着急也不躁动地等下去,总能赶在世界末日前等到。有一个信念一直支撑着我,那就是世界在变,社会在变,风尚在变,价值观在变,潮流在变,习惯在变……一切都在变,唯独她不会变。这本是源自一种爱的雄心,任何艰难险阻都无法将之摧垮。然而智者说过,只有当你的快乐和幸福不附属于任何人或物的时候,你才是自由的。偏偏我的爱情不是,我的快乐和幸福总像被关进了监狱里,始终如同囚犯一样期待着获得释放。爱情之于我,有时候是铠甲,鼓舞我充满斗志,不管不顾勇往直前;有时候又是软肋,总是不堪一击地莫名受伤,茫然无措中失魂落魄。好像我的爱情是从什么人那里租借来的,随时会被重新收回去。近来发生的一系列变故让我对于未来充满畏惧,似乎之后的事情越来越不可控,我除却等待之外什么也做不了。已经不止一次,我嗅到了某种不能确定的危险气息——爱情死亡的气息。这种气息显然令我非常难受,几如肝肠寸断。

那些天一直在下雨,下雨,没有一丝阳光好让我静心思考。在一个刮着寒风、快要下雪的傍晚,我拿定主意,和梅秀在裁缝店里进行一场不能不谈的严肃谈话:关于尽快办理离婚手续。

店里生意清淡,虽然新近增加了定制窗帘布、沙发套和被套的业务,还是鲜有客人光顾,令人不安的宁静像死亡的蒸汽一样上升到我们中间。由于话题过于重大,我注意到梅秀的第一反应是惊慌,很快,她嘴唇就变得和我一样苍白。

"我们现在还不能离婚。"她说。

她故作冷漠地垂着眼帘,不肯正视我,也许是不想让我发现眼里的模糊泪光。之前我就注意到,她那双母豹子般的眼睛近来失去了美丽的光芒。我此刻还忽然发现,她的眼皮开始显露饱经风雨的阴影,脸上表情也复杂莫辨,似乎十分担心因为离婚而获得"离异女人"这样的身份,那将会迅速使她变成明日黄花。那种冷漠也许不过是抵御恐惧的保护壳罢了。我差点儿在最不该忘记的

时候忘记这一点:女人们对问题中隐含的意思总是比问题本身想得更多。但是我还是要提醒她:

"当时,只是为了分一套房子,我们才假结婚的。"

"可是现在,我很需要有一份婚姻,假的也行。"她依旧头也不抬,"我也很需要有套房子,如果我父母马上来上海看我,作为女主人,我必须对他们有个说得过去的交代。"

"那……我不明白,你究竟是什么意思呢?"我希望她不要再闪烁其词。

"很简单,等贲梁蜀哪一天能娶我了,我就和你离婚,把房子也还给你。"

这下轮到我惊慌失措,直入骨髓,竟一时间找不到合适的用词来纠正她话里的错误。或许单从逻辑上来说,她话里并没有什么错误,错的是我。她的话足以让我意识到自己的不幸已到了何种程度,搅动五脏六腑的一阵寒战传遍全身,我眼前一黑,想不到事情会变化到如此不可收拾的地步。所有这一切让空气变得稀薄。我有一种被人绑架的感觉。

"要是贲梁蜀守着苗姑娘过一辈子,至死都不离婚呢?"我咬紧牙关,控制住自己不要冲她咆哮,尽量把声音压得很低,不至于让她被立即吓跑。"要是辛小擎说下个月能够和我结婚了,我又该怎么办呢?"

"贲梁蜀是你的哥们,你的死党。当初我也是通过你才认识他的,是你!他若不肯和苗姑娘离婚,就是你的责任。"她犹自强作镇定,假装从容不迫地抬眼看着我,像看马路上一个刚刚结识的陌生人,或者看一个她从不认识的人的影子。但她那正在变得尖细的嗓音出卖了她内心的焦躁。"是你要跟我领结婚证书的,"她说,"要错,也都是你的错。"

虽然事实上我们没有人在乎究竟是谁对谁错,她也不在乎是否真的相信自己无辜,只是要把这种无辜从言语上确定下来就足够了。她继续说:

"我现在反正是他的情人,就像辛小擎是你的情人一样——你们城里人到处都是这种不明不白的关系,轮到我,我也无所谓。反正这世界上到处都是常规与偏见的乱麻,也到处都是幸福的情人。我现在已经对你和贲小擎的关系多了一份新的理解,做地下情人并没有什么可耻笑的,哪怕只是在一起共度人生的片刻。你说是吗?一对为爱情忧伤的情人,比其他任何一对有名分的夫妻心里都更可能藏着幸福的种子:他们完全按照诚实的生活方式活着,遵从自己身体的意愿行事,爱的时候不必撒谎,睡觉的时候也不用为了逃避什么可耻程式而装睡,保证身体每天都能尽情做属于自己的梦。婚姻有什么用?婚姻不过是提供一些俗人看得到的好处:安全感、稳定的家庭和貌似和谐的夫妻关系——这些东西加在一起看似爱情也几乎等于爱情,但它们终究不是爱情。我现在坚信:爱情当真才是生活中最需要的东西,其他都是为爱情服务的!我生活中唯一需要的就是一个懂我的人。我要等着贲梁蜀。"

她说话时声音一直在颤抖,几乎令我心生怜悯。老天,我实在无法解释,究竟是什么深藏不露的理智让她做出了如此高瞻远瞩的决定?在说完那些话之后,她带着一股无名火哭泣起来,精疲力竭的谈话也只能到此为止。从她哭泣时脸上突然出现的那种掘墓人般的神情中,有一点似乎丝毫无疑地确定了:我和辛小擎一样也成了婚姻的套中人,只不过我这份名义上的婚姻更加莫名其妙。瞧,命运的主宰者在跟我开着一个莫大的玩笑!

梅秀这边看来此路不通,我愤然找到贲梁蜀痛诉此事,问他什么态度。个别脏字趁势从伤痕累累的心中借道口腔滑落出来。我告诉他,关于梅秀不肯离婚并坚持自己是房子的女主人这件事,我已经越想越愤怒,越愤怒越想,最终无法忍受,几乎要发疯。

贲梁蜀最近因过于劳累引发牙周炎而脸庞肿胀,还因为缺少睡眠而精疲力竭,他皱眉闭目长叹一声:"兄弟呀,一切还远未走到尽头,暂时先听天由命为好!"还说:"命苦不能怪政府。或许,我们必须学会先享受爱的残羹,并从中寻觅幸福吧。赦免她吧,如果你一定要想抱怨谁的话,那就抱怨生活吧!"

无奈,我再次把鼻子捏住。本来第一冲动是要找辛小擎说起的，但是冷静下来之后，担心让小擎知道了只会影响到她逃离旧家庭樊笼的决心，最后决定还是憋着，闭口不言。一份幸福两个人分享可以变成两份幸福，而一份痛苦……算了，还是独自咽下吧！

日子一天天像流水一样无情流淌，我的心则似乎被冻住了。从电视新闻上得知，外滩的玉兰花已经香飘四溢，郊外初现一片春花烂漫的景象，走在大街上的人们也开始面露喜色。熬过漫长的冬季，被春水浸泡得有些肿胀的大地变得肥沃柔软。一九九五年春天的阳光终于代替寒风，亲热地在黄浦江上投下不停移动的影子。我的心河却冰封依旧。

某一天我正在路上走得好好的，突然从头顶上方掉下一只鸽子，莫名其妙摔死在我面前不到两米远的地方。我抬头望向天空，看到一大群鸽子正盘旋着向前方飞去。这只死鸽子显然刚才还是其中的一员，不知什么缘故会在疾飞中暴毙而亡。这似乎是一个不祥之兆，不能不让我迷茫地猜想这件事和其他什么事有着某些神秘的关联，但是绞尽脑汁也想不出来。

我周围的人们，包括贲梁蜀在内，似乎更加忙碌，几乎找不到可以坐下来喝喝咖啡聊聊心里话的时间。物质主义在这个社会已经完全占据主导地位，我听不到有人对我说让人觉得舒服或善意的话语，也很少看到真诚或耐心的微笑。身边的人群个个疲惫不堪，连关照自己内心的时间都没有，他们似乎都在讨论如何赚钱，金钱成了横跨所有领域的主题，大众都在奔向金钱闪耀着光芒的方向。我猜想太阳的当中一定有个方孔，否则绝不会如此令万众瞩目。全世界的人看似都不热爱自己目前的生活和工作，都想挣扎着走出无法令人满意的平庸状态。"爱让一切劳作变得甜蜜？"见鬼去吧！我检视了一下自己的内心，沮丧地发现，像我这样满脑子被爱情塞满的人，在旁人眼里几乎就是个废物和怪人。

有一天晚上，我被幻觉惊醒，看到辛小擎正在黑暗中用幽怨的目光盯着自己，顿时不寒而栗。事实上这根本不是幻觉，而是我刚才在完成了爱情中生理的那部分仪式之后，在疲倦状态下熟睡过去，小擎就一直醒着，歪着身子坐在床头，默默注视着倦容满面的我。可是,当我问她怎么回事时,她却否认了这一点,把脑袋也放在了枕头上,说:"你刚才在做梦呗。"

"做梦,做梦。"我嘀咕道,"简直让我分不清现实在何处结束,梦幻又在何处开始。再这样下去我怕是要疯了!"

随着想跟辛小擎在一起的渴望越来越浓烈,害怕失去她的恐惧也越来越强烈,因此我们的会面一次比一次仓促,也一次比一次难舍难分,好像每次都是刚刚在生死线上做了一场绝世之爱,进入那条孤独的欲望隧道的时间也越来越长。

"知道在你做梦的时候我在想什么吗?"她问。

我摇摇头,想听她说。

"我想拿一把剪刀,把你的小陀螺剪掉带走。"她说,"即便不能让它属于我,也不愿让它有一天属于别人。"

我抱紧她。"傻瓜!它本来就是你的,只属于你,永远只属于你!"

"可是谁知道呢?"她紧紧揪住小陀螺不放,"人心的房子比宾馆里的客房还多呢!如今我们的房子就被另一个女人占住不还了。"

我告诉她一个最新的消息:"华东能源局正在从各基层单位物色一批技术人员,前往菲律宾从事几个能源站援建项目。我专业对口,英语又有一定基础,完全符合报名条件。"我伸出双手托住她的脸,目光热切地看着她。"你也一样可以报名的,你哪个方面的条件都不比我差。我们都去报名吧,一起去菲律宾!"

"去菲律宾?"她似乎深感意外,惊讶地坐起来,瞪大眼珠子,"下南洋吗?"

"对,下南洋,去菲律宾——那个远在太平洋之上的千岛之国。"我为自己忽然之间冒出来的大胆念头激动不已,和她面对面坐着。"那里远离中国,远离一切熟悉的人群。我们到了那里,就可以天天在一起了,谁也不能阻止我们!"

"不回来了吗?"她傻乎乎地问,神情非常茫然。

"两年,三年,或者五年。谁不知道呢?总之那是属于我们的世界。三年五年之后，一切都会改变，是不是？"我知道她一时下不了决心，竭力鼓动。

她长时间一言不发地看着我，面孔严肃得像个学生坐在教室里的板凳上，等待老师宣布期末终考的成绩。从太阳穴的跳动可以看出她内心的紧张不安。而我则仿佛已经听见太平洋的海风伴随着海鸥的喧闹声从窗外飘了进来，体内血液中的自由意志一阵沸腾。

"为什么要去那样一个国家呢？"她沉默许久，忽然说，"菲律宾很乱的，老是发生挟持外国人质事件。前一阵子还说有恐怖分子在马尼拉的飞机航班上安放了炸弹呢！"

"你说的那些事儿，都是一些偶发事件。"我慌忙安慰她，解释说，"自从拉莫斯政府执政以后，菲律宾正在努力致力于经济快速发展，相继采取了一系列的对应措施：取消了长达四十年的外汇管制；不断放宽投资领域，对外国投资者开放更多的市场，并延长他们在菲律宾租借土地的期限；与马来西亚、泰国和日本分别达成了扩大双边贸易的意向；为使能源短缺得到缓解，还上马了一大批电站项目……就是这些中国的电站援建项目给我们创造了能够去菲律宾工作的机会——除此之外，再没有别的机会了！"

她似乎很是犹豫不决，双眼可怜巴巴地看着我，一副无助的样子。"菲律宾……那个地方……漂洋过海的……很远吗？"

我伸出双手按住她肩膀，目光死死盯着她，努力让自己的眼神变得坚定。"也不是很远，海南岛再往南一点儿罢了。从上海乘飞机过去还不到四个小时，一天时间都可以打个来回。"我做出一副轻描淡写的样子，鼓动她，"去吧！跟我一起去吧，我们在一起！"

"……好，好吧。"她声音弱弱的，"如果你真的坚持，我明天就去向领导提出申请。"

"那好，就这样说定了！"我高兴地把她紧紧搂在怀里，"一旦有了消息，就尽快给我回音！"

第四十二章　漂洋过海

连我自己都没有想到事情那么顺利，公司里很快就把我的名字列入了派赴菲律宾的援建人员名册中。事实上，愿意报名的人并不很多。正像辛小擎当初犹豫的那样，在许多中国人眼里，菲律宾不但贫穷落后，还是个充满动荡且恐怖事件频发的国家，严重缺乏安全感。华东能源局只在上海招募到二十一名符合条件的技术人员志愿者，我十分高兴地看到，辛小擎的名字也在名单之中。

我们兴高采烈地走进能源局会议室开会。在会上介绍情况的是一个名叫于昼的人，据说是一名处长级的领导，将来就是我们在菲律宾的头。他说了一番话后挨个和我们握手。他貌似瘦弱，握手却很有力，好像手指是钢条做的。然后我们知道了将在菲律宾工作的那家单位，是位于马尼拉的一家简称为 MEPC 的输电网公司。我们的身份都是技术顾问，主要从事大型变电站的建设、运行和维护工作。我和辛小擎坐在一起，我们相视而笑，很高兴到了海外还能有一个技术顾问的头衔，听上去有点国际专家的范儿。

接下来就是快乐地准备行程的日子。吕姨嚷嚷着要到淮海路给我买几套上档次的西装，并且非拖潘蒹鄞一道跟着参谋。潘蒹鄞淡淡笑着看我，不说答应也不说不答应。其实我在心里对潘蒹鄞暗存了几分感激，因为在报名去菲律宾这件事情上，她对我表现了少有的宽容大度，一路开了绿灯。当然，她一开始根本没有想到辛小擎也会报名，后来知道了，并没有多说什么，至少表面上没有看出有太多的不高兴。或许她把每一种情感和痛苦都封锁在自己的内心。我察觉不到这段时间里她的理性和情感之间进行着怎样的搏斗,但是偶尔也会注意到她眼中的火花和脸上掠过的奇怪阴影。王叔很有意思,专程去城隍庙的土特产商店,买回一大堆瓶瓶罐罐,有腌雪菜毛豆、酒糟黄泥螺和咸鱼干什么的。王叔说,到了菲律宾,最大的问题是胃,吃不习惯。用不了一个礼拜,带去的萝卜干就会比龙虾还鲜美。大家都骂他老土,笑得不行。

临近出发前一周,我回了一趟扬州和母亲告别。小莲头发变灰了,鬓边的头发也变少了,而且个头好像更矮了一些,扑在我怀里只到我胸口。听说要漂洋过海去那么远的地方上班,小莲眼泪一下子流得稀里哗啦,吓得我赶紧在安慰几句之后逃也似的离开了庄子。我心里还担忧梅秀的家人听到了消息会跑上门来问东问西,平添一大堆麻烦。走之前,我在扬州城里闲逛了一圈。扬州是个好地方,山清水秀是自然的,人杰地灵也是共知的。人在出门远行时对故土总会生出无限留恋。走在街上,我发现流走的不仅是时光远逝的背影,还有少年葱茏的繁盛记忆,许许多多的纠结取舍和艰难抉择。原来所谓的历史文化底蕴,有多浓有多厚,外乡人根本不可能仅喝一壶浓茶、一杯米酒就品尝得了的。外乡人看不到她的沧桑,只道她是一首供低吟浅唱的娴雅小诗,只宜在寂静中流淌,远不能和有着大漠雄风的兰州、西安相比;外乡人更看不到她的厚重,迥异于北京、上海的繁华喧嚣。历史只在寻常处,暗香流转。一如纳兰容若在《浣溪沙》词末所说:当时只道是寻常。又如江都《民俗轶事》上所言:寻常即福。走着走着,错觉就来了:一场开向春天的温情电影,故事的主角就是自己,故事的内容也是自己的平常生活。这个时候,不知从何而来的一种恬静致远的归隐之气,很容易让人产生一种流连忘返、沉醉不知归路的舒坦和放松。一座小城的万种风情,就在这繁华与寂寞交替的回忆河流里,起伏跌宕,渐行渐远。

从扬州回到上海的时候,天空先是雷轰电闪,然后忽然大雨倾盆。从辛小擎那里得知一个很意外的消息:她女儿安安突发重病住进了新华医院。我慌忙打车去找她,一路上都听见哗哗的雨声在耳边回荡。等我赶到医院见到小擎的时候,发现她满脸憔悴和紧张,两眼红肿。

"是肿瘤啊!"她刚一开口就呜咽不停,上气不接下气地说,"多么可怕呀,我女儿年纪这么小,才八岁的孩子,竟然会得肿瘤!你说我如何能够承受哇!"

"慢慢说,慢慢说。"我把她紧紧搂在怀里,拍着她的背。"会不会搞错,小孩子怎么可能生肿瘤?是什么样的肿瘤?"

"帕比咯玛!"她一脸惊恐地说,"是一种叫帕比咯玛的小儿喉乳头状瘤。"

"怎么会这样?"我焦急地问,心里顿时生出许多担忧。

辛小擎断断续续告诉我,就在一周前,她注意到安安的声音莫名变得沙哑,当时也没有很在意,以为是受凉引起的不适,过几天就会好。可是就在一天前,安安突然呼吸困难,一度脸色青紫。急送医院检查后才知道,安安发生了下呼吸道侵犯和呼吸道梗阻,原因是其喉部患了一种非浸润性上皮瘤。我对那些医学名词完全一无所知,搞不懂什么叫"非浸润性",也不懂"上皮瘤"和"下皮瘤"的区别,只关心能不能治好,最好是能够短期治愈。

"麻烦就麻烦在这是一种怪病,十分罕见,发病率只有十万分之四。你说我怎么就这么倒霉,十万分之四的不幸概率也会偏偏降临到我们家安安头上?"小擎气急败坏地嚷道。

"不要着急,只要查明了病因,总有办法治好的。毕竟只是一种良性肿瘤。"我尽量安慰她,"能不能动手术,把肿瘤切除掉?"

"医生会诊过了,说这是一种很难根治的顽疾,切除瘤体只能起到暂时缓解作用,复发率则是百分之一百!每次复发都要手术,每次复发都要手术,一直要等到十七岁以后才能逐渐缓解。十七岁!手术一直要做到十七岁,那要做多少次手术哇!而且,每做一次手术,安安的喉道都要变得狭窄一次!手术会让她失声,会呼吸困难!这将是怎样的痛苦!我的安安如何能够忍受?我的安安!"

"别急,先别急!"我徒劳地拍着小擎肩膀,一时想不出该说什么好。"孩子现在的情况怎样?"

"医生切开了安安的气管,在她喉咙处安装了辅助呼吸的插管。她都不能说话了。"更多的眼泪从她眼里涌出来。"医生说,她需要花上很长时间才能恢复语言能力。我可怜的安安!"她突然面色煞白,惊叫道:"哦,天哪,一定是老天在惩罚我!"我还没有完全明白她这句话是什么意思,她就用双手蒙住脸,猛地蹲在地上呜咽起来:"是的,这就是老天对我的惩罚,一定是的,因为我想抛下她去菲律宾!我是这个世界上最狠心、最自私的母亲!我为了寻找自己的快乐,连亲生女儿也打算抛弃了!我太不觉悟了,老天上次已经警告过一次,就是从山东旅游回来那次,安安也发烧住进过医院。我怎么就忘记了呢?我是多么的残忍啊,只顾着自己开心,却让可怜的女儿受苦!天底下哪有这样无耻的妈妈?哦,哦,我想过了,我不能再错下去了,穆宇谅,跟你去菲律宾肯定是个错误!"

我瞪着眼睛,大口呼吸,仿佛世间的空气即将用完。汽车尾气的浓烟刺痛我眼膜,尖锐的喇叭声害得我头疼,还有,四处弥漫的雾霾让我咳嗽。

"小擎,你这么说是什么意思?"世界上没有比我更愚蠢的人了,这个时候偏偏还要如此追问,"你不跟我去菲律宾了吗?你让我孤身一个人漂洋过海吗?"

辛小擎哭着:"我的女儿病了,而且可能会死,我无法想象一个没有她的世界会是什么样子!穆宇谅,我不知道到底有没有上帝,但是我很害怕上帝!"

"相信上帝,相信一定有上帝!上帝会拯救安安,上帝会拯救我们每一个人!"

"但是上帝在哪儿呢?上帝在中国,还是在美国?如果上帝告诉我他在菲律宾,那我一定会义无反顾地去那里!我要救我的安安,就只能跟着上帝走!"

"可我该怎么办呢?我更不能在这个时候离开你呀!我……"我跺着脚。

"你先去吧。"她抹着脸上的泪水说,"你没有理由留下来不走,组织上是不会同意你临时变卦的,你也不能在这个时候当逃兵。"她又一次扑进我的怀里。"等安安的病治好了，我一定会马上过来找你！"

她刚才还在说安安的病是一种很难根治的顽疾！我知道天使的翅膀已经飞去了远方，我们之间再相聚的希望渺茫。残酷的现实给了我当头一棒，上帝之手也没有给我指明任何道路。当时我不知道我俩其实是站在一个很重要的人生岔道口上，那是两条越走越远的岔道，前方再也没有交汇的可能。

辛小擎身上的 BP 机响了，是丈夫阎仲豪在找她。在小擎转身离去之后，我突然感到精疲力竭，心脏隐隐作痛，好像被一把钢锉阵阵挫着。动脉每跳动一下都会如弹棉花的弓弦产生金属般的回响。各种不好的预感在我心中犁出一道道杂乱的沟壑。真是一种糟透了的感觉！

当晚我一个人独自喝了不少酒。不是那种颓废似的喝闷酒，也不是为了消解心中的郁闷而买醉，只是需要让自己糊涂一点，不必太清醒地去思索命运。

那一天辛小擎来机场为我们送行。大家都关切地询问她女儿的病况，并问她何时来菲律宾和我们相聚。她回答说要先陪女儿到美国去治病，愿上帝能保佑女儿早日康复。她跟所有人挥手道别，脸上始终保持着微笑，但那微笑分明是被铅白定住的，多么僵硬，不自然。我们连拥抱的机会都没有。

我登上了马尼拉航空公司的飞机，坐在靠窗的位置，看着几个地勤人员搬开挡住机轮的东西让飞机滑行，离航站楼越来越远。此刻我多么希望能发生奇迹，看见辛小擎像追赶公共汽车一样跑过来追赶飞机的身影。那一幕当然不可能出现。飞机腾空而起，刺穿云层。我的心好像没有带上来，掉在云层下面了。我将头靠在舷窗上，徒劳地张望那颗心掉在了哪里。

出生在我们这样一个时代，世界风穿越大洋把古老和宁静一股脑儿卷走，升腾的只有欲望。我在大学里拼命地学习英语，幻想着有一天依靠它行走天下。我想过人生会有很多驿站，欧洲，美国，加拿大，或者澳洲，唯独没有想过，还有一个说英语的地方菲律宾。菲律宾这个国家，在我的大脑硬盘库存里，是跟南洋这个词连在一起的，是我的无数祖先曾经奋斗过的飘零之乡。飘零，这个词儿总有一丝凄苦的味道，我本能地想着要离它远一点。然而命运非要把我绑架一次，绑架到那个叫菲律宾的岛国上，一待就是两年。我并非宿命论者，相信命运不可以改写。我只是认为，因为人不可窥探预知命运，所以命运存在于你生命的任何角落，却永远无法触接。命运，决不仅仅只是一种可供我们思考的东西。

一群棕色皮肤的面孔从我眼前一晃而过，很模糊，分明是幻觉使然。

我在膝盖上摊开世界地图，目光在上面快速搜索。地图这玩意儿不知道是谁发明的，完全不符合中国人的视觉习惯。中国人习惯了坐北朝南，南洋在南面，所以我搜索南洋的时候，习惯性地目光望上。然而地图上的方位是上北下南。找南洋变成了望下看。好像我要强迫自己转个方向，脸朝北，才能够看到它。在飞机场候机的时候，我买了一本专门介绍菲律宾的小册子。在我印象里，菲律宾是个群岛国家。没有想到的是，它竟然一共有七千一百多个大小岛屿，简直可以称为万岛之国。我看到，在南中国海和太平洋之间，有一些形状不规则的碎片。你可以形容它是汪洋碧波中闪烁的明珠或者碎玉，也可以说它是被随意抛弃在地的碎鸡蛋壳，或者一具被海水泡烂的某种爬行动物的尸骸。反正，我觉得，更像是飘浮在海水中被浸泡得支离破碎的褴褛旧衣布片。心头泛起一股说不清的滋味，总觉得那是一个不怎么真实的地方。不像我过去脚下踩着的大地，踏实，可靠。那些碎片，好像总在晃悠，像童年时代采红菱时踩着的小船。

马尼拉到了。从机场出来后，给我的第一印象，马尼拉是一个拥挤的现代化大都市，高楼大厦林立。在高楼的背后，不难发现有许多二次世界大战所遗留下来的殖民地建筑。满大街既能看到无数衣着讲究、开着豪华座驾的有钱人，也能随处可见那些面容沧桑、身形窘迫的穷人。这个国家贫富差距极大，两极分化明显，失业和贫困问题十分严重。几乎每一届总统上台都会提出将提振经济、消除贫困作为施政核心,但那些总统过不了多久又常常会宣布政府处于"财政危机"状态。

我们在马尼拉的住所,位于一座叫做鸽子公寓的大楼里。三套紧挨着的三室一厅的套房,两个人住一间屋,比在上海的集体宿舍强不到哪儿去,标准的一帮海漂群租族。这实际上是一套自助式公寓,里面有全套炊事用具,看样子今后可以自己烧饭了。第一顿饭,我们在二楼吃自助餐,真的无法下咽,菜和饭都说不清是什么东西煮出来的。第二顿,我们跑到街头各买了一份牛肉饭吃,不料比自助餐更倒胃口。头一天晚上睡得很晚,躺在床上听室友钟大力不停地在说他们家里的事。才离开家就想家了,而且看他那个样子,还想得挺厉害——想念祖母做的三黄鸡,想念母亲晚饭后泡的碧螺春茶,想念家里床上一米多长的软枕头。他说他们家一共两兄弟,他叫钟大力,弟弟叫钟大勃。他出生在清明,他弟弟偏偏出生在冬至,都跟鬼节较上了劲,弄得后来两兄弟从来都不敢过生日。钟大力在那儿说个不停,我听得累了,就开始想自己的心思。我在琢磨这鸽子公寓的名字,有点儿意思,让我想起从诺亚方舟中飞出去的那只鸽子。我算不算一只鸽子?鸽子飞出去是为了寻找希望,我飞到这儿干什么来了?

一觉醒来,费了好大周折总算找到一部可以打通国际长途的电话,和辛小擎联系上了。我以为她听到我的声音会哭,反正我是想哭的。她声音倒还平静,说了一些安安的病情,看来她心思全在女儿身上了。这也是可以理解的。辛小擎跟我说起,她计划带安安到美国去看病。阎仲豪正在联系美国的医院,应该近几天就会动身。我像被人在脑袋上敲了一棍子。我意识到一个事实:我们之间离得更远了,何止是千山万水,简直像是到了两个不同的星球上。远隔重洋。重洋之外还有重洋。怎么忽然之间我们的距离就变得如此遥远?想想真是无限悲哀!

辛小擎果然很快成行。下一次电话联系时,她说已经买好了去洛杉矶的机票。我给了她我在马尼拉的通信地址,让她一定要给我写信。我们分别到了两个完全不同的国度,大概只有一点是相同的,就是张口都必须讲英语。我英语口语实在太烂,刚开始的那些天只能断断续续往外蹦单词,几乎连不成句子。不知道小擎口语怎样?到了美国那边能不能很快适应?估计也很够呛。好在这边的菲律宾人很友好,特别耐心,总是笑着等我把话说完,从不着急。爱笑,不着急,表现出一种宽容、平和的心态,确实是菲律宾民众的很大特点。被西方民族长期统治,一方面文字、语言、法律、宗教已经全盘西化,另一方面也造就了菲律宾民众习惯于环境变迁的随遇而安心态。有人说,是定期举行的弥撒等各种宗教仪式,及时去除了人们的心魔,消除了仇恨、愤怒等不良情绪。这话也有点儿道理,我总是听见菲律宾人在犯了错之后笑嘻嘻地说:"上帝都已经原谅我了,您又何必再责怪我呢!"菲人都信奉一句哲言:你原谅别人一次,就等于解救了一个囚徒,而最终解救的那个囚徒,肯定是你自己。只要你不去抢他的钱财和老婆,不触犯他们的宗教底线,菲人一般就不会生气、发火。有一次,我和一位朋友坐着谈话,谈得很开心,没有注意到旁边有一个菲人一直在耐心地等着。我们以为他有什么事,他却笑着说了一句"对不起"才从我们面前走过去。原来,他是担心由于他的经过而打扰我们谈话。真是令人感叹。但愿辛小擎在那边碰到的美国人也能这样友善。

于昼带着我们来到那个名叫MEPC的输电网公司报到上班,菲律宾人笑脸相迎。当天上午,公司安排我们听了一场关于公司监管准则及电网发展规划的报告,意在让我们先熟悉一些情况。我只是听懂了个大概,细节没整明白,因为英语听力实在跟不上。下午,我们先去参观了位于吕宋地区咽喉要处的詹姆斯变电站。詹姆斯站离市区大约一个半小时的车程,一路看过去都是绿油油的农田,跟夏天时的扬州乡下很像。只是马路路面坑坑洼洼,明显年久失修。看起来,菲律宾整个国家的基础建设都很成问题。晚上,菲人特意安排了一个鸡尾酒会,并邀请了一个合唱队来表演,算是对我们这批中国人的欢迎仪式。

来到马尼拉这些天,我们见到的所有菲律宾人,个个都有一张开心微笑的脸。那些笑,似乎没有假笑、奸笑、皮笑肉不笑等等中国人司空见惯的虚情假意的笑。菲人的笑都是如孩子一般的充满阳光的纯真的笑，一点点小事就可以让一群菲人乐不可支，到处欢声笑语。那天，我提出跟几个菲佣合个影，五六十岁的老太太竟然立即扭颈曲腰、眯眼吐舌做尽小女儿状，如中了大奖一般开心。开始还真有些不理解，菲人如何能做到如此乐天、快活？他们简直把人生中的每一天、每一刻都当成了度假时光，任何的劳作和奔波都是假日旅途中的游戏。菲律宾人普遍没有存钱的概念，只要一日三餐有了着落，今天就可以无忧无虑地快乐。我还听说，每当有在境外做菲佣的女孩回国，总是有一大帮人到机场迎接，然后不回家里，直接去吃饭、购物，把菲佣带回来的钱花光后解散。菲律宾没有计划生育，严禁堕胎，法律又允许穆斯林可以讨四个老婆，每家都有一大堆小孩，却从不担心饿死冻死。饿了，举手可以采摘到果实，伸手可以捕捞到鱼虾贝蟹。更有大片的旷野草木茂盛，爱放多少头牛羊随你。几块三夹板一架，铺上薄铁皮当屋顶，就是一个家了。许多人一辈子只穿一双拖鞋，没有第二双鞋子，短裤加T恤就是所有的衣装，生活成本真是低得不能再低了。在这个国家，富人心安理得，穷人安于天命。菲穷人中有句口头禅：富人过他的生活，我们管我们活着。谁也不嫉妒谁。

一个月后，我们迎来了从上海过来的四位第二批同事。

去机场迎接他们的时候，明知道根本不可能，我还是不断幻想着从机场出口处突然走出辛小擎的身影。我是多么傻呀，偏要这样去幻想，然后让失望的虫子噬咬隐隐作痛的心。

刚下飞机的同事兴奋地说，原来到菲律宾这么方便呀，乘飞机才四个小时就到了。我跟他们说，中国人到菲律宾其实真方便，可是却很少会有人想到来这个国家看看。我们为了让孩子能学好英语，常常花了很大的成本把孩子送到美国、加拿大或者澳大利亚，却完全忘记了菲律宾是世界上第三大说英语的国家，而且消费低廉。菲律宾的教育在整个亚洲排名很靠前，整个资源都被中国人给忽略了，实在是可惜！

钟大力接着我的话头说，你可千万别让你的孩子在菲律宾学数学。他举了个例子——我们在马尼拉商店里买东西,老觉得营业员结账特别慢。比如,四个中国同事进饭馆,每人要买一份快餐。每份快餐三十比索,四个人总共要付一百二十比索。中国人习惯由一个人去付总账。但菲人营业员肯定摇摇头说不行不行。他把钱退给你,先收第一个人的钱,整钱找零;然后收第二个人的钱,整钱找零;再收第三个人的钱,整钱找零;最后收第四个人的钱,整钱找零。这样一个一个地算,等得你心里发急,却又无可奈何。为什么会这样呢?钟大力说:

"我只能怀疑这些营业员根本不会乘法口诀。我听说在马尼拉有一种民间借贷,一千比索借给你,每天要付十二比索的利息。许多菲人觉得,一千比索是个大数目,可以做小生意赚钱,而十二比索是个小数目,就很高兴地借款了。早上借,晚上还。做一天,借一天。他没有计算,大概也不会计算,这是多么厉害的高利贷呀——十二乘上三个月的九十二天就是一千一百零四比索。瞧瞧,多么可爱又可笑的菲律宾人哪!"

到了住所,安排好房间,收拾了一下行李,已经很晚了。大家都感觉腹中饥饿,要找个地方吃点东西。钟大力说,他前两天刚刚发现了一家无锡人开的饭馆,饭菜非常可口。于是大家跟着他走。不远,隔了鸽子公寓两条街。到那儿一看,什么饭馆啊?整个一大排档,桌子都摆在马路边上。刚来的同事讥笑说,哪有这样小气的,在国外第一顿饭就请我们吃排档?他们不知道,这里的厨师是货真价实的中国厨子,饭菜的味道很正宗。一盘青椒土豆丝,在这里完全称得上美味。再来上一份无锡小排骨,简直就是稀世佳肴,足以齿香三日了。也是的,应该先让他们吃上三天菲律宾自助餐,再带他们上这儿来,他们就知道什么叫请客了。

第二天,我们一起去踏勘一处准备建电网调度大楼的地方,那是凯迪安变电站的旧址。一看之下,大吃一惊,整个一片荒山野地!满目杂草丛生,周围连一个村落都没有,只有零零星星贫穷到小孩几乎都穿不起衣服的农民棚户。如果要在此地建一座新调度大楼,连三通一平都要从头做起。北边隔着一个电厂家属区,可以眺望到远处的大海。南边是长满庄稼的田野。市区在东面。而西面是连绵起伏的莽莽山林。那个领着我们勘察的菲律宾人几次跟中国人反复强调,那片山林里时常有反政府军游击队出没。

"这些反政府游击队有事没事喜欢炸高压铁塔玩儿。如果他们趴在山头上向我们大楼这边开枪,那就一点辙儿也没有了。"菲律宾人摇着头说。

于昼在菲律宾人肩上重重拍了两下,算是让他住了口。

接下来的那个周末,于昼请了个菲人做向导,带我们集体去逛街,算是第一次到外面来看看这个异国他乡的城市。我们先去了马尼拉很有名的美军公墓。这个公墓确实名不虚传,很有气派,占地规模几乎可以和北京的地坛媲美。一排排的白色十字架整整齐齐,很容易让人联想到军人的队列。整座公墓的布局也像地坛,呈圆盘形。圆盘中央是颇为高耸的阵亡将士纪念墙。难以相信的是,美国人在二战期间的马尼拉战役中居然死了三万多人,幕墙上密密麻麻刻满了阵亡军人的名字。令人不得不佩服的是,不论将军还是列兵,阵亡军人的名字排列严格按照字母为序,只是在军官的名字后面刻上了军衔。那天,有不少美国人在公墓里走来走去,寻找着他们的先人姓名。大约二三十个菲律宾妇女正在认真地用毛巾擦洗着本来就十分干净的十字架。

黄昏时,我们到亚西贸海边看日落。马尼拉有一条著名的日落大道,这里的日落景观被称作是全世界最美的日落。车子经过马尼拉老城区的唐人街,向导关照我们说,只能在车内看看,不能随便下车。原因很简单,唐人街太乱太危险。沿途看看,还真是的,到处乱得不行。想不通的是,为什么马尼拉最乱的地方,偏偏是华人们集中居住的唐人街?为什么在马尼拉最有钱的一族是华人,而最肮脏的地方又偏偏是华人居住区?面对着菲人向导略带怜悯的眼神,我们这些来自中国上海的华人真觉得脸红啊!

第四十三章　漂泊的孤影

我至今还清晰地记得收到辛小擎那封来信时的情景。

那是一个即便暴雨如注却依旧十分闷热的黄昏，该死的菲律宾人竟然交给我一个被雨水淋湿的信封，信封上的字迹全都被洇得模糊了。我急忙用纸巾擦干上面的水迹，但还是担心里面的字也化得看不清了，以至于紧张得不敢撕开来。我到处寻找烘干机，半天没有找到，最后只好把信封压在一块镇纸下让电风扇对着吹风。然后，我故作镇定地回到办公桌前重新泡了一壶绿茶，设法让自己激动的心情平静下来，双手却一直颤抖个不停。平静当然无法实现，无论做什么，我都恍惚如在梦中，一切熟悉的东西都好像只有光影和位置，没有明确的轮廓。一会儿下班的时间到了，于是他们来叫我乘车回住处，我突然浑身颤抖了一下：忘记把信放到哪里去了！这让我紧张万分，以至于最后找到信时惊讶不已：我已经不记得自己把信放到了隔开三间办公室远的文印间里。

回到住所看那封信时，我脱掉了鞋子，解开衬衫所有的纽扣，甚至松开裤腰皮带，以便能够更好地呼吸。无须撕开信封，因为胶水已被水浸开了。好在信笺还是干的，密密麻麻的四页纸。

我坐在床上，先飞快地读了一遍。读信带来的痛楚让我颤至骨髓，泪水随即模糊了双眼。然后我一屁股坐到地板上，背靠着墙壁，又一字一句重读一遍，几乎是逐字推敲。在读完第二遍之后，我腹部突然鼓胀起来，像要爆炸一般，充满了疼痛的气泡。实际上我是连读了四遍，然后眼睛一眨不眨地呆望着天花板，几乎没有了呼吸,比死人还像死人。

天花板上印满了这样的黑色字眼:

忘了我吧!忘了我吧!

然后是又一行字,像幻灯片里的特技效果飘来飘去:

我将在美国待上很长时间,三年或者五年,直至彻底治好我女儿的疾病。

最后,有一串文字像子弹一样击中我的心脏:

我已经向阎仲豪忏悔并获得了他的宽恕,我答应不会再背叛我的丈夫。

茫然,震惊,不知所措。我的心脏,就在那一刻被彻底击成了碎片。

这封信似乎在教会我一个道理:你可以把爱情想成是一种美好的状态,但却不可能是达到任何目的的途径,爱情本身的起点和终点都是任何人无法强求更无法控制的。

我终于发现爱情可真是奢侈啊,爱的人离开了,不爱的人或不再爱的人却时时出现甚至要一起走过一生。我也明白了为什么书中描写的那些你情我爱的故事总是在两人紧紧拥抱时戛然而止,因为生活本来就是这样,总会将两个不愿分开的人从温暖的怀抱中分开,原因可能有一万种,结局却大同小异。

经过了连续发作的几阵寒战之后,我决心在此时此地接受任何不幸,而且连回信也不准备写了。

我躺在床上,用床单蒙住脑袋假装昏睡,不理睬钟大力一次又一次发出的去球馆打羽毛球的邀请。实际上,直到第二天天亮我也没有一秒钟合上过眼睛。钟大力早晨起来奋力扯掉我身上的床

单,立刻发出惊讶的叫声:

"你眼睛怎么像兔子一样?!"

我愤怒地向他吐舌示威,并怀着一种快要死去的痛苦闭上眼睛。他又一次惊呼道:"哇,你的舌苔黑得像擦皮鞋的毛毡!"

我向我们的头儿于昼请假,说我生病了。于昼关心地说,兄弟们最近是太累了,该休假几天放松一下。然后他说,你今天就在家好好休息吧。

家?这里也叫家吗?我们在菲律宾有家吗?我的家在哪儿呢?在上海吗?上海那里有我的家吗?——在同事们离去上班之后,我就一直这样胡思乱想着,失魂落魄,掩面唏嘘。坐了很久,我拖着两条酸痛沉重的腿到街面上闲逛。也不知道今天是个什么特别的日子,我看见街上有很多菲律宾人态度虔诚地聚在一起做弥撒。

自从来到马尼拉后,我慢慢地发现,菲律宾人对做弥撒这样的重要宗教活动非常重视,绝大部分菲人都信仰罗马天主教或基督教新教。他们对上帝的崇拜,似乎比曾经统治过他们几百年的西班牙人和美国人更胜一筹。很多菲人家的大门口都供奉着耶稣、圣母的塑像或照片。每逢大喜大庆或大灾大难,菲人总是用做弥撒这样一种宗教仪式来纪念。

与往日做弥撒不同,今天做弥撒的菲律宾人一律都穿了正装。不过,他们的正装并不是我们所认同的西装。虽然西装在菲的上层社会已经十分流行,但他们心中依然有着自己民族风格的正规服装。菲律宾男子的国服,就是那种叫"巴隆他加禄"的衬衣,菲律宾人曾作为礼物送过我们。"他加禄"这个词,让我觉得挺有意思,发音跟上海话里的"大家乐"一样。这种衬衣丝质紧身,长可及臀,领口如同一般可以扎领带的衬衫;长袖,袖口如同西服上装;前领口直到下襟两侧,都有抽丝镂空图案,花纹各异,颇为大方。据说,在西班牙人统治时期,为了便于从远处区别西班牙人和菲律宾人,殖民者下令所有菲律宾人必须把衬衣穿在外面,不许把衬衣下摆扎在裤内。后来,菲律宾人开始在衬衣的下摆处刺绣各种图案,以此显示菲律宾人的自豪。从二十世纪五十年代初,这种服装被正式推为菲律宾男子的国服,成为外交场合、庆祝活动和宴会的正式礼服。菲律宾女子的国服是一种叫"特尔诺"的圆领短袖连衣裙。由于它两袖挺直,两边高出肩稍许,宛如蝴蝶展翅,所以也叫"蝴蝶服"。这种服装结合了许多西欧国家,特别是西班牙妇女服装的特点,并经过三四百年的沿革,而成为菲律宾妇女的国服。今天我看到做弥撒的菲律宾男女都穿着他们自己的国服。

我本来很想跟在这些菲人的身后向上帝祈祷,祈祷什么我也说不清楚,总之是想请求上帝帮助我,让我摆脱内心无法言喻的痛楚。但是后来我只远远地站着,不敢有所冒失,因为我的穿着太随意了,脚上甚至还套着拖鞋呢。

于昼真是个好头儿,他晚上回来后宣布,全体中国同事休整三天,集体到海边度假。这可把大家伙儿乐坏了。钟大力连开了数瓶啤酒,害得我好一场大醉。

第二天,我们来到了长滩。

长滩岛,一个位于西维萨亚斯的班乃西北角的蝴蝶形小海岛。棕榈树广布岛上,拥有细白沙滩、怡人的天气与温暖清澈的海水。菲律宾人把这个地方称之为博拉盖。这里的海水的确与众不同,那是一种令人无法想象的晶莹剔透。加上被朵朵白云绚染的蓝天,随风摇曳的翠绿椰树,以及绵延的细白沙滩,所有去的人都说,这里像天堂一样美。有人形容在这样的"人间天堂"里,海水也是"甜"的,此话虽然夸张,却并非毫无道理。至少在博拉盖拍照片是不用加滤光镜的,天就是那么蓝,沙滩就是那么白,水就是那么清澈。数公里长的银白沙滩上,处处风景如画。

像一块催眠磁铁一样,我一到了那儿,就想慵懒地躺在海滩上睡觉。整日里在钢筋水泥的大楼里钻进钻出,灵魂总要有一个憩园。那些陌生的水,陌生的地,带给我的是一种愁苦的思绪。我对脚下的这片异乡,有着莫名的惶恐。今日才发现,原来这惶恐并非无中生有,而是如这片蓝天白云和带着腥味的海风,有着实在的质感和气味。想象中的南洋本来不确定,有很多可能,带了个人的印记。想象在很多时候不是靠理性,而是靠直觉。安静、寂寥、缓慢、潮湿、阴郁乃至忧伤,都不是形容词而是名词,也都不是用于抒情,它们是一种从南洋的历史与想象中剥脱下来的稀薄的物质,是时间的灰,是先祖们唱过的余音余韵,当年曾经很厚、很浓,现今残留下余烬。我们今日的下南洋,和先祖们当年的下南洋,似乎大不相同。当年的那些故事,只剩下空旷的传说,像是时间蜕下的皮,有薄薄的凄凉。那些古朴的故事中,一定也有过完美的原真,不用去猜想,不用换了角度去验证,只需想着它们已经逝去,只需思考我们的将来。一如这身边的海水给我的感性,满目是汹涌的悲情。

几抹斜阳透过云层照在海面上,呈现出大片波光粼粼的美,海岸线显得静谧迷人。南洋又变成了明信片中的南洋,变成了影像中的南洋。而我莫名其妙地成了一个在南洋漂泊的孤影。

一转眼,来马尼拉已经有半年时间了。我们参与援建的电网项目进展得不紧不慢,虽说是基本上按照计划的时间节点在推进,但并没有预想中的那么顺利。比如从多嘎到缇牙尼有一条高压线路,其中的十个基塔永远处于在建状态,一大帮菲律宾人建了四个月连底座都没有踪影。于昼发火说,即使你们自己炼钢熔铁,这么长时间也该早把铁塔给竖立起来了。开会的几个菲律宾技术干部都心照不宣地诡笑。钟大力说,这就像中国国内的马路开挖工程,也是开膛破肚很快,收尾就要等到猴年马月。发展中国家的毛病都是一个样儿!

菲律宾人做事没有计划概念,总是拖拖拉拉不靠谱,于昼他们几位当领导的急得火烧火燎,总是在用蹩脚的英语和菲人吵架。有一次吵完架后,于昼召集我们中方团队全体人员开会,会上还给我们提出了四点要求:一、斗争是主旋律。这几个月来与菲人的摩擦大家都看到了,今后的斗争会越来越多,要有思想准备;二、要注意发挥菲人的工作经验与能力。光靠我们二十来个中国人,难以控制 MECP 公司的复杂局面;三、菲人也有许多值得我们学习的工作方法和思路,不要妄自尊大;四、既要努力独立地开展工作,也要学会寻找同盟军,建立我们自己的社会关系网。那次开会的结果,是中国人都不能回国去过一九九六年的春节,因为菲律宾人没有过中国年的概念,连一天假期都不放,我们大年三十和年初一都得照常上班。同胞们只能在晚上到唐人街吃一顿饺子,就算是把年给过了。

年真是一个奇怪的节日,它让你觉得有了一个新的开始,尽管事实上什么也没有改变。刚刚过去的事成了"去年"的往事。去年曾经爱过谁,去年去了哪儿。"去年"似乎有一种削减一切的力量,让痛苦和爱都轻飘起来,似乎被风筝放到了很遥远的地方。年就是有这样一种功能,把你的生活刷新了一次。年又像是一张褪色的膜,把记忆中的人和事都封装起来,就像把剩菜存进了冰箱里一样。

吃过饺子后,我在唐人街上给上海的王叔和吕姨打电话拜年。王叔说,春晚上的小品他们已经看不懂了,他们的乐趣就在于看着穆穆对着电视机哈哈傻笑。吕姨抢过电话说,都这岁数了,老了,最大的心愿就是一家人能凑合在一起看看电视啊!说得我心都酸了。我让穆穆听电话,等来的却是潘兼鄞的声音,她说穆穆这愣小子只顾着看电视,不用理他。然后她问我这边的情况咋样,工作忙不忙,吃饭习惯不习惯之类。我们像好朋友一样聊了有十来分钟,说一些单位里的人和事,也说一些时事见闻。她甚至给我说了一个关于阿巴沙耶夫武装的故事。她说她看到一则新闻,说有一帮阿巴沙耶夫恐怖分子,从菲律宾的巴西兰岛跨海偷袭巴拉望岛的某个度假村,绑架了在那里度假的一批游客,包括一名菲政府参议员,惊动了菲律宾国会。据说这名参议员出门前跟家里谎称他是出国访问去了,实际上带着小蜜来到岛上度假。于是乎,匪闻加绯闻,新闻媒体上可就大大热闹了一番。她问我,菲律宾的治安状况真有那么糟糕吗?我说其实也不用那么担心,巴西兰岛在棉兰老岛南部,离开马尼拉远了去了。她"哦"了一声。

我没有告诉她,我们现在上街买日用品,商场门口都有荷枪实弹的保安。在商场门口要打开随身携带的包让保安检查,再被其用金属探测器周身扫上一遍。在停车场还要打开车后备箱盖检查，人人如此。我不说，是因为我不想让王叔和吕姨为我担心。

末了，潘蒹鄄装着很不经意地顺便提起辛小擎，说听说她陪同丈夫带着女儿安安去美国看病了，一去就没有回来过，也不知道情况咋样，安安的病治好了没有。我忙说我不清楚，这半年我从未和辛小擎联系过。我匆匆忙忙地说了这些话，好像要表白什么似的。然后我感觉心里一阵隐痛，就把电话挂了。

我很想和母亲小莲也说说话，可惜乡下没有装电话。父亲老穆头走了，她这个年过得孤单了。也不知道她是不是和大哥大嫂他们在一块儿，采儿回家陪着她没有。这么想着，心里酸酸的，眼眶就有些潮湿。为了防止眼泪流出来，我把眼睛闭了一小会儿。

再次睁开眼睛时，唐人街上的一只气球在我眼前飘过。气球上有一张漫画样的人脸。在那一瞬间，我看见了辛小擎，突然从我眼前一飘而过，差点儿让我叫出声来。

辛小擎，啊，辛小擎，你现在也在美国的唐人街上过年吗？你女儿安安的手里是不是也拽着这样一只气球？

我有多长时间没有爱过了？生理上的，精神上的，曾经习惯了的。爱，如今变得多么陌生啊！

在太平洋那片破碎岛屿的某个地方，始终孤独一人的我，不知何时无师自通地躲在浴室里开始了一种自我的爱。这种秘密进行的自爱方式，我曾经听不少人在下流玩笑中说起过，甚至在大街上看到某个躺在角落里的乞丐旁若无人地操练过，但却一直耻于尝试。我带着良心上的疑虑，终于神奇地感觉到自己发现了某些本能中一早就知道的事，并认为其美妙应该是值得红着脸庞享受的。

在一次次的自爱过后，辛小擎的身体，和她脸上的五官，一点一点淡去了。

自爱之后的我，精神饱满，神情淡定，用渐趋娴熟的英语和菲律宾人谈论着工作，谈论着文化，甚至一起谈论菲律宾的历史。

从与菲人的交谈中得知，菲律宾有正式记载的历史，是从十五世纪西班牙殖民者入侵开始的。西班牙人用"刀剑"和"十字架"这两样东西对菲律宾进行了长达三百三十年的征服与统治，留下了一段漫长的民族奴役血泪史,同时也造成南部穆斯林与天主教政府之间的长期矛盾与对立。设想,如果没有西班牙人从北向南逐步推行天主教,没有暴力强占穆斯林的土地,从十世纪就开始信奉伊斯兰教的南部穆斯林群众也就不会前仆后继地与天主教政府作斗争,从而埋下仇恨的种子。如今历届政府头痛的南部叛乱问题也不成其问题,那块富饶的土地更不会成为恐怖主义滋生的温床,发生那么多极端分子制造的绑架、炸弹袭击等暴力流血事件。

一八九八年,菲律宾人刚刚经过奋斗从西班牙殖民者手中解放出来,马上又沦为了在美西战争中获胜的美国的殖民地。美国采取与西班牙的"愚民"统治截然不同的殖民方法,在扶持傀儡政权、大肆经济掠夺的同时,拼命地教菲律宾人学英文、受美式教育,同时向他们大肆灌输美国式的"民主"与"自由"理念。那时候,许多美国士兵刚放下剿杀菲律宾独立游击队员的枪,就立刻拿起了教菲律宾村童识字的课本。著名的"五月花号"把一批又一批美国教师漂洋过海运送到地球另一边的菲律宾,这些人忍受着热带瘴气和蚊虫的肆虐深入偏远山林,把现代文明传播到菲律宾的各个角落。美国的殖民统治是成功的,尽管只持续了五十年,却取得了比西班牙人三百三十年统治更持久的效果。直到殖民统治彻底结束四十年后的今天,菲律宾人的生活方式、思想方式、国家政治经济等各个方面仍然深深地打上了美国的烙印。所以我们看到,菲律宾人英语说得倍儿棒,离不开可乐和汉堡包,大企业经营得像美国公司那样规范,马尼拉湾畔的美国使馆成了当地人最崇尚的一片"深宅大院"——这里当然也是所有政要,包括总统,经常造访的地方。美国人传授给菲律宾人的"民主与自由",在这里绝不仅仅是一个虚幻的符号。菲律宾人深深以他们的"民主与自由"为豪,不仅仅因为这使他们感觉自己更像"小个子、棕皮肤的美国人",而且因为他们"以民主、和平的方式"在一九八六年推翻了"独裁"和"腐败"的总统——马科斯。

我所看到的菲律宾人,正像庄子曾描述过的:巧者劳而智者忧,无能者无所求。饱食而遨游,泛若不系之舟。

菲律宾是个感觉不到四季变换的地方。整个春天过去了,没有感受过柳絮飘飞的惊奇,也从无领略桃红柳绿的喜悦。眨眼就到了六月,在中国,这是真正夏天的开始。可是,对于居住在马尼拉的我们来说,似乎一直都生活在夏天里。

那天我在詹姆斯变电站进行例行巡检时,意外发现一号主变压器出现大量可燃气体。按常规,主变压器必须马上停运。我打电话向于昼汇报情况并请示处置措施。出现大量可燃气体,意味着随时可能发生燃烧甚至爆炸事故。这个变电站的情况我再清楚不过了,如果停运一台变压器,起码要限电三百兆瓦。而对于菲国首都马尼拉来说,限电三百兆瓦将是怎样惊天动地的一件大事情啊!

"穆宇谅,你要以最快的速度搞清楚可燃气体中的成分含量。我要数据,精确的数据!"于昼在电话里命令道。

一刻钟之后,我将数据传真给于昼。谢天谢地,数据显示,气体中暂时还没有发现乙炔成分。根据经验判断,这说明变压器内部的绝缘并没有损坏到十分严重的程度。在这种情况下,稳妥的处理措施当然是先停运,检修,然后换上备用相变压器重新启运。

于昼问我:"备用相变压器能不能马上顶上去?"

我回答:"不行啊。一是现场的备用相变压器必须先做必要的试验。二是搬运变压器的设备要下周三才能运到现场。"

"有没有可能加快进度?"

"做不到啊,头儿。菲律宾人的工作效率你又不是没有领教过,你再着急他们也不着急呀!"

我计算了一下时间。如果从现在开始停电,大致需要七八天左右才能恢复供电。这条线路是为马尼拉中心城区供电的,如此长达一周的限电,菲律宾人不知道会把我们骂成什么样。那些讨厌的小报记者也一定会瞎写文章,借机把中国人嘲弄得无地自容。

"有没有可能暂时不让变压器停运呢?"于昼问。

"那就要看值不值得了。"我提醒头儿。

我们都很清楚这样做的风险。一旦发生变压器燃烧甚至爆炸,作为发出不停运命令的指挥者,所冒的风险也实在太大了。从此身败名裂自不必说,还必须承担事故相应的法律后果。这等于在自己头顶上绑了一颗定时炸弹。

反复权衡再三,最终自信占了上风。于昼判断目前出现的情况肯定属于导体绝缘层之间的低强度放电,绝对不会是线圈之间短路引起的。我表示同意他的说法,认为变压器的放电现象极可能和潮流大小有关,只要让调度调整一下发电出力,尽最大努力降低出事主变的潮流压力,就可以坚持让电网运行到下周三。于昼说:"那就赌一把!赌赢了,我们从此在 MECP 就牢牢掌握了技术发言权;赌输了,中国人在菲律宾人中的口碑将一落千丈,所有威信丧失殆尽。但是,我有九成赢的把握。"我知道他最近跟菲律宾人正斗得不可开交,急于树立自己的权威,暗地里替他捏了一把汗。

菲律宾能源部不知从哪儿迅速得知了消息,突然一个质询电话打进来,口气严厉地质问:"出故障的变压器何时调换?如何调换?何时限电?如何限电?……"

各家新闻媒体也不晓得通过何种渠道得知马尼拉即将长时间、大面积拉限电的消息,集中前来 MECP 采访,搞得全无准备的于昼面对闪烁不停的镁光灯手忙脚乱,慌张了好一阵。但是第二天,所有媒体登出来的新闻主题是:MECP 被证明是一个对社会十分负责任的公司!因为整个事故的处理进程之快和限电时间之短均大大超出了政府部门的预想。

于昼在事后很是得意了一阵子,他故作轻描淡写地对那些一直小瞧他的菲律宾人说:"这种事情,我们在中国见过的和处理过的太多了,小 Case 啦!"钟大力也跟着起劲,一本正经地板着脸对菲人说:"中国是个社会主义国家,公用事业单位履行社会责任是理所当然的,本身也是无需特别强调的。我们在菲律宾,自然会一如既往这样做,这是作为工程师的本分嘛!"我私下里狠狠损了钟大力一顿,说他在菲人面前摆谱摆大了,弄得比于昼更像大领导似的。

眼看中国的国庆节就要到了。九月底的那个星期日,于昼把同胞们揪在一起彩排,筹备一台迎国庆联欢节目,唱红歌,搞大奖赛。我们在海外常年为祖国而奋斗,正好借此机会抒发一下热爱祖国的感情。从上午开始,天一直下着大雨。真正的瓢泼大雨。我们关在屋子里引吭高歌,把我的嗓子都给弄坏了。下午四点钟左右,接到调度中心报告,说市区内在发大水。过一会儿调度又来报告,密那达变电站已经全站停电了。于昼赶紧拖着我们一帮人赶往密那达变电站。

行至中途,被警察告知,不能再往前了,前面的马路已经全部被淹,变电站周围的积水有两米多深。附近的许多居民都从家里逃出来,躲进了变电站里面。变电站地势相对高一些,实际上也进了一米多深的水。

于昼又带着我们掉头赶往调度中心,从那里全面了解暴雨灾情。调度员告知,马尼拉市中心的一条河流冲垮了堤岸,河水涌进两岸的居民区,大片城区变成一片泽国,已经有许多人在洪水中失踪。

后来从报纸上得知,这一天大雨连续不停地下了十二小时,降雨量超过四百毫米。又据电视台报道,本次水灾共造成马尼拉市区一百多人罹难。

菲律宾这个国家常年受热带云团影响,高温多雨,湿度大,夏秋季多台风。台风对电网的危害相当大。很多时候,一场台风常常把整个电网网架刮得稀里哗啦东倒西歪。我们怕台风,就像农民怕洪水。凶猛的洪水过一遍,农民一年的收成全没了。台风一来,电网常常是全线崩溃。最最可恶的,是这个时候你简直就别想找到一个菲人!这个城市的人生活悠闲惯了,一旦出现紧急情况只能抓瞎。菲律宾人习惯了把生活当作度假,真到了假期简直就算进入天堂了。

台风暴雨停止之后,我们去现场查看了受灾严重的苏卡特变电站。远远望去,升压站那片区域已经被洪水淹得一塌糊涂。刚进大门便吓一跳,整个站区全然一片汪洋。水面上到处漂浮着浮藻类植物,一些水鸟在上面欢快地飞来飞去。从入口处到变电站值班室,只能靠一座临时搭建的简易浮桥晃晃悠悠走过去。好容易找个地方坐下歇口气,看见工人们从远处推过来一条游艇样小船,说是让于昼坐上去巡视现场。于昼战战兢兢坐上去。四位工人跳入水中,一边两个推着小船前进。用这种方式巡视变电站,还真是此生头一遭见着!

苏卡特变电站与发电厂相邻而建。发电厂旁边,就是菲律宾最大的湖泊——拉古娜湖。暴雨带来湖泊水位猛涨,一下子漫过了只有一米来高的防洪墙。如此一来,整座发电厂和变电站在劫难逃,厂区里的水面与拉古娜湖水面连成一片,一眼望去无边无际。令人难以想象的是,升压站内那些露在水面上的高压设备依旧在带电运行。而几个当地居民,就在一旁的马路上张网捕鱼。工人们将我们用小划艇推过去看他们的收获,还真捕到了不少。于昼感慨地对我们说:"瞧吧,这在全世界的变电站发展历史上,也算得上一幕奇景了!"

第四十四章　身归何处

我在菲律宾一待就是整整两年。虽然回国是一件很容易的事,就像上海到北京一样方便,但我还是一次也没有回去过。第二年的春节,同胞们都集体回国过年,我自告奋勇提出留守,弄得大家还都挺感激我。后来于昱感觉我总是不回去太不像话,几乎要拿出枪来逼着我回上海。我表面上答应说买好了回国的机票,实际上却是一个人偷偷去了一个叫咔隆的小岛上度假。

我从马尼拉乘飞机出发,到达当地的一个小机场降落。随后上了一辆被当地人称为吉普尼的公交车,在乡间公路上突突突地跑,几乎要把人颠死。到了一条大河边,弃车上船,顺流而下。河流两岸全是茂密的森林,许多树就生长在水里。河水十分清澈,加之深不见底,整个河面呈深蓝色。沿途几乎不见人烟,满目原始生态。在大河与海的汇接处,终于看到一个村落,数间民居依水而建,高高低低错落有致。让人忍俊不禁的是,有一间猪棚就搭在水面之上,四面环水,一头肥猪在里面散步,优哉游哉。简直称得上南洋的世外桃源了。我在那个小岛上一待就是五天,住在一间小木屋里,白天下海游泳,累了就躺着沙滩上晒太阳,看书。晚上,我躺倒在长椅上,看天上的星星,惊讶它们离人间如此之近,几乎伸手可以抓一把在手心里。我轻轻哼起一首歌:"满天星,亮晶晶……"更像是童年依偎在母亲怀抱里纳凉的时光了。想到母亲,忽然有些黯然神伤——小莲已近古稀之年,而我自己也正一天天变老。不由得感叹光阴如梭,人生苦短!

我一直都不回去，不知道母亲在扬州乡下该怎样地想我！脑海中仿佛闪现出小莲步履略显蹒跚走在田间小路上的身影。大凡子和采儿，他们一定也很想念我。还有贲梁蜀、梅秀和秦归雁，不知道现在都过得怎么样？我又想起王叔和吕姨，真是世界上两位最善良的老人，穆穆幸亏由他们带着！穆穆今年九岁了，已经是三年级的小学生了，一定长高了不少！我是多么想见见这个小家伙呀！穆穆的妈妈潘蒹鄄……吕姨电话里说起过潘蒹鄄最近身体不是太好，但又没说是什么病，我也就不去多想这事了。还有……还有……辛小擎，辛小擎，一个那么熟悉又那么陌生的名字。我胸口隐隐感到疼痛。不愿再想下去了。那个人近在眼前，又恍如隔世，还是不去想的好。

两年的海外服务期一满，我便提出回国申请。而其他人几乎全都选择了续签两年合同，毕竟有一份海外津贴，相当于多拿了一份工资啊！于昼虽然不舍得我走，但还是大笔一挥批准了。他伸出手来和我相握，手指头上明显少了那种钢条般硬硬的感觉。想想当领导也真不容易，这才两年时间，就把他操劳得跟个小老头似的。兄弟们相约打了一场告别性质的羽毛球赛。为了能给我留下一点深刻记忆，这帮家伙们都是拼了性命痛下杀手，目的就是要击败我。我下手也毫不留情，把钟大力之流痛打得哇哇乱叫。

回国那天，天一亮钟大力就早早起床，一副坐卧不安的样子，像找不着魂。他送给我一样纪念品，打开一看，是一辆很漂亮的水晶吉普尼玩具车，晶莹剔透，精致无比。我和他坐着说了一会儿话，说着说着，这个大小伙子忽然像个娘儿们似的抹起眼泪来，弄得我手足无措。外面下着好大的雨。机场送行的时候，兄弟们一起拥上来和我拥抱，我们的泪水交织在一起。我心中感受到从未有过的激动与温暖。

一个人拖着行李箱走进候机大厅，马上有一种莫名的孤独感袭来。旅人，游子，过客，这就是现在的我了。我要回家了。两年前我带着无限的失落而来，如今我带着满腔的惆怅而归，却又不知该身归何处。踏上飞机悬梯的时候，雨停了。我抬头最后一次仰望马尼拉的上空,看见一只褐色海鸟扑啦啦飞上天空,飞向远方。我觉得我就是那只鸟,一只在菲律宾天空飞过的鸟。现在,鸟要归巢,人要回家。但是哪儿才是我的家呢?我没有了集体宿舍,单位分给我的房子又被梅秀占着。王叔那边我是要去的,但是好像不可能住在那里。我又一次发现,在上海,在这个世界上,原来我还是被遗弃的,不但身无归处,心也无处寄托。

直到飞机降落在香港机场,我一路上都被"该去哪儿"这个问题困扰着。转机过程大约需要等待一个小时,我在机场里面无聊闲逛。

在机场,我发现贵宾厅的人大多在阅读,而普通候机区的人大多在聊天,走来走去东张西望,即便拿在手中看的也多是一些地摊小报。刚才从马尼拉上飞机的时候,我也发现过类似情况:头等舱乘客往往在看厚厚的书籍,公务舱那些人则在看杂志,而经济舱乘客通常在看报纸,或者不停地说话——这样的场景真是引人深思:是人的位置影响了他们的行为?还是他们的行为最终影响了其自身的位置?一个人内心何以能强大,那是因为其内心有足够的宽度和高度。宽度是一本本书摊开来的,高度是一本本书叠起来的。我深为那些从不知道看书的同胞们感到悲哀。如今有太多人常常为物质世界的豪华威严所震慑,却没有意识到自己已经渐渐沦落为精神世界的陌路人。

在机场的书店里随意浏览书架上那些目不暇接的书名。香港有很多书是内地根本看不到的,尤其那些描写北京政坛和领袖人物的书籍,在内地应该还是禁书。犹豫着要不要买几本带回去,又担心因此惹出什么祸端来。就在我弯腰蹲下来扒拉最下面一排书籍的时候,一股依稀熟悉的味道轻轻地钻进鼻孔,我心里"别"地跳动了一下。那是一种类似于香水却又绝对不是香水的味道。似乎是某种体香,某个人身上的气味,曾经在哪里闻到过。多么熟悉的味道,好像二十年前我就闻过!

在机场大厅的书店里见到她当属偶然。这种偶然我们在许多小说里司空见惯,现实生活中却绝对出人意料。当时她就在我的旁边,半蹲在地上翻看着一本厚厚的人物传记。

"小卷毛!"我难以置信地失声尖叫,忘掉了所有的风度和礼节。

今日的秦归雁,已经完全不是我记忆中邻家女孩的模样,举手投足尽显女性的妩媚。她那迷人的风姿,她的美,在大庭广众之下光彩夺目,给人以爱丽丝于烟火中出场的感觉。秦归雁在惊奇地瞪大眼睛看了我几秒钟之后,忽地也像我一样大声地尖叫:"谅子哥!"她的声音频率比我高多了,候机厅里至少有一百个人转过头来看着我们。她像疯子一样扑在我身上,扑得我差点儿跌倒。随后发出的阳光般笑声几乎使我头晕目眩。

"真没有想到会在这里遇见你!"我说。

她也这样说。

她问我,你怎么会在香港?我告诉她我从菲律宾回国了,在香港转机。我问她,你怎么也会在香港?她说来香港购物,正准备回去。我们互相报了回沪的航班号,正是同一班飞机。我们高兴得抱着转了几个圈。排队上飞机的时候,她一直用手拽着我胳膊,始终没有松开过。在飞机上我们跟别人调换了座位,挨在一块儿坐下。

我忽然有一种感觉,两年多的岁月一定在她心里刻下了什么,或许她要比她装出来的样子饱经沧桑得多。我不想咽下这些猜疑,问:"小卷毛,离开裁缝店,你后来去了哪儿啦?我和梅秀一直都得不到你的音讯,我们都着急死了!"

秦归雁脸上笑容神秘莫测,好像刚刚捡到什么宝物被她偷偷藏好了一般。她不回答我的问题,反过来问我:"那你后来有没有找过我呢?"

我说:"你不辞而别,什么话也没有留下,我上哪里去找你?再说,我后来想找你也没有时间了,很快我就去了菲律宾。"

"是和小擎姐一起去的吧?咦,她怎么没有和你一起回来?"

心里像被什么坚硬的东西生生硌了一下。我告诉她,辛小擎后来去了美国,给女儿安安治病。她好像去了之后就一直没有回来过,两年来我也联系不上她。"

秦归雁瞪大眼睛在我脸上注视了半天,那神情伤感得带几分夸张。"有这样的事?我还猜想着你和小擎姐该结婚了呢!"

她把手伸过来紧紧握住我的手,搞得我有几分不自然。别人看我们的样子,一定以为是一对感情甚笃的情侣呢!

我说:"你还没有回答我,你离开裁缝店后去哪儿了?"

秦归雁脸上一副调皮的样子,歪着头问我:"你觉得我现在还好吗?"

我没有掩饰那份惊讶。秦归雁身上一切都变了样,变得比过去任何时候见到的那个卷毛丫头都更美貌、更高雅,却也比以往任何时候都遥不可及。我不明白其中的缘故,仿佛她天生就是如此,自然而然就是这个样子,完全不是我记忆中的那个邻家女孩。自打她从裁缝店不辞而别,已经有两年多时间没有见面了。两年多的岁月,对于她的外表仿佛是营养剂一般,更加增添了她的姿色。她正值成熟丰润的年龄,散发出的女性魅力比两年前更加令人躁动,身体也丰满结实得像热情似火的时尚杂志封面女郎。她的皮肤白皙如珍珠母,身上带着那种幸福丰盈的女人所特有的芳香。

秦归雁告诉我,她突然离开我们,是因为已经怀孕有几个月了,再不走就会被梅秀看出来。看我目瞪口呆的样子,她笑得前仰后翻,眼泪都笑了出来。

她怎么会突然怀孕?她哪儿来的男朋友?是谁让她怀的孕?难道竟会是贲良蜀吗?这,这又怎么可能呢?

"是代孕!"她毫无顾忌地笑着,"给别人代孕。你没有听说过吗?有钱人的老婆生不了孩子,出一笔钱请人代孕。就像是做了一笔生意,我一下子挣到了十万元钱!"

原来是这样!不用猜了,一定又是门房郭大妈偷偷做下的好事。

我问:"孩子后来生下啦?"

她点点头。"生下了。"

"还给有钱人了?"

"还给有钱人了。"

"后来呢?"

"后来,有钱人跟老婆离婚了。"

"为什么?因为你?"

"是。因为我。"

"你第三者插足,破坏人家家庭?"

"是他们自己疑神疑鬼,先吵架,后闹离婚的。"

"有钱人就跟你结了婚?"

"是啊。他图我貌美如花,我图他家产万贯。"

"他是做什么的?"

"一个广东来的房地产大佬,身家过亿。其实,我也不知道他有多少钱。"

我把她的手从我手上默默拿开。整整有一刻钟,我们再没有说一句话。我不知道是该为她庆幸,还是该为她悲哀。"咱们应该找个地方,一起去哭一场。"

她说:"好,好,回到上海,我俩就抱头痛哭一场!"

上海到了。下了飞机,我们去拿行李。我的行李是一个箱子和一个大旅行包。而她的行李,是三个超大型的旅行箱,而且重得很。真不知道她为什么要一次买这么多东西!有钱就任性,我对这句话算有所体会了。

出租车一路开进紧挨着西中环线内侧的一个豪华别墅区。门口墙上嵌着四个扎眼的镶金大字:紫豪帝苑。紫豪帝苑,多么俗气的名字,大而无当,浮华心态一览无余,充斥着暴发户的铜臭味,跟上海这座城市的优雅、含蓄和务实一点儿不般配。车在一幢独门独栋的小楼前停下,小楼门前有着用铸铁栏杆围起来的带花园的小院子。秦归雁用钥匙打开门,领着我拖着一大堆箱子走进别墅。她显然就是这里的女主人。客厅里的装潢和摆设令我眼花缭乱。

我对她说:"你现在变成富人了。"

"我是富人吗?"她反问,"不,充其量,我只能算是个有了钱的穷人。富人和有了钱的穷人,压根就不是一回事儿。除了这些丝毫不值得炫耀的身外之物,我实际上依然一无所有。"

"他不在家吗?"我问。

"他?"归雁面露苦笑,"他一两个月能回来一次就算不错啦。听说是在天津又拿了一大块地,要建设成一座商业城,整天忙得屁打脚后跟呢!"

"孩子呢?"

"我们没有孩子。"

"我说的是那个,你代孕的孩子……"

"那个孩子,被他的前妻带走了。"

"哦。"

我欣赏着客厅一角的玲珑假山,喝着她很快泡好端来的咖啡。

客厅被主人布置得井井有条,美轮美奂,展示出一派精美细腻的豪华,与那种在暴发户家常见的粗俗的富贵气大不相同。客厅一角布置了一处迷你假山,人工喷泉造就的潺潺水流声不绝于耳,像闺蜜之间的窃窃私语。另一角则布置了一个灰白色的帕罗斯岛大理石壁炉架,当然不可能生火,完全是装饰用的,上面摆放着波希米亚玻璃饰品。

她让我在沙发上坐下,然后拿来几本她这两年在外旅游的相册给我看,一张一张给我讲,这是哪里,那是哪里。她去过不少地方,北京,西安,深圳,还有美国和欧洲。有钱就是好。钱从来就不是坏东西,至少有能力让你多看看这个精彩的世界。那个广东男人脸上的颧骨很高,个头却很矮。从照片上看,像个越南人。

我不紧不慢翻看着她的旅游相册,想得更多的是接下来会发生什么,而非正在看的东西。她紧挨着坐在我身旁,身上香气熏得我有些眩晕。当我抬起头,看见她双眼噙满泪花。

"你怎么了?"我假装不解。

"没什么。"她擦擦眼泪,"谅子哥,我这两年一直都在想你。"

"哦。"我心中平添几分紧张,故作若无其事说,"我也一直在想你呀。"

"你现在知道了我的情况,会不会在心里瞧不起我了?"她问。

"没有啊。"我说,"你现在这样不是挺好的嘛?我很为你高兴呢!"

"真的?"她有些不相信。"那——你说,梅秀姐要是知道了,她会怎么看我?我始终都鼓不起勇气去找她。"

"她也一定会为你高兴的!你呀,真傻,早就应该把这些事儿告诉梅秀。嫁给一个有钱人,又不是什么丢人的事!她也会和我一样为你高兴的。"

"是啊,也许是我想得太多了。"她心里还在犹豫,"你说现在这个社会,谁不想有钱哪?笑贫不笑娼,何况我也没有到洗头房去做娼妓!"然后她问我:"谅子哥,你回来后有什么打算?"

"打算?能有什么打算?"我说,"继续上班,当我的老师呗。"

"那,你还认不认梅秀姐?"

"什么意思?"

"你们曾经领过结婚证书呀?"

我沉默了。我几乎都把这档子事给忘记了。原来我是一个结过婚的人,有一个法律上的妻子。我摇摇头,不知道该如何回答。

"那你回来后住在哪儿呀?"秦归雁换了一个问题。她知道我是不可能住到梅秀那儿去的。

"暂时,只能,先……住在王叔家里吧。"我迟迟疑疑地,心里毫无底气。

她"哦"了一声,忽然沉默。我知道她在想什么,她一定想到了潘兼鄄,还有我的儿子穆穆。过了一会儿,她说:"要不,谅子哥,今晚你就先不忙走。"她脸上忽地多出一大块红晕来。"在我这儿先住上一晚,明天再说明天的事。"

我心狂跳了好一阵。心灵深处涌起一阵阵燥热,再不敢多看她一眼。她那迷人的眼睫毛,甚至会令石头心动。她的天生丽质,此时正弥漫洋溢。寻求快乐的欲望如潮水激荡水草一般在我心中澎湃汹涌。

其实,在香港候机楼里见到她的那一刻,我便知道一件无可挽回的事在自己的命运中发生了。我有整整两年没有和女人爱过了,我正当年轻的身体是多么饥渴!受到迷惑的情欲的泉水正在迅猛地将我脑海里克制的萌芽淹没,如同可口的毒药将之腐化。难道我有必要为了谁守住清白吗?这个世界上难道还有谁是我可以背叛的人吗?欲望犹如树枝里的汁液一样腾涌。那是无法耗尽的青春活力在遭遇两年挫折之后的重新跃起,并唤醒了难以征服的追求欢乐的本能。那磅礴于一切生命的自发的寻找欢乐的要求,终于又主宰了我的意志。

为什么不呢?为什么不!

秦归雁的身体上下都丰满而结实,凹凸有致,惊艳的乳房富有弹性,美人鱼般的大腿简直美到了极致,散发出一种有别于其他女人的味道,仿佛山野母兽的气味,这比她穿着衣服的时候要真实得多。性的魅力呼吸散射,再空灵的灵魂也不能不在此刻诉说肉欲。

……我从秦归雁身边醒来时,觉得心脏里积满了水,身体则像一只喘不上来气的青蛙。心跳的节律明显乱了,脉搏的跳动也章法全无。

她似乎一直没有睡着过,就那么侧着身子默默看着我。窗帘不知何时打开了,清晨的阳光从窗户里斜射进来,照在她的背上、赤裸的胳膊上、脖子上,也照进她浓密的秀发里。她太阳穴处的血管是浅蓝色的。眼睫毛上湿润润的,像秋天清晨草叶上的露水。自看见我醒来后,她就开始喃喃自语。她说,她等待这一天已经等了很久了。好多年了,她一直梦想着有这样一天。她说,从裁缝店出走的那一天,她实际上是按照理智指示做了一件最正确的事:用一块没有泪水的抹布将有关穆宇谅这个人的所有记忆彻底抹得一干二净。她又说起那个孩子:"这个不是我的却寄生在我肚子里的孩子,曾经让我在忧伤的幸福中找到过某种寄托。但是,当他有一天从我的身体里滑落出去的时候,我实实在在感到了一种轻松,像摆脱了某件不属于自己的东西一样。这个活生生的、浑身沾满油脂和血污、脖子上缠绕着脐带的小东西,在被护士抱走的那一刻,我突然觉得身体里出现了一个巨大的空洞——那种孤独的、无助的、坟墓般黑暗的空洞。我的精神几乎一下子垮掉了。"

她这么说着的时候,我又摸了摸她肚子上留下的那个粗糙的缝合疤痕。疤痕就像是用鞋匠的麻绳缝补的。这是她身上唯一难看的东西,但是我不觉得那有多难看。她一个人说了半天,忽然问我:"谅子哥,你会爱上我吗?"

"我不知道。"我模糊其词,"大概已经爱上了。"

"是灵魂之爱,还是肉体之爱?"

"能分得很清楚吗?"

她嘴唇调皮地一撅:"能分得很清楚。灵魂之爱在腰部以上,肉体之爱在腰部以下。如果是后一种,你应该在你十五岁那年就爱过我了。"

那年,我十五岁,她七岁,我扒开她的裤子。我爱过她?

记得惠特曼曾经说过:人体好就好在是肉体,不必让肉体升华。所谓灵,是指思想,思想不必被肉体拖住。让思想归思想,肉体归肉体,这样灵魂才能超脱。

吃完早饭后,归雁开着她的蓝鸟轿车送我去王叔家。临行前,她从箱子里翻出一大堆东西塞进车里,说是带给穆穆和蒹鄄姐的礼物。"你都学会开车了呀?"我不无惊讶。她说:"我现在整个儿就是一个闲人,一个闲了两年的人连开车也学不会吗?"我说:"你老这么闲下去也不是个事儿,总得找点儿什么事情做做。"她皱着眉头,说:"过去是为了挣钱才找事情做,现在因为无聊了还要找事情做——人活在世上多贱哪!"我一时无语,感觉这个话题境界有点儿高了。

如果有人问我,在你一生中有没有哪一天是你印象特别深刻甚至终生难忘的?我一定会告诉他(她),就是在这一天:一九九七年初夏那个星期日的上午。

这一天天气多好啊!精确一点说,那时还是早晨。空气清新,阳光灿烂,蓝天上飘着棉絮状白云,鼻孔里能隐约闻到淡淡广玉兰花香。大街上车和行人都很少,只有街心花园才能见到一堆一堆的闲人,个个脸上神态悠闲,有说有笑。那多是一些上了点岁数的中老年人,出来做操、遛鸟或者顺便买些早点。年轻人因为前夜唱歌喝酒打牌睡得太晚,现在大多还赖在床上呢!我们的车很快就开到了五角场附近的王叔家小区门口。在那里,我看见了这一生都永远无法忘记的一幕。

我看见一个九岁大的男孩,对半分开的头发梳理得油光铮亮,白净的小脸上架着一副圆圆的小眼镜,身穿一身崭新的深色燕尾服,脖子上还扎着粉色的蝴蝶结儿,像个英国小绅士似的毕恭必正站在小区门口,神情严肃而认真,怀里捧着一大簇火苗一样鲜红的花朵。那花儿我再熟悉不过了,正是我最喜欢的仙客来花呀!而那个男孩,不正是我一直想念着的儿子吗!

我看见穆穆身旁站着一位长腿细腰的漂亮女人,脸上化了淡淡的妆,微微涂了眼影,轻描了口红,头发是新吹烫过的波波式,整洁清爽。她身穿一袭如今难得一见的旗袍,天蓝色的,上好的丝绸面料上绣着牡丹花的图案,显得雍容华贵,气质高雅。她是穆穆的母亲潘兼郢。此时此刻,潘兼郢脸上充满期待神情,略显激动地不停向马路上张望。

接着我看见了王叔。王叔紧挨着在潘兼郢身边站着,今天也像出席某个隆重场合一样身穿一套银灰色西装,整烫过的白衬衫外面扎着红色的领带,表情庄重得近乎有几分滑稽。他的背已经驼得很明显了,但还是努力想让身体站得直一些。令我有些惊讶的是,两年前王叔看上去还只是两鬓染霜,如今却满头银丝。他老了,真的像个老人了,一个精神还算健旺的善良老人!

吕姨手挽着王叔的胳膊,正轻声跟王叔说着什么。她的头发应该是染过了,不然没有那么黑。吕姨更胖了,身体圆圆鼓鼓像只企鹅。她脸上的皱纹比过去更明显了,神态看上去则更显慈祥。吕姨也像出门做客一样穿了新衣裳,一身浅灰色的套裙,连皮鞋也穿了中跟的。

他们四人并排站着,站在小区门口一堵宽大的蔷薇花墙下,身后是一片粉色的花海。夏日清晨的金色阳光照在他们的脸上,希望也写满了他们的脸庞。

秦归雁不假思索地把车开到他们跟前。就在车子稳稳停下的那一刻,我忽然明白了是怎么一回事,顿时一阵心潮翻涌。我朝秦归雁看了一眼,秦归雁脸上挂着心领神会的微笑。这个死丫头,总是神出鬼没地来这么一出!她什么时候打电话到王叔家通知他们的?我竟然一点儿也没有察觉!

车门打开,首先看见的是潘蒹鄄一张忽然挂满泪水的脸。用泪如泉涌来形容一点儿也不过分。世界在我面前一下子变得模糊,我知道自己眼中也噙满着泪花。内心深处曾经冰封的某块地方一下子被融化了,变得柔软无比。潘蒹鄄把穆穆推到我跟前,语气急促地说:"快,叫爸爸!"

穆穆没有张口,瞪大一双眼睛警惕地看着我,凸起的眼镜片夸张地放大了他的眼球。我忽然发现,这个名叫潘穆的小王八羔子在一通茁壮成长之后,竟然变得和我少年时一模一样,真是连我本人都糊涂了,好像自己重生了似的。原来人类繁衍后代的最大好处,就是仿佛你又再次成长了一回。他会让你想起过去的许多事,想起逝去的年华,想起亡故的父亲或其他的亲人。

我用力把九岁的儿子一把抱过来,接过他手里的鲜花,又把他高高地举过头顶。穆穆从衣服口袋里掏出一个红色的纸卷,双手伸向两边展开到最大。那张红纸横幅上用正楷毛笔字写着几个方方正正的大字:

　　欢迎爸爸回家。

王叔在一旁不停地嚷着:"回家,回家!"

不消说,横幅上工整的毛笔字肯定是王叔的杰作了。

我们向家里走出,像一股翻腾着幸福浪花的欢快暖流。

第四十五章　回　　家

　　一跨进王叔家的门，鼻子马上就酸了，一切是多么熟悉，又是多么亲切和温暖！家，原来这么些年来，我还是一直在心里把这里当成了自己的家呀！家里还是老样子，家具和摆设几乎都没有挪动过。唯一的变化是多了许多五颜六色的玩具，地板上、沙发上、桌子上，到处都是男孩子爱玩的坦克车、大炮和冲锋枪，还有几只带条纹的排球和黑白相间的足球。穆穆一进门就人来疯一样上蹿下跳，任谁也喝止不住。

　　王叔系上围裙一头扎进了厨房，吕姨端上热气腾腾的香茶。贲梁蜀几乎前后脚就到了，身后跟着梅秀。他们这么快就出现虽然令我吃惊，但还是马上想到了，自然是潘蒹鄄提前通知了他们。

　　梅秀和秦归雁见面时揪成一团，一阵笑一阵哭的，那股疯疯癫癫痴头怪脑的劲儿，简直要把天给闹塌了。少不了互相打听这两年多来的情况。梅秀忽然怒骂秦归雁良心叫狗吃了，竟然一别两年无音讯，骂着骂着抹开了眼泪。秦归雁赶紧不停地赔不是，扯了餐巾纸给她揩脸。贲梁蜀递给我一支烟，他忘记了我原是不抽烟的，但我竟然点上烟抽了两口，呛得猛一顿咳嗽，又赶紧把烟掐灭。给我们端来烟灰缸的是潘蒹鄄。令我十分惊讶的是，她手指头上竟然夹着一支香烟！她什么时候也学会吸烟了？而且看上去吸得十分老练。真是奇了，从奶奶到旭旭，再到她，住进这屋子里的女人竟然都爱上了吸烟！因为想起了旭旭，我走到放着旭旭照片的镜框前，对着旭旭那张依然有些稚气的脸注视了良久，回想起当年的许多事,一股酸涩的滋味涌上心头。时间过得真快,这一眨眼,旭旭离开我们已经有九年了!

我们坐下来喝茶。我问贲梁蜀,日子过得咋样?贲梁蜀说,咋样?都在等着你回来呢!你不回来,我们的日子都没法过!我说这话是怎么说的?我不回来你们都过不成日子了?贲梁蜀说,本来嘛,梅秀现在是你的合法妻子,你不和她离婚,我又怎么和她结婚哪?我和你之间没有杀父之仇,却有夺妻之恨哩!我奇怪地瞄了梅秀一眼,问贲梁蜀:你后来没有和那位苗姑娘结婚吗?贲梁蜀又燃起一支烟,并且给了潘蒹鄄一支。这两个人的脸很快都被一片烟雾笼罩着了。

我转向梅秀,问她后来的事。梅秀说:"大贲本来是铁了心要和苗姑娘结婚的,因为他心里有愧,觉得是自己害了人家一辈子,只有通过结婚来补偿。可是后来事情出现了转变,苗姑娘的病房里不久出现了另一个男人。那男人姓汤,说是苗姑娘的大学同学,因为听说苗姑娘遭遇车祸,特地从加拿大赶回来的。原来那个汤姓男同学暗恋苗姑娘多年,一直没有机会表白,这次就是直奔医院来倾诉衷肠的。苗姑娘倒像因祸得福一般,对大贲态度立马转变了。她转着弯儿告诉大贲,她恨他,因为他对她的身心造成的伤害太大了,已经从心底无法再接受他这个人。她甚至对大贲说:'你是应该好好补偿我,但不是结婚。你换一种方式补偿吧,比如给上一笔钱。'大贲听了之后气得不行哩!"

我目光转向贲梁蜀求证。贲梁蜀脸上的表情默认了此事。我口中嘀咕了一句:"怎么会是这样?"心里又似乎暗暗为有这样的结局而高兴。贲梁蜀说:"世事难料。我本来准备好了牺牲自己一辈子的幸福去照顾她的,谁想她又是那样的一个人!嗐,其实,我早就晓得她一直就是个爱财贪小的女人,在日本的时候就是那个样儿!那时候她黏着要和我住在一块儿,就是图着省下租房子的钱。其实我打心眼里是不喜欢这种眼里只有金钱的女人的!"

说到这儿,贲梁蜀目光朝梅秀看一眼,好像这话专为说给她听的。他又接着说:"守在医院里看护苗姑娘的那些天,我闲着时阅读小仲马的小说《茶花女》,正好看到小说中有这样一段描述。一天晚上,有一个男人尾随着一个女人,她体态优美,容貌艳丽,让他一见倾心。他很想吻吻这个女人的手,这个想法使他觉得自己有了从事一切的力量、战胜一切的意志和克服一切的勇气。女人走在路上,怕她的衣服沾了泥,撩了一下裙子,露出一段迷人的小腿,他都几乎不敢望一眼。正当他梦想着怎样才能得到这个女人的时候,她却在一个街角留住了他,问他是不是愿意上楼到她家里去。男人回头就走,穿过大街,垂头丧气地回了自己的家里。这个男人,他能够接受为了今晚得到这个女人明天就被人杀死,也不愿听见她对自己说:'给我金钱吧,我愿意做你的情人。'我当时觉得我就是这样的一个男人。"

梅秀朝贲梁蜀斜眼撇嘴道:"你算了吧!嘴上总说其实不喜欢她,也没有见你在日本时就和她断了,还不是住在一起生活了好些年哪!"

贲梁蜀为自己的荒淫辩解道:"不是不知道要做什么,而是知道,却仍然没有做。其实很多人的悲剧就在于此。"

梅秀还想呛他,被我拦住,我怕他们吵起来。穆穆好像在阳台上闯了祸,把花盆之类的什么东西打翻了,弄出很大的响声,潘蒹鄞跑过去呵斥他。我借机小声问贲梁蜀知不知道辛小擎的下落,回国上班了没有?贲梁蜀捏着喉咙说:"就知道你会惦记着这个事!我前些日子还向能勘院那边打探了,听他们人资部门的人说,辛小擎早就辞职了,从此渺无音讯了呢!"

"哦。"我怅然长叹,好像在天边有一扇希望的门刚刚打开一条缝隙又马上合上了,心里有种说不出的悲哀。不死心,又想问他有没有关于阎仲豪的消息,忽然看见梅秀充满谴责的目光如一道扬起的鞭子,直向我脸上抽过来,只得把话咽了回去。想想他们恐怕连阎仲豪是谁都不知道。阎仲豪的公司叫什么名字,开在哪儿,我自己也是一概不晓得的,如今再打听也实在是没有什么意义了。

潘蒹鄞把穆穆拽过来,直直推到我跟前。我抱住小家伙,问他是不是上三年级了?学习成绩怎么样?小家伙嘟着嘴巴说:"不怎么样,每次考试基本都是全班第一。"秦归雁夸张地扬眉瞪眼:"哟,小学霸呀!"潘蒹鄄神情自豪,嘴里却说:"经不起挫折呢,偶尔考了个全班第二,回家就生闷气不说话了!"我拧着穆穆腮帮子问:"第二很不错啦,干嘛非要得第一?"穆穆反问我:"你知道世界第一高峰吗?"我回答:"知道,珠穆朗玛峰嘛。"他又问:"那你知道世界第二高峰吗?"我摇摇头。穆穆说:"瞧,屈居第二与默默无闻毫无区别!"这话说得大家伙儿一顿惊讶,想不通现在的孩子怎么会有如此之重的功利心!

"吃饭了!"吕姨从厨房里出来冲我们欢快地嚷着,声调像唱歌一样。

好丰盛的菜啊,王叔像变戏法,迅速摆满了一大圆桌。白斩鸡、红烧大排、葱烤鲫鱼、草头圈子……我都两年没有吃过这么好吃的东西了,当下吃了个大饱,酒也喝下去不少。贲梁蜀还是那么没有出息,喝着喝着就有点儿高了,若不是梅秀死拦活挡,非要闹到大醉不可。

撤席之后,吕姨再次张罗喝茶,贲梁蜀却坚持要马上告辞,梅秀也说她的洗衣店下午还要开门迎客呢。按照梅秀的说法,她的洗衣店现在成了一家欧洲品牌的加盟店,开门关门都要遵守加盟店的规矩,不能再像过去那样随心所欲了。秦归雁提出开车送他们,梅秀拧着她的脸蛋说:"好啊,等你到了我那儿,我们之间还有一大笔账要好好清算呢!"

两位老人和孩子都进房午睡,我和潘蒹鄄坐到了露台上。我们手里各自捧着一壶茶,在午后懒散的阳光里面对面地坐着,试着开始了几个话题然后又中断,当中夹杂了一些关于这个贪婪世界的种种秘闻。其实我们谁对那些话题都不感兴趣,只是为了避免尴尬的沉默,或者因为想避开另外一些无论她和我都不敢触及的话题。比如,"以前",在我们之间就是一个禁忌的词,同样禁忌的还有如"明天"这样的词。实际上,在分开那么多年之后,又一次这样近距离坐在一起,并且有充足的时间静静着看着对方,看得如此清楚,我们都有些胆怯,不知道在青春岁月渐渐远去的时候,接下来要做些什么。偶尔,不小心提到过去的某件事或某个人的名字,她会抱歉地朝我笑笑,好像在责怪自己一样。从她的微笑中我可以看出,她在试图逃避什么,好像那个曾经的空想天使忽然从身边经过,让她吃了一惊,并且不得不做出极大努力来掩饰这一点。

"听贲梁蜀说,你又官升一级,在单位里当一把手了?"我不无调侃地问。

她苦笑:"吃菜要吃素,做官要做副,当一把手压力太大了!我有时候真想什么都不管。我那点儿能力你又不是不知道,当一把手真是力不从心。唉,谁知道哪一天才能彻底解脱呢?"

我说:"人越往上走,心应该越能往下沉才是。心如镜面,景转而镜不转,才是一颗平常心。心里踏实了,脚下的路才能走得安稳。"

"可我的心就是踏实不了。"她说,"我总是想着能做点儿什么,又老是担心所做的事不讨别人喜欢。"

"记得英国首相撒切尔夫人说过这样的话:如果你的出发点就是讨人喜欢,你就得准备在任何时候、任何事情上妥协,而你将一事无成。"

"话是这么说。我有时候也在想,我宁愿因做自己而招人厌恶,也不愿为了迎合他人而伪装自己。可是说说容易,真做到很难。撒切尔是铁娘子,是伟人,我算个什么呢?就单位里的那点儿事便烦得我整天睡不好觉了。有时候,我会忽然觉得自己好孤独啊!在单位里孤独,在家里也孤独。"

她脸上浮现很重的忧郁神情,眉毛之间出现了一个肉结。这张脸让我看上去有些陌生。我记得她是很要当官的,怎么会因为官大了而烦恼呢?当了一把手便感觉孤独了?我跟她说:

"你再怎么孤独也没有我孤独感强烈。我猛地一下子离开上海,离开祖国,失去了单位同事,失去了集体宿舍的伙伴,更失去了故乡的风景、祠堂、方言、乘凉的大树……周围全是说着听不懂的英文的外国人。我进不了外国人的教堂、舞会、沙龙,也找不到中国人的集市、茶馆、庙会和节日游玩的场所。我和周围的环境彼此隔绝,灵魂躲进了暗处,生命的轮廓也变得模糊。'不恨古人吾不见,恨古人不识吾狂耳'！我在海外漂泊了两年,有时觉得自己简直就像神灵或野兽一样孤独！"

其实彼此心里都清楚,我们没有说出另一层想要表达的孤独,就像我当然不会跟她提起辛小擎的名字一样。我们接着又说起单位里的一些事情,说起富骐言、查夫人和其他几位同事,谁谁调走了,谁谁辞职下海经商了,还有一位才三十来岁的漂亮女老师忽然得癌症去世了。

"生活的变化有多大呀！"她突然感叹说。

"有些东西并没有改变多少。"我鼓足勇气说,"我和你还是那样,我们依旧坐在一起。改变的只是时间。"好像要为自己辩白一样,我又补充了一句:"我们总是在幻想着战胜空间,却永远对时间无能为力。你说呢？"

"时间对于我来说无所谓。"她这样说。但是那双眼睛出卖了她,她的眼神中流露出毫不留情的指责,让我在心里无形中受到一击。"即便曾经失去过二十年,我们后面至少还有两个二十年。"

她说"我们"。

她这样说让我心里一惊。我们之间已经很久没有说"我们"了。"我们"这两个字现在听起来依旧充满着危险和不确定性。

穆穆午觉醒了,揉着惺忪的眼睛跑进露台,倒在妈妈怀里撒娇。"叫爸爸。"潘蒹鄄刮着他鼻子。儿子摇摇头,还是不叫。儿子是我们的,我现在无论如何也不能再否认这一点。潘蒹鄄拿出那块通身透绿的虎头玉轻轻放在我手心,示意我给穆穆戴上。我照她希望的那样做了,并且告诉儿子,这是能够为我们一家人带来无数幸福时光的月亮宝石。我也说了"我们"。说完之后,一种久远的负疚感像抹了罪恶毒汁的短剑刺痛了我。

我所有的犹豫和恓惶,都在临睡觉前表现到了极点。因为在这之前,王叔借口陪他出去散步消食,在楼下小树林里和我进行了一次严肃的谈话。

"宇谅,你要答应我,这次回来了,就一直住在家里,不要再找别的什么地方去住了。"他说。

我迟疑了一下,说:"爸,我现在也没有什么别的地方可去。我答应你。"

"我还要很认真地跟你说一件事情。"王叔牙疼似的。

淡淡的月光下,满头银丝的王叔整个人形看上去有些失真,像信号不佳的电视机屏幕上抖动的黑白肖像。

"什么事?"我不解地看着他,他从来没有像现在这样奇怪过。

"是关于小鄄。"他说,"她,现在跟过去不一样了。"

从小树林深处的草丛里传出一种奇怪的嚓嚓声,声音轻微,我怀疑那是蚱蜢谈情说爱的声音。

"怎么了?"我心里有些想笑。可爱的老人,总是想当然地认为劝服年轻人是他们应尽的责任。

"她……最近一直在吃药。所以,你一定对她好一点,凡事依着她。千万不能惹她伤心,更不要刺激到她,不能加重她的病情。"

"爸,你又瞎紧张,我看她身体不是挺好的嘛!她……什么病呀?"

"在她床头柜里有一些药,你悄悄看过之后就明白了。"

"哦……是安眠药吧。"我装着满不在乎。"我知道,她过去经常失眠,总是配些安眠药回来吃。"其实我内心开始忐忑,真希望那就是安眠药。

"我看过药名,一种是盐酸帕罗西汀片。另一种药叫舍曲林,盐酸舍曲林。还有一些药,罗拉和三辰片什么的,你还是好好看看那些药品说明书吧。"

"我哪能懂得这些个拗口的洋药名呢!爸……有什么问题吗?"

"那你明天去查一下药学书呗,这些药全都是抗抑郁药物。"

"抗抑郁药?"我顿觉头皮一阵发麻,惊出一头的汗来。"你是说……蒹鄄她……得了抑郁症?"

"是。焦虑型抑郁症,发作时有自杀倾向。"王叔的语气不容置疑,"你吕姨陪着小鄄去精神卫生中心看过医生,错不了。"

我只觉得眼前忽然黑暗了许多。天！潘蒹鄞,她怎么会成了精神病人？

"真的有可能自杀吗？"我紧张万分。

"当然！"王叔肯定地说,"我后来特意看过一些这方面的书。根据宾西尼亚大学的精神病学家亚伦的研究,有四分之一的轻度抑郁症病人产生过自杀的念头。在重度抑郁症患者中,这个比例高达四分之三。有一本《精神病学》书中提到,抑郁症的自杀风险是百分之十九。也就是说,每五个抑郁症患者中有一个会将自杀付诸实施。"

太可怕了！我痛苦得脸都扭曲了。

"什么时候发现她得了这个病？"我问。

"自你离开上海去了菲律宾之后,她整个人就不对劲了。先是整天满脸愁容,饭量骤减,后来每天诉说睡不着觉。再后来,坐在那儿看着电视忽然叫胸痛,气短,恶心。大约一年之前的某一天,穆穆因为什么事情哭闹起来,小鄞忽然对着儿子大吼大叫,说干脆把他掐死算了,掐死了抱着他一块儿跳下楼去。她真的掐着穆穆的脖子往阳台那边拖,把我们都吓坏了。你都想象不出来她当时的样子,竖眉立目,骂声凄厉,狰狞可怕！我们刚劝劝她,她就无端冲着我们发起火来。过去从来没有这样子的。"

"现在,还经常这样吗？"我担心地问。然后真想抽自己的耳光。多么无耻啊,我现在似乎担心的是自己会不会受到一个精神病人的伤害,而不是担心这个我曾经多么深爱过的女人会不会遭受更大的不幸。

"自从正常吃药之后就好多了。"王叔用充满期盼的眼神看着我,"我相信,你回来了,她的病就一定会很快好起来的。你要相信我说的话,抑郁症跟其他类型的精神病不同,没有那么可怕。医生说过,这种病往往袭击那些最有抱负、最有责任心、工作最认真的人。凡得抑郁症的病人,都是些好人。林肯,丘吉尔,三毛,邓丽君,张国荣,全都是一等一的好人。只有好人才会压抑自己。小鄞真的是个好孩子,好女人！宇谅,你听王叔的话,一定要善待小鄞。

你对她好,那就是救了她!"

在内心深处,那个屑小的自我已经很快被战胜了。我神情坚定地对王叔说:"你放心吧,爸,我知道该怎么做。"

穆穆先睡下了,睡在奶奶生前睡过的床上。那张床本来是我打算睡的,但是其他人显然都不那么想。王叔和吕姨装着犯困,一齐打着呵欠进了自己的房间。潘蒹鄄在另外两个卧室之间不停走来走去。她已经洗好了澡,穿着一袭闪着暗光的深蓝色丝绸睡衣,丝绸面料发出窸窸窣窣的细微声响。她花了很长时间收拾那张大床,铺上新床单和一条宽大的被子,认认真真地在床头放了两只枕头,并且双手在枕头上用力地拍了又拍,好像那上面堆积了陈年的灰尘。

我坐在梳妆台前的长背靠椅上,看着她。长背靠椅过去是旭旭常坐的。我对潘蒹鄄说:"你早点儿去睡吧。"但是连我自己都没有想好,她应该睡在哪间屋里,哪张床上。是去穆穆那边,还是就在这儿?

她停止了拍打枕头的动作,有大约十秒钟的时间一动不动。然后,她点燃了一支香烟,默默地吸。她吸烟的样子让我又想起旭旭。我差点儿以为她就是旭旭,目光一下子温柔了许多。吸完一支烟后,她看了看我,神情淡定地说:"我们是一家人,最终当然是睡在一起。"

我感觉灵魂像被上帝"啪"地刮了一巴掌。她说得那么自然,却远超我的期待,令我惊诧不已,同时深深吸一口气。我本来已经做好了忍受一切的准备,包括她那反复无常的性格和令人无法预知的反应。当然,我也没有理由认为一切已经改变了,不敢抱有这种过于乐观的幻想。但是无论如何,就像四周突然亮起了灯光那样,我看到一片光明,这和过去完全不同了。

此时此刻,看着这个无法不让人心生怜惜的女人的脸,净如秋水的苍白的脸,我心里只是无端地觉得好,好得心酸。她那经受了压抑的沉静的美,超过了天堂里的任何一位天使。我听见心里有一个声音在对自己说:"如果我们和整个世界对抗,最后总是未知的世界赢得胜利。不如,我们尝试着和这个世界拥抱吧!"

这个声音最终说服了我。因为和潘蒹鄿一样,我们孤独的痛苦和焦虑没有其他出路,我必须向她放下吊桥,然后平静地等待命运交付的安排。做出这个决定之后,我仿佛得到了重生。

潘蒹鄿关掉灯光,慢慢脱掉了睡衣,轻手轻脚地躺在床上,然后长时间一动不动。要不是她的身体在黑暗中发出微光,我差点儿以为她已经不在那儿了。我鼓足勇气靠近她,抓住那冰凉、因害怕而微微发抖的手,把两个人的手指交叉在一起。很久之后,她的手慢慢变得放松并逐渐温暖起来。又过了一阵,我感到她手心变得湿湿的,沁着柔软的汗珠。我们沉默地、一动不动地等待了好长时间,都在等待,互相等待。我在伺机进行下一步,而她则在盼望着,不知我会从何处开始。随着她的呼吸越来越急促,屋子里变得越来越黑。终于,她一把抓住我的手腕,轻轻地、温柔地、带着无形又恰到好处的力量,引领我的手沿着她的身体游走。我的手起先还迟疑着,犹豫着,忸怩着,直到感觉到她全身发颤,甚至黑暗中也能看见她的脸滚烫羞红,才加快了抚摸的节奏。这样过了很久很久,我渐渐如同赤身猛兽般散发出炽热的气息,情绪一点点变得热切而高昂。然后,好像所有的障碍都被扫除了,进攻似乎成了唯一的选择。然而,过了这么多年后我们又一次睡在同一张床上,竟让两个人都像青春期的孩子一样乱了方寸,我们沉重地喘着粗气,却最终以愚蠢的失败告终。我听见她在黑暗中缓缓抽泣,但是咬着枕头不让我听见。我也假装没有听见,心里却不知所措。我不敢安慰她,因为不明白她为什么而泣,不能分辨此时的她究竟是一只小白兔还是一只刺猬。

她忽然一把抓过我的手,问道:"小穆头,你还能够爱我吗?"

我在她耳边轻轻地、温柔地叫了一声"小外婆",然后握紧她的手。她脸上的汗水或者泪水是咸的,咸得让我心情愉快了很多。"波斯诗人鲁米十三世纪就在诗中写道:每个爱你的人,都会在你消失不见的那些天爱上你。"

她把脸埋进我掌心里,然后再也没有发出过任何动静,直至第二天天明。

司机在楼下等着潘蒹鄄,她要去上班了。她问我,今天去不去单位报到?我说,我还想先休息几天呢。她想了想,说,也好。出门前她说,你去学个驾驶证出来吧,然后买辆车。我知道她想说什么,是不希望我今后上下班坐她的公车哩。我没有理她,跑到厨房里看今天早餐吃什么。

白天,我到森林公园里待了一天,与鸟语花香为伴,又在一个钓鱼人身边坐了很久。午后时分水面上的太阳像熔融的金属一样闪出耀眼的光,没有比一方平静的水面更能让人的心变得安定的了。四下阒寂,万事皆空,真好。算算潘蒹鄄该下班了,我不紧不慢地往回走,好像一个已经退了休不再为任何事情着急的人。好像我回去只是因为有一个人要回家了,这跟这个人有没有得了抑郁症没有丝毫关系。

潘蒹鄄回来后告诉我一个消息,说我的工作岗位已经变动了,调到能源集团规划处上班,作为对我援外工作两年的奖励。我听了忽然很高兴,发现自己原来不愿意再回到培训中心那个熟悉的单位里上班了。我害怕再遇见那些熟悉的同事,怕见到查夫人和富骐言这些人。我究竟害怕什么呢?有一个声音在心里悄悄告诉我说,我怕再看到辛小擎曾经工作过的那个地方,我怕有人再跟我提起那个叫辛小擎的名字。

吃晚饭的时候,潘蒹鄄问我打算什么时候去新的岗位上班,我说不着急呢,我得先回扬州去看看母亲,还有大凡子和采儿他们。两年了,我好想念家里的亲人呀!潘蒹鄄又问要不要她陪着我一起去,我忙说不用不用。她去了一定会带着穆穆,那定会把小莲吓得不轻。小莲忽然见到一个九岁大的孙子出现在跟前会怎样?只怕一时会欢喜得晕厥过去!我还是自己一个人回去,把这些事情先跟家里人都说清楚了吧。

家乡的变化太大了。本来感觉我们的庄子离开扬州城很远的,如今忽然发现那里早已经变成了近郊。庄子前前后后竖起了无数幢几十层高的大楼,玩具厂、水泥厂和小化工厂几乎把周边的农田蚕食一空。那些树呢？那片竹林呢？那条小河呢？全都不见了踪影。难怪不知从何时起，我们居住的城市开始终年弥漫着一层灰蒙蒙的雾霾，把天堂彻底赶出了都市人的视线之外。原来农村也这样了，找不到山清水秀了，看不见柳暗花明了。我站在故乡的土地上，本以为可以在这里找到城市里失了踪的天堂。我梦中的村庄，渠水潺潺流动，清澈充沛。翠鸟轻轻飞走，繁茂的野草和花朵在风中微微摇曳。这个地方是我出生长大的地方，我的童年和少年都在这里度过，如今却变得几乎无法认出。梦中的故乡变成了虚假的谎言，现实的故乡遍地垃圾、田地荒芜、河水干涸、满目破败。以前的小桥流水、天地和睦已经一去不复返。美好的东西在一天天失去，印证世间脆危，无法永恒。甚至都找不到那幢我熟悉的房子了。那个在里面出生、在里面长大、离开后又时时出现在梦里的家，从我的眼前彻底消失了。少小离家老大回，儿童相见不相识，在路边玩耍的孩子都是我不认识的。我向那些孩子打听穆家搬去了哪里，孩子们指给我看公路边上一幢陌生的小楼，有尖尖的屋顶和伸向半空的电视天线，只是少了一道最熟悉的袅袅炊烟。

　　远远看见了小莲，双手抄着长长的竹把扫帚，正在橙色的霞光里一下一下扫着小楼门前的地坪。西斜太阳正落到她的头顶上方，仿佛是天上的一个巨大的炼钢炉。她的背有些弯，头发有些凌乱，动作看上去没有过去那么利索有力。她是生我养我的母亲。还没有来得及唤她一声，一股子热乎乎的东西一下子涌到了喉咙口。

第四十六章　今生之爱

　　生活在平淡中继续,没有太多大起大落,不能不顾一切地从头开始,它只是像河水一样永不停息。在慢慢舒展的日子里,我和潘蒹鄹的相处也渐渐变得和风细雨,渗透交融。

　　潘蒹鄹从王叔家继承了奶奶所有关于香烟的文化遗产,包括奶奶收藏的香烟招牌、烟嘴、烟斗等等非物质遗产和物质遗产,直至亲身体验,像九十六岁时的奶奶一样叼着卷烟吞云吐雾。她常常等不及一支烟抽完,就用烟蒂点燃另一支香烟,然后大吸一口,用力一吐,将侵蚀五脏六腑的毒气呼出体外。

　　这个时候,我通常不打扰她,不和她说一句话,任由她迷失在自己的思绪当中。我从来没有想过劝她少抽或者干脆戒烟,相信她即使每天抽上两包烟也能活到奶奶那样的岁数,九十七岁甚至一百岁,对一个女人来说应该足够了。我不抽烟也未必能够活到那一天。果真活到了那个年龄,或许我们谁都不能自我料理,老年的耻辱、痛苦和可怕的孤独都将接踵而至,抽烟对自己也许是最好的安慰。自从我有一次从云南出差给她带回来一包烟丝之后,她忽然对手卷纸烟产生了浓厚兴趣,三天以后,她卷烟的手法便熟练得让人吃惊。每天在吃完晚饭之后,她都会从一个小小的金属烟盒里取出烟丝,十根手指兰花样舞动一阵,卷好一支,点燃,慢慢地吸着,又一言不发地继续卷第二支。此时,她的神情平静中透着迷茫,仿佛置身于另一个世界。三支卷烟抽完后,她好像从睡梦中醒过来,两眼惺忪地看看壁橱里的时钟,搓搓脸,冲着我歉意地暖暖一笑:"吃完啦?我们出去散步吧。"

也有那么几次,王叔和吕姨带着穆穆出去找老师补习功课了,家里只有我们两个人,她先不提散步的事,而是坐到我身边一起回忆遥远的贵州,重提那些早已模糊的往事,那些大山,溪水,树木,友好的阿贵和吓人的狼狗。她说着说着,往事便复活了,一幕幕争抢着闪现在眼前,宛如昨日。一抹红晕常常在此时爬上她的面颊,神情也变得柔和甜蜜。她一只手伸过来握住我的手,我的手其实早就在等待着。我们的手还远没有苍老,互相触碰的感觉还能回到以前。

有一次说到山里的月光,她忽然起身把家里的电灯全关了,说是要睁着眼睛体验一下那种置身幽暗月光下的心境。其实那一个夜晚没有月亮,天气阴沉着,窗外的夜空划过一道道无声的闪电,时而在一瞬间将我们的四周照亮。所以她很快就失望了,咕哝了一句只有我能听得懂的话:"是谁把月光熄灭了呢?"她说完这句话开始默默地哭泣。我无需作任何安慰,只要在旁边耐心地等她眼泪流尽就好。这样的氛围更容易使人相爱而无需询问。此时她仿佛一个孤单的幽灵,雕塑般的侧影在窗外透进的微微的蓝色光芒下显得楚楚动人。我凑过去嗅她头发上的香气。她问:"我身上闻起来是不是尽是老太婆的味道?"我说:"尽是老婆的味道。"她这才抹泪而笑。她笑起来声音依旧像年轻的小鸽子一般,两只汗涔涔的冰冷的手也迅速暖和起来。她长时间挨着我坐着,手拉着我的手,完全忘记了散步的事。

我们在黑暗中缓慢地亲吻,陶醉于爱抚之中,不会因为心里想着别的事情而失去耐心。我们像一对经历了漫长艰辛生活磨炼的老夫老妻,在宁静中超越了激情的陷阱。我们平静而健康地做爱,如胶似漆却从容不迫。

第二天早晨出门分手时,她依旧试图用亲吻的方式和我告别,我对站在门外的阳光下接吻有些不习惯,把左脸侧向她。可是她似乎一再坚持,那妩媚的娇态甚至在穆穆出生前我也不曾见过。而且她的呼吸急促起来。我又向她凑过右边的脸颊,但她再次坚持。我只好用双唇迎接她,同时感受着她发自内心的颤抖。

这使我愈加相信了一个事实:正像酒放在哪里都是酒一样,爱情始终都是爱情。经历过曲折的爱情,犹如经过了发酵的酒,才更加醉人而芬芳。

我终于有了勇气向自己承认我曾经是多么爱她。有一天晚上,坐在夜色中的露台上,我问她:"我们要不要考虑办一场隆重的婚礼?"

她吐着烟圈,说:"只要能与你一起步入婚姻殿堂,即便让我把灵魂出卖给死神,我也心甘情愿。"

我心里一阵感动,听她说下去。她说,我这一生中唯一的憾事,就是曾经用一场婚礼作为葬礼葬送了我们的爱情。所以,如果哪一天我在你前面死了(我用手捂住她的嘴巴,她把我的手轻轻拿开),请不要为我举行葬礼仪式——我希望在那一天身穿新娘的婚纱,听你在我耳边唱一首我们一起唱过的咏叹调《向生命告别》。然后她轻声唱道:

> 生命里的某一天,像一条河,我决定了在柔和的天光里乘船远行。往日情怀,一如粉屑剥蚀的老墙不忍卒读;那隅风景,零落成深秋后山的枫叶如许。唯你唯我,唯有那份与生俱来的切切关注与缱绻,点燃希望,点燃期盼,点燃生命之灯,亘古不灭……

我听得泪流满面。

那样的一首歌,那样感伤的旋律,那样的宁静夜晚,仿佛只为她而存在。

她的下巴比过去圆润了许多,逝去的几年光阴使得她臀部的曲线变宽了。我注意到她本来乌黑油亮的秀发中渗进了几丝灰白。在她那深邃莫测的黑色眼珠中,有些东西暗示着我们之间无须说出的秘密。

清晨,我们分头去上班。傍晚,我们携手到马路上去溜达,说一些单位里的趣闻。我们一同去参加当年贵州中学的同学聚会,回来后唏嘘光阴带给人生的变化。看看那些同学,同样都是坐办公室,有人做大了自己的事业,有人只是渐渐坐大了自己的屁股。日子一天一天这样平静地过去,生活的琴瑟和鸣让我们变得心有灵犀。后来,我们都买了手机,我们开始在手机里聊天,一有空就打给对方,甚至连午休的时间也用来通话。有一天中午时她打电话给我,偏偏我把手机放在办公桌上,人出去了,手机铃声便一直在顽强地响。铃声吵着了跟我同办公室的一位女同事午睡,她按下接听键气愤地吼道:"我们在睡觉,你吵死了!"这话气得潘蒹鄄整整一下午不得安宁,累得我事后跟她解释了很长时间。后来我们一直把这件事当笑话在说。晚上,我们躺在床上,很少会各自蜷缩在床的两边互不接触。我们的手和脚总是在探索对方,无论那是温热的还是冰凉的。如果不是额头抵着额头,那就是一个人的胸膛贴着另一个的后背。有的夜晚,我们会缠绵拥吻很长时间,低声呻吟着,然后控制不住做爱。我们的性生活应该说是很棒,一直都很棒。当然有时候那只是一个人的感觉,另一个人的感觉可能仅仅是如释重负,那也挺不错。在做完爱之后放任思绪飘散是一种很甜蜜的意境。

  关于我和秦归雁之间的秘密,我一直都瞒过了潘蒹鄄。还是惠特曼的那句话:肉体归肉体,灵魂归灵魂,让肉体和灵魂都自由。秦归雁的肉体是可以称作美女的肉体。秦归雁的灵魂是一个不曾因为一两年动荡的经历而堕落的灵魂。我和秦归雁的暧昧关系断断续续保持了有半年多。有时候是我去找她,有时候她也会突然在某个地方跳出来吓着我,像个没正经的疯丫头。有一阵子,我被秦归雁说的肚子里有了孩子的事吓得不轻。秦归雁说她已经给肚子里的孩子起好了名字。

  "叫她穆咚吧。"她说,"我估计是个女孩。每次只要开始想象她会是个什么样子,我的心就咚咚乱跳。女儿就是我的心跳。将来我们就叫她咚咚!"

  后来我总算搞清楚了(不如说是她向我坦白了),她那是哄我玩的,想拿这个事儿来试探我,看我究竟对她有多真心,会不会被吓得从此不敢露面。她凭空捏造的那个子虚乌有的咚咚确实提醒了我,我和她的床笫交往该结束了。

"好吧,小卷毛,我们俩不能再这样黏在一起了。"有一天,我满脸庄重地对秦归雁说,"我们的关系应该回到过去——纯洁的友谊,兄妹一般的情意。"

她一脸惊讶地看着我,紧攥着我的手问:"谅子哥,你不再对我心动了吗?"

"心动,"我扭过头去,"那是跟真正的爱情根本无法相比的。"

我努力让她明白,心动的感觉最多只是像钻石的光芒,让你惊叹于它的华丽,恨不得立刻拥有。而真爱就像阳光,久了也许会让人觉得稀松平常,难得享用不到也没关系。但这种光芒每天在照耀你,温暖你。一旦失去,你就会发现整个世界都陷入黑暗之中。

"是啊,生活中可以没有华丽的钻石,但怎么能没有阳光呢?"秦归雁牙齿用力地咬着嘴唇,终于一点一点松开了我的手。

"我理解你,哥。可是你理解我吗?"她说,"从七岁那年起,我就想用尽一切办法让你知道,我的一生都是属于你的。我的心早就属于你了,而你似乎到现在还不明白这一点。每当我满怀激情地想起你,我的世界便充满了阳光。那是围在你身上的灵异之光,奇特的神秘的光华!只要一想到你,我心里像有一团烈火在燃烧。我相信这世上没有一个女人像我这样盲目地、忘我地爱过你。从小到大,在我心里生长、绽放的只有你,你是我永恒的欢梦。我在梦里见到你,我在生命的每一个日子里期待你。我从乡下一个人来到上海,我找梅秀,其实就是渴望见到你。岁月不知不觉在你身上流逝,而你却没有丝毫变化!但是我也在心里深深地知道,你终究不会是我的。你和潘兼鄞有了孩子,你和辛小擎爱得死去活来,这些对我来说都是再正常不过了。在这个城市里一定有你爱的女人,但那个女人永远不会是我。在香港机场意外见到你的那天,你左手拎着包,右手拿着一本书,我以无法描述的惊讶望着你那表情生动的脸,你的脸是多么英姿勃发,多么豪迈潇洒,多么令我倾心!

你知道吗？那一刻，我的心脏停止了跳动，我全身的血液凝固了——后来我把那一刻的感觉回味了无数次，每一次都感到同样的灼热和新鲜，每一次都使我几乎瘫软！那时我就下定决心跨过秘密的门槛，在你心坎的火炉边找到一个属于我的位置。那天晚上我终于得到了你，你知道我的心里充满了何等样的陶醉，何等样的迷乱，何等样的疯狂，几乎是致命的幸福啊，沦肌浃髓的感觉！但是痛苦随之而来，我知道再怎么对你一往情深，你依然不会是我的，我只能是你生命中的过客，一个傻乎乎的邻家女孩，一个永远不会在你心中定格的小卷毛儿。我所有的希望和努力，只能成为你生活中的一道闪光，必然会随着时间的推移慢慢暗淡下去。但我永远，永远也不会埋怨你。不，我只有感谢你。你已经给了我至极的欢乐，闪耀的喜悦和沸腾的激情！第二天一早，我就带着极其矛盾和痛苦的心情把你送到了潘蒹鄄的身边，因为我心里十分清楚，你终究是要回到她身边去的。我知道，这以后我又是孤孤单单一个人了。这个喧嚣嘈杂的城市又会和过去一样如此陌生、如此毫无意义。没有什么东西比在人群之中感到孤独更可怕的了，这一点我又将要不断地去体会了。没关系，谅子哥，真的没关系，我早就习惯了这样的生活。只要你在生活里拥有了阳光，就比什么都好。"

我拥抱住秦归雁，最后一次像情人一样拥抱了她。我帮她揩干脸上的泪，告诉她，潘蒹鄄再也不能离开我了。我要和潘蒹鄄去领结婚证书，我要用爱情的温热和婚姻的保证医治好她的忧郁症。

秦归雁放开我，真正地放开了。她离去时的步伐依旧轻盈飘逸，有一种小鸟滑翔落地的感觉。在她的生活字典里一定找不到"沉重"二字。远远地，她向我回过头来，挥挥手，叫道："谅子哥，祝你幸福！"

我也在心里默默地对她说："小卷毛，好妹妹，也祝你一生幸福！"

我和秦归雁的事就到此结束了，就像一本有序言而没有正文的书，刚开头就是结尾。本来，这件事我也并没有想瞒着潘蒹鄄一辈子。潘蒹鄄商量着跟我去领结婚证的前一天晚上,我鼓足勇气拿定主意,在明天去民政局的路上向她坦白一切。我相信,这是我从此对她爱情忠贞的最好表白,她一定会原谅我的。但是那天半夜,我忽然听见了潘蒹鄄发出的抽泣声,还有极其悲伤的哭喊声。我问她怎么了,她说做了一个梦。什么梦这么可怕?她说,梦见我和一个她熟悉的女人私奔了。她拼命追赶,却遭到那个女人的羞辱,那个女人说她老了,她听后便伤心得哭了。我心虚地问,你梦见的那个女人是谁呀?潘蒹鄄摇摇头,说梦里似乎看得很清楚,醒来却不知道是谁。我不敢再问下去,生怕从她嘴里吐出辛小擎的名字。

"好像是秦归雁那个丫头。咦,我梦见的怎么会是她呢?"她瞪大着眼睛说。

我心里着实吓了一跳。这件事彻底打消了我向她老实坦白的欲望。我告诫自己,秦归雁的事,还是不要对她坦白为好。一辈子都不要提起,我终将把这个秘密带进坟墓里。

说好早上八点半去民政局。搞笑的是,潘蒹鄄非要带上穆穆一块儿去。

"哪有带着孩子去领结婚证的?"我怨她尽出洋相。

潘蒹鄄眼白朝我直翻过来,抢白道:"带上孩子才对哩。穆穆本来就是我们的亲生儿子,我就是要让他亲眼见证我们的神圣时刻!"

无言以对。我开车,潘蒹鄄带着儿子坐在后排的座位上。那时我刚领到驾驶证不久,驾车的瘾头正大。车开出不久,潘蒹鄄精神忽然一阵莫名紧张,我说放心放心,我会注意安全的。潘蒹鄄不安地说,总觉得有什么事情要发生。我在心里说,这就是抑郁症病人的典型症状,即便是看到一本书他们也会害怕。

那一天天气晴朗,空气的质地也从浓稠变得轻灵,我感到通体舒畅。真是一个好日子,似乎每一阵清风都是一片欢欣的笑语,每一声鸟鸣都蕴藏了一片欢乐。或许是乐极生悲,路上真的就出了一点事——我追尾撞上了前面的一辆轿车。那辆车刹车急,我跟得太近来不及反应,就撞上了。

先是看见一只手从前车摇下的车窗里伸出来,一只年轻女人的手,轻轻地似有似无地摆动。我以为要我让行,便减慢车速。那只手缩回车里,车速依旧。刚想超越它,那只女人的手又一次伸出来,轻轻摆动。我只好再次减速。几次三番,我终于弄明白,那车里的女人是在抹指甲油,抹完后伸出车外让风吹干。我决定加速,刚一踩油门,它刹车了。

我窝了一肚子火,下车去找前车的驾驶员理论。驾驶员是个胖子,一脸的赖皮相。他把我拽到车后头,让我看他车屁股上喷的几个字:"我上路了。你也想上路吗?"气得我鼻孔直冒烟。掂量着打也打不过他,只好回到车里等待交警来处理,却看见潘蒹鄞脸色呆呆的,一副忧伤万分的样子,坐在后座上搂着穆穆不停地抽泣。我狠狠抽了自己一个耳光。若是因为此事加重了她的病情,我怎么后悔都来不及。

一九九八年中秋节快到了,我们在筹备一场像样的婚礼。我提出在晚报上提前一周刊登一则婚庆告示,广而告之,潘蒹鄞欣然同意。潘蒹鄞则提议在黄浦江上包一条豪华游船,婚礼放在船上举行,让婚庆的烟花照亮黄浦江的夜空。这个想法立即被我否定了。我说了两条理由。第一,由于游船一到约定时间就会驶离码头,可能会造成一部分宾客因堵车迟到而上不了船,这会十分令人遗憾。潘蒹鄞说这个理由牵强,只要提前给客人们打好招呼,相信大家都会准时的。第二个理由是,船属于漂泊的载体,不宜用来结婚,婚姻最需要的是稳定。潘蒹鄞一听马上放弃了她的浪漫想法。其实我主要担心的是第一点,第二条理由是胡诌的。我之所以要在报上刊登婚庆告示,是暗藏了心思的。有的人,我现在已经通知不到了,满世界也找不到,多么希望她能够知晓啊。

婚礼办得虽不能说十分排场,毕竟还算宾客盈门。秦归雁躺在医院里临产,这让我内心有一种说不清楚的滋味,五味杂陈的滋味。原来她真的有了孩子,但是她现在每天有一个丈夫守在身边。不知道那个孩子是不是女孩,会不会叫咚咚。她委托花店老板送了一个巨大的花篮到婚礼现场。多么壮观的一大片仙客来花啊,像一团硕大的火苗。篝火红,象征着生活的幸福美满呢!潘蒹鄄看到花篮送来的时候,欢喜得眼泪都出来了。"秦归雁呀,可惜她人没有来!"她口中念叨着。"可惜她人没有来!"我也跟着说。我心里却在想着另一个人的名字,可惜她人没有来。

结婚几年后,我们又另外换了一套四室二厅的房子,足够四代人同住,在新建成的大宁公园边上。因为我们谁都不愿意住到卢家湾,就是当初她和邢勇住过的那套房子。潘蒹鄄买了两串风铃挂在露台上,一只风铃上写着"情"字,另一只写着"爱"字,微风一吹,"情"和"爱"便叮当作响。日子一年一年平静地过去,穆穆也一天天长大,读完了高中,然后考上了复旦大学。王叔和吕姨坚持不肯搬过来和我们一起住,我们便动员穆穆报考位于五角场附近的复旦大学。老两口让穆穆天天到他们那儿去睡觉,每天给他做好吃的。穆穆成为他们生活的寄托和最要紧的宝贝,仿佛他们的生命余火就是为他而燃烧的。我和潘蒹鄄每天吃完晚饭后坐在家中的露台上看星星稀疏的天空,看飞机的灯光在空中一闪一闪地移动着。看着看着,忽然发现我们都是四十多岁的人了,奔五十而去了。老了,老了,人生转眼就老了。我们在相拥在一起唱那首歌:"我能想到最浪漫的事,就是和你一起慢慢变老……"唱啊,唱啊,一直唱到眼眶湿润。

年轻的时候,我们还意识不到时间的流逝会带来什么,在奔向五十岁的时候,我感觉自己正在逐渐一步步陷入衰老的不幸泥沙,两鬓初现斑白,皮肤日渐松弛,身形趋于肥胖,动作愈显缓慢。唯有心境越来越宁静、平和、悠然。我怀疑在二三十岁时的火热躁动虽然是高贵而美丽的东西,但不是爱情。爱情应该是始于四十岁以后,当感情不再沸腾,所有的东西都往下沉淀的时候。什么是爱情?爱情就是你愿意和自己所爱的人日日相伴——有这样的爱情在,无事心不空,有事心不乱,大事心不畏,小事心不慢,这才是人生的唯美爱情。

似乎在心里隐藏着一位堕落者,不经意的,种花的时候,对月沉思的时候,我还是会不经意地在心里偷偷地想起辛小擎。辛小擎已经成了某个不很熟悉的影子,偶尔会在我意想不到的地方出现,如同我怀旧思绪中的一个幽灵。比如每次听见下雨前的雷声,我在体味那孤独的、石头般冷酷的巨响的同时,也会想起往昔爱情挫折曾带给我的那些难以愈合的创伤,但这一切过去得越来越快,曾经清晰得邪门的记忆终于在脑海中逐渐模糊,辛小擎泪水涟涟的痛苦形象也化为云影。

昨天被告别了,我们已经到达了彼岸。

偶尔为良心的谴责所困而问自己:我是否已经拥有了最好的爱情和婚姻?想来想去,只能对自己回答:不知道,但这就是我的爱情与婚姻。也许,我曾经朝思暮想的琴瑟和谐,就这样在最意想不到的时候已经实现了,甚至开始闪现不慌不忙、适宜得体、夫唱妇随的那种神话般的荣耀之光。铺在我们夫妻面前的道路平坦,我们可以毫无苦涩地学着慢慢变老。

当我在某时某刻被怀旧情绪笼罩的那会儿,也曾壮着胆子小心引导潘兼鄄一起回想那段缥缈爱情的虚幻时光,希望那样能起到比化学药物更好的效果。抑郁症的性质决定了它不是人的意志、勇气所能克服的疾病,正因为如此,有时候,我是那么怕她,以至于在她面前,我都不知道该怎样表现才算自然得体。她大部分时间神态平和,但说不清什么时候就发起无名火来,开始言辞刻薄地指责别人,烦躁得像一头关在笼子里的母狮。有时候听见她也在自责自己。"我没有办法完成这些最简单的事!"她揪着自己的头发叫道,"我真是愚蠢无比!"此时我已经十分了解她无常的脾气,心里不免有所痛苦,但还是低声下气地接受这一切,将它视为老天对我曾犯下错误的惩罚。更多的时候,她很安静地坐着,长时间地无声无息,我觉得她就像广告词里说的那种超能女人,能隐忍,能绽放,能繁花似锦,能纯净如一。

当一个人到了不可能再不算成熟的年纪,也就不知不觉变得凡事谨慎,因为曾经的失败让我们害怕再有失败。生命中所有的收获都已经不记得了,失去的却总是耿耿于怀,而且那些挫折高高地堆在我们的身后，几乎在回头一望的那一瞬间摧毁了我们的全部信心，让我们不敢再有尝试冒险的勇气。如果在五十岁之前我们一直在努力让自己变成一个成年人，也许到了五十岁我们就该学习如何做一个孩童了。

股市走牛的时候，我买了一些股票，大约十万元。我对潘蒹鄄说，如果这些股票能涨十倍，就变成了一百万。我拿这一百万再重买一个股票，如果这个股票还能涨十倍，我们就成为千万富翁了。

然后呢？她问我。

然后，当然是永远幸福，还会有别的吗？我说。

潘蒹鄄不屑一顾，说，你做什么大头梦呢？那是不可能的！

我说，这当然不具备现实性。可是，对于我们的心灵来说，一些没有现实性的可能性又是多么必要啊！就像我们仰望窗外，有时会幻想在无垠的蓝天白云下飞翔。如果一颗心连想象飞翔都不会，只能说我们的心灵已经萎缩了，那将是人生多大的悲哀？从某种理想的意义上说，想象的生活，才是人的生活，并且是人的本质的生活，这是人和动物最大的不同。

当我快接近五十岁的年龄，才基本上被归于中国的中产阶级这一类人。中产阶级比不上富裕阶层那么潇洒，也不再对社会底层的贫困痛苦有切身感受，我们的人生通常被撕裂成两片：一边是创造了阿里巴巴神话的马云，告诉你什么是创业故事、财富和梦想，听着听着就差点儿热血燃烧起来，想起年轻时写过的"活着就要改变世界"的诗句；另一边是手持念珠的星云大师，跟你说人生本修行，万般皆身外，活着就是放下，何必苦苦相争。刚刚抬起来的屁股又咕咚一下坐回去了。我终于又想起"五十知天命"那句老话。

感谢岁月只是缓慢地在我身上留下了不很起眼的痕迹，让我的谢顶在经过体面打理后不至过于惨不忍睹。有一天我忽然发现，楼前花园里的山茶花比以前更香，草地边的灌木丛比以前更绿，鸟儿飞过时的歌声也更动听了。

第四十七章 时光缓缓流淌

二〇一一年春天某个清风和煦的星期日早晨,我站在阳台上欣赏不远处大宁公园里朦胧的雾气。春天来了,是一个比以往无数个春天更加明媚的春天。空气里馨香弥漫,隔着一条宽阔的马路,我似乎都能够听见公园里面那无数的苞芽生命萌动的声音。太阳虽然升得够高了,但由于浓雾的关系,看上去还是一个圆圆的金黄色的发光体,像一个目光柔和的黄头发老头,凝视着生机盎然的大地。夜雾受到温暖的阳光照射,正在一点点分散、收缩,变成一片片的绒毛状,躲藏到低洼草窝和树丛里,鸟儿们正在那里忙着孵化幼雏。随着雾气被渐渐烘烤、消失,太阳的光芒也逐步增强,透过自家阳台百叶窗的缝隙,在洗衣机、水斗和茶几上投下烧红了的通条一样的斑纹。

潘兼鄞洗完脸后,忽然来到阳台上没头没脑地对我说:"我的死期到了。"

我当场被吓得不轻。她的病时好时坏,这么多年来就没有间断过服药,怎么猛然间又冒出死的念头来?直到看见她从抽屉里找出一张银行存款单,这才大松一口气,原来是我紧张过度了。我说:"啊,可以取出一大笔钱来。你准备这笔钱派什么用场呢,亲爱的?"

柏杨先生说过,"亲爱的"三个字,千万种风情不过是一种润滑剂,没有这种润滑剂,再大的机器齿轮转动久了,都会发生摩擦,冒烟起火。

"暂时还没有需要用钱的地方,转存活期吧。"她说,"穆穆今年夏天就大学毕业了,接下来要考虑恋爱结婚,我们得预备上一大笔钱哩!"

我一边笑她过于深谋远虑,一边答应陪同她去银行取钱。到了银行,她忽又焦虑起来,连说糟糕,忘记了密码。我说我记着呢,是穆穆的生日呀。她这才情绪稳住,自责道:"你看我这脑子,记性真是越来越差了。"突然问我:"如果有一天,我失忆了,连你也忘记了,那可怎么办?"

我随口玩笑道:"那好啊!"

空气瞬间变冷。她目光凶煞,要吃人一般。我抬头认真地看着她:"你可以每天遇到新鲜事,交到新朋友。而我呢,我可以再追你一回!"

雨过天晴。她笑着勾住我的脖子,说:"啊,老公,我现在又老又胖,你还会再追我吗?要不,我去买一张健身卡吧,从现在起,我们每天去健身房锻炼身体,好不好?"

每天去健身房?每天去?我直摇头。我不愿意。我讨厌任何制度化的东西。人被制度控制得太多了,很烦。我说:"要不,你去买张美容卡吧。我们家马路对面就有一家美容店,你定期去做做面膜、护理、油压和纤体什么的,同样可以永葆年轻啊!"

她拍手道:"好哇,我负责貌美如花,你负责挣钱养家。这才是我的好老公!"

从此,每个星期日的上午九点钟去那家叫安安美容店的地方做美容,成了潘兼鄞生活中的固定节目。安安美容院就在小区边上,不远,步行过去才几分钟。但是潘兼鄞每次都要我送她过去,陪着在那儿坐上一小会儿,离开,过两三个小时再去接她。好像那是一个特别庄重的仪典。美容院门面不大,装潢却很精致,紫罗兰色的底调,人一走进去心里就特别宁静。里面充满了脂粉味,有着淡淡的馨香,女孩子的说话声也温柔甜美,令人感觉舒服。

潘兼鄞后来固定了一个服务生女孩,叫小安,二十二三岁的样子,娇小玲珑,不算很漂亮,却看着可人。一袭粉中带紫的护士装一样的长大褂衬得小安的脸更添几分苍白。她的眼眶和鼻子总是红红的,像刚刚哭泣过一样,但她的脸上却又始终是微笑着的,所以你看着她会心疼。她微笑的样子虽然甜,却也稍稍带了几分傻气,一看就是个没有心机的孩子。小安嗓音稍有几分沙哑,似乎带着一点凄凉的调子,与别的女孩子不太一样。工作时她会戴上口罩,从口罩上方看她两只眼睛,觉得比别的孩子分得略开了些。总之我第一眼看到这个善良的孩子就莫名感到亲切。潘蒹葑也说她就喜欢小安,换了别的姑娘服务她宁可不来。她说,每周来看一次小安,让她的小手在自己脸上摩来摩去,她的情绪就稳定了,比吃那些舍曲林药片还管用呢!

每个周日都被接送潘蒹葑做美容这件事套住,时间久了,我心里多少有些厌烦。好在自从穆穆大学毕业之后,这件差事就很快交接给他了,谁让他跟母亲比跟我要亲呢!他们母子九点钟去美容院,一般过中午十二点才会回来。穆穆的耐心真好,能坐在那儿等上三个小时。当然,他手里会拿本书,边看书边等。这小子跟我年轻时一样,也是个小书虫哩!我一整上午多自由,想干什么干什么,上网、写博客,玩游戏,或者看电视上的足球比赛。中午饭我们开车到王叔那儿去吃,正常都是在下午一点钟开饭。

这样过了几个月,情况开始发生变化。潘蒹葑常常会在十二点钟打电话回来,说是中午让我一个人到王叔那边去吃饭,她和儿子就不过去了,自行解决午饭。起先我也懒得问,以为他们是结伴出去逛街了。一次,两次,三次,我发现他们每次都是空着手回来的,除了脸上的笑容,什么也没有带回家。没有买衣服,也没有买皮包。

"你们没去逛街呀?"我问。

"谁跟你说过我们去逛街了?"潘蒹葑反问。

"那你们下午都干啥去了嘛?"

潘蒹葑神秘地笑着,不说。我聚精会神地望着她,猜测她脸上的意思,好像她脸上写着象形文字。经不住我再三好奇,她这才道出原委:"我做完美容之后,让我们儿子也接着做个全套护理。谁曾想,这小子就上瘾了呢!"

我瞪她一眼,目光笔直地落进她那频频闪动的瞳仁深处——她兴奋得有些莫名其妙。"他一个男孩子家的,做什么美容护理呀?当心把他惯出毛病来,整得娘娘腔似的。"

潘兼鄞说:"我让你做,你又不肯做。你都不知道,做护理按摩有多舒服!你若做过了难保也会上瘾。"

我这个人大事小事都不太讲原则,他们既然喜欢那就让他们做呗。如果一直这样做下去,潘兼鄞的抑郁症永远不再复发,那真是谢天谢地了,小安姑娘真成了我们家的大恩人。也许——我喜欢把事情往好里想,穆穆也是为了安慰母亲才答应这么做的。我养的儿子我知道,这小子其实懂事着呢!

这种情况一直持续了有个把月,后来又有了一些小变化:潘兼鄞到十二点钟就回家了,留下穆穆一个人在美容院接着做。我不高兴了,责怪潘兼鄞:"瞧你把儿子惯的,一个大男人整天躺在美容院里享受,像什么话!"

潘兼鄞嘟着嘴说:"看看你那小心眼的样子!你是心疼钱了还是怎么的?做做美容又不犯法,总比野在外面和狐朋狗友喝酒打牌要好吧!"

我问:"那你怎么不陪着他了?"

潘兼鄞说:"他又不是学龄前儿童,我干坐在那儿陪他三个小时,犯得着嘛!"然后,她脸上又出现那种神神秘秘的诡笑。"是他把我赶回来的。"

我渐渐有了一种感觉,这事恐怕没有那么简单——别是穆穆这小子喜欢上了那个叫小安的丫头?我拿这话问过潘兼鄞,潘兼鄞脸上笑容更加莫测高深。

"我看着小安这丫头就是喜欢呢!"她说,"穆穆娶她回来当你的儿媳妇,你不高兴呀?"

越来越像真的了。"等这小子回来了,得好好盘问盘问。"我说。

"你敢!"潘兼鄞一下子生气了,真的生气了!她拉下脸来说,

"这件事情不准你在里面瞎掺和。你若是气着了小安姑娘,当心我跟你没有完!"

看见她突然变得那么激动,我只能马上服软。无论如何,我也不能因小失大惹毛了潘蒹鄄啊。看来,这事儿只能暂先放下不作追究。可是,要让我在心里不去想它也不太可能,时间过去越久,心里的那个结就长得越大。

终于有一天——我就知道这一天一定会来,深秋的那个星期日下午四点半钟,穆穆给我和潘蒹鄄的手机分别发来一条短信,让我俩现在就过去美容院。难怪三点钟就该回来的他拖延到现在。两条短信的内容一模一样:

请速过来一次,我和小安有话要和你们谈。

我和小安!他说"我和小安"!

事情再明白不过,摊牌的时候到了。这一天似乎来得太快了些,弄得我一点思想准备都没有,简直被人打了个措手不及。

我和潘蒹鄄走进美容室,穆穆和小安,两个孩子都正襟危坐地等着。小安脱去了粉中带紫的长大褂,换一身淡咖啡色的套裙,看上去比以往要成熟些。因为紧张,眼睛瞪得大大的,似乎更富有表情。

见到我们的第一眼,小安动作迅速地站起来,笑容刚一堆到脸上就变僵了。穆穆也赶紧站起来,并且一把握住小安的手,似乎在给她传递某种力量,同时也在给自己鼓劲。他嘴唇有些哆嗦,结巴着:"爸爸,妈妈,我来给你们,介绍,这是我的,女朋友,小,小安。"

潘蒹鄄脸上恰似牡丹花盛开,好像我们家捡着一件天上掉下的宝贝,突然发了大财一样,恨不能立马扑上去。我忙拦住她,端着脸示意两个不知天高地厚的孩子坐下。"坐下说话。"

潘蒹鄄恨恨地在一旁拿白眼翻我。小安把两杯事先泡好的茶水端过来。

"叔叔,阿姨,你们请喝茶。"

"坐下说话。"我说,"小安,我们都还没有弄清楚,你是本地人还是外地人?"

"小安是上海人。"穆穆抢着回答。

我使劲瞪了穆穆一眼,复将目光转向小安,露出严肃的追问神色。

"真是上海人吗?"我用不信任的语气问。

"是咯,我是上海人。"小安用标准的上海话回答我,没有一点儿外地口音。

"这爿美容店就是小安家里开的,小安是老板娘的女儿呢!"又是穆穆。

老板娘开着爿美容店,让自己的女儿当服务生,听上去也没有什么不对的地方。但是,我还是紧追不放地问:"小安,你没有读过大学吗?"我大概是想用这种方式提醒穆穆吧,这当然非常俗气,就像我问她是不是上海人一样。

"我很小就去了国外。"小安说,"叔叔,阿姨,我在美国读的书,高中毕业。因为从小生病,吃了太多的药,妈妈说我脑子吃药吃笨了,所以没能考上大学。"

"从小生病?"潘兼鄞迅速开始紧张,"小安,你得的什么病呀?"

"是一种喉部上皮瘤。阿姨!"

"那,现在,病治好了没有啊?"潘兼鄞再问。

"到十七岁之后才彻底治好,先后开了很多次刀呢。"

"哦。你刚才说得了,得了什么……瘤?"潘兼鄞又问。

"小儿喉乳头状瘤。"我替小安回答。

似乎我对这种病过去就很熟悉,潘兼鄞奇怪地望着我。她不知道,此时此刻,有一种难以表达的感觉震颤着我的心。我听见心里"别"地一跳,记忆中有些遥远的东西回来了。是呀,安安美容店,原来就是用这丫头的名字起的。

"你到底叫安安,还是叫小安?"我问。

"店里的人都叫我小安。妈妈叫我安安。"

"那你的全名叫什么？"

"阎安。"

"延安？你叫延安吗？革命圣地延安？"潘兼鄄本来用食指胡乱地在台布上画着些幻想的图案，迫不及待地表示惊讶。

"是阎王的阎，阿姨。"阎安忙向她解释。

阎，安，她的名字唤回我洪水一般的记忆。我胸脯起伏，深深地喘息着，几乎不敢再问下去。许多曾被时光淹没的细节开始在眼前浮现。但是我不能不问："你爸爸叫阎仲豪？"

这会轮到阎安惊讶了。她上唇微微扇动，直至露出成排的洁白牙齿和一小片红润的牙龈。"您认识我的父亲，叔叔？"

潘兼鄄和穆穆都是一样满脸讶异、急切探寻的神情。他们不知道阎仲豪是谁，不明白背后藏着多少无法叙述的往事。片刻之后，潘兼鄄似乎感觉到什么，缓缓走到我身边，轻轻拉住我的手。

"她是，辛小擎的女儿。"我轻声对潘兼鄄说，鼻翼翕动个不停。

"对，我妈妈叫辛小擎。"阎安欢快地叫起来，"叔叔，阿姨，原来你们都认识我的爸妈呀？"

潘兼鄄攥紧了我的手，神情凝重地对阎安说："何止认识呀，我们曾经是最好的朋友呢！"

"这真是太好了！"阎安高兴地跑过去一把吊住穆穆的脖子，模样显得特别天真。穆穆脸上依旧茫然。阎安说："我妈妈星期天一般不来店里，恰好今天偏偏来了，应该还没有离开呢，我这就去把她叫过来！"

来不及阻止，阎安像一只欢快的鸟儿直向楼下飞去。

血液瞬间涌上头部和四肢，我顿时紧张得不行，肌肉在骨头上打哆嗦，心脏仿佛停止跳动，手指头开始不停地抽搐。辛小擎，她马上就要出现了！再过几分钟，不，一分钟，我们就要相见！我曾经是多么盼望得到她的消息，多么渴望见到她呀！从一九九五年春天到现在，整整十六年又六个月过去，心里从来没有抹去过她的身影。十六年又六个月，难以置信的漫长生命时光，倏忽而过，有多少世事变化啊！曾经是那样沦肌浃髓地相爱过，我们又如何能够猛然相视而对？这颗在胸腔里怦怦乱跳的心，叫我这一刻如何将息？内心深处，似有一股巨大的暗流波涛汹涌。不行，我不能见她，暂时不能，今天不能。无论如何就是不能。我得离开。逃走。我匆匆给潘蒹鄄留下一句话：

"你跟辛小擎好好叙叙旧。我走了。"

我像个藏了赃物怕被别人抓住的贼，急急忙忙下楼，直向门外逃窜。真害怕在楼梯上跟她来个面对面！还好，我动作快了一步。当我跑到门外，回头向店里面张望时，看到一个身形依稀熟悉的中年女人正向楼梯上方走去。安安跟在她的身后。

辛小擎！她多少有些变了——我指的不是她身材和容颜的改变。她还是她，但又不是她了。多年的异邦生活在她脸上留下了明显的痕迹，她的内心一定强大了不少。

过去的已经过去了。无论过去发生过多少故事，现在都结束了，不复存在。无论过去有过什么情节或情结，时间总能把一切淹没，若干年后似乎都不曾存在过。而所有的故事也将被埋葬在生活的荒烟蔓草之中，无人记起。

我没有回家，在街上漫无目的地行走。秋风吹得我头脑昏乱。我等待着，等待着……我也不知道等待什么。直到一个多小时后，潘蒹鄄打通我的手机，她问我，是否愿意跟辛小擎母女一起共进晚餐。我怯懦而窘迫地回绝了："你们吃吧。你和穆穆陪着她们，好好儿地吃一顿。"想想又加一句："我在大宁公园门口，你吃完饭就到那儿找我。"

这个年月，广场舞开始四处流行，并且逐渐迷醉人心。公园门口的广场上，天一擦黑就开始热闹起来，大量吃完晚饭的人群渐渐聚拢在那里，甚至有热心的居委会大妈四处挂起电子花环和彩灯，为了使夜晚的舞会气氛更加浓烈。大宁公园的西侧广场被歌舞爱好者们分割成三块区域。中心舞池是跳交谊舞的场地，播放着优美的华尔兹乐曲或其他圆舞曲。周边一圈跳各种广场舞，声音比较嘈杂，《最炫民族风》和鸟叔的《骑马舞》是播放得最多的音乐；

靠近西门的假山一侧则挂上了投影屏幕,上面用灯光投射了歌词,很多人围着唱红歌。唱完了《北京的金山上》唱《梦驼铃》,接下去再唱《我的祝福你听见了吗》,一首接着一首唱下去。唱红歌的地方吸引了很多爱好散步却不跳舞的人,里三层外三层围着,跟着一个业余指挥的手势齐声合唱。通常会有一支业余乐队在伴奏,有电子琴、大鼓,还有长号和二胡。更有不少每天专门来吼几嗓子的常客,不唱到口干舌燥不离开。这些人手里拎着一只塑料茶壶,每唱完一首歌就喝上一两口茶水。我和潘蒹鄞经常晚饭后上这儿来,先围着广场溜达一圈,停在唱红歌的地方,手拉着手听别人唱一会儿歌,然后跟着唱上三五曲,意犹未尽地回家。

潘蒹鄞很清楚我和她经常站着的地方,所以毫不费力就找到了我。她悄无声息地站到我身边,用脑袋和鞋跟打着拍子,有时跟着节拍不知不觉地摇头晃脑,还跟往日一模一样。我本来想要问她些什么,正好下一首歌是凤凰传奇的《荷塘月色》,我知道这首歌是她最喜欢的,就把滚到嘴边的话咽了回去。她示意我跟着一起唱:

剪一段时光缓缓流淌,流进了月色中微微荡漾。弹一首小荷淡淡的香,美丽的琴音流落在我身旁。

萤火虫点亮夜的星光,谁为我添一件梦的衣裳?推开那扇心窗远远地望,谁采下那一朵昨日的忧伤?我像条鱼儿在你的荷塘,只为和你守候那皎白月光。游过了四季荷花依然香,等你宛在水中央。

我像条鱼儿在你的荷塘,只为和你守候那皎白月光。游过了四季荷花依然香,等你宛在水中央……

唱完这首歌,我和潘蒹鄞手牵着手回家,像往常一样说着明天上班的事。我们十点钟不到就先后沐浴更衣,做好就寝的准备。我注意到她翻出一件全新的、闪着水纹暗波的紫色睡衣,穿上后问我好看不好看。她睡衣里面什么都没有穿,主动表示了想要的意思。她很久没有这样了。她穿着睡衣去准备明天一早醒来后吃的药片,把那些药片掰成半片半片的,然后说,从明天开始,服药剂量要减半了。那天晚上,我们非常缠绵地恩爱,然后假装沉沉地睡去。

我们沉睡了一夜,没有听见彼此的鼾声。

又一个灿烂的星期一从东方金子般闪光的大道上徐徐升起。我们满怀着对未来生活的憧憬和热爱,迈着踏实的步伐走出家门。我和潘兼鄞站在楼下的阳光里告别。潘兼鄞端平了肩膀,摆出一副公事公办的样子,表情严肃认真地对我说:

"尊敬的穆宇谅先生,我正式通知您:本星期日的上午九点整,有一位叫辛小擎的女士约好了在安安美容院亲自给您做美容护理。请记住时间地点,务勿失约。"

图书在版编目（CIP）数据

岁月回声/俞画屏著.-上海：上海文艺出版社.2016.5
ISBN 978-7-5321-6014-3
Ⅰ.①岁… Ⅱ.①俞… Ⅲ.①长篇小说-中国-当代
Ⅳ.①I247.5
中国版本图书馆 CIP 数据核字（2016）第 105586 号

责任编辑：丁元昌
封面设计：钱　祯

岁月回声
俞画屏　著
上海世纪出版集团
上海文艺出版社　出版
200020　上海绍兴路 74 号
上海世纪出版股份有限公司发行中心发行
200001　上海福建中路 193 号　www.ewen.co
上海天地海设计印刷有限公司印刷
开本 890×1240　1/32　印张 16.375　插页 2　字数 418,000
2016 年 5 月第 1 版　2016 年 5 月第 1 次印刷
ISBN 978-7-5321-6014-3/I·4802　　定价：40.00 元

告读者　如发现本书有质量问题请与印刷厂质量科联系
T：13817973165